Le chant
des secrets

Tamara McKinley

Le chant des secrets

Traduit de l'anglais par Catherine Ludet

ÉDITIONS FRANCE LOISIRS

Ce livre a été publié sous le titre *Dreamscapes*
par Piatkus, Londres, 2005.

Édition du Club France Loisirs,
avec l'autorisation des Éditions l'Archipel

Éditions France Loisirs,
123, boulevard de Grenelle, Paris.
www.franceloisirs.com

ISBN : 978-2-298-03621-3

1

1921

En plein cœur de l'été, six roulottes se balançaient doucement le long de la piste de terre étroite qui serpentait dans les profondeurs de l'outback[1] ; chacune d'entre elles, arborant les mots « SUMMERS' MUSIC-HALL » peints en lettres rouge vif, était tirée par un cheval de trait au pied sûr, dont la robe alezane et les fanons plumeux luisaient dans le soleil. La troupe d'acteurs itinérants qu'elles transportaient, constituée depuis plus d'un an, se dirigeait vers Charleville avant de bifurquer vers le nord pour passer l'hiver sur la côte du Queensland.

Assise près de son mari, Viola Summers, que les oscillations et les secousses du chariot rendaient nauséeuse, essayait de soulager la douleur qui lui martelait le dos.

— Est-ce encore loin ? demanda-t-elle.

Damian tourna vers elle un regard attentif.

---

1. Arrière-pays semi-aride de l'Australie. (Toutes les notes sont de la traductrice.)

— C'est la cinquième fois que tu me poses la question ce matin, dit-il de sa voix chaude aux intonations irlandaises qui bouleversait immanquablement son public féminin. Tu ne te sens pas bien, mon amour ?

Elle posa les mains sur le renflement visible de son ventre.

— Je crois que le bébé n'apprécie pas tout ce remue-ménage, répondit-elle avec une moue boudeuse. À dire vrai, moi non plus.

Jetant un coup d'œil à son compagnon, elle atténua sa protestation d'un pâle sourire. Damian, une mèche sombre sur le front, fixa sur elle ses yeux bruns illuminés par le soleil.

— Nous sommes presque arrivés, murmura-t-il d'un ton compatissant. Tu pourras te reposer pendant que nous nous préparerons pour la parade.

Viola poussa un grand soupir pour faire savoir que cet argument ne répondait pas à son attente et s'efforça de trouver une position plus confortable sur le siège rigide. Elle n'avait pas d'autre choix que de rester assise et de souffrir. Même le coussin coincé contre ses reins n'arrivait pas à atténuer les spasmes lancinants. Elle lécha la sueur qui perlait au-dessus de sa lèvre et tira sur sa robe dont le fin tissu de coton collait à sa peau. En dépit du large chapeau qu'elle portait toujours pour protéger son visage du soleil, un léger mal de tête s'annonçait.

La chaleur torride de l'outback n'épargnait rien. Il était impossible d'y échapper, même lorsque les roulottes se trouvaient momentanément protégées de la réverbération aveuglante par les arbres environnants. Outre les nuages de mouches et de moustiques bruyants qui suivaient les roulottes, le bruissement constant d'une multitude d'insectes résonnait dans le crâne de la jeune femme. Vidée de son énergie, elle s'affaissait progressivement comme les feuilles d'eucalyptus vert pâle qui se flétrissaient dans les frondaisons. Comme elle regrettait, en cet instant, les matins brumeux et frais de son Irlande natale, le fracas des vagues sur les rochers sombres, l'odeur de l'herbe après la pluie ainsi que celle, puissante, des feux de tourbe dans la cheminée !

— Tu ne regrettes rien, n'est-ce pas ? demanda Damian en frappant du fouet la croupe du cheval pour l'obliger à accélérer l'allure.

Viola repoussa les traîtres souvenirs de l'Irlande, qui ne survenaient qu'au cours de ses moments de faiblesse. Elle était prête à suivre l'homme de sa vie jusqu'aux confins de la terre – même si la chaleur et l'inconfort qui y régnaient se révélaient pires qu'en enfer. Lisant dans son regard l'amour total qu'il lui portait, elle lui sourit.

— Jamais, murmura-t-elle. Comment aurais-je pu te laisser parcourir seul toute cette distance ?

Apparemment rassuré, il concentra de nouveau son attention sur le panorama.

Troublée par l'étendue d'herbe desséchée et de terre rouge sang, son épouse, malgré les paroles courageuses qu'elle venait de prononcer, sentit revenir la peur contenue qui rôdait toujours à la lisière de sa conscience. Alors qu'ils se trouvaient si loin de la civilisation, si isolés, qu'arriverait-il si un problème surgissait de nouveau ? Cette Australie sauvage instillait la crainte dans les cœurs les plus déterminés. Bien que Damian fût près d'elle pour la protéger et la chérir, il lui arrivait en réalité de souhaiter, à certains moments, qu'ils ne fussent jamais venus ici.

Les yeux soudain emplis de larmes, elle se mordit les lèvres en pensant à la petite tombe qu'ils avaient laissée derrière eux un an auparavant. Leur premier bébé, né trop tôt, n'avait pas survécu. Son mari et elle ne reviendraient probablement jamais plus sur le lieu de repos éternel de leur fils, qui serait un jour oblitéré par les éléments et par le bush[1] envahissant, jusqu'à ce qu'il ne reste plus la moindre trace de son bref passage.

Elle refoula ses pleurs, luttant pour tenir à l'écart l'évocation de sa mère dont l'absence lui pesait cruellement. En faisant le choix d'épouser Damian, elle avait su qu'elle ne reverrait jamais les rivages d'Irlande. Tous deux avaient décidé de vivre cette aventure et d'aller à la recherche d'une nouvelle vie, voire de la gloire et de la fortune. Il était trop tard pour revenir en arrière.

Le soleil était au zénith lorsque la caravane pénétra dans une clairière du bush et que les membres de la troupe entreprirent d'installer leur campement. Charleville se trouvait à moins de trois kilomètres : il était temps de préparer la grande parade. Au son du tambour, la troupe proposerait au public un avant-goût de ce qu'il pourrait voir contre un billet d'entrée de deux pennies.

Damian souleva Viola de son perchoir et la posa doucement sur ses pieds.

— J'ai déposé quelques oreillers et des couvertures sous cet arbre, dit-il. Va te reposer pendant que je mets un peu d'ordre dans cette compagnie de gredins.

— Est-ce que je t'ai déjà dit à quel point je t'aime ? chuchota-t-elle.

1. Paysage australien de forêts et de broussailles.

— Très souvent, ma chérie, répondit-il, mais je ne me lasse pas de l'entendre.

Alors qu'il l'enlaçait doucement, ils sentirent le bébé bouger entre eux et échangèrent un long baiser. Puis, Damian disparut au cœur du cercle de roulottes, lançant des ordres de sa voix profonde et veloutée.

— Bon sang, il ne fait pas semblant ! grommela Poppy en glissant son bras sous celui de Viola.

Avec un sourire, la jeune femme étira le dos ; la petite danseuse aux cheveux blonds, âgée de vingt-deux ans comme elle, était devenue une amie au long des douze mois passés ensemble.

— Il veut simplement que tout soit prêt à temps, murmura-t-elle.

— Je vais t'aider à t'installer correctement, tu as l'air épuisée.

Viola reconnut en silence qu'elle n'en pouvait plus.

— J'aimerais avoir la moitié de ton énergie, Poppy. Est-ce que tu ne souffres jamais de la chaleur ?

Son interlocutrice s'esclaffa, secouant son visage, sur lequel dansaient des taches de rousseur.

— Quand tu as vécu vingt hivers londoniens, tu apprécies un peu de chaleur. En ce qui me concerne, je ne m'en lasse pas.

Enjambant des branches tombées sur l'herbe drue, elles se dirigèrent vers les arbres. En contrebas, un étroit ruisseau sinueux traçait son chemin à travers le scrub[1], avec un gargouillement incessant. La présence de Poppy à ses côtés, le son de la voix mélodieuse de Damian, qui avait le pouvoir d'apaiser ses craintes, et la proximité de Charleville atténuaient l'inquiétude de Viola, lui permettant de se

1. Brousse dense australienne.

détendre. Cet enfant naîtrait dans un vrai lit, avec un médecin à ses côtés ; ils avaient maintenant suffisamment d'argent, car dans ces villes de l'outback, privées de distractions, le public affluait à toutes les représentations.

La jeune femme ôta son chapeau à large bord orné de roses de soie et de rubans écarlates, puis secoua ses longs cheveux noirs qui se déroulèrent jusqu'à sa taille. Il faisait plus frais près de l'eau grâce aux branches d'eucalyptus qui filtraient les rayons du soleil. Jusqu'à la naissance du bébé, elle ne chanterait plus. Certes, il était agréable de rester assise sans rien faire et de laisser les autres accomplir tout le travail. Pourtant, la soprano qu'elle était ne pouvait totalement réprimer l'envie d'être ce soir au côté des artistes, devant un public nouveau, et de recueillir, dans la lumière, le tonnerre d'applaudissements qui saluait en général sa prestation.

— Je sais à quoi tu penses, marmonna Poppy en l'aidant à s'installer sur les couvertures. Mais tu ne monteras pas sur scène pendant un certain temps. Tu devrais en profiter pour jouer à la grande dame oisive pour changer.

— Merci, Pops, dit Viola en lui serrant le bras.

La danseuse lui sourit ; sans son épais maquillage, on lui aurait donné seize ans.

— Il vaut mieux que j'y aille ou ton barbon de mari va encore me crier dessus.

Viola la regarda courir vers les chariots. Poppy ne tenait jamais en place. En dépit de son aspect frêle, elle semblait posséder la force et l'élan d'un cheval sauvage. Damian, ayant compris depuis longtemps que cette petite bonne femme ne pouvait obéir qu'à sa propre loi, avait renoncé à essayer de la dompter.

Adossée aux coussins, Viola secoua les pieds pour se débarrasser de ses chaussures et les trempa dans l'eau glacée, heureuse de pouvoir observer de loin les préparatifs de la parade. Comme d'habitude, Poppy secouait les filles à grand renfort de rires rauques et de remarques sonores. Tandis que les jongleurs et les acrobates s'entraînaient, Max, comédien et dresseur de chiens, triait ses accessoires ; près de lui, Rustine, son petit terrier, reniflait les odeurs des herbes hautes, la queue frétillante.

La jeune femme sourit en voyant l'animal se précipiter vers elle, la langue pendante, pour quémander une caresse. Avec une tache noire et ronde sur un œil et une autre sur l'arrière-train, il portait bien son nom. Elle lui tapota la tête et le renvoya bientôt ; il avait trop de vivacité à son goût.

Lavées à grand renfort de seaux d'eau, les roulottes brillaient maintenant de toutes leurs couleurs. Sur un fond vert foncé, les masques blancs de la comédie et de la tragédie luisaient comme des fantômes, rappelant incessamment aux membres de la troupe leur héritage. Les chevaux, nourris, désaltérés et bouchonnés, arboraient leur robe alezane et leur crinière blanche scintillant dans la lumière. Outre une coiffe de plumes au niveau des oreilles, ils s'ornaient de parures de cuivre attachées à leur encolure et d'une couverture frangée de grelots. Dressé sur ses pattes postérieures, Rustine dansait en exposant sa collerette, avec l'air canaille que lui conférait son œil de pirate.

Une sorte d'exaltation saisit les hommes et les femmes de la troupe dès que les costumes furent sortis des grandes malles d'osier et brossés. Dans un joyeux brouhaha de bavardages et de rires, les hauts-de-forme furent débarrassés, à l'aide d'éventails de plumes, de la poussière qui semblait s'incruster dans la soie malgré le soin mis à les protéger. Une fois les chaussures cirées, l'épais maquillage appliqué, les fanfreluches et les plumes accrochées, les bas inspectés à la recherche d'éventuelles mailles filées et tous les accessoires vérifiés, les prospectus furent répartis entre tous les membres de la troupe chargés de les distribuer pendant la parade.

Viola s'installa confortablement ; la douleur s'était transformée en une simple gêne. Bercée par le murmure du ruisseau et les taches de soleil mouvantes, elle se sentait somnolente. Quelle bénédiction de ne plus être secouée dans tous les sens !

Elle poussa un soupir de contentement. Les danseuses défroissaient leurs jupes aux couleurs vives et se bousculaient pour s'examiner dans la psyché. Leurs faux bijoux lançant des éclairs et leurs coiffes de plumes tressautant quand elles se penchaient pour chercher leur rouge à lèvres, elles évoquaient, aux yeux de Viola, les oiseaux multicolores australiens, constamment en mouvement.

Le roulement sonore des tambours réveilla la jeune femme en sursaut ; elle n'avait pas eu l'intention de s'endormir. Apparemment, la parade semblait prête à se mettre en marche.

— Reste ici et repose-toi, dit Damian en s'asseyant près d'elle.

— Sûrement pas ! répliqua-t-elle en attrapant ses chaussures et se redressant à grand-peine. « Le spectacle doit continuer », tu te souviens ? poursuivit-elle. Je n'ai jamais manqué une parade et je n'ai pas l'intention de commencer maintenant.

Il la regardait d'un air indécis, mais elle força sa décision en s'élançant à grands pas sur l'herbe, les pieds nus, avant de grimper lourdement sur le chariot. Son petit somme lui avait fait du bien et la douleur avait disparu. Elle saisit les rênes et baissa les yeux vers lui avec un large sourire.

— Ne perdons plus de temps. Tu viens ? lança-t-elle.

Charleville, l'un des carrefours de l'outback, possédait des pistes tracées par les premiers explorateurs. Les rues, larges et poussiéreuses, dataient de l'époque où des troupeaux de trente bœufs traînaient d'énormes charrettes chargées de balles de laine et traversaient la ville pour le marché de Brisbane. Cette ville cossue abritait à chaque intersection un hôtel pour héberger les marchands et les conducteurs d'animaux qui menaient à la minuscule gare victorienne les bêtes destinées à être expédiées par le train.

Entourée de plus d'une centaine de milliers d'hectares de bons pâturages et de forêts, nourris par de nombreux ruisseaux souterrains et de trous d'eau profonds, la ville, enrichie par les bœufs et la laine, avait financé la construction de trottoirs de bois, de boutiques, de deux églises, d'un poste de police et d'un terrain de courses.

Le Coronas était l'hôtel le plus luxueux de Charleville. Érigé pour l'aristocratie de l'outback – les éleveurs –, cet édifice victorien s'ornait d'une véranda ombragée qui surplombait les postes d'attelage et la rue principale. La salle à manger, entièrement lambrissée de chêne, abritait des tables aux nappes de lin blanc et aux couverts d'argent rutilant sous les lustres de cristal importés de France.

Le hall de la réception comportait des fauteuils confortables, des lampes Tiffany et un parquet parfaitement ciré. Aux étages, les chambres à coucher luxueuses possédaient leur propre salle de bains – innovation qui suscitait encore l'ébahissement admiratif des habitants – et s'ouvraient sur de spacieux balcons parcourant toute la longueur de la façade. Là, les éleveurs pouvaient s'asseoir dans leurs fauteuils cannés et fumer leurs cigares en buvant de la bière ou du whisky. Ils admiraient ainsi la petite ville qu'ils étaient si fiers de considérer comme la leur.

Cet établissement très coté s'enorgueillissait d'une salle des fêtes chargée d'accueillir des manifestations et des réceptions diverses. Longue et large, munie d'une estrade à l'une de ses extrémités, elle allait abriter pour quelques jours les représentations de la troupe de comédiens.

La parade avait maintenant atteint la lisière de la ville. Les rênes à la main, attendant le signal qui lui permettrait de précéder la troupe le long de la rue principale, Viola sentit monter la poussée d'adrénaline familière qui s'emparait toujours d'elle avant d'affronter le public ; l'excitation nerveuse de tous les membres du groupe grimpait jusqu'à la fièvre. Les chevaux en sueur secouaient leurs coiffes emplumées, Rustine tournoyait sur lui-même et les comédiens ajustaient une dernière fois leurs costumes.

Damian regarda son épouse et lui envoya un baiser de la main avant de tirer sur sa queue-de-pie et de redresser son nœud papillon. Dès qu'il adressa un signal aux musiciens, la procession se mit en mouvement. Tambour, pipeau, cymbales, flûte, accordéon et violon scandèrent l'avancée lente et majestueuse des artistes. Les chevaux marchaient la tête droite, leurs lourds sabots soulevant la poussière, comme s'ils avaient conscience d'être en représentation ; les danseuses faisaient bouffer leur robe, exhibant leurs jambes fuselées ; les acrobates exécutaient sauts et roulades dans leurs collants blancs ; les jongleurs lançaient leurs balles et massues ; et la voix de baryton de Damian retentissait par-dessus le brouhaha.

Les habitants de Charleville s'agglutinaient de chaque côté de la rue, contemplant avec émerveillement ce spectacle tandis que les enfants couraient à côté des chariots, essayant d'attraper les bonbons que Viola et les autres conducteurs leur lançaient. Penchés au-dessus de la balustrade des balcons, quelques hommes lançaient des encouragements paillards aux danseuses ; pendant ce temps, les femmes admiraient les muscles des acrobates et saluaient Damian de leurs mouchoirs. Les chevaux attachés aux postes d'attelage trépignaient nerveusement, affolés par le bruit, et plusieurs chiens couraient entre les chariots, aboyant devant cette agitation inhabituelle. Rustine leur répondait et grognait en retour, montrant les dents, prêt à débarrasser la parade de ces intrus, en dépit de la collerette délicate qui lui ornait le cou.

La caravane s'immobilisa au milieu de la ville. Damian grimpa sur le chariot pour y rejoindre Viola. Exécutant avec son chapeau un salut en forme d'arabesque, il fit taire la musique et la foule.

— Citoyens de Charleville, une perspective exquise s'ouvre à nous : celle de faire la preuve de nos talents divers, pour votre plus grand plaisir, nous l'espérons.

Alors que l'orateur recevait des applaudissements fervents, Viola retint un gémissement. La douleur revenait, plus intense, comme une vis s'enfonçant au bas de son ventre. Sa main trembla sur les rênes. Saisie d'un léger étourdissement, elle sentit son pouls s'accélérer et éprouva un besoin impérieux de s'abriter du soleil. Malheureusement, elle était condamnée à rester sur son siège, dans la touffeur débilitante de l'après-midi, car la parade représentait la seule occasion d'inciter les gens à dépenser de l'argent en leur faveur. Prise au piège, elle regarda les artistes qui entraient dans la foule et en sortaient, distribuant leurs prospectus et leurs ballons. *Ce ne sera plus long maintenant*, se répétait-elle, trouvant néanmoins que les minutes s'étiraient interminablement.

Damian s'assit finalement sous les applaudissements sonores de la foule. Après un bref coup d'œil inquiet à sa femme, il reprit les rênes et conduisit la procession jusqu'à la vaste entrée de l'hôtel Coronas. Une fois dans la cour pavée, Viola constata avec gratitude que le soleil, assez bas dans le ciel, était caché par la façade élevée du bâtiment. En sueur, le souffle coupé par la douleur qui lui traversait le corps, elle s'appuya sur Damian qui l'aida à mettre pied à terre et la conduisit dans la fraîcheur du hall.

— Je vais aller chercher le docteur, murmura-t-il en l'installant dans un fauteuil confortable, assisté de Poppy.

Elle opina.

— Cela me rassurerait. Je ne veux pas courir le risque de perdre aussi ce bébé.

Voyant l'anxiété du regard posé sur elle, elle se força à sourire.

— Ce n'est probablement qu'une fausse alerte, reprit-elle, mais je préfère mettre toutes les chances de mon côté. Pas toi ?

Damian hésitait, visiblement partagé entre ses devoirs d'époux et les exigences de sa troupe dont les membres commençaient à discuter âprement.

Poppy croisa les bras et la regarda :

— Tu n'as pas l'air bien, décréta-t-elle. Va chercher le docteur, avant qu'elle n'accouche, dit-elle au jeune homme.

— Damian va y aller tout de suite, déclara Viola avec une fermeté qui propulsa son mari hors du bâtiment. Occupe-toi des filles, Poppy. Elles se disputent encore.

Avec une grimace, son interlocutrice haussa les épaules.

— Ce n'est pas nouveau. Ces idiotes ne connaissent pas leur bonheur.

Viola ne put s'empêcher de sourire. Poppy, qui se moquait des conventions, appelait toujours un chat un chat.

— Fais-nous une tasse de thé, Pops, tu seras un amour.

— D'accord, accorde-moi simplement une minute.

La danseuse sortit au pas de charge et ordonna d'une voix tonnante à ses collègues de trouver la bouilloire et le réchaud parmi les sacs et les paniers.

Viola s'adossa aux coussins et ferma les yeux, écoutant le chapelet de questions soulevées par la mise à disposition des vestiaires et des toilettes. Les hommes s'occupaient à décharger les bagages. Enfin, elle échappait à la chaleur éprouvante et se trouvait à l'écart du chaos.

Damian finit par revenir, une expression contrariée sur le visage.

— Le docteur n'est pas en ville, expliqua-t-il, visiblement inquiet. Il devrait rentrer d'une minute à l'autre. Tout ira bien, ma chérie, je te le promets.

Un sentiment de panique envahit la jeune femme. Comment pouvait-il être aussi certain que tout se déroulerait sans accroc ? Et si un problème surgissait malgré tout ? Au bord des larmes, elle aurait voulu crier mais savait qu'une telle réaction ne la mènerait nulle part. Damian et elle, totalement impuissants, ne pouvaient que s'en remettre au destin.

— Tout ira bien, répéta-t-elle avec toute la fermeté dont elle était capable. Va t'occuper de la troupe, chéri. Poppy va rester avec moi.

Dès que leur amie revint avec une tasse de thé, il embrassa son épouse sur la joue, hésita un moment encore, puis quitta la pièce.

— Où est le docteur ? s'enquit la danseuse, les yeux assombris par l'inquiétude.

— Dans le bush, répondit Viola avec une grimace. Je pense que le moment est vraiment venu, Pops, ajouta-t-elle en agrippant la main de son amie. Retourne à l'hôtel et va voir s'il arrive ou si quelqu'un d'autre peut venir m'aider. N'en parle pas à Damian avant de savoir s'il s'agit d'une fausse alarme ou non. Je ne veux pas qu'il s'inquiète davantage.

— Si tu y tiens vraiment, répliqua Poppy, avec une désapprobation visible.

Viola hocha la tête.

— Il a assez à faire pour l'instant. Tu sais bien qu'il est complètement démuni face à ce genre de situation et qu'il va s'affoler.

Poppy se détourna pour frapper les coussins afin de leur redonner leur gonflant. Viola sirotait son thé en silence. Au bout de quelques minutes, elle eut l'impression d'avoir fait beaucoup de bruit pour rien. La douleur avait cessé aussi soudainement qu'elle était apparue. Hormis le fait qu'elle se sentait vidée de son énergie, tout semblait redevenu parfaitement normal. Mais, en cas de récidive des spasmes, la présence du médecin la rassurerait.

La danseuse revint quelques instants plus tard, le visage rouge et moite.

— Le docteur n'est toujours pas là, mais il doit rentrer ce soir, déclara-t-elle, le souffle court. J'ai couru jusque chez lui. Sa femme est vraiment aimable, elle m'a juré qu'elle nous l'enverrait dès son retour.

Un instant interdite, Viola comprit qu'il n'y avait vraiment rien à faire. Au moins, la douleur avait cessé. De plus, elle ne se trouvait pas au milieu de nulle part, et elle aurait peut-être cette fois la chance de mettre au monde un bébé vivant. Décidant qu'elle en avait assez de rester assise, elle se leva malgré les protestations de sa compagne.

— Il est temps d'aller travailler, dit-elle fermement. Je ne peux pas me prélasser quand il y a tant de choses à faire. De toute façon, j'ai besoin d'avoir l'esprit occupé.

Damian, qui vérifiait l'état du rideau, se retourna.

— Tu restes où tu es, intervint-il. Ton seul devoir consiste à t'occuper de toi et de notre bébé.

Viola protesta, mais ses arguments manquaient de conviction, même à ses propres oreilles. Quand elle vit que son mari refusait de discuter, elle se laissa retomber avec soulagement sur le fauteuil. Pourtant, ce fut avec une frustration croissante qu'elle observa l'installation des décors pour le spectacle. Elle aurait dû être en train d'apporter les accessoires, d'ajuster les costumes ou de balayer la scène, au lieu de prendre ses aises, aussi grasse et indolente qu'un chat bien nourri.

La salle était prête. Devant les sièges élégants de l'hôtel, alignés en rangées régulières, le rideau de velours rouge ressortait de façon magnifique sur la blancheur des murs. Véritable merveille d'invention, les feux de la rampe, reliés à l'électricité de l'hôtel produite par un générateur géant situé à l'arrière du bâtiment, se révélaient beaucoup plus sophistiqués que les lampes à gaz auxquelles la troupe était habituée.

Une fois tout en place, Damian et deux des autres artistes dressèrent le pupitre surélevé que le jeune homme utilisait pour le spectacle. Posé sur une petite estrade, il avait été déniché dans une église en rénovation et acquis – littéralement – pour une chanson : le baryton avait donné une représentation de ses airs favoris à un cercle de dames patronnesses en charge de récolter des fonds pour leur église. Elles s'étaient montrées plus qu'enchantées de lui donner le pupitre en échange de leur ravissement.

Cet accessoire, matelassé de kapok et recouvert de velours pourpre, s'ornait d'un épais galon doré en forme de natte et de glands qui pendaient souplement de chaque côté. Placé à une extrémité de la scène, il servait à Damian pour présenter les numéros et distraire l'assistance, un marteau de commissaire-priseur à la main.

Viola sentait croître son anxiété en même temps que sa frustration. Elle ne pouvait rien faire pour accélérer le déroulement des événements. Finalement, elle fut autorisée à quitter son siège et s'installa confortablement dans un vieux fauteuil en osier. Elle put ainsi apaiser quelques dissensions, aider les danseuses à attacher leurs lacets et, assistée de Poppy, maintenir une bonne entente au sein de la troupe.

La nuit tombait vite dans l'outback. Les lumières furent allumées tandis que l'excitation montait et que le public commençait à arriver. L'orchestre, petit mais talentueux, grâce aux efforts combinés de l'accordéon, du tambour, du piano et du violon, entraîna bientôt les spectateurs à battre des mains au rythme de leurs airs favoris.

Dans le vestiaire – réduit trop étroit où l'on devait jouer des coudes pour se vêtir –, Viola avait aidé les autres à s'habiller. Épuisée, elle sentait la douleur revenir par vagues puissantes. Pourtant, il fallait qu'elle continue comme si de rien n'était : pour que le spectacle se déroule normalement, les comédiens ne devaient avoir aucun sujet de distraction. Si la situation empirait, elle s'éclipserait pendant la représentation pour demander de l'aide à l'hôtel.

Le brouhaha des conversations mourut quand les lumières diminuèrent et que le rideau s'écarta devant Poppy et les cinq autres danseuses, qui exécutaient un french cancan endiablé. Le reste de la troupe attendait en coulisse ; le spectacle avait commencé.

Viola, restée seule dans le vestiaire, écoutait la musique et les trépignements sur la scène de bois. Elle sentait l'odeur poussiéreuse de la salle, les effluves puissants du camphre et des fards, ainsi que les parfums du public féminin. Son oreille aiguisée perçut une fausse note du violon, le retard de la danseuse en solo qui aurait dû démarrer son nouveau pas deux mesures plus tôt, et les claquements du ventilateur qui brassait l'air humide sans grand effet.

Alors que la voix de Damian déclamant son monologue de *Macbeth* résonnait jusqu'aux poutres, Viola s'affaissa dans son fauteuil, le souffle coupé. La vis s'enfonçait de nouveau dans son ventre, lui coupant la respiration et créant autour d'elle une sorte de vide dans lequel aucun son ne pouvait pénétrer, où rien d'autre n'existait plus que l'essence même de la douleur.

Une terreur profonde l'envahit. Elle aurait dû demander de l'aide plus tôt, écouter les avertissements de son corps pour ne pas risquer la vie de son enfant au bénéfice du spectacle. Ses appels furent aussitôt étouffés par les rires et les applaudissements du public. Affaiblie par une respiration courte et saccadée, elle réussit néanmoins à se lever et à atteindre le couloir étroit qui conduisait aux coulisses. Si elle pouvait attirer l'attention, tout irait bien, se répétait-elle. Sinon, il faudrait qu'elle se débrouille seule, à condition toutefois de réussir à atteindre l'hôtel à temps.

— Idiote, articula-t-elle à haute voix, quelle parfaite idiote je suis !

Les filles qui sortaient en courant de la scène faillirent la renverser.

— Tu vas bien ?

Poppy la rattrapa de justesse par le bras pour l'empêcher de tomber.

— Le travail a commencé, dit Viola d'une voix saccadée. Va chercher de l'aide, vite !

Son amie prit les opérations en main avec l'efficacité qui la caractérisait toujours dans les moments de crise. Poppy était une ravissante jeune fille, à la silhouette parfaite, sans talent véritable mais dotée d'une nature aimable et d'un bon sens à toute épreuve. Elle jeta un regard sévère sur les cinq autres danseuses et leur lança de rapides instructions. L'une d'elles s'élança vers l'hôtel et les autres aidèrent Viola à retourner au vestiaire. Un lit fut improvisé sur le sol à l'aide de vieux rideaux, de coussins et d'une couverture.

La souffrance de Viola s'intensifiait. Elle avait perdu les eaux et savait qu'elle allait bientôt accoucher. Couverte de sueur, le corps tendu, impatiente de voir arriver le médecin, elle entendait Damian présenter Max et son petit chien. Un peu apaisée par le son de sa voix, elle lutta pour étouffer ses cris afin de ne pas troubler la représentation. Elle pouvait y arriver. Elle pouvait y arriver même sans lui à ses côtés.

— Et le docteur ? souffla-t-elle en s'agrippant à la main de sa compagne.

— Il n'est toujours pas rentré, répondit Poppy dont le visage habituellement joyeux s'était assombri. Heureusement, j'ai aidé ma mère à accoucher de tous ses moutards et je sais quoi faire. Dis-moi simplement quand tu es prête pour la dernière poussée, et on fera apparaître ce petit mouflet en un clin d'œil.

Le moment venu, Viola rassembla toute l'énergie qui lui restait et, au cours d'un ultime effort, sentit l'enfant glisser hors de son corps. En se laissant retomber sur la couche sommaire, elle n'avait qu'une pensée.

— Est-ce qu'il respire ? demanda-t-elle tandis que Poppy coupait le cordon et enveloppait prestement le petit dans une serviette.

En guise de réponse, le bébé poussa un cri vigoureux, agita les poings et secoua ses petites jambes potelées pour protester contre la violente épreuve qu'il venait de subir. Son indignation ne s'atténua pas lorsque Poppy entreprit de le laver et de le langer.

Les joues mouillées de larmes, Viola tendit les mains pour le prendre contre elle. La douleur et la peur s'évanouirent instantanément au contact du petit être révolté qu'elle contemplait avec une indicible émotion.

Un bruit de pas sonore annonça l'arrivée de Damian.

— J'ai entendu un cri de bébé ! s'écria-t-il en tombant à genoux près d'elle. Ma chérie, mon adorée ! Pourquoi ne m'as-tu rien dit ?

— Pour risquer d'interrompre le spectacle ? s'écria-t-elle. Jamais ! Nous avons une tradition à perpétuer, n'est-ce pas ?

Damian prit le bébé dans ses bras et le berça doucement.

— Alors il nous faut la respecter entièrement, déclara-t-il, les yeux brillants, sans pouvoir réprimer les pleurs qui coulaient sur son beau visage.

Viola savait ce qu'il allait faire. Sans tenir compte des protestations des danseuses, elle se leva avec peine, prit le bras de son mari et, lourdement appuyée contre lui, le suivit. En lui adressant un signe d'encouragement, elle le regarda avancer à grands pas sur la scène. *Sans le moindre doute, j'appartiens à cet homme*, songea-t-elle. *Et, maintenant, nous formons un tout*.

— Mesdames et messieurs, tonna Damian en soulevant le bébé emmailloté au-dessus des feux de la rampe, je vous présente Catriona Summers, la nouvelle étoile du Summers' Music-Hall.

Les spectateurs l'acclamèrent.

2

— Kitty, tu te dépêches, ma fille ? Nous partons.

Catriona, tirée de sa rêverie, regarda sa mère en clignant des paupières. Absorbée par la beauté du paysage qui l'entourait, elle en avait oublié l'instant présent.

— Pourquoi doit-on s'en aller, Mam ? C'est si beau ici !

Viola l'étreignit rapidement de ses bras minces, l'enveloppant dans les effluves de son parfum fleuri.

— Je sais, mon cœur. Nous reviendrons un jour dans la région ; en attendant, nous devons bouger, tu le sais.

Catriona soupira. Le fait d'être née dans le vestiaire poussiéreux d'une salle de province et d'avoir eu pour berceau un panier d'accessoires signifiait-il que sa vie – à l'instar des dix longues années écoulées – consisterait toujours à suivre les pistes de terre qui s'entrecroisaient dans le vaste outback australien ?

Chaque nouvelle ville signifiait un nouveau spectacle, au milieu d'un cycle ininterrompu de voyages inconfortables, de répétitions et d'essais de costumes. Elle n'avait pour amis que les hommes et les femmes de la troupe, et pour professeur que son père, qui lui faisait apprendre par cœur de grandes tirades de Shakespeare afin qu'elle puisse les interpréter sur scène quand elle serait un peu plus grande.

N'ayant connu que la vie de nomade et étant considérée partout comme une étrangère et une bohémienne, elle aspirait au calme, à la stabilité, et à la chance de s'installer dans un endroit d'où elle ne serait pas obligée de partir. L'éventualité d'aller à l'école, surtout, et d'avoir des amis de son âge lui paraissait extrêmement enviable. Toutefois, elle savait qu'il s'agissait d'un espoir impossible à réaliser. Ses parents lui avaient souvent expliqué que les gens comme eux n'étaient pas destinés à mener une vie ordinaire. Elle-même, chantant et dansant déjà, était une vedette de la scène et, en tant que telle, ne pouvait se mêler aux simples mortels.

Elle plongea son regard dans les grands yeux couleur lavande bordés de longs cils noirs de sa mère, frustrée de ne pouvoir lui faire part de ses pensées. De toute manière, Viola les aurait ignorées et qualifiées de vaines rêvasseries qui, une fois concrétisées, n'auraient su apporter que des déceptions.

— Quand allons-nous revenir ? insista la fillette.

— Bientôt, répondit distraitement la jeune femme en haussant ses élégantes épaules. Viens, ajouta-t-elle en agrippant la main de l'enfant. Les chariots vont partir sans nous.

Catriona fit un pas de côté pour éviter la main tendue. Elle voulait contempler une dernière fois la maison nichée dans la grande vallée qui s'étendait sous ses pieds. Abritée par des bosquets d'eucalyptus et entourée de dépendances, elle semblait confortable et accueillante, incarnant le foyer idéal.

Du promontoire de pierre où elle se tenait, la fillette embrassa du regard le paysage. Sous le ciel clair, une grande chaîne de montagnes traçait une immense tache pourpre sur l'horizon et offrait un cadre grandiose. Au son des cascades dévalant la colline, des chevaux et des bovins broutaient l'herbe jaune dans des paddocks entourés de barrières d'un blanc immaculé. De la fumée s'échappait de la cheminée de la maison principale et, sur une corde à linge, se balançaient des draps secoués par le vent. Prenant une profonde inspiration pour refouler les larmes qui troublaient tout à coup sa vision, Catriona fit le vœu de revenir un jour en ce lieu, pour ne plus jamais le quitter.

À contrecœur, elle suivit sa mère jusqu'à la clairière où la troupe s'était installée la veille au soir, puis s'appliqua à participer au chargement de la roulotte.

Damian Summers, qui avait déjà attelé le docile Jupiter, serrait les épaisses lanières de cuir, les cheveux dans les yeux.

— Kitty, ma chérie, je croyais que tu nous avais quittés.

Catriona sourit en hissant un lourd panier à l'arrière du véhicule.

— Pas encore, Pa, répliqua-t-elle.

Il traversa à grands pas la distance qui les séparait, entoura la fillette de son bras et, la serrant contre lui, lui déposa un baiser sur la tête.

— Le ciel veuille que je reste éloigné de ce jour ! Que ferais-je sans ma petite fleur près de moi ?

En riant, elle enfouit son visage dans la chemise de son père, respirant la délicieuse odeur de savon, de tabac et de brillantine dont le mélange évoquait l'homme qu'elle adorait. À ce moment précis, elle était heureuse que ses parents – à leur grande tristesse, toutefois – n'aient pas eu d'autre enfant.

Damian la libéra et, se tournant pour faire face au groupe, prit place au centre du campement.

— *Hé, debout donc, levons-nous pour agir*, déclama-t-il. *Avec un cœur hardi, défiant le sort, toujours avançant et persévérant.*

Catriona connaissait par cœur cette citation de Longfellow que son père répétait chaque fois qu'ils se dirigeaient vers une nouvelle ville et qui ne manquait jamais de provoquer en elle un frisson d'excitation ; d'une certaine façon, elle renforçait l'attrait de l'aventure et balayait momentanément son désir de ne plus voyager.

La troupe ne se composait plus que de quatre roulottes, qui s'ébranlèrent lentement hors de la clairière. Catriona, assise entre ses parents sur le siège du véhicule de tête, songeait que cette communauté toujours mouvante, aujourd'hui amputée d'une partie de ses membres, constituait une famille ; sa famille : ces hommes et ces femmes qui partageaient une passion pour tout ce qui relevait de l'art de la scène. Comédiens, chanteurs, danseuses, dresseur de chien, chacun d'entre eux se montrait prêt à effectuer de nombreuses tâches pour avoir la chance de briller, quelques minutes chaque soir, dans son domaine de prédilection.

L'âme soudain réchauffée par la fierté de faire partie de cette tribu, la fillette s'installa confortablement pour le voyage. Très tôt, elle avait compris qu'elle devait jouer son rôle pour distraire les spectateurs. Bien qu'elle se sente souvent en proie au trac avant d'entrer en scène en compagnie des danseuses, elle avait retenu les pas que Poppy lui avait enseignés et pouvait maintenant, après beaucoup de pratique, sortir un air décent du vieux piano attaché à l'arrière de l'une des roulottes. Toutefois, elle préférait plus que tout chanter sur les disques qu'elle écoutait sur le lourd Gramophone à ressort. Et, si la plupart de ces airs étaient des extraits d'opéras en langue étrangère, Mam lui avait donné suffisamment d'éléments sur l'argument de ces œuvres pour lui permettre de ressentir la passion contenue dans leur musique. Elle avait pour ambition la plus ardente de devenir, elle aussi, un soprano, et de vivre, chaque soir, le destin d'une héroïne.

Bercée par le balancement de la roulotte qui s'enfonçait dans l'arrière-pays, elle étouffa un bâillement et laissa errer ses pensées. La nuit précédente, elle n'avait pas beaucoup dormi, car elle avait suivi la discussion animée des membres de la troupe à propos de l'éventualité d'échanger les roulottes tirées par des chevaux contre des véhicules motorisés. On était en 1931, et, bien que les temps soient plus durs que jamais en raison de la Grande Dépression, il était dangereux pour des gens du spectacle de se laisser dépasser par le progrès. De l'avis de son père, leur music-hall courait le danger d'être bientôt assimilé à un cirque, ce qui n'avait rien de déshonorant, mais risquait malgré tout de causer leur perte.

Le débat s'était poursuivi autour du feu de camp jusqu'à une heure avancée de la nuit. Catriona, recroquevillée sous des couvertures à l'arrière de la roulotte, comprenait la logique qui sous-tendait les arguments des deux camps. Un camion pouvait voyager plus vite, mais serait plus coûteux à entretenir que les chevaux. D'un autre côté, leur façon traditionnelle de voyager, qui avait du charme, présentait également des inconvénients qui ne risquaient pas de s'arranger s'ils ne gagnaient pas suffisamment d'argent pour s'offrir davantage de confort.

Au sein d'un groupe aussi étroit, les secrets étaient difficiles à garder. Catriona savait que leurs rentrées d'argent devenaient insuffisantes, que leurs numéros perdaient de leur intérêt, et que la troupe risquait de se réduire encore au fil des semaines, si d'autres artistes décidaient d'aller tenter leur chance ailleurs. Il devenait difficile de remplir même les salles les plus petites, car les gens n'avaient pas assez d'argent pour s'offrir le luxe d'une distraction ; bien entendu, la Dépression expliquait en grande partie cette situation.

Une secousse du véhicule ramena la fillette à la réalité. Elle jeta un coup d'œil par-dessus son épaule dans l'espoir d'apercevoir une dernière fois la vallée enchanteresse. Malheureusement, elle était dissimulée par un épais rideau d'arbres. Il ne lui restait plus qu'à garder précieusement les images dans sa mémoire, pour entretenir le rêve de revenir un jour.

Ayant atteint les environs de Lightning Ridge l'après-midi suivant, le groupe installa son campement dans un endroit dégagé. En l'absence de théâtre, la représentation aurait lieu en plein air. Cependant, les artistes n'espéraient pas réunir un vaste public, car ils avaient appris au cours de leur trajet que les mineurs d'opales vivaient misérablement, victimes, eux aussi, de la crise.

Lightning Ridge était un ensemble d'abris de fortune, abritant une communauté isolée. Composées de toile, de vieux bidons de kérosène et de tout autre matériau traînant dans les environs, ces habitations avaient été dressées sur la terre parsemée de trous de mulots. Un assemblage étonnant de chevaux, de mules et de chariots attendait autour de chaque puits, dans le bruit des roues et des poulies rouillées qui hissaient la terre et la silice du sous-sol. C'était un univers d'hommes, d'espoirs et de rêves brisés, un univers de visages maussades qui observaient avec des regards soupçonneux les mouvements de la troupe sous les arbres situés à quelque distance de la zone minière principale.

Catriona aida à soigner les chevaux et participa au déballage des costumes, avant de répéter le dernier numéro de danse que Poppy avait imaginé pour elle. Lightning Ridge était un drôle d'endroit, pensait-elle en s'efforçant en vain de se concentrer sur ses gestes. Il y régnait une odeur bizarre, mais Pa lui avait expliqué qu'elle était due aux bassins de soufre qui reposaient, verdâtres et mystérieux, entre les roches. Il n'y avait pas de rivières ici, pas de trous d'eau ni de ruisseaux – juste des buissons d'épineux et la pierre nue ornée de touffes d'herbes s'agrippant à la vie dans les crevasses et les fissures. En regardant vers la vallée, elle voyait une immense étendue de prairies, où des fleurs sauvages aux couleurs vives égayaient le vert tendre des bosquets et le rouge sombre de la terre.

— Kitty, intéresse-toi plutôt à tes pieds, s'écria Poppy rudement. C'est la troisième fois que tu te trompes.

Catriona était lasse de répéter. Elle connaissait les pas et les exécuterait correctement sur scène. Pour l'instant, elle voulait être libre de courir le long des crêtes rocheuses et d'explorer les bassins sulfureux. Avec une moue boudeuse, elle croisa les bras.

— J'en ai assez.

La jeune femme glissa ses cheveux derrière les oreilles. Son abondante crinière décolorée avait été récemment coupée au carré puis ondulée, selon les critères de la dernière mode, à l'exception de la longue frange raide qui tombait devant ses yeux.

— Ce n'est pas très important, de toute façon, dit-elle. Cet endroit n'est pas exactement le Moulin-Rouge.

Catriona, qui adorait entendre parler des grands théâtres, savait que Poppy se laissait facilement entraîner dans ce genre de conversation.

— Est-ce que tu as dansé dans des salles importantes ? demanda-t-elle, abandonnant tout simulacre de répétition.

Elle se percha sur un gros rocher, but une gorgée d'eau au goulot de la gourde et grimaça en avalant le liquide au goût de cuir.

La danseuse essuya son visage couvert de sueur.

— Bien sûr, répliqua-t-elle en se hissant à côté de la fillette et se désaltérant à son tour. Une fois seulement. On s'est vite aperçu que j'avais menti à propos de mon âge. J'avais déjà une allure avantageuse, si tu vois ce que je veux dire.

Elle plaça les mains sous sa poitrine généreuse qu'elle souleva pour appuyer son propos.

— Mais quelqu'un est allé rapporter au directeur que je n'avais que quinze ans, ajouta-t-elle. Il m'a réexpédiée d'où je venais sur-le-champ. Il y avait un règlement, tu comprends, et j'aurais dû être à l'école plutôt que de me trémousser en petite culotte devant des regards masculins.

Les yeux de Catriona s'écarquillèrent.

— En petite culotte ? Tu veux dire que tu étais nue ?

Poppy s'esclaffa en rejetant la tête en arrière.

— Eh oui, ma cocotte. J'étais nue comme un ver, en haut, tout au moins. Seules quelques plumes et paillettes me protégeaient de la pneumonie. Tu ne peux pas t'imaginer à quel point les vestiaires étaient glacés, et les courants d'air sur scène, épouvantables.

L'âge de son auditrice lui revenant tout à coup en mémoire, elle s'interrompit.

— C'était le bon temps, murmura-t-elle finalement.

Catriona s'efforça d'imaginer son interlocutrice en petite culotte, parée de plumes et exécutant un french cancan. Elle se mordit la lèvre, luttant contre le rire qui menaçait d'éclater. Cette histoire incroyable semblait inventée de toutes pièces.

— Tu ne regrettes pas d'être venue ici, n'est-ce pas ? s'enquit-elle.

— J'ai trente-deux ans, mon poussin. J'ai des regrets, bien sûr, et ce fichu pays est beaucoup trop vaste et vide pour une fille qui n'a qu'elle-même à offrir.

La danseuse contempla lentement le décor qui l'entourait et plongea son regard dans celui de Catriona avec un soupir.

— Il va bientôt être temps pour moi de retourner à la ville. Je deviens un peu trop vieille pour tout ça. Jamais je n'enthousiasmerai les foules et, si je n'y prends pas garde, je serai bientôt trop âgée pour trouver un homme et faire des bébés.

La fillette sentit une boule se former dans sa gorge. Poppy faisait partie de sa vie. Non seulement elle l'avait aidée à venir au monde, ce qui en faisait une sorte de seconde mère, mais elle était aussi devenue sa meilleure amie. L'idée de la voir partir était intolérable.

— Tu ne vas pas vraiment nous quitter? articula-t-elle, la voix tremblant d'émotion.

Les yeux clairs de sa compagne parcoururent l'océan de prairies et se fixèrent sur l'horizon.

— Nous devons tous prendre des décisions difficiles, tu sais. Ce n'est pas par ici que je vais trouver mon prince charmant. Mais ne t'inquiète pas, mon cœur, je ne partirai pas sans te le dire.

La fillette se nicha contre elle, ne pouvant imaginer la vie sans cette femme qui lui était si chère.

— Je ne veux pas que tu partes. Je t'en empêcherai.

Poppy s'écarta doucement et la fixa d'un air grave.

— Ce que j'ai ici ne me suffit pas, Kitty. Je veux un foyer, un mari et des enfants. Comment veux-tu que je les trouve en traînassant au fond de nulle part dans une roulotte peinturlurée? ajouta-t-elle avec un rire amer.

Catriona eut un frisson devant cette véhémence inattendue.

— Où vas-tu aller? Comment vas-tu faire toute seule?

La jeune femme se leva et lissa la robe de coton léger qui lui couvrait à peine les genoux.

— Je me débrouillerai. Je me débrouille depuis l'âge qui est le tien aujourd'hui, ne t'inquiète pas pour moi.

Elle tendit la main à son interlocutrice qu'elle aida à se relever.

— Allons, il faut répéter ton numéro encore une fois avant que ton père ne vienne nous houspiller parce que nous perdons du temps.

Pendant leur ultime répétition, comme pendant le reste de la journée, la fillette s'efforça d'admettre que Poppy avait le droit de choisir sa façon de vivre. En la suppliant de rester, elle se montrait sans aucun doute très égoïste. Cependant, il était difficile de l'imaginer loin de leur groupe, de voir, peu à peu, leur grande famille se réduire et, pourquoi pas, menacer de disparaître…

Damian revint du camp de mineurs où il venait de distribuer les prospectus. Il était accompagné d'un étranger, grand homme blond coiffé d'un haut-de-forme et muni d'une canne à pommeau d'argent, dont le visage s'illumina d'un sourire lorsqu'il fut présenté aux autres membres de la troupe.

— Voici Francis Kane, expliqua Damian. Il va nous montrer où trouver de l'eau.

— Bonjour, amis voyageurs.

Le nouveau venu ôta son chapeau avec une arabesque avant de se tourner vers Viola.

— Francis Albert Kane à votre service, chère madame.

Il s'inclina sur la main tendue, dont il fit mine d'embrasser les doigts, sans les effleurer tout à fait.

— Kane est acteur, expliqua Damian à l'assistance médusée.

— Hélas, mon ami, j'ai été saisi par la fièvre de l'opale dans cet environnement peu salubre et ma carrière s'est effondrée, déclara Kane en plantant de nouveau le chapeau sur sa tête. Et voilà que j'aspire maintenant à retrouver les planches.

— Si un travail dur, une nourriture frugale et un faible revenu ne vous font pas peur, vous êtes le bienvenu parmi nous.

— Mon cher, s'écria Kane en posant la main sur son cœur suffisamment longtemps pour être sûr d'avoir attiré l'attention de tous, c'est pour moi un honneur.

Catriona l'observait, bouche bée. Outre son attitude grandiloquente, il parlait avec un accent qu'elle n'avait jamais entendu auparavant. On aurait dit qu'il articulait la bouche pleine.

Poppy dut lire dans ses pensées, car elle se pencha vers elle, cachant sa bouche d'une main.

— C'est un Anglais, et de la haute, si je ne me trompe pas.

— Il est drôle, dit la fillette en s'esclaffant.

— Il y a quelque chose qui cloche chez lui, répliqua son amie d'une voix songeuse. Qu'est-ce qu'un type comme ça fait ici ? Il faut l'avoir à l'œil, c'est sûr.

L'enfant haussa les épaules ; elle appréciait la façon dont Kane faisait rire tout le monde. De toute manière, Poppy avait tendance à se méfier systématiquement des inconnus.

— Pa a l'air de l'apprécier, répondit-elle.

— Il peut se présenter comme un acteur, mais je n'en connais pas qui aient cette allure, en particulier par ici.

Agacée par cette conversation, Catriona fit la moue.

— C'est Pa qui décide. Je vais faire un tour, on se verra tout à l'heure.

Elle descendit la pente raide jusqu'à la vallée, où elle cueillit des mûres dans les buissons enchevêtrés qui poussaient sous les arbres frêles. Avec ravissement elle admira les oiseaux de couleurs vives piaillant de branche en branche au-dessus de sa tête.

Ils lui faisaient penser à Poppy et aux autres danseuses, toujours vêtues de plumes, même en dehors de la scène ; comme eux, elles ne cessaient jamais de jacasser ni de se plaindre.

Revenue au campement, elle participa à la préparation du repas en finissant d'éplucher les légumes qu'elle jeta dans le ragoût de chèvre qui mijotait sur le feu de camp. Grâce au pain cuit sur les braises et aux pommes de terre enfouies sous la cendre, la troupe aurait ce soir un bon repas. Les chèvres sauvages abondaient dans cette région et l'un des chanteurs en avait attrapé trois ; les deux autres, écorchées et salées, pendaient maintenant à l'arrière de l'une des roulottes.

Pa avait disparu, en compagnie de M. Kane, et Mam s'installait pour ravauder quelques vêtements tant que la lumière était suffisante. Attachés de façon à pouvoir se mouvoir, les chevaux broutaient l'herbe rare qui poussait sous les arbres desséchés, tandis que, dans le camp étrangement calme, les artistes se préparaient à la représentation du lendemain. Contrairement à leur habitude, Poppy et les filles, affairées à sortir leurs costumes, parlaient pour une fois à voix basse, comme sous le poids de l'inertie du destin.

Catriona, élevée parmi des adultes, restait parfois livrée à elle-même. Tout en aspirant à la compagnie d'enfants de son âge, elle aimait étudier, lire et s'adonner à la rêverie. Puisque tout le monde autour d'elle était occupé, elle décida d'aller chercher une couverture et un livre, puis de trouver un endroit abrité et à l'écart pour savourer un moment de détente.

Elle s'éloigna un peu du camp et s'installa sous un arbre dont l'épaisse frondaison la protégeait des regards. Après s'être débarrassée de ses chaussures, elle ôta ses vêtements, hormis sa culotte, et s'étendit sur la couverture, observant les ombres qui jouaient sur sa poitrine et son ventre nu. Une brise soufflait légèrement, délicieusement fraîche après la chaleur de la journée. Longuement, elle s'étira, comprenant tout à coup ce que les chats pouvaient éprouver quand ils étaient contents.

Son imagination s'envola. Si le sol se transformait en eau, elle deviendrait une sirène, dotée d'une longue queue argentée qu'elle utiliserait pour plonger dans de sombres profondeurs vertes et froides. Jamais elle n'avait vu la mer, sauf dans des livres, mais Pa la lui avait décrite, ce qui lui permettait de se la représenter.

Tout à coup, sentant que quelqu'un l'observait, elle sortit de sa rêverie en sursaut.

Un homme se dressait à ses côtés, tournant le dos au soleil qui découpait sa silhouette sombre, totalement inconnue.

La fillette frissonna. Instinctivement, elle s'assit et entoura ses genoux de ses bras.

— Qui êtes-vous ? demanda-t-elle en plissant les yeux. Que faites-vous ici ?

— Je m'appelle Francis Albert Kane, dit le nouveau venu de sa voix élégante. Acteur et conteur de la scène anglaise, à votre service, *mademoiselle* [1].

Il s'inclina et ôta son chapeau avec cérémonie.

Malgré l'attitude amicale du nouveau venu, Catriona se sentait mal à l'aise. Les années d'habillage et de déshabillage devant les membres de la troupe lui avaient ôté toute timidité, mais elle prenait

1. En français dans le texte.

conscience, depuis quelque temps, des changements de son corps. Le fait de se trouver presque nue devant cet étranger la fit rougir.

— Tournez-vous pendant que je m'habille, ordonna-t-elle.

Il ramassa la robe de coton et la lui tendit avant de se retourner et de contempler le panorama.

— *Hâte-toi, ô nymphe, et n'oublie pas de revêtir tes plaisanteries et ta gaieté juvénile*, déclama-t-il.

Catriona enfila rapidement le vêtement sans quitter des yeux le dos de l'intrus. Il était aussi grand que son père et, apparemment, à peu près du même âge. Cependant, à part leur tendance commune à déclamer des citations en permanence et leur façon théâtrale de s'exprimer, ils étaient très dissemblables. Blond aux yeux bleus, M. Kane arborait une moustache et une barbiche parfaitement taillées, ainsi qu'un costume neuf et des chaussures bien cirées. Poppy avait raison. Il avait une allure étrange pour un mineur d'opale, même s'il se disait acteur avant tout.

Il la scruta à son tour, le visage impassible.

— *Adieu, gentille amie, adieu, je ne puis rester plus longtemps près de vous. J'accroche ma harpe sur un saule pleureur, afin que le monde vous épargne les pleurs.*

Elle le regarda s'éloigner, le dos droit et les épaules en arrière, balançant sa canne d'une main élégante qui n'avait probablement pas connu de tâches ingrates. Non, il ne serait pas sage de faire immédiatement confiance à cet homme mystérieux.

Tout était prêt pour la représentation du lendemain. À l'avant de la roulotte longue et étroite, le lit des parents de Catriona, que l'on baissait chaque soir, occupait une grande partie de l'espace. La fillette dormait à l'arrière, sur un matelas entouré de boîtes de rangement et de malles de costumes en osier ; au-dessus d'elle, des sacs de mousseline, accrochés au plafond, protégeaient les perruques et les masques trop précieux pour être emballés.

Viola se pelotonna contre Damian, réconfortée par sa chaleur sous les couvertures qui ne parvenaient pas à les protéger totalement contre le froid nocturne. Malgré sa fatigue, elle ne parvenait pas à s'endormir. L'avenir suscitait en elle une immense inquiétude que même l'arrivée d'une personnalité aussi impressionnante que Kane ne pouvait apaiser. Leur mode de vie était attaqué sur deux fronts. Non seulement la Dépression les tuait à petit feu, les vidait de leur énergie et de leur enthousiasme, mais le cinéma était apparu, proposant, à grand renfort de moyens, des comédies et des drames spectaculaires. Apparemment, le music-hall n'intéressait plus personne.

Étendue dans le noir, elle appuyait la tête sur le bras de son mari qui lui caressait doucement l'épaule. Ils s'étaient livrés à des discussions interminables sur ce qu'il convenait de faire, mais une seule solution semblait s'imposer : abandonner la vie de nomade. Il leur faudrait essayer de trouver du travail dans les théâtres des grandes agglomérations, même si cela signifiait participer aux spectacles vulgaires. Elle frissonna. Aucun artiste digne de ce nom ne pouvait accepter de tomber si bas. Elle aurait préféré balayer les rues plutôt que de fréquenter les strip-teaseuses et les comédiens ratés.

Comme toujours, Damian devina ses pensées.

— Nous allons trouver une issue, chuchota-t-il. Peut-être l'arrivée de M. Kane va-t-elle nous aider à redémarrer ?

Veillant à ne pas être entendue de Catriona, Viola baissa la voix.

— M. Kane est de toute évidence très distrayant ; nous n'avions pas autant ri depuis longtemps.

Percevant une nuance de scepticisme dans son intonation, il l'attira vers lui et lui embrassa le front.

— C'est un conteur-né. Je ne comprends pas comment il a pu quitter la scène.

Viola se lova dans ses bras et remonta la couverture jusqu'au menton. Elle voyait les étoiles dans l'entrebâillement des lourds rideaux et entendait le vent dans les arbres.

— Quelle est son histoire ? demanda-t-elle.

— Ils en ont tous une, n'est-ce pas ? dit Damian avec un petit rire.

Voyant qu'il s'interrompait un instant, Viola se demanda à quoi il pensait. Un grand nombre de femmes et d'hommes qui avaient voyagé avec eux au cours des onze dernières années avaient cherché à échapper à quelque chose ou à quelqu'un. Cet état de fait ne posait pas de problème tant qu'ils faisaient leur part de travail et ne causaient aucun ennui à l'ensemble du groupe. Kane, toutefois, paraissait différent. Elle n'arrivait pas à le cerner.

— Nous avons eu une longue conversation en allant chercher de l'eau à la station[1] de moutons, reprit Damian. Il vient d'Angleterre, bien sûr ; avec cet

1. Les stations sont les fermes d'élevage de l'Australie qui s'étendent sur des milliers d'hectares.

accent, le contraire aurait été étonnant. Arrivé en Australie il y a quelques années au sein d'une troupe en tournée, il a décidé de rester quand on lui a offert une place dans une compagnie importante de Sydney. Ce veinard a travaillé dans les plus grandes salles.

— Alors comment se retrouve-t-il à Lightning Ridge ?

— Il nous l'a expliqué. La fièvre de l'or s'est emparée de lui et la chance lui a souri. Il est venu ici pour voir si la bonne fortune ne l'avait pas quitté.

— Pour quelle raison veut-il se joindre à nous ? insista Viola. S'il a de l'argent, pourquoi ne retourne-t-il pas à la ville ?

— Je ne le lui ai pas demandé. Tu connais nos principes : tout homme a droit à son jardin secret.

Son interlocutrice ne se montra pas convaincue.

— Poppy se méfie de lui, et moi aussi. Il n'est pas de notre monde.

Damian s'appuya sur un coude et la regarda.

— C'est un acteur – il a conservé tous les programmes de théâtre qui le prouvent. En outre, il a de l'argent à la banque et ne nous réclamera pas de salaire tant qu'il sera avec nous.

— Et tu ne trouves pas cela un peu trop facile ? s'exclama-t-elle en le fixant sévèrement.

Il s'allongea de nouveau et lui tourna le dos en tirant sur la couverture.

— Cela nous arrange pour le moment. Tu ne devrais pas être aussi soupçonneuse. Cet homme a le droit de mener sa vie comme il l'entend et nous n'avons aucune raison de nous mêler de ses choix.

Le spectacle était prévu à onze heures du matin. Il se déroulerait sur un carré de terre battue devant lequel le public s'installerait en demi-cercle, sur des couvertures. Des bâches et de vieux rideaux de velours avaient été suspendus sur les arbres environnants pour donner un peu de solennité aux entrées sur scène des artistes. Malgré l'aspect misérable qu'avait le pupitre de Damian sous le soleil implacable, malgré le piano désaccordé qui faisait entendre ses notes tremblotantes à l'arrière de l'une des roulottes, la troupe réduite, luttant contre son manque d'enthousiasme, était prête à donner le meilleur d'elle-même.

Le temps s'écoulait, Catriona vit son père regarder sa montre à gousset au moins dix fois avant que les premiers spectateurs n'apparaissent, formant un tableau étrange : maigres, presque émaciés, ils étaient vêtus de haillons tachés par la terre et la sueur. Leurs cheveux longs emmêlés et leur barbe en broussaille, tombant sur la poitrine, donnaient l'impression qu'ils n'avaient jamais connu l'eau et le savon. Arrivant seuls ou par deux, le regard méfiant, ils sortaient avec réticence leurs pennies, avant d'aller s'asseoir.

— Bon sang ! marmonna Poppy. J'ai vu des cadavres plus riants !

— Eh bien, ma chère, il ne nous reste plus qu'à les égayer, décréta Kane en faisant tournoyer sa canne. J'ai déjà fait ma part en leur vendant la bière qui me restait, alors allez-y, les filles, montrez-leur ce que vous savez faire !

À la première note de musique, les danseuses firent bouffer leur jupe et s'élancèrent sur scène, alternant levers de jambes et pirouettes au son de cris joyeux.

Catriona observait les mineurs. Indéniablement, les filles avaient réussi à les tirer de leur torpeur. Quelques-uns d'entre eux battaient des mains en rythme, avec un large sourire – sans doute la bière de Kane n'était-elle pas étrangère à leur enthousiasme. Pourvu que la situation ne dégénère pas, songea-t-elle. Elle savait ce qui se passait quand les spectateurs avaient bu et ne souhaitait pas renouveler ce genre d'expérience : une fois, il y avait eu de la bagarre et Pa avait dû intervenir pour protéger les femmes de la troupe.

Quand le numéro fut terminé, Max entra avec son petit chien ; aussitôt s'élevèrent des exclamations moqueuses et des protestations réclamant le retour des filles. Forcé de quitter la scène à la moitié de son numéro, Max céda la place à Damian. Cependant, le public ne se calmait pas. La boisson aidant, les mineurs ne voulurent pas davantage de Viola, dont la voix fut couverte par des quolibets et des commentaires grossiers.

La soprano sortit de scène et attrapa la main de Catriona :

— Tu ne feras pas ton numéro aujourd'hui, dit-elle d'un ton fébrile. Cela pourrait tourner mal. Quand ton père aura fini son monologue, il renverra les filles sur scène. Nous devons être prêts à partir à la minute où elles auront terminé.

La fillette aida sa mère à ranger les affaires dans la roulotte et à atteler Jupiter. Viola dissimula leur maigre recette dans une boîte en fer qu'elle enfouit dans les plis d'un costume, puis elle grimpa sur le siège du véhicule et saisit les rênes.

— Monte à l'intérieur, ordonna-t-elle, et ne sors pas avant que je te le dise.

Catriona s'assit à l'arrière de la roulotte et jeta un coup d'œil par l'entrebâillement des rideaux. Alors que les filles étaient de retour sur la scène, les autres membres de la troupe, à part Kane et Pa, avaient remballé leurs affaires en silence et attendaient, prêts à démarrer. Deux hommes apportaient le pupitre de Damian, transpirant sous l'effort, tandis que les danseuses essayaient de gagner du temps. Dans la poussière soulevée par leurs sauts, elles relevaient leurs jupes par intermittence, laissant volontairement apercevoir des jambes musclées et des chevilles fines. Sous les sifflets et les cris d'encouragement qui les incitaient à ne pas s'interrompre, Poppy jetait des coups d'œil anxieux vers leur directeur, attendant son signal pour quitter la scène en courant.

Damian jugea enfin que tout était prêt. Après avoir prévenu Kane d'une brève inclination de la tête, tous deux entrèrent d'un pas assuré devant le public. C'était le signal que les filles attendaient. Elles se précipitèrent vers les roulottes tandis que leurs protecteurs tentaient de restaurer le calme parmi les mineurs hurlant qu'ils n'en avaient pas pour leur argent.

Catriona, le cœur battant et la bouche sèche, vit les hommes ivres de colère former un cercle autour de son père et de Kane. Soudain, ce dernier leva la main et une pluie argentée jaillit un instant en l'air, pour retomber aussitôt. Les spectateurs s'agenouillèrent, se bousculant pour ramasser les pièces qui s'éparpillaient sur le sol.

Les deux hommes s'échappèrent subrepticement. Kane enfourcha son élégant hongre alezan et Damian grimpa aux côtés de son épouse.

— Allons-y ! cria-t-il pour être entendu malgré le vacarme. Allons-y avant qu'ils ne comprennent le subterfuge !

Dès que Viola eut secoué les rênes sur la large croupe de Jupiter, le cheval partit au galop. Catriona fut projetée sur le sol. Des paniers l'éraflèrent et un objet tomba sur sa jambe. Cependant, l'excitation de ce départ précipité, mêlée à la peur d'être rattrapée, oblitéra la douleur. Une fois que les véhicules purent ralentir et reprendre leur allure habituelle, elle comprit que le mode de vie de ses parents arrivait à son terme. La question de savoir s'il allait prendre fin ne se posait plus, il s'agissait simplement de se demander quand cela se produirait.

3

Un sentiment d'abattement régnait parmi les occupants des deux roulottes qui avançaient sur la large route de terre traversant le petit ensemble de maisons de Goondiwindi. Le nom aborigène de ce village signifiait « lieu de repos des oiseaux », mais Catriona se demandait si la troupe trouverait un jour, de nouveau, simplement un endroit où elle pourrait être accueillie avec bienveillance. À cause de l'apparition du cinéma parlant et de l'attrait des lumières de la ville, le groupe s'était encore rétréci après le désastre de Lightning Ridge. Il n'était plus possible de rivaliser avec l'écran qui apportait les merveilles du monde extérieur chez les habitants de l'outback : bien souvent, le nombre très réduit des spectateurs du Summers Music-Hall ne valait pas la peine de répéter ni de déballer costumes et accessoires.

La fillette, assise entre ses parents, s'efforçait de trouver quelque chose d'encourageant dans les bâtiments hétéroclites qui constituaient la petite ville. Le bureau de douane victorien avait belle allure, mais paraissait incongru au milieu des cabanes poussiéreuses qui abritaient diverses boutiques. Dans une cour envahie par les mauvaises herbes, se dressait une église de bois aux murs délavés et aux fenêtres condamnées. Le seul signe de vie semblait provenir de l'hôtel où, si l'on en croyait le bruit de verre brisé accompagné de cris, se déroulait une bagarre.

Elle entendit son père soupirer tandis qu'il immobilisait les chevaux.

— Tout ira bien, Pa, dit-elle avec une gaieté mêlée d'un tel espoir que sa voix en tremblait presque. S'il y a un hôtel, nous aurons peut-être la chance d'avoir un public.

Damian, les yeux assombris par l'angoisse, fronça le sourcil en voyant les combattants jaillir de la porte de l'établissement. Il calma Jupiter, affolé par cet assaut violent, et lui fit traverser la rue vers l'abreuvoir.

— Il n'y a rien à faire ici, déclara-t-il. Regardez les affiches : le cinéma parlant arrive demain. Ils ne voudront pas dépenser leur argent pour nous.

— Pas de défaitisme, s'il te plaît ! rétorqua Viola. Nous avons besoin de moyens pour arriver jusqu'à la côte ; il nous faut donc les convaincre que nous valons quelques pièces de monnaie.

Elle descendit du véhicule, frotta sa jupe, et lissa quelques mèches folles à l'intérieur de son chignon.

— Tu viens avec moi, Damian, ou tu préfères rester assis ici toute la journée ?

Son mari, en dépit de son triste sourire, parut tirer un peu d'énergie de cette détermination. Les épaules moins affaissées, il rejoignit la chanteuse dans la rue.

— Ne vaudrait-il pas mieux attendre qu'ils aient fini de se battre ? demanda-t-il en ramassant son haut-de-forme qu'il secoua sans grand enthousiasme pour en ôter la poussière.

— Pas du tout, répondit-elle avec fermeté. Ils ont simplement besoin qu'on détourne leur attention. N'est-ce pas, monsieur Kane ? ajouta-t-elle en jetant un regard implorant à leur compagnon, toujours planté sur son cheval.

— Certes, madame Summers, répliqua Kane qui contemplait, les yeux plissés, les six hommes occupés à jouer des poings.

Après un rapide coup d'œil à Damian, il se retourna.

— Poppy, faisons résonner le tambour et tout ce qui nous permet de faire de la musique. Il est temps de faire savoir aux habitants de ce trou perdu que nous sommes arrivés.

— D'accord, répondit Poppy avec une grimace, mais je ne descends pas de la roulotte tant que cette maudite poussière n'est pas retombée.

— Prenez le pipeau et donnez-moi un tambourin. Catriona va s'occuper de la grosse caisse. Voyons avec quelle force tu peux taper là-dessus, ajouta-t-il en encourageant la fillette d'un sourire.

Catriona frappa la peau tendue de l'instrument avec élan. Au cours des six derniers mois, elle avait appris à apprécier M. Kane. Il la faisait rire, et ses histoires étaient si passionnantes qu'elle pouvait rester des heures assise à l'écouter. Dans la mesure où ses parents semblaient bien l'aimer aussi et s'appuyaient de plus en plus sur lui maintenant que la troupe s'amenuisait, elle avait décidé de ne pas tenir compte du fait que Poppy le détestait ostensiblement. Après tout, elle était capable de se faire sa propre opinion.

Au son de la cacophonie musicale, la bagarre s'interrompit. Les portes de l'hôtel s'ouvrirent et les yeux s'écarquillèrent à la vue de la troupe réduite du Summers' Music-Hall.

Kane secoua son tambourin et fit danser son cheval, qu'il incita à tourner sur lui-même, devant les hommes stupéfaits qui, un moment auparavant, se battaient avec rage et ne pensaient maintenant qu'à éviter les sabots en mouvement. En frappant de plus belle sur la grosse caisse, Catriona sourit car Poppy, décidée à participer aux réjouissances, se livrait à un french cancan endiablé, la jupe relevée par les mouvements de ses longues jambes et les paillettes de son diadème scintillant dans le soleil.

Max, son chien dans les bras, emboîta le pas à Kane qui escaladait les marches de bois sur son cheval et entrait dans l'hôtel, penché en avant pour éviter de se cogner la tête. Prestement, Catriona sauta de la roulotte et retint le vieil homme qui avançait en traînant des pieds. D'un commun accord, les femmes restèrent sur le seuil de l'établissement, obéissant à la loi tacite qui leur interdisait d'entrer dans ce repaire masculin d'iniquité, mais elles s'agglutinèrent près de la porte, les soucis momentanément chassés par l'amusement.

Kane immobilisa son cheval devant le bar.

— Pour le prix d'un verre de bière, nous vous apportons de la distraction, dit-il dans un silence ébahi. Quelques pièces seulement, et vous vous verrez offrir les délices de Paris et du Moulin-Rouge.

D'un geste ample, il désigna Poppy qui se tenait près de l'entrée, faisant bouffer ses jupons.

— Les plus beaux airs de baryton, renchérit Damian d'une voix sonore, ainsi que la prestation de Viola Summers, le rossignol du Sud.

La soprano fit une révérence, les joues rouges sous les regards obscènes des hommes debout devant le comptoir.

À ce moment précis, dans un silence profond, la scène se figea en un tableau qui allait décider de leur sort. La monture de Kane trépigna, souffla et, levant la queue, déposa un tas de crottin fumant sur le sol poussiéreux.

Cet outrage dissipa aussitôt la transe collective. Les clients reculèrent de quelques pas.

— Tu me nettoies ça, mon vieux, et tu dégages d'ici, hurla le barman, le visage congestionné. Qu'est-ce qui te prend de faire entrer ton cheval ? Et puis quoi, encore !

Ignorant les regards horrifiés, Poppy s'élança à l'intérieur de l'hôtel et fonça vers le bar.

— Ça porte bonheur, mon gars, s'écria-t-elle en pinçant le menton du barman. En fait, ça vous porte bonheur à tous. Et si vous nous donniez une chance de vous distraire un peu ?

Elle fit volte-face et adressa un sourire éblouissant aux spectateurs stupéfaits.

— Vu l'expression de vos visages, vous avez besoin de vous amuser, et cela ne vous coûtera que quelques pièces.

— Foutus bohémiens ! marmonna le barman en croisant les bras. Ils sont pires que ces maudits aborigènes ! Je n'accepte pas les putes peinturlurées dans mon hôtel. Nettoyez ça et sortez, ou je vous envoie mes chiens.

— Je suis une artiste ! hurla Poppy.

L'homme se pencha au-dessus du comptoir et approcha son visage de celui de la danseuse :

— Quel que soit le nom que tu te donnes, ça revient au même. Si tu veux vendre tes charmes, on peut trouver un arrangement, sinon, tu te tires avec les autres.

Catriona, voyant que Poppy perdait de sa superbe, comprit à ce moment précis que la troupe venait d'atteindre la limite extrême de son déclin. Jusqu'à présent, son amie avait toujours su dire quelque chose d'amusant pour dénouer les situations épineuses et rassembler assez d'énergie pour trouver les arguments qui permettaient de résoudre les problèmes. Cette fois, elle restait muette, des larmes coulant sur ses joues fardées. Soudain, au comble de l'humiliation, elle s'enfuit en courant.

Le bruit avait attiré d'autres badauds qui s'agglutinaient sur le trottoir de bois. Leur murmure s'intensifiait, tel celui d'un essaim d'abeilles furieuses, tandis qu'ils observaient les artistes en train de nettoyer le sol. Catriona, étroitement protégée par ses parents, savait qu'elle n'oublierait jamais les regards hostiles et réprobateurs de ces gens qui s'écartaient lentement pour permettre aux membres de la troupe de quitter l'hôtel. Leur animosité avait une force telle qu'elle sembla lui traverser le dos. Pour la première fois de sa vie, elle avait peur.

Une poignée de terre frappa le flanc du véhicule, suivie de nombreuses autres. Alors que s'élevaient des exclamations moqueuses, les chiens du village grognèrent et aboyèrent sur le passage des chevaux.

Damian, les traits creusés, conduisit la troupe hors de la ville tandis que Viola, muette, serrait sa fille contre elle. Kane, qui chevauchait à leurs côtés, n'avait visiblement plus envie de rire ni de plaisanter. Dans la deuxième roulotte, assise près de Max, Poppy, tremblante et le visage couleur de cendre, paraissait accablée par la prise de conscience brutale de ce qu'ils étaient devenus.

Deux heures plus tard, ils installèrent leur campement. Dans un silence lourd, assis autour du feu, ils terminèrent le pain cuit sur la braise, tartiné de sirop de sucre roux et arrosé de thé. Catriona étudiait les visages fermés qui n'exprimaient aucune émotion.

Max fixait les flammes, le regard vide, serrant contre lui le petit terrier au museau gris. Attendant vainement une réaction, Rustine léchait le visage ridé de son maître sans parvenir à le consoler. Les épaules voûtées sous son épais châle de laine, Poppy, le maquillage strié de larmes, les bras autour des genoux, se balançait nerveusement d'avant en arrière. Sa robe bariolée luisait froidement à la lueur des flammes et son diadème penchait tristement sur son front. Totalement défaite, elle n'avait encore pas pu rassembler la volonté nécessaire pour se laver la figure ou enfiler des vêtements plus confortables.

Kane fumait un petit cigare. Chaque fois qu'il le portait à sa bouche, le rubis qu'il portait à son auriculaire scintillait brièvement. Le voyant contempler l'obscurité, les paupières à demi fermées, Catriona se demanda à quoi il pensait. Elle avait appris à apprécier cet homme, pourtant, il restait pour elle une énigme. Bien qu'il les accompagnât depuis des mois, il n'avait jamais révélé de détails précis relatifs à la vie qu'il menait avant de rejoindre la troupe, malgré les nombreuses histoires qu'il leur avait racontées. Par exemple, il n'avait jamais expliqué pourquoi il avait choisi de les suivre ainsi alors qu'il aurait pu se permettre une existence beaucoup plus confortable.

En l'observant, la fillette éprouva une brusque frayeur. Kane, s'il restait mystérieux et secret au sujet de son passé, ne s'était jamais montré mesquin à leur égard : son argent les avait tirés de plus d'un mauvais pas. Que se passerait-il s'il décidait de les quitter ?

Viola et Damian étaient assis sur un tronc d'arbre affaissé, serrés l'un contre l'autre, la main dans la main. En les regardant, Catriona ressentit un étrange et désagréable sentiment d'isolement. Leur union était si exclusive qu'ils semblaient ne plus avoir besoin d'elle ni même remarquer sa présence. Elle frissonna en scrutant les ténèbres environnantes. Jamais elle n'avait craint l'obscurité, mais, ce soir, tout était différent. Elle savait maintenant, sans le moindre doute, que la vie telle qu'elle l'avait connue jusqu'à présent ne serait plus jamais la même. La troupe avait perdu son âme ; son essence profonde s'était dissoute dans la honte de ce qui s'était passé à Goondiwindi.

Tous montraient une réticence à quitter la lueur chaude du feu de camp, comme si les flammes représentaient le seul réconfort de cette nuit lugubre. Catriona se décida tout de même à aller voir les chevaux qu'elle caressa longuement, posant la joue contre leur robe tiède et poussiéreuse. Le groupe repartirait dès le lendemain, puis le jour suivant, puis celui d'après, pour un voyage apparemment interminable en direction de nulle part. La fillette poussa un soupir ; petit à petit, sa vie semblait se briser en morceaux. Pourtant, tant que Pa et Mam étaient à ses côtés, quelles raisons pouvait-elle avoir de s'inquiéter vraiment ?

Malgré les catastrophes qui les avaient frappés, les artistes avaient décidé de conserver une dernière lueur d'espoir. Parvenant au pied de la grande cordillère qui parcourait l'est du pays, ils arrivèrent à Toowoomba. Cette ville représentait l'entrée des Darling Downs, zone fertile qui restait un point de ravitaillement pour les conducteurs de troupeaux venus des grands pâturages de l'Ouest. Peut-être la troupe pourrait-elle gagner un peu d'argent dans cette grande agglomération qui abritait des édifices gracieux, plusieurs églises et une gare de chemin de fer.

— Nous n'avons pas besoin d'organiser une parade, déclara Damian qui se tenait debout, mains dans les poches, près de la roulotte. Nous sommes si peu nombreux que nous aurons l'air ridicule.

Catriona et Poppy, qui faisaient désormais régulièrement des cauchemars relatifs à Goondiwindi, eurent un frisson.

Kane, comme toujours, trouva une solution.

— Je viens de la poste où je suis allé chercher mon argent, dit-il d'un ton jovial, et j'ai pris la liberté de louer une petite salle pour ce soir. Si nous fabriquons rapidement quelques prospectus, nous pourrons les distribuer. Il y aura bien quelques amateurs dans un endroit aussi important que celui-ci.

Viola le regarda, les yeux brillants de larmes.

— Que ferions-nous sans vous ? s'écria-t-elle. Vous êtes si bon, si généreux.

Kane, enlaçant les épaules de Catriona et de sa mère, les serra contre lui :

— Je fais simplement ce que je peux pour vous aider, chère madame.

Adressant un sourire à la fillette, il poursuivit :

— Nous ne pouvons pas laisser cette adorable jeune fille aller se coucher la faim au ventre, n'est-ce pas ?

Tandis que Poppy laissait échapper un grognement désapprobateur, Catriona rougit. N'ayant jamais été qualifiée d'« adorable jeune fille », elle ne savait pas comment prendre cet hommage sous le regard méprisant de son amie.

— C'est moi qui devrais veiller au bien-être de ma famille, dit Damian, les yeux emplis de souffrance. Néanmoins, je vous remercie, ajouta-t-il en serrant la main de leur compagnon.

Catriona observait les trois adultes, consciente des émotions sous-jacentes, sans pouvoir toutefois les identifier. Elle savait simplement que son père détestait accepter ce qu'il considérait comme des gestes de charité de la part de Kane, et qu'il les aurait refusés s'il avait pu se permettre de le faire. Son amour-propre était brisé.

La salle se trouvait dans un bâtiment de bois long et étroit qui aurait nécessité de sérieuses réparations. Celui-ci, situé près de la gare, avait visiblement été négligé au profit d'une toute nouvelle construction érigée au centre de la ville. Ses murs étaient maculés par la suie qui provenait des locomotives à vapeur. La peinture s'écaillait, les vieux rideaux de scène se désagrégeaient sous l'effet de la moisissure, et l'unique fenêtre était condamnée par des planches gonflées d'humidité, pourries elles aussi. Le sol, qui n'avait pas été balayé depuis des mois, attestait la présence indéniable de rongeurs.

Néanmoins, quelques heureuses surprises attendaient la petite troupe. À l'une des extrémités de l'immense pièce se dressait une estrade munie d'un piano et flanquée de chaises empilées, l'électricité fonctionnait – ce qui leur permettrait d'avoir de la lumière et de faire tourner le ventilateur du plafond –, et il y avait des toilettes avec une chasse d'eau à côté d'un robinet d'eau courante.

Damian et Kane se rendirent en ville pour y distribuer des prospectus hâtivement rédigés. Armées de balais, de serpillières et de vieux chiffons, les femmes s'affairèrent, en transpirant abondamment, à éliminer la poussière et la saleté accumulée par des années de négligence. Elles frottèrent le sol et décrochèrent le vieux rideau qu'elles battirent avant de le suspendre à nouveau.

Pendant ce temps, Max et son petit chien restèrent assis, les yeux dans le vague. Catriona lui jetait régulièrement des coups d'œil anxieux, car il ne semblait pas comprendre où il se trouvait. Lorsqu'elle s'était avancée vers lui, un peu plus tôt, pour lui proposer une tasse de thé, il l'avait regardée comme si elle était une étrangère. En proie à une sorte de stupeur, il chantonnait doucement, puis relevait la tête par moments en souriant pour demander s'il allait bientôt manger.

— Le pauvre vieux perd la boule, chuchota Poppy pendant qu'elles rangeaient les accessoires de nettoyage. Il n'est plus lui-même depuis Goondiwindi.

— Il est vieux, c'est tout, intervint Viola.

— Alors que je suis avec lui toute la journée, il a même oublié qui j'étais. Il me demande sans cesse mon nom, et ne fait que réclamer son thé ou son petit déjeuner. L'obliger à voyager ainsi devient cruel, conclut-elle.

— Il n'a pas d'autre endroit où aller, répliqua son amie avec une expression inquiète. Aucun hospice ne le prendra tant qu'il aura son chien, et ils sont ensemble depuis si longtemps qu'il serait terrible de les séparer.

Toutes trois se dirigèrent vers le robinet en silence. Parmi tous leurs sujets de préoccupation, la détérioration rapide de Max n'était pas la moins douloureuse à affronter.

Jusqu'à présent, le spectacle se déroulait au mieux. Au lieu de chanter séparément, les parents de Catriona avaient formé un duo très réussi. Poppy était descendue dans le public pour flirter avec les spectateurs masculins en interprétant quelques-unes des chansons coquines qu'elle avait apprises à Londres, longtemps auparavant ; le monologue et les plaisanteries pince-sans-rire de Kane avaient été salués par des rires et des applaudissements. Max lui-même avait émergé de son état second : vêtu de son pantalon trop large et de son chapeau cabossé, il avait guidé Rustine, orné d'une collerette, dans tous ses tours. Rassemblés dans les coulisses, les larmes aux yeux, les membres de la troupe l'avaient regardé donner le meilleur de lui-même et recevoir des applaudissements polis.

Catriona, particulièrement nerveuse, attendait d'entrer en scène où elle chanterait seule pour la première fois. Elle se sentait un peu gênée d'apparaître devant le public dans sa robe de taffetas rose, trop étroite et trop courte, mais elle n'avait pas d'autre costume. Cependant, dès que sa mère se mit au piano et que les premières mesures se firent entendre, elle oublia à la fois son trac et l'inconfort du vêtement pour se concentrer sur l'air qu'elle devait interpréter. Une fois son numéro terminé, rouge et exaltée, elle rejoignit ses amis en coulisse, sachant qu'elle leur avait fait honneur; les spectateurs avaient apprécié sa voix et l'avaient même rappelée. Peu importait que les manches de sa robe lui serrent le bras ou que la jupe n'atteigne pas ses genoux; elle avait chanté son premier solo, avec le sentiment d'être devenue une véritable vedette.

Tandis que la salle se vidait lentement, les artistes calculèrent le montant de la recette et constatèrent qu'ils avaient gagné assez d'argent pour accomplir la prochaine étape de leur voyage vers le nord-ouest. Tous se changèrent et se rendirent à l'hôtel le plus proche où ils s'offrirent un festin de viande, de pommes de terre et de légumes frais arrosés d'une sauce riche et onctueuse. Des fruits en conserve accompagnés de crème anglaise couronnèrent le repas. Max lui-même se régalait. Ayant caché Rustine sous son manteau volumineux, il lui glissait des bouchées de nourriture chaque fois que la femme du patron regardait dans une autre direction.

Rassasiés et revigorés, les membres de la troupe reprirent lentement le chemin du paddock situé derrière la salle, où les attendaient les chevaux et les deux roulottes.

— Tu sembles bien calme, Poppy, dit Catriona alors qu'elles marchaient bras dessus bras dessous sur le chemin de terre éclairé par la lune. Je pensais que tu étais ravie du spectacle de ce soir?

En frissonnant, la danseuse serra contre sa poitrine son cardigan usé, beaucoup trop fin pour les nuits fraîches de l'outback.

— Mon enthousiasme s'est éteint depuis Goondiwindi.

— Tout va s'arranger. Goondiwindi était une mauvaise ville. Deux autres spectacles comme celui-ci et tu vas retrouver toute ton énergie.

— Non, déclara son interlocutrice en s'immobilisant pour attendre le reste du groupe. C'est fini, mon trésor. Je ne serai jamais qu'une danseuse de troisième ordre et je deviens trop vieille pour montrer ma culotte ornée de volants.

— Tu ne peux pas nous abandonner ! Qu'est-ce que je ferai sans toi ? s'écria Viola qui les avait rejointes.

Elle posa la main sur l'épaule de sa compagne.

— Réfléchis, je t'en supplie ! insista-t-elle.

— Poppy, ne t'en va pas ! hurla Catriona, qui enlaça la taille de la danseuse et la serra contre elle.

Incapable d'envisager cette séparation insupportable, elle laissait les larmes couler librement sur son visage.

— Ça ira mieux, tu vas voir, reprit-elle, fébrilement. Ils t'ont adorée ce soir. Ils t'adorent toujours, d'ailleurs. Je t'aime aussi, insista-t-elle en levant des yeux implorants. Je t'en prie, ne me laisse pas !

— Je t'aimerai toujours, Kitty, répliqua Poppy, la voix tremblante d'émotion, mais le moment est venu pour moi de changer de vie. Il est temps pour chacun d'entre nous de trouver quelque chose de mieux à faire. C'est fini, nous le savons tous.

— Où vas-tu aller ? demanda Viola, refoulant ses pleurs. Comment vas-tu te débrouiller ?

— Je trouverai du travail quelque part, dans un hôtel ou dans un magasin. Il y aura bien des opportunités à Brisbane ou dans l'une des villes de la côte.

— Tu seras toute seule ! argua Catriona.
— J'ai déjà été seule. Je m'en sortirai.
— Est-ce que j'ai eu mon dîner ? intervint une voix frêle.
Soulagée de ce prétexte pour s'éloigner, Poppy prit le bras de Max.
— Oui, lui répondit-elle. Il est temps d'aller au lit avec Rustine.
— Je n'ai pas sommeil, grogna le vieil homme. Et qui êtes-vous ? Pourquoi me parlez-vous comme ça ?
— C'est moi, Poppy, précisa-t-elle doucement. Quand tu seras couché, je te donnerai le dernier biscuit de la boîte.
— Mon Dieu, je ne peux pas supporter tout cela, s'exclama Viola. Pauvre Max, pauvre Poppy !
Catriona regarda sa grande amie s'éloigner dans la nuit, tirant le vieil homme qui la suivait d'un pas traînant.
— Nous allons les perdre tous les deux, n'est-ce pas, Mam ? s'écria-t-elle, secouée par les sanglots.
Le bras de sa mère autour d'elle, au lieu de la réconforter, souligna l'horrible souffrance qui lui serrait le cœur.
— Max est vieux et égaré, expliqua Viola. Il sera mieux dans un hospice où l'on veillera correctement sur lui. Nous pouvons peut-être trouver une institution qui l'acceptera avec Rustine.
— Et Poppy ?
— Poppy est une adulte, elle a le droit de prendre elle-même les décisions concernant son avenir.
Se tournant vers sa fille, la chanteuse lui essuya tendrement le visage.
— Nous savons tous que c'est la fin, même si tout

s'est bien passé ce soir. Pourquoi prolonger notre douleur en refusant de l'admettre ?

— Elle pourrait rester avec nous jusqu'à ce qu'elle trouve autre chose à faire ?

Viola secoua tristement la tête.

— Elle en a assez. Il y a une gare ici, et un train qui pourra l'emmener jusqu'à la côte où elle aura une chance de trouver un travail mieux payé. Ne lui reproche pas cela, Kitty. Ne la culpabilise pas parce qu'elle veut partir. Cela ne veut pas dire qu'elle ne t'aime plus, ni que tu ne vas pas lui manquer autant qu'elle te manquera.

— Alors je ne la reverrai jamais ? s'écria la fillette en clignant des paupières.

— Les adieux font partie de la vie, ma chérie. Nous accomplissons tous un voyage et rencontrons beaucoup de gens sur notre chemin. Certains nous accompagnent pendant de nombreuses années et d'autres, moins longtemps. Nous nous faisons des amis et des ennemis. Pourtant, chacune des personnes qui nous touche nous apporte quelque chose qui enrichit notre existence ou nous permet de mieux comprendre le monde dans lequel nous vivons et la raison pour laquelle nous sommes qui nous sommes.

Catriona, bien qu'elle n'ait pas entièrement compris le discours de sa mère, se sentit en partie réconfortée.

Alors que la voix tremblotante de Max continuait de résonner dans la nuit, la fillette se glissa sous les couvertures, l'esprit agité par un tourbillon de pensées. Il y avait sans doute un moyen de persuader Poppy de rester, mais lequel ? Elle regarda le ciel, où la lune, au milieu des étoiles, déversait sa lumière argentée sur les paddocks environnants, donnant aux chevaux l'aspect de créatures fantastiques. Si seulement Poppy restait avec eux jusqu'à la côte, ils pourraient chercher tous ensemble un emploi et ne pas être séparés.

— Il va falloir vendre l'autre cheval et la roulotte, murmura Damian à sa femme.

L'attention de Catriona se concentra sur la conversation de ses parents, à peine audible.

— Kane préférerait peut-être l'utiliser à la place de sa vieille tente, répondit Viola. De plus, il y a Max. Où dormirait-il ? Nous n'avons pas de place ici.

— Nous avons besoin de cet argent, chérie. Kane et Max vont devoir partager la tente jusqu'à ce que nous trouvions un endroit approprié pour notre vieil ami.

— Mais je pensais que notre recette nous permettrait de tenir un certain temps ?

— Si Poppy est déterminée à partir, nous devons lui donner ce qu'elle a gagné pour qu'elle puisse payer son billet de train, sa nourriture et son logement. Cela ne nous laissera pas grand-chose et nous n'avons aucune garantie de retrouver un public comme celui de ce soir.

— Oh, Damian ! En sommes-nous vraiment là ? M. Kane va sûrement acheter la roulotte s'il se rend compte à quel point nous sommes démunis.

Un long silence s'établit.

— Kane s'est montré extrêmement généreux avec nous depuis son arrivée, déclara Damian. Et bien que je lui en sois très reconnaissant, nous ne devons pas compter sur lui à ce point pour nous tirer d'affaire. Je suis toujours le chef de cette famille et de la troupe

– de ce qu'il en reste, tout au moins –, et c'est moi qui dois prendre les décisions. La roulotte et le cheval vont être vendus, ainsi que tous les costumes et accessoires. Nous n'en aurons plus l'utilité.

— Et Catriona ? chuchota sa mère avec véhémence. Elle a la voix d'un ange, il suffisait d'écouter les applaudissements ce soir pour comprendre qu'un avenir brillant l'attend. Nous ne pouvons pas lui faire perdre cette chance.

— Catriona a onze ans, c'est toujours une enfant. Qui sait ce qui va arriver à sa voix quand elle aura atteint la puberté ? Nous ne pouvons pas compromettre notre survie en ne comptant que sur nos quelques pièces. Nous devons vendre ce que nous pouvons et avancer.

— Dans quelle direction ? Qu'allons-nous devenir ? dit Viola en pleurant.

— Jusqu'à Cairns. Kane a là-bas des contacts qui peuvent nous aider à trouver du travail. Il a déjà envoyé une lettre à un vieil ami qui tient un hôtel dans la région. Espérons simplement qu'il y aura un emploi pour nous tous.

Catriona enfouit sa tête sous les couvertures. Elle adorait chanter, adorait la façon dont sa voix s'harmonisait avec celle de sa mère quand elles répétaient, elle adorait la passion contenue dans les airs magnifiques qu'elle avait appris grâce aux disques grésillants qu'elle écoutait sur le Gramophone. Les paroles de son père réduisaient à néant son espoir de devenir un jour une grande cantatrice.

La lune montait plus haut dans le ciel, étouffant la clarté des étoiles. Courageusement, la fillette s'apprêta intérieurement à affronter, tant bien que mal, l'avenir qui semblait vouloir revêtir le masque de la tragédie.

Tandis que l'aube se levait sur Toowoomba, Catriona fut la première à sortir de son lit. Elle descendit de la roulotte, les yeux cernés par le manque de sommeil, se sentant misérable malgré la beauté du décor qui l'entourait. Des écheveaux de brume flottaient sur le sommet des arbres et sur les collines environnantes, dont les hautes herbes, emperlées de rosée, scintillaient doucement. Au loin, elle entendit le caquetage d'un martin-chasseur, cri qui avait habituellement le pouvoir de la rendre joyeuse, mais ne suscitait en elle, ce matin, pas la moindre gaieté. Des perruches et des cacatoès se faisaient entendre sur un arbre voisin. Ils s'élevèrent dans le ciel pâle en un nuage de couleurs vives, leurs cris d'alarme redoublant lorsqu'ils la virent marcher dans l'herbe humide vers l'endroit où les chevaux somnolaient encore.

Le hongre élégant de Kane s'ébroua et secoua la tête lorsqu'il constata que Catriona ne lui apportait pas de carotte, mais les deux chevaux de trait, Jupiter et Mars, acceptèrent placidement ses caresses et ses confidences. Depuis son plus jeune âge, ces deux animaux l'avaient accompagnée. Non seulement elle avait appris à les monter, mais elle les avait aussi bouchonnés et nourris. Ils faisaient partie intégrante de sa vaste famille. Et maintenant, Mars allait être vendu ! Cette situation était trop pénible à supporter. Sans prêter attention à la rosée qui mouillait le bas de sa chemise de nuit et lui gelait les pieds, elle enfouit son visage dans la longue crinière de l'animal et versa des larmes amères.

— Tu vas attraper froid, dit une voix derrière elle.

Elle fit volte-face. Totalement absorbée par son chagrin, elle n'avait pas entendu Kane approcher.

— Allez-vous acheter Mars et la roulotte ? demanda-t-elle d'un ton fébrile. Nous avons besoin de cet argent et je ne supporte pas l'idée d'abandonner notre cheval. La roulotte est beaucoup plus confortable que votre vieille tente !

Les hautes bottes de cavalier de Kane fouettèrent l'herbe tandis qu'il s'avançait pour caresser le museau de l'animal.

— Malheureusement, mon petit, je n'ai pas besoin d'une autre monture et ma tente me suffit. Il est toujours triste de dire adieu à de vieux amis, poursuivit-il en poussant un soupir, mais Mars a bien mérité de se reposer, tu ne crois pas ?

Catriona dévisagea Kane. Ses cheveux blonds brillant dans le soleil pâle, ainsi que sa moustache et sa barbe nettement taillées mettaient en valeur son beau visage dont le teint hâlé faisait ressortir ses yeux d'un bleu intense. Il semblait sincèrement attristé, ce qui fit perler aux yeux de la fillette des larmes irrépressibles.

— Ne pleure pas, mon petit, dit-il doucement en effleurant sa joue. Réjouis-toi que Mars puisse vivre dans une bonne maison, avec beaucoup d'herbe à brouter. Quant à Poppy, elle aussi part vers une nouvelle et grande aventure, tout comme nous.

Catriona renifla en baissant la tête. Peut-être n'avait-il pas tout à fait tort, mais elle ne se sentait pas capable, à cet instant précis, de se réjouir de la perte des êtres qu'elle aimait tant.

— Viens, mon enfant, tu dois être gelée.

Alors qu'elle était sur le point d'argumenter, il la souleva sans peine dans ses bras et la serra étroitement contre sa poitrine. Trop surprise pour protester, elle se laissa faire. Elle percevait sur sa joue le rythme rapide du cœur qui battait sous le tissu rugueux de la veste de tweed, imprégnée d'une légère odeur de tabac. Kane se pencha soudain pour déposer un rapide baiser sur son front. En proie à l'étrange impression que le regard baissé sur elle plongeait jusqu'au tréfonds de son être, elle s'écarta légèrement, mal à l'aise.

— Je peux marcher, dit-elle, je ne suis plus un bébé.

— Pourquoi marcher quand on peut être portée ? demanda-t-il en riant. Je parie que Cléopâtre n'a jamais marché de sa vie. N'aimes-tu pas être traitée comme une reine ?

Visiblement peu intéressé par sa réponse, il ne la posa à terre que devant la roulotte.

— Voyons ce que nous pouvons trouver pour le petit déjeuner de madame, reprit-il.

Ce repas, le dernier que prenait la troupe au complet, fut empreint de solennité. Même Max semblait avoir conscience de la lourdeur de l'atmosphère, car il mangea en silence avant de retourner se coucher. Il était convenu qu'il se reposerait tandis que l'on dirait au revoir à Poppy, afin qu'il ne soit pas plus perturbé qu'il ne l'était déjà par cette confrontation à la dure réalité.

La gare de Toowoomba était un long édifice victorien surmonté d'un toit en tôle ondulée et orné de décorations de bois ajourées entre les poteaux de la vaste véranda. Les rails qui la traversaient s'élançaient vers l'est, pour rejoindre Brisbane et la côte, et vers l'ouest, pour parcourir l'outback du Queensland, où des centaines de milliers d'hectares accueillaient les vastes troupeaux de bétail. Devant le quai parfaitement balayé, le train attendait. De la fumée s'élevait en volutes, concurrencée par la vapeur sifflant entre les grandes roues de métal.

Assise au milieu des malles de costumes, Catriona regarda son père tendre à Poppy son billet de train et le reste de ses gains. Aveuglée par les larmes, elle essayait d'imprimer l'image de son amie dans sa mémoire afin de ne jamais l'oublier. Celle-ci avait revêtu pour la circonstance une robe de coton imprimé à manches longues très élégante, ornée d'un col et de poignets blancs, qui se fermait devant par des boutons. Elle avait complété sa tenue par une ceinture, blanche elle aussi, un chapeau qu'elle avait elle-même confectionné, des chaussures à talon plat, attachées par une bride et une paire de gants. Jamais la fillette ne l'avait vue dans une tenue si sage, si différente. On aurait cru qu'en prenant la décision de partir elle avait choisi d'abandonner délibérément sa personnalité ; qu'en se débarrassant de ses volants et de ses plumes, elle s'appliquait à devenir ordinaire et terne, à se transformer en étrangère, afin de marquer déjà la distance qui séparait son passé de son avenir.

Catriona descendit de la roulotte et attendit avec une angoisse silencieuse que Poppy ait fait ses adieux aux autres. Lorsque son amie la serra chaleureusement dans ses bras, elle lutta pour rester stoïque.

— Allons, mon trésor, chuchota Poppy dans ses cheveux, ne pleure pas, tu es grande maintenant.

— Je ne veux pas que nous nous séparions, déclara la fillette.

En reniflant, elle s'écarta de la danseuse et la regarda.

— Moi non plus, murmura son interlocutrice, les yeux brillants. C'est pour ça que je pars avant que tu ne me fasses pleurer aussi.

Voyant que Kane et les autres les observaient, Catriona eut une soudaine inspiration.

— Tu n'as qu'à épouser M. Kane ! s'écria-t-elle, émerveillée par sa trouvaille. Tu n'auras pas besoin de partir et de chercher un travail ! Je pourrai m'occuper de tes bébés avec toi !

Poppy, visiblement peu enchantée par cette idée, jeta un bref coup d'œil à l'Anglais avant de se retourner vers la fillette.

— Monsieur Kane n'est pas mon type, décréta-t-elle, et il est certain que je ne suis pas le sien.

Sur le point d'ajouter quelque chose, elle se ravisa et planta un rapide baiser sur la joue enfantine.

— Il faut que j'y aille, ma chérie, sinon je vais rater mon train. Je t'ai laissé quelques-unes de mes robes. Elles sont un peu usées, mais elles t'iront mieux que les tiennes. Prends soin de toi. Je sais que, un jour, je verrai ton nom en lettres lumineuses sur la façade d'un grand théâtre.

Après avoir adressé un dernier baiser à tous, elle franchit la porte de la gare et disparut.

Incapable de se maîtriser, Catriona se libéra de la main de sa mère. Elle traversa la piste de terre, sans faire attention au camion qui approchait, et entra dans le bâtiment. Ses pas précipités résonnèrent dans le silence du hall ténébreux. Abrité par un prolongement du toit, le quai était désert, à l'exception du chef de gare qui agitait un petit drapeau. Poppy semblait avoir été avalée par la grande bête de fer qui crachait de la fumée et de la vapeur.

La fillette courut le long du quai, scrutant les wagons. Elle tenait à dire à son amie un dernier au revoir, à la voir une ultime fois avant qu'elle ne quitte sa vie pour toujours. Le destin en avait décidé autrement. Les grandes roues de la locomotive s'ébranlèrent dans un vacarme métallique et prirent peu à peu de la vitesse, entraînant les voitures cahotantes. Catriona, immobile, regarda s'éloigner le convoi sur les rails luisants jusqu'à ce que le dernier wagon ne soit plus qu'un minuscule point dans le lointain. Soudain, le cri lugubre de sa sirène retentit au-dessus des prairies désertes, en guise d'adieu à Toowoomba et à ceux que le train laissait derrière lui.

Mars attendait patiemment à côté de Jupiter, ses fanons largement déployés au-dessus du sol. Il secoua la tête en signe de bienvenue et se frotta le museau contre les cheveux de Catriona alors qu'elle posait sa joue contre lui. En ce jour de séparations répétées, le cœur de la fillette éclatait.

— Voici M. Mailings, dit Viola en lui entourant les épaules de son bras. Il va procurer à Mars une bonne maison.

— C'est sûr, chérie, renchérit l'étranger au visage rubicond en touchant son chapeau.

Il avança une main calleuse et tapota l'encolure puissante de l'animal avec une moue d'appréciation.

— C'est un bon vieux cheval et j'ai des hectares de paddocks pour l'occuper.

Spontanément, il baissa son visage vers celui de l'enfant.

— Tu seras toujours la bienvenue si tu veux venir le voir quand tu repasseras par ici, et je peux te promettre qu'il ne manquera de rien.

Sous le regard triste des membres de la troupe, Mars s'éloigna en compagnie de son nouveau propriétaire. Sans doute ne comprenait-il pas qu'il ne tirerait plus jamais de roulotte, songea Catriona, voyant qu'il ne tournait même pas la tête. Tout à coup Jupiter lui poussa l'épaule du museau, comme pour compatir à son chagrin. Lui aussi perdait un ami de toujours.

— Rentrons au camp, marmonna Viola. Il ne faut pas laisser Max seul trop longtemps, et un représentant de commerce vient voir l'autre roulotte.

La journée se déroulait avec une lenteur terrifiante. Le représentant acheta la seconde roulotte et les maigres possessions de Max furent rangées dans le compartiment de rangement presque vide de la première. Les malles en osier avaient été vendues à une femme qui tenait un magasin de mode dans la rue principale, et qui désirait les utiliser pour ranger les balles de laine ou d'autres matériaux. Le piano, ayant depuis longtemps cessé de résister aux termites, était tombé en morceaux quelques mois auparavant, et la plupart des costumes avaient disparu au fur et à mesure des départs des membres de la troupe. Ce qui restait était bon à brûler : même le grand pupitre, mangé par les vers et les mites, ne valait plus rien.

Damian et Kane creusèrent un trou dans lequel ils jetèrent tous les détritus, puis regardèrent le feu qui les consumait joyeusement, jusqu'à ce qu'il ne reste plus qu'un tas de cendres fumantes.

Malgré son propre chagrin, Catriona prit conscience du fait qu'elle n'était pas la seule à souffrir. Tandis que Pa, le visage hagard, remuait les cendres du bout de sa botte, Mam se balançait d'avant en arrière sans cesser de bavarder à tort et à travers, le visage figé. Son angoisse se lisait sur ses mains tremblantes et sur les cernes sombres de ses yeux. Même Kane, habituellement enjoué, faisait le tour du camp, le visage grave, quand il ne s'occupait pas de Max.

Tous les cinq quittèrent Toowoomba en silence, sans jeter un regard en arrière.

Quelques jours plus tard, ils installèrent leur campement parmi les pins des grandes forêts tropicales des monts Bunya. C'était un endroit idéal, parfait pour la promenade et la détente. Sur le sol, parmi les racines entremêlées et les branches cassées, poussaient d'innombrables fleurs sauvages, au milieu desquelles Catriona reconnut quelques orchidées. Des wallabies et des kangourous broutaient paisiblement dans la prairie, insensibles au vacarme des oiseaux multicolores qui allaient et venaient, animant de leurs cris la forêt ténébreuse.

Le lendemain de leur arrivée, Catriona et ses parents escaladèrent les hautes collines escarpées jusqu'au sommet. Bouche bée, ils purent contempler le paysage splendide de bois et de prairies qui se déroulait sous leurs pieds. De grandes cascades dévalaient la montagne et se jetaient dans des rivières dont le flot rapide s'écoulait jusqu'à la côte. Grâce à ces cours d'eau, qui irriguaient la terre fertile, des pousses d'arachide et de haricots jaillissaient dans les immenses champs entourant Kingaroy, source de fierté et d'enrichissement pour la communauté fermière de la région.

Alors qu'ils revenaient au camp, fatigués de leur longue randonnée, Kane, visiblement très agité, vint à leur rencontre. Il jeta un bref coup d'œil à Catriona avant de prendre Damian par le bras et de l'attirer hors de portée de voix.

La fillette vit son père blêmir et jeter un regard anxieux vers sa femme, qui sembla comprendre aussitôt le message.

— Que se passe-t-il, Mam? demanda-t-elle d'une voix inquiète.

— Reste-là, ordonna Viola. Rends-toi utile en mettant la bouilloire sur le feu, une tasse de thé nous fera du bien.

Elle rejoignit vivement les deux hommes, puis, après un rapide conciliabule, tous trois se dirigèrent vers la tente dressée sous une fougère géante.

La fillette frissonna, devinant ce qui était arrivé. Elle installa la bouilloire près des braises, puis s'approcha lentement de l'abri de toile.

Viola en sortait, hagarde. Les reproches moururent sur ses lèvres dès qu'elle aperçut le visage décomposé de sa fille.

— Il s'est endormi, ma chérie. Max est arrivé au bout de son voyage. Il se repose enfin, le pauvre.

Les mains sur son visage, elle éclata en sanglots.

Catriona n'avait jamais vu de mort auparavant. Bien que remplie d'appréhension, elle refoula ses pleurs et regarda par l'ouverture de la tente. Comme il avait l'air paisible, se dit-elle avec surprise. On aurait dit qu'il dormait. Toute trace d'inquiétude avait été oblitérée par ce sommeil éternel et sans rêve dont il ne s'éveillerait jamais.

Tout à coup, son attention fut attirée par Rustine. Le petit terrier, recroquevillé contre Max, la fixait, les oreilles basses et les yeux emplis d'une tristesse infinie. Elle entra avec hésitation dans la tente éclairée par la lueur verte de la forêt environnante, et s'approcha de la silhouette inerte si soigneusement gardée par le chien.

Rustine gronda, les oreilles dressées. Chaque fibre de son corps ordonnait à Catriona de s'écarter et de laisser son maître tranquille.

— Viens, ma chérie, dit Viola. Ce n'est pas un endroit pour toi.

— Mais nous ne pouvons pas laisser Rustine ici! protesta la fillette.

— Il sortira quand il aura faim. Je veux que tu t'occupes du thé pendant que je prépare Max. Ton père est déjà parti à Kingaroy pour trouver un prêtre. J'ai besoin que tu fasses ce que je te demande.

La fillette voulait demander ce que signifiait « préparer Max », mais l'expression du visage de sa mère l'en dissuada. Les yeux aveuglés par les larmes, elle s'en fut chercher du bois sec pour alimenter le feu et, une fois les flammes ranimées, se percha sur une souche d'arbre et les observa tristement.

Kane réussit finalement à attraper Rustine et à l'extirper de la tente. Il trouva un bout de corde qu'il attacha à un tronc puis au collier de l'animal. Le petit chien, couché la tête entre les pattes, gémissait, troublé et vaincu. Toutefois, il semblait préférer souffrir seul, car il montrait les dents en grondant lorsqu'on s'approchait de lui.

Le prêtre arriva au moment où le soleil déclinait derrière les arbres. C'était un homme mince, de haute taille, dont le visage buriné par les intempéries était fendu par un bon sourire. Pendant qu'il entrait dans la tente, Catriona conduisit son cheval couvert de sueur vers un petit ruisseau afin qu'il puisse se désaltérer.

Rustine se dressa sur ses pattes et tira sur sa laisse en voyant Damian et Kane sortir le long paquet inerte et le déposer dans le trou profond que Kane avait creusé. Viola, prise de pitié, détacha la laisse improvisée du tronc, l'enroula autour de son poignet et lutta pour ne pas se laisser entraîner alors que le chien s'élançait violemment en avant pour rejoindre son maître.

Catriona, debout près de sa mère, assista à la mise en terre de Max. Revêtu de son costume de scène, il avait été enveloppé dans l'une de ses vieilles couvertures, comme si on avait voulu le protéger de la terre rouge et froide qui allait le recouvrir. Elle frissonna pendant que se déroulait le service funèbre et ne put retenir ses larmes lorsque les pelletées de terre emplirent le grand trou, dissimulant leur ami aux yeux de sa seule famille.

Au moment précis où Damian et Kane plantaient sur le monticule une grande croix de bois couronnée du chapeau cabossé du dresseur, Rustine profita de l'inattention de Viola, qui remerciait le prêtre, pour finalement s'échapper. Il gémit et se mit à gratter la terre meuble, puis, après avoir flairé la croix et le chapeau, se coucha pour attendre le retour de son maître.

Le père Michael dut comprendre la détresse de la fillette, car il se tourna vers elle et lui prit la main.

— Cet animal doit faire son deuil, comme le reste d'entre nous, déclara-t-il avec son accent irlandais que des années de vie en Australie n'avaient pu effacer. J'ai déjà assisté à ce genre de scène auparavant. Tu sais qu'il n'y a rien de plus fidèle qu'un chien, qui est indéniablement le meilleur ami de l'homme.

— Mais nous ne pouvons pas l'abandonner ici ? Qui va le nourrir et prendre soin de lui ?

Le prêtre lui adressa un sourire rassurant.

— Je viendrai chaque jour pour voir s'il va bien, assura-t-il. Et quand il en aura assez d'être ici tout seul, je le prendrai chez moi.

— Vous promettez que vous ne l'oublierez pas ?

Il opina de la tête.

— Nous sommes tous des créatures de Dieu, Catriona. Notre Seigneur se penche aussi sur le sort des petites bêtes. Je le trahirais si je ne tenais pas ma promesse.

Ils se préparèrent au départ le matin suivant. Une dernière fois, à l'aide d'un os de poulet, Catriona essaya d'attirer Rustine, toujours recroquevillé sur le monticule de terre, sans réussir à le persuader de la suivre jusqu'à la roulotte. Néanmoins, quand elle lui caressa la tête, il lui lécha affectueusement les doigts, sans doute pour lui faire comprendre qu'il était sensible à sa compassion.

Jupiter était attelé et Kane attendait sur son hongre qui trépignait. La fillette grimpa sur la roulotte et s'assit entre ses parents. Lorsque le véhicule s'ébranla, elle ne put s'empêcher de jeter un regard en arrière, vers la tombe qui prenait déjà un aspect sinistre. Laisser ces deux êtres derrière elle lui semblait intolérable.

— C'est un endroit paisible pour son dernier repos, dit Viola. Dieu a dû toucher ce pays de sa main pour qu'il soit aussi magnifique. Regarde la cascade, Kitty. Tu vois comme la chute d'eau tombe en rugissant ? Écoute, l'air est rempli de chants d'oiseaux, ajouta-t-elle en serrant l'enfant contre elle. Regarder en arrière est toujours une erreur, tu sais. Rustine ne sera pas abandonné ; ce prêtre est un homme honorable.

Catriona s'efforça de se calmer et de se concentrer, autant qu'elle l'avait fait la veille, sur la splendeur du décor environnant. Toutefois, elle ne pouvait s'empêcher de penser à la tombe lugubre et à son triste petit gardien.

Nombre d'années allaient s'écouler avant qu'elle ne revienne dans cet endroit et n'apprenne que le prêtre avait tenu sa promesse. Rustine avait passé ses dernières années chez lui et avait ensuite été inhumé auprès de Max, son maître bien-aimé.

4

Les jours se transformèrent en semaines tandis qu'ils avançaient vers le nord, où une autre épreuve les attendait. Kane revint d'une visite en ville, le visage couleur de cendre, les mains convulsivement serrées sur un journal. Il n'avait plus d'argent. La compagnie de navigation dans laquelle il avait investi avec confiance son pécule durement amassé avait fait faillite. Dorénavant, il ne pouvait plus compter que sur les maigres sommes déposées à la poste par sa famille anglaise. Ce rude coup du sort parut subitement balayer son attitude joviale, qui se transforma en un mutisme amer.

La station de Bunyip, qui s'étendait sur des milliers d'hectares au cœur de l'outback du Queensland, pouvait offrir du travail pour planter des poteaux et réparer des barrières aux seuls hommes capables de supporter la chaleur, les mouches et la solitude. En raison des pluies d'hiver, l'herbe, abondante et drue, nourrissait des moutons bien gras, à l'épaisse toison. Viola et Catriona entreprirent de tenir la cuisine pendant les quatre semaines au cours desquelles les tondeurs seraient sur le domaine.

Alors que l'habitation principale était un long édifice de plain-pied abrité par des arbres, la cuisine, située près des hangars de tonte, avait un toit de tôle ondulée qui semblait vibrer sous la chaleur du soleil implacable. Les vastes salles voisines retentissaient d'un vacarme constant, entre les bêlements de protestation des animaux, les jurons des tondeurs et le bruit strident des tondeuses électriques. Outre que les mouches volaient en nuages incessants, la touffeur, qui ne cédait pas même à l'arrivée de la nuit, rendait le sommeil impossible.

L'univers de Catriona se bornait à éplucher et à couper des monceaux de pommes de terre et de légumes pour la marmite géante. Quand elle avait terminé, elle aidait à faire la vaisselle, dans la pièce brûlante comme un brasier, où les fours fonctionnaient du matin au soir. Trois repas par jour pour une centaine d'hommes représentaient une tâche presque insurmontable pour Viola, mais en dépit des longues heures et de la chaleur implacable, la mère et la fille réussirent à tenir leur engagement jusqu'à la fin du mois.

— Vous avez bien travaillé, dit le propriétaire en leur tendant leur salaire. Peut-être reviendrez-vous l'année prochaine ?

Catriona regarda sa mère, pâle, débraillée et épuisée par la fournaise de cette horrible cuisine. Elle secoua la tête :

— Merci de votre proposition, mais nous ne repasserons sans doute pas par ici.

Une fois hors de portée de voix, Viola prit la main de sa fille.

— J'ai l'impression que je sors de prison, reprit-elle. Il doit bien exister un moyen moins harassant de gagner sa vie ?

— Au moins, nous avons de quoi tenir un peu, argua Catriona.

Lorsqu'elles eurent rejoint Damian et Kane, Viola tendit l'argent à son mari.

— Garde-le précieusement, murmura-t-elle. Je ne veux plus jamais subir ça.

Ils reprirent leur chemin vers le nord, incommodés par la chaleur et l'humidité. Leurs vêtements les plus légers, rapidement trempés de sueur, paraissaient trop lourds à porter. Les bras et les jambes couverts de piqûres d'insectes, ils avançaient, toujours harcelés par les mouches. La nuit, alors que l'air étouffant les enveloppait dans un manteau humide, ils sombraient dans un sommeil habité par les coassements incessants des gros crapauds de canne à sucre, les grondements sinistres du tonnerre et le craquement assourdissant des éclairs.

Les prairies cédèrent bientôt la place aux vastes étendues verdoyantes de canne à sucre qui se déroulaient du pied des montagnes coiffées de pourpre jusqu'à la mer scintillant à l'horizon. Les pousses, plus hautes qu'un homme, plantées en rangées très régulières, s'inclinaient et se balançaient dans le vent brûlant. Catriona frissonnait parfois lorsqu'ils longeaient la voie de chemin de fer, en direction de Bundaberg et de ses raffineries aux cheminées fumantes, car cette région septentrionale avait l'aspect d'une jungle impénétrable, sombre et dangereuse, abritant des prédateurs invisibles prêts à sauter sur leur proie.

Tandis que les hommes se rendaient aux raffineries pour voir s'ils pouvaient y être embauchés, Viola et Catriona se dirigèrent vers le rivage désert. De petites dunes dévalaient jusqu'à une plage si vaste qu'il était impossible d'en distinguer les limites. Dans le parfum des pins et d'eucalyptus qui couvrait l'odeur douceâtre émanant des cheminées, les chardons solidement plantés dans leur lit de sable bruissaient sous la brise.

Catriona, debout sur une dune, écarquilla les yeux de stupéfaction. La mer étendait devant elle une nappe du bleu le plus intense, le plus éblouissant qu'elle ait jamais vu. Des bateaux se penchaient et se relevaient au gré des vagues mousseuses, leurs voiles resplendissant dans le soleil. Toutefois, c'était l'immensité de l'océan qui lui coupait le souffle. Car jamais, dans ses rêves les plus fous, elle n'avait imaginé un tel spectacle. Avec des cris de plaisir, Viola et elle ôtèrent leurs chaussures et coururent sur le sable chaud jusqu'aux langues écumeuses qui léchaient le rivage.

— L'eau est tiède ! s'écria la fillette.

Elle souleva sa robe et s'aventura un peu plus loin, respirant profondément l'air pur et salé. Les chevilles caressées par les vagues, elle admira les mouettes qui planaient au-dessus de sa tête puis plongeaient brusquement. C'était un endroit magique, un endroit où, elle le sentait, tout était possible si on le désirait avec suffisamment de force.

— Est-ce qu'on peut rester un moment ? demanda-t-elle.

Viola pataugeait dans l'eau, le visage heureux, les rides autour de sa bouche et de ses yeux couleur lavande comme atténuées.

— À condition que ton Pa et M. Kane trouvent du travail, répondit-elle.

En souriant, elle détacha sa magnifique chevelure qu'elle laissa flotter dans le vent en secouant la tête.

— Je suis sûre que nous avons tous besoin de nous reposer. Alors, pourquoi pas ? conclut-elle.

Catriona regarda sa mère écarter les bras et offrir son visage au soleil. Elle paraissait si jeune, si insouciante, malgré les fils blancs qui apparaissaient maintenant dans les cheveux bruns. Ayant tout à coup le sentiment que le fardeau de la tristesse se soulevait de ses épaules, la fillette imita sa mère : elle écarta les bras, et se mit à tourner sur elle-même jusqu'à ce qu'elle se sente étourdie et que ses boucles noires tombent sur ses épaules. À ce moment précis, elle voulait simplement redevenir une enfant.

Il n'y avait pas de travail aux raffineries. Pa et M. Kane se virent forcés d'offrir leurs services aux planteurs de canne et de pénétrer l'univers impitoyable de ce monde masculin que très peu de femmes avaient le courage d'affronter. Catriona et Viola en étaient automatiquement exclues.

Seuls les hommes les plus résistants et obstinés pouvaient accomplir le labeur que l'on exigeait d'eux dans les champs. Non seulement ils travaillaient et vivaient âprement, mais, quand arrivait le dimanche, ils buvaient et se battaient avec une énergie renouvelée. Répartis en sortes de confréries primitives, ils luttaient pour défendre leur territoire. Vivant dans des cabanes délabrées sur pilotis, ils avaient pour seul objectif, chaussés de bottes protectrices, de battre leur record de coupe du jour précédent afin de toucher une prime et de pouvoir posséder, un jour, leur propre plantation.

Dans une touffeur infestée de mouches, taillant à l'aide de machettes de l'aube au crépuscule, Pa et M. Kane, fouettés par les tiges coupantes comme le rasoir, vivaient dans la terreur des énormes rats qui couraient entre les pousses et dont la morsure pouvait provoquer des maladies, voire la mort. Bientôt, leurs mains peu accoutumées à ce dur labeur se couvrirent d'ampoules. Leurs vêtements pendaient comme des haillons sur leur corps brûlé par le soleil et dévoré par les moustiques. Même les bains de mer ne réussissaient pas à déloger la saleté infiltrée dans tous les pores de la peau.

Viola et Catriona nettoyaient leurs plaies avant d'appliquer dessus un baume, mais elles ne pouvaient rien faire pour les yeux rougis, les brûlures, les piqûres d'insectes et l'épuisement qui empêchait les travailleurs de terminer le maigre dîner sur lequel ils s'endormaient chaque soir. Même Kane avait perdu son allant et ne racontait plus les histoires qui auparavant faisaient tellement rire Catriona qu'elle en avait mal aux côtes.

Le site qu'ils avaient choisi pour installer la roulotte était situé au-dessus des champs de canne à sucre, sur le petit plateau d'une colline. L'air y restait un peu plus frais qu'ailleurs, la rivière avait un flot rapide, et les insectes ne les tourmentaient pas trop. Toutefois, au bout de deux semaines, Viola en eut assez. Elle voyait les ravages de ce travail inhumain sur son époux, et n'aimait pas la façon dont il se laissait lentement entraîner dans cet univers dissolu.

Regardant les deux hommes qui dodelinaient de la tête sur leur tasse de thé, elle prit une décision.

— Nous quittons cet enfer. Vous réclamerez vos gains demain matin et nous partirons aussitôt après. Je ne laisserai aucun de vous deux se tuer ainsi à la tâche.

— Mais c'est bien payé, Viola, protesta Damian. Dans une semaine, je rapporterai trois autres livres, et à la fin du mois je recevrai plus que je n'ai jamais gagné !

— Dans une semaine, tu seras mort. Nous partons demain, un point c'est tout.

Catriona, qui n'avait jamais entendu sa mère s'adresser ainsi à son mari, aurait protesté si elle n'avait lu une lueur de gratitude dans les yeux de celui-ci. Sa profonde fatigue et son amour-propre détruit par les épreuves le poussaient à s'incliner devant sa femme avec reconnaissance. Il était trop fier pour admettre que ce labeur était trop pénible pour lui, trop dégoûté de lui-même pour exprimer sa crainte de ne pas pouvoir faire plus pour sa famille. La fillette, en le voyant traverser le campement et monter dans la roulotte, comprit pourquoi sa mère avait pris cette décision.

Le cœur serré, elle le vit s'affaisser sur le matelas. Il dormait sans doute déjà. Au moins, se dit-elle, il aurait peut-être des rêves plus doux en sachant qu'il ne retournerait pas dans les champs le lendemain.

Kane, lui aussi, accédait avec soulagement à l'exigence de Viola. La canne devait être une chose terrible si elle pouvait abattre deux hommes aussi forts que ceux-là. Bien qu'elle soit désolée de devoir quitter l'océan et la plage, Catriona était prête à tout accepter plutôt que de les voir si abattus et vaincus.

Le lendemain, l'aube était radieuse ; toutefois, d'épais nuages provenant de la montagne apportèrent rapidement une fraîcheur bienvenue. Pa et Kane s'étaient rendus au champ de canne à sucre pour y retirer leur dû, et Catriona aidait sa mère à préparer le départ.

— Est-ce qu'on peut aller à la plage, Mam ? demanda-t-elle lorsque la dernière boîte fut rangée et le feu étouffé par un peu de terre.

Viola, avec un sourire las, repoussa les mèches de cheveux humides de sueur qui lui tombaient devant les yeux :

— Attendons ton Pa. Je pense qu'il aimera se baigner avec M. Kane avant de reprendre la route.

Au retour des deux hommes, lorsque l'argent fut soigneusement dissimulé, ils se rendirent en roulotte à la plage pour la dernière fois. Catriona, trop impatiente pour attendre les adultes, courut jusqu'à la mer et lança en l'air des gouttes qui resplendirent comme des diamants. Dans ses mains réunies en forme de coupe, elle se lava le visage et les bras, regrettant de ne pas pouvoir se dépouiller de tous ses vêtements afin de se tremper entièrement dans cette fraîcheur bienfaisante.

Pendant que ses trois compagnons s'amusaient aussi dans l'eau, elle chercha des coquillages et observa avec fascination un crabe minuscule qui avançait sur le sable mouillé, laissant derrière lui des perles de sable avant de s'enfouir à la limite des vagues.

Fatiguée de ce jeu et désireuse d'embrasser chaque détail de ce paysage enchanteur, elle contempla l'étendue bleue rendue aveuglante par le soleil qui perçait entre les nuages. Dans l'ombre de ces derniers, la surface turquoise de l'océan virait au vert foncé.

Elle se retourna vers Kane qui était venu la rejoindre au bord de l'eau.

— Quel endroit merveilleux, s'écria-t-elle. Comme j'aimerais ne pas avoir à le quitter !

— Nous devons tous bouger, mon chou. Et la mer de Cairns n'a rien à envier à celle-ci.

Catriona leva la tête vers le ciel. Les nuages, maintenant rassemblés, baignaient le monde d'une lumière étrange. Elle frissonna.

— Il commence à faire froid, dit-elle.

— Nous allons avoir affaire à une tempête tropicale, marmonna Kane en regardant vers l'horizon. Et si ma mémoire ne me trompe pas, la pluie va tomber très violemment. Il vaut mieux que nous sortions la roulotte du sable avant de risquer de nous enliser.

— Mais nous sommes en plein été, protesta son interlocutrice. Il ne pleut pas à cette saison.

— Dans le Sud, peut-être, répondit Kane avec un sourire. Mais ici, dans le Nord, c'est la saison des pluies. Les rivières débordent et inondent les routes, sous le grondement du tonnerre et le claquement des éclairs.

Il lui releva le menton et plongea ses yeux dans les siens.

— Tu n'as aucune raison de t'inquiéter, Catriona. Je veillerai à ce qu'il ne t'arrive rien.

— Mon Pa me protégera, assura-t-elle fermement en se dégageant. De toute façon, je ne suis plus un bébé. Je n'ai pas peur d'une tempête de rien du tout.

— Bien sûr que non, dit-il en observant la robe de coton qui collait à son corps. En fait, tu as drôlement grandi. Quel âge as-tu exactement ? demanda-t-il en caressant de son pouce la fossette qu'elle avait au menton. Je ne m'en souviens pas.

— J'ai onze ans, répliqua-t-elle, gênée par cette attention soutenue.

Tout à coup consciente du fait que son vêtement mouillé dévoilait ses formes naissantes, elle croisa les bras sur sa poitrine bourgeonnante.

— Et je suis assez grande pour ne pas être traitée comme une enfant ! conclut-elle.

— Je ne te contredirai pas, murmura Kane en la contemplant d'un air pensif.

Le soleil fut bientôt entièrement caché. Un vent violent provenant des montagnes fouettait les fougères et les palmiers qui dansaient en claquant sur leur passage. Quittant la côte, ils avaient espéré trouver un abri, ou tout au moins éviter la tempête, mais ils comprirent rapidement qu'il leur serait difficile de lui échapper.

La pluie se mit à tomber, doucement d'abord. Le bruit des gouttes résonnant une à une sur le toit de la roulotte était plutôt agréable à entendre, mais tout à coup il se transforma en un tambourinement violent qui étouffait tous les autres sons. L'eau fouettait les arbres et rebondissait sur la terre durcie, la pétrissant jusqu'à en faire de la boue. Un vaste rideau liquide isolait leur petit groupe, dissimulant le décor environnant, remplaçant le jour par la nuit et martelant impitoyablement tout ce qui se trouvait au sol.

Catriona et ses parents se serraient les uns contre

les autres, insuffisamment protégés par leurs imperméables légers. Jupiter baissait la tête et pataugeait dans la boue, sa crinière trempée collée à l'encolure ruisselante. Il lui fallait tirer plus fort, car les roues commençaient à s'enliser. Kane, habillé d'un imperméable épais de conducteur de troupeaux qui le recouvrait de la nuque aux pieds, baissait le menton pour éviter l'eau qui s'écoulait en un filet continu de son chapeau détrempé.

La fillette et sa mère passèrent par-dessus le siège de la roulotte pour s'abriter à l'intérieur. Elles s'essuyèrent les cheveux et enfilèrent des vêtements secs. Il leur était impossible de parler, car l'espace étroit renvoyait en écho des chocs violents sur le toit du véhicule.

Catriona s'assit sur le matelas de kapok et, laissant ouverte l'une des étroites portes à l'avant, observa son père. Les épaules affaissées, les vêtements trempés, il essayait de tenir fermement les rênes glissantes. De chaque côté de la route, les larges feuilles de palmier s'inclinaient sous le poids de la pluie et le ruisseau qu'ils longeaient, débordant de son lit, recouvrait maintenant les rochers rouge sombre qui se dressaient auparavant bien hauts sous le soleil.

Les perruches et les perroquets, pendus aux branches la tête en bas, étendaient leur ailes sous l'eau en poussant des cris, heureux de se débarrasser des tiques et des poux qui les harcelaient. Étalant leur crête d'un jaune de soufre, les cacatoès blancs protestaient et se poursuivaient sur les branches glissantes, tandis que les martins-chasseurs faisaient bouffer leurs plumes, le bec caché dans leur jabot.

Catriona entendit un grondement sourd qui dominait le vacarme de la pluie. Des éclairs illuminaient le bush, dessinant nettement les contours des rochers noirs dressés, telles des sentinelles, au milieu des arbres. La fillette se méfiait des orages sans véritablement les craindre. Ils faisaient partie de sa vie tout comme la chaleur et la poussière. Cependant, celui-ci s'annonçait exceptionnel.

Les grondements menaçants se rapprochaient. L'explosion se produisit soudain, faisant trembler la terre sous les roues tandis qu'un éclair sifflant traversait le ciel et frappait un arbre voisin. Avec un claquement de fusil, le bois éclata en une colonne de flammes.

Jupiter se cabra et battit l'air de ses pattes antérieures en hurlant de terreur.

Catriona et Viola, projetées sur le sol du véhicule, poussèrent des cris qui se perdirent dans le rugissement des éléments.

Kane rétrécit les rênes pour garder la maîtrise de son cheval affolé. Éclairant l'obscurité, les langues de feu embrasèrent les branches tombées. Avec la dextérité d'un serpent, elles s'insinuèrent dans le sous-bois et escaladèrent le tronc frêle et blanc des arbustes, qu'elles entreprirent de dévorer sur leur passage.

Jupiter luttait contre le harnais qui bridait ses mouvements. Ses grands sabots frappèrent la terre dans laquelle ils s'enfoncèrent. Fou d'épouvante, l'animal se lança de toutes ses forces dans une fuite endiablée.

Damian, les mains crispées sur les lanières de cuir, les pieds appuyés en avant pour ne pas être projeté hors du véhicule, ne voyait pratiquement rien et ne sentait plus les rênes dans ses doigts gourds. S'efforçant de maintenir son équilibre, il hurla quelque chose en direction de Kane, mais sa voix se perdit dans le vacarme des coups de tonnerre.

Secouant la tête, le cheval ne ralentit pas l'allure. Ses hautes pattes, quoique peu assurées, l'entraînaient néanmoins dans un galop fébrile. Il cherchait à échapper à cet enfer, oubliant la roulotte qui rebondissait derrière lui comme un jouet d'enfant.

L'énorme rocher aux parois accidentées se dressait d'un côté de la piste, sur le trajet du véhicule. La roue cerclée de fer le heurta avec une force telle que la roulotte décolla du sol.

Damian fut projeté dans l'espace. Comme une poupée de chiffon battue par la pluie, il atterrit lourdement sur un rocher voisin, ses os craquant comme des brindilles.

Catriona, ballottée dans tous les sens, poussa un cri strident. Elle tomba sur le sol et sentit un objet coupant lui entailler le poignet. Viola, accrochée à la porte de devant, suppliait Kane d'agir.

Avec un juron, l'Anglais contraignit sa monture à l'obéissance et la força à rejoindre Jupiter. S'inclinant sur le côté, il évalua la distance qui le séparait de l'animal terrorisé et attrapa habilement les rênes qu'il tira vers lui de toutes ses forces. Aussitôt, il glissa de sa selle et fut entraîné dans la boue. Libéré, le hongre s'éloigna en galopant.

Jupiter était un vieux cheval, peu adapté à une telle course. Tout d'abord, il résista à la traction permanente exercée sur les rênes, puis comprit sans doute que le combat contre un homme déterminé et une roulotte endommagée était inégal. Soudain, il ralentit l'allure et s'immobilisa, le corps tremblant, les flancs soulevés par l'effort.

Viola, déjà sortie du véhicule, courait vers son mari.

Le poignet de Catriona lui procurait une cuisante douleur. Apercevant la couleur mate de l'os au milieu de sa blessure sanglante, elle fut saisie d'un haut-le-cœur et sentit la bile remonter dans sa gorge. Néanmoins, déterminée à aller rejoindre son père, elle avala sa salive et respira profondément. Soutenant le membre blessé de son bras valide, elle descendit du véhicule avec difficulté. Le brouillard qui obscurcissait son cerveau menaça de la submerger dès qu'elle se mit à courir, mais elle lutta âprement pour rester lucide ; il fallait à tout prix qu'elle aille voir comment allait son Pa.

Damian, inerte, le visage gris, ne semblait pas conscient de la pluie qui rebondissait sur ses paupières closes et coulait le long de ses joues. Agenouillée près de lui, la chevelure répandue jusqu'à sa taille, Viola lui tenait la main. Tandis qu'elle tâtait fébrilement le corps de son mari, sa robe trempée mettait en évidence sa maigreur extrême.

Catriona se laissa tomber sur le sol, malade d'anxiété.

— Il n'est pas mort, n'est-ce pas, Ma ? demanda-t-elle avec crainte.

Elle dut répéter sa question que sa mère ne semblait pas avoir entendue. Viola secoua la tête.

— Non, mais il est gravement blessé, cria-t-elle. Va me chercher une couverture et la petite bouteille de brandy dans le panier.

Dès que la fillette se leva, transpercée par une violente douleur, le brouillard lui emplit de nouveau la tête. Elle essaya d'appeler, s'efforça de résister mais, cette fois, il ne se laissa pas intimider. Alors que ses jambes la trahissaient et que le sol se soulevait vers elle, elle entendit sa mère hurler.

Catriona sentit le froid de la pluie sur son visage et ouvrit les yeux, en proie à la perplexité. Pourquoi était-elle allongée dans la boue ? Où se trouvait-elle, et quelle était cette douleur lancinante, presque insupportable, qui lui déchirait le poignet ?

Elle cligna des paupières et vit Kane se pencher sur elle, glisser les mains sous son corps et la soulever. Ignorant ses faibles protestations, il la serra contre lui et la transporta jusqu'à l'abri de toile qu'il avait improvisé sous les arbres. Soudain, la mémoire revint à la fillette.

— Pa ! s'écria-t-elle, se tortillant pour se libérer. Où est Pa ?

— Tiens-toi tranquille, il va bien.

Catriona s'agita de plus belle jusqu'à ce qu'il soit forcé de la poser à terre. Elle pataugea dans la boue et, soutenant son bras blessé, tomba presque sous l'auvent.

Damian était étendu sur une couverture. Son sang se répandait sur les linges posés sur ses côtes et ses chevilles, comme des fleurs écarlates ironiquement épanouies. Seuls les mouvements de sa poitrine, qui se soulevait régulièrement au son d'un gargouillement effrayant, révélaient qu'il était en vie.

Viola s'écarta de lui pour prendre Catriona dans ses bras et examiner doucement son poignet. Elle sortit un long foulard de soie de son sac en tapisserie, fabriqua adroitement une écharpe et contraignit la fillette à s'allonger près de son père. Puis elle se pencha et inclina la tête pour lui parler à l'oreille.

— C'est bien que tu te sois évanouie. M. Kane en a profité pour remettre ton os en place et c'est lui qui t'a empêchée de te vider de ton sang.

Catriona baissa les yeux vers sa blessure. Une bande de coton, serrée au-dessous de son coude par un tourniquet fabriqué à l'aide d'un bout de bois, provoquait des élancements dans son avant-bras. Maintenue par une épingle à nourrice, une autre bande de coton entourait son poignet.

Elle tendit la main vers le bâton mais sa mère lui repoussa la main.

— Laisse-le, c'est pour t'empêcher de saigner.

— Et Pa ? demanda-t-elle en voyant les taches rouges qui s'élargissaient progressivement. Pourquoi ne l'empêches-tu pas aussi de saigner ?

Kane, qui finissait de dresser une attelle sur la jambe de Damian, s'accroupit sur ses talons.

— Les bandages ne vont pas tenir, déclara-t-il, je ne peux pas les serrer suffisamment.

Après avoir vérifié le pansement du bassin, il se releva :

— Il faut les emmener tous les deux très rapidement chez un docteur. Venez, Viola, vous allez m'aider à réparer la roue.

Catriona, étendue près de son père, glissa sa main dans la sienne. De petites bulles de sang bouillonnaient au coin de sa bouche. Elle lui agrippa les doigts pour lui insuffler un peu de son énergie. Il ne fallait pas lui permettre de mourir.

Les deux silhouettes qui s'affairaient autour de la roulotte paraissaient de loin si petites et vulnérables que Catriona s'en voulait de ne pouvoir leur être utile. Mais c'était impossible, car la douleur revenait en force, l'attirant dans les ténèbres de l'inconscience. Serrant plus fort la main de son père, elle se laissa emporter dans l'oubli.

Francis Kane enfonça le dernier clou et, avec l'aide de Viola, réussit à enfiler la roue sur son axe et à la fixer. Transpirant sous le lourd imperméable, il sentait la pluie glacée qui ruisselait sur son chapeau dégouliner dans son cou.

Il se releva et se dirigea vers l'auvent de toile, pendant que Viola préparait la roulotte. Un moment, il regarda l'homme blessé et sa fille, puis il souleva l'enfant et la porta jusqu'au véhicule, où il la déposa sur le matelas et étendit sur elle une couverture. Il contempla un instant le petit visage pâle. Elle avait l'air si innocente, si fragile. Incapable de résister, il déposa un baiser sur son front brûlant.

— Monsieur Kane, vite ! Il faut nous dépêcher !

Tenant chacun une extrémité de la couverture, ils transportèrent Damian d'autant plus lourd qu'il restait évanoui. Il était impossible de le hisser ainsi dans la roulotte. Kane le souleva sur son épaule et parvint, aidé de Viola, à l'allonger aussi doucement que possible sur le matelas à côté de sa fille.

Alors qu'il souffrait encore des courbatures attrapées dans les champs de canne à sucre, il constata que ce nouvel effort l'avait épuisé. Pendant un moment, il s'efforça de reprendre sa respiration, le regard dans le vague. Au moins, la pluie avait éteint le feu. Tout à coup, il se redressa au son d'un bruit de sabots. Son hongre revenait, préférant sans aucun doute ne pas rester seul dans la tempête. *Idiot*, pensa-t-il en tentant de calmer l'animal.

— Il faut y aller maintenant, cria Viola. L'état de Damian s'aggrave.

Avec un sourire grimaçant, Kane grimpa sur le siège de la roulotte et secoua les rênes sur le dos de Jupiter.

Catriona tremblait de froid sous la couverture. À cause de sa chevelure mouillée, son oreiller était trempé. Elle entendait Kane proférer des jurons après le pauvre Jupiter qui luttait pour avancer dans la boue glissante et se demandait combien de temps il faudrait pour retourner à Bundaberg. Elle avait l'impression d'avoir passé des heures allongée ainsi.

La roulotte oscillait et rebondissait sur la piste accidentée qu'ils avaient parcourue si peu de temps auparavant. Consciente de la présence de son père, la fillette réprimait les gémissements dus à l'insupportable douleur de son poignet. Elle décida de se concentrer sur le visage de son compagnon. Lui aussi éprouvait une souffrance terrible, révélée par son teint livide, ses joues qui paraissaient se creuser, et le gargouillement pathétique que lui arrachait chaque mouvement du véhicule.

Viola, assise entre eux deux, s'inquiétait surtout pour son mari. Elle lui parlait pour tenter de le rassurer, lui caressant le front et essuyant la sueur et le sang sur son visage. Penchée sur lui, elle ne pouvait retenir les larmes qui coulaient sur ses joues souillées.

Catriona ouvrit les yeux en sentant des bras puissants la soulever du matelas pour la sortir de la roulotte. Son père avait déjà été emmené.

— Ne t'inquiète pas, dit Kane en la transportant

sous la pluie jusqu'à la longue maison presque dissimulée par de grands arbres. Il est avec le docteur.

— Il va bien, n'est-ce pas ? demanda-t-elle. Il va être sauvé ?

— On va te soigner et tu pourras aller toi-même le voir, répondit-il en la déposant dans une pièce à l'arrière de l'édifice.

L'hôpital de campagne s'étendait au milieu d'un immense terrain verdoyant, à l'orée de Bundaberg. Construit et financé par les propriétaires de plantations de canne à sucre, bien équipé, organisé avec efficacité, il veillait à la santé de la vaste communauté qui l'entourait. Les employés travaillant dans les champs, soumis aux coupures dangereuses de la canne, se blessaient et développaient souvent des maladies qui suffisaient à occuper à plein temps deux médecins et trois infirmières.

Outre un service réservé aux coupeurs de canne et un autre destiné aux femmes et aux enfants, le bâtiment abritait un petit bloc opératoire. Une véranda abritée par le prolongement du toit de tôle ondulée courait le long de la façade presque recouverte par les bougainvillées. Là, les convalescents s'asseyaient dans des fauteuils cannés pour fumer leurs cigarettes et passer le temps, avant d'être renvoyés à leur épuisant labeur.

Lorsque Catriona émergea de son profond sommeil, elle découvrit que son bras, fermement immobilisé par un plâtre blanc, ne la faisait plus souffrir. Étendue dans un vrai lit, entre des draps propres, elle avait la tête posée sur un oreiller moelleux. Avec un soupir d'aise, elle examina la petite pièce dans laquelle elle se trouvait.

Pour l'instant, elle était seule, mais par la porte ouverte elle pouvait observer les activités de l'hôpital, très animé. À ses yeux, ce lieu rempli de linge propre, de produits hygiéniques et de visages amicaux respirait la bienveillance. Outre les rideaux de couleurs vives et les sols parfaitement cirés, il y avait des fleurs sur les appuis de fenêtre. Les charmantes infirmières allaient et venaient dans leur uniforme, toujours étonnamment immaculé.

Tandis que le brouillard dû au sommeil se dissipait, la pensée de son père lui revint aussitôt à l'esprit. Elle voulut s'asseoir et sortir du lit, mais un étourdissement nauséeux la força à se laisser retomber sur l'oreiller. Il fallait pourtant qu'elle trouve son Pa, qu'elle constate de ses propres yeux qu'il allait bien. Où était Mam ? Elle avait besoin de Mam.

Comme si elle avait entendu sa prière silencieuse, Viola apparut dans l'encadrement de la porte.

Le plaisir mêlé de soulagement qui avait saisi Catriona en voyant sa mère s'évanouit aussitôt. Sur le visage torturé aux grands cernes sombres, les pommettes saillantes soulignaient la crispation des lèvres exsangues. Le corps affaissé, Viola semblait avoir vieilli. Elle avança dans la pièce, soutenue par M. Kane qui l'aida à s'asseoir sur une chaise près du lit de sa fille.

— Mam ?

La voix tremblante et les yeux soudain emplis de larmes, Catriona se sentait en proie à une frayeur incommensurable.

Viola lui prit la main. À voix basse, avec des mots presque indistincts, elle lui apprit que son père était mort.

— Il a été très courageux, dit-elle en sanglotant, mais ses blessures étaient trop graves. Les docteurs ont fait tout ce qu'ils pouvaient sans réussir à le sauver.

La fillette l'écoutait, pétrifiée. Le visage ruisselant de pleurs, elle avait le sentiment de ne plus pouvoir respirer à cause de la grosse boule qui se formait dans sa gorge. C'était impossible. Il devait y avoir une erreur. Pa était résistant, il était encore jeune, il ne pouvait pas mourir.

Sa mère essuya ses larmes.

— Nous n'aurions pas dû le bouger, murmura-t-elle, ni lui faire subir le trajet en roulotte jusqu'ici.

Le corps secoué, elle enfouit sa figure dans ses mains et donna libre cours à son désespoir.

— Qu'aurions-nous pu faire d'autre? intervint Kane en posant la main sur son épaule. Venez, ma chère, vous ne devez pas vous sentir coupable.

Viola leva vers lui ses paupières gonflées.

— C'est pourtant le cas, gémit-elle. Mon Dieu!

Le regard de la fillette glissa de sa mère à l'homme qui se dressait près d'elle. La boule dans sa gorge menaçait de l'étouffer. Alors que l'épouvantable clameur de la réalité retentissait dans sa tête, elle comprit soudain que son père avait disparu. Elle ne le reverrait plus jamais, n'entendrait plus sa voix, ne sentirait plus ses bras autour d'elle.

Brusquement, elle fut saisie d'un élan de rage envers sa mère, qui avait laissé mourir son mari, envers son père qui l'avait abandonnée et envers l'Anglais qui lui avait fait subir cet horrible transport mortel. Repoussant la main de Viola, elle rejeta également celle de Kane, qui tentait de la calmer. Elle le détestait, elle les détestait tous les deux. Elle voulait son Pa.

Une piqûre dans le bras lui ferma les yeux et l'emporta dans un univers où, loin de la douleur et de l'angoisse, régnait simplement une obscurité bienfaisante.

Lorsqu'elle se réveilla, la tête remplie de coton, elle eut du mal à rassembler ses souvenirs. Tout à coup, elle aperçut sa mère et Kane près de son lit, l'observant attentivement.

— Je veux le voir, dit-elle en soulevant la tête.

Viola tendit le bras et lui prit la main.

— C'est impossible, ma chérie, murmura-t-elle. Nous l'avons enterré il y a deux jours. Il est avec les anges maintenant, Dieu ait son âme.

Catriona se laissa retomber sur l'oreiller, interdite.

— Comment ? Mais nous sommes arrivés ici aujourd'hui.

Kane se leva et s'assit sur le lit. Le matelas s'affaissa sous son poids tandis qu'il se penchait vers elle et écartait les mèches bouclées de ses joues.

— Tu as été très malade, expliqua-t-il. Tu avais beaucoup de fièvre et le docteur a pensé qu'il valait mieux que tu dormes le plus possible. Nous sommes ici depuis presque une semaine.

Elle écarquilla les yeux et regarda sa mère pour recevoir une confirmation de ces paroles. Comment pouvait-on perdre une semaine entière de vie ? Comment pouvait-elle avoir été malade au point de ne pas avoir senti que son père mourait ? Même au plus profond de sa fièvre, n'aurait-elle pas dû se rendre compte qu'il l'avait quittée ?

Viola s'approcha du lit à son tour.

— Il a raison, chérie. Tu as été très malade et j'ai eu peur de te perdre aussi. Ton Pa ne s'est pas réveillé. Il n'a pas souffert, déclara-t-elle.

Sa voix se brisa, mais elle reprit aussitôt :

— Le docteur dit que tu peux sortir demain. Tu t'es bien rétablie. Il pense que tu es assez solide pour voyager de nouveau.

Catriona les regarda tous les deux. Elle refusait de partir, refusait d'aller où que ce soit sans son Pa. Comment sa mère pouvait-elle suggérer une chose pareille ? Clignant des paupières, elle tenta de se concentrer sur ce que disait M. Kane.

— Je vais prendre soin de vous deux, maintenant.

Il se leva et enlaça la taille fine de Viola.

— Nous partons demain pour Cairns, précisa-t-il.

Catriona n'appréciait ni la façon dont il tenait sa mère, ni la façon dont celle-ci le regardait comme si sa vie dépendait de lui.

— Je ne veux pas aller à Cairns, déclara-t-elle avec une expression têtue. Pourquoi ne peut-on pas rester ici ?

Kane serra Viola contre lui et murmura quelques mots à son oreille. Avec un sourire triste, elle quitta la pièce. Il revint alors vers le lit sur lequel il se rassit.

— Ta mère a le cœur brisé et je ne pense pas que tu veuilles rajouter à son chagrin, dit-il. Tu comprends sans doute qu'il serait difficile pour elle de rester ici plus longtemps. Alors fais un effort pour réagir, sinon pour moi, au moins pour elle.

Malgré la douceur de ses propos, elle sentit la détermination implacable qu'ils contenaient. M. Kane avait l'intention de prendre toutes les décisions.

— Je ne suis pas mauvaise, je veux juste mon Pa.

Il lui prit la main qu'il tint entre les siennes, sur ses genoux :

— Tu n'es pas mauvaise, bien sûr, mais tu dois comprendre que nous ne pouvons plus attendre. Le cheval et la roulotte ont été vendus. J'ai pris des billets de train pour demain. On me propose du travail à Cairns.

Il la fixa de ses yeux d'un bleu profond et poursuivit :

— À partir de maintenant, Catriona, c'est moi qui vais prendre soin de toi.

5

Viola ne supportait pas l'idée de retourner au cimetière. Elle avait versé tant de larmes qu'elle était à la fois épuisée et effrayée. Sans Damian, qu'allait-il advenir d'elle et de sa fille ? Comment allaient-elles se débrouiller ? Comment pouvait-elle espérer trouver un travail et un abri alors qu'elle avait si peu d'expérience en dehors de la vie d'artiste ?

Catriona écoutait ce monologue fiévreux, comprenant que sa mère était enfermée dans son propre désespoir au point d'oublier qu'elle souffrait aussi. Viola s'appuyait de plus en plus sur Kane, le laissant prendre toutes les décisions et s'agrippant à lui comme si elle était en train de se noyer. On aurait dit qu'elle n'avait plus conscience d'exister. Elle se déplaçait comme un fantôme, apathique, totalement insensible à ce qui l'entourait, hormis sa douleur inconsolable.

La fillette aida sa mère à s'asseoir dans la salle d'attente de la gare et s'assura qu'elle était confortablement installée avec un livre pendant que Kane et elle allaient saluer une dernière fois son père. Se retournant sur le seuil, elle vit Viola triturer nerveusement la couverture du volume posé sur ses genoux. Le cœur lourd, elle glissa son bras plâtré dans l'écharpe et suivit Kane jusqu'au cimetière.

En chemin, elle cueillit quelques pattes-de-kangourou et des marguerites sauvages. L'endroit où son père reposait était joli, si l'on pouvait qualifier ainsi un tel lieu, se dit-elle en observant le décor. L'herbe avait été récemment tondue et les arbres retentissaient de cris d'oiseaux. Espérant que son Pa avait enfin trouvé la paix, elle posa les fleurs sur la terre fraîchement retournée, fixa un moment la simple croix de bois et dit adieu à l'homme qu'elle avait tant aimé.

Tous trois arrivèrent à Cairns le lendemain, jour de l'an 1933. Catriona, épuisée par la chaleur et mourant de soif, souhaitait avant tout se débarrasser de ses vêtements souillés par la suie et la poussière, prendre un bain et se réconforter à l'aide d'un bon repas.

Le trajet s'était révélé très long. Le train, particulièrement lent, s'était arrêté dans une multitude de gares isolées d'où il repartait chaque fois après une attente interminable. Depuis leur départ, ils n'avaient mangé que du pain et du mouton, arrosé d'innombrables tasses de thé, et avaient dormi assis sur une dure banquette de bois. Sans y prêter grande attention, ils avaient vu défiler devant leurs yeux un paysage monotone de cannes à sucre, de palmiers et de fougères.

Catriona descendit du train et aida Kane à décharger leurs bagages. Viola, plus maigre que jamais dans ses vêtements tachés de sueur, n'avait pratiquement pas ouvert la bouche depuis Bundaberg. Debout sur le quai, les cartons à chapeaux à la main, elle regardait autour d'elle comme une enfant égarée.

La fillette s'efforça de soulever un sac, que Kane lui prit des mains et posa à côté des autres.

— je vais les laisser à la consigne, murmura-t-il. Nous viendrons les chercher quand j'aurai trouvé un moyen de transport.

Il lui tendit la gourde en souriant.

— Tu as l'air d'avoir soif et je te sens épuisée, dit-il gentiment. Nous serons à l'hôtel dans peu de temps.

— C'est loin, monsieur Kane? demanda-t-elle, consciente du geignement enfantin de sa voix.

Il secoua la tête.

— Pas vraiment. De plus, le voyage va être beaucoup plus agréable, car la chaleur est nettement plus supportable en altitude.

Catriona tourna la tête et regarda au-delà de la vallée déserte les montagnes couvertes de pins qui semblaient dominer la petite ville. Des nuages noirs menaçants, annonciateurs d'une pluie diluvienne, flottaient au-dessus des sommets, projetant des ombres denses sur les arbres.

— Est-ce que nous pourrions nous reposer un peu ici? s'enquit-elle.

— Nous n'avons pas les moyens de traîner dans Cairns, répliqua Kane en signant le reçu du porteur, ni ceux de prendre le train jusqu'à notre destination. C'est pourquoi je dois nous trouver un véhicule peu coûteux. Tu verras, ta mère sera bien là-haut. C'est un endroit frais et tranquille, parfait pour récupérer.

Contenant une impatience visible, il la serra brièvement dans ses bras.

— Tu es une grande fille maintenant, Kitty. Du courage.

Soudain, il s'écarta d'elle et se dirigea vers Viola.

— Venez, ma chère, dit-il. Nous entamons bientôt la dernière partie de notre voyage.

Elle le suivit docilement dans la chaleur torride du soleil de midi.

Ils n'eurent même pas le temps de se détendre en savourant une citronnade, car Kane trouva aussitôt un homme prêt à les emmener jusqu'aux plateaux montagneux.

Herbert Allchorn, qui possédait un cheval et une charrette, semblait un individu étrange et plutôt effrayant. Plusieurs couches de vêtements pendaient sur lui comme du linge sale, son chapeau comportait tant de taches qu'on ne pouvait en distinguer la couleur d'origine, et ses bottes, déchirées, étaient maintenues par une ficelle.

Peu enclin à la conversation, il les toisa de ses yeux injectés de sang, pendant que Kane chargeait les bagages et aidait Viola à s'asseoir sur le siège de bois. Soudain, il cracha du jus de tabac, s'essuya la bouche sur sa manche souillée et grimpa sur le siège du conducteur. Un coup de fouet claqua dans l'air, et le véhicule s'ébranla.

Catriona, assise à l'arrière, face à sa mère et à M. Kane, retrouvait le balancement qui lui était aussi familier que le fait de respirer. Une bouffée de nostalgie l'envahit brusquement, ressuscitant un instant Pa, Poppy, Max et les chevaux bien-aimés. Cependant, la charrette commençait son ascension de la montagne, l'emmenant loin du souvenir des jours anciens disparus à jamais.

Des nuages apparurent, apportant une fraîcheur bienvenue. Constatant tout à coup qu'ils longeaient un ravin d'une profondeur effrayante, la fillette détourna le regard, en proie au vertige. Au-delà du précipice, la vallée ensoleillée s'étirait sous un ciel clair, bordée au loin par le scintillement de l'océan.

Alors qu'ils suivaient une voie de chemin de fer percée dans la roche, un petit train les dépassa en cahotant avec un coup de sirène, puis entra dans un tunnel et disparut de leur vue.

Catriona apercevait de temps en temps des maisons de bois en équilibre précaire sur des pilotis. Bouche bée, elle put admirer successivement un milan siffleur planant haut dans l'espace, à la recherche de nourriture, de petits wallabies tapis derrière des buissons et un kangourou qui, après avoir sauté devant la charrette, dévala le précipice sous ses yeux avec une remarquable agilité.

Soudain, le soleil transperça les frondaisons de la forêt environnante, illuminant une sorte de paradis que Catriona contempla avec émerveillement. Le sous-bois, orné de plantes rampantes, resplendissait de fleurs et d'oiseaux aux mille couleurs qui semblaient jaillir sous son regard.

Toujours plongé dans son silence morose, Herbert Allchorn, apparemment insensible aux beautés environnantes, conduisait son cheval sans forcer l'allure en direction de la petite ville d'Atherton.

Viola, recroquevillée sur son siège, s'était endormie. Catriona, abattue par la touffeur, s'appuya contre l'épaule large de Kane.

Une fois sortie de la forêt, la charrette traversa d'immenses pâturages qui s'étendaient sans fin, vibrant dans la brume de chaleur. Le bétail broutait l'herbe drue qui jaillissait de la terre écarlate. Étirant leur tronc droit vers le ciel, les palmiers semblaient chercher à rivaliser avec les nombreuses cheminées des raffineries de sucre.

La fumée de ces conduits, accompagnée d'une odeur écœurante de mélasse, emplissait l'atmosphère et s'insinuait sous les vêtements. En passant la langue sur ses lèvres, Catriona en sentait le goût sucré, qui paraissait imprégner jusqu'à la poussière.

— J'ai envoyé un télégramme il y a deux jours pour dire que nous arrivions, murmura soudain Kane. J'espère qu'il y aura quelqu'un pour nous accueillir.

— Pour ma part, j'espère seulement qu'il y aura un lit confortable, dit la fillette dans un bâillement. Je suis si fatiguée. La perspective de rester au même endroit sans avoir à bouger en permanence me paraît merveilleuse !

— Ce ne sera plus très long, promit-il en lui serrant légèrement le bras.

Après avoir traversé un camp où était entassé un nombre impressionnant de planches de bois, ils entrèrent dans une nouvelle zone de forêt tropicale. Le véhicule aborda alors un long virage, à la sortie duquel il s'immobilisa devant un portail de fer imposant.

Alors que Kane descendait pour en ouvrir les battants, elle ne put s'empêcher de remarquer les ombres épaisses que la forêt voisine projetait sur l'allée de graviers. Spontanément, elle serra son cardigan sur sa poitrine. On aurait dit que les ténèbres tendaient vers elle des doigts glacés, chassant la chaleur du soleil.

— Où sommes-nous ?

Viola, soudain réveillée, réajustait son chapeau et sa robe.

— À l'hôtel Saint-Pétersbourg, votre nouvelle demeure, répondit Kane.

Il s'adressa à voix basse à Allchorn et s'élança rapidement dans la propriété.

Le conducteur cracha dans la poussière tandis que son cheval se mettait à brouter.

— Qu'est-ce que nous attendons ? demanda Catriona.

— Je suis les ordres, c'est tout, grommela Allchorn.

La fillette fronça les sourcils. Pourquoi M. Kane tenait-il à entrer dans la maison sans elles ?

Après ce qui lui parut un siècle, elle vit Allchorn secouer les rênes sur la croupe du cheval, qui s'ébranla et remonta lentement l'allée.

Tout à coup, les yeux de Catriona s'écarquillèrent d'admiration à la vue de l'édifice dressé devant elle, dont les murs de pierre, ornés de plusieurs tours et tourelles, étaient éclairés par la lumière chaude du soleil. Si elle n'avait pas remarqué les voitures de luxe rangées devant le bâtiment ainsi que d'élégantes personnes en train de boire du thé sur la pelouse, elle se serait crue devant un château de contes de fées. Il ne manquait que le prince charmant sur son cheval blanc.

Catriona regarda sa mère, impatiente de voir sa réaction, mais Viola semblait fixer la demeure sans la voir.

Refusant de bouder son plaisir, la fillette reprit sa contemplation. Non seulement elle allait vivre dans un château, mais, en fin de compte, il était bien habité par un prince ! Vêtu d'un costume blanc qui se dessinait nettement sur la porte sombre, il se tenait sur l'une des marches du perron, près d'une colonne de pierre. Grand et séduisant, le visage orné d'une moustache et d'une courte barbe, comme un mousquetaire, il accueillait Kane avec un large sourire.

— Bienvenue, bienvenue! s'écria-t-il avec un accent que Catriona ne reconnut pas. Mon vieux compagnon ! Qu'il est bon de te revoir après si longtemps!

Kane paraissait également ravi de leurs retrouvailles. Les deux hommes se serrèrent la main et se tapèrent sur l'épaule avec enthousiasme, rivalisant d'exclamations étonnées.

Dès qu'Allchorn arrêta la charrette devant le perron, Catriona vit le bel homme plisser le front en remarquant sa présence et celle de sa mère, puis nota le regard interrogateur qu'il lançait à Kane. Tout à coup, il sourit de nouveau en retirant son chapeau.

Les deux arrivantes descendirent du véhicule. Brusquement, la fillette fut saisie d'un accès de timidité sous le regard de l'étranger qui la fixait avec une expression étrange, ses épais sourcils froncés au-dessus de ses yeux sombres et pensifs.

— Voici Dimitri Yvchenkov, dit Kane. Né à Saint-Pétersbourg, en Russie, c'est aujourd'hui un riche citoyen d'Australie et le propriétaire de ce majestueux manoir.

Soulevant le menton de Catriona, il ajouta :

— Ne crains rien, Kitty, il ne va pas te manger. Malgré son aspect et sa voix féroce, il est notre bienfaiteur.

La main valide de Catriona fut aussitôt engloutie par celle de M. Yvchenkov. Tandis qu'elle levait les yeux vers lui, elle remarqua que, en dépit de sa haute stature, de ses larges épaules et de sa ferme poignée de main, l'homme avait un visage doux et chaleureux.

Elle fit une révérence à laquelle il répondit par une inclinaison de la tête, avant de se tourner vers Viola dont il effleura les doigts d'un baiser.

— Tu es un homme très surprenant, Kane, murmura-t-il en scrutant les traits tourmentés de sa visiteuse. Avoir une femme et une fille telles que celles-ci est une bénédiction.

Kane eut un rire forcé.

— Ciel, Dimitri, tu sais bien que je ne suis pas du genre à me marier! J'aurais dû te présenter Viola et Catriona Summers. En raison de circonstances imprévues, nous nous retrouvons simplement sur la même galère, affrontant la férocité implacable de ce pays âpre et sauvage. Tu vois ce que c'est, mon vieux, dit-il en lui donnant une claque dans le dos. Il y a des moments où on n'a pas le choix!

Catriona fut choquée par la façon dont sa mère et elle étaient reléguées, avec une telle aisance – teintée de mépris? – au rang de simples compagnes de voyage. Que leur arriverait-il si ce Russe impressionnant décidait qu'elles ne pouvaient pas rester?

Elle jeta un regard à Viola, qui ne semblait rien entendre. Debout sous le soleil écrasant, elle fixait cette maison extraordinaire, sans la moindre expression. La fillette lui prit la main et la serra très fort, avant de concentrer de nouveau son attention sur les deux hommes.

Dimitri rajusta son panama d'un air songeur.

— Est-ce que tu pensais que ces deux dames pourraient également travailler pour moi? s'enquit-il.

Ou souhaitent-elles simplement rester ici un court moment avant de poursuivre leur route ?

Kane paraissait tout à fait à l'aise dans cette situation.

— Viola et Catriona sont seules au monde, mon ami. Je les ai prises sous mon aile, pour ainsi dire. Tu disais que tu avais besoin d'aide, eh bien nous voici à ton service.

Dimitri se caressa la barbe en examinant les deux inconnues.

— Il faut que nous en discutions, Kane, dit-il dans un murmure presque indistinct.

S'apercevant tout à coup que Catriona ne perdait pas un détail de la scène, il redevint l'hôte enjoué qui les avait accueillies.

— Ces dames doivent entrer au frais et visiter mon palais, poursuivit-il.

Il ouvrit les deux battants de la porte et invita ses visiteurs à le suivre dans le grand hall.

Catriona fut frappée par la grandeur du décor. Dans la vaste salle où régnait une odeur de cire mêlée à des parfums de fleurs, le large escalier, le plafond aux moulures élaborées, le lustre de cristal, les tableaux et les bouquets : tout était un régal pour les yeux.

— Je vois que votre ami est arrivé, monsieur, mais il y a dehors un individu avec une charrette !

La fillette se retourna vers une femme dont la silhouette se dressait avec une raideur de statue. Sa robe noire, qui montait jusqu'à son cou décharné, tombait presque jusqu'aux chevilles et accentuait l'aspect sévère de son visage aux yeux gris et aux lèvres fines, encadré de cheveux ternes tirés en chignon.

— Edith ! s'exclama Dimitri. Voici Kane, dont je vous ai parlé, Mme Summers et Catriona.

Alors que la femme hochait la tête en silence, une animosité presque palpable semblait émaner de son corps émacié.

— Nous boirons le thé dans mon appartement, je pense, poursuivit leur hôte. Nos voyageurs sont fatigués.

Le regard froid effleura Viola et la bouche crispée se serra en une ligne dure.

— Mme Summers et sa fille doivent-elles rester, monsieur ?

— Bien sûr, bien sûr, grommela-t-il, préférant visiblement ignorer le sous-entendu insultant. Elles séjourneront ici aussi longtemps qu'elles le souhaitent.

Il baissa la tête vers la fillette et lui adressa un clin d'œil :

— Et apportez un sirop pour Catriona ainsi que quelques-uns de ces délicieux petits gâteaux que notre cuisinière a confectionnés ce matin.

— Comme vous voudrez, monsieur.

Puis elle sembla se fondre dans l'encadrement de la porte presque dissimulée par le lambris.

Dimitri s'esclaffa.

— Mieux vaut payer votre charretier, dit-il. Il semble qu'il offense la susceptibilité d'Edith.

Kane s'éclipsa pour régler le conducteur et décharger les bagages. Pendant ce temps, Dimitri conduisit les deux visiteuses jusqu'à son salon privé.

— Ne faites pas attention à ma gouvernante, précisa-t-il. C'est une vieille fille peu épanouie, mais une excellente collaboratrice.

Catriona embrassa la pièce du regard. Outre le gros

lustre qui scintillait dans la lumière de l'après-midi, elle admira les murs ornés d'étagères remplies de beaux objets et le tapis épais qui recouvrait le parquet bien ciré. Le caractère essentiellement masculin de ce lieu apparaissait dans les meubles imposants et dans les rideaux de velours sobres retenus par de lourds cordons de soie.

Alors qu'elles s'installaient dans des fauteuils confortables, Edith entra, précédée de Kane et accompagnée d'une jeune servante qui installa le service à thé sur une massive table de chêne servant visiblement de bureau. Catriona, en l'observant, pensa aussitôt à Poppy. Blonde, mince, joliment vêtue d'une courte robe noire agrémentée d'une coiffe et d'un tablier blancs, la nouvelle venue lui adressa un sourire au moment où la lugubre gouvernante tournait le dos. Comme leur amie aurait aimé cet endroit! Soudain, l'attention de la fillette fut attirée par une urne argentée de forme rebondie, placée au centre de la table. Très ornementée, elle était décorée de chérubins et de plantes grimpantes sur lesquelles pendaient des grappes de raisin.

Remarquant sa stupéfaction, Dimitri se pencha vers elle.

— C'est un samovar, expliqua-t-il. En Russie, c'est comme cela qu'on prépare le thé.

Il leva les yeux vers Kane qui fumait un cigare, alangui dans un fauteuil profond.

— Rien à voir avec les Anglais, leur ridicule petite théière et leur lait chaud! ajouta-t-il avec un sourire. Pour boire le thé en Russie, il faut y ajouter du citron.

Il renvoya Edith et la serveuse, puis tendit à Catriona une tasse de fine porcelaine.

— Goûte cela, mon petit. C'est bon, mais si tu préfères du sirop, n'hésite pas à le dire.

Catriona avala une gorgée du liquide chaud et parfumé. Il ne ressemblait à rien de ce qu'elle avait bu auparavant. Se sentant un peu plus détendue, elle osa poser à leur hôte la question qui rôdait dans son esprit depuis son arrivée.

— Quel genre de travail allons-nous faire ?

— Aucun, répliqua-t-il. Je n'ai qu'une parole : ta maman et toi êtes mes invitées.

La fillette tourna la tête vers sa mère qui sirotait son thé en posant autour d'elle un regard vaguement perplexe.

— Mais nous ne pouvons pas rester oisives, articula-t-elle avec hésitation.

Dimitri posa sa tasse, qui paraissait trop petite pour ses mains de géant, et s'adossa à sa chaise.

— Pourquoi ? Vous êtes seules au monde, n'est-ce pas ? Vous n'avez personne qui puisse s'occuper de vous. Pour l'instant, vous allez vous reposer ici et reprendre des forces. Cette maison est l'endroit idéal pour cicatriser les plaies du passé.

La fillette eut l'impression que cet homme comprenait leur situation. Peut-être avait-il, lui aussi, subi une énorme perte et avait-il été consolé par ce lieu magique.

— Vous êtes très bon, déclara-t-elle humblement.

— Pas du tout. Maintenant que M. Kane est arrivé, je vais enfin voir mon rêve se concrétiser.

— Pourquoi avez-vous besoin de M. Kane ? Allez-vous avoir un théâtre ici ?

Son interlocuteur éclata d'un rire tonitruant.

— Ce n'est pas l'expérience de la scène qui va

m'être utile chez M. Kane, mais sa distinction et son raffinement typiquement anglais.

— Pourquoi ? murmura-t-elle en évaluant les deux hommes du regard. Vous êtes très riche. Ne pouvez-vous pas tenir l'hôtel vous-même ?

Craignant de s'être montrée un peu audacieuse devant cet étranger fascinant, elle baissa les yeux vers sa tasse et but une autre gorgée de thé. Pourtant, il la rassura en acceptant de lui répondre.

— Tu vois ma belle maison et mes vêtements coûteux, mon petit, mais, sous ce vernis, je ne suis qu'un pauvre paysan russe. Je n'ai plus de famille – les miens ont été tués dans les pogromes. Il faut donc que je me construise une nouvelle vie dans ce grand pays.

Catriona leva les yeux vers son visage indulgent.

— Je sais seulement travailler avec mes mains, reprit-il. Mon argent provient de l'or qui dort dans le sol de ce généreux continent, aujourd'hui devenu le mien. Simplement, je n'ai aucune éducation, aucune manière qui puisse permettre à mes hôtes raffinés de se sentir à l'aise dans mon château.

— Je pense que vous avez tort, répliqua fermement la fillette, je parie que vous avez un tas d'histoires intéressantes à raconter et que vos clients seraient ravis de les écouter.

Il s'esclaffa de nouveau.

— Tu me plais bien, mon petit, déclara-t-il. Tu es comme les Russes, tu dis ce que tu penses. Un jour, je t'expliquerai comment je trouve mon or et ce que j'en fais.

Maintenant très à l'aise, Catriona lui sourit.

— Cela me plairait beaucoup, affirma-t-elle gracieusement.

— Aimerais-tu visiter mon palais, Catriona ?

— Oh oui ! s'écria-t-elle avec enthousiasme.

— Alors, nous vous abandonnons, dit-il à Kane et à Viola. Suis-moi, mon enfant.

Dans le hall, de nouveaux clients arrivaient. Près des hommes en costume sombre, les femmes resplendissaient, vêtues de robes élégantes et couvertes de bijoux. Les porteurs rassemblaient de luxueuses valises et les femmes de chambre allaient et venaient précipitamment, chargées de plateaux et de piles de linge. Edith, debout derrière le comptoir de la réception, orchestrait cette joyeuse agitation.

Catriona prit soudain conscience de sa robe usagée et de ses souliers éculés.

— Ces gens ont l'air d'être très riches, chuchota-t-elle.

— Ils le sont, murmura-t-il à son tour. C'est pourquoi j'ai construit cet établissement : pour les aider à dépenser leur fortune.

Aussitôt, elle comprit qu'il la taquinait. De toute évidence, aux yeux de son compagnon, cet hôtel ne représentait pas qu'un simple moyen de gagner de l'argent.

Dimitri fit signe à un porteur qui ramassa les bagages déposés par Kane, escalada prestement l'escalier, et disparut de leur vue.

— Je ne pourrai pas tout te montrer, expliqua-t-il. Nous avons beaucoup de clients en ce moment, mais il y a bien d'autres endroits à explorer.

L'édifice abritait un si grand nombre de chambres, de corridors et de salles que la fillette fut rapidement perdue. Elle était convaincue qu'elle ne saurait jamais retrouver son chemin. Toutefois, la maison, magnifique, méritait que l'on s'y égare. Somptueusement meublée, elle regorgeait de miroirs dorés, de tapis épais et d'escaliers en colimaçon qui menaient en haut des tours d'où l'on découvrait un panorama s'étendant jusqu'à la mer. Au-dessus de la cave remplie de bouteilles de vin bien rangées, l'office offrait tout le matériel nécessaire à la confection de festins. La cuisinière, femme replète aux joues rouges et au sourire enjoué, étalait une pâte avec un rouleau à pâtisserie tout en donnant des instructions aux filles de cuisine à peine plus âgées que Catriona. M. Kane n'avait pas exagéré : Dimitri était très riche et n'épargnait aucune dépense pour concrétiser son rêve.

Lorsqu'ils retournèrent au salon privé, Viola somnolait et Kane était plongé dans un journal. Catriona éprouva un sentiment de déception en constatant que rien ne semblait secouer l'indifférence de sa mère, avec qui elle aurait aimé échanger ses impressions. Brusquement, son exaltation s'évanouit.

Une fois de plus, Dimitri parut comprendre ce qui se passait.

— Bon, il est temps de prendre possession de vos chambres et de vous reposer après votre long voyage. Ta mère ne se sent pas très bien, je crois.

Catriona éprouva aussitôt un sentiment de culpabilité. Pauvre Mam, comment aurait-elle été en état de se soucier de tout ce luxe, après ce qui leur était arrivé ! Elle-même ne faisait-elle pas preuve d'égoïsme en s'abandonnant à un tel enthousiasme ?

— Mon Pa est mort il y a quelques semaines à la suite de notre accident, expliqua-t-elle. Maman n'est pas encore remise de cette épreuve.

— Et toi, mon petit ? L'as-tu surmontée ? demanda-t-il avec un regard de compassion.

— Pas vraiment, mais M. Kane s'est montré très gentil. Je ne sais pas comment nous aurions fait sans lui.

Dimitri hocha la tête en se caressant la barbe.

— M. Kane a eu raison de vous amener ici, décréta-t-il. À partir de maintenant, ta mère et toi êtes en sécurité dans ma maison. Moi, Dimitri, je m'en porte garant.

La fillette lui adressa un sourire reconnaissant, puis traversa la pièce pour rejoindre sa mère.

— Viens, Ma, dit-elle doucement en lui prenant la main. Tu as besoin de t'étendre un peu.

Viola ouvrit les yeux, cligna un moment des paupières et libéra ses doigts avant de se lever. Pour la première fois, elle regarda Dimitri dans les yeux.

— Merci, articula-t-elle simplement.

Puis elle sortit de la pièce et se dirigea vers l'escalier.

Catriona se précipita derrière elle. Dimitri lui ayant montré leurs chambres au cours de la visite, elle ne voulait pas perdre une miette de la réaction de sa mère, espérant que son propre plaisir déteindrait un peu sur elle. Au dernier étage, le plancher du couloir, où s'alignaient de chaque côté des portes fermées, résonna sous leurs pas.

— Nous sommes à l'étage des serviteurs, dit soudain Viola en se laissant tomber sur le lit étroit de la chambre qui lui avait été attribuée. Oh, mon Dieu ! qu'allons-nous devenir ?

Enfouissant son visage dans ses mains, elle éclata en sanglots.

Catriona s'assit près d'elle et lui enlaça la taille.

— Tout ira bien, Mam, déclara-t-elle avec assurance. Dimitri a l'air très gentil et il a promis de s'occuper de nous. Au moins, nous avons un toit au-dessus de la tête et un lit pour dormir, ajouta-t-elle en posant sa joue sur son épaule maigre.

Viola grogna et se dégagea de l'étreinte de sa fille.

— Voilà où nous en sommes ! dit-elle à travers ses larmes. On nous fait la charité ! Nous ne pouvons plus décider de notre avenir !

Tournant le dos à sa fille, elle s'affaissa sur les oreillers et se recroquevilla en une boule de misère.

— Mam ?

— Laisse-moi ! C'est Damian que je veux, seulement Damian.

La gorge serrée, Catriona aurait aimé pouvoir exprimer son propre chagrin. Pourtant, elle comprenait l'étendue du désespoir de sa mère, sentant confusément que celle-ci n'avait ni la volonté ni l'énergie de faire face à son insupportable souffrance. Avec un sentiment de triste impuissance, elle quitta la pièce en silence.

Sa chambre, située un peu plus loin dans le couloir, était exactement la même que celle de Viola. Longue et étroite, avec des murs blancs et un plancher nu, elle offrait un contraste frappant avec la roulotte colorée et encombrée dans laquelle elle avait toujours vécu. Le lit de cuivre, parfaitement astiqué, mettait en valeur la propreté immaculée des draps de lin.

La fillette s'assit sur le matelas qui s'enfonçait sous son poids, et contempla les oreillers moelleux qui invitaient au repos. Caressant le linge amidonné, elle soupira. C'était la première fois qu'elle avait une chambre pour elle seule et elle ne pouvait réprimer son impatience de voir arriver la nuit.

Résistant à l'attrait de sa couche confortable, elle embrassa du regard le reste de la pièce : la table de nuit munie d'un petit placard contenant un pot de chambre imposant, la commode sur laquelle était posée une brosse à cheveux, le portrait d'une femme en habit d'époque qui jetait sur elle un regard scrutateur, la petite table à plateau de marbre munie d'une cuvette, d'un broc et d'une pile de serviettes, et les portemanteaux colorés, accrochés au dos de la porte. Dimitri avait pensé à tout.

Pour accéder à la fenêtre assez haute, elle tira la chaise de bois qui était glissée sous la table et monta dessus pour découvrir le paysage. Désappointée, elle n'aperçut que quelques ardoises, le coin d'une cheminée et le sommet des arbres de la forêt voisine.

Elle entreprit alors de déballer ses vêtements qu'elle rangea dans la commode et accrocha aux portemanteaux. Une fois qu'elle eut étalé sur le lit un châle coloré, qui insufflait un peu de chaleur à la pièce, elle commença à se sentir chez elle.

Son installation terminée, elle se demanda ce qu'elle pouvait faire. Il faisait encore jour et, bien qu'elle soit fatiguée, l'idée de rester enfermée la contrariait. Il y avait tant d'endroits à admirer !

Tout à coup, son estomac gargouilla, lui rappelant qu'elle n'avait mangé qu'un sandwich et deux biscuits depuis le matin. Elle pourrait commencer son exploration par l'office. Dimitri ne lui en voudrait sans doute pas de demander à la cuisinière quelque chose pour tenir jusqu'au prochain repas.

En sortant, elle appliqua l'oreille contre la porte de sa mère. Viola, probablement endormie, ne pleurait plus. Soulagée, elle s'élança dans l'escalier, essayant de se repérer dans le bâtiment. Si ses souvenirs étaient exacts, il fallait, pour accéder à la cuisine, passer par la porte lambrissée donnant sur le hall, puis suivre un long couloir carrelé.

Attentive à ce qui l'entourait en descendant la première volée de marches, elle prit soudain conscience d'un changement d'atmosphère. Des voix furieuses sortaient de l'appartement de Dimitri. Les clients et les domestiques présents dans le hall, immobiles, suivaient sans vergogne cette violente discussion. Il ne s'agissait pas d'un échange amical, comprit-elle en se figeant à son tour. C'était une dispute féroce.

Les mains agrippées à la balustrade, elle s'efforça de prendre une décision. Sans doute aurait-elle dû remonter dans sa chambre, mais la tentation de tendre l'oreille était plus forte.

— Tu aurais dû me le dire ! hurla Dimitri.

— Pourquoi ? cria Kane. Quelle différence cela aurait-il fait ?

— Une énorme différence.

— Nous avons passé un marché. Le reste ne te concerne en rien. Occupe-toi de tes affaires, ou tu vas le regretter.

— Le regretter ? Tu oses me menacer ? C'est toi qui vas t'en mordre les doigts !

— Nous avons conclu un accord. Qu'est-ce qu'il y a de changé à cela ?

— Le marché est annulé. Et ne me fais pas l'insulte de me demander pourquoi.

Le ton de Dimitri changea soudain, mais ses paroles restèrent distinctes.

— Tu mens tout le temps. Tu disais que tu avais changé, ce qui est faux.

Catriona se cramponna à la rampe de bois, pétrifiée par la rage qui animait les deux hommes et terrifiée par les conséquences qui risquaient d'en découler. Ils s'exprimaient maintenant à voix basse, mais la menace qui sous-tendait leur affrontement restait perceptible.

Brusquement, la porte du salon s'ouvrit, donnant le signal d'une reprise de l'animation au rez-de-chaussée.

Catriona lâcha la balustrade et recula dans l'ombre de l'escalier, la main sur la bouche, s'efforçant de respirer sans bruit.

Dimitri s'élança hors de la pièce et descendit l'escalier à grands pas furieux, avant de disparaître par la porte menant à la cuisine.

Peu après lui, Kane sortit lentement. Avec une nonchalance teintée d'insolence, il s'appuya sur l'encadrement de la porte et alluma un cigare, contemplant la porte par laquelle son hôte avait disparu. Dans son visage de marbre, son regard dur exprimait un froid soulagement.

Cet aspect de M. Kane, qu'elle découvrait pour la première fois, emplit Catriona d'une terreur incontrôlable. Soudain, elle se mit à trembler.

6

À l'heure du dîner, Dimitri ne se manifesta pas. Hésitantes, Viola et Catriona attendaient dans le hall, se demandant où aller.

— Le repas sera servi dans le salon de M. Yvchenkov, marmonna Edith en leur jetant un regard sévère. Il ne serait pas correct que vous mangiez avec nos clients.

Les yeux couleur lavande se posèrent sur elle avec une expression énigmatique.

— Pourquoi cette hostilité? demanda Viola simplement.

La gouvernante haussa les épaules.

— Certaines personnes devraient savoir où est leur place, c'est tout.

Viola, peu décidée à se laisser déstabiliser par tant de grossièreté, répondit d'une voix calme et assurée :

— Et quelle est cette place, selon vous?

Edith renifla de façon ostentatoire en fixant la robe de coton passée, les chaussures abîmées et les jambes nues.

— Je me le demande! Ceci est un établissement de première classe, je vous le rappelle.

Catriona n'aurait su dire si les pommettes de sa mère s'étaient empourprées sous l'effet de la colère ou de la honte.

— Vous semblez avoir une très haute opinion de vous-même, Edith, déclara Viola. Mais vous êtes une domestique, tandis que ma fille et moi sommes les invitées de Dimitri. Vous feriez mieux de vous en souvenir.

Levant le menton, elle se dirigea avec la majesté d'une reine vers l'appartement privé de son hôte, laissant la gouvernante dans le hall, la bouche ouverte comme une truite hors de l'eau.

La fillette regarda sa mère avec stupéfaction. Jamais, depuis bien longtemps, elle ne l'avait vue si maîtresse d'elle-même. Cependant, dès que la porte du salon fut refermée, Viola s'affaissa dans un fauteuil et baissa la tête.

— Est-ce cela qui nous attend? dit-elle avec un soupir. Sommes-nous vouées au mépris de ce genre de femme!

— Tu as été formidable, Mam, s'exclama Catriona. Elle n'oserait jamais te parler de cette façon si Dimitri était là. Maintenant elle va faire un détour quand elle te verra approcher.

Kane pénétra dans la pièce et s'assit au moment où la bonne entrait avec une soupière, des bols et un panier de pain frais.

— La cuisinière vous prie de sonner quand vous aurez fini la soupe, afin que je vous apporte le plat suivant, dit-elle en désignant le cordon près de la porte.

Catriona se jeta avec avilité sur la soupe fumante, pleine de légumes et de morceaux de jambon.

Viola remuait sans conviction le contenu de son bol. Après avoir avalé une ou deux gorgées de liquide, elle entreprit de réduire pensivement son petit pain en miettes en fixant le paysage par la fenêtre.

— Je me demande où se trouve notre hôte, dit-elle sans trace d'émotion.

— Il est parti dans son atelier, marmonna Kane. Sans doute préfère-t-il sa propre compagnie à la nôtre.

— Que fait-il dans son atelier ?

— Qui sait ? Il tripote sans doute ses produits chimiques et se frotte les mains en pensant à son or.

Son intonation amère n'échappa pas à Catriona, qui l'observa d'un air songeur. Mangeant avec délicatesse, une serviette fichée dans le col immaculé de sa chemise neuve, il était vêtu d'un costume impeccablement repassé et d'un gilet brodé, sur lequel pendait la chaîne en or de sa montre à gousset. Une pochette assortie à sa cravate de soie sortait de la poche de sa veste. En dépit de son allure élégante, sa dispute avec Dimitri avait visiblement laissé sur lui quelques traces, car il semblait d'humeur maussade.

Tout à coup, il prit conscience du regard de la fillette.

— Dimitri m'a prêté quelques vêtements pour que je puisse remplir ma mission, expliqua-t-il. Je dois être habillé correctement quand j'ai affaire aux clients.

Elle aurait aimé l'interroger sur le motif de sa dispute avec leur hôte, mais se ravisa.

— Qu'est-ce que Dimitri veut que vous fassiez ? s'enquit-elle.

— Je suis une sorte de maître de cérémonie, expliqua-t-il en posant sa cuillère et s'adossant à sa chaise. Je vais organiser des pique-niques, des réceptions, des tournois de jeux de cartes et des thés pour les dames. Mon rôle consiste à aplanir tous les problèmes qui se posent et à m'assurer que tous les clients passent un séjour agréable. Enfin, je suis en charge de cette populace que Dimitri qualifie de « personnel ».

— Edith est-elle au courant? demanda-t-elle, consciente de l'audace de sa question.

Kane soupira.

— Cette chère Edith! Avec ce physique et ces manières peu avenantes, elle n'obtiendra jamais ce qu'elle cherche. On aurait presque pitié d'elle.

— Que veut-elle? Il ne lui manque rien ici.

Kane se leva pour tirer la sonnette.

— Rien, à part l'homme qu'elle désire. Hélas, Dimitri ne voit pas en elle l'épouse qu'elle aimerait devenir. Au lieu d'accéder au rang de maîtresse de maison, elle doit se contenter de sa charge de domestique.

— Pauvre Edith, murmura Catriona, pas étonnant qu'elle soit si aigrie.

La bonne emporta leurs bols et déposa devant chacun d'eux une assiette de viande rôtie et de légumes, ainsi que du fromage, des fruits et des biscuits. La fillette, qui n'avait jamais vu une telle abondance de nourriture, ne se fit pas prier pour y faire honneur. La viande très tendre était arrosée d'une sauce épaisse et savoureuse et accompagnée de carottes fraîches et croquantes agrémentées de beurre. La Dépression n'était, de toute évidence, plus d'actualité pour les gens qui vivaient dans cette maison.

— Essaie de manger quelque chose, Mam, insista-t-elle en voyant Viola jouer de nouveau avec le contenu de son assiette.

— Je vais me coucher, répondit sa mère en repoussant sa chaise. Bonne nuit, monsieur Kane, bonne nuit, Catriona.

Elle effleura de ses lèvres les cheveux de sa fille et sortit de la pièce.

— Il va falloir du temps à ta mère pour surmonter son deuil, dit Kane en prenant un morceau de fromage. Mais tôt ou tard, il faudra bien qu'elle se rende compte qu'elle ne peut pas compter indéfiniment sur la générosité de Dimitri.

— Vous voulez dire que nous devrons partir ?

Le pouls de Catriona s'accéléra. Tout le plaisir qu'elle venait de retirer de son repas menaçait de s'évanouir.

— Cela dépend.

La fillette attendit qu'il précise sa pensée. Peut-être allait-elle en apprendre un peu plus sur la dispute qu'elle avait entendue ?

— Dimitri est arrivé ici il y a vingt-cinq ans, quand sa famille a été massacrée dans les pogromes russes. C'est aujourd'hui un homme riche, qui a fait fortune grâce à l'or. Il n'a donc rien à perdre et tout à gagner. Ceci, articula Kane en désignant la maison d'un geste avec son couteau, ceci est son rêve et il semble qu'il l'ait réalisé.

Il grignota un biscuit et tourna les yeux vers la nuit obscure.

— Il ne faut cependant pas oublier qu'il a toujours travaillé de ses mains. C'est un paysan, avec une mentalité de rustaud, qui ne tient pas toujours parole.

Catriona l'écoutait en silence, en proie à un tourbillon d'émotions contradictoires.

Kane finit de manger, essuya sa barbe et se leva. Il se dirigea vers le buffet pour se verser un verre de porto avant d'allumer un cigare.

— Il était entendu que je prendrais ce poste et que nous partagerions les bénéfices. Nous étions également convenus de travailler en partenariat pour sa prochaine prospection. Dimitri est revenu sur ses engagements et je me retrouve au poste d'intendant. Cet homme n'est pas un gentleman.

Percevant la colère contenue dans ces propos, Catriona se demanda si ce jugement était réellement impartial.

Kane remarqua sa perplexité. Brusquement, il sourit et posa sa main sur la sienne.

— Je ne veux pas t'effrayer, mon chou, dit-il doucement. Il est évident que je ferai tout ce qui est en mon pouvoir pour que ta mère et toi restiez ici, mais on ne peut pas faire confiance à Dimitri. Non seulement c'est un menteur et un voleur, mais il est capable d'une grande violence. Il serait préférable que tu ne restes jamais seule en sa présence.

— Il ne me ferait pas de mal ! protesta la fillette. Il n'est pas comme ça !

— Mon chou, crois-en mon expérience. Il a peut-être l'air accueillant et chaleureux mais il existe un autre aspect de sa personne que, je l'espère, tu n'auras jamais l'occasion de découvrir. Dimitri a tué un homme autrefois, à l'époque où nous travaillions sur les terrains aurifères, précisa-t-il en serrant brièvement les doigts de la fillette. Il a dû s'enfuir avant l'arrivée de la police.

Elle le regarda se lever et jeter sa serviette sur la table.

— Viens, il est temps d'aller te coucher et j'ai du travail.

Il lui enlaça les épaules et déposa un baiser léger sur son front.

— Dors bien.

Catriona, après avoir vérifié qu'aucun bruit ne s'échappait de la chambre de sa mère, se rendit dans la sienne. Assise sur le lit, elle brossa ses longs cheveux bruns avant de les natter pour la nuit.

Une fois qu'elle eut enfilé sa vieille chemise de nuit, elle se glissa entre les draps frais et éteignit la lumière. Étendue dans la pénombre, elle fixa pensivement la lune suspendue derrière la fenêtre, incapable de trouver le sommeil, en proie à la confusion qui régnait dans son esprit. Dimitri paraissait si gentil, si chaleureux et généreux ! Pourquoi Kane en faisait-il un ogre ? Avait-il réellement tué un homme ? Était-il dangereux ? Kane semblait ce soir en proie à l'amertume, et cette amertume provenait de la dispute qu'elle avait entendue auparavant. Peut-être ne connaîtrait-elle jamais la raison de cet affrontement furieux, mais elle était déterminée à vérifier par elle-même si elle pouvait, ou non, faire confiance à leur hôte.

Le terrain qui entourait le palais de Dimitri avait été minutieusement organisé par un jardinier d'âge vénérable qui l'entretenait avec ses deux jeunes apprentis. Non loin des abris de verdure qui permettaient aux clients de l'hôtel de se protéger du soleil, des chaises et des tables munies d'un parasol étaient éparpillées sur les pelouses en terrasses. Dans un coin de l'une de ces étendues vertes, des arceaux avaient été plantés, invitant les amateurs du jeu de croquet à prendre un peu d'exercice, à moins qu'ils ne soient davantage tentés par le court de tennis et la piscine. De vastes marches de pierre descendaient jusqu'à une étroite rivière où tortues et poissons évoluaient sous les nénuphars, scrutés par les hérons venus narguer les pêcheurs. De loin, Catriona entendait les rires et le tintement des verres que remplissait le barman au comptoir extérieur.

La fillette était sortie après avoir dégusté un splendide petit déjeuner à l'office. Elle s'était vu offrir une assiette d'œufs au bacon encore grésillant, et l'une des jeunes bonnes, assise près d'elle pour siroter une tasse de thé, l'avait régalée de potins au sujet d'Edith et de son amour non partagé pour Dimitri. Elles s'étaient esclaffées un bon moment jusqu'à ce que la cuisinière, d'un air sévère, ordonne à Phœbé, âgée de quinze ans, de retourner travailler. Lorsque celle-ci était partie en lui adressant un clin d'œil, Catriona avait eu le sentiment que, pour la première fois, elle avait une amie de son âge.

Debout sur le perron, elle observait maintenant les hommes et les femmes assis sur des chaises longues au soleil. Apparemment, ces gens ne semblaient pas avoir beaucoup de préoccupations, hormis l'intensité de leur hâle ou la fraîcheur de leur boisson. Pendant qu'ils se prélassaient ainsi, leurs chauffeurs polissaient leurs élégantes voitures, rangées le long de l'allée.

Catriona revint de sa promenade par le jardin situé à l'arrière du bâtiment, sur lequel donnait l'appartement de Dimitri. Viola était assise dans un fauteuil canné, sous un parasol, devant un grand verre posé sur la table. Voyant qu'elle dormait, Catriona décida de ne pas la déranger.

Malgré l'intérêt de tout ce qu'elle avait contemplé auparavant, elle songea qu'elle préférait la tranquillité de cet endroit. Abrité du regard des clients grâce à un rideau d'arbres et à une barrière de bois ornementée, il comportait une pelouse, uniquement égayée par quelques sobres parterres, qui se déroulait jusqu'à l'orée luxuriante de la forêt. C'était un havre de paix, un lieu de contemplation et de repos, où, elle l'espérait, sa mère pourrait apaiser son âme meurtrie.

— Bonjour, mon petit. J'espère que tu as bien dormi ?

Se remémorant la mise en garde de Kane, elle regarda Dimitri avec circonspection.

— Oui, merci. C'était merveilleux d'avoir pour une fois ma propre chambre.

Il lui sourit. Sous le soleil, ses cheveux sombres prenaient des reflets bleutés et ses yeux noisette se pailletaient d'or. En tenue plus décontractée que celle de la veille, il portait un large pantalon usé, une chemise à carreaux et de lourdes bottes.

— Moi aussi, j'aime être seul, déclara-t-il. Il est important d'avoir un endroit où l'on peut réfléchir, où l'on peut être soi-même.

— Alors, pourquoi avez-vous construit cet hôtel ? s'enquit-elle.

— J'ai de l'argent à dépenser et j'ai toujours rêvé de posséder un endroit comme celui-ci. Mais, parfois, les rêves devraient rester des rêves car, quand ils se concrétisent, ils ne sont pas toujours comme on les avait imaginés.

Elle plissa le front, troublée de le voir s'exprimer par énigmes, puis lui sourit. Elle aimait bien cet homme et sentait instinctivement – malgré la tirade amère de Kane – qu'elle n'avait rien à craindre en sa présence. Ils longèrent la pelouse et s'enfoncèrent dans la forêt. Stupéfaite, elle constata qu'il pouvait lui donner le nom de toutes les fleurs et plantes qui les entouraient. Mais son étonnement ne connut plus de bornes lorsque son compagnon, après avoir sorti de sa poche des miettes de pain, émit un sifflet sonore, et que des perruches et des perroquets descendirent des arbres pour lui manger dans la main.

— Viens, dit-il enfin. Je vais te montrer où je passe la plupart de mon temps.

Elle le suivit jusqu'à une remise qui s'élevait dans l'ombre des arbres, entourée de hautes herbes parsemées de fleurs sauvages.

— Personne ne vient plus par ici, précisa-t-il en prenant une clé dissimulée sous une pierre. C'était autrefois une dépendance qui servait de buanderie. Quand j'ai transformé la maison en hôtel, je l'ai récupérée pour mon propre usage.

Catriona poussa une exclamation de surprise en franchissant le seuil du petit bâtiment. Dans l'obscurité, qui n'avait étonnamment rien de lugubre, régnait une odeur de métal chaud et de produits chimiques. Au-dessus d'un poêle à bois flanqué d'un énorme chaudron et d'une collection de cuillères aux formes bizarres, des bouteilles poussiéreuses portant des étiquettes illisibles s'alignaient sur des étagères. Sur le sol de terre s'empilaient de vieilles toiles de tente, des bottes usagées, des bêches et des pelles, à côté desquelles, non loin d'une brouette et d'un tamis de bois géant appuyé contre le mur, un vieux bureau se dressait, recouvert de livres, de papiers, de morceaux de métal, et d'un rouleau de fil de fer.

— Je garde tout ici au cas où je voudrais repartir prospecter. Comme les aborigènes qui accomplissent leurs randonnées traditionnelles, j'aime partir seul de temps en temps pour retrouver le vrai Dimitri.

Il rit en voyant l'expression perplexe de sa compagne.

— J'aime être un homme riche, mon petit, mais je suis dans le fond un bohémien, un tsigane, comme on dit en Russie, qui n'aspire qu'à reprendre la route.

— Que faites-vous dans cet atelier? demanda-t-elle en examinant les étranges outils et le chaudron.

— Viens, je vais te montrer, dit-il avec un air mystérieux.

Il l'installa sur une chaise branlante et s'affaira au-dessus du poêle. Une petite flamme apparut, qui se transforma bientôt en un feu rugissant. Il prit alors une louche et jeta dedans un objet.

— Regarde, Catriona, c'est de la magie, s'écria-t-il.

Elle s'approcha de lui. Le liquide épais grésillait déjà, dégageant une étrange odeur. Dès qu'il se mit à bouillonner, Dimitri le versa dans un moule de métal et, quelques instants plus tard, lui montra un anneau doré, posé dans le creux de sa main.

— Je fabriquerai quelque chose pour toi un jour, promit-il. Cela te plairait?

— Oh oui! répondit-elle, les yeux illuminés.

— C'est entendu. Maintenant, il faut que tu rentres, car j'entends ta mère qui t'appelle.

Il la regarda affectueusement, des larmes au bord des paupières.

— Tu me rappelles mon Irina chérie, reprit-il.

— Qui était Irina ?

— Ma fille, dit-il en sortant un mouchoir. Elle est morte, comme ma femme, ma mère, mon père et mes frères. Les Cosaques sont venus dans notre village et les ont tous tués. J'étais en train de chasser dans la forêt pour trouver de la nourriture. C'était l'hiver et la neige était épaisse. Quand je suis revenu, je n'ai trouvé que du sang et de la mort, là où il y avait de la chaleur et de l'amour. Je n'y suis jamais retourné.

Refoulant les pleurs qui menaçaient de couler, Catriona saisit sa grande main et la serra. Aucun mot ne pouvait apaiser une telle tristesse, mais elle espérait que sa compassion pouvait au moins l'atténuer.

— Puis je suis venu dans ce grand pays, et j'y ai trouvé de l'or. La richesse ne pourra jamais compenser mon chagrin d'avoir perdu Irina et Lara, mais il m'offre une vie que je n'aurais jamais eue en Russie. Ici, je suis libre et je peux vivre comme je l'entends.

La fillette entendit soudain la voix de sa mère.

— Il faut que j'y aille, dit-elle. Maman veut me faire travailler le chant, elle n'a envie de rien d'autre en ce moment.

— C'est peut-être parce que c'est la seule chose qui compte pour elle. Vous pouvez utiliser le piano qui se trouve dans mon appartement tant que vous le voulez.

Alors que les semaines se transformaient en mois, Catriona s'installa dans sa nouvelle vie. Elle avait noué avec Phœbé de vrais liens d'amitié, mais la petite bonne travaillait de longues heures et habitait chez ses parents, de l'autre côté d'Atherton, ce qui limitait pour elles les occasions d'être ensemble. Les fillettes devaient se contenter de moments volés au cours de la journée.

L'hôtel était plein en permanence. Malgré la présence menaçante d'Edith, Catriona avait le sentiment de baigner dans une sorte de bonheur paisible. Elle s'attachait de plus en plus à Dimitri, qui était pour elle à la fois le père qu'elle avait perdu et le grand-père qu'elle n'avait jamais connu. Tous deux trouvaient dans ce lien un baume pour leur cœur douloureux. Peut-être leur hôte était-il un émigré russe sans éducation, mais il se révélait un soutien véritable. Lui consacrant une grande partie de son temps, il lui enseignait le nom des arbres, des plantes et des oiseaux, lui montrait les endroits secrets où les wombats dormaient avec leurs petits et se promenait avec elle dans la forêt où ils devisaient agréablement en regardant les wallabies se nourrir. Toutefois, ce qu'elle aimait plus que tout, c'était le voir fondre les pépites d'or en un liquide bouillant qu'il transformait ensuite en ravissants bijoux.

Dimitri avait également pris Viola sous son aile. Chaque matin, il s'asseyait avec elle dans le jardin pour bavarder. Cependant, en dépit de sa sollicitude, la jeune femme avait encore maigri au cours des mois écoulés. Se tenant à l'écart d'Edith et des clients de l'hôtel, elle errait dans l'appartement de Dimitri et dans le jardin comme un spectre, le visage décharné. La nuit, Catriona l'entendait parfois sangloter, ce qui lui brisait le cœur. Elle aspirait à réconforter sa mère mais celle-ci rejetait ses preuves d'affection, refusant de se laisser tirer vers le présent, vers la vie. En dehors des leçons de chant du matin, elle semblait ne s'intéresser à rien.

La relation de Kane et de Catriona avait changé. Cette transformation subtile s'était produite si lentement que la fillette ne l'avait pas vraiment remarquée. Alors qu'autrefois elle acceptait qu'il la serre contre lui, qu'il pose la main sur son bras ou qu'il dépose un baiser sur son front, elle était maintenant contrariée par son contact et sa familiarité croissante. Peut-être les changements qui s'étaient opérés en elle expliquaient-ils ses réactions, car Kane n'avait rien fait de particulier pour engendrer ce malaise.

Quelques semaines avant son treizième anniversaire, alors que sa mère était allée se coucher tôt, la laissant seule avec Kane dans le salon de Dimitri, Catriona, lassée d'un livre un peu ennuyeux, s'était levée pour regarder par la fenêtre. Elle adorait observer les lucioles danser dans les buissons, telles de petites fées.

— Viens t'asseoir près de moi et raconte-moi ta journée, dit Kane en lui tendant la main.

Elle se tourna vers lui avec réticence.

— Qu'y a-t-il ? demanda-t-il. Tu peux bien m'accorder quelques minutes de ton temps ? Je me souviens d'une époque où tu courais constamment après moi pour me parler de ce que tu faisais.

Effectivement, elle avait beaucoup apprécié sa compagnie et la gentillesse dont il avait fait preuve dans les jours qui avaient suivi la mort de son père. Se sentant ridicule de tant hésiter, elle prit la main qu'il lui tendait.

Il l'agrippa, et avant qu'elle ait pu comprendre ce qui se passait, elle se retrouva sur ses genoux.

— Je suis trop grande pour cela, protesta-t-elle, le visage rouge d'embarras.

— Mais non, dit-il en la serrant plus fort contre lui. Tu n'es qu'une toute petite fille qui ne pèse pas plus lourd qu'un moineau, malgré tout ce que tu ingurgites.

Sa main remonta le long de son bras, jusqu'à la manche courte de sa robe.

— Alors, qu'as-tu fait de ta journée ? insista-t-il.

— Rien de spécial.

Consciente du caractère anormal de la situation, elle s'efforçait de ne pas bouger. L'odeur de son cigare et celle du porto qu'il venait de boire chargeaient son haleine. Tout à coup, il lui caressa le lobe de l'oreille, puis ses doigts descendirent le long de sa gorge, avant de frôler sa poitrine bourgeonnante.

— Je dois partir, s'écria-t-elle en tentant de lui échapper. Mam va se demander où je suis.

— Alors embrasse-moi pour me dire bonsoir, murmura-t-il en la maintenant d'une poigne de fer.

Elle hésita. Si elle obéissait, il la laisserait partir. Peut-être se contenterait-il d'un baiser rapide sur la joue ?

Il tourna la tête en même temps qu'elle et écrasa ses lèvres sur les siennes en lui serrant la nuque d'une main et en plongeant l'autre main sous sa jupe, jusqu'à son entrejambe.

Ses forces décuplées par le dégoût, elle le repoussa violemment et se releva, la respiration coupée et les jambes tremblantes.

— Vous n'auriez pas dû faire ça ! s'exclama-t-elle en s'essuyant la bouche.

— Et pourquoi ? dit-il en écarquillant ses yeux bleus. Je croyais que nous étions amis ?

Déconcertée qu'il ne tienne aucun compte de ses protestations, voire semble prendre plaisir à son affolement, elle ne trouva pas les mots pour exprimer ce qu'elle éprouvait. Vivement, elle se précipita hors de la pièce pour aller rejoindre sa mère.

La lampe de chevet de Viola projetait une lumière chaude sur les draps qui recouvraient son corps malingre.

— Va te coucher, Kitty, je suis fatiguée.

— Mam, commença la fillette, la voix brisée par les larmes. Mam, je dois te parler de quelque chose.

En soupirant, sa mère se redressa sur le lit.

— Qu'est-ce qu'il y a encore ?

— C'est M. Kane, répliqua-t-elle, décidée à tout lui dire. Je ne l'aime pas.

— Et pourquoi, mon Dieu ?

Catriona cherchait comment raconter ce qui s'était passé, mais elle se sentait si confuse et maladroite qu'elle n'y parvint pas.

— Il me traite comme une petite fille, articula-t-elle finalement.

— C'est tout ? Peut-être en es-tu une, tout simplement ? Va au lit, il est trop tard pour piquer une colère.

— Je ne suis pas une enfant, protesta Catriona et je n'aime pas quand il…

— Va au lit ! répéta Viola. M. Kane est un homme bon. Il t'aime comme sa fille et serait horrifié d'apprendre que tu ne l'apprécies pas après tout ce qu'il a fait pour nous.

— Ce n'est pas mon père, et je me moque qu'il sache que je ne l'aime pas ! Il est… il est…

Sa mère se laissa glisser sur les oreillers.

— Par pitié, il est tard et j'ai promis à Dimitri de l'accompagner pour une promenade demain matin. Arrête de monter sur tes grands chevaux et calme-toi. Ce sont tes hormones qui te travaillent, car tu as l'âge de franchir un cap. Nous en reparlerons demain.

— Mais…

— Bonne nuit, insista Viola d'une voix coupante.

Catriona s'immobilisa une fois encore sur le seuil de la chambre.

— Tu devrais remercier ta bonne étoile d'avoir un toit au-dessus de la tête et un lit confortable pour dormir. Essaie de te rappeler à qui tu dois tout cela, conclut sa mère.

— C'est à Dimitri que nous le devons. C'est son hôtel, pas celui de M. Kane.

Viola éteignit la lumière et lui tourna le dos, la laissant debout dans l'encadrement de la porte, muette de frustration et de misère.

7

Noël était passé et l'année 1934 débutait. Edith Powell, debout devant la fenêtre, regardait Dimitri prendre le bras de la bohémienne sous le sien pour traverser la pelouse et l'emmener dans la forêt. Sa colère confinait au désespoir, car son rêve de conquérir son patron s'était brisé. Maintenant, il trouvait à peine le temps de lui parler. Elle semblait faire partie des meubles de cet hôtel : elle était devenue invisible.

Lorsqu'elle le vit ouvrir une ombrelle pour protéger sa compagne du soleil, elle serra les poings avec une exclamation de mépris. Cette salope d'Irlandaise lui avait volé l'homme de sa vie. Elle était arrivée, avec son regard de biche éplorée, suivie de sa précieuse gamine, et Dimitri, toujours sensible et généreux, était tombé dans ses filets. Ce n'était pas juste. Rien n'était juste, d'ailleurs. La vie avait traité Edith cruellement, la rendant progressivement laide, amère et aigrie.

Elle baissa la tête et soupira, incapable d'assister à ce spectacle plus longtemps. Son fiancé avait été tué au cours de la Grande Guerre, puis elle avait dû soigner ses parents malades jusqu'à la fin de leur vie.

Les jeunes gens de sa génération ayant été pour la plupart abattus sur les champs de bataille, elle était devenue une vieille fille dont on se gaussait et, pire encore, que l'on prenait en pitié. La proposition de travailler pour Dimitri avait représenté une opportunité exaltante. Pendant la reconstruction de la maison, elle avait pris soin de lui, veillant à ce qu'il mange bien et à ce que ses vêtements soient toujours propres et nets. Il n'avait pas eu de mal à la persuader d'accepter la tâche énorme de gouverner son hôtel, car elle l'aimait et pensait qu'en soulageant sa charge de travail il verrait en elle une partenaire idéale, susceptible de l'accompagner pour la vie entière.

Toutefois, malgré sa grande gentillesse, il ne s'était jamais vraiment intéressé à elle. La pensée soudaine de son petit cottage isolé à la lisière d'Atherton la déprima. Dans cet endroit qu'elle avait auparavant considéré comme un havre, elle passait désormais des nuits blanches hantées par la jalousie. Avait-il couché avec la bohémienne? Avait-il passé les doigts dans sa longue chevelure et embrassé son visage… ?

— C'est très touchant. Je suis sûr que Dimitri est ravi que vous preniez un tel intérêt à ses affaires.

Elle fit volte-face, le visage cramoisi.

— Je suis venue ici pour remplacer les fleurs, dit-elle, consciente du ton suraigu de sa voix.

Les sourcils blonds de Kane se levèrent.

— Plutôt que d'espionner, vous feriez mieux de vous occuper de la préparation de la réception pour l'anniversaire de Catriona.

Edith se retint d'exploser de rage. Elle méprisait ce bellâtre arrogant dont la prétentieuse élégance donnait envie de le griffer. Cependant, des années de maîtrise l'empêchaient de se laisser aller à de telles pulsions. Elle se contenta de joindre les mains en croisant les doigts.

— Il y aura du thé et un gâteau, déclara-t-elle avec raideur.

— Sûrement pas. Sa mère et Dimitri organisent quelque chose de beaucoup plus important. J'ai déjà réservé un orchestre et il y aura un dîner avec du champagne pour boire à sa santé.

— Ce n'est qu'une enfant, beaucoup trop jeune pour ce genre d'extravagance !

— Votre patron en a décidé ainsi.

Il la dominait de toute sa taille, ne lui laissant d'autre choix que d'acquiescer.

— Assurez-vous que la cuisinière a tout prévu en matière de provisions. L'hôtel sera plein, et je veux que rien ne soit laissé au hasard.

— Vous voulez dire que cette bohémienne va fêter son anniversaire parmi les clients ? Je suppose que sa garce de mère pense qu'elle peut aussi me donner des ordres et me faire courir comme elle l'entend ? Eh bien, je refuse.

Il la fixa avec une expression de mépris non voilée.

— Je ferais attention à votre place, Edith. Un de ces jours, votre jalousie va vous jouer des tours. S'il existe quelqu'un ici qui doit avoir conscience de sa place, c'est vous. Vous obéirez aux ordres, ou partirez.

Son interlocutrice se mordit les lèvres. Sans doute était-elle allée trop loin, mais cette menace de la renvoyer représentait un terrible choc. Après lui avoir jeté un regard noir, elle sortit de la pièce sans dire un mot.

Viola se laissa installer par Dimitri dans le fauteuil de jardin. Il faisait bon au frais, loin du bruit de l'hôtel, et ce Russe se montrait vraiment très gentil, mais elle souhaitait plus que tout rester seule.

— L'organisation de la réception pour l'anniversaire de Catriona se déroule-t-elle comme vous le voulez ? demanda-t-il avec son accent mélodieux.

— Je suppose que oui. Je me suis occupée de la robe, le reste est du ressort d'Edith et de M. Kane.

— Bien, je vous laisse, dit-il en esquissant un salut. J'ai plusieurs choses à faire. N'avez-vous besoin de rien d'autre ?

Elle secoua la tête et oublia aussitôt sa présence. Une énorme lassitude l'envahissait, la forçant à fermer les yeux. Elle avait le sentiment que la terre avait tremblé, et qu'elle était depuis restée en suspension loin au-dessus, perdue dans une brume de tristesse et de confusion. Les jours, qui s'étiraient en un flux continu, finissaient par se brouiller jusqu'au néant. Sans Damian, sans son contact familier et sa voix consolante, elle n'était plus rien.

Les larmes jaillirent soudain et ruisselèrent sur son visage. Dimitri se comportait de façon irréprochable, mais son hôtel grotesque se trouvait à des années-lumière de la roulotte colorée et de la vie que son mari et elle avaient partagée. Si seulement elle avait eu assez d'argent pour retourner en Irlande, pour retrouver sa famille et la pluie paisible sur les douces collines ! Au lieu de cela, elle était prise au piège, totalement dépendante de la charité d'un inconnu.

Clignant des paupières, elle essuya ses pleurs avec son mouchoir. Cette fatigue épuisante l'empêchait de réfléchir, de faire le point sur la situation afin de reprendre sa vie en main. Une fois écoulées les quelques heures qu'elle consacrait au travail vocal de Catriona, elle avait le sentiment de dériver sur une mer en furie, sans ancrage ni port d'attache. Cet état avait-il quelque chose à voir avec la boisson que lui donnait M. Kane chaque soir, avant qu'elle aille se coucher? Non, cette idée était absurde. Il lui avait expliqué qu'il s'agissait d'une formule pour bien dormir, mais qui ne comportait aucun danger.

Heureusement, le calendrier lui offrait encore quelques repères. Le mois de janvier était arrivé, ce qui signifiait que Catriona allait avoir treize ans. Un énorme soupir lui souleva la poitrine. Sa fille, qui semblait s'adapter parfaitement à sa nouvelle vie, s'éloignait d'elle, ainsi qu'en témoignait sa façon de se rebeller de plus en plus souvent. Comme tous les enfants, égoïste et superficielle, elle s'empressait de tourner le dos aux épreuves, impatiente d'affronter l'avenir.

La veille de son anniversaire, Catriona consacra toutes ses pensées à la fête à venir. En dépit de la familiarité croissante de Kane et de ses tentatives éhontées de la surprendre quand elle était seule afin de l'embrasser et de la caresser, la fillette éprouvait une réelle exaltation en songeant à sa réception. Dans la cuisine, elle avait vu la cuisinière empiler les différentes couches de génoise de son gâteau, dont le glaçage serait étalé le lendemain, et préparer déjà les plateaux destinés aux canapés qui seraient proposés pour l'apéritif. Une frénésie semblait s'être emparée du personnel pour la préparation du repas.

Après le souper, elle se rendit précipitamment à la cabane de Dimitri. Ce dernier lui avait promis une surprise, qu'elle avait hâte de découvrir.

— C'est pour toi, dit-il en lui tendant une petite boîte de velours. J'espère que tu vas l'aimer.

La fillette pressa le bouton sur le devant de l'écrin afin de dégager le couvercle. Elle l'ouvrit lentement. Sur un coussin de satin reposait un collier. La chaîne, finement ouvrée, s'ornait d'un élégant pendentif qui luisait dans la lumière de la lampe du bureau.

— Il est magnifique, murmura-t-elle.

Il souleva le bijou devant ses yeux pour qu'elle en distingue tous les détails.

— C'est moi qui l'ai fabriqué, dit-il fièrement en lui montrant les cercles d'or entrelacés. J'ai utilisé des ors de types différents. Ce sont les cercles de la vie. Ils représentent nos mondes séparés, et la façon dont nos existences s'entremêlent alors que nous accomplissons notre voyage personnel. J'en ai fabriqué un second, identique, ajouta-t-il avec un sourire, pour me souvenir à jamais de cette jeune fille qui est mon amie.

Elle souleva ses cheveux pour qu'il puisse attacher le bijou autour de son cou, puis caressa le métal tiède qui reposait contre son cœur. Joyeusement, elle enlaça la large poitrine de son compagnon et le serra dans ses bras.

— C'est un présent merveilleux, s'écria-t-elle. Je le garderai précieusement, toute ma vie.

Il se dégagea doucement et la tint à longueur de bras.

— Si j'ai un jour une autre fille, j'aimerais qu'elle soit comme toi. Il faut que tu ailles te coucher maintenant, Kitty, tu as un anniversaire à fêter demain.

— Ce sera ma première réception d'adulte. Maman dit que je peux me relever les cheveux.

Il éclata de rire, la tête en arrière.

— Si jeune et si pressée de grandir ! Kitty, Kitty, dit-il en secouant la tête, j'espère que cet anniversaire sera pour toi inoubliable.

La façon dont il venait de prononcer ces paroles la poussa à le regarder avec plus d'attention.

— Vous viendrez à ma fête, n'est-ce pas ? Vous me l'avez promis.

— Je sais, admit-il, mais je ne suis pas à l'aise en compagnie de ces gens. Je pense qu'il est préférable que je reste ici.

— Vous me l'avez promis ! répéta-t-elle, au bord des larmes. C'est votre hôtel, vous pouvez faire ce que vous voulez !

— Ce que je veux, c'est rester ici dans mon atelier, déclara-t-il fermement. Cette réception sera un succès, de toute façon. Et tu pourras venir tout me raconter ensuite.

Elle ne répondit pas, retournant ses pensées dans sa tête. Dimitri était indéniablement son ami. Pouvait-elle vraiment tout lui raconter, en particulier ce qui la perturbait depuis un certain temps ? Au moment où elle ouvrait la bouche pour parler, elle comprit qu'elle avait besoin d'être absolument certaine que son interlocuteur la croirait, car les conséquences de telles confidences menaceraient de les détruire tous.

— J'aimerais vraiment que vous veniez, implora-t-elle.

— N'insiste pas, mon petit, protesta-t-il. Je te verrai demain dans la journée.

Avec réticence, Catriona fit quelques pas dans

l'obscurité suffocante. Des lucioles voletaient autour des buissons, au son du crissement des sauterelles dissimulées dans l'herbe. Au-dessus de la forêt, la lune s'élevait dans un ciel parsemé d'étoiles. Insensible à la magie de la nuit, la fillette leva les yeux vers la vaste pelouse qui s'étendait devant les fenêtres allumées de l'hôtel. Des accords de musique flottaient dans le jardin alors que les clients buvaient leurs cocktails au bar ou jouaient aux cartes dans le grand salon. S'efforçant d'imaginer ce que serait cet endroit sans lumière et sans musique, elle frissonna, comme si des doigts glacés venaient de l'effleurer.

Elle se retourna pour saluer Dimitri de la main. Debout dans l'encadrement de la porte, sa silhouette puissante se dessinait, solitaire. Impulsivement, elle se précipita vers lui et planta un baiser sur la joue râpeuse, avant de repartir en courant.

— Te voilà, s'écria Kane en la voyant entrer dans le hall. Où étais-tu ? Tu devrais être couchée.

— Dehors, marmonna-t-elle en se dirigeant vers l'escalier.

Il agrippa son bras nu d'une main ferme.

— Tu étais encore avec Dimitri ! fit-il d'une voix sifflante. Qu'est-ce que tu fricotes là-bas, dans cette cabane ?

D'un mouvement violent, elle se dégagea et se frotta le bras à l'endroit où il l'avait serrée trop fort.

— Cela ne vous regarde pas ! rétorqua-t-elle.

— Vraiment ? articula-t-il en baissant la voix. Ai-je besoin de te rappeler que ta mère et moi t'avons expressément interdit de passer autant de temps avec lui ?

— Ma mère ne m'a pratiquement pas adressé la parole depuis des mois, et se moque complètement de l'endroit où je me trouve, du moment que je ne suis pas dans ses pattes. C'est vous qui établissez ces foutues règles, et nous savons tous les deux pourquoi !

— Fais attention à ce que tu dis, je ne te permets pas de me parler sur ce ton !

— Je vous parle comme je le veux, vous n'êtes pas mon père !

— C'est moi qui m'occupe de toi et tu feras ce que je te dis, s'exclama-t-il, furieux, en avançant vers elle.

— Où est Mam ?

Il la fixait avec une expression indéchiffrable.

— Ne la dérange pas. Elle ne se sent pas bien, mieux vaut éviter que tu la perturbes.

De nouveau, il avança vers elle, le visage déterminé.

— Viola est très malade, Catriona, son esprit est instable et la moindre contrariété risque de la faire basculer.

La fillette aurait voulu ne pas le croire, mais elle savait cependant qu'il avait probablement raison. Au cours des derniers mois, Mam avait changé de façon effrayante. Sur le point de répondre, elle fut interrompue par un groupe de clients qui entraient dans le hall et sollicitaient Kane. Avec un soupir de soulagement, elle escalada vivement l'escalier. Pendant qu'il était occupé, ce qui risquait de durer un certain temps, elle allait parler à sa mère.

Le silence régnait sur le palier de l'étage supérieur. Dans le couloir, aucune des portes closes ne laissait passer de lumière. Catriona se dirigea sur la pointe des pieds jusqu'à la chambre de Viola, et tendit l'oreille. Aucun son ne lui parvenait. Elle tourna la poignée de la porte avec précaution et jeta un coup d'œil à l'intérieur.

Sa mère, allongée sur son lit, fixait le plafond, baignée par la clarté lunaire.

— Que veux-tu ? demanda-t-elle avec une impatience mal dissimulée. J'ai dit à M. Kane que je ne voulais pas être dérangée.

La fillette referma la porte derrière elle et s'approcha du lit.

— Je viens juste te dire bonsoir, commença-t-elle.

— Eh bien, tu l'as dit. Tu peux repartir.

— Pourquoi me traites-tu comme ça, Mam ? Qu'est-ce que j'ai fait de mal ?

En soupirant, Viola prit le gobelet qui se trouvait sur la table de nuit. Elle but une gorgée et sa tête retomba sur l'oreiller.

— Tu ne me parles pratiquement pas depuis des semaines, répondit-elle finalement d'une voix gémissante. Et quand tu le fais, tu te montres insolente et particulièrement déplaisante. M. Kane et moi n'en pouvons plus.

— M. Kane ferait bien de se mêler de ses fesses ! s'écria Catriona.

— Tu illustres exactement ce que je suis en train de dire. Comment oses-tu parler aussi grossièrement ? M. Kane a raison, il faut que tu cesses de fréquenter ce Russe, si c'est le genre de comportement qu'il encourage.

— Cela n'a rien à voir avec Dimitri ! Tu ne vois pas que Kane te monte la tête contre lui ?

— Je vois une enfant têtue qui se transforme en une jeune fille grossière au mauvais caractère. Si nous n'avions pas tout organisé pour ton anniversaire, j'annulerais la réception. Va dans ta chambre, Catriona.

Les larmes coulèrent sans retenue sur le visage de la fillette.

— Je ne veux pas y aller, dit-elle en sanglotant.

— Ne sois pas ridicule, c'est une jolie chambre, espèce d'ingrate!

— Est-ce que je peux rester avec toi ce soir, Mam? implora-t-elle. Comme quand nous étions dans la roulotte? Nous pourrions parler du bon vieux temps et...

En silence, elle suppliait sa mère de percevoir le cœur de sa souffrance, mais Viola resta insensible à ce débordement d'émotion.

— Tu es beaucoup trop grande pour dormir avec moi et j'ai besoin de repos. Tu n'ignores pas que nous avons demain une journée chargée.

— Mam, je t'en prie!

Elle tendit une main qui resta ignorée. Essuyant grossièrement ses joues, elle s'assit alors sur le côté du lit, et s'appliqua à rassembler tout son courage.

— Pardon, Mam, ce n'est pas exprès que je suis grossière et désobéissante, je t'assure. Mais il y a des choses que je...

— Ça suffit! Tu t'excuses toujours mais je ne vois aucune évolution dans ton comportement. Si ton père était là, tu lui briserais le cœur.

— Si mon père était là, il saurait m'écouter!

— Sors d'ici, dit Viola en désignant la porte. Et ne reviens pas avant d'avoir modifié ton attitude. Tu n'es pas trop vieille pour recevoir une gifle, ma fille. Dieu sait que tu la mérites depuis des mois!

Soudain, Catriona explosa.

— Tu es une sale égoïste! hurla-t-elle en se dirigeant vers le seuil. Tu ne fais rien que geindre et pleurnicher comme si tu étais la seule à souffrir! Tu ne t'intéresses qu'à toi!

Dès qu'elle eut prononcé ces mots, elle remarqua que sa mère semblait réagir. Devant son expression stupéfaite, elle poursuivit, le visage blanc de rage.

— Eh bien, figure-toi que je souffre, moi aussi. Je me sens seule et effrayée et, un de ces jours, tu regretteras de ne pas m'avoir écoutée !

Claquant la porte aussi fort qu'elle le pouvait, elle courut dans sa chambre, se jeta sur son lit, et enfouit son visage dans l'oreiller en s'abandonnant à une tempête de pleurs.

Le lendemain matin, elle se réveilla avec un mal de tête lancinant et les paupières tellement gonflées qu'elle pouvait à peine les ouvrir. Honteuse à l'idée de sortir ainsi dans le couloir pour se rendre dans la salle de bains, elle versa de l'eau froide dans la cuvette et se lava avec un morceau de flanelle, jusqu'à ce que sa peau soit rouge et pleine de picotements.

Alors qu'elle observait son reflet dans le miroir, elle remarqua que la tension due à sa situation commençait à se lire sur son visage. Ses yeux fiévreux, sa bouche crispée et son teint livide trahissaient la blessure de son âme, qui s'infectait et se muait en une lente flétrissure. Comment sa mère pouvait-elle ne s'apercevoir de rien ? Envahie soudain par une angoisse irrépressible, elle se précipita hors de la pièce.

— Comme il y a beaucoup de choses à faire aujourd'hui, vous pourriez vous rendre utile, pour changer, déclara Edith en la voyant, un peu plus tard, flâner dans la cuisine. Allez aider les serveuses à débarrasser le salon.

Catriona aurait aimé rejoindre Dimitri. Toutefois, face au reproche de la gouvernante, qui semblait considérer son oisiveté comme un grave péché, elle se sentit obligée, pour cette occasion précise, de faire contre mauvaise fortune bon cœur. Elle passa donc le reste de la journée à participer à la décoration des plats, à la composition des bouquets et à la disposition des couverts.

Ces préparatifs annonçaient une réception grandiose, destinée non seulement à fêter son anniversaire, mais également à célébrer la fin de la première saison très réussie de l'hôtel. Les jardiniers avaient fourni de la vigne vierge et des fleurs, qui avaient été entrelacées à l'aide de rubans, puis enroulées autour de la balustrade du grand escalier. Quelques longues bougies blanches jaillissaient entre les feuilles des compositions de verdure ornant la cheminée. Des dizaines d'autres se dressaient sur les tables de la salle à manger recouvertes de nappes raffinées sur lesquelles étaient disposés des couverts d'argent et des verres de cristal.

Trois musiciens avaient déjà déposé leurs instruments dans un coin du salon, où le tapis avait été enroulé et le plancher ciré en prévision du bal. Une délicieuse odeur de pain cuit au four et de viandes rôties s'échappait de la cuisine, dans laquelle se préparaient les sauces qui devaient accompagner les viandes et les légumes. Le gâteau, magnifique création recouverte de glaçage blanc et ornée de fleurs de sucre, attendait, coiffé d'une couronne de bougies.

En fin d'après-midi, la fillette constata que Dimitri s'était tenu prudemment à l'écart de tout ce remue-ménage. Après l'affrontement qui l'avait opposée à sa mère, elle avait décidé de se confier à lui, son seul ami véritable. Peut-être, lorsqu'il aurait entendu ce qu'elle avait à lui dire, s'efforcerait-il de l'aider.

Profitant d'une pause à l'heure du thé, elle sortit de la cuisine et constata qu'il faisait particulièrement sombre dehors. La pluie était tombée toute la journée sous un ciel épais de nuages noirs. Alors qu'elle attrapait un imperméable accroché à un portemanteau, une voix retentit derrière elle.

— Où comptes-tu aller ?

Catriona, pétrifiée, vit Kane se lever de la chaise sur laquelle il était assis dans la pénombre.

— Je vais voir Dimitri, déclara-t-elle, le cœur serré.

— Sûrement pas, répondit-il en lui prenant le coude.

Aussitôt, elle se dégagea.

— Vous ne pouvez pas m'en empêcher !

— Qu'as-tu de si important à lui communiquer, qui ne puisse pas attendre ?

— Je vais lui dire ce que vous me faites, rétorqua-t-elle. J'en ai déjà parlé à Mam.

Les yeux bleus de son interlocuteur luisaient dans la lumière qui tombait du petit lustre de cristal.

— Et que t'a répondu Viola ? dit-il d'un ton railleur, qui la fit frissonner d'appréhension.

Sans répondre, elle secoua la tête.

— Tu le vois bien, ta mère ne te croit pas. Qu'as-tu exactement l'intention de raconter à Dimitri, hein ?

Il lui souleva le menton pour la forcer à le regarder dans les yeux.

— Vas-tu lui dire que l'homme qui vous protège, ta famille et toi, depuis plus d'un an, a osé embrasser celle qu'il considère comme sa fille ? Qu'il prend le temps de la border dans son lit le soir ?

— Je ne suis pas votre fille. De toute manière, les pères n'embrassent pas et ne touchent pas leurs filles comme vous le faites.

— Tais-toi et écoute-moi bien, Catriona.

Son intonation sinistre inspira à la fillette une frayeur soudaine.

— Ta mère est une grande malade, au bord de la folie. Je suis son sauveur, et tu n'es qu'une petite fille. Elle ne te croira ni aujourd'hui, ni demain, ni les jours suivants.

Il s'interrompit pour laisser à ses paroles le temps de s'imprimer dans l'esprit de son interlocutrice.

— Quant à Dimitri, poursuivit-il, c'est un meurtrier. Si tu vas le voir avec tes mensonges, tu auras du sang sur les mains.

— Je ne vous crois pas. C'est une invention.

Il fit comme s'il n'avait rien entendu.

— C'est un homme dangereux. Il a déjà tué une fois et n'aura aucun scrupule à recommencer.

Elle le fixa, paralysée comme un lapin sous le regard d'un serpent.

— Ta mère est en train de perdre l'esprit, je le répète. Que lui arriverait-il si tes mensonges me tuaient et envoyaient Dimitri en prison ? Tu n'aurais plus de maison, plus personne pour veiller sur toi. Pendant que Dimitri attendrait le geste du bourreau, l'hôtel serait fermé, tu devrais partir et ta mère irait croupir dans un asile de fous.

Son regard d'acier, sa mâchoire serrée et la pression ferme de ses doigts suffirent à lui faire comprendre qu'elle était prisonnière, sans quiconque pour l'aider, sans un endroit où se réfugier.

— Ce ne sont pas des mensonges, insista-t-elle. Je sais très bien où vous voulez en venir.

— Toute cette histoire pour des baisers et des caresses innocentes? Pour un intérêt tout paternel? Cela ne vaut vraiment pas un tel numéro. Tu as beaucoup d'imagination, mais je suppose que c'est normal, étant donné le milieu d'où tu viens. Maintenant, retourne aider Edith et n'en parlons plus.

Catriona s'élança dans l'escalier dont elle gravit les deux volées de marches, et se précipita dans la salle de bains. Dès qu'elle eut fermé le verrou, elle tomba en sanglotant sur le sol carrelé. Si seulement sa mère avait accepté de l'écouter! Mais Kane avait raison. Mam était sérieusement malade, il fallait éviter à tout prix qu'elle soit davantage perturbée. Dimitri représentait son seul espoir.

À six heures, Viola lui fit parvenir un message lui annonçant qu'il était temps pour elle de se préparer. En ouvrant la porte de sa chambre, elle constata que sa mère l'attendait. Sa robe neuve, étendue sur le lit, était accompagnée de dessous raffinés, de bas et de chaussures élégantes.

— Habille-toi, je te coifferai ensuite, dit Viola en sortant de la pièce.

Catriona caressa les dessous de soie et la combinaison couverte de dentelle avant de contempler la robe que Viola avait passé des heures à confectionner. En satin vert pâle, elle s'ornait de bretelles délicates, d'un bustier étroit et d'une jupe de tulle mousseuse.

Attentive à la fraîcheur du tissu sur sa peau, la fillette l'enfila et resserra la taille à l'aide des minuscules boutons cousus sur le côté. Une fois enfilés ses escarpins de satin, que Viola avait teints de la couleur de la robe, elle tournoya, enchantée de constater que la jupe émettait un agréable frou-frou. Sa mère l'aimait, malgré tout, sinon elle ne se serait jamais donné tout ce mal.

— C'est une robe ravissante, Mam, merci ! s'écria-t-elle en s'élançant dans la chambre de Viola.

Celle-ci ne répondit rien mais fourragea aussitôt dans son nécessaire à maquillage. Lorsqu'elle eut terminé sa tâche, Catriona contempla avec stupéfaction son reflet dans le miroir. Ses cheveux sombres et brillants étaient tortillés en un chignon élégant, orné d'un unique camélia blanc. Une touche de mascara, un nuage de poudre de riz et un soupçon de rouge à lèvres mettaient en valeur la couleur de ses yeux, son teint immaculé et la courbe encore juvénile de ses joues.

— Si tu avais été plus âgée, je t'aurais prêté mon collier et mes boucles d'oreilles. Mais je vois que tu as déjà un pendentif. D'où vient-il ?

— C'est un cadeau de Dimitri.

Elle embrassa légèrement la joue de sa mère.

— Merci pour tout, Mam, dit-elle avec douceur.

Viola glissa les mains sur ses hanches. Sa robe de satin rouge foncé, qui faisait ressortir à la perfection sa carnation laiteuse et ses cheveux bruns, soulignait également sa maigreur et les cernes noirs qui s'étendaient sous ses yeux merveilleux.

— Tu ne mérites pas tout cela, grommela-t-elle, mais on n'a treize ans qu'une fois.

Avec un soupir, elle vida le verre qui se trouvait toujours sur sa table de nuit et prit un châle au tissu brillant qu'elle enroula autour de ses épaules. Sachant que jamais encore elle ne s'était mêlée aux clients de l'hôtel, la fillette sentait l'effort incommensurable qu'elle s'obligeait à accomplir pour cette occasion.

Avant de sortir de la chambre, sa mère s'immobilisa.

— Catriona, il y a quelque chose…

— Qu'y a-t-il, Mam ?

Viola secoua la tête et prit une profonde inspiration.

— Rien d'important. Viens, il vaut mieux y aller.

Le hall était rempli d'une foule de clients. Certains d'entre eux lui étaient familiers, et d'autres, totalement inconnus. Le personnel, désireux d'assister à son apparition, était aligné le long du mur, près de la porte menant aux cuisines. Alors qu'elle entamait sa longue descente, les conversations s'interrompirent et tous les visages se tournèrent vers elle. Lentement, elle descendit les marches, la jupe bruissant autour de ses chevilles.

L'assistance applaudit et le personnel cria « Joyeux anniversaire ! ». Elle s'esclaffa et ébaucha une révérence. Tout à coup, la joie suscitée par son arrivée triomphale s'évanouit lorsqu'elle aperçut Kane qui l'attendait au pied de l'escalier avec, dans le regard, la lueur étrange qu'elle connaissait trop bien.

— Bon anniversaire, murmura-t-il en l'aidant à descendre la dernière marche.

Catriona, voyant sa mère lui prendre le bras, fut contrainte de l'imiter et se laissa guider jusqu'au salon où l'apéritif était servi. Phœbé, qui passait avec un plateau d'argent parmi la foule, lui fit un clin d'œil. Catriona cherchait Dimitri des yeux, espérant qu'il viendrait tout de même, poussé par l'affection qu'il lui portait.

Les invités se dirigèrent vers la salle à manger. La nourriture était délicieuse mais, coincée entre Kane et sa mère, Catriona y goûta à peine, angoissée par la pression de la cuisse de son voisin contre la sienne et par le contact faussement fortuit de son bras contre sa poitrine, alors qu'il se penchait pour prendre son verre.

Viola, beaucoup plus animée qu'elle ne l'avait été depuis des mois, lui permit de boire un peu de vin allongé d'eau pour accompagner le dessert. Le moment de couper le gâteau et d'ouvrir ses cadeaux était venu. Après avoir défait les rubans, elle déchira le papier d'emballage et découvrit avec un ravissement non dissimulé un rang de perles, un châle et des gants. Jamais elle n'avait reçu autant de présents de sa vie. Si Kane n'avait pas été en train d'observer le moindre de ses mouvements, cet anniversaire aurait été le plus merveilleux de tous.

Alors que les musiciens se mettaient à jouer, tout le monde revint dans le salon. Quand Kane lui enlaça la taille et l'attira au milieu de la piste pour la première valse, elle se raidit et ses pieds refusèrent de bouger. Elle trébucha, et sentit la pression de ses mains sur son dos tandis qu'il la serrait étroitement contre lui.

— Tu fais beaucoup plus que ton âge, murmura-t-il tandis que la musique et les bavardages les isolaient aussi sûrement qu'un océan. Dois-je préciser que je te préfère sans toute cette peinture qui te donne l'air d'une catin ?

Blessée par cette insulte, elle tenta d'échapper à son étreinte mais, totalement maître de la situation, il l'entraîna de nouveau dans la danse.

La musique s'arrêta. Elle réussit enfin à s'écarter quand l'un des plus jeunes clients l'invita à danser un fox-trot endiablé. Sans la présence encombrante de Kane, elle aurait commencé à vraiment s'amuser.

Tout au long de la soirée, elle s'appliqua à l'éviter. Il dansait parfois avec les dames seules et avec sa mère, mais elle savait qu'il l'observait constamment, attendant l'occasion d'une autre danse pour pouvoir lui imposer sa volonté. De toute évidence, il tirait une sorte de plaisir pervers de son angoisse, sachant qu'elle ne pouvait pas s'échapper, sous peine de provoquer un scandale devant tous ces gens.

Il allait parvenir à ses fins lorsqu'elle décida qu'elle devait à tout prix obliger sa mère à l'écouter. Même dans les brumes de son cerveau égaré, elle ne manquerait pas de trouver, pour sa propre fille, le moyen de mettre fin à ce supplice.

Jetant un regard circulaire autour de la salle, elle aperçut Viola, assise près d'une autre femme au bout de la pièce. Kane dansait avec une jeune brune volubile. Catriona refusa une autre invitation à danser, et se fraya un chemin vers sa mère.

— Mam ? commença-t-elle.

— Je suis occupée, Catriona.

— Mam, il faut que je te parle. C'est important, très important.

Viola s'excusa auprès de son interlocutrice et se leva.

— Il vaut mieux que ce soit le cas. Tu t'es montrée très impolie, déclara-t-elle en suivant sa fille.

Catriona saisit sa main et tenta de l'entraîner, malgré ses protestations, vers la porte.

— Mam, c'est à propos de M. Kane.

Elle ne put continuer, car il était à ses côtés, le regard glacial.

— Vous voilà, dit-il suavement en prenant la main de sa mère. Je pense que le moment est venu, qu'en pensez-vous ?

Viola le regarda, le regard terne et confus.

— Ma fille était justement sur le point…

— Je suis sûr que Catriona peut attendre une minute, répliqua-t-il.

Il regarda l'adolescente avec une lueur de malice qu'elle ne comprit pas.

— Venez, ma chère.

Catriona le vit glisser son bras sous celui de sa mère avant de la conduire au centre de la piste. Dès qu'il eut adressé un signe de tête aux trois instrumentistes, la musique s'interrompit et les danseurs s'immobilisèrent lentement, pendant que des serveuses entraient avec des plateaux de flûtes remplies de champagne. Dans la pièce devenue silencieuse, tout le monde s'apprêtait à entendre un discours sur la saison réussie de l'établissement. Ce serait le moment idéal pour s'échapper et rejoindre Dimitri.

— J'ai une annonce à faire, déclara Kane de sa voix forte d'acteur confirmé.

L'adolescente recula à petits pas vers la porte.

— Non seulement nous célébrons ce soir une année très fructueuse pour l'hôtel Saint-Pétersbourg, le treizième anniversaire de la délicieuse Catriona…

Un tonnerre d'applaudissements fit rougir la fillette qui voyait tous les visages se tourner vers elle.

— Mais nous célébrons aussi un événement heureux, car Viola Summers a accepté de devenir ma femme.

Catriona se figea. Kane la fixait avec une expression victorieuse en levant son verre. Les cris de congratulations la galvanisèrent soudain. Sans se soucier des regards curieux, elle se précipita hors de la maison et ne s'arrêta pas avant d'avoir atteint le jardin.

La nuit était étouffante. Plus tôt dans la journée, une pluie douce et pénétrante avait renforcé l'humidité de l'air chaud, et gorgé d'eau la pelouse. Elle secoua ses pieds pour se débarrasser de ses chaussures, releva sa robe et courut s'abriter sous l'avant-toit de l'atelier. Aveuglée par les larmes, oppressée par l'horreur de ce qu'elle venait d'entendre, elle n'arrivait pas à reprendre sa respiration.

Aucune lumière ne brillait dans le bâtiment et ses appels restèrent sans réponse, malgré les coups violents qu'elle frappait à la porte. Elle jeta un coup d'œil vers l'hôtel. Par les portes du salon grandes ouvertes, les lumières et les sons de la réception se déversaient dans l'obscurité, sous une averse de plus en plus forte. Rien n'indiquait qu'elle avait été suivie ou que Kane la cherchait.

— Dimitri, appela-t-elle encore. Êtes-vous là ? Dimitri, je vous en prie, j'ai besoin de vous !

Ne percevant aucune réponse, elle tourna la poignée et découvrit que la porte était ouverte. Saisie d'un pressentiment, elle pénétra à l'intérieur, alluma la lampe et regarda autour d'elle, en état de choc. Les outils de prospection, les tentes et les vieux vêtements avaient disparu ainsi que le chaudron, les louches et les boîtes de pépites. Son ami semblait s'être volatilisé.

— Il est parti hier soir.

Elle fit volte-face, une boule dans la gorge et le cœur battant.

— Ce n'est pas possible, rétorqua-t-elle. Il me l'aurait dit.

Souriant, Kane fit quelques pas dans la pièce avant de sortir son étui à cigare.

— Il m'a chargé de te dire qu'il était désolé, mais qu'il ne pouvait rester plus longtemps.

— Pourquoi ? demanda-t-elle d'une voix désespérée.

— Son rêve ne s'est pas concrétisé comme il le voulait, expliqua Kane en allumant son cigare, qu'il cala ensuite entre ses dents. Dimitri s'ennuyait des terrains aurifères. De plus, il commençait à détester l'agitation de l'hôtel et désirait retourner à la solitude de la prospection.

— Il ne serait pas parti sans me le dire, insista-t-elle, ne pouvant accepter que son seul soutien l'abandonne au moment elle avait plus que jamais besoin de lui.

Kane retira le cigare de sa bouche et en étudia le bout incandescent avant de tapoter la cendre sur le sol de terre battue.

— Il savait que tu serais contrariée et ne voulait pas avoir à choisir entre toi et l'attrait de l'or qui l'attend là-bas, dit-il en effectuant un geste vague vers l'ouest. Il est retourné dans le nord du pays, où il se sent chez lui.

— Mais sa maison est ici. Il y était heureux.

— Catriona, ne fais pas l'enfant, s'écria-t-il en soupirant. C'est un homme qui aime la liberté, un bohémien, comme ton père. Il ne peut pas se satisfaire de rester longtemps au même endroit. Il devait repartir. Demande à ta mère, si tu ne me crois pas, ajouta-t-il en jetant un regard vers la maison.

— Mam est au courant?

Cette nouvelle renforçait la cruauté de sa situation.

— Est-ce qu'il va revenir? reprit-elle en sortant de l'atelier.

— Bien sûr, mais quand il sera prêt à le faire. D'ici là, il faut que tu respectes son choix.

— Vous ne pouvez pas épouser Mam, dit-elle les yeux mouillés de larmes. C'est impossible.

— Trop tard, nous nous sommes mariés ce matin.

Interdite, elle cligna nerveusement des paupières.

— Comment ? Quand ? Pourquoi Mam ne me l'a-t-elle pas dit ?

— Nous pensions que ce serait une agréable surprise pour ton anniversaire, dit-il avec une nonchalance qui donna à la fillette l'envie de hurler.

Elle s'élança vers la demeure, marchant à pas précipités sur l'herbe écrasée par la pluie. Les mots étranges de Viola, alors qu'elles étaient sur le point de descendre, lui revenaient. Pourquoi ne l'avait-elle pas prévenue ?

Fuyant le bruit et les lumières de la réception, elle entra par l'arrière de la maison et fonça dans l'escalier, qu'elle gravit jusqu'au dernier étage. Elle ne voulait plus revoir sa mère. Comment lui pardonner cette trahison ? Elle passa devant la porte de sa propre chambre, escalada l'escalier qui menait à la tour et se laissa tomber sur le sol, abandonnée à la peur et à la détresse qu'elle refoulait depuis si longtemps.

Kane la découvrit dans l'obscurité. Alors qu'il la violait pour la première fois, elle comprit que son enfance avait pris fin.

8

Envahie par un soulagement joyeux, Edith quitta le brouhaha du salon pour retourner au chaos de la cuisine. La bohémienne et Kane étaient mariés, ce qui signifiait que Dimitri restait libre. Peut-être la remarquerait-il maintenant ? Elle versa un peu de champagne dans une flûte délicate qu'elle emporta jusqu'à son bureau et, après avoir soigneusement refermé la porte, se laissa tomber dans sa chaise de cuir en levant son verre.

— À l'avenir, à vous et à moi, Dimitri.

La journée avait été longue et fatigante, mais l'exaltation qui l'avait saisie en comprenant qu'elle avait une seconde chance de faire apprécier à son patron tout ce qu'elle pouvait faire pour lui était plus puissante que le champagne. Elle s'adossa à sa chaise et réfléchit à cette annonce extraordinaire. Tout le monde avait été surpris, en particulier la gamine, dont la réaction avait été particulièrement intéressante.

Sirotant le liquide pétillant et frais, elle revoyait Catriona s'enfuir hors de la pièce, le visage blême et les yeux égarés. De toute évidence, elle n'était pas ravie de la tournure des événements. Toutefois, maintenant que Kane était son beau-père, il lui inculquerait quelques rudiments d'éducation. Jamais de sa vie elle n'avait assisté à de tels caprices, ni entendu un tel langage dans la bouche d'une enfant. De toute manière, que pouvait-on attendre d'une romanichelle? Ces deux-là sortaient du ruisseau, sans le moindre doute : la gosse, poudrée et peinturlurée, semblait une version miniature de sa mère. Quelle enfant pourrie! Aucune personne sensée n'aurait imaginé une telle réception pour une adolescente de treize ans!

Alors que la soirée touchait à sa fin, la pluie continuait à tambouriner sur les fenêtres et l'allée de gravier. Edith se rendit dans le hall. Une grande partie des invités, venus de Cairns, s'élançaient vers leur voiture, sous des parapluies ou des imperméables tendus au-dessus de leur tête. Quelques-uns des clients de l'hôtel parlaient d'abréger leur séjour, craignant d'être bloqués à cause des proportions spectaculaires que pouvaient prendre les intempéries dans la région. Pendant la saison des pluies, les fréquentes inondations et affaissements de terrain pouvaient rendre tout départ impossible, parfois pendant plusieurs semaines.

Observant les serveuses qui finissaient de nettoyer le salon, Edith parcourut les lieux de la fête pour vérifier que tout se déroulait comme prévu. Sans négliger le moindre détail, elle se demanda pourquoi Dimitri avait préféré dîner seul dans son atelier plutôt que d'assister à la fête de la gamine, à laquelle il semblait sincèrement attaché. Elle ne voulait pas imaginer qu'il ait été blessé par le mariage de la bohémienne. Rejetant ces pensées importunes – n'était-elle pas habituée aux accès de solitude de son patron ? –, elle cessa de se poser la question. Il était temps de songer à rentrer.

Après avoir éteint les lumières, elle enfila un imperméable et des bottes de caoutchouc, puis sortit sous la pluie diluvienne. Penchée en avant, elle donna les premiers coups de pédale pour entamer le long trajet qui la ramenait au cottage, de l'autre côté de la ville.

Le lendemain, des nuages bas et sombres empêchaient presque entièrement la lumière du soleil de passer.

Edith, qui avait attrapé froid en rentrant la veille, arriva à l'hôtel, transie. Agitée par des frissons et la tête embrumée, elle pénétra dans la cuisine afin de se préparer une boisson brûlante, et se figea aussitôt. La pièce était sombre et déserte, malgré la chaleur qui se dégageait des fourneaux et l'odeur du bacon en train de frire. Appuyant sur un interrupteur, elle constata qu'il n'y avait plus d'électricité. Elle se précipita à la réception et y découvrit Kane, entouré de clients qui luttaient pour se faire entendre. Des bougies et des lampes à pétrole projetaient sur les murs des ombres vacillantes, tandis que la pluie implacable frappait de nouveau les carreaux. Déjà épuisés, deux porteurs allaient et venaient sous la pluie pour ranger les bagages dans les voitures.

— Où étiez-vous ? murmura Kane d'un air furieux au moment où elle le rejoignait derrière le comptoir.

Elle ne prit pas la peine de répondre et s'appliqua à calmer les exclamations impatientes. Ce ne fut que lorsque le dernier client fut parti qu'elle prit le temps de s'asseoir et de souffler. La poitrine douloureuse, elle brûlait de fièvre et n'avait qu'une envie : rentrer chez elle et se mettre au lit. Il fallait absolument qu'elle voie Dimitri.

Kane avait disparu et les porteurs avaient été renvoyés chez eux. Elle se dirigea vers l'atelier, pataugeant dans l'herbe boueuse, les jambes fouettées par son manteau humide sous l'imperméable ruisselant. Arrivée devant la porte, elle constata que celle-ci était ouverte et tapait contre le chambranle, au gré du vent.

— Dimitri ? appela-t-elle, la voix couverte par le bruit de l'averse sur les frondaisons.

La remise était vide et les outils avaient disparu. Il se passait quelque chose d'anormal. Elle referma la porte et la verrouilla, puis remit la clé sous la pierre qui la dissimulait habituellement.

Dans l'hôtel silencieux, elle constata que les bougies brûlaient toujours. Elle en éteignit quelques-unes, agitée de tremblements et en proie à une légère nausée due à l'odeur écœurante des lys et des roses évocatrices de funérailles. Les épais murs de pierre et le sol de marbre froid semblaient se refermer sur elle.

— Vous feriez aussi bien de rentrer chez vous, Edith.

Tirée de ses sombres pensées, elle sursauta. Kane, debout dans l'escalier, la regardait.

— Où est Dimitri ? demanda-t-elle, la voix empreinte d'une crainte inexplicable.

— Parti, dit-il d'un ton neutre en descendant les dernières marches pour la rejoindre.

— Parti ? Où cela ? Quand ?

— Il est retourné dans le Nord.

Elle secoua la tête avec stupéfaction.

— Il m'en aurait parlé, m'aurait prévenue, murmura-t-elle. Pourquoi s'en irait-il maintenant, alors que l'hôtel a un tel succès ? C'est…

Il l'interrompit brusquement.

— Je suis chargé de vous donner cette lettre, dit-il d'une voix étrangement compatissante. Il me l'a dictée, précisa-t-il, sachant qu'elle n'ignorait pas que son patron avait quelques difficultés avec leur langue écrite. Je vous laisse seule afin que vous puissiez la lire tranquillement.

Une fois que le bruit de ses pas se fut éloigné, elle s'assit dans un fauteuil près de la haute cheminée de marbre. Les doigts tremblants, elle déchira l'enveloppe et ouvrit la feuille de papier pliée en quatre.

Ma chère Edith,

Comment vous remercier, vous qui vous êtes toujours montrée amicale à mon égard, qui n'avez cessé de faire preuve envers moi de loyauté et de bonté ? Mon rêve n'aurait jamais pu se réaliser sans votre aide. Je tiens à vous assurer que j'ai toujours eu conscience de votre dévouement sans limites.

Elle sourit, laissant des larmes de joie affluer à ses paupières en lisant les mots qu'elle attendait depuis si longtemps.

Je sais que je vais vous causer de la tristesse en m'en allant ainsi sans même prendre congé de vous, mais je sais aussi que mon départ n'aurait pas été possible si je ne m'étais pas enfui. L'appel de la route devient trop fort pour que je lui résiste. Lui seul me donne encore l'impression d'être vivant car il me souffle à l'oreille un projet d'avenir.

Chère Edith, je vous demande de continuer à prendre soin de mon rêve, car vous êtes la seule personne qui m'inspire une totale confiance. Je reviendrai, mais je ne peux dire quand. Jusqu'à mon retour, je laisse l'hôtel entre vos mains.

Au revoir, mon amie.

Dimitri

La signature en bas de la page, tracée en lettres capitales irrégulières, révélait une main peu habile. Cher et adorable Dimitri. Il ne s'était pas éclipsé sans rien dire. Elle replia la lettre et la rangea avec soin dans l'enveloppe, décidée à la garder précieusement.

Kane réapparut dans le hall.

— Je suis désolé si cette nouvelle vous attriste, dit-il gentiment. Dimitri a préféré partir quand tout le monde était occupé. Il déteste les grandes démonstrations, vous le savez.

Elle opina de la tête, trop abattue pour parler.

— Rentrez chez vous, Edith. L'hôtel est vide et j'ai annulé toutes les réservations pour les jours à venir, car, si la pluie continue à tomber, les routes risquent d'être bloquées. Nous n'avons pas besoin de vous pour l'instant et vous avez l'air épuisée. J'ai demandé au jardinier de vous raccompagner dans sa camionnette. Vous ne pouvez pas rentrer à bicyclette dans cet état.

Cette compassion inattendue eut raison de sa retenue et les larmes qu'elle refoulait jusqu'alors ruisselèrent sur son visage.

Il l'aida à enfiler son imperméable et l'accompagna jusqu'au véhicule.

— Je vous enverrai un message dès que le temps se sera arrangé ; en attendant, soignez-vous bien.

Au cours des semaines suivantes, la pluie implacable tomba jour et nuit en longs rideaux. Elle se déversait des collines, gonflait les rivières et les ruisseaux, et alimentait les cascades qui dévalaient la montagne avec un bruit fracassant. Les routes disparaissaient et la terre s'effondrait, entraînant avec elle les arbres qui bloquaient les voies et s'abattaient parfois sur le toit des maisons. Également endommagés, les fils télégraphiques ne fonctionnaient plus, coupant la communauté du monde extérieur. Le petit chemin de fer lui-même avait été fermé, en raison de la destruction des voies. Situé à l'extérieur de la ville, l'hôtel Saint-Pétersbourg était devenu une île.

Viola se retournait dans son lit, incapable de dormir. Le martèlement constant des gouttes d'eau sur le toit résonnait dans sa tête et lui faisait regretter d'avoir jeté dans le lavabo la boisson sédative que Kane lui avait apportée, comme chaque soir. Depuis deux jours, elle avait décidé d'apprendre à s'en passer et découvrait, à son grand étonnement, qu'elle avait l'esprit plus clair et parvenait à se concentrer. Tout à coup, elle se sentait mieux armée pour reprendre sa vie en main.

Son union avec Kane n'était qu'un mariage de raison. Il lui avait expliqué qu'il n'était pas convenable de vivre ainsi sous le même toit et que Dimitri était ennuyé à l'idée que ses affaires puissent pâtir du soupçon que son intendant vivait dans le péché. Au début, elle avait été horrifiée par sa suggestion mais, au fil des semaines, elle avait pu se rendre compte qu'Edith – comme le reste du personnel, sans aucun doute – semblait convaincue qu'elle était effectivement la maîtresse de Kane. Elle n'était pas amoureuse de lui – ne pourrait jamais aimer quelqu'un comme elle avait aimé Damian –, mais il se montrait gentil, attentionné et avait fait preuve de tant de patience pendant ces mois de deuil épouvantables qu'il aurait été peu gracieux de le mettre en difficulté. De plus, ayant dépassé trente ans et se retrouvant sans argent, sans maison et sans travail, elle n'avait pas vraiment le choix. Au moins, cette union lui apportait un semblant de respectabilité.

Elle devait aussi penser à Catriona, qui avait besoin de retrouver un père, d'être guidée d'une main ferme. Depuis son arrivée ici, elle était devenue incontrôlable. Grossière, désobéissante et encline aux crises de rage, elle prenait la regrettable habitude d'utiliser les gros mots qu'elle avait entendu prononcer au cours de leur existence de nomade. Sa fille délicieuse et douce se transformait en une harpie. Il fallait que Kane fasse preuve de son influence pour l'obliger à changer d'attitude.

Sans prendre la peine d'allumer sa lampe à huile, elle se leva et se dirigea vers la fenêtre ouverte. Malgré la nuit, il faisait particulièrement chaud et humide. Seule la moustiquaire la protégeait des insectes qui sortaient par nuages de la forêt environnante. En l'absence de la moindre brise susceptible de soulever la chape d'humidité qui recouvrait la terre, elle se sentait prise au piège.

Le départ de Dimitri n'avait évidemment rien arrangé, mais Catriona était maintenant assez grande pour surmonter ses déceptions d'enfant et songer à travailler sérieusement le chant.

Viola fixait l'obscurité, se demandant où était son époux. Malgré leur mariage, il restait un mystère pour elle. Elle avait appréhendé leurs relations intimes, car Damian s'était toujours montré un amant doux et stimulant. À sa grande surprise – et à son grand soulagement –, Kane la rejoignait rarement dans son lit et, lorsqu'il le faisait, leur union prenait le caractère mécanique et rapide d'un devoir obligatoire. Elle en était venue à penser, comme Poppy l'avait fait, qu'il était sans doute homosexuel.

Ses lèvres s'ouvrirent en un sourire au souvenir des qualificatifs plus imagés qu'avait utilisés son amie. Elle tendit la main vers sa brosse à cheveux et entreprit de lisser les longues mèches brunes entremêlées de gris. Sans doute aurait-elle dû les couper, ainsi que la mode le voulait, mais il lui semblait que sa chevelure était le seul lien la rattachant à Damian, qui avait adoré la caresser.

Soudain, elle se figea en entendant des pas devant sa porte. *Pas ce soir !* se dit-elle. *S'il te plaît, ne tourne pas cette poignée !* Elle attendit, le regard fixé sur le cuivre luisant, mais les pas s'éloignèrent, presque silencieux sur le plancher nu qui ne grinçait que très légèrement.

Soulagée de voir ce pensum repoussé à plus tard, Viola remonta dans son lit et se mit à penser à sa fille. Lorsque Catriona était venue la voir, quelques jours auparavant, elle lui avait trouvé mauvaise mine. Maigre et pâle, le visage creusé, elle s'était montrée d'une humeur massacrante. Leur conversation s'était terminée par une énorme dispute.

Lentement, elle se frotta le front. De quoi avait-il été question ? Son esprit, embrumé par sa boisson sédative, avait eu du mal à se concentrer. Catriona avait insisté pour lui dire quelque chose, mais avait fini par sortir de la chambre en claquant la porte.

Étendue dans l'obscurité, Viola songea qu'elle ne se montrait pas très maternelle. Depuis leur arrivée ici, elle avait été si étroitement enfermée dans sa propre douleur qu'elle avait ignoré celle de sa fille. Non seulement son enfant avait dû énormément souffrir de la perte de son Pa, mais il lui avait fallu ensuite supporter l'égoïsme et l'indifférence de sa mère, qui ne cessait de la rejeter pour s'abîmer dans son désespoir ! Comment elle, Viola, avait-elle pu se montrer aveugle à ce point ? Pas étonnant que Catriona, si adorable avant la catastrophe, se soit transformée en mégère.

Elle se mordit les lèvres. Non seulement elle avait abandonné sa fille, mais elle avait failli dans son rôle de protectrice. Pourquoi avait-elle accepté de plonger dans le monde nébuleux où l'entraînait sa boisson nocturne ? Repoussant les couvertures, elle se leva de nouveau. Il fallait qu'elle aille voir Catriona sans attendre pour essayer de réparer ses erreurs et s'excuser de sa négligence.

Le long couloir était plongé dans l'obscurité. L'électricité avait flanché dès que la pluie avait commencé à tomber et, en raison du manque d'approvisionnement d'essence, le générateur ne fonctionnait plus. En attendant les réparations, ils utilisaient des bougies et des lampes à kérosène. Viola hésita, puis décida de s'orienter dans le noir. Il n'y avait que quelques pas à faire.

Pieds nus, elle avança en silence sur le plancher qui ne craquait pas sous son pas léger. En approchant de la chambre de sa fille, elle constata avec plaisir qu'un rai de lumière filtrait sous la porte. Catriona ne dormait pas.

Sur le point d'entrer, elle entendit un bruit dans la pièce. Incrédule, elle s'immobilisa. Soudain, elle sentit ses cheveux se dresser sur sa nuque lorsque le son se reproduisit et qu'elle comprit que le doute n'était plus possible. Le cœur cognant dans sa poitrine et les mains tremblantes, elle ouvrit doucement la porte.

Posée sur la commode, une lanterne jetait une lueur crue sur la scène qu'elle embrassa dans toute son horreur.

Les sanglots étouffés par la large main posée sur sa bouche, Catriona était nue, les paupières crispées et les joues trempées de larmes. Kane s'agitait au-dessus d'elle, son ombre oscillant sur le mur, au rythme épouvantable des grincements du sommier.

Viola, pétrifiée, sentit le sang se retirer de son visage.

À cet instant, Catriona ouvrit les yeux et fixa sur elle un regard d'indicible souffrance, qui se mua aussitôt en une supplication muette.

Spontanément, Viola s'empara du lourd chandelier posé sur la table de nuit.

Kane, sentant tout à coup sa présence, leva la tête.

Il ne fut pas assez rapide. Viola balança l'instrument avec toute la force que la haine lui insufflait et l'atteignit à la tempe. Alors qu'il s'affaissait sur le corps nu de sa fille, son sang jaillit sur les draps. Catriona se mit à hurler.

Viola était aveuglée par la haine et une soif de vengeance furieuse. Elle voulait la mort de cet homme. Il était pire qu'un animal. Une ordure dégoûtante et répugnante. Il fallait qu'il meure, que son visage soit réduit en bouillie, qu'il paye pour ce qu'il était et ce qu'il faisait.

Prisonnière sous le corps de son tortionnaire, Catriona hurlait toujours. Ses cris retentissaient dans la demeure, couvrant la clameur de l'averse. Toutes ses frayeurs si longtemps tues se libéraient et éclataient autour d'elle, tandis que le bras de sa mère se levait et frappait de nouveau avec une furie implacable. Le sang de ce visage, qui n'était déjà plus humain, inondait les draps et semblait coller à sa peau.

Incapable de se maîtriser, Viola frappait toujours. Les cris de sa fille, qui résonnaient en elle, ne réussissaient qu'à renforcer sa détermination. Elle devait ôter la vie à l'être répugnant qui avait abusé de son bébé, lui écraser les côtes, les jambes, le dos, afin de laisser la marque de sa rancœur sur chaque centimètre de son corps.

Lorsque Catriona réussit enfin à se dégager, elle se recroquevilla contre la tête du lit, suppliant sa mère de se calmer. Il était mort. Il ne pouvait plus lui faire de mal.

Viola parut soudain émerger de son accès de rage aveugle. Elle lâcha le chandelier et enlaça prestement sa fille qu'elle conduisit hors de la pièce. Dès que la porte fut refermée, elle se laissa tomber sur le sol, serrant Catriona contre elle avec toute la force qui lui restait, pleurant et la suppliant de lui pardonner pour ne pas l'avoir écoutée, pour ne pas avoir compris ce qui se passait. La voix brisée, elle berça l'adolescente dans ses bras jusqu'à ce que ses tremblements s'apaisent. Dès que la fillette fut calmée, elle l'emmena dans la salle de bains, puis, avec douceur, la débarrassa des taches de sang avant de l'envelopper dans une grande serviette et de la coucher dans son propre lit.

Toutes deux s'allongèrent sous les draps, l'une contre l'autre, en frissonnant, ne pouvant chasser de leur esprit l'image du corps mutilé de Kane, étendu dans l'autre pièce.

Viola fixait l'obscurité, stupéfiée par la violence féroce dont elle avait fait preuve et consciente que son acte l'avait entraînée au bord de la folie. Tout à coup vidée de son énergie, elle luttait pour combattre la vague d'émotions qui l'envahissait. Elle devait maintenant se montrer capable d'envisager la situation avec détachement, de rester solide et déterminée, pour le bien de Catriona. Car il fallait maintenant dissimuler le corps.

L'adolescente finit par se calmer tout à fait. Alors que sa respiration devenait plus profonde et régulière, elle sombra dans le sommeil. Viola dégagea son bras du dos de sa fille et se leva. Sa tâche nocturne était loin d'être terminée.

Elle passa un pull-over épais par-dessus sa chemise de nuit ensanglantée et enfila des chaussures confortables. Après avoir jeté un coup d'œil vers le lit, elle pria pour que Catriona reste endormie jusqu'à ce qu'elle ait terminé et, momentanément rassurée, quitta la pièce sur la pointe des pieds.

Dans la chambre de sa fille, la pénombre qui régnait autour de la faible lueur de la lampe soulignait l'horreur de la scène macabre. Elle ferma les yeux et prit une profonde inspiration. Hâtivement, elle entreprit d'envelopper le cadavre dans les draps sanglants autour desquels elle enroula la couverture. Soulagée de ne plus voir le mort défiguré, elle agrippa ses pieds et le tira vers elle sans pouvoir réprimer un haut-le-cœur quand il heurta le sol avec un bruit sourd. L'espace de quelques secondes, elle prit le temps de se ressaisir. Il fallait qu'elle y arrive, qu'elle termine ce qu'elle avait commencé.

À bout de souffle, elle sortit le corps de la pièce. Il lui faudrait le reste de la nuit pour le descendre et le traîner dans le jardin. En aurait-elle la force ? Aurait-elle ensuite l'énergie de creuser une tombe ? Elle n'en savait rien, mais ne pouvait que s'acharner.

— Laisse-moi t'aider, Mam.

Catriona se dressait près d'elle, vêtue d'une jupe et d'un cardigan épais. Son visage couleur de cendre affichait une froide détermination.

Viola poussa un cri de détresse.

— Retourne te coucher, ordonna-t-elle. Tu n'as rien à faire ici.

En secouant la tête, l'adolescente agrippa deux coins de la couverture qu'elle noua en guise de poignée.

— Prends ses pieds, suggéra-t-elle doucement. Ce sera plus facile à deux.

Viola la regarda. Le supplice que sa fille avait enduré semblait l'avoir dotée d'une force de caractère et d'une maturité nouvelles. Elle hocha la tête et saisit l'autre extrémité de la couverture. Lentement, elles descendirent l'escalier, une marche après l'autre, jusqu'au hall, puis jusqu'à la porte d'entrée. Là, elles s'arrêtèrent un moment, respirant bruyamment dans le silence.

— Il faut l'enterrer dans l'atelier de Dimitri, déclara Catriona. Personne n'y va jamais.

Au fur et à mesure de leur avancée, leur fardeau devint de plus en plus pesant en raison de la pluie qui tombait à verse. Sur la pelouse gorgée d'eau, la boue collait à leurs semelles et rendait leur progression particulièrement ardue. Glissant et trébuchant, elles atteignirent le fond du jardin où la silhouette sombre du bâtiment s'éleva soudain devant elles. Le ciel s'éclaircissait lentement, mais l'aube restait masquée par les nuages noirs qui flottaient lourdement au-dessus de leur tête.

Catriona trouva la clé sous la pierre et ouvrit la porte. Lorsqu'elles eurent traîné le corps à l'intérieur, elle alluma la lampe.

— Il faut que j'aille chercher une pelle dans la remise du jardinier, dit-elle.

— Ne me laisse pas ! s'écria Viola, paniquée.

— Il le faut, Mam. En attendant, déplace le bureau et dégage un espace dans ce coin. J'en ai pour deux minutes.

Dès qu'elle fut revenue, des pelles à la main, toutes deux entreprirent de creuser la terre compacte, tassée pendant des années par les pas de Dimitri et le poids de son matériel. Elles travaillèrent en silence, poussant de temps en temps un cri harassé. Enfin, elles purent contempler le prix de leurs efforts et posèrent leur outil au bord d'un trou profond.

Après avoir échangé un regard, elles firent ensemble rouler le corps dans le trou, puis l'adolescente se dirigea vers les étagères, où elle sélectionna un gros flacon étiqueté « eau régale » qu'elle ouvrit et dont elle versa le contenu sur le cadavre enveloppé. Un sifflement se fit entendre, accompagné d'une odeur de chair brûlée. Calmement, elle reboucha la bouteille et la rangea à sa place.

Une fois le corps recouvert de terre, elles piétinèrent et aplatirent celle-ci avec le dos des pelles, jusqu'à ce que le sol soit redevenu parfaitement plat, constatant, une fois que le bureau eut retrouvé sa place, qu'il ne restait aucune trace de ce qui venait de s'y dérouler. Lorsqu'elles eurent refermé la porte derrière elles, Catriona la verrouilla de nouveau et remit la clé dans sa cachette. Elles rangèrent les pelles dans la remise et, bras dessus bras dessous, retournèrent à la maison.

Les jours suivants, tandis que la pluie continuait de tomber sans relâche, Catriona se rendit compte que Kane n'avait pas eu complètement tort au sujet de Viola. Sa mère était une âme torturée, que les événements de l'horrible nuit avaient amenée au bord de la déraison. La rage furieuse qui l'avait animée quand elle frappait Kane à mort avait effrayé l'adolescente. Maintenant, en attendant dans la maison vide que la pluie se tarisse, la fillette constatait que cette instabilité se traduisait par une énergie maniaque. On aurait dit que, en travaillant dans un silence fiévreux, Viola pensait réussir à oblitérer ce qui s'était passé. Elle refusait catégoriquement de parler de Kane, ne voulant même pas savoir depuis combien de temps il abusait de sa fille, et passait ses journées à frotter et cirer le sol de la chambre du drame, pour recommencer le jour suivant.

Les émotions de Catriona ne la laissaient pas non plus en repos. Le fait d'avoir vu tuer un homme et d'avoir contribué à l'enterrer suscitait en elle un immense besoin de retrouver, auprès de sa mère, l'intimité qui les avait réunies pendant ces heures terribles; mais Viola semblait veiller à ne pas se laisser aller dans ce qu'elle considérait comme de la faiblesse. Sa seule obsession consistait à effacer tout signe du meurtre, et à préparer leur départ.

La chambre de Kane avait été entièrement vidée. Son argent se trouvait maintenant dans le bagage de Viola avec ses boutons de manchette, sa montre à gousset accompagnée de sa chaîne en or, la pépite d'or qui avait orné sa canne et la bague ornée d'un rubis qu'il n'avait pas sur lui lors de l'attaque. Le reste de ses affaires avait été brûlé dans la grande cheminée du hall, sous le regard sans émotion de Catriona. Kane était mort. Jamais plus il ne lui ferait de mal.

9

Edith avait relu la lettre de Dimitri si souvent que les plis se déchiraient et que le papier menaçait de se désintégrer. Bien que les mots qu'il avait prononcés aient été tracés par Kane, ils lui avaient tenu compagnie au cours de ces interminables jours suivis d'interminables nuits, et, dans le silence de son petit cottage, elle pouvait presque entendre sa voix. Malgré la toux qui ne lui laissait pas de répit, elle n'avait manqué de rien pendant le déluge : son garde-manger était bien rempli et le jardinier, en la raccompagnant dans sa camionnette, s'était assuré qu'elle avait suffisamment de petit-bois pour allumer le feu. Maintenant, elle était impatiente de retourner à l'hôtel pour remplir la tâche que Dimitri lui avait confiée. Elle ne pouvait supporter l'idée que Kane et cette femme y vivent, voire y apportent quelques changements.

Lorsque la pluie cessa progressivement de tomber, les équipes techniques entreprirent des travaux colossaux : il fallait dégager les routes des arbres tombés, réparer les poteaux télégraphiques et redresser les terrains affaissés. Dès que la circulation fut de nouveau possible, Edith prit sa bicyclette dans sa remise à bois et se dirigea vers le Saint-Pétersbourg. En raison des innombrables cailloux qui s'étaient déversés des collines sur les voies boueuses, elle dut effectuer la plus grande partie du chemin à pied afin d'éviter une crevaison. À bout de souffle, épuisée par le trajet et sa toux persistante, elle arriva enfin devant le grand portail de fer.

En remontant l'allée à vélo, elle remarqua que les mauvaises herbes avaient poussé là où le gravier avait été emporté par les averses. Sur le côté, quelques buissons avaient été écrasés par la chute d'un palmier, et la pelouse qui s'étendait devant l'édifice était parsemée de branches et de brindilles brisées. Les lions de pierre qui encadraient fièrement l'imposante porte d'entrée étaient déjà recouverts de lichen et les parterres de fleurs avaient été dévastés par la violence de la pluie. Elle poussa une exclamation de désespoir. Ici, l'œuvre des hommes ne résistait pas longtemps aux éléments. La nature reprenait déjà ses droits sur le rêve de Dimitri.

Comme elle l'avait toujours fait, elle posa sa bicyclette près de la porte de l'office et entra. La cuisine sentait l'humidité et le fourneau était éteint. Des assiettes, des verres et des couverts sales traînaient dans l'évier, donnant à la pièce un air d'abandon. Lentement, elle pénétra dans le hall, où elle s'immobilisa un moment, tendant l'oreille. Aucun son ne parvenait jusqu'à elle, hormis les craquements de la maison. Elle embrassa la salle du regard, et nota instinctivement la présence du tas de cendre froide dans la cheminée, de la poussière sur le comptoir et des fleurs fanées dans les vases.

— Il y a quelqu'un ? appela-t-elle.

Aucune réponse ne se fit entendre. Fronçant les sourcils, elle appela de nouveau, sans succès. Aussitôt, elle entreprit de faire précipitamment le tour des pièces du rez-de-chaussée, et constata que les magnifiques tapis n'avaient pas été nettoyés depuis des semaines, que les rideaux et les tapisseries étaient piqués de traces de moisissure, et qu'une couche épaisse de poussière recouvrait tout le reste. Une colère froide l'envahit. Kane et cette femme s'étaient prélassés pendant le déluge. Il faudrait une armée de serviteurs et des semaines de travail pour remettre l'hôtel en état !

Alors qu'elle continuait d'appeler en montant l'escalier, l'écho de sa voix semblait répéter ses paroles d'un ton moqueur. Après avoir inspecté les chambres, elle monta jusqu'à l'étage supérieur. Toutes les chambres, vides également, devaient l'être depuis un certain temps, à en juger par l'odeur de renfermé qui y régnait. Elle ouvrit les placards et les tiroirs sans trouver une seule trace de la présence de Kane, de la femme ni de la gamine. Sur le palier, elle se mordit nerveusement le pouce, perturbée par leur disparition. Quand elle redescendit à l'étage inférieur, elle comprit rapidement ce qui la troublait.

L'appartement de Dimitri semblait intact mais, en faisant le tour des autres pièces, elle commença à remarquer l'absence de certains objets. Il manquait des chandeliers, trois petites tabatières en or, deux plateaux en argent, un petit tableau et même quelques brosses à cheveux au dos recouvert de métal ciselé.

Ses pas résonnant sur le sol de marbre, elle se dirigea en hâte vers son petit bureau derrière la cuisine. Alors qu'elle ouvrait le coffre mural, elle poussa une exclamation de surprise. Devant ses yeux, enveloppés dans une toile d'emballage, se trouvaient le tableau, les brosses à cheveux et deux des plateaux manquants. Cela n'avait aucun sens. Edith resta assise un long moment avant de prendre une décision. Elle enfila son manteau, reprit sa bicyclette et fonça dans l'allée. Harold Bradley devait être prévenu sans attendre.

Harold Bradley rangea son bureau, puis se planta devant la cheminée, dos au feu crépitant, pour se réchauffer les reins. Il se considérait comme un homme heureux. Son poste dans la police n'impliquait pas beaucoup de travail d'enquête, car le crime était rare au sein de cette communauté de fermiers. Lorsqu'une bagarre occasionnelle éclatait au pub le samedi soir, quelques heures de cellule suffisaient à dégriser le contrevenant qui était alors renvoyé dans ses pénates. Dans le petit cottage de fonction qui lui était attribué, l'attendait une épouse enjouée qui lui avait donné un fils et trois filles. En gros, il avait de la chance. Il se balança sur ses pieds, attentif au grincement de ses bottes qui accompagnait agréablement le craquement des flammes, puis sortit une pipe de sa poche et entreprit de la bourrer.

Un coup sur la porte le fit sursauter.

— Entrez !

Edith Powell, les yeux brillants et les joues rouges, avait l'air agitée. Comme à son habitude, elle était habillée d'un vaste manteau noir qui engloutissait presque sa silhouette maigre. Personne ne connaissait son âge, mais elle devait avoir dépassé la cinquantaine.

— Que puis-je faire pour vous, ma chère? dit-il chaleureusement.

Bien qu'il ne l'aimât pas beaucoup, elle lui faisait pitié. Si certaines femmes naissaient pour être vieilles filles, Edith en était un exemple typique.

— Je viens pour faire état d'un vol, dit-elle en s'asseyant sur la chaise dure devant son bureau. Et je sais qui est le coupable.

Il leva un sourcil interrogateur.

— Ça semble sérieux, grommela-t-il en détaillant le petit visage pincé.

Passant un doigt sur sa moustache luxuriante, il s'assit.

— Racontez-moi tout en détail.

Adossé à sa chaise, les pouces dans les emmanchures de son gilet, il écouta le récit décousu de son interlocutrice. Il y avait probablement eu un vol à l'hôtel, mais les préoccupations d'Edith semblaient plus graves que cela. Elle avait jeté son dévolu sur Dimitri dès qu'elle était arrivée dans la région et, parce qu'il était parti, elle avait besoin de blâmer quelqu'un. Pour Harold Bradley, les femmes frustrées étaient un fléau. Plus vite il se débarrasserait d'elle, mieux ce serait.

Il caressait sa moustache en écoutant son récit, conscient de l'aigreur avec laquelle elle décrivait Kane, son épouse et l'enfant qu'elle détestait visiblement. Sa jalousie envers Viola était presque douloureuse à supporter.

— Que désirez-vous que je fasse, miss Powell? demanda-t-il lorsqu'elle eut terminé.

— Je veux que vous retrouviez Dimitri et que vous arrêtiez ce M. Kane pour vol et fraude, dit-elle.

Il la contempla d'un air songeur.

— M. Yvchenkov se trouve probablement dans le Nord, à l'heure qu'il est. Il est pratiquement impossible de le trouver.

— Et l'argenterie manquante ?

— Vous n'avez aucune preuve que Kane et sa femme l'ont volée. Après tout, vous en avez retrouvé une partie. Le reste a peut-être été rangé ailleurs pendant le déluge.

— J'exige que vous trouviez Kane et l'enfermiez, s'écria-t-elle en serrant les mains sur ses genoux.

Le policier réfléchit. Le réseau de communications n'avait jamais été très bon, mais, en raison des inondations, il était pire encore.

— Je ne peux pas faire grand-chose, à part envoyer un message sur le poste émetteur-récepteur. Je ne suis cependant pas très optimiste quant au résultat. Ils sont sans doute déjà très loin.

— Alors, trouvez Dimitri. Il faut qu'il sache ce qui est arrivé.

— Écoutez, miss Powell, je vais faire ce que je peux, mais je ne veux pas vous donner trop d'espoir. M. Yvchenkov est probablement dans une mine ou en train de parcourir des pistes, coupé de toute communication avec le reste du pays. Vous savez comment il est, il ne tient pas longtemps en place.

— Que vais-je faire ? demanda-t-elle finalement.

— Retournez à l'hôtel et faites-le nettoyer, dit-il doucement en se levant pour mettre fin à l'entretien. Votre patron vous fait confiance à juste titre. Je suis certain que vous êtes capable de gérer son établissement jusqu'à ce qu'il revienne.

Tout à coup secouée par une quinte de toux, elle se couvrit la bouche de son mouchoir.

— Je ne me sens pas bien, déclara-t-elle enfin. Je ne crois pas que je puisse y arriver seule.

— Alors fermez le Saint-Pétersbourg et gardez un œil dessus. Je vais rédiger un rapport sur ce que vous m'avez dit et lancer des recherches pour retrouver Kane et M. Yvchenkov.

Il la regarda s'éloigner sur sa bicyclette. Cette pauvre femme était à peine en état de monter sur ce vieux clou. Haussant les épaules, il se rassit derrière son bureau puis, après avoir médité un long moment, prit un porte-plume, ouvrit son encrier, et entreprit de rédiger un compte-rendu de leur conversation. Cela ne servirait pas à grand-chose, mais sa fonction l'obligeait à tout coucher sur le papier. De plus, si Yvchenkov revenait, il pourrait prouver qu'il avait fait ce que l'on attendait de lui.

Catriona et Viola avaient quitté l'hôtel quelques jours après le meurtre, chacune munie d'un unique sac – c'était tout ce qu'elles pouvaient emporter. Si elles étaient amenées à expliquer la disparition de Kane, elles avaient décidé de dire qu'il était parti précipitamment parce qu'il avait trouvé un travail plus intéressant dans le Sud, et qu'elles s'apprêtaient à le rejoindre.

L'arrêt des pluies leur permit d'effectuer à pied le long trajet tortueux jusqu'à Kuranda, d'où elles commencèrent leur descente jusqu'à Cairns. Outre que le petit train à vapeur n'avait pas encore repris son service, elles voulaient éviter d'être vues afin de ne pas susciter la moindre interrogation. S'étant appliquées à contourner les équipes d'intervention chargées de réparer les voies et de déblayer les routes, elles atteignirent la ville, épuisées.

Viola, déterminée à ne pas perdre son fragile contact avec la réalité, luttait pour mettre un pied devant l'autre. Il fallait qu'elles s'échappent, qu'elles recommencent de zéro. Peut-être, en atteignant Brisbane, pourraient-elles laisser toute cette horreur derrière elles et entamer une nouvelle vie. Au départ, Catriona avait refusé d'emporter l'argent de Kane, affirmant qu'il lui donnerait l'impression d'avoir été payée pour ses services, d'être salie. Néanmoins, sa mère se devait d'être réaliste. Elles avaient besoin de ressources pour voyager, se nourrir et se loger. Taché de sang ou non, cet argent leur permettrait de tenir jusqu'à ce qu'elles trouvent le moyen de subsister.

De Cairns, il leur fallut deux cars et un trajet en train pour arriver à destination. Viola réussit à trouver une petite maison à louer dans la banlieue sud de Brisbane et à convaincre le propriétaire d'une entreprise de transport de l'engager. Ses projets d'avenir semblaient enfin envisageables, mais sa fille lui causait du souci. Toute la journée, elle errait comme une âme en peine dans le cottage, blafarde et sans énergie. Viola réprimait son impatience mais, lorsqu'elle rentrait le soir, elle supportait difficilement de se retrouver face à une adolescente déprimée et au bord des larmes.

— Il faut que je voie un docteur, dit Catriona un matin.

Elles étaient installées à Brisbane depuis deux mois et la douleur qui lui martelait le dos ne s'atténuait pas.

— Le docteur coûte de l'argent. Je vais acheter quelque chose à la pharmacie.

— Je souffre trop, Mam, et il y a du sang dans la cuvette quand je vais aux toilettes.

Viola comprit qu'il fallait agir.

— Si le docteur t'examine, il va comprendre ce qui t'est arrivé, marmonna-t-elle.

— Je m'en fiche, j'ai mal, Mam.

Elles se rendirent dans un cabinet de consultation à l'autre bout de la ville, en fournissant un faux nom et une fausse adresse. Le médecin, homme d'âge moyen, écouta avec attention l'énumération des symptômes de l'adolescente avant de l'examiner.

Les paupières crispées, elle subit ses palpations en silence. Lorsque le docteur eut terminé, il lui demanda de se rhabiller d'un ton rogue.

— Madame Simon, dit-il à Viola avec une expression de mépris non déguisé. Non seulement votre fille a contracté une infection urinaire très déplaisante, mais elle est enceinte d'au moins quatre mois.

Un lourd silence s'établit, uniquement brisé par les sanglots de Catriona. Le choc empêchait Viola de comprendre ce que le médecin continuait à lui dire. Kane avait survécu. Dieu du ciel, ne seraient-elles jamais débarrassées de lui ? L'avenir de Catriona était définitivement compromis. Qu'allait-elle devenir ? Elle n'avait que treize ans !

Pendant le trajet qui les ramenait chez elles, l'adolescente s'efforça d'apaiser le tumulte de ses pensées. Avec appréhension, elle leva les yeux vers Viola, qui ne lui avait pas adressé la parole depuis qu'elles avaient quitté le cabinet du médecin, et sentit que sa mère souhaitait maintenir son silence glacial. Depuis cette horrible nuit et malgré ce qu'elles avaient partagé, leurs liens ne s'étaient pas resserrés. Au lieu de retrouver leur intimité d'antan, elles tournaient l'une autour de l'autre dans leur petite maison, ne réussissant jamais à exprimer le fond de leur pensée, ne cessant de s'irriter mutuellement et craignant, chaque fois qu'elles ouvraient la bouche, de prononcer un mot malheureux qui aurait pu être interprété comme une accusation ou une offense.

Catriona étudia le profil de sa mère, qui regardait droit devant elle. Elle savait que, malgré l'expression impassible de son visage, Viola luttait, elle aussi, contre ses propres démons. Depuis le drame, elle était devenue distante, dure, et obsédée par une seule idée : voir sa fille réussir sur scène. Cette nouvelle catastrophe portait un coup fatal à ses projets.

Quatre mois plus tard, en fin d'après-midi, l'adolescente, vêtue d'une simple combinaison, était étendue sur le lit qu'elle partageait avec sa mère, devant la fenêtre grande ouverte. Son ventre arrondi ne lui permettait pas de voir ses chevilles enflées et douloureuses. Elle soupira. Le ventilateur bourdonnant au plafond ne réussissait qu'à brasser l'air étouffant, vaguement rafraîchi par la brise légère qui acceptait parfois de souffler à travers la moustiquaire.

Tout au long de la journée, le bébé avait donné des coups de pied, comme s'il ne se tenait plus d'impatience. Elle posa doucement les mains sur sa peau tendue, essayant de le calmer. Maintenant que cet enfant faisait partie d'elle, elle avait hâte de le voir naître, pour pouvoir le serrer dans ses bras et l'inonder de son amour. Soudain attendrie, elle se mit à chanter une berceuse.

— Qu'est-ce qui te prend ?

Viola entrait dans la pièce en se dépouillant du costume élégant et du chemisier blanc qu'elle portait pour aller travailler.

— Je chante pour mon bébé, répliqua Catriona d'un ton rêveur.

Viola se débarrassa de ses chaussures, retira ses bas et enfila un peignoir avant de s'allonger sur le lit.

— Ce n'est pas ton bébé, Kitty, dit-elle avec un soupir agacé. Il est inutile que tu t'attaches à lui, car, dès qu'il sera né, nous le donnerons à adopter.

— C'est moi qui vais le mettre au monde, c'est mon bébé ! s'exclama l'adolescente en tentant de s'asseoir. Je ne veux pas qu'on me l'enlève !

Elle descendit du lit et se dressa près de sa mère.

— Je t'empêcherai de l'emmener ! ajouta-t-elle.

— Ne sois pas stupide ! Tu portes le bâtard de Kane, plus vite il sortira de notre vie, mieux ce sera.

Catriona avait déjà eu cette discussion avec sa mère. Lorsqu'elle avait appris qu'elle était enceinte, l'idée de l'enfant à naître, liée aux circonstances de sa conception, lui avait fait horreur. Cependant, au fil des mois, sans y prendre garde, elle s'était tout naturellement mise à l'aimer. Il n'était responsable de rien. La façon dont il avait été conçu n'avait pas d'importance. Il était là et elle était déterminée à le garder.

— C'est un petit bébé. Il m'appartient, je l'aime et j'ai l'intention de m'en occuper.

Viola la fixa un instant et se leva à son tour.

— Tu n'es toi-même qu'une gamine, tu n'as donc pas ton mot à dire. Ce gosse partira à la minute même où il naîtra, un point c'est tout.

Sur ces paroles, elle quitta la pièce en claquant la porte.

Le visage inondé de larmes, Catriona caressa son ventre bombé.

— Ne t'inquiète pas, chuchota-t-elle. C'est moi qui suis ta mère et je ne la laisserai pas te voler.

Deux semaines plus tard, elle perdit les eaux. À l'hôpital, le travail, long et pénible, inquiétait les médecins. Elle était trop jeune et trop menue, il pouvait y avoir des complications. Isolée dans la salle d'accouchement où régnait une étrange odeur et inondée d'une lumière crue, Catriona était terrifiée non seulement par ce qui lui arrivait, mais aussi par la menace qui planait sur son enfant. Mam était toujours déterminée à le faire adopter, alors qu'elle affirmait à qui voulait l'entendre qu'elle voulait le garder.

Finalement, une petite fille vit le jour. Tandis que l'adolescente tendait les mains pour la prendre contre elle, la sage-femme l'enveloppa dans une couverture et jeta à la jeune mère un regard sévère.

— Espérons que cela vous servira de leçon, mademoiselle, dit-elle avec une moue désapprobatrice.

— Je veux mon bébé ! hurla Catriona. Donnez-le-moi !

Alternant supplications et sanglots, elle tenta de se lever, mais les lanières qui retenaient ses pieds l'en empêchèrent. Ses prières ne servirent à rien. Elle ne réussit à apercevoir de l'enfant qu'une touffe de cheveux noirs au moment où elle était emportée hors de la pièce.

Viola fut autorisée à lui rendre visite quelques minutes ce soir-là. Le visage blême, la bouche crispée, elle s'assit sur le lit de sa fille et lui prit la main.

— Tu dois comprendre que je fais cela pour ton bien, déclara-t-elle fermement. Il ne sert à rien de pleurer à t'en rendre malade. Ce qui est fait est fait.

— Mais je l'aime ! Je t'en prie, laisse-moi au moins la serrer dans mes bras !

— Un enfant illégitime est une honte. La société ne vous accepterait ni l'une ni l'autre si tu la gardais. Elle gâcherait ta vie et ta carrière. Même si tu ne l'as pas souhaitée, tu serais victime du même opprobre.

— Où est-elle ?

La voix de la jeune accouchée n'était plus qu'un chuchotement.

— En sécurité.

— J'obligerai les docteurs et les infirmières à me dire où elle est. Ils ne peuvent pas la cacher.

— Elle a déjà quitté l'hôpital. C'est fini, Catriona.

— Comment peux-tu être aussi cruelle ! articula l'adolescente en fixant sur sa mère des yeux remplis de larmes.

Viola caressait nerveusement son sac à main et ses gants. Après un long moment de silence, elle parut prendre une décision.

— Il y a beaucoup de choses dont je ne suis pas fière, dit-elle. J'aurais dû savoir ce que faisait Kane et j'aurais dû me montrer une meilleure mère, pour que tu puisses te confier à moi. Je ne peux pas me pardonner tout cela, jamais je ne le pourrai.

Elle prit une profonde inspiration et poursuivit :

— Mais garder ce bébé, jamais ! Ce serait un rappel constant de ce que nous avons vécu, et je ne le supporterais pas. Tu as treize ans et toute la vie devant toi. Laisse-la partir, Catriona.

Deux semaines plus tard, elles étaient sur la route de nouveau. Viola avait pris la décision de s'installer à Sydney.

L'adolescente, assise près de sa mère dans le train, regardait par la vitre. Comment pourrait-elle continuer à vivre en gardant constamment à l'esprit cette touffe de cheveux noirs dépassant de la couverture ? Comment pourrait-elle ne pas se demander chaque jour si sa petite fille était en sécurité et heureuse ? Elle n'avait pourtant pas le choix. Viola semblait déterminée. Catriona devait se résoudre à lui obéir et attendre d'être assez âgée pour commencer à rechercher son enfant.

Doris Fairfax, veuve d'un capitaine de marine, possédait une pension de famille dans un quartier excentré de Sydney. Ayant perdu son mari avant la Grande Dépression, elle s'était imposée, bien que les temps fussent durs, de maintenir ses exigences en matière de propreté et de respectabilité. Elle choisissait donc ses pensionnaires avec soin et, maintenant que la prospérité semblait de nouveau poindre à l'horizon, entrevoyait la possibilité de prendre sa retraite d'ici à quelques années.

Cette petite femme grassouillette d'âge mûr témoignait d'un penchant pour les robes à fleurs, les grosses boucles d'oreilles et les bracelets. Elle était constamment accompagnée d'un petit pékinois rondouillard et hargneux baptisé Tchang, toujours prêt à mordre la main ou le mollet suffisamment audacieux pour s'approcher de lui.

Doris vivait au rez-de-chaussée de sa maison d'où elle pouvait surveiller sa porte d'entrée et celle de ses voisins. Elle avait établi des règles strictes à propos des visites féminines de ses pensionnaires masculins, dont elle contrôlait les allées et venues depuis son salon encombré de meubles et de fanfreluches. Enchantée de l'arrivée de Catriona et de sa mère, elle se montrait ravie d'accompagner l'adolescente au piano lorsqu'elle travaillait sa voix et répétait des airs extrêmement difficiles à chanter. Néanmoins, elle ne pouvait s'empêcher de ressentir une certaine inquiétude devant le calme étrange de cette enfant, et l'absence évidente de démonstrations de tendresse entre la mère et la fille. Doris avait suffisamment d'expérience pour deviner que leur arrivée était liée à un secret, mais, en dépit de sa curiosité, elle avait décidé de ne pas chercher à percer ce mystère. Elles étaient toutes deux propres, respectables et courageuses, si l'on en croyait les longues heures de travail qu'elles consacraient à l'hôtel qui les employait. Pourquoi Doris aurait-elle secoué le bateau au risque de le faire couler, alors que ses deux pensionnaires, depuis un an, ne lui causaient pas le moindre problème ?

Catriona s'appuya sur le rebord de la fenêtre et contempla les toits de la ville. Par cet après-midi d'hiver, clair et froid, elle apercevait à peine la lueur bleue du port. Pourtant, elle avait l'impression de distinguer au loin les nuances ocre de l'outback et de sentir les effluves de pins et d'eucalyptus, mêlés à l'arôme poussiéreux des pistes de terre. Elle qui avait tant aspiré, enfant, à la stabilité, regrettait aujourd'hui la liberté de la vie de nomade, le son de la roulotte cahotant sur le sol accidenté, et le bruit des sabots du cheval qui les entraînait au cœur de la nature sauvage.

— Dépêche-toi, Kitty ! dit Viola qui s'affairait dans la chambre, rassemblant leurs manteaux et leurs chapeaux. Nous ne sommes pas en avance et ce n'est pas tout près.

L'adolescente se retourna et observa sa mère qui s'agitait dans la petite pièce que toutes deux partageaient. Viola semblait délibérément avoir choisi de vivre dans le mutisme, comme si elle craignait, en prononçant quelques mots, de ne plus pouvoir s'arrêter. En revanche, elle était toujours en mouvement, courant ici et là, engagée dans une sorte de fuite en avant, sans doute destinée à défier l'écoulement du temps. Bien qu'elle ait conservé sa grâce naturelle, une tension permanente se lisait sur ses traits figés et son corps trop maigre.

— Nous ne sommes pas pressées, Mam, argua Catriona doucement. Nous ne prenons pas notre service avant six heures.

— Je veux être là-bas plus tôt ce soir, répliqua Viola en appliquant une touche de rouge à lèvres sur sa bouche pâle.

L'adolescente enfila ses chaussures à talons plats et son manteau, puis saisit son chapeau dont l'aspect éculé n'était que partiellement dissimulé par les fleurs de coton qu'elle avait cousues sur le bandeau. Le peu d'argent qu'elles gagnaient ne leur permettait de s'offrir que le strict nécessaire.

— Nous ne serons pas payées plus, alors pourquoi ce zèle ? demanda-t-elle en prenant son écharpe et ses gants.

— Je dois parler de quelque chose au propriétaire, dit Viola mystérieusement. Et le meilleur moment pour cela, c'est avant le coup de feu du soir.

Elle tira nerveusement sur le couvre-lit pour en ôter des plis imaginaires et aligna les objets posés sur la coiffeuse.

— Qu'y a-t-il de si important qui ne puisse pas attendre ?

— Je te le dirai plus tard.

Son sac à la main, Catriona jeta un dernier coup d'œil à la pièce, vérifiant que le chauffage à gaz était éteint et les fenêtres fermées.

La petite chambre mansardée où elles vivaient depuis presque un an, séparée du grenier par une cloison, contenait leurs deux lits, une grande penderie, une commode et une coiffeuse qui occupaient quasiment toute la surface du sol. Cet espace encombré, ne pouvant être qualifié de foyer, leur offrait néanmoins un abri confortable. N'était-ce pas l'essentiel ? Elle claqua la porte et descendit précipitamment l'escalier pour rejoindre Viola.

Doris, comme à son habitude, était assise sur son fauteuil près de la fenêtre. L'adolescente lui fit en passant un signe de la main. Elle aimait bien leur logeuse et elle avait passé des heures à l'écouter lui raconter les histoires de sa jeunesse et les aventures de son navigateur de mari. Ces moments d'intimité chaleureux représentaient une détente bienvenue après les heures silencieuses passées en compagnie de sa mère.

L'hôtel Hyde, qui se dressait dans Macquarie Street, avait été autrefois un manoir privé doté d'élégantes vérandas et de jardins italiens parfaitement entretenus. Après la Grande Dépression, qui avait causé le suicide de son propriétaire, le bâtiment, en partie détérioré, avait été vendu aux enchères pour une bouchée de pain. Robert Thomas, son acheteur, avait su saisir sa chance. Décidé à faire de ce magnifique édifice le plus grand hôtel de Sydney, il voyait son rêve se réaliser. L'établissement et son restaurant ne désemplissaient pas, tout comme le bar à cocktails récemment refait à neuf qui était en passe de devenir un lieu de rencontre privilégié pour l'élite de la ville.

Catriona suivit sa mère jusqu'à l'entrée de service. Elle retira son chapeau, son écharpe et ses gants, accrocha son manteau, et tendit la main vers son uniforme de serveuse – robe noire, coiffe et tablier blancs.

Sa mère arrêta son geste.

— Ne te change pas encore, viens avec moi.

L'adolescente fronça les sourcils devant l'excitation subite de sa mère.

— Que se passe-t-il, Mam ? demanda-t-elle en se laissant entraîner vers les toilettes du personnel, où Viola la dirigea vers le miroir brillamment éclairé.

Pour toute réponse, Viola sortit sa plus belle robe du sac volumineux qu'elle portait.

— Enfile-la, ordonna-t-elle. Je m'occuperai de ta coiffure et de ton maquillage.

Catriona, bouche bée, la regarda.

— Je ne ferai rien tant que tu ne m'auras pas expliqué ce que tout cela signifie, déclara-t-elle d'un ton têtu.

— Tu fais ce que je te dis et tu te dépêches, s'écria Viola en attrapant le pull-over de sa fille qu'elle fit passer par-dessus sa tête, avant de l'aider à se déboutonner. M. Thomas attend et tu dois faire une excellente impression.

— J'ai déjà un travail de serveuse.

L'adolescente leva néanmoins les bras et sentit la mousseline de soie glisser sur son corps avec un doux bruissement.

— Tu n'es pas faite pour être serveuse, dit Viola en sortant sa brosse à cheveux. Tu as une voix, une voix qui doit être entendue, et M. Thomas est un homme influent. Il a des relations et t'aidera si cette audition se passe bien.

Dans un silence horrifié, Catriona observa sa mère qui brossait ses cheveux et les coiffait en un élégant chignon. Elle lisait la détermination dans ses yeux, dans le pli de sa bouche et dans ses gestes concentrés sur l'application de la poudre, du mascara et du rouge à lèvres. Il était inutile de discuter quand Viola était dans cet état.

— Voilà, dit cette dernière avec satisfaction. Regarde-toi dans la glace et dis-moi ce que tu vois.

Catriona se tourna. De l'autre côté du miroir, une étrangère la fixait.

— Je vois une femme, dit-elle d'une voix stupéfaite.

— Précisément, murmura Viola en fixant un rang de perles autour de son cou et les boucles d'oreilles assorties. Une magnifique jeune femme.

Elle saisit les bras de sa fille de ses mains froides et l'obligea à se tourner vers elle :

— M. Thomas est ce soir en compagnie d'un homme très important, Catriona. Donne-lui simplement la mesure de ton talent, et le monde sera à tes pieds.

L'adolescente la contemplait avec horreur. Elle avait le sentiment d'être mise en valeur pour être vendue au prix le plus haut.

— Ne me regarde pas comme ça ! aboya Viola. Je n'ai pas passé mon temps à te faire travailler pour rien.

Elle ajusta une bretelle sur l'épaule gracieuse de sa fille et hocha la tête.

— Viens, il ne faut pas les faire attendre.

La gorge sèche et en proie à une irrépressible nervosité, Catriona suivit sa mère jusqu'au bar à cocktails. Bien qu'elle ait travaillé chaque jour sa voix, elle n'était pas montée sur scène depuis des années et se sentait incapable de chanter la moindre note.

Situé au sous-sol, le bar occupait toute la surface de l'hôtel. Décoré de noir et blanc, il était singulièrement mis en valeur par le rouge écarlate des canapés et des fauteuils. Un vaste lustre très moderne se reflétait dans une multitude de miroirs et faisait de ce cadre magnifique une salle de spectacle telle que l'adolescente n'en avait jamais vue.

Devant des tables aux chaises chromées, alignées le long de la piste de danse, s'élevait une scène ornée de rideaux de velours noir constellés de petits cristaux scintillants, sur laquelle se dressait un piano.

Catriona se figea sur le seuil en apercevant l'homme assis au piano et les deux autres occupants de la salle, qui s'étaient levés pour les accueillir. Il lui était impossible de subir cette épreuve. Elle était trop jeune, trop inexpérimentée et beaucoup trop effrayée. Son seul désir était de partir en courant pour se perdre dans le labyrinthe de couloirs de l'établissement. Malheureusement, il était trop tard. Sa mère serrait la main de M. Thomas, qui lui présenta son ami. Sa voix lui parvenait comme au travers d'un épais brouillard qui transformait ses paroles en un monologue indistinct.

Tout à coup, elle se rendit compte que l'inconnu l'observait avec attention. Dès qu'elle leva les yeux vers lui, son trac commença à s'atténuer. Il la contemplait de son regard bienveillant, un sourire encourageant aux lèvres.

— Peter Keary, dit-il en lui serrant la main. Ravi de faire votre connaissance.

Il était séduisant mais vieux, au moins trente ans. Que pouvait-il attendre d'elle ?

— Quel âge avez-vous ? s'enquit-il, comme s'il avait lu dans ses pensées.

— Dix-huit ans, intervint Viola. Viens, Catriona, nous avons suffisamment fait attendre ces messieurs.

Avant que l'adolescence ait pu protester, sa mère la conduisit vivement à travers la salle jusqu'à la scène et, sortant une partition, la tendit au pianiste avec des instructions détaillées. Mam avait visiblement prévu cette audition depuis longtemps, car elle lui avait fait répéter depuis des semaines cet air de *La Bohème*. Jetant un coup d'œil par-dessus son épaule, elle vit que M. Thomas et M. Keary, assis sur une banquette à l'autre bout de la salle, échangeaient paisiblement quelques mots en fumant un cigare.

— Je ne peux pas chanter de l'opéra ici, chuchota-t-elle fébrilement.

— Non seulement tu le peux, mais tu vas le faire.

— Je n'ai que quinze ans ! Je ne suis même pas autorisée à pénétrer dans ce genre d'endroit !

— Qui te parle de chanter dans un bar à cocktails ? dit Viola en serrant le bras de sa fille. Ceci est une audition pour M. Keary. Il dirige l'agence artistique la plus importante de la ville, expliqua-t-elle, les joues rouges d'excitation. Maintenant, monte sur cette scène et montre-lui qui tu es.

Une poussée dans le dos la propulsa au centre de l'estrade. Sous les lumières brillantes, elle se sentait paralysée par le trac. Pourtant, dès que les premières mesures de l'air magnifique s'élevèrent, sa terreur disparut comme par enchantement. Elle ferma les yeux, se concentra sur la musique, et commença à chanter, se laissant bien vite transporter dans l'univers de Mimi et de son amant, le poète Rodolfo.

Alors que les notes finales s'évanouissaient dans le silence, Catriona fit quelques pas en arrière et baissa la tête. La tragique émotion suscitée par cet amour condamné résonnait encore en elle. Revenant lentement à la réalité, elle se demanda si elle avait bien chanté.

Dans le silence qui s'épaississait, elle releva les yeux. Avait-elle pu être mauvaise au point d'embarrasser ses auditeurs ? Prête à s'enfuir, elle vit tout à coup Peter Keary se lever lentement. Avec un étonnement mêlé d'incrédulité, elle distingua des larmes sur ses joues tandis qu'il traversait la piste de danse et lui prenait les mains.

— Magnifique, s'écria-t-il. Il est incroyable de trouver une telle sensibilité et une telle profondeur chez quelqu'un d'aussi jeune.

Il s'éloigna pour la contempler.

— Vous êtes une Mimi parfaite. Petite et frêle ; Puccini a écrit cet opéra pour vous.

— Alors, vous acceptez de la représenter ? s'écria Viola qui jaillit à ses côtés, prête à parler affaires.

— Quand elle aura dix-huit ans, murmura-t-il, une lueur d'humour dans les yeux tout en s'essuyant les joues à l'aide d'un mouchoir immaculé.

Voyant Viola sur le point de protester, il leva la main pour la réduire au silence.

— Cette jeune personne possède une certaine maturité, mais elle a encore un long chemin à parcourir avant que sa voix ne s'épanouisse pleinement.

En l'écoutant parler, l'adolescente perçut dans son discours une légère pointe d'accent irlandais qui lui parut de bon augure. Elle lui sourit, heureuse qu'il comprenne ce que l'opéra représentait pour elle, qu'il ait su lire, au-delà de l'adolescente qu'elle était, la force de sa passion pour la musique.

— Que va-t-il se passer maintenant ? s'enquit-elle timidement.

— Tu retournes à l'école, Catriona. Une école spéciale où tu vas apprendre tout ce qui concerne le chant.

— Nous n'avons pas les moyens de nous offrir une école spéciale, déclara Viola. Il faut que ma fille travaille.

— Je paierai, dit-il avec une fermeté qui décourageait toute objection.

— Et que voulez-vous exactement en échange ?

Viola se dressait devant lui, les mains sur sa taille étroite, une expression glaciale sur le visage.

— Rien du tout jusqu'à ce qu'elle ait obtenu ses diplômes. Ensuite, je la représenterai.

Il sourit et prit la main de l'adolescente, sur laquelle il s'inclina profondément.

— Je ferai de toi une femme célèbre, Catriona Summers, et, un jour, nous conquerrons le monde.

En [illegible] parler, [illegible] que [illegible] dans con[illegible]
[illegible]
[illegible]
[illegible]
[illegible]
force des [illegible] physique.

— [illegible]

— [illegible] école spé-
ciale [illegible]
enfant.

— Nous avons [illegible] les moyens de [illegible] dans une
école [illegible]
[illegible] avec une fermeté [illegible] découra-
geait [illegible]

— [illegible]
Voilà [illegible] mais [illegible]
[illegible] expression [illegible] le visage.

— [illegible]
[illegible] essentiel.
[illegible] adultes [illegible]
[illegible]

— [illegible]
[illegible] monde.

10

Catriona arriva au Conservatoire dans un état de tension et d'excitation extrême. Si l'audition se passait bien, elle allait enfin fréquenter une vraie école, elle aurait enfin des compagnons du même âge. Pourtant, elle éprouvait une certaine crainte. Que se passerait-il si Peter Keary s'était trompé et que sa voix n'était pas aussi bonne qu'il le pensait ? Et si elle n'était pas acceptée par les autres ? Il lui était impossible de ne pas être consciente de sa robe et de son manteau bon marché, de ses chaussures éculées qu'elle avait blanchies avant de venir, ainsi que de ses gants reprisés et de son chapeau fait maison. Il suffirait que les professeurs jettent un simple coup d'œil sur elle pour se rendre compte qu'elle n'était pas faite pour cet endroit.

Peter sembla deviner ses pensées, car il lui prit gentiment le coude et la guida à l'arrière du bâtiment.

— Vous êtes tout à fait charmante, l'assura-t-il. Et, dès que vous aurez passé cette audition, je vous emmènerai faire des courses.

— Vous n'avez pas besoin de m'acheter des vêtements, protesta-t-elle.

— Appelons ça un prêt, répondit-il avec légèreté. Car, une fois qu'ils vous auront entendue chanter, ils feront de vous une immense vedette.

La confiance de Catriona n'osait s'abandonner à de telles perspectives.

— Qui va assister à cette audition? s'enquit-elle alors qu'ils atteignaient la porte.

— John et Aïda, bien sûr, qui sont les professeurs principaux, très respectés dans le monde de l'opéra, le principal du Conservatoire et le conseil d'administration. Il ne faut pas que vous vous sentiez effrayée. Pensez à eux comme à un autre public. Avec votre passé, ce ne devrait pas être difficile.

Le souvenir fugace de Lightning Ridge et de Goondiwindi la fit frissonner. Dès qu'ils pénétrèrent dans le long couloir sombre, la porte claqua derrière eux.

— Écoutez, dit Peter.

Debout dans l'obscurité, Catriona leva la tête. Elle entendait de la musique, une musique magnifique : un concerto pour piano troublé par des voix de sopranos, de contraltos et de barytons qui exécutaient leurs vocalises. Son cœur s'accéléra. Bientôt, si elle avait de la chance, elle ferait partie de cet établissement.

En souriant, Peter la conduisit dans une grande salle vide, à l'exception d'un piano à queue et d'un tabouret brodé.

— Vous avez une heure pour travailler. Je viendrai vous chercher quand il sera temps.

L'adolescente ôta ses gants, son chapeau et son manteau. La pièce, chauffée par de lourds radiateurs posés contre les murs blancs, était parcourue de longues baies élégantes donnant sur un jardin ceint de murs. Au loin, elle pouvait apercevoir les toits des maisons dressées sur les flancs des collines. Elle plia soigneusement ses affaires qu'elle posa sur un appui de fenêtre et se dirigea vers le piano, dont elle fit résonner quelques notes, avant de laisser courir ses doigts sur le bois brillant. Cet instrument, au son très pur, n'avait rien à voir avec celui sur lequel elle avait appris à jouer. Il était encore meilleur que le piano de Dimitri.

Vite, elle repoussa le souvenir qui menaçait de la bouleverser ; Dimitri faisait partie de son ancienne vie. Si elle voulait avoir un avenir, il était temps qu'elle se concentre sur le présent. Stimulée par le souvenir des heures de formation que sa mère lui avait consacrées, elle se mit à jouer. Au début, ses doigts refusèrent de lui obéir, puis elle se sentit de plus en plus à l'aise. Sa voix s'éleva, gagna en puissance et retentit dans tout l'espace de la salle.

Lorsque Peter vint la chercher, elle eut l'impression que sa répétition n'avait duré que quelques minutes.

Tous deux montèrent un étage et entrèrent dans une autre grande pièce. Dotée des mêmes fenêtres, elle abritait dix personnes, alignées le long d'une table immense située à l'une de ses extrémités. À l'autre extrémité, une femme corpulente attendait, devant un piano. Catriona fit une légère révérence devant les juges. Le souffle court, elle croisa les mains derrière son dos. Peter, qui s'était installé sur une chaise, hocha la tête en signe d'encouragement.

— Quel âge avez-vous, mademoiselle ? demanda un homme barbu qui se trouvait au milieu de ses collègues et la regardait par-dessus ses lunettes en demi-lune.

— Quinze ans et demi, monsieur, répondit-elle d'une voix peu assurée.

Il se pencha pour échanger quelques mots avec la femme qui se trouvait près de lui, avant de revenir à elle.

— Et qu'allez-vous nous chanter?

— « Mi chiamano Mimi », de *La Bohème*, de Puccini.

Elle rougit en voyant son public échanger des regards amusés. Bien sûr, tous savaient de quel opéra cet air était extrait! Quelle idiote! Les jambes tremblant de panique, l'esprit en déroute, elle se dirigea vers le piano. Elle avait tout oublié, les paroles, le phrasé, et même les premières mesures de l'accompagnement. Si seulement sa mère était venue avec elle!

Soudain, elle vit le sourire rassurant de la pianiste. La femme commença à jouer, et Catriona prit une profonde inspiration. Aussitôt, tout lui revint à la mémoire et elle fut bientôt à nouveau cette jeune tuberculeuse, transportée hors de sa mansarde du Quartier latin dans les champs et les prairies de banlieue.

Lorsque la dernière note mourut, l'homme s'adressa à elle de nouveau.

— Merci, mademoiselle. Voulez-vous avoir l'amabilité d'attendre à l'extérieur?

Catriona jeta un coup d'œil à Peter. Avait-elle échoué? Allaient-ils la refuser? Elle regarda de nouveau les dix personnes qui semblaient plongées dans une discussion à voix basse, comme s'ils l'avaient déjà oubliée.

Peter la conduisit hors de la pièce et la fit asseoir sur une chaise.

— Ce ne sera pas long, dit-il. Mais les juges ont énormément de points à discuter. Ce Conservatoire est une vaste entreprise, et les bourses destinées aux étudiants qui n'ont pas les moyens de payer leurs études sont limitées. Ils doivent être certains de ne pas se tromper et vous n'êtes pas la seule à avoir été auditionnée aujourd'hui.

Effectivement, Catriona prit conscience de la présence d'autres jeunes gens dans le couloir. Il y avait quelques garçons et trois filles, dont certains tenaient des instruments et d'autres des partitions. Tous pâles et tendus, ils paraissaient aussi terrifiés qu'elle. Elle croisa le regard d'une adolescente, assise presque en face d'elle, jolie blonde aux yeux bleus dont la robe avait dû coûter une fortune, et lui sourit. Celle-ci la fixa d'un air glacial et, après un bref examen de ses vêtements usagés, détourna la tête. Toutefois, le garçon muni d'un violon qui se trouvait près d'elle lui adressa un clin d'œil, ce qui dissipa en partie son malaise.

— Sont-ils tous là pour solliciter une bourse? chuchota-t-elle à Peter.

Il secoua la tête.

— C'est le début de l'année scolaire, expliqua-t-il. Le jury sélectionne des lauréats venus d'autres académies ou établissements.

Tandis que les élèves étaient appelés un par un dans la salle, Catriona trouvait l'attente interminable. Quand ils ressortaient dans le couloir, elle pouvait lire sur leur visage s'ils avaient réussi ou non. Lorsque la blonde jaillit de la pièce, une lueur de triomphe dans les yeux, elle ramassa son manteau élégant qu'elle glissa autour de ses épaules, s'éloigna en tortillant des hanches et descendit précipitamment les escaliers.

Soudain, Catriona entendit son nom.

— Souhaitez-moi bonne chance, chuchota-t-elle à Peter.

— Vous n'en avez pas besoin, mais je vous la souhaite néanmoins.

Alors qu'elle pénétrait dans la salle et se dirigeait vers la grande table, l'homme à lunettes fouilla dans les papiers qu'il avait devant lui.

— Vous êtes très jeune, commença-t-il, votre voix n'est pas maîtrisée et manque d'assurance. Toutefois, vous témoignez de possibilités merveilleuses qui ont fait grande impression sur notre jury. Votre interprétation, imaginative, a remué notre âme et la sonorité brute de votre voix nous a enthousiasmés. Vous êtes une vraie soprano, Catriona, avec une perception authentiquement artistique de ce qu'exprime la musique.

Le corps tendu, l'adolescente n'osait pas bouger.

— Pour toutes ces raisons, nous avons décidé de vous accorder une bourse complète pour trois ans. L'année scolaire commence dans deux semaines.

Catriona poussa un soupir vibrant.

— Merci, murmura-t-elle.

— Nous attendons beaucoup de vous. J'espère que vous ne nous décevrez pas.

— Jamais ! s'écria-t-elle. Merci, merci !

Elle s'élança hors de la pièce et se jeta contre Peter Keary qu'elle enlaça avec fougue.

— Je l'ai, j'ai la bourse ! s'écria-t-elle entre le rire et les larmes.

— Je vous l'avais dit, répliqua-t-il en la serrant contre lui. Venez, nous avons des courses à faire. Ensuite, je vous offrirai un goûter somptueux.

La grande blonde, nommée Emily Harris, fille d'un riche exportateur de viande de bœuf, possédait une superbe voix de contralto. Catriona, qui la trouvait terriblement sophistiquée, enviait ses vêtements magnifiques. Toutefois, cette élève se révéla rapidement une vraie peste et causa beaucoup de souffrance à la jeune soprano pendant leurs premiers mois au Conservatoire.

Tous les matins, Catriona effectuait à pied le trajet depuis la pension, tandis qu'Emily arrivait dans une superbe voiture conduite par sa mère. Au début, l'adolescente avait essayé de se lier avec elle, mais, ayant essuyé une rebuffade, elle n'avait pas insisté.

Un soir, alors qu'elle sortait de la salle de musique, elle vit Emily et deux autres filles qui s'esclaffaient, la main devant la bouche. Visiblement, elles étaient en train de parler d'elle, car, dès qu'elles l'aperçurent, elles se turent en lui jetant un regard curieux.

— Bonjour, s'écria-t-elle. Ça va ?

— On dirait que le niveau de cet établissement baisse à vue d'œil, voilà qu'on y accueille les bohémiennes, s'exclama Emily.

Elle se tourna vers ses compagnes et ajouta, avec un chuchotement de scène :

— Sa mère est serveuse, incroyable, non ?

Catriona s'empourpra. Ce n'était pas la première fois que la jeune fille lui faisait ce genre de remarques vouées, tôt ou tard, à parvenir aux oreilles des professeurs. Tout à coup, elle décida qu'elle ne supporterait pas ces humiliations plus longtemps.

— J'ai entendu dire que tu as toujours quelques difficultés à soutenir ta voix lors du passage de la voix de poitrine à la voix de tête, déclara-t-elle. Tu ferais bien de faire attention. Il ne reste que deux semaines avant la fin du trimestre. Tu risques de te retrouver sur le carreau.

— Sale petite souillon, de quoi te mêles-tu ?

En les regardant s'éloigner bras dessus bras dessous, Catriona nota que sa remarque avait fait mouche. Emily était consciente de son défaut, et la lueur de ses yeux bleus révélait qu'elle aurait souhaité y remédier.

Elle ralentit le pas, songeant qu'elle n'aspirait plus à leur compagnie. Il y avait au Conservatoire nombre d'élèves sympathiques et chaleureux. Bien que son expérience de la vie dépasse amplement ce que ses camarades pouvaient imaginer, elle commençait à nouer avec eux des liens très agréables.

Les jours se succédaient, remplis de leçons de musique, de travail vocal et d'enseignement général. Les élèves méditaient sur des ouvrages illustrés de photographies de grands chanteurs – Ludwig et Malwina Schnorr von Carolsfeld, Rosa Ponselle et, bien sûr, Dame Nellie Melba –, ou débattaient sur les décors, les costumes et les interprétations diverses des grands opéras. Catriona, que son expérience de la scène, du chant et de la danse favorisait, exploitait cet avantage en se lançant de tout son cœur dans les leçons. Même sa pratique du piano progressait à une vitesse stupéfiante.

Au terme de sa première année de formation, elle avait étudié la plupart des airs des premiers opéras italiens, ainsi que des chants de Purcell, de Haendel et des extraits des *Cantates chorales*. Ses professeurs s'appliquaient maintenant à lui constituer un répertoire, car elle allait bientôt prendre part aux soirées organisées une fois par semestre.

Elle appréciait les relations de chaude camaraderie qui l'unissaient aux autres étudiants et adorait se joindre à eux quand ils se retrouvaient dans le foyer après les cours pour se détendre, jouer des airs populaires sur leurs instruments et chanter ensemble, avec une telle harmonie qu'elle rentrait chaque soir dans la petite chambre étroite avec un sentiment de plénitude.

Viola, qui travaillait toujours à l'hôtel, n'avait pas changé de comportement malgré la réussite de Catriona. Silencieuse et austère, toujours en mouvement, elle exigeait néanmoins de sa fille qu'elle lui raconte par le menu toutes ses journées, comme si, renonçant à sa propre existence, elle avait choisi de vivre par procuration.

Le Conservatoire organisait des représentations ouvertes au public qui constituaient une vitrine pour ses meilleurs éléments. Ces spectacles suscitaient parmi les élèves une grande rivalité. Catriona, qui était la plus jeune chanteuse de sa promotion, devait se contenter de rôles mineurs et de duos occasionnels. À la fin de la deuxième année, toutefois, sa voix ayant gagné en ampleur et en maturité, elle se vit enfin confier son premier solo.

C'était un extrait de l'acte I de *Didon et Énée*, de Purcell. Cet air, magnifique expression de la tristesse d'une reine, devait être interprété avec la dignité et la retenue dignes de la souveraine de Carthage. Mais celui-ci devait toutefois également suggérer la tragédie à venir, illustrée par ses derniers mots : « La paix et moi sommes devenus étrangers. »

Tandis que son ami Bobby terminait son solo de violon, l'adolescente patientait en coulisse. La musique jaillissait jusqu'aux poutres de la grande scène et, franchissant les rideaux, rebondissait dans son cœur. Le jeune homme était un musicien remarquable qu'elle avait apprécié dès la minute où il lui avait adressé un clin d'œil, après son audition.

Il sortit de scène, rouge de plaisir.

— Bonne chance, chuchota-t-il. Au fait, tu es superbe.

Elle lui sourit. Par-dessus la robe de lamé or, qui collait à sa silhouette comme une seconde peau, une cape de tulle scintillait de mille sequins, mettant en valeur son cou orné de faux bijoux. Ses cheveux avaient poussé jusqu'à la taille et ils avaient été ramassés en un chignon haut constellé d'épingles rutilantes. Elle se sentait à son avantage. Quelques mots d'introduction ayant annoncé son entrée en scène, elle avança d'un pas assuré devant le public. Son moment de gloire était venu.

Dès que la musique s'éleva, sa voix cristalline jaillit dans l'auditorium, exprimant le dilemme de la pauvre reine. L'assistance réagit à sa prestation par un silence stupéfait.

Alors qu'elle saluait, une tempête d'applaudissements éclata. Les spectateurs se levaient, poussant des exclamations admiratives et la suppliant de chanter à nouveau. Elle hésita un instant, bien qu'il ait été entendu au départ qu'aucun des artistes ne devait bisser son numéro.

Le directeur du Conservatoire, coupant court à son hésitation, vint la rejoindre sur scène, un bouquet à la main.

— Bravo, lui dit-il, la voix couverte par les rugissements de la salle. Quel effet cela fait-il d'être une vedette ?

— C'est merveilleux.

En baissant la tête vers le public, elle vit sa mère, assise au premier rang, à côté de Peter. Les mains serrées sur sa poitrine maigre, elle levait vers sa fille des yeux brillants de larmes et de fierté, dont l'expression valait tous les applaudissements du monde. Catriona sentit des pleurs jaillir de ses paupières. Sans la détermination indéfectible de Viola, sans la foi immense qu'elle avait en elle, jamais elle ne serait arrivée aussi loin.

Au cours de la troisième année de Catriona au Conservatoire, des rumeurs de guerre commencèrent à se répandre. Lorsque le conflit éclata en Europe, quelques semaines avant l'anniversaire de la jeune fille, tous les élèves restèrent accrochés à la radio, suivant de près l'avance des Allemands et discutant du rôle que l'Australie pourrait être amenée à jouer.

La jeune soprano remarqua l'avidité avec laquelle les garçons écoutaient les informations, impatients de se battre et de montrer au monde que l'Australie était une nation fière, remplie d'hommes braves désireux de lutter pour une juste cause. Catriona, en les écoutant, n'osait pas exprimer le dégoût que lui inspiraient de tels propos. Son Pa lui avait longuement parlé de la Grande Guerre et du carnage qui avait eu lieu sur les champs de bataille de France. Comment pouvait-on avoir envie de participer à d'aussi terribles massacres ?

— Ils sont si jeunes, dit-elle un soir à Peter.

Viola et elle s'étaient jointes à lui pour un dîner tardif dans un restaurant chic du sud de Sydney.

— Bobby semble déterminé à laisser tomber la musique pour s'engager, poursuivit-elle. Rien de ce que je lui dis ne semble le convaincre.

— C'est parce qu'il est jeune qu'il réagit ainsi, répondit Peter. Si je n'avais pas les poumons fragiles, je m'engagerais.

Voyant la surprise de ses compagnes, il expliqua :

— J'ai eu une pleurésie étant enfant. Dès que je prends froid, je dois rester au lit pendant plusieurs jours.

— Tant mieux, s'écria Catriona. Je ne pourrais pas supporter de vous perdre aussi.

Il la regarda d'un air songeur.

— Il me semble que ce jeune homme occupe une grande place dans vos pensées. J'espère qu'il n'y a rien de sérieux entre vous car vous êtes à l'orée d'une belle carrière. Vous n'avez pas de temps pour ce genre de badinage.

Elle rougit. Bobby l'avait embrassée le soir de sa première représentation triomphale. Dans la nuit douce, ils étaient restés dehors, admirant la voûte étoilée. Elle n'avait pas été surprise par ce baiser, car il lui tournait autour depuis longtemps, elle avait été émue par sa tendresse hésitante. Toutefois, elle avait repoussé ses mains qui menaçaient de l'écraser contre lui : elle n'était pas prête pour ce genre d'intimité.

— Ma fille ne ferait rien qui risquerait d'entraver sa carrière, affirma Viola en repoussant son assiette à demi pleine. Elle a travaillé trop dur pour cela, et moi aussi.

Catriona perçut une menace voilée dans cette déclaration, destinée à rappeler les sacrifices accomplis pour qu'elle accède à ce niveau prometteur. Soudain la chaleur du restaurant sembla se refermer sur elle, étouffant le plaisir qu'elle retirait de cette agréable soirée. Le souvenir de son enfant ne la quittait jamais. Une fois indépendante, elle pourrait commencer ses recherches.

La jeune soprano sortit du Conservatoire avec les plus grands honneurs, et Peter organisa pour elle une tournée de concerts. Tant que la guerre sévissait en Europe, il serait impossible de lancer sa carrière internationale, mais l'agent était déterminé à faire connaître son talent dans toute l'Australie. Cependant, non seulement il n'existait pas de théâtre assez grand pour monter un opéra, mais, à part l'hôtel de ville de Sydney et le Conservatoire, seules les salles de concert et les chapelles pouvaient accueillir des récitals.

Profondément attristée par l'enrôlement de Bobby dans l'armée, Catriona manqua une répétition pour aller lui dire au revoir sur le quai de la gare. Peter, qui l'avait accompagnée en voiture, la retrouva en larmes. Il lui enlaça les épaules alors qu'ils se dirigeaient vers le véhicule.

— Il va revenir, assura-t-il.

— C'est mon ami, s'écria-t-elle entre deux sanglots. Il va terriblement me manquer.

— Ô Ciel ! C'est donc ça.

— Que voulez-vous dire ?

Il sortit son mouchoir et essuya doucement les joues trempées de pleurs.

— Le premier amour est toujours le plus douloureux, déclara-t-il.

Elle le regarda avec stupéfaction.

— Je ne suis pas amoureuse de lui. C'est un ami, un très cher ami. Je n'arrive pas à croire qu'il ait été assez stupide pour croire à toute cette propagande belliciste.

Après voir poussé un lourd soupir, elle lui arracha le mouchoir des mains et se moucha bruyamment.

Il restait immobile, se contentant de la contempler, adossé à son siège.

— Qu'y a-t-il ? demanda-t-elle, vaguement mal à l'aise.

— Je me demandais simplement ce que vous pensiez de moi.

Sous son regard attentif, elle s'empourpra. Elle l'adorait. Il était son mentor, son Pygmalion. Cet homme au visage chaleureux et au léger accent irlandais lui rappelait son Pa, et, bien qu'il ait presque vingt ans de plus qu'elle, elle ne pouvait imaginer la vie sans lui.

— Je crois que vous le savez, chuchota-t-elle.

Il caressa d'un doigt la courbe de sa joue, jusqu'à la fossette de son menton.

— Je vous ai aimée dès le moment où je vous ai vue dans ce ridicule bar à cocktails. Vous étiez déjà magnifique, mais vous êtes maintenant la femme la plus merveilleuse qu'on puisse imaginer.

Elle avait le sentiment de se noyer dans ses yeux.

— Voulez-vous m'épouser, Catriona ?

— Il faut que je demande à Mam, murmura-t-elle.

Il éclata d'un rire sonore qui retentit dans l'habitacle étroit.

— Bien entendu, articula-t-il finalement. J'oubliais à quel point vous êtes jeune. Vous faites parfois preuve d'une vraie maturité et, pourtant, vous n'êtes qu'une petite fille. Êtes-vous sûre que vous voulez épouser un vieil homme comme moi, Catriona ? Je vais bientôt avoir quarante ans et ma santé n'est pas des plus solides. Vous pourriez choisir n'importe quel autre prétendant.

Elle interrompit ses protestations en posant un doigt sur ses lèvres.

— C'est vous que je choisis, murmura-t-elle.

Alors qu'il la serrait contre lui pour l'embrasser, elle répondit à son élan, désireuse de confier à cet homme non seulement sa carrière, mais aussi sa vie et son cœur.

Dès que Viola eut donné son consentement, ils se marièrent à l'église catholique de Macquarie Street. Catriona, vêtue d'une aérienne robe de soie ornée de dentelle, portait un bouquet de roses d'un jaune très pâle. L'emploi du temps des mariés ne leur laissait pas l'occasion de partir en lune de miel, car Peter devait se rendre à Melbourne pour voir un autre client important. Néanmoins, la jeune femme se sentait comblée. Ils avaient le reste de leur vie pour être ensemble et bientôt, très bientôt, elle commencerait à rechercher son enfant.

La pensée du bébé qu'on lui avait arraché représentait la seule ombre à l'horizon. Elle savait qu'elle aurait dû en parler à Peter dès le début, quand il avait demandé sa main. Mais, depuis, aucun moment ne lui avait semblé propice à une telle confession, pas même le soir de leur nuit de noces. Peter n'avait posé aucune question, ne semblant pas même s'être aperçu de la perte de son innocence.

Après six mois de mariage sans nuages, elle prit la décision de lui parler. Pour ce récit, elle devrait rassembler tout son courage, mais elle avait suffisamment confiance en l'amour de son mari pour être convaincue qu'il saurait comprendre la difficulté qu'elle éprouvait à ressusciter ces tristes souvenirs.

L'appartement qu'ils louaient se trouvait au rez-de-chaussée d'un élégant hôtel particulier victorien adossé à Hyde Park, situé à quelques minutes seulement du quartier le plus commerçant de Sydney. Dans les pièces au plafond élevé, le soleil se déversait par les hautes fenêtres en saillie. Catriona, qui avait éprouvé beaucoup de plaisir à choisir les meubles et les rideaux, était immensément heureuse. Sa vie artistique s'épanouissait, son mariage était un succès, et son époux se révélait un amant doux et patient. Dès le début, il avait semblé comprendre son appréhension, bien qu'elle n'ait jamais fait la moindre allusion à ce qu'elle avait vécu.

Ce soir-là, elle rentra précipitamment de ses répétitions pour se changer et préparer un dîner en amoureux. L'agence de Peter s'était développée – il représentait maintenant quelques-uns des plus grands artistes d'Australie –, et sa propre carrière décollait : elle se sentait enfin assez sûre d'elle pour se confier à cœur ouvert à son mari.

Assis l'un près de l'autre dans la pièce éclairée par des bougies, ils se racontaient leur journée en dégustant le repas que Catriona avait préparé avec soin : un poisson accompagné d'une sauce raffinée et des légumes croquants, le tout rehaussé d'un vin blanc frais et sec. Alors qu'elle versait le café, sa bague de fiançailles et son alliance scintillèrent brièvement. Le moment était venu.

— Peter?

— Mmm?

— Peter, j'ai quelque chose à te dire.

S'essuyant la bouche avec une serviette de lin, il la regarda.

— Cela semble extrêmement grave, ma charmante Kitty Keary, dit-il avec une lueur amusée dans les yeux. Dis-moi tout. Tu as encore dépensé de l'argent en babioles pour la maison, acheté une nouvelle robe?

— C'est plus sérieux que cela, mon chéri, et je te demande de m'écouter très attentivement.

Elle avala une gorgée de vin pour se calmer les nerfs, puis, les paupières baissées, commença son récit.

Peter resta silencieux tout au long de sa confession, se contentant de lever de temps en temps jusqu'à ses lèvres son délicat verre de cristal.

Encouragée, Catriona poursuivit son histoire.

— Maintenant que nous sommes mariés, je peux retrouver ma fille et la ramener à la maison. Nous l'élèverons ensemble et formerons une vraie famille.

Elle leva enfin la tête vers lui, et se figea.

Son mari, le visage blême, la bouche crispée, la fixait avec une dureté qui lui donna le sentiment d'être une mouche emprisonnée dans une toile d'araignée.

— Pourquoi ne m'en as-tu pas parlé avant? demanda-t-il d'une voix dangereusement calme.

— Aucun moment ne me paraissait propice, répondit-elle. Je sais que j'aurais dû le faire beaucoup plus tôt, mais avec le travail, les répétitions, nous n'avons pas eu beaucoup de moments à nous.

Sous le regard inflexible de son époux, les mots trébuchaient entre ses lèvres. De plus en plus nerveuse, elle se sentait envahie d'un mauvais pressentiment. Spontanément, elle tendit la main vers lui, dans l'espoir qu'il mesure son angoisse et son besoin d'être soutenue.

Il recula son bras comme s'il risquait une contamination dangereuse, et recula sa chaise.

— Tu m'as menti, Catriona.

— Je ne t'ai jamais menti. Je ne t'ai simplement rien dit jusqu'à présent.

— Cela revient au même, décréta-t-il avec une retenue glaciale. Tu me déçois. Tu m'as laissé croire que tu étais innocente quand nous nous sommes mariés, et tu as l'effronterie de me raconter tranquillement cette histoire dégoûtante en espérant que je vais te pardonner ?

Elle rougit jusqu'à la racine des cheveux.

— Je ne te demande pas de me pardonner, dit-elle avec feu, mais simplement d'essayer de me comprendre.

Il se leva, la dominant de toute sa taille.

— Non. Tu me demandes simplement d'ignorer ton passé douteux et d'adopter ta bâtarde.

Piquée au vif, elle sentit la colère monter.

— J'étais une enfant, et je ne voulais pas que Kane agisse ainsi, mais je n'avais pas le choix. Quant à l'enfant, elle est innocente et je t'interdis de la désigner sous ce nom !

— Et pourquoi ? Elle n'est rien d'autre.

Il prit un cigare dans l'humidificateur et en coupa le bout avec soin.

Catriona savait qu'elle devait garder son calme. Les paroles que l'on prononce sous l'effet de la colère ne peuvent jamais être reprises. Toutefois, la froideur de son mari l'effrayait. Ce Peter qui se tenait si calmement devant elle en fumant était un étranger. Tout à coup, il lui fit penser à Kane, et cette pensée l'écœurait.

Elle se leva à son tour et lui fit face.

— Je t'en prie, implora-t-elle. Si tu m'aimes, essaie de comprendre à quel point il était difficile pour moi de tout te dire. Mais il fallait que je le fasse, ajouta-t-elle en lui agrippant le bras, elle est quelque part loin de moi, et je veux la récupérer.

Avec brusquerie, il se dégagea.

— Tu dois être en train de perdre la raison, déclara-t-il. Aucune femme saine d'esprit ne souhaiterait garder le fruit d'une telle perversion et ne pourrait s'attendre à être encouragée en ce sens par son époux.

Il se versa un brandy dans un grand ballon de cristal et l'avala d'un trait.

— Cette conversation est terminée, dit-il. Je t'interdis formellement d'y faire allusion à l'avenir.

— Tu n'es pas sérieux, insista-t-elle, les larmes aux yeux, luttant contre la boule qui lui étouffait la gorge.

— Je suis tout à fait sérieux. J'ai une réputation à tenir et je ne veux pas risquer de voir mon nom traîné dans la boue. En outre, poursuivit-il, cela ne servirait pas ta carrière. Après tout le temps et l'argent que j'ai consacrés à t'amener là où tu es, il est hors de question que je te laisse tout gâcher.

Soudain, elle prit conscience de la réalité de sa situation. L'expression de Peter ne comportait pas la moindre trace de compassion. Au contraire, son attitude raide et implacable dressait une barrière entre sa vie actuelle et l'espoir de voir un jour son rêve réalisé.

— Tu ne m'aimes pas du tout, n'est-ce pas? dit-elle tandis que l'horrible vérité prenait place dans son esprit. J'étais ta protégée, et tu m'as épousée pour protéger ton investissement, pour être sûr de me garder pour toi seul?

— Raisonnement très subtil, ma chère. Mais je ne vois aucune raison d'en faire tout un plat. Jusqu'à présent, c'était un arrangement particulièrement agréable.

— Comment oses-tu appeler notre mariage un arrangement? hurla-t-elle. Je t'ai épousé parce que je t'aimais, pas parce que je pensais que tu me rendrais célèbre!

Il resta silencieux, se contentant de souffler lentement la fumée de son cigare.

Agitée d'un tremblement, Catriona éprouvait une douleur presque physique en découvrant que, derrière son masque aimable et courtois, son mari ne pensait qu'à son agence et à sa réputation.

— Pourquoi, Peter? Pourquoi cette comédie affreuse? Tu n'avais pas besoin de faire en sorte que je sois amoureuse de toi. Nous aurions pu travailler ensemble, être des amis.

Il posa sur elle un regard impersonnel :

— J'ai vu une très belle et très jeune fille avec une voix exceptionnelle, et j'ai compris que nous avions tous deux la chance de nous faire un nom. N'était-il pas tout naturel que je te désire au plus près de moi?

— Salaud. Tu es aussi hypocrite et manipulateur que Kane.

Il posa brusquement son verre sur la table et resta un moment immobile, le dos tourné.

— Ne t'adresse plus jamais à moi sur ce ton, articula-t-il.

Soudain, il fit volte-face, le visage livide.

Les jambes flageolantes, Catriona agrippa le dossier de sa chaise. Avait-il l'intention de la frapper? L'avait-elle rendu furieux à ce point?

— Tu ne prononceras plus jamais le nom de cet homme dans cette maison, en particulier pour me comparer à lui. J'ai dépensé énormément d'argent pour toi, et attendu trois ans pour que ta mère me permette de t'épouser. Tu me dois respect et obéissance, souviens-t'en.

— Certainement pas, rétorqua-t-elle, pourquoi ne m'exprimerais-je pas comme je l'entends alors que tu n'as pas le moindre égard pour mes sentiments? Je t'ai parlé de ma fille, parce que je pensais que tu étais assez généreux pour comprendre à quel point elle était importante pour moi. Je n'arrive pas à croire à quel point j'ai été stupide, poursuivit-elle avec un rire amer. Quant à t'obéir, il n'en est pas question.

— Alors tu ne me laisses pas le choix. Tu peux rester dans cette maison, mais tu dormiras et tu prendras tes repas dans une autre pièce. Tu resteras hors de ma vue quand je serai là et je ne t'adresserai pas la parole jusqu'à ce que tu aies retrouvé la raison et que tu te sois excusée.

Catriona vibrait de rage. Serrant les poings, elle s'efforça de ne pas exploser.

— L'enfer sera transformé en glacier avant que je ne partage de nouveau ton lit, déclara-t-elle. Je demande le divorce.

— Jamais, je t'ai dit que je ne voulais pas de scandale.

— Je m'en moque! En ce qui me concerne, c'est terminé.

Relevant légèrement sa robe du soir, elle se dirigea vers la porte et sortit de la pièce d'un pas décidé.

11

Entendant claquer la porte d'entrée, Catriona se précipita vers la fenêtre. Elle regarda la voiture s'éloigner rapidement et tourner au coin de la rue. Il était inutile de s'apitoyer sur son sort, car elle ne savait pas de combien de temps elle disposait avant le retour de Peter. Rapidement, elle descendit ses valises du haut de l'armoire, y jeta ses vêtements, rassembla le reste de ses affaires et laissa en évidence les bijoux que son mari lui avait offerts, ainsi que les négligés de gaze et de soie qu'il affectionnait particulièrement. La pensée de ses mains sur elle la glaçait. Comment avait-elle pu ne rien voir ? Comment n'avait-elle pas compris que son mariage était une comédie ? Jamais elle ne lui pardonnerait tant de calcul et de cynisme.

Une fois les valises fermées et l'argent du ménage dans son porte-monnaie, elle enroula ses partitions qu'elle attacha à sa pile de livres et d'albums de photographies. Elle sortit ensuite ses bagages sur le trottoir, referma la porte d'entrée derrière elle, et glissa la clé dans la boîte aux lettres avant de héler un taxi.

Le chauffeur l'aida à charger ses valises. En faisant démarrer la voiture, il se lança dans un bavardage enjoué qui se tarit peu à peu lorsqu'il prit conscience de l'état dans lequel elle se trouvait. Une fois à destination, elle attendit qu'il s'éloigne et se tourna vers la façade de la petite pension de famille.

Doris ouvrit la porte immédiatement.

— Hello, chérie. Que se passe-t-il ? demanda-t-elle, le visage plissé de rides.

— Où est Mam ?

La visiteuse posa dans l'entrée les lourdes valises et le paquet qu'elle tenait à la main, puis retira son manteau.

Doris embrassa du regard les bagages, la robe d'intérieur coûteuse, et l'expression furieuse de son interlocutrice.

— Elle est derrière, en train de nous préparer une tasse de thé.

Avec hésitation, elle posa la main sur le bras de la jeune femme.

— Elle ne va pas bien du tout, mon chou, chuchota-t-elle d'un ton de conspiratrice. Ce sont de nouveau ses poumons, je crois.

Catriona hocha la tête. Sa mère avait une santé chancelante depuis qu'elles avaient quitté Atherton, et son état mental ne semblait pas meilleur que celui de sa poitrine. Vivement, elle suivit Doris jusqu'à la petite cuisine située à l'arrière de la maison.

Viola faillit lâcher la théière qu'elle avait à la main en voyant entrer sa fille en robe décolletée.

— Qu'est-ce que tu fais ici ?

— Je cherche un endroit où dormir. Je pensais me réinstaller avec toi jusqu'à ce que j'aie mon propre logement.

Sa mère la fixa avec une moue désapprobatrice.

— Des ennuis, déjà ? Je t'avais prévenue. Peter est un homme beaucoup plus âgé que toi, qui ne supporte probablement pas les caprices.

Doris, dans l'encadrement de la porte, les observait, le visage brillant de curiosité.

— Pouvons-nous nous entretenir en privé ? dit Catriona doucement.

— Tu peux tout dire devant Doris, répondit Viola en essuyant compulsivement l'évier et le dessus de la cuisinière à l'aide d'un torchon.

La jeune femme doutait que sa mère veuille voir leur linge sale étalé devant un tiers, même s'il s'agissait de sa logeuse et amie.

— Je t'attends dans ta chambre, déclara-t-elle. Nous parlerons tout à l'heure.

Viola poussa un soupir et tendit la théière à Doris qui semblait mortifiée de ne pas être incluse dans la conversation. Elle suivit sa fille jusqu'à la chambre solitaire et referma la porte avant de s'effondrer sur le lit, à bout de souffle.

— Que s'est-il passé ? s'enquit-elle, appuyée sur ses oreillers.

Catriona admirait par la fenêtre le spectacle qu'elle avait contemplé tant de fois auparavant, magnifié par les lumières de la ville.

— Je lui ai tout dit au sujet du bébé, déclara-t-elle.

Viola s'assit bouche bée.

— Quelle idiote, vraiment ! Est-ce que tu as perdu tout ton bon sens ?

— Apparemment pas.

Elle poursuivit le récit de sa soirée, qu'elle termina au bord des larmes.

— Retourne là-bas et supplie cet homme à genoux de te pardonner ! s'écria Viola. Il t'a tout donné, absolument tout !

N'en croyant pas ses oreilles, Catriona se retourna brusquement.

— Comment peux-tu prendre son parti après ce qu'il a fait ? Il m'a épousée par calcul, pour me garder pour lui seule. Il a même eu le culot d'admettre qu'il ne m'avait jamais aimée ! Mais, ce soir, il s'est montré sous son vrai jour. Jamais je ne retournerai avec lui, jamais !

Viola, qui avait sauté du lit, se dressa devant sa fille et la gifla avec une force insoupçonnée.

— Ça, c'est pour ta stupidité, s'écria-t-elle.

Elle la frappa de nouveau.

— Et ça, c'est pour laisser ce bâtard de Kane gâcher ta vie et détruire tout ce que nous avons élaboré durant des années.

Catriona toucha sa joue meurtrie, tellement choquée par la réaction de sa mère qu'elle pouvait à peine réfléchir.

— Tu es une ingrate ! reprit Viola en serrant convulsivement sa main sur sa poitrine. Une égoïste. Comme si je n'étais pas assez malade comme ça ! conclut-elle en retombant sur le lit.

Un long moment, Catriona la contempla, puis elle tourna les talons et sortit de la pièce. En bas de l'escalier, elle faillit renverser Doris.

— Oh là, mon chou ! Je ne te laisse pas partir dans cet état.

Elle enlaça la taille de la jeune femme et la guida jusqu'au salon.

— Allons. Bois une tasse de thé et calme-toi.

— Est-ce que je peux rester ici, Doris ?

— Désolée, mais la pension est pleine.

Après avoir tendu une cigarette à la visiteuse, qui la refusa, elle en alluma une pour elle-même.

— Mais j'ai une amie qui vit près du port, et qui a un joli petit logement à louer. Tu pourrais aller là-bas.

Catriona, désirant échapper le plus rapidement possible à l'épaisse fumée de la cigarette, nota l'adresse.

— Pourriez-vous téléphoner à votre amie et lui dire que j'arrive, puis m'appeler un taxi ?

Elle perçut l'hésitation de Doris.

— Je paierai les communications, dit-elle en sortant un billet de dix shillings de son porte-monnaie.

Une heure plus tard, elle emménageait dans un petit appartement très propre, situé au premier étage d'un immeuble qui donnait sur le port, et pour lequel la propriétaire demandait un loyer raisonnable. Bien que le mobilier et le décor ne soient absolument pas à son goût, elle décida de n'y attacher aucune importance, car elle n'oubliait pas qu'elle avait vécu dans de bien pires conditions. Sans doute parce que les événements de la soirée conservaient encore pour elle un caractère irréel qui l'empêchait de penser aux conséquences de son acte, elle éprouvait un sentiment exaltant de liberté. Pour la première fois, elle allait vivre seule.

Lentement, elle fit le tour de la chambre à coucher, de la petite cuisine, de la salle de bains et du salon. Cette dernière pièce donnait sur un balcon étroit, d'où elle pouvait contempler les bateaux qui allaient et venaient, ainsi qu'un ferry entrant dans le port de Sydney. Devant ce tableau paisible, que les lumières des immeubles transformaient en une féerie nocturne, qui aurait pu dire que la guerre grondait à l'autre bout du monde ?

Elle sortit tôt le lendemain pour aller voir un avocat. Il lui donna son avis d'un ton monocorde : les femmes ne pouvaient pas prendre l'initiative d'un divorce, à moins d'une preuve irréfutable d'infidélité de la part de leur époux. De plus, sa réputation serait sans doute ruinée si ledit époux décidait de divorcer d'elle en s'appuyant sur la détestable tromperie dont elle avait fait preuve à son égard.

Catriona saisit son sac à main et quitta le bureau de ce révoltant personnage sans un mot. Au diable Peter et au diable sa réputation ! Coûte que coûte, elle obtiendrait ce divorce. Elle marchait d'un pas si furieux qu'elle arriva au théâtre sans s'être rendu compte du trajet qu'elle venait d'accomplir. Dès qu'elle entra dans sa loge, elle ouvrit le tiroir de sa coiffeuse et y prit son contrat qu'elle contempla un moment, se souvenant avec quelle émotion elle l'avait signé, avant de le déchirer en mille morceaux. Alors que les morceaux de papier s'éparpillaient sur le sol, comme les confettis le jour de son mariage, elle éclata en sanglots.

Son habilleur frappa à la porte et entra. Brian Grisham était un homme très efféminé, d'âge indéterminé, avec un penchant pour les gilets voyants et les cheveux teints. Il travaillait pour le théâtre depuis son jeune âge et se faisait appeler Brin, surnom qui lui paraissait d'une virilité moins offensante que son prénom.

— Seigneur ! s'exclama-t-il en s'agenouillant devant elle. Qu'est-ce qui se passe ? Allons, ma cocotte, dis tout à tonton Brin.

— Mon mariage est fichu, s'écria-t-elle. Peter Keary est un vrai salaud !

— C'est un homme, mon chou. Une brute, comme tous les autres !

Elle sourit à travers ses larmes. Brin était aussi adorable qu'une bonne amie, et beaucoup plus sensible.

— Je viens de déchirer mon contrat, avoua-t-elle.

Il contempla les morceaux de papier et leva un sourcil soigneusement épilé.

— Ce n'est pas très malin, mon chou. Il va te poursuivre en justice.

— Je m'en moque.

— Tu ne peux pas te passer d'un agent, déclara-t-il d'un ton de reproche. Que vas-tu faire ?

— En trouver un autre, s'écria-t-elle en saisissant sa brosse à cheveux.

Il la lui prit des mains et entreprit de lisser doucement ses mèches brunes.

— Ce ne sera pas facile, les agents se soutiennent entre eux. Mais j'ai une amie qui pourrait t'aider. Elle est indépendante comme toi, elle se moque des rumeurs, et sait à quel point les hommes peuvent se comporter comme des bêtes.

Posant la brosse, il contempla leur double reflet dans le miroir.

— Clemmie peut se montrer parfois un peu brusque, mais elle a un cœur d'or et je suis sûr qu'elle t'aidera.

Catriona n'était pas enthousiasmée par l'idée d'avoir pour agent une lesbienne. Outre que sa réputation menaçait d'être endommagée, elle avait déjà travaillé avec des homosexuelles et ne se sentait pas très à l'aise en leur présence. Elle hésita.

Brin sembla lire dans ses pensées et sourit :

— Clemmie a trois enfants et un très séduisant mari – je suis un connaisseur. Elle est parfois rentre-dedans parce qu'elle évolue dans un monde d'hommes. Comme nous tous, ajouta-t-il avec un soupir.

— Donne-moi son numéro, je vais l'appeler, dit Catriona en retrouvant le sourire. Merci, Brin, tu es un amour.

Clémentine Frost, grande brune mince aux yeux noisette, avait une allure où perçait la détermination. Âgée d'un peu plus de trente ans, elle affectionnait les tailleurs-pantalons dont elle atténuait la sévérité à l'aide de chemise à fanfreluches et de bijoux fantaisie. Le vernis à ongles assorti à son rouge à lèvres, impeccablement maquillée, elle plut immédiatement à Catriona, qui constata avec soulagement que la sympathie était réciproque.

Son bureau ne ressemblait à aucun autre. C'était une grande pièce ensoleillée à l'entresol de sa maison, confortablement meublée de fauteuils et de canapés profonds, de tapis précieux et de bouquets de fleurs fraîches. À l'extrémité de la pièce, les portes donnaient sur un jardin ravissant, encombré de jeux pour enfants.

Les deux femmes se faisaient face de chaque côté de la table basse.

— Vous devriez en principe remplir vos obligations vis-à-vis de Peter, déclara Clemmie de sa voix claire et ferme. Mais je ne vois pas pourquoi je ne pourrais pas m'occuper de vous une fois que je lui aurai envoyé une lettre d'explication officielle.

Elle avait posé peu de questions quant aux raisons qui poussaient sa visiteuse à ne plus vouloir des services de son mari et ne semblait s'intéresser qu'à l'avenir.

— J'ai entendu parler de vous, bien sûr, dit-elle en souriant. Les critiques sont dithyrambiques. Je serais ravie de vous représenter.

— Peter va m'attaquer pour rupture de contrat, affirma Catriona. Et puis il y a la question du divorce. Vous êtes sûre que vous voulez bien de moi ?

— Je pense que nous sommes toutes deux assez fortes pour faire face aux complications le moment venu. Et si vous avez besoin d'un bon avocat, je suis sûre que mon mari pourra vous aider.

L'agente se leva et lui serra la main.

— Souvenez-vous simplement que vous avez un talent merveilleux qui vous sortira de toutes les épreuves, je vous le promets.

Dès le lendemain, Catriona offrit à Brin un gros bouquet de fleurs et une boîte de ses chocolats favoris.

Une semaine plus tard, elle reçut un coup de téléphone de Doris.

— Vous feriez mieux de venir, dit la logeuse d'une voix éteinte. Votre maman ne va pas bien du tout.

Catriona prit aussitôt un taxi, avec un épouvantable sentiment de culpabilité. Elle n'était pas retournée voir sa mère depuis la nuit où elle avait quitté Peter, alors qu'elle n'allait déjà pas bien. Et si elle arrivait trop tard ? Doris n'aurait pas appelé s'il ne s'agissait pas d'une urgence.

Elle monta l'escalier de la pension et s'élança dans la chambre qu'elle avait autrefois partagée avec Viola. L'obscurité due aux rideaux fermés conférait au sifflement de la respiration courte de sa mère un sinistre relief.

Lorsque Viola ouvrit les yeux, la jeune femme fut choquée par la lassitude extrême de son regard.

— Kitty ? chuchota la malade.

— Oui, Mam, je suis là.

Catriona se tourna vers Doris qui arrivait derrière elle, Tchang dans les bras.

— Le docteur est-il venu ? demanda-t-elle.

Doris hocha la tête.

— Il y a une heure. Il est en train de la faire admettre à l'hôpital.

— De quoi souffre-t-elle ?

— C'est une pneumonie, dit Doris en reniflant. Elle ne s'est jamais remise de son rhume de l'hiver dernier. Elle n'arrêtait pas de tousser, mais elle refusait obstinément de voir le médecin. J'ai fait tout ce que je pouvais, Catriona, ajouta-t-elle en serrant le petit chien contre elle. C'est ma meilleure amie.

Catriona observa la silhouette ravagée étendue sur le lit. Malgré tout ce qu'elle avait enduré, Viola était sa mère et elle l'aimait. Instinctivement, elle s'assit et évoqua à haute voix les souvenirs de leurs années de voyage. Les yeux magnifiques de la malade parurent tout à coup retrouver un peu de vie.

— C'était le bon temps. Nous étions heureux alors.

La jeune femme embrassa la joue fiévreuse et caressa la chevelure autrefois si brillante.

— Je t'aime, maman, chuchota-t-elle.

— Je t'aime aussi, articula Viola.

Tout à coup, les yeux de la malade s'écarquillèrent. Elle se souleva sur son coude et regarda par-dessus l'épaule de sa fille.

— Damian, Damian ! cria-t-elle, avant de retomber sur les oreillers avec un immense soupir.

Sentant que sa fille lui saisissait la main, elle ferma les yeux et le gargouillement de sa respiration se mua en un profond silence.

Doris éclata en sanglots et s'élança hors de la pièce. Jusqu'à l'arrivée de l'ambulance, Catriona resta auprès de sa mère qu'aucune souffrance ne pouvait plus atteindre. S'il existait un paradis, elle était maintenant auprès de son époux bien-aimé.

Viola fut inhumée par un chaud après-midi d'été, accompagnée du chant des oiseaux et de l'odeur de l'herbe fraîchement tondue. Après la cérémonie, Catriona resta longuement devant la tombe, les yeux clos, écoutant les sons et les parfums de son enfance. L'être qui l'avait si fidèlement accompagnée et stimulée au long de sa jeunesse avait enfin retrouvé la paix.

Le lendemain des funérailles, Peter Keary attaqua son épouse en justice pour rupture de contrat. Il fallut plusieurs semaines et l'expérience de John, le mari de Clemmie, pour faire baisser à un niveau raisonnable le montant des dommages et intérêts qu'il réclamait. Néanmoins, Catriona devrait travailler sans relâche au cours des trois années suivantes pour le rembourser.

Le règlement du divorce prit un peu plus de temps, mais Peter comprit que sa femme se moquait totalement de leur réputation. Lorsqu'il fut, en outre, surpris en compagnie d'une maîtresse, la situation évolua rapidement.

Clemmie se révélait une amie précieuse. Quand la nouvelle du divorce se répandit dans les journaux locaux, elle maintint les journalistes à distance et trouva à Catriona des engagements hors de la ville. De toute manière, le scandale qui menaçait fut aussitôt tué dans l'œuf par l'évolution de la guerre. Les Japonais venaient de bombarder Pearl Harbour, les Américains se décidaient enfin à aider la malheureuse Angleterre et Singapour était tombée. La guerre européenne, qui s'étendait à l'autre bout du monde, faisait craindre que le Japon n'envahisse l'immensité du cœur de l'Australie.

Catriona n'avait jamais travaillé aussi dur. Avec Brin et une petite compagnie de chanteurs et de musiciens, elle voyageait à travers tout le pays pour distraire les troupes américaines venues renforcer l'armée australienne, ainsi que les habitants de l'outback qui, privés de leurs jeunes hommes, luttaient pour survivre contre une terrible sécheresse.

De Darwin à Adélaïde, puis de Brisbane à Perth, avant de revenir à Sydney, elle parcourut le pays dans lequel elle avait déjà si souvent voyagé. Elle chantait dans les salles des fêtes, les bars d'hôtels et les baraquements. Se déplaçant en car, en train et parfois à dos de cheval, elle se rendait dans les villes isolées du centre de l'Australie. Malgré son épuisement, elle trouvait le courage de continuer, heureuse de retrouver le mode de vie qu'elle avait reçu en héritage.

Proposant un répertoire éclectique, elle chantait des airs d'opéra comme des chansons populaires, ce qui lui valut bientôt le surnom de « Rossignol de l'outback ».

Alors que la Grande-Bretagne et l'Amérique étaient victorieuses en Europe, les combats s'intensifièrent dans le Pacifique. La guerre semblait ne jamais devoir prendre fin. Pourtant, ce mode de vie instillait en Catriona un sentiment de liberté qu'elle n'avait jamais connu auparavant. Seul le fait de savoir que sa fille restait hors de portée assombrissait l'exaltation qui lui donnait tant d'énergie.

Dans chaque ville, elle consacrait tout son temps libre à fouiller des piles de documents dans des bureaux poussiéreux, à supplier les employés de l'aider, voire à les soudoyer. Elle avait même demandé au mari de Clemmie d'enquêter pour retrouver la trace de sa fille. Cependant, en raison de la quantité de concerts prévus, elle restait rarement plus d'une journée au même endroit. De plus, le chaos qui régnait dans les dossiers et les moyens de communication défaillants empêchaient ses recherches d'avancer.

Lorsque la paix fut déclarée, les hommes rentrèrent à la maison. Catriona, vedette du concert de bienvenue, chanta un air de *Didon*. Elle attendit que les applaudissements s'évanouissent et présenta au public son ami Bobby.

Le garçon avec lequel elle avait été formée au Conservatoire était devenu un homme, un homme qui pleurait chaque nuit sur les horreurs auxquelles il avait assisté en Birmanie. Pourtant, refusant de se laisser détruire, il s'appuyait sur sa musique qui, il le sentait, pouvait seule le sauver. Aux premières notes paisibles du violon, l'assistance se tut et, dès qu'elle eut reconnu l'air joué par le musicien, entonna en chœur *We'll Meet Again*.

Cette chanson rendue célèbre par Vera Lynn exprimait l'espoir de voir revenir les combattants éloignés de leur famille. Catriona, à la demande des soldats, l'avait souvent interprétée au cours de ses tournées.

Elle la chanta de tout son cœur, envahie par l'émotion intense qui soulevait la salle de l'hôtel de ville de Sydney. De nombreux hommes gardaient des blessures de la guerre, dont les plus profondes n'étaient pas forcément les plus visibles. Pourtant, ce soir, ils vivaient l'instant présent, se réjouissant ensemble de leur retour au pays.

Enfin, artistes et spectateurs s'unirent pour un fervent *Waltzing Matilda* [1]. Catriona et Bobby échangèrent un sourire. Tous deux pensaient aux soirées musicales improvisées du Conservatoire. Elles appartenaient maintenant à un âge évanoui, celui de l'insouciance.

Le public se leva avec réticence, alors que le ciel commençait à s'éclaircir. Catriona et Bobby, en sortant, passèrent près d'une heure à signer des autographes et à poser pour des photographies. Quand ils purent s'échapper, au moment où le soleil apparaissait à l'horizon, ils se séparèrent, lui pour aller rejoindre sa femme et son enfant, elle pour retrouver son appartement solitaire.

Dès le lendemain, la soprano, épuisée, demanda à Clemmie de lui accorder quelques semaines de repos afin de pouvoir récupérer un peu.

— Impossible, déclara son agente en lui secouant un contrat sous le nez. Tu vas à Londres.

— Je pensais que Londres était détruite ?

— Très endommagée, mais toujours debout. Hitler n'a pas réussi à lui faire baisser la tête.

---

1. La chanson « Waltzing Matilda », composée par Banjo Paterson en 1895, est l'une des chansons folkloriques australiennes les plus connues et peut être considérée comme l'hymne national « officieux » de l'Australie.

— Que se passe-t-il à Londres ?

— Tu vas étudier à l'école du Royal Collège of Music pendant quelques mois, puis tu rejoindras la compagnie de Covent Garden avant de faire tes débuts au Royal Opéra, dit-elle en voyant le visage illuminé de son interlocutrice. Tu es en chemin pour la gloire, Kitty.

Les années suivantes s'écoulèrent à la vitesse de l'éclair. Le Royal Collège of Music n'ayant pas grand-chose à voir avec le Conservatoire de Sydney, Catriona dut travailler très dur pour développer son talent jusqu'à la perfection.

Alors que commençait l'année 1949, elle célébra son vingt-huitième anniversaire avant ses débuts sur la scène londonienne. La majestueuse splendeur de l'Opéra l'impressionnait terriblement, aucune salle d'Australie ne pouvant lui être comparée. Rien n'égalait à ses yeux le vaste écrin, l'orchestre magnifique, les éclairages somptueux. Mais c'était de la scène que la puissance de cette salle apparaissait. Au-dessus des innombrables sièges de velours rouge, les riches dorures du plafond et des murs scintillaient dans la lumière, offrant à la musique un lieu irremplaçable, à couper le souffle.

Elle devait chanter le rôle principal de *Carmen*, de Bizet. Grâce à plusieurs semaines de répétitions, elle se sentait à l'aise dans le personnage, mais le soir de la première, tandis qu'elle attendait dans les coulisses son entrée en scène, ses genoux tremblaient tellement qu'elle accepta une gorgée de whisky proposée par un membre du chœur, pour se calmer.

L'orchestre avait accordé ses instruments et le chef d'orchestre avait été applaudi. Tandis que les lourds rideaux s'écartaient, aux premières notes de l'ouverture, Catriona avala un grand verre d'eau et s'efforça d'utiliser sa nervosité de façon positive. Bien qu'elle ait déjà chanté des airs de cet opéra et possède une grande expérience de la scène, elle avait conscience de l'importance de cette représentation, qui devait asseoir définitivement son statut. Rapidement, elle effleura sa chevelure, qui se déroulait jusqu'à sa taille, et vérifia que les grands anneaux d'or de ses oreilles étaient bien accrochés. Après avoir fait bouffer sa jupe à volants rouges et orange, elle ajusta la blouse rouge qui lui dénudait les épaules et remua les orteils. C'était elle qui avait insisté pour jouer Carmen les pieds nus, mais le sol de la scène était glacé.

La sonnette de la manufacture de cigares retentit et les membres du chœur féminin entrèrent en scène en se taquinant. Catriona prit une profonde inspiration. Au moment où le cri de « Mais nous ne voyons pas la Carmencita ! » s'éleva, elle rassembla sa jupe et apparut sur le pont, avant de descendre lentement les marches jusqu'à la place, où la foule s'écarta pour la laisser passer. Quand elle eut adressé une œillade insolente aux hommes qui se pressaient auprès d'elle, sa voix s'éleva. « Quand je vous aimerai ? articula-t-elle avec mépris. Ma foi, je ne sais pas. Peut-être jamais, peut-être demain. Mais pas aujourd'hui, c'est certain. »

Elle sourit aux hommes du chœur, puis se balança doucement au rythme de l'habanera en chantant : « L'amour est un oiseau rebelle, que rien ne peut apprivoiser. » Elle était devenue Carmen. Magnifique, volontaire et dangereuse, elle se mouvait sur la scène telle une panthère, cherchant à séduire don José en usant de tous ses charmes.

Quand les lumières s'éteignirent, à la fin de la représentation, les rideaux se refermèrent sur un tonnerre d'applaudissements et de bravos. Catriona se releva, aidée par le ténor qui interprétait don José. Alors qu'elle fuyait depuis plusieurs semaines les avances de cet homme séduisant mais vaniteux, elle se laissa embrasser. Son adrénaline ne cessait de grimper. Elle était encore Carmen.

Pendant les innombrables rappels, une pluie de roses s'abattit sur la scène. Elle avait atteint son rêve. Comme ses parents auraient été fiers de la voir adulée sur une scène aussi prestigieuse ! Si seulement ils avaient pu être là, songea-t-elle après la dernière salve d'applaudissements. Ils l'accompagneraient toujours en esprit, veillant sur elle et lui insufflant de la force.

Les onze années suivantes consolidèrent le statut de diva internationale de Catriona Summers. Elle fut Tosca à la Scala de Milan, la princesse Turandot au Metropolitan Opéra de New York, Mimi à l'Opéra de Paris et Manon Lescaut à Covent Garden. Elle voyagea en Espagne, en Amérique du Sud et aux États-Unis, revenant parfois chanter dans les salles moins vastes de Sydney, de Melbourne et d'Adélaïde.

En 1960, elle retourna à Sydney après un triomphe à La Fenice de Venise, où elle avait chanté le rôle-titre complexe et épuisant d'*Alcina*, de Haendel. Elle avait trente-neuf ans.

Clemmie, John et Brin vinrent l'accueillir à la gare maritime et la conduisirent à son appartement près du fleuve. Elle possédait maintenant l'immeuble entier qui, après une réfection complète, représentait un havre luxueux loin de la frénésie de sa vie professionnelle. Son emploi du temps ne lui permettant malheureusement pas d'y séjourner souvent, elle avait incité Brin à emménager au rez-de-chaussée pour qu'il soit occupé en son absence.

L'habilleur, toujours aussi flamboyant, lui offrit un bouquet de fleurs. La soixantaine passée, il adorait Catriona qui le lui rendait bien.

— Bienvenue à la maison, chérie ! s'exclama-t-il en lui baisant la main. Je dois filer, il y a une représentation en matinée.

— Il ne change pas, murmura Catriona. Cher Brin, il aurait adoré l'Europe.

— Tu as bonne mine, dit Clemmie tandis que John leur versait un verre. J'aimerais garder une silhouette aussi mince !

L'agente, âgée de cinquante-quatre ans, avait un peu grossi. Sa carrure le lui permettait, mais elle avait l'impression de se transformer en matrone.

— Tu n'aurais pas dû prendre ta retraite, déclara Catriona en se débarrassant de ses chaussures à talons aiguilles. Tu t'ennuies car tu n'as plus personne d'autre à houspiller que moi.

Clemmie, qui avait fermé son agence, continuait néanmoins à représenter son amie.

— Quant à ma silhouette, poursuivit-elle, je mange toujours autant mais je transpire énormément pendant les répétitions et les représentations. Quand je serai à la retraite, je prendrai moi aussi du poids !

Ils s'esclaffèrent. Relevant les jambes sur le canapé, Catriona commençait à se détendre pour la première fois depuis longtemps.

— Bien sûr, une certaine pratique sexuelle n'est pas étrangère à ma ligne, reprit-elle en riant devant le visage cramoisi de John, qui préféra se lever et s'éloigner. Tu ne peux pas t'imaginer le pouvoir aphrodisiaque de la scène. Il est si excitant de se trouver devant une foule de gens, enveloppée dans la lumière, la musique et la passion pure de l'opéra. Il m'est arrivé souvent de tomber dans les coulisses sur un couple en action.

— Et toi ? As-tu rencontré quelqu'un qui compte à tes yeux ?

Catriona fit une grimace.

— Il y a eu un peintre à Paris. Il a réalisé ce beau portrait que tu vois là, dit-elle en désignant un tableau au style étonnamment sensuel. Nous avons fait l'amour dans son atelier, très agréablement – les Français s'y connaissent dans ce domaine. Le seul problème, c'était qu'il faisait tellement glacial dans cette mansarde que j'y ai attrapé froid !

Elles gloussèrent comme deux collégiennes.

— J'ai eu une brève aventure avec un Anglais, reprit-elle, mais il manquait d'imagination au lit. Bien qu'il ait un titre et beaucoup d'argent, je n'aurais pas pu simuler pendant le reste de ma vie. Ç'aurait été beaucoup trop épuisant.

Clemmie la regarda, les yeux écarquillés.

— Mon Dieu, Kitty ! Je sais bien que nous sommes en 1960 et que les mœurs se relâchent, mais je n'aurais jamais cru que tu…

— Et puis il y a eu Hank le Yankee, poursuivit-elle, imperturbable. Rapide comme l'éclair dans tous les domaines !

Agitées d'un fou rire, elles hurlèrent de plus belle quand John passa la tête par la porte en les regardant d'un air sévère.

Alors, tu n'as pas trouvé l'homme idéal ? Il faut peut-être te dépêcher, Kitty.

— J'ai été mariée et ça n'a pas marché, dit Catriona en haussant les épaules. J'ai été mère, et ça n'a pas marché non plus. Ne t'inquiète pas pour moi, Clemmie. Je m'amuse, et, quand je serai trop vieille pour penser à la bagatelle, je me retirerai dans l'outback et je me souviendrai avec tendresse des hommes que j'aurai aimés.

— Au fait, s'écria son interlocutrice en jaillissant du canapé. John a de bonnes nouvelles pour toi.

Fouillant dans la serviette que son mari avait apportée, elle en sortit des documents.

— Belvédère était à vendre, dit-elle en secouant les papiers devant le visage stupéfait de Catriona.

— Belvédère ? s'exclama la chanteuse en sautant sur ses pieds. Comment ? Quand ? John a-t-il fait une proposition ?

— Dans la mesure où nous avons une procuration pour gérer tes affaires quand tu te trouves à l'étranger, nous avons signé il y a trois jours. Belvédère t'appartient, Catriona.

La chanteuse prit les documents des mains de son amie et se laissa retomber sur le canapé. Ce domaine, qui l'avait tant enchantée quand elle l'avait contemplé du haut de la colline, avait habité toute son enfance. Maintenant, il lui appartenait. Son rêve était devenu réalité.

12

Il n'existait toujours pas à Sydney – ni dans le reste de l'Australie – de salle assez vaste pour monter un ballet ou un opéra. Par conséquent, c'était au Conservatoire que Catriona allait chanter le rôle de Violetta dans *La Traviata*, de Verdi.

Un matin, alors qu'elle sortait de sa répétition, la pluie tombait si fort qu'elle rebondissait sur le trottoir et trempait ses bas. Aucun taxi n'étant visible alentour, elle commençait à regretter de n'être pas venue en voiture. Debout devant la porte, se demandant si elle devait ou non braver les éléments, elle sursauta en entendant une voix résonner à ses oreilles.

— Catriona ?

Elle se retourna et vit, posé sur elle, le regard bleu délavé d'une femme d'une soixantaine d'années. Malgré ses cheveux mouillés et son manteau peu épais entièrement trempé, l'inconnue affichait une allure non dénuée de fierté, comme en témoignait son port bien droit et l'expression déterminée de son visage.

— Oui ? répondit-elle avec méfiance.

Cette femme aux vêtements modestes, qui n'avait visiblement rien d'une amatrice d'opéra, paraissait dans le besoin.

— Tu ne me reconnais pas, n'est-ce pas? dit la nouvelle venue avec une expression de tristesse.

Catriona examina le visage ridé, les cheveux décolorés et le maquillage brouillé.

— Je suis désolée, répondit-elle en faisant un pas vers la chaussée pour guetter l'apparition d'un taxi. Vous devez vous tromper.

— Non! s'écria son interlocutrice en lui agrippant le bras. C'est toi qui es dans l'erreur.

— Lâchez mon bras! s'exclama Catriona, maintenant très perturbée par l'âpre insistance de son interlocutrice. Je ne vous connais pas, mais si c'est de l'argent que vous voulez, voici deux dollars.

Elle fouilla dans son sac et en sortit la monnaie.

La femme, ignorant délibérément la main tendue, continuait de la fixer.

— Je n'aurais jamais cru qu'un jour ma petite Kitty évoluerait dans des sphères trop élevées pour adresser la parole à une vieille amie.

Catriona se figea. Elle reconnaissait maintenant cette voix, mais c'était impossible!

— Poppy? articula-t-elle lentement. Poppy, c'est bien toi?

— Oui. Je ne suis pas très reluisante à voir, mais c'est moi.

La chanteuse l'enlaça avec fougue. Son amie, sa seconde mère, sa partenaire, qui lui avait tant appris de la vie, se trouvait devant elle. Quel bonheur de la revoir!

Lorsqu'elles s'écartèrent l'une de l'autre, les larmes qui coulaient sur leur visage se mêlèrent à la pluie.

— Nous devons avoir une drôle d'allure, dit Poppy en s'essuyant les yeux avec un mouchoir douteux. J'ai abîmé ta veste.

— Un bon nettoyage y remédiera, s'écria Catriona en abritant sa compagne sous son parapluie. Viens, ajouta-t-elle en glissant son bras sous le sien. Cherchons un abri pour boire quelque chose de chaud.

Dans le salon de thé aux fenêtres recouvertes de condensation, régnait une agréable chaleur et une odeur délicieuse de café et de gâteaux tout juste sortis du four. La plupart des places étaient occupées par des employés de bureau ou des femmes chargées d'enfants et de paquets. À côté d'un juke-box, qui déversait un air de rock and roll, un couple d'adolescents flirtaient dans l'ombre.

Elles s'installèrent à une table libre au fond de la salle d'où la musique parvenait légèrement assourdie. Débarrassée de sa veste trois-quarts et de son parapluie, Catriona lissa le tailleur de shantung qu'elle avait acheté à Singapour, puis vérifia son maquillage dans le miroir de son poudrier, avant de rafraîchir son rouge à lèvres.

— C'est incroyable, s'exclama Poppy qui s'extrayait de son manteau trempé, révélant une robe de coton délavée. Tu ressembles terriblement à ta mère. Vous avez toutes deux les cheveux et les yeux de la même couleur, sans oublier la fossette identique au menton.

Catriona rangea son poudrier dans son sac en crocodile qu'elle referma d'un coup sec.

— Merci, je prends cela comme un compliment.

— Comment va Viola ? Je ne l'ai pas revue depuis que j'ai quitté la troupe. J'espérais qu'elle serait avec toi aujourd'hui.

Son interlocutrice s'adossa au fauteuil de plastique.

— Maman est décédée au début de la guerre, dit-elle doucement. Elle ne se sentait déjà pas très bien quand elle a attrapé une pneumonie. Son organisme n'a pas réussi à combattre la maladie.

Au souvenir des derniers instants de sa mère, les larmes affluèrent à ses paupières.

— Elle n'a pas vécu assez longtemps pour assister au succès dont elle avait rêvé pour moi, poursuivit-elle. Elle était le moteur de ma carrière, tu sais. Je n'en serais jamais arrivée là sans elle.

Poppy baissa les yeux sur ses mains gonflées, serrées l'une contre l'autre sur la table, semblant remarquer tout à coup le vernis écaillé de ses ongles.

— Je suis désolée d'entendre ça, j'aurais aimé la revoir.

Elle leva les yeux vers Catriona, les yeux brillants de pleurs.

— Et ton Pa ?

Sa compagne lui raconta rapidement l'accident sans s'attarder sur l'épisode d'Atherton.

— Mam et moi avons quitté Kane et nous sommes venues à Sydney. Nous avons vécu dans une pension de famille de l'autre côté de la ville et travaillé au restaurant d'un grand hôtel. Elle m'a fait passer une audition devant un agent artistique et le reste, tu le connais.

— Je n'ai jamais eu confiance en ce Kane, déclara Poppy en croisant les bras sur sa poitrine maigre. Je me souviens avoir dit à Viola qu'il devait être un homosexuel.

Un silence lourd de gêne s'établit lorsque le serveur apporta ce qu'elles avaient commandé. Alors qu'elles sirotaient leur thé en mangeant une part de cake aux fruits, Catriona observa plus étroitement son amie.

Il n'était pas étonnant qu'elle n'ait pas reconnu Poppy, car les années l'avaient terriblement éprouvée. Elle paraissait épuisée, rongée par les soucis. Les rides profondes de son visage semblaient indiquer que la vie ne l'avait pas favorisée. Pourtant, ses yeux conservaient la même étincelle provocante, que les épreuves subies n'avaient pas réussi à totalement éteindre.

— Tu as changé, dit Poppy, comme si elle avait lu dans ses pensées. Nous avons changé toutes les deux. Et tu t'exprimes si élégamment !

— J'ai des années de leçons d'élocution derrière moi, répliqua Catriona avec un sourire. Mais le vocabulaire que tu m'as enseigné m'a servi en bien des circonstances.

— Alors j'ai au moins fait quelque chose de bien ! Il n'y a rien de mieux qu'un bon chapelet de jurons quand on est à bout !

Tout à coup, Poppy redevint sérieuse.

— J'ai suivi ta carrière dans les journaux. Ton divorce m'a attristée, mais tu t'es bien débrouillée, Kitty. Je suis fière de toi.

Catriona repoussa son assiette.

— Et toi ? Dis-moi un peu comment tu as vécu ?

Son amie eut un rire sans gaieté.

— As-tu besoin de poser la question ? Regarde-moi, Kitty. Je ne suis pas vraiment l'image de la réussite !

Elle tourna nerveusement sa cuillère dans sa tasse, une expression de tristesse sur le visage.

— J'ai soixante et un ans et je suis une vieille femme usée par les bagarres de la vie. Je travaille dans les cuisines d'un hôtel de Sydney et je vis dans une chambre de bonne où je ne peux pas faire trois pas. Le seul avantage, c'est que je mange à ma faim. Le logement et la nourriture font partie de mon salaire.

Le cœur serré, Catriona se remémorait la jolie femme qui était partie vers l'inconnu pour tenter sa chance. Elle devait alors avoir à peine plus de trente ans.

— Que s'est-il passé, Poppy ? demanda-t-elle d'une voix rauque en prenant les mains de son amie.

— Rien d'original, répondit sa compagne avec un haussement d'épaules. J'ai rencontré un gars et j'ai pris du bon temps. Nous travaillions tous les deux dans une usine de Brisbane, et à l'époque je n'étais pas trop moche à regarder. J'ai succombé sans réfléchir à ce type séduisant et charmeur auquel je n'arrivais pas à résister. Dès que je suis tombée enceinte, il s'est enfui et je me suis retrouvée seule.

Elle regarda Catriona fixement.

— Je ne veux pas que tu aies pitié de moi, ajouta-t-elle d'un ton sévère. J'ai toujours perdu tous mes moyens pour de beaux yeux bruns et toujours su ce que je faisais. Simplement, je n'avais pas prévu qu'il disparaisse comme ça. À cette époque, se retrouver dans cette situation sans être mariée ni accompagnée était un déshonneur.

Catriona n'avait pas de mal à imaginer ce que Poppy avait vécu.

— Comment t'es-tu débrouillée ? La vie n'a pas dû être facile avec un bébé à élever ?

— Je m'en suis sortie. J'étais bien obligée, n'est-ce pas ? répliqua-t-elle avec philosophie. J'ai quitté Brisbane et je suis venue ici, où j'ai trouvé un autre travail dans une autre usine qui m'a employée jusqu'à la naissance d'Ellen. J'ai accouché un vendredi, et je suis retournée au travail le lundi. J'ai eu de la chance : ma logeuse, vraiment gentille, m'a proposé de garder ma fille en échange d'heures de ménage et de repassage. Oui, je m'en suis sortie.

— Et ensuite ?

— Je suis restée à l'usine pendant toute la guerre, en fait jusqu'à ce qu'Ellen soit assez grande pour trouver du travail. C'est une bonne fille, courageuse et adroite de ses mains. Elle a trouvé une place chez un styliste et commençait à percer dans cette branche quand l'histoire s'est répétée, expliqua-t-elle en fronçant les sourcils.

Son interlocutrice soupira devant ce récit familier.

— Ellen a rencontré Michael et est tombée enceinte, mais, au moins, lui l'a épousée. Ce qui ne change pas grand-chose, à vrai dire, déclara-t-elle avec une grimace. C'est un sacré salaud.

— Je suis désolée. On dirait que tu as eu la vie dure.

— Oui, mais tu me connais. « Ne jamais abandonner », telle est ma devise.

Catriona, tout en admirant le courage de ces paroles et de ce sourire, percevait la souffrance intérieure de sa compagne, qui luttait bravement pour garder sa dignité. Toute offre matérielle, reçue comme un geste de charité, l'aurait offensée, pourtant Catriona voulait l'aider, avait besoin de l'aider. Poppy avait été une amie irremplaçable.

— Est-ce qu'Ellen est ici, à Sydney ?

— Elle vit au-dessus d'un pub à King's Cross avec cette brute et leur bébé. C'est un mauvais endroit, Kitty, surtout pour élever un enfant, mais c'est tout ce qu'ils peuvent s'offrir avec le salaire qu'il gagne en tant que barman. Il est lui-même son meilleur client et quand il a quelques verres dans le nez, il ne fait pas bon se trouver dans les environs.

— Tu veux dire qu'il est violent ? Dis-moi ce que je peux faire pour t'aider.

— Mon Dieu, est-ce que ça se voit tant que ça ?

Poppy dégagea ses mains de celles de son interlocutrice.

— Il faut que je la sorte de là, marmonna-t-elle. Il va la tuer un de ces jours, c'est certain.

Le premier réflexe de Catriona fut de proposer un chèque, mais elle était certaine que la fierté de Poppy, même si elle était aux abois, ne lui permettrait pas de le prendre. D'ailleurs, elle-même ne retirerait aucune satisfaction de ce geste impersonnel. Son amie n'avait pas seulement besoin d'argent. Elle avait besoin de paix, de son propre logement, et de savoir que sa petite famille était en sécurité.

Pendant que le serveur leur apportait une autre théière, elles restèrent silencieuses. Alors que l'esprit de Catriona travaillait furieusement, une idée commença à germer. Elle attendit que Poppy se soit réconfortée avec quelques gorgées du liquide bienfaisant, et entreprit d'exposer le fruit de ses méditations :

— Est-ce que tu te souviens de la fois où nous avons traversé Drum Creek, Poppy ? J'avais neuf ou dix ans et je suis tombée amoureuse d'une propriété qu'on voyait de la colline ?

— Oui. Ta maman semblait moins impressionnée que toi, car tu n'arrêtais pas de dire que tu voulais t'y installer. Pourquoi me parles-tu de ça ?

— Je l'ai achetée il y a six mois.

Devant le regard ébahi de Poppy, elle sourit.

— Je n'ai pas eu l'occasion d'y aller et de la revoir, mais je m'en souviens comme si c'était hier.

— Ce n'est pas très prudent d'acheter un endroit comme celui-là sans l'avoir revu ! Si tu n'as pas l'intention d'y vivre, comment vas-tu t'en occuper ?

— J'ai loué les services d'un directeur expérimenté, qui présentait d'excellentes références. Il va s'en occuper jusqu'à sa retraite et, d'ici là, je me serai probablement retirée de la scène pour m'installer là-bas.

Elle remua son thé, réfléchissant à la façon de présenter les choses à sa compagne.

— Il y a énormément de terrain, expliqua-t-elle. La maison a probablement besoin de travaux, si j'en crois les détails fournis par l'agence immobilière, mais il y a des dépendances solides, des baraquements servant de dortoirs, un réfectoire et toutes les granges et remises habituelles. À la limite du domaine, il y a une petite maison avec un jardin qui servait au fils du dernier propriétaire. Elle est vide maintenant.

Un instant elle laissa les mots flotter dans l'air et observa sur le visage ridé les sentiments qui se succédaient.

— La maison est très simple et en désordre, mais elle est près de la piste principale qui mène à Drum

Creek. À l'arrière, un grand espace servait de potager au fils du propriétaire, qui vendait ensuite ses produits au marché, avec beaucoup de succès, paraît-il.

— Ça paraît intéressant, dit Poppy avec une indifférence étudiée.

Catriona tendit les bras au-dessus de la table et lui prit les mains.

— Pourquoi n'irions-nous pas là-bas voir ce qu'il en est ? Je meurs d'envie d'y retourner et j'aimerais tellement que tu m'accompagnes !

— J'ai du travail. Il m'est impossible d'aller batifoler comme ça. Et tes répétitions ? Tu n'as pas le temps de traîner non plus !

— La représentation n'a lieu que dans un mois, répliqua Catriona en déformant quelque peu la vérité. Je peux tout à fait prendre deux jours de congé.

Le chef d'orchestre serait probablement furieux, sans parler du baryton considéré comme plutôt pédant et allergique aux sopranos capricieuses, mais ces inconvénients seraient largement compensés par la compagnie de son amie.

Poppy hésitait visiblement, tentée par l'occasion de quitter la ville un moment, mais sa fierté pouvait-elle s'accommoder de l'offre de Catriona, qu'elle n'avait pas de mal à deviner ?

— Si je venais, articula-t-elle finalement, je paierais mon voyage. Combien coûte le billet, au fait ?

— Rien du tout, répondit Catriona qui leva la main pour interrompre toute protestation. J'ai mon propre petit avion privé. Un simple coup de fil au pilote et nous partons quand nous voulons.

— Mince ! C'est incroyable de voir comment vivent les riches !

— Cela n'a pas toujours été facile. J'ai eu mes mauvais moments, tu sais. Alors, qu'en dis-tu ? Prête à tenter l'aventure ?

— Sûr ! s'exclama sa compagne en ramassant son manteau et son sac. Je ne raterais ça pour rien au monde.

Catriona emmena Poppy dans son appartement et, après avoir téléphoné au patron de son amie pour lui dire que son employée ne se sentait pas bien et resterait chez elle jusqu'à ce qu'elle soit rétablie, elle appela le terrain d'aviation. Elle prévint également Clemmie et le chef d'orchestre, laissant à ce dernier le soin d'apprendre la nouvelle à son partenaire masculin, avec lequel il partageait un goût prononcé pour les vêtements voyants et les cocktails raffinés.

Poppy accrocha son manteau dans l'entrée et se débarrassa de ses chaussures. Munie d'une serviette, elle se frotta ensuite les cheveux et entreprit de visiter l'appartement. À grand renfort d'exclamations, elle s'extasia devant le mobilier, les fleurs fraîches, les tapis épais et le lit immense. Elle caressa d'un doigt les bibelots délicats et les vases de cristal, puis prit l'expression d'une enfant devant un magasin de bonbons en contemplant la garde-robe qui s'étalait sur toute la largeur de la pièce. Elle embrassa du regard les manteaux de fourrure et les robes du soir, enveloppés dans des housses de lin, sous lesquelles s'alignaient les chaussures, rangées avec régularité.

En enfilant un pantalon confortable, une chemise de soie et un cardigan, Catriona se mit à rire.

— La plupart de ces tenues me servent quand je suis en tournée ou quand je dois aller à des dîners ou répondre à des interviews. Quand je ne travaille pas, je préfère les vêtements confortables, expliqua-t-elle en glissant les pieds dans des chaussures à talons plats. Viens Poppy, nous allons boire un verre de champagne pour fêter nos retrouvailles et te trouver des habits mieux adaptés à notre expédition.

Son amie commença par protester, mais dès que le champagne eut fait son effet, elle accepta de se prêter au jeu. Après un long bain moussant au parfum exotique, elle enfila un pantalon bien coupé, un pull et une veste élégante. Elle dut garder ses chaussures mouillées, car sa pointure n'était pas la même que celle de Catriona.

Celle-ci, abandonnant Poppy à son maquillage, prépara rapidement un sac d'affaires de rechange. Il fallait deux heures d'avion pour arriver à Belvédère, mais elles ne rentreraient que le lendemain.

L'excitation de sa compagne se transforma en frayeur lorsque le petit Cessna fonça sur la piste en rugissant avant de décoller dans le ciel nocturne.

— Comment peut-il savoir où il va? demanda-t-elle en agrippant l'accoudoir de son siège. Il fait tout noir là-dehors.

Catriona lui fournit quelques explications techniques à propos de l'électronique, des radars et des plans de vol afin de donner l'impression qu'elle s'y connaissait, ce qui eut pour effet de rassurer son amie. En approchant de leur destination, elles constatèrent que la large piste tracée dans le bush avait été balisée. Alors que l'avion effectuait son atterrissage, Catriona aperçut un pick-up près duquel deux personnes attendaient. Elle éprouva un sentiment d'exaltation soudaine. Enfin, elle était à Belvédère.

Sortie de l'avion avant Poppy, elle vit s'avancer vers elle un homme de taille moyenne très mince, au visage buriné par des années de travail au soleil. Vêtu d'un pantalon de velours côtelé, d'une chemise à carreaux et de bottes au cuir éraflé, il était coiffé d'un chapeau éculé incliné sur son front.

— Heureux de vous rencontrer enfin, dit-il d'une voix traînante. Je m'appelle Fred Williams.

Il se tourna à demi et présenta l'aborigène de haute taille, vêtu comme lui, qui se tenait à ses côtés.

— Voici Billy, mon assistant.

— Bonsoir, messieurs, articula-t-elle en serrant la main de son directeur, puis celle du silencieux indigène.

Elle présenta alors Poppy, qui examinait les deux hommes avec curiosité.

— Nous sommes venues visiter le domaine, expliqua-t-elle enfin.

Fred repoussa son chapeau sur l'arrière de son crâne et se gratta la tête.

— Vous ne verrez pas grand-chose ce soir, madame. Qu'en penses-tu, Billy ?

— C'est certain.

Devant l'hésitation de sa patronne, Fred prit une décision.

— Vous allez venir vous restaurer. Nous avons beaucoup de place ici : votre pilote peut dormir avec les gars dans le dortoir. Mais je ne suis pas sûr que les chambres de la maison soient au goût des dames de la ville, déclara-t-il timidement.

Les deux femmes échangèrent un sourire et lui affirmèrent qu'elles étaient habituées au confort sommaire.

— L'épouse de Billy a fait un peu de ménage et a changé les draps. Je serai au dortoir cette nuit si vous avez besoin de quoi que ce soit.

Il les aida à grimper dans le pick-up et dirigea le véhicule vers l'allée accidentée menant à la maison.

Le bâtiment de bois, abrité par les arbres voisins, avait besoin d'être repeint, mais les ouvertures et leurs moustiquaires étaient en bon état, ainsi que la véranda. L'intérieur, éclairé par des lampes à pétrole, témoignait néanmoins d'un certain délabrement, et attestait une présence essentiellement masculine, soulignée par une vague odeur de bestiaux. Il ne contenait que les accessoires strictement nécessaires et, dépourvu de tout élément décoratif, ne comportait ni rideaux ni fauteuils confortables.

Fred prit une théière qui attendait sur le vaste fourneau, leur versa une tasse de thé et se précipita vers le réfectoire pour aller chercher de la nourriture. Billy s'était évanoui dans la nuit. Elles étaient seules.

— Bon sang, s'écria Poppy en ajoutant du sucre dans sa tasse, ce thé doit infuser depuis des heures !

Catriona but une gorgée et fit la grimace. Reposant la tasse sur la soucoupe, elle prit le temps d'examiner sa propriété. Malgré le désordre et le manque d'entretien de la maison, elle s'y sentait bien et imaginait déjà ce qu'elle pourrait en faire.

Le petit édifice ne possédait que deux chambres à coucher et une pièce qui servait à la fois de salon, de bureau et de cuisine. Sans eau courante, sans électricité, privé de salle de bains et de toilettes, il ne concédait à l'hygiène qu'une grande bassine accrochée près de la porte à l'arrière du bâtiment, et, pour faire ses besoins, une cabane extérieure avec un trou dans une planche.

— J'ai dit que nous étions habituées au manque de confort, mais je n'imaginais pas les conditions étaient telles ! murmura-t-elle.

— Il faut s'adapter à ce qu'on a, Kitty. Tu as été trop gâtée, tu as oublié ce que c'était.

Vaguement honteuse, Catriona se dit qu'elle avait raison.

— Si je faisais agrandir cette maison au nord et au sud et que j'y installais une vraie salle de bains et des toilettes, ce serait un petit bijou, reconnut-elle en réfléchissant rapidement. Un bon générateur pourrait fournir de l'électricité et de l'eau chaude. Quant au décor, quelques jolis meubles suffiraient à rendre ce lieu douillet.

— Si tu ne vis pas ici, ça ne sert à rien, marmonna Poppy.

— J'y vivrai un jour, et je suis sûre que Fred apprécierait une salle de bains et un éclairage décent. Je vais lui en parler.

Le directeur revint avec du mouton froid, des pickles et des pommes de terre. Il sembla intéressé par les projets de sa propriétaire et lui promit de se renseigner sur le coût des travaux. Quand il partit se coucher dans le dortoir, les deux femmes s'installèrent dans les deux lits étroits de la chambre d'amis.

Après quelques heures de repos, elles se réveillèrent à l'aube. Lorsque Fred arriva avec un énorme petit déjeuner de steaks, de frites et d'œufs, elles échangèrent un regard complice et attaquèrent leur repas avec appétit. Jamais nourriture ne leur avait semblé si bonne.

Le directeur ayant proposé de leur prêter le pick-up, elles se mirent en route, munies d'un plan grossièrement tracé. Le domaine se révélait d'une telle étendue qu'il aurait été impossible de le visiter en une seule journée. Catriona éprouvait une profonde satisfaction à l'idée de le découvrir peu à peu. Cet endroit lui appartenait maintenant, c'était sa maison. Peu importait que celle-ci réclame un peu plus qu'une couche de peinture. Quand elle serait à la retraite, elle lui offrirait un hâvre de paix.

Le petit bâtiment situé à la limite de la propriété n'était qu'une cabane, constata-t-elle avec désappointement, alors qu'elles s'arrêtaient devant le jardin envahi d'herbes folles. D'aspect solide, néanmoins, il était surmonté d'un toit en bon état.

Toutes deux franchirent le portail et escaladèrent les marches du perron. Fred leur avait affirmé qu'elles n'auraient pas besoin de clé pour entrer – de toute évidence, verrouiller la porte ne servait à rien dans un lieu aussi isolé.

— Ça sent mauvais, déclara Poppy. Ouvrons ces volets pour aérer un peu.

Elle joignit le geste à la parole et laissa la lumière entrer à flots.

— Je préférais la maison dans le noir! s'exclama-t-elle.

Catriona hocha la tête avec désolation. Le plancher était pourri, la cheminée de pierre s'écroulait et les opossums avaient visiblement fait leur nid dans les chevrons. L'unique pièce était parsemée de débris de toutes sortes et de meubles brisés, abandonnés par l'ancien propriétaire. À l'une de ses extrémités, un vieux fourneau décoloré jouxtait un évier de pierre tellement taché de rouille et de crasse qu'il n'était plus bon qu'à jeter.

La seconde pièce n'était pas plus reluisante. Près d'un vieux lit de fer, appuyé contre un mur, gisait un matelas, probablement adopté par des dizaines de générations de souris. À l'extérieur, la cabane qui servait de toilettes avait été brûlée : il n'en restait qu'un mur et un récipient de métal noirci.

— On dirait que les vagabonds ont utilisé cet endroit, marmonna Poppy en se frayant un chemin parmi les déchets qui jonchaient le jardin.

Elle donna un coup de pied dans deux bouteilles de bière vides.

— Pourtant, il suffirait simplement d'un peu d'huile de coude pour lui rendre sa jeunesse, reprit-elle.

— Tu penses qu'on pourrait y vivre? demanda Catriona en se tournant vers elle.

— Bien sûr, pourquoi pas? C'est mieux que beaucoup de lieux que je connais !

— Si je faisais réparer ce bâtiment, que j'y ajoutais une ou deux pièces, plus une salle de bains et des toilettes, aurais-tu envie de t'y installer avec ton Ellen?

Poppy posa sur elle des yeux remplis de larmes d'espoir.

— Oh, Kitty, je ne voulais pas... Bien sûr que j'en aurais envie!

Elle embrassa du regard la cabane délabrée comme s'il s'agissait d'un palais.

— Ce pourrait être une très jolie petite maison. Mais de quoi vivrions-nous, Kitty? Nous y serions trop loin de tout, articula-t-elle avec une tristesse qui fendit le cœur de son interlocutrice. C'est très gentil à toi, mais c'est impossible.

— C'est tout à fait possible. La ville n'est pas si loin et tu auras une camionnette à ta disposition pour pouvoir te déplacer comme tu le souhaiteras. Et il y a le potager que tu pourras exploiter aussi.

Un instant, elle hésita avant de poursuivre.

— Mais cela signifie qu'Ellen va devoir quitter son mari. Crois-tu qu'elle le fera ?

Poppy opina de la tête.

— Elle a peur de lui, et moi aussi.

Prenant les mains de son amie, Catriona la regarda dans les yeux.

— Je t'en prie, laisse-moi faire ça pour toi. Dis-moi que tu vas amener Ellen et le bébé ici, hors de danger.

— Ils seront en sécurité sans ce salaud, c'est sûr. Mais pourquoi veux-tu faire ça pour nous, Kitty ? Nous ne sommes pas des nécessiteux, tu sais, et je n'avais pas l'intention de…

Sa compagne l'interrompit en la serrant dans ses bras.

— Je ne te fais pas la charité, je m'occupe de ma famille, déclara-t-elle.

Elle s'écarta de Poppy et la tint à bout de bras.

— Tu as été une mère et une sœur pour moi. Tu m'as protégée, éduquée, et tu m'as aimée sans réserve. C'est mon tour maintenant de prendre soin de toi. Laisse-moi faire ça pour toi, Poppy, c'est ce que je veux plus que tout.

— Seulement si tu nous laisses te payer un loyer, argua son amie, le visage illuminé de joie.

— D'accord, mais pas avant que tu n'aies trouvé un travail et que le potager ne soit exploité. Nous trouverons alors un arrangement.

Les deux femmes firent tranquillement le tour de la propriété, bras dessus bras dessous. Arrivées au bout du jardin abandonné, elles s'arrêtèrent un moment pour contempler le magnifique panorama de collines boisées et de pâturages qui se déroulaient jusqu'à l'infini. Des chevaux et des bovins paissaient tranquillement, indifférents aux cacatoès blancs allant et venant au-dessus des abreuvoirs.

— C'est le lieu idéal pour élever un enfant, admit Poppy. Connor, mon petit-fils, va adorer cette maison.

13

Six mois après le retour à Sydney de Catriona et de Poppy, la petite famille de cette dernière emménageait dans sa nouvelle maison. Catriona, qui les accompagnait, fut surprise par les transformations effectuées. La cabane, soigneusement isolée et nettoyée, avait non seulement doublé de surface, mais elle se trouvait dotée d'un grand générateur qui lui fournissait électricité et eau chaude. Tout autour, l'herbe avait été tondue et, à l'arrière, le jardin avait été retourné.

Devant le spectacle de Poppy, debout devant le portail, les yeux écarquillés, Catriona et Ellen échangèrent un regard complice. Cette dernière ressemblait tellement à sa mère au même âge que leur logeuse trouvait difficile de ne pas se tromper de prénom. Bien que Poppy ait dû user de beaucoup de persuasion pour lui faire accepter de quitter son mari, elle semblait plutôt satisfaite à la perspective de vivre dans le bush et d'y voir grandir Connor, son amour de petit garçon, âgé de deux ans.

Catriona souleva l'enfant et l'assit sur sa hanche. Les cheveux coiffés en forme de crête, il posa sur elle son regard grave, couleur noisette, comme s'il se demandait qui elle était vraiment, puis décida de lui adresser un sourire ravageur. Une violente vague d'émotion s'empara d'elle, à la pensée de son propre bébé et de la cruauté avec laquelle il lui avait été enlevé. Aussitôt, elle tendit Connor à sa mère. Il était un peu tard pour se laisser aller à la sentimentalité. Jamais plus elle n'aurait l'occasion d'être mère.

Harold Bradley, qui avait pris sa retraite six ans auparavant, vivait avec son épouse dans un petit cottage, à l'orée de la forêt qui entourait Kuranda. Il passait ses journées à travailler dans son potager, derrière la maison, et ses soirées sur la véranda, à fumer sa pipe. Pendant les années de guerre, il s'était fait énormément de soucis pour son fils, engagé dans l'armée. Toutefois, le jeune homme était rentré sain et sauf et il travaillait maintenant, comme son père l'avait fait, pour la police locale du comté d'Atherton. Harold, fier que son enfant ait choisi de suivre ses traces, attendait ses visites avec impatience et, certains soirs, Charles le rejoignait sur la véranda pour discuter avec lui des affaires courantes.

Appréciant la retraite, il aurait été comblé s'il n'avait eu le sentiment d'avoir laissé derrière lui certaines affaires non résolues. Le mystère de la disparition de Kane, de la femme et de l'enfant n'avait jamais été expliqué. On ne savait pas non plus ce qu'était devenu Dimitri Yvchenkov. Le Russe n'était jamais revenu à son hôtel.

Harold avait fait une photocopie du rapport, qu'il avait emportée avec lui quand il avait quitté la vie active. Il la sortait parfois du tiroir dans lequel elle était rangée et relisait la déclaration d'Edith Powell.

L'affaire avait été classée, car la vieille fille était décédée peu de temps après sa visite et le reste du personnel ne savait apparemment rien. L'hôtel, qui n'avait jamais été rouvert, avait toutefois, pendant quelques mois, servi d'hôpital pendant la guerre. Maintenant vide et délabré, il menaçait d'être englouti par la forêt.

Assis dans son fauteuil, le policier à la retraite contemplait la fumée de sa pipe qui s'élevait en volutes dans l'air humide. Il avait discuté de cette affaire avec Charles, mais son fils était beaucoup trop occupé pour s'y intéresser sérieusement. La guerre avait bouleversé leur vie, des dossiers avaient été détruits ou égarés, des hommes avaient disparu sur les champs de bataille d'Europe et d'Asie et les femmes s'étaient remariées et avaient changé de nom. C'était comme chercher une aiguille dans une botte de foin.

— Grand-père ?

Harold, tiré de ses pensées, regarda le petit garçon qui agrippait la jambe de son pantalon à travers la balustrade.

— Tom ! dit-il en lui faisant signe de venir le rejoindre. Viens, je vais te raconter l'histoire d'un Russe, d'un Anglais, et de l'incident de l'argenterie envolée.

Tom Bradley acquiesça. Il adorait entendre son grand-père parler de ce qu'il faisait quand il était policier. Un jour, lui-même porterait un uniforme identique à celui de son papa et poursuivrait les voleurs.

Une fois la famille de Poppy installée, Fred et Billy ayant accepté de garder un œil sur elle, Catriona retourna à son emploi du temps chargé. Bientôt, elle se trouva immergée dans la saison des opéras de Verdi qui se tenait en Italie. Cette fois, elle avait tenu sa promesse en emmenant Brin, malgré son âge avancé et son état de santé défaillant.

Son quarantième anniversaire fut célébré à Rome. La saison Verdi arrivant à son terme, Brin et elle se trouvaient dans cette ville depuis presque un an maintenant. Ils repartiraient le lendemain pour Paris, avant de se rendre à Londres à l'occasion d'une soirée de gala organisée en l'honneur de la reine Elizabeth II, au cours de laquelle Catriona chanterait des extraits de *Manon Lescaut*. De Londres, ils iraient à New York où elle interpréterait le rôle de Floria Tosca, puis reviendraient à Sydney pour y enregistrer un album des airs les plus célèbres de Puccini. Considérée comme l'une des plus grandes sopranos de son temps, elle savait que sa voix n'avait jamais été plus pleine ni plus pure.

Toutefois, son succès était gâché par la santé de plus en plus chancelante de Brin. Il avait adoré leur séjour à Rome, au cours duquel elle lui avait fait visiter tous les lieux touristiques, mais elle s'était rapidement rendu compte qu'il ne pouvait plus l'aider à s'habiller. Elle avait alors loué les services d'une habilleuse, afin qu'il puisse se reposer. Malheureusement, il affichait un mépris constant pour son état de santé et refusait toute aide médicale. Catriona constatait néanmoins qu'il avait perdu beaucoup de poids et n'aimait pas les plaies qui apparaissaient sur son visage et ses mains, qu'aucun baume ne parvenait à guérir.

Un jour qu'il semblait particulièrement faible, elle sentit qu'elle ne pouvait plus supporter cette situation. Bravant ses protestations, elle le contraignit à consulter les meilleurs médecins de Rome. Malheureusement, aucun des spécialistes ne réussit à découvrir l'origine de son mal et les diagnostics proposés n'aboutirent à rien. Il avait été suggéré que son mode de vie discutable pouvait avoir un rapport avec sa maladie, qu'il avait brûlé la vie par tous les bouts et que son corps était épuisé. Il n'y avait apparemment rien à faire.

Une fois la dernière représentation romaine terminée, elle ne participa que quelques minutes à la réception qui suivit, afin de rentrer rapidement en taxi à l'appartement qu'elle louait dans les faubourgs de la ville. Elle n'avait pas le cœur de faire la fête alors que Brin était dans un tel état.

Lorsqu'elle pénétra dans l'appartement, il dormait sur le canapé. Elle le regarda un long moment, se souvenant de l'amitié sans faille qu'il lui avait toujours manifestée, du rire qu'il suscitait chez elle avec ses histoires scabreuses, de ses conseils avisés en matière de vêtements et de la patience dont il faisait preuve en l'accompagnant dans les magasins jusqu'à ce qu'ils trouvent la tenue parfaite pour telle ou telle occasion. Il s'était toujours montré un soutien précieux. Elle devait s'occuper de lui à son tour.

Doucement, elle remonta la couverture sur les épaules du dormeur, éteignit la lampe allumée près de lui et se rendit dans sa chambre. Après s'être déshabillée, elle prit une douche, enfila un peignoir de soie, et s'assit pour lire les lettres qu'elle venait de recevoir du pays.

Clemmie allait bien. Elle était grand-mère pour la première fois, et ne parlait que de son petit-fils. Dans un courrier séparé, John lui faisait parvenir des documents officiels sur les changements récents survenus dans les lois relatives à l'adoption. Aussitôt, les mains de Catriona se mirent à trembler. En guise de commentaire, John lui expliquait que ces changements pouvaient lui permettre d'avoir accès à certains dossiers, mais qu'elle ne serait cependant pas autorisée à rassembler suffisamment d'informations pour prendre contact avec sa fille. Cependant, il avait déjà écrit aux autorités et espérait avoir bientôt des nouvelles de sa démarche.

Catriona posa la lettre avec un soupir de frustration. Le courrier mettait un temps fou à parvenir jusqu'à Rome, où le téléphone fonctionnait encore plus mal qu'à Belvédère. Il pouvait s'écouler des semaines avant qu'elle n'en sache davantage.

Rapidement, elle parcourut la lettre de Fred Williams. Belvédère prospérait régulièrement et les travaux de la maison principale étaient presque terminés. Si seulement elle pouvait en voir le résultat! Elle ne trouverait probablement pas le temps de retourner chez elle avant un an.

La dernière lettre de la pile était signée de Poppy. Ellen et elle travaillaient depuis dix mois dans l'unique pub de Drum Creek et Connor, qui avait fêté ses trois ans, était un petit garçon épanoui. Elles s'occupaient aussi du potager et avaient même commencé à vendre leurs produits au magasin local. Ellen avait également entrepris une activité de couture qui démarrait gentiment. Globalement, leur vie était très agréable et ils étaient heureux.

Catriona s'inquiétait pour son voyage à Paris, craignant que la fatigue ne soit trop importante pour

Brin. Mais son compagnon, qui semblait avoir récupéré, se montrait impatient de voir la tour Eiffel et Montmartre. Il souhaitait plus que tout découvrir cette ville exaltante. Dès qu'ils furent installés à l'hôtel, Catriona l'emmena dans les magasins, espérant qu'il retrouverait un peu de son enthousiasme d'antan.

Cette éclaircie ne devait pas durer. Sous l'œil des médecins déconcertés, elle vit son vieil ami décliner de jour en jour, jusqu'à ce qu'il rentre, un après-midi, totalement épuisé d'une courte sortie aux Champs-Elysées. Plus le temps passait, plus elle appréhendait le pire. Lorsqu'il lui demanda de l'emmener à l'hôpital, elle comprit que la fin était proche.

— Je vais mourir, chérie, lui dit-il, appuyé sur ses oreillers, mais Paris est probablement l'endroit rêvé pour cela. Merci de m'avoir laissé venir avec toi. Je t'adore, tu le sais, ajouta-t-il avec un pâle sourire.

— Moi aussi, je t'adore, chuchota-t-elle.

Brin lui demanda de bien vouloir lui brosser les cheveux et de l'aider à revêtir la veste brodée à la main qu'ils avaient achetée chez Chanel. Il adressa ensuite un triste sourire au reflet que lui renvoyait le miroir qu'elle tenait devant lui, et rendit son dernier soupir. Catriona éprouvait un chagrin immense. Il lui semblait que la vie s'acharnait à lui ravir les gens qu'elle aimait. Assise près de son ami, dans la chambre d'hôpital paisible de cet hôpital français, elle se sentait terriblement seule et exilée.

Brin eut les funérailles qu'il aurait souhaitées. Chevaux noirs coiffés d'un plumet, corbillard d'ébène et de verre, fleurs et bougies. À jamais il séjournerait à Paris, cité de l'amour.

Huit mois plus tard, Catriona reçut un courrier inquiétant de Fred Williams. La lettre, tracée d'une écriture soigneuse, commençait par des nouvelles de Belvédère. La station prospérait et le nouveau troupeau était porteur d'espoir. Billy était un don du ciel – cet homme se révélait d'une intelligence exceptionnelle face à la nature et aux éléments contre lesquels il fallait lutter en permanence. Le directeur suggérait qu'une augmentation soit accordée à son assistant, qui était maintenant l'heureux père de trois enfants.

Catriona aimait beaucoup l'aborigène. Lors de ses brèves visites, pendant les travaux de la petite maison, il l'avait emmenée dans le bush et lui avait patiemment expliqué les mystères de la nature environnante, dont il connaissait tous les trésors.

Elle tourna la page. Poppy et Ellen travaillaient toujours au pub et leur potager était florissant. Malheureusement, Ellen avait commencé à ne plus tenir en place au cours des derniers mois. Elle ne cessait de se plaindre de l'ennui qu'elle éprouvait et disait regretter l'animation et les lumières de Sydney. À l'insu de sa mère, elle avait écrit à Michael, son époux, semblant croire qu'il avait changé et – le cœur attendri par sa trop longue absence – lui avait expliqué où elle se trouvait en le suppliant de venir la chercher.

Les lèvres serrées, Catriona prit connaissance du reste de la lettre. Poppy était allée voir Fred pour lui apprendre que Michael était apparu et qu'il lui avait suffi de jeter un coup d'œil sur leur installation pour décider de rester. Afin de lui rendre service, Fred avait embauché son gendre pour planter des piquets, mais il s'était révélé peu fiable et enclin à la boisson.

Michael Cleary, alors engagé au pub, avait été bientôt surpris la main dans la caisse et renvoyé. Il avait travaillé pendant un certain temps au magasin d'alimentation avant de démissionner. Il ne subsistait maintenant que grâce aux maigres ressources de sa femme et de sa belle-mère. De l'avis de Fred, cet homme était un ivrogne invétéré, qui devait de l'argent à tout le monde, et se montrait souvent agressif.

Le directeur expliquait que la pauvre Poppy éprouvait trop de honte pour lui en parler, mais qu'il avait su lire entre les lignes et deviner que la situation des deux femmes se détériorait. Bien que celles-ci se soient évertuées à les cacher, il avait remarqué leurs contusions et leurs yeux au beurre noir. Quelles mesures devait-il prendre au sujet de Michael Cleary ?

Catriona était furieuse. Furieuse contre Poppy qui ne s'était pas confiée à elle, furieuse contre Ellen, assez stupide pour ramener cet être odieux dans leur vie, et furieuse de ne pas être en mesure de se rendre immédiatement sur place pour dire à ce salaud ce qu'elle pensait de lui. Elle écrivit sur-le-champ à Fred, lui demandant de prendre Michael à part, de le mettre en garde – en utilisant la violence, si nécessaire – et de s'assurer qu'il laissait les deux femmes tranquilles. Ensuite, elle envoya une lettre bien sentie à Michael lui-même, l'avertissant que, s'il levait une fois encore la main sur son épouse et sa belle-mère, elle préviendrait personnellement la police. La troisième lettre, destinée à Poppy, fut plus difficile à formuler. Son amie serait extrêmement humiliée de se rendre compte qu'elle était au courant de tout. Cependant, Catriona, soucieuse de protéger le petit garçon avant qu'il ne soit, lui aussi, battu par son père, tenait à préciser que, si cette violence se poursuivait, elle avait l'intention de demander la tutelle de Connor.

Connor n'avait aucun souvenir de la première fois où il avait été frappé. Dans la mesure où les coups survenaient régulièrement, il avait fini par se dire que la vie devait être ainsi. Son père n'avait pas besoin de prétexte : qu'il soit sobre ou saoul, de bonne ou de mauvaise humeur, il prenait son fils pour souffre-douleur.

À quatre ans, le petit garçon avait appris à se tenir prudemment à l'écart et à n'exprimer ni terreur ni souffrance alors qu'il roulait d'un bout de la pièce à l'autre. Le soir, le visage enfoui dans l'oreiller, il versait des larmes silencieuses, les membres meurtris et la tête résonnant des insultes de son tortionnaire. Son enfance avait été balayée, alors qu'il commençait, depuis son arrivée à Belvédère, à en découvrir le goût.

Toutes ses journées se passaient dans la frayeur et la confusion. Chaque fois que les pas de son père retentissaient sur la véranda, il était secoué d'un frisson d'appréhension. Marchait-il d'un pas léger, ce qui pouvait laisser penser qu'il était sobre et peut-être même de bonne humeur ? Ou avançait-il d'un pas lourd et allait-il entrer en claquant la porte et en hurlant pour réclamer son dîner, ce qui arrivait de plus en plus souvent ?

Dans ce dernier cas, un affreux silence s'établissait dans la cuisine quand il y pénétrait, l'haleine sentant l'alcool et le regard animé d'une lueur cruelle. La grand-mère de Connor baissait les paupières, semblant rapetisser, pendant que sa mère se dépêchait de poser la nourriture sur la table et se réfugiait dans le coin le plus sombre de la pièce, hors de portée. Connor, lui, essayait de rester invisible, debout et attentif, prêt à s'enfuir. On aurait dit que la maison, retenant sa respiration, attendait que la fureur se déclenche.

La maman de Connor essayait de le protéger. Faisant écran de son corps où dormait son futur bébé, elle prenait les gifles et les coups de bottes à sa place. Quand sa mamie hurlait et s'approchait de son père pour s'interposer, celui-ci l'envoyait violemment à terre et la frappait jusqu'à ce qu'elle n'ait plus la force de se relever pour continuer à le harceler.

Un soir, les yeux écarquillés d'horreur, le petit garçon assistait à cette scène trop familière. Soudain, il sentit sa rage monter : il ne pouvait pas laisser faire ça.

Il se précipita sur son père. Ses petits poings heurtèrent les cuisses musclées et ses pieds nus s'acharnèrent sur les épaisses chevilles, en vain, malgré les cris qu'il poussait pour que leur bourreau cesse de cogner sa grand-mère.

Un coup vicieux le réduisit au silence. Il avait été envoyé contre la cheminée de pierre par un coup de bottes au menton. Étourdi, il vit sa vision se troubler et sa mamie hurler en repoussant son père. Il distinguait la silhouette de sa mère sur le sol et sentait un liquide tiède et chaud couler dans son cou. Il sombra dans les ténèbres silencieuses.

Lorsqu'il rouvrit les yeux, il était dans les bras de sa mamie. Elle lui chantait une chanson de sa voix étrange en lui lavant le visage avec un linge froid. Lové contre la poitrine maigre, entouré des bras aimants et douillets, il émit simplement le souhait de ne plus souffrir.

L'année que Catriona avait passée à Paris arrivait presque à son terme. Alors qu'elle sortait de scène, son habilleuse lui tendit le téléphone.

— C'est un appel d'Australie, chuchota-t-elle. On dirait que c'est urgent.

La chanteuse prit l'appareil.

— Que se passe-t-il ?

C'était Fred.

— L'un de mes hommes a entendu des cris provenant de la petite maison. Il a vu Cleary sortir furieux et il est allé voir ce qui se passait.

Il y eut une longue pause, causée par un grésillement insistant. Catriona agrippa nerveusement le récepteur.

— Poppy a été rouée de coups et Ellen ne va pas beaucoup mieux, mais le pauvre petit Connor a vraiment eu son compte, cette fois.

— Comment va-t-il ? demanda Catriona, sentant la chair de poule se former sur sa peau.

— Il est très secoué, terrifié et gardera toute sa vie une cicatrice au menton, à cause du coup de botte de son père.

Des larmes jaillirent aux paupières de Catriona qui les essuya d'un geste brusque de la main.

— Doit-il aller à l'hôpital ? Je paierai tout ce qu'il faut pour qu'il reçoive les soins les meilleurs.

— Le docteur est déjà venu et l'a recousu, expliqua son interlocuteur, la voix rauque d'émotion. Mais la mère et la fille refusent de quitter la maison. Elles sont terrifiées à l'idée de ce qui pourrait se passer si elles ne sont pas là quand il reviendra.

Catriona serra la mâchoire. Pourquoi certaines femmes étaient-elles des victimes-nées ? Pourquoi n'étaient-elles pas venues chercher protection auprès de Fred ? En ce qui la concernait, elle aurait fait face à ce salaud avec un fusil et n'aurait pas eu peur d'appuyer sur la détente !

Fred se racla la gorge.

— Cette ordure mérite qu'on lui donne une bonne leçon, déclara-t-il. Je veux votre permission de le chasser de Belvédère pour toujours.

— Vous l'avez.

Il lui exposa son plan, dont elle admira la froide efficacité.

— Appelez-moi lorsque ce sera réglé, dit-elle simplement.

Les hommes de Drum Creek se réunirent dans l'arrière-salle de l'épicerie. Aux conducteurs de troupeaux, tondeurs et garçons de ferme de Belvédère se joignaient les propriétaires des petites boutiques de la ville et les clients réguliers du pub. Tous avaient appris à mépriser Cleary qui devait de l'argent à la plupart d'entre eux. Cependant, ce n'était pas les dettes impayées qui les conduisaient à cet endroit ce soir, c'était le dégoût qu'ils partageaient envers l'ordure qui avait sauvagement battu une grand-mère, une femme enceinte et un petit enfant.

Le patron du pub venait de leur faire savoir que Cleary était en train de boire chez lui, et qu'il fallait agir avant qu'il ne tombe dans un coma éthylique. D'un seul mouvement, les membres du groupe s'élancèrent sur la large route de terre. Lorsqu'ils atteignirent l'établissement, la brute était au bar, criant pour que le patron lui serve un autre verre.

— Tu as bu ton dernier coup ici, mon gars, dit Fred dans l'encadrement de la porte.

L'ivrogne se retourna, appuyé au comptoir, les yeux troubles et le visage crispé par la colère.

— Ah ouais? J'aimerais bien savoir ce que tu comptes faire, articula-t-il d'une voix pâteuse.

— Nous ne voulons pas de toi ici, cria l'un des compagnons de Fred. Cette ville était agréable avant que tu arrives.

Titubant, Cleary évalua la quantité d'hommes qui affluaient par la porte à deux battants.

— Je vais vous combattre un par un, salauds, hurla-t-il en levant ses poings couverts de contusions.

— Il est temps en effet que tu tapes sur quelqu'un de ton âge, espèce d'ordure, s'écria un conducteur de troupeaux qui accompagna ses paroles d'un direct du droit bien appliqué.

Basculant sur ses pieds, Cleary serait tombé s'il n'avait été aussitôt cloué au bar par le patron. Les autres avancèrent, l'agrippèrent et le traînèrent dans la rue. Sous une pluie de coups, il se mit à genoux, suppliant ses agresseurs d'arrêter. Une botte le frappa au côté et, lorsqu'il s'effondra, une main lui pressa le visage dans la poussière.

Soudain, tous reculèrent en cercle et l'observèrent en silence tandis qu'il rampait sur le sol en les suppliant de l'épargner. Il leva vers eux son visage contusionné, couvert de morve et de larmes, où un seul œil restait ouvert.

Fred l'aida à se relever.

— Tu files loin d'ici, déclara-t-il. Et si je te revois dans les parages, tu recevras la plus grande raclée de ta vie.

L'agrippant par le col, il le fit courir jusqu'à sa camionnette.

— Touche encore à un cheveu de cet enfant, et je te fais personnellement tâter de mon fouet à bestiaux.

Sans doute à cause des coups qu'elle avait reçus, Ellen était en train d'accoucher. Connor, étendu dans la pièce voisine, s'était vu ordonner de rester au lit sans bouger. Sa grand-mère devait être très soucieuse car, pour la première fois de sa vie, elle s'était montrée impatiente à son égard. Allongé, il écoutait les hurlements affreux de sa mère.

Soudain, il entendit un cri, une sorte de cri de colère, qui ne provenait pas de Ma. Après ce qui parut un siècle, sa grand-mère entra en souriant.

— Viens avec moi, mon poussin, dit-elle doucement. Viens dire bonjour à ta petite sœur.

Connor la suivit et regarda le paquet que sa mère tenait dans ses bras.

— Voici Rosa, dit-elle d'une voix épuisée.

Rosa était un minuscule bébé avec une touffe de cheveux noirs et un hurlement puissant. Le visage crispé, elle agitait les bras et les jambes comme si elle était furieuse d'être née. Bouche bée, Connor tomba instantanément en amour et sut qu'il aurait pour devoir de la protéger.

Un moment, il observa sa grand-mère poser délicatement Rosa dans le petit lit de bois où il avait dormi auparavant, puis il grimpa dans le lit de sa mère. Veillant à ne pas lui faire mal, il posa un baiser sur son visage contusionné. Bien qu'elle paraisse très fatiguée, elle lui sourit en lui caressant les cheveux et le serra un moment contre elle avant de s'endormir.

Le silence fut tout à coup rompu par le claquement de la porte. Connor, réveillé en sursaut, se précipita instinctivement sous le lit. Sa mère se mit à hurler, aussitôt imitée par Rosa. Michael Cleary était couvert de sang et l'un de ses yeux, aux paupières très enflées, s'auréolait de noir. Complètement saoul, il paraissait plus menaçant que jamais.

Le petit garçon se recroquevilla en voyant les bottes approcher du lit. Sa mère, qui avait cessé de crier, essayait désespérément de le calmer et sa grand-mère luttait avec lui pour le faire sortir de la pièce. Pendant ce temps, Rosa poussait un hurlement aigu et ininterrompu, résonnant dans la tête de Connor qui mourait d'envie de la faire taire. Son père allait probablement la frapper si elle ne s'arrêtait pas.

Sa grand-mère saisit le bébé dans ses bras et sa mère se mit à sangloter. Connor recula le plus possible dans sa cachette.

Le petit garçon retenait sa respiration. La tension qui régnait dans la chambre était telle que l'enfant la sentait bourdonner dans ses oreilles. Il entendait le craquement des bottes de son père qui tanguait dangereusement au-dessus du lit. Si seulement sa mère pouvait s'arrêter de pleurer, pensa-t-il avec un sentiment de désespoir. Son père détestait qu'elle soit dans cet état. Pourtant, sans un mot, il rassembla ses quelques affaires et quitta la maison.

Après le départ de Michael, la paix qui s'installa resta longtemps mêlée d'appréhension. Bien que Fred et Billy aient assuré les habitants de la petite maison du départ définitif de leur bourreau, ils restaient sur leurs gardes. À tout moment, ils s'attendaient à entendre le bruit de ses bottes sur la véranda suivi du claquement de la moustiquaire.

Au fil des semaines, n'ayant aucune nouvelle de lui, ils finirent par admettre qu'ils étaient vraiment libérés. Cependant, il faudrait des années avant que Connor ne cesse de sursauter au moindre bruit violent et puisse dormir la lumière éteinte.

14

Après la disparition de Michael, Ellen se montra de plus en plus lasse de la vie dans l'outback. La période de violence qu'elle avait vécue, au lieu de susciter en elle un besoin de paix, soulignait au contraire l'aspect monotone de la vie de la station. Elle se mit à négliger les enfants, laissant Poppy s'en occuper tandis qu'elle restait assise au pub pour noyer son chagrin.

Dans cet établissement, elle rencontra un voyageur de commerce nommé Jack Ivory. Cet homme hâbleur, dont le métier reposait sur une forme de séduction, savait tirer parti de toutes les situations. Doté d'un sourire plein de charme, il semblait n'être jamais à court d'argent. Ellen, qui trouvait la vie difficile sans homme à ses côtés, vit en lui une chance d'échapper au destin peu excitant de mère et de chef de famille. Déterminée à ne pas manquer une telle occasion, elle retourna au cottage et fit ses bagages. Malgré une dispute féroce avec Poppy et les supplications larmoyantes de ses enfants, elle quitta Drum Creek avec Jack et disparut, pour ne jamais revenir.

Catriona fut attristée par cette nouvelle, sans en être vraiment surprise : non seulement Ellen s'était toujours montrée instable, mais elle témoignait également d'un goût discutable en matière d'hommes. Toutefois, la situation des enfants la désolait. Comment une mère pouvait-elle tourner le dos à un bébé et à un petit garçon déjà terriblement marqué par la vie ?

Elle remplit ses engagements à Londres et à New York puis, dès son retour en Australie, s'assura que son nouveau planning lui laissait un peu de temps libre, afin de pouvoir se rendre à Belvédère plus régulièrement. Poppy était trop âgée pour avoir la charge entière de deux enfants aussi jeunes. Bien que la femme de Billy vienne l'aider chaque jour pour les tâches matérielles, elle paraissait au bout du rouleau. Pourtant, sa vieille amie, décidée à élever ses petits-enfants tout en travaillant, avait catégoriquement rejeté sa proposition d'aide financière.

Au cours des huit années suivantes, Catriona constata qu'elle attendait avec de plus en plus d'impatience chaque nouveau voyage dans l'outback, où elle arrivait, les bras chargés de cadeaux pour ses protégés. Elle appréciait de troquer ses tailleurs et talons aiguilles contre des pantalons larges et des chaussures plates, puis de respirer l'air pur de Belvédère avant de rentrer à Sydney revigorée et heureuse de se remettre au travail. Cependant, elle aurait aimé que Poppy puisse se détendre. Bien qu'elle admire la fierté et la force de son amie, elle la savait capable de s'échiner sur ses tâches innombrables jusqu'à tomber raide morte.

Dans la petite maison aux fenêtres brillantes et au sol impeccable régnait une odeur de cire et de pain tout juste sorti du four. Par la porte de derrière, Catriona voyait les rangées bien nettes de légumes qui poussaient sur la terre riche et le linge blanc qui se balançait dans la brise tiède. Poppy, rentrée du pub où elle avait cuisiné une nourriture simple et savoureuse pour les clients, appréciait le calme ambiant. Les enfants, qui étaient à l'école, ne rentreraient pas avant l'heure du goûter.

En sirotant son thé, Catriona regarda son amie.

— Je ne peux rester que deux heures, déclara-t-elle avec regret. Je dois être au studio d'enregistrement demain matin.

Poppy opina de la tête. Ayant cessé de se décolorer les cheveux, elle les portait maintenant gris et coupés à la Jeanne d'Arc. Toutefois, à soixante-dix ans, elle continuait de se maquiller et arborait toujours des vêtements de couleurs vives, accompagnés de boucles d'oreilles assorties. Le visage et les mains bronzés à force de travailler dans le jardin, elle paraissait, malgré sa fatigue, avoir conservé l'énergie de la jeunesse.

— Tu vas t'abîmer la santé à force de courir partout comme tu le fais. N'en as-tu pas assez ? lui demanda Poppy.

Étant donné ce que Poppy accomplissait chaque jour, Catriona trouvait la question excessive.

— Je déteste repartir d'ici, admit-elle, mais je n'arrive pas à rester longtemps au même endroit. Je suis née dans une roulotte, c'est dans mon sang.

Poppy l'écoutait en se mordant les lèvres.

— L'opéra est un univers réservé à une élite. Comment une jeune fille comme toi s'est-elle adaptée à cet univers ?

Catriona sourit. La jeune fille aurait quarante-huit ans dans quelques semaines.

— Cela m'a paru difficile au début. Les filles du Conservatoire se moquaient de la façon dont je parlais, de mes vêtements et du fait que Mam était serveuse. Je me suis alors efforcée de ne penser qu'à la raison pour laquelle j'étais là et au but que je désirais atteindre. Jamais je n'ai perdu de vue les sacrifices qui m'avaient permis d'aller aussi loin. J'ai travaillé dur mon élocution et ingurgité tout ce qui me permettait d'évoluer. Il ne m'a d'ailleurs pas fallu longtemps pour comprendre qu'aucune soprano ne pouvait chanter en articulant les mots comme une gamine de l'outback !

— Tout cela ne t'a pas changée, en tout cas. Tu as toujours cet air qui pourrait passer pour de la douceur et de l'innocence, si je ne te connaissais pas si bien ! dit Poppy avec une lueur d'humour dans les yeux. Je parie que tes camarades perfides sont malades de jalousie quand elles voient ce que tu as accompli.

Catriona étudia ses ongles vernis et les bagues qui scintillaient sur ses doigts.

— Il m'est arrivé de travailler avec beaucoup d'entre elles dans une production ou une autre. Certaines n'ont pas poursuivi leur carrière. Elles se sont mariées et ont eu des enfants, ce qui les a empêchées de voyager. Globalement, elles étaient plutôt sympathiques, une fois libérées de l'influence d'Emily Harris !

— Tu m'as parlé d'elle, dit Poppy en débarrassant la table. Une sale petite pimbêche. Qu'est-ce qu'elle est devenue ?

— Elle n'a jamais su corriger ses difficultés dans le soutien de sa voix lors du passage de la voix de poitrine à la voix de tête. La dernière fois que j'en ai entendu parler, elle jouait le rôle principal dans un spectacle d'amateur produit par son père, une comédie musicale de Gilbert et Sullivan.

— Bien fait pour elle !

— Comment tiens-tu le coup, Poppy ? demanda soudain Catriona, le visage grave. Les enfants réclament-ils toujours Ellen ?

— Je vais bien et les enfants vont bien, déclara son interlocutrice avec une grimace. Ils n'en parlent plus, ce qui est logique, car elle n'a pas écrit une lettre ni passé un coup de téléphone depuis des années. De toute manière, Rosa était trop jeune pour s'en souvenir.

Croisant les bras, elle ajouta, une lueur féroce dans le regard :

— Nous nous débrouillons beaucoup mieux sans elle.

Leur conversation fut interrompue par un bruit de sabots.

Catriona repoussa sa chaise et se précipita vers la porte, alors que les deux enfants arrivaient de l'école sur leurs poneys. Rosa sauta à terre et faillit la renverser en se jetant avec fougue dans ses bras. Connor, comme à son habitude, attendait timidement à l'écart, le regard circonspect.

Catriona suivit en riant la petite fille qui l'entraînait dans la maison pour découvrir les cadeaux qu'elle avait rapportés. Brune aux yeux noirs, l'enfant avait un sourire espiègle proprement irrésistible. Voyant que le jeune garçon restait immobile, la visiteuse tourna la tête vers lui avec un sourire encourageant.

— J'ai quelque chose pour toi aussi, dit-elle.

Tandis que Rosa déchirait l'emballage avec des cris d'excitation, le garçon regardait leur bienfaitrice sous son chapeau à large bord. Ayant beaucoup grandi au cours des derniers mois, il était très maigre, mais semblait pourtant en bonne santé, si l'on en croyait les muscles de ses bras et de ses jambes. À douze ans, il laissait déjà deviner l'homme qu'il allait devenir. Si seulement il n'était pas aussi renfermé, songea-t-elle tristement en lui tendant le gros paquet qui lui était destiné.

Le visage de l'adolescent s'éclaira quand il découvrit une selle, fabriquée à la main et ornée d'un pommeau d'argent. C'était un cadeau coûteux, mais Catriona était toujours embarrassée quand il s'agissait de lui offrir un présent.

— Merci beaucoup, dit-il les yeux brillants. Est-ce que je peux l'essayer maintenant ?

— Bien sûr.

Rosa souleva ses nouvelles robes et la poupée en poussant des cris de plaisir.

— Regarde, mamie, elle a de vrais cheveux et de longs cils, et elle est en pantalon !

Heureuse de voir ses cadeaux appréciés, Catriona se rendit sur la véranda. Connor devenait un peu grand pour ce poney, se dit-elle en le regardant s'installer sur la nouvelle selle. La longueur des étriers n'étant plus adaptée, il laissait pendre ses jambes sur les flancs de sa monture. Elle allait demander à Fred de lui trouver un autre cheval.

Connor se retourna et lui adressa un lent sourire, empreint d'une telle affection qu'elle en eut le cœur dilaté. Comme elle aimait ces enfants ! Au fond, elle aurait voulu qu'ils lui appartiennent. Elle resserra son cardigan autour de ses épaules et croisa les bras. Plus elle prenait de l'âge, plus elle devenait sentimentale. Non seulement elle avait déjà bien de la chance de profiter des petits-enfants de son amie, mais il fallait qu'elle cesse de les gâter autant.

Poppy prépara du thé frais et, tandis que les enfants étaient occupés avec leurs cadeaux, elle apprit à Catriona à quel point Rosa travaillait bien à l'école.

— Elle est très vive, c'est sûr, encore que je me demande d'où elle tient ça, déclara-t-elle avec une lueur de fierté dans les yeux. Elle a passé ses examens haut la main. Son institutrice affirme que c'est l'une des meilleures élèves qu'elle ait eues.

— Et Connor ?

— Ce n'est pas un intellectuel, mais cela ne veut pas dire qu'il n'est pas intelligent, s'empressa-t-elle d'ajouter. Il est adroit de ses mains et réfléchit jusqu'à ce qu'il arrive à trouver les solutions à ses problèmes.

Elle but lentement son thé en serrant sa tasse de ses doigts déformés par les rhumatismes.

— Il parle déjà de quitter l'école, poursuivit-elle. Je crois qu'il veut devenir dresseur de chevaux sauvages.

— Mais c'est un travail très dangereux et il est beaucoup trop jeune, s'exclama Catriona. Tu dois le convaincre de rester à l'école. Il est important qu'il reçoive une éducation correcte !

— Essaie de le lui dire ! Il n'a qu'une seule pensée en tête : les chevaux.

Après un long silence, sa voix s'éleva de nouveau avec un soupir :

— On ne peut pas lui en vouloir, Kitty. Connor sait qu'un cheval ne l'abandonnera jamais. Les animaux ne sont pas comme les gens.

Pendant son vol de retour, Catriona eut l'esprit occupé par de sérieux sujets de réflexion.

Harold Bradley mourut dans son sommeil, peu après son soixante-quinzième anniversaire, et fut inhumé dans le petit cimetière d'Atherton, près de son épouse. Charles Bradley, son fils, venait d'accéder au grade d'inspecteur principal et allait déménager bientôt à Sydney, où il devait diriger une équipe d'enquêteurs. Il s'était chargé de vider la maison, maintenant destinée à la vente, et de répartir les quelques objets de valeur entre ses sœurs et lui-même.

Lentement, il fit le tour des pièces presque vides, pensant aux heures qu'il avait passées ici en compagnie de son père. Leur relation avait été solide, il espérait qu'il en serait de même entre son fils et lui. Tom poussait comme une plante, dans quelques semaines il aurait treize ans et entrerait dans son nouveau lycée.

Avec un sourire, il s'assit dans le vieux rocking-chair installé depuis toujours sur la véranda, et se balança mécaniquement, comprenant pourquoi son père aimait se détendre à cet endroit. La vue sur la vallée, au-delà du sommet des arbres, était époustouflante. Bien que le policier soit heureux de sa promotion, il savait qu'il allait regretter la beauté paisible de ce Nord tropical. Il avait vécu ici toute sa vie, y était revenu après la guerre pour rassembler les morceaux de son existence, puis y avait rencontré sa femme et eu son enfant. La frénésie de la grande ville risquait de lui paraître très étrange.

Après avoir attendu que le soleil entame sa descente finale dans un ciel incandescent, il ramassa la boîte de papiers qu'il emportait avec lui, et referma la porte, qu'il verrouilla pour la dernière fois. Il longea l'allée, franchit le portail et grimpa dans sa voiture. Dès qu'il eut posé la boîte sur le siège du passager, il se demanda pourquoi il avait eu le réflexe de la garder. Elle contenait essentiellement de vieux agendas et livres de comptes, ainsi que d'anciens dossiers que son père avait trouvés particulièrement intéressants. Tout cela était probablement bon pour le feu.

En fait, il devait s'avouer qu'il répugnait à détruire ce qui restait de la vie laborieuse de son père. Non seulement il se souvenait des histoires que ce dernier lui avait racontées, mais certaines d'entre elles l'avaient particulièrement intéressé. L'affaire du vieil hôtel et de l'Anglais envolé, par exemple, l'avait intrigué à tel point qu'il s'était rendu sur les lieux pour y jeter un œil. Malheureusement, il ne restait plus que la carcasse du bâtiment. Pourtant, le mystère non résolu de la disparition de ces gens avait taraudé son père jusqu'à sa mort.

Assis dans la voiture, il fixait l'obscurité grandissante. L'hôtel s'écroulait, mais de ses ruines se dégageait une atmosphère sinistre qui le faisait frissonner. Bien sûr, à l'époque, les rumeurs étaient allées bon train, et, comme toutes les rumeurs, elles avaient sans doute comporté une part de vérité. On racontait que la maison était maudite et, lors de sa visite, cette affirmation ne lui avait pas semblé aussi extravagante qu'il y paraissait.

Charles fit démarrer la voiture et tourna dans la rue étroite. Lui aussi détestait les affaires non résolues. Avec l'évolution des techniques au cours des dernières décennies, peut-être aurait-il une chance de découvrir la vérité ? Cette victoire serait le plus beau cadeau qu'il pourrait offrir à la mémoire de son père.

En 1969, les lois sur l'adoption avaient radicalement changé. Après de longues années de recherches, Catriona allait enfin apprendre ce qui était arrivé à sa fille. Clemmie, assise près d'elle, la regardait feuilleter les papiers que John avait compilés avec soin.

— Prends ton temps, dit-elle. Il y a beaucoup de choses à lire et je te préviens, Kitty, tout n'est pas agréable.

Catriona hocha la tête.

— Je suis dans un tel état que je ne sais même plus ce que j'éprouve, déclara-t-elle. Je me sens à la fois excitée, nerveuse et pleine d'appréhension à l'idée de ce que je pourrais découvrir.

Clemmie lui tapota la main :

— Cela ressemble au trac, non ? Souviens-toi de ce que ton professeur de chant disait toujours. Utilise ton énergie de façon positive, cela te donnera de la force.

La chanteuse sourit à son amie, puis se plongea dans les documents.

Le dossier de l'hôpital révélait que l'enfant était restée à l'hôpital jusqu'à ce qu'elle prenne du poids. Six semaines plus tard, elle avait été placée à l'orphelinat voisin. Le cœur de Catriona se serra quand elle comprit que le bébé s'était trouvé tout près d'elle sans qu'elle ait eu la moindre possibilité de le savoir. Viola lui avait menti en affirmant qu'il était déjà auprès de ses parents adoptifs.

La petite fille avait été baptisée Susan Smith, nom volontairement ordinaire, destiné à ne rien révéler sur son milieu d'origine. Elle était restée à l'orphelinat durant dix-huit mois. Le rapport de la directrice faisait état d'une mauvaise santé et de pleurs permanents.

Susan avait finalement été adoptée par un couple d'âge moyen qui possédait une grande station de bétail, au sud de Darwin, dans les territoires du Nord. Elle avait vécu avec eux une dizaine d'années, lorsqu'une tragédie était survenue.

— Mon Dieu ! s'exclama Catriona en parcourant les coupures de journaux.

Au cours d'un terrible incendie de forêt, Susan avait été sauvée par un courageux conducteur de troupeaux qui avait été récompensé pour sa bravoure. Ses parents adoptifs ayant succombé dans la catastrophe, elle s'était retrouvée orpheline à nouveau. Sans la moindre famille, elle était retournée à l'orphelinat.

— Pauvre petite ! murmura Clemmie. Elle devait se sentir si seule et terrifiée !

— J'ai le cœur serré, chuchota Catriona. Nous étions seules toutes les deux, séparées uniquement par l'inhumanité de la bureaucratie et du secret. Si seulement les choses avaient pu être différentes !

Susan Smith n'avait plus été adoptée. Personne ne voulait prendre en charge une enfant de dix ans, en particulier pendant la guerre. Elle avait donc été placée dans une succession de familles d'accueil, qui l'avaient unanimement trouvée entêtée et peu docile. Toutefois, elle s'était révélée particulièrement intelligente, et, lorsqu'elle avait eu l'âge de recevoir une bourse pour une école privée, elle avait saisi cette chance, sans un regard en arrière.

— C'est tout, dit Catriona avec un soupir. Je ne saurai probablement jamais ce qu'elle est devenue. Elle a trente-cinq ans maintenant. C'est une femme, probablement avec des enfants à elle.

Clemmie lui tendit un autre paquet de feuilles.

— Je te l'ai dit Kitty, John n'a peut-être plus la vigueur de sa jeunesse, mais il ne se laisse toujours pas impressionner par les autorités.

Catriona lut ces nouveaux documents, puis releva la tête, le visage couvert de larmes.

— Il l'a retrouvée ! Au moins je pourrais lui parler !

— Non ! s'exclama son amie. Ce ne serait pas sage. Elle vit sa propre vie maintenant et le passé doit rester où il est. Elle pense probablement que tu l'as abandonnée parce que tu ne voulais pas d'elle. Dieu sait ce qu'ils lui ont dit à l'orphelinat ou dans ses familles d'accueil !

Elle posa une main consolante sur le bras de son interlocutrice.

— Elle ne voudra pas te voir, crois-moi, Kitty. Et je ne veux pas que tu souffres davantage.

— Mais je dois essayer, insista Catriona en allant et venant dans la pièce. Tu le vois bien, je ne peux pas la laisser croire que je l'ai abandonnée volontairement !

Plongeant les mains dans ses poches, elle ajouta :

— Je dois lui expliquer, lui faire comprendre que je n'avais pas mon mot à dire, que j'étais moi-même une enfant !

Clemmie la regarda avec horreur :

— Et comment vas-tu lui apprendre qu'elle est le fruit d'un viol ? Crois-tu que le fait de le lui dire va lui faire du bien et l'aider à se sentir mieux dans sa peau ? Ce n'est pas quelque chose dont on peut se vanter.

Catriona se sentait prise dans un tourbillon d'indécision.

— Mais je suis si près d'elle, après tout ce temps ! Je ne peux pas m'arrêter maintenant.

Lentement, elle se versa un grand verre de whisky et en but une gorgée.

— Je n'ai pas besoin de tout lui avouer, argua-t-elle devant la désapprobation visible de son agente. Je préciserai simplement que j'étais une enfant précoce et que je suis tombée enceinte tout de suite.

— Elle va te considérer comme une putain ! Tu avais treize ans, souviens-toi.

— Je mentirai, je raconterai une histoire.

— Ce n'est pas le meilleur moyen d'entamer une relation, à mon avis.

— Pourquoi joues-tu l'avocat du diable ? s'écria Catriona, en proie à une énorme frustration.

Clemmie se leva et serra très fort contre elle sa compagne secouée par de déchirants sanglots.

— Parce que je t'aime, parce que tu es ma meilleure amie et que je ne veux pas vous voir souffrir, toi et ta fille.

Catriona s'écarta et repoussa ses longues mèches de cheveux de son visage.

— Il se peut que tu ne puisses pas lui parler, Kitty, mais il y a d'autres moyens de la contacter.

Catriona se moucha et s'essuya les yeux. Elle avala le reste du whisky et posa le verre près des feuilles de papier de couleur que John avait incluses dans son dossier. Soulevant une série de photographies, elle dévora des yeux la jeune femme qu'elle n'avait fait qu'entr'apercevoir au moment de sa naissance.

— Tu as raison, comme toujours, murmura-t-elle. Que ferais-je sans toi ?

Quand elles se furent embrassées, Clemmie quitta son amie afin que celle-ci puisse se préparer pour la soirée, mais Catriona n'avait pas l'intention de chanter ce soir. Elle téléphona au Conservatoire, et, pour la première fois de sa carrière, simulant un enrouement, affirma qu'elle souffrait d'une angine. Le producteur se montra mécontent, mais elle s'en moquait. En une trentaine d'années, elle n'avait pas manqué une seule représentation, il était temps qu'elle prenne une journée de congé. En outre, elle se sentait si bouleversée qu'elle aurait eu beaucoup de mal à se concentrer.

Alors que les lumières de Sydney s'allumaient, elle contempla par la baie vitrée le somptueux bâtiment qui émergeait du quartier délabré de Circular Quay. L'opéra, triomphe d'imagination et de conception, était presque terminé. Comme elle enviait les sopranos et les contraltos qui allaient y faire leurs débuts !

Elle se détourna de la fenêtre et s'assit à son bureau, encombré de programmes, de prospectus et de lettres diverses envoyées par des admirateurs ou des collègues. Sa vie avait été une bénédiction, songea-t-elle. Bien qu'elle n'ait pas connu le bonheur familial, elle avait réussi presque tout ce qu'elle avait entrepris. Elle avait Belvédère, les petits-enfants de Poppy, une carrière florissante et assez d'argent pour s'assurer une retraite confortable. Pourtant, quelle valeur tout cela avait-il, si elle ne pouvait pas le partager avec son unique enfant ?

Après avoir réfléchi un long moment, elle prit une feuille de papier et se mit à écrire.

15

Après des années de supplications, Connor avait finalement été autorisé à se joindre à l'expédition de capture des chevaux sauvages. Cette expérience ayant dépassé tout ce qu'il pouvait imaginer, il passait tout son temps libre devant les enclos où Billy s'appliquait à domestiquer les bêtes magnifiques qu'ils avaient ramenées. Sa grand-mère avait beau se plaindre qu'il n'était plus jamais à la maison et que son travail scolaire en pâtissait, il s'en moquait. C'était ainsi qu'il voulait vivre : entouré de chevaux, libre dans le vaste espace qu'était ce pays merveilleux et totalement immergé dans la vie de Belvédère.

Lorsque Billy introduisit le cheval sur le terrain de dressage, Connor contempla l'animal avec envie. Ce n'était pas un gros animal, mais il galopait sur la piste comme si elle lui appartenait. Crinière et queue flottantes, il portait sur le museau une liste blanche qui ressortait magnifiquement sur sa robe alezane. Le jeune garçon remarqua soudain que c'était un hongre, dont la marque apparaissait clairement sur la croupe. Ce n'était pas un vrai cheval sauvage. Il s'était échappé un jour de Belvédère, et avait vécu en liberté avec ses congénères jusqu'à ce qu'il soit attrapé de nouveau.

L'animal, furieux d'avoir été capturé, cherchait à s'échapper. Il ruait, se cabrait, et poussait des hurlements de défi. Connor, assis sur la barrière, observait Billy. Le dressage était comme une danse qui se déroulait dans la poussière du manège, une interaction lente et presque sensuelle entre un homme déterminé et un cheval réticent ; le cheval enflammé et méfiant, l'homme attentif et doux, mais déterminé à amener l'animal à la soumission totale. L'enfant, fasciné, était de plus en plus certain de vouloir imiter son ami aborigène.

Billy n'avait pas mis beaucoup de temps à réhabituer le hongre à la sensation de la selle sur son dos. Ayant enfourché l'animal, il tenait fermement les rênes pour ne pas être éjecté. Tout à coup, le cheval et son cavalier jaillirent hors de l'enclos. Connor suivit des yeux leur galop à travers la plaine et comprit qu'il allait devoir patienter. Une heure plus tard, à leur retour, il constata que le cheval trottait tranquillement sur le sol accidenté, et que l'aborigène arborait un large sourire.

Le jeune garçon ouvrit la barrière alors que Billy se laissait glisser du dos de l'animal.

— Il est pour toi, dit son compagnon. Vous allez vous entendre.

— Tu veux dire qu'il est à moi ? s'écria Connor.

Il tendit doucement la main vers le museau humide du hongre, qui lui effleura la paume.

— Tu es beau, mon gars. Très beau, articula-t-il doucement.

— Madame a dit que tu es trop grand pour le poney, dit Billy en lui tendant les rênes.

Tandis que l'animal lui poussait l'épaule de la tête, essayant de lui mâchonner les cheveux, l'enfant sourit.

— Je vais l'appeler Éclair, déclara-t-il.

Fred, qui voyait Connor sortir le cheval de l'enclos pour lui faire faire le tour de la clairière, approcha de sa démarche nonchalante. Il repoussa son chapeau et s'essuya le front.

— Pourquoi n'es-tu pas à l'école ? s'enquit-il.

— L'école m'ennuie, répliqua Connor. J'ai presque treize ans et je veux travailler avec vous et Billy.

Le sourire de Fred creusa les rides déjà profondes de son visage.

— Je pense que tu pourras nous aider, mais il faut demander à la patronne. Elle veut que tu aies une bonne éducation.

Connor savait quand il avait perdu. Catriona et sa grand-mère s'étaient montrées inflexibles. Il pourrait commencer à travailler quand il aurait treize ans et pas avant.

— Ce n'est pas juste, s'écria-t-il en donnant un coup de pied dans la terre battue.

— C'est la vie, mon gars, laissa tomber Fred d'un ton enjoué. Mais il ne reste que quelques semaines avant ton anniversaire, alors arrête de geindre. Maintenant, va chercher ta sœur à l'école.

Connor grimpa en selle et saisit les rênes. Éclair redressa les oreilles et trépigna, apparemment impatient de bouger. Assis en hauteur, le jeune garçon éprouvait un sentiment de fierté. Son premier vrai cheval était une beauté et Rosa serait terriblement jalouse. Il fit faire demi-tour à l'animal et, avec un cri d'excitation, le laissa foncer. Tous deux s'élancèrent dans la prairie en direction de Drum Creek.

L'école était un bâtiment allongé entouré d'arbres et muni d'une large véranda qui courait le long de la façade sous un toit convexe de tôle ondulée. À l'arrière, un grand paddock avait été transformé en cour de récréation et en terrain de sport.

Connor mit son cheval au pas en approchant l'édifice. Conscient du regard admiratif des personnes qu'il croisait, il était impatient de parader devant sa sœur. Il atteignit la barrière qui clôturait la cour de devant, puis attendit impatiemment la sonnerie indiquant la fin des cours. Quelques poneys paissaient sous les arbres – la plupart des enfants venaient et repartaient à dos de cheval dans l'obscurité –, mais aucune monture ne pouvait être comparée à Éclair.

Alors que le signal retentissait dans le silence de l'après-midi d'été, les portes s'ouvrirent brusquement et les enfants se déversèrent dans la cour. Les plus jeunes, jacassant comme des perruches, reprenaient les jeux qu'ils avaient laissés avant d'entrer en classe, et leurs camarades plus âgés, quoique moins agités, ne semblaient pas non plus pressés de repartir. Les garçons shootaient dans un ballon ou s'empoignaient en roulant dans la poussière, les filles, bras dessus bras dessous, bavardaient et gloussaient en jetant des regards admiratifs et envieux vers Connor et sa nouvelle monture.

La cour retomba enfin dans le silence. Le jeune garçon s'impatientait. Comme d'habitude, il n'y avait aucun signe de Rosa. Alors qu'il était sur le point d'aller la chercher, elle émergea de l'école, en compagnie de son amie Belinda Sullivan. Il poussa un soupir d'exaspération.

— Dépêche-toi ! hurla-t-il, surprenant Éclair qui redressa les oreilles et se mit à trépigner. Tu es en retard, mamie va nous attendre.

Rosa et Belinda s'esclaffèrent. Devenues amies lors de leur première journée d'école, les deux fillettes, bien qu'elles fussent toutes deux vêtues de larges pantalons de velours et d'un chemisier, ne se ressemblaient pas. Rosa, petite et menue, avait des cheveux bruns très courts qui s'illuminaient de reflets roux dans le soleil. Belinda, plus grande et plus charpentée, un peu trop en chair, disciplinait sa toison épaisse en deux nattes serrées. Cependant, toutes deux partageaient une adoration pour les chevaux, les chiens, et tout ce qui leur permettait de se comporter en véritables garçons manqués. Dès qu'elles aperçurent Éclair, elles arrivèrent en courant.

— Bon sang, Connor, d'où le sors-tu ? C'est une vraie beauté, c'est sûr.

Belinda, figée, posait sur le jeune garçon un regard d'adoration muette qui le fit rougir. Il supposait qu'être l'objet d'une telle passion était flatteur, mais cette attitude ne faisait que l'embarrasser. Il était heureux qu'aucun de ses camarades ne soit là pour assister à la scène.

— Billy me l'a donné, déclara-t-il avec une nonchalance étudiée.

— Ce n'est pas juste, protesta Rosa. Pourquoi as-tu un cheval comme celui-là alors que je suis obligée de monter cette pauvre vieille Dolly ?

— Parce que tu es encore une enfant, dit-il en évitant le regard enflammé de Belinda.

— Ce n'est pas vrai ! J'ai presque neuf ans !

— Tu ne les auras pas avant six mois. Viens, on y va. J'ai faim.

— Est-ce que Belinda peut venir aussi ?

Il jeta un coup d'œil à l'amie de sa sœur. Elle dormait sans cesse chez eux et commençait à l'agacer car elle le suivait partout.

Vaguement gêné, il secoua la tête.

— Demain, peut-être.

— Pourquoi pas aujourd'hui ? insista Rosa. Mamie sera d'accord.

Belinda résolut le problème de Connor. Elle leur tourna le dos pour aller chercher son petit poney et, en passant devant eux, leur fit un signe de la main en adressant un sourire suave à l'objet de sa flamme.

— Dépêche-toi ! répéta Connor à sa sœur.

— J'arrive, j'arrive !

Rosa se dirigea vers sa monture, qu'elle sella puis enfourcha avant de suivre son frère au trot.

Le trajet jusqu'au cottage ne durait qu'une heure, mais, au bout de quelques minutes, Connor fut harcelé par les supplications de sa sœur qui voulait monter sur Éclair. Il résista un moment et finit par céder. Jamais il ne pouvait refuser quoi que ce soit à la fillette, car, bien qu'elle se montre le plus souvent particulièrement enquiquinante, il l'adorait. Alors qu'ils avançaient, le petit poney trottant à leurs côtés, Rosa, assise sur la selle devant lui, ne cessa pas un instant de bavarder.

En atteignant la maison, le jeune garçon arrêta son cheval. La porte était fermée, mais il se dégageait du bâtiment une odeur de brûlé. Se laissant glisser souplement à terre, il se précipita dans l'allée, Rosa sur ses talons, et entra vivement dans la pièce remplie de fumée.

— Reste-là, ordonna-t-il.

Plaquant un mouchoir contre son nez, il traversa la pièce jusqu'à la cuisine.

— Mamie! Mamie! Où es-tu? cria-t-il entre deux hoquets.

Au cœur de la fumée dense qui avait une odeur de métal, il avait de plus en plus de mal à respirer et ses yeux le piquaient. À tâtons, il se dirigea vers les fenêtres qu'il ouvrit, ainsi que la porte.

— Mamie! hurla Rosa. Où est mamie?

Connor ne voyait pas grand-chose, mais, au fur et à mesure que la fumée s'éclaircissait, il fut soulagé de constater que sa grand-mère n'était pas dans la cuisine. Où était-elle partie? Elle les attendait toujours pour le goûter. Tandis que la fumée se déversait hors de la cuisine, il se rendit compte qu'une casserole avait été abandonnée sur le feu. Saisissant un torchon, il la déposa dans l'évier et laissa couler dessus un peu d'eau. Le fond comportait maintenant un grand trou et, sur les parois, subsistaient les restes d'un ragoût carbonisé.

— Où est mamie?

Dans son petit visage, les yeux de Rosa paraissaient immenses.

— Je n'en sais rien. Viens, sortons d'ici.

Il lui prit la main et la conduisit sur la véranda à l'arrière de la maison. Alors qu'ils descendaient dans le jardin, Connor aperçut une forme inhabituelle à travers la fumée. Il regarda de nouveau, certain qu'il ne s'était pas trompé.

— Reste ici, dit-il à sa sœur en courant vers la corde à linge.

Les draps fraîchement lavés battaient comme de grandes ailes blanches au-dessus de la minuscule silhouette inerte, près du panier renversé et des pinces à linge éparpillées.

— Mamie ?

Il se précipita vers elle, et comprit qu'elle était morte avant même de la toucher.

Rosa se mit à hurler. Il se retourna et l'attira dans ses bras, veillant à la protéger du spectacle horrible de leur grand-mère, le regard vide et la bouche ouverte.

— Qu'est-ce qu'elle a, Connor ? s'écria la fillette en sanglotant. Pourquoi est-elle étendue dans le jardin ?

Le jeune garçon essayait de la consoler, mais il devait lui-même lutter contre son propre chagrin.

— Elle est au paradis, Rosa, murmura-t-il finalement. Elle dort maintenant avec les anges.

Sa sœur s'agrippa fébrilement à lui.

— Tu n'iras pas au paradis avec elle, n'est-ce pas ? Tu promets que tu ne partiras pas ?

— Bien sûr, je te le promets, répondit-il d'une voix tremblante en refoulant ses pleurs pour ne pas l'affoler davantage.

Le cœur brisé, il la souleva. Brusquement, il songea qu'il n'avait plus qu'elle au monde. Il n'avait plus le choix, il devait se montrer fort, se comporter en homme, afin de tenir la promesse qu'il venait de lui faire, celle de veiller sur elle et de ne jamais la quitter.

Catriona se trouvait à Brisbane, où elle se préparait à interpréter le rôle de Tosca. L'opéra entier se déroulerait en plein air, sur la rive sud du fleuve, à l'occasion de la fête nationale. Au bout de trois semaines de répétitions, il ne restait que quinze jours avant la couturière.

La chanteuse prit son sac à main et s'efforça de lisser sa robe. Le lin était toujours une erreur. Brin le lui avait souvent dit, mais elle avait vu la robe dans une vitrine et avait été incapable de résister. Avec une grimace, elle enfila les chaussures à hauts talons un peu trop étroites, impatiente de rentrer et de se plonger dans un bain chaud.

Elle sortit de la salle de concert où les chanteurs répétaient et monta dans sa voiture. Le trajet jusqu'à l'appartement de location n'était pas long, mais elle était fatiguée et, pour la première fois de sa vie, elle prenait conscience de son âge. Au moins, lui restait-il deux jours de liberté, songea-t-elle en se faufilant en direction de la banlieue nord. Après la couturière, elle aurait encore deux jours de congé avant la représentation.

Dès qu'elle eut franchi la barrière automatique, elle se gara devant l'immeuble, situé à l'intérieur d'une petite résidence dotée d'un patio, d'une piscine et d'agréables jardins. La porte de l'appartement refermée derrière elle, elle se débarrassa de ses chaussures, ramassa son courrier, le jeta sur la table basse du salon, et s'affala sur le canapé.

Un instant distraite par les cris d'enfants qui jouaient dans la piscine, elle ferma les yeux. *Tosca* représentait pour elle un défi chaque fois renouvelé. Cet opéra sombre, très spectaculaire et passionné, lui était familier. Non seulement elle avait toujours remporté un immense succès en chantant ce rôle, mais elle était considérée comme la plus grande Floria Tosca de sa génération. Pourtant, son emploi du temps frénétique se révélait cette fois trop lourd. Au bout de tant d'années de carrière, elle perdait de son élan.

Cette prise de conscience lui fit rouvrir les yeux. Était-ce pour cela qu'elle se sentait presque constamment fatiguée et que sa voix semblait perdre un peu de son velouté, de sa pureté? Elle se leva, se dirigea vers la fenêtre et tira les épais rideaux pour laisser entrer le soleil et contempler le jardin. Ces changements restaient subtils. Jusqu'à présent, elle était probablement la seule à les avoir remarqués. Mais elle ne pouvait plus ignorer qu'il lui fallait maintenant lutter pour obtenir cette perfection à laquelle elle parvenait autrefois sans effort.

— Combien de temps me reste-t-il? articula-t-elle à haute voix.

Elle se rendit dans la cuisine où elle s'affaira pour préparer une tasse de thé. Son esprit refusait de se détendre. La vie théâtrale était précaire par essence, et elle avait eu de la chance. D'autres divas occupaient maintenant le centre de la scène : l'envoûtante Maria Callas, la majestueuse Joan Sutherland, et l'éblouissante Kiri Te Kanawa qui venait d'enregistrer son premier album, pour ne citer qu'elles.

Sirotant son thé, elle réfléchit, le regard rêveur. Elle était toujours une diva, respectée, adulée et très demandée. Mais combien de temps cette situation pouvait-elle encore durer? Elle avait presque cinquante ans, et parce qu'elle avait commencé sa carrière très jeune, sa voix allait bientôt la trahir. Que ferait-elle alors? L'idée de la retraite l'effrayait. Comment s'occuperait-elle? Que ferait-elle pour combattre l'angoisse de vieillir? Belvédère était sa maison, l'endroit où elle désirait se rendre quand elle en était éloignée. Toutefois, elle était assez réaliste pour se rendre compte que la station se trouvait bien loin des lumières brillantes de la ville et que cet univers n'avait rien à voir avec l'exaltation de sa vie d'artiste voyageant dans le monde entier. Combien de temps lui faudrait-il, une fois installée là-bas, pour se fatiguer des grands espaces, de cette communauté étroite et de la vie quotidienne sur une immense ferme d'élevage ?

Peut-être irait-elle entre la ville et le bush ? Grâce à son argent, elle avait fondé à Melbourne une nouvelle académie de chant qui fournissait des bourses aux élèves les plus pauvres. Elle pourrait peut-être y enseigner et les aider à développer leurs talents ? De toute manière, il lui faudrait bien, un jour, dire adieu à l'adrénaline suscitée par les représentations, au bonheur intense de chanter sur une grande scène devant un public conquis. Bien sûr, elle pourrait toujours enregistrer des disques et participer à des concerts, mais cela ne la satisferait pas. Si elle prenait sa retraite, ce serait pour mettre définitivement fin à sa carrière de chanteuse, car il n'était pas question pour elle de devenir l'une de ces divas pathétiques, prêtes à accepter n'importe quelle proposition charitable, pour se retrouver, un moment encore, devant un parterre d'admirateurs.

Elle fit un effort pour s'extirper de ses pensées moroses. Le moment n'était pas encore venu. Elle était sur le point de chanter Tosca, son rôle-phare, qui ne lui avait pas été confié par pitié. Sans doute était-elle seulement fatiguée. Demain était un autre jour, disait-on. Puisqu'elle avait deux jours de congé, elle pourrait en profiter pour rendre visite à Poppy. La dernière fois, elle était passée en coup de vent. Ce serait si bon de la voir.

Les lettres reposaient sur la table où elle les avait jetées. Elle jeta rapidement un coup d'œil sur les enveloppes et en choisit une, de grande taille, qui paraissait plus intéressante que les autres. Portant son adresse de Sydney, écrite d'une main inconnue, elle avait été redirigée à Brisbane. Catriona l'ouvrit fébrilement.

Sa propre lettre tomba sur le sol. Elle se trouvait toujours dans son enveloppe, mais avait néanmoins été ouverte. Les mains de la chanteuse se mirent à trembler quand elle constata qu'aucun mot ne l'accompagnait. Elle se demanda si elle avait été lue entièrement, ou si elle avait seulement été parcourue et mise de côté. Le simple fait qu'elle lui soit renvoyée était un message fort. Sa fille lui adressait une fin de non-recevoir.

Je l'ai cherchée et attendue trop longtemps pour me laisser décourager, se dit-elle. J'écrirai une autre lettre, puis une autre et une autre encore jusqu'à ce qu'elle se lasse de me les renvoyer. Peut-être alors qu'un jour sa curiosité la poussera à me lire ?

La sonnerie du téléphone retentit, interrompant ses réflexions. Elle tendit la main vers le récepteur et avec horreur entendit Fred lui apprendre la mort de Poppy.

— Gardez les enfants avec vous. J'arrive.

Les funérailles devaient avoir lieu le lendemain. Catriona arriva à une heure tardive, mais elle remarqua avant même d'atterrir que les lumières de la maison du directeur brillaient encore dans l'obscurité. Fred vint à sa rencontre.

— Où sont les enfants ? s'enquit-elle aussitôt.

Fred, le visage pâle, la contemplait d'un regard triste.

— Nous avons installé Rosa dans la chambre d'amis. Maggie, la femme de Billy, lui a fait avaler une boisson chaude avec une de ses potions pour la calmer et l'aider à dormir. Elle lui tient compagnie maintenant, juste pour avoir un œil sur elle.

— Et Connor, comment tient-il le coup ?

Le directeur caressa son menton rugueux.

— Il est dehors avec Billy. Il a été très choqué, mais tout ira bien. Il est plus résistant qu'on ne pourrait le penser et parle déjà de travailler ici pour subvenir à ses besoins et à ceux de sa sœur.

Catriona ne dit rien, mais se révoltait intérieurement contre la situation de ce jeune garçon obligé de se comporter en homme responsable alors qu'il n'était encore qu'un enfant. La détermination et la force de Poppy semblaient s'être transmises à son petit-fils. Bien qu'elle ne soit pas d'accord avec le fait qu'il travaille si vite, elle savait qu'il agirait comme il l'entendait, sans tenir compte de son avis.

Elle entra dans la maison et se dépouilla de son manteau de fourrure. Il régnait ici un calme trop profond, un réel silence de mort. Elle aurait aimé que les deux enfants soient là, pour les serrer dans ses bras et leur dire qu'ils n'étaient pas seuls, car elle éprouvait le besoin de les consoler, mais aussi d'être elle-même consolée. La perte de Poppy signifiait la disparition de son dernier lien avec son enfance.

Catriona passa la tête dans l'entrebâillement de la porte de la chambre où dormait Rosa. La fillette, vêtue de son pyjama préféré, orné de Snoopy, était recroquevillée dans son sommeil, une main sous la joue. Maggie, assise dans un fauteuil à côté du lit, la tête inclinée de fatigue, gardait une main sur le bras de la dormeuse. Ne voulant pas les déranger, la visiteuse referma doucement la porte et traversa le couloir étroit. Elle prit une profonde inspiration et, après un regard à Fred, ouvrit la porte du salon où il entra derrière elle.

La dépouille avait été préparée dans la pièce éclairée par plusieurs dizaines de bougies. Le visage paisible et les rides d'expression étrangement effacées, Poppy avait l'air de dormir. Ses doigts sans vie, croisés sur sa poitrine, tenaient un chapelet. Elle portait une robe que Catriona lui avait offerte des années auparavant et qu'elle affectionnait particulièrement, de couleur jaune vif et ornée de grosses fleurs rouges.

Son amie la contempla, les larmes aux yeux. Le charpentier avait fabriqué un cercueil avec les planches de la région, puis l'avait verni et poli. Orné de poignées de cuivre, il était matelassé de soie couleur lilas.

— Comment le cercueil a-t-il pu être fabriqué en si peu de temps? demanda-t-elle d'une voix brisée.

Fred s'éclaircit la gorge avant de répondre.

— Le charpentier a toujours une réserve de cercueils. Les fabriquer au fur et à mesure demanderait trop de temps, et les faire venir d'ailleurs aussi. C'est Maggie et les autres femmes aborigènes qui se sont occupées de Poppy. J'espère que cela vous convient ?

Ne se sentant pas capable de parler, Catriona ne répondit pas. Elle luttait contre l'envie de hurler sa douleur. Les couleurs de la robe, les boucles d'oreilles et les bracelets non assortis composaient un ensemble de couleurs qui juraient, mais telle avait été Poppy : aussi colorée et bavarde qu'une perruche, aussi malicieuse que les opossums qu'elle entendait courir sur le toit.

— J'espère qu'elle n'a pas souffert, murmura-t-elle.

— Le docteur dit qu'elle a eu un arrêt du cœur. Elle ne s'est rendu compte de rien.

— Je vais la veiller.

Quand Fred fut sorti de la pièce, Catriona tira une chaise près du cercueil et posa ses mains sur celles de son amie. Elles étaient froides au toucher, totalement inertes, si différentes de celles de la Poppy qu'elle avait connue. Tout lui revenait, dans ce salon funèbre, à la lueur des flammes tremblotantes : les secousses et les craquements de la roulotte qui bringuebalait à travers l'outback, les membres de la troupe à l'époque de sa splendeur et les danseuses aux longues jambes, couvertes de faux bijoux clinquants, qui aimaient tellement la vie. Leur groupe avait aussi souffert de la pauvreté et des préjugés, mais Catriona repoussa ces images sombres. Car Poppy avait surmonté tout cela. Sa force de caractère et son instinct de survie lui avaient donné la volonté de tenir assez longtemps pour mettre ses petits-enfants sur les rails de leur existence. Elle leur avait légué toutes ses qualités, comme en témoignait maintenant le jeune Connor.

Connor était content qu'il fasse sombre : l'obscurité dissimulait ses larmes, tandis qu'il suivait Billy dans le bush. La souffrance qu'il éprouvait pesait sur son cœur. Comment Rosa et lui allaient-ils se débrouiller sans elle ? Elle avait toujours été là, protectrice et aimante, même dans les moments les plus terribles de sa vie.

— Suis-moi, dit Billy d'une voix chantante. Mettons nos pas dans ceux des ancêtres.

Le jeune garçon se laissait attirer par la voix douce de son ami. Depuis son enfance, il connaissait cet aborigène dont il avait toujours adoré écouter les histoires et qu'il aimait suivre dans le bush, chaque fois que sa grand-mère le lui permettait. Billy était son héros, son mentor et un jour, il l'espérait, il en saurait autant que lui sur la terre, les animaux et les plantes de ce pays aux grands espaces.

Ils s'étaient beaucoup éloignés de la maison. Après avoir abandonné leurs chevaux, ils se déplacèrent comme des ombres parmi les buissons, puis sous les frondaisons. Comme une voix irréelle, le vent léger ajoutait son chuchotement au soupir des feuilles et au bruissement de l'herbe haute. Connor suivit l'aborigène au pied sûr à travers le bois, jusqu'à la plaine. Il n'entendait que la mélopée de l'homme qui le précédait et ne distinguait que sa forme sombre se dessinant sur le ciel nocturne.

Soudain, Billy s'immobilisa. Au sommet de sa haute silhouette qui se dressait sur le ciel constellé, sa chevelure formait un halo autour de sa tête. Il tendit le bras.

— Suis-moi, Connor, chantonna-t-il. Assieds-toi sous les étoiles. Je vais te raconter le Temps du Rêve et t'expliquer pourquoi la mort ne mérite pas de larmes.

Croisant les jambes, il se baissa d'un mouvement souple et gracieux jusqu'au sol.

Connor s'assit près de lui, se demandant quels mots pourraient soulager sa peine.

Son compagnon, d'une voix envoûtante, lui raconta le dernier périple accompli par les humains jusqu'aux cieux.

— Poppy a un esprit fort. Elle accomplit un beau voyage dans le pays du ciel.

En prononçant ces mots, Billy lança en l'air une poignée d'herbe, que tous deux regardèrent flotter dans le vent.

— Comme ces brins d'herbe, nous sommes envoyés sur ce sol par le souffle de la déesse du Soleil, afin de protéger notre mère la Terre. Pendant que nous plantons nos graines pour les nouvelles générations, nous vieillissons. Un jour, la déesse du Soleil nous rappelle à elle. Quand elle chante, il nous est impossible de ne pas répondre à son appel, car elle nous indique que le temps est venu de nous reposer.

L'adolescent renifla et s'essuya le nez sur la manche de sa chemise. Un instant, les dents de l'aborigène brillèrent dans le clair de lune.

— Tes larmes vont nourrir les graines que Poppy a semées, poursuivit-il, baissant la voix jusqu'au murmure. Elles vont apporter la vie aux esprits enfouis dans la terre, qui attendent pour naître à leur tour. Le temps de ta grand-mère est terminé, mais son esprit restera à jamais avec toi.

Connor le fixa, bouleversé.

— Ne sois pas triste, dit l'Aîné. Elle a été transportée dans un bateau, et, si tu regardes bien, tu la verras voguer sur la Grande Voie blanche.

Il leva son bras décharné et désigna un point au-dessus de leur tête.

Refoulant ses larmes, Connor leva les yeux. La voûte étoilée s'étendait dans toute son immensité avec une telle magnificence qu'il avait l'impression de percevoir la courbure du monde. Parmi les milliards d'astres, flottait la Voie lactée, parsemée de points luisants beaucoup trop nombreux pour être comptés. Elle s'étalait d'un horizon à l'autre, dessinant une arche majestueuse. Le jeune garçon scruta la nuit scintillante et crut apercevoir un petit vaisseau solitaire qui voyageait le long du fleuve céleste.

— L'esprit qui la guide la conduit au pays du dieu de la Lune, dit Billy doucement. Là, elle quittera son apparence terrestre, s'en dépouillera comme le gommier se dépouille de son écorce, puis elle s'envolera plus haut encore, jusqu'à ce qu'elle se transforme en étoile. Une étoile qui brillera toujours au-dessus de toi et de ceux qu'elle a aimés.

Des larmes tièdes sur les joues, Connor fixa le point lumineux qui se déplaçait doucement. Soudain, il y eut un éclair et une traînée lumineuse jaillit, puis s'éteignit aussitôt.

— C'est fait, déclara Billy.

Connor cligna des yeux. Une nouvelle étoile brillait dans le ciel, il en était certain. Tout en étant persuadé que Billy avait inventé toute cette histoire, il voulait intensément y croire.

— Est-ce que l'étoile restera là-haut pour toujours ? demanda-t-il.

— Toujours. Son esprit vit dans le ciel, maintenant. Elle y est heureuse.

Ils restèrent tous deux assis l'un près de l'autre un long moment. Sans parler, ils contemplèrent l'immensité, jusqu'à ce que les étoiles s'éteignent peu à peu. À l'approche du jour, ils se levèrent et prirent lentement le chemin du retour.

Certains des voisins étaient arrivés la veille au soir. Alors que le soleil émergeait de l'horizon, baignant Belvédère dans une lueur dorée, le camp improvisé dans le paddock s'anima. On alla chercher de l'eau et on prépara le petit déjeuner sur des feux de camp. Les camionnettes avaient été garées près du dortoir, les chevaux paissaient en liberté dans les enclos et le petit avion venait d'atterrir près de la clairière à l'extrémité de la piste. Parmi les chariots et les bogheis rassemblés sous les arbres, quelques spécimens paraissaient tout droit sortis d'un musée.

Catriona s'était montrée inquiète à l'idée de devoir nourrir tous ces gens. Cinq miches de pain et deux poissons n'y réussiraient pas, et les miracles n'étaient pas de son ressort. Cependant, à sa grande surprise – et à son grand soulagement –, elle constata que les habitants au grand cœur de l'outback avaient pour tradition d'apporter de la nourriture lorsqu'ils se réunissaient en grand nombre. Les plats furent transportés au réfectoire où ils furent disposés sous des torchons, jusqu'à la fin de la cérémonie.

Clemmie atterrit dans l'avion privé du chef d'orchestre de *Tosca*, tandis que les habitants de Drum Creek affluaient à dos de cheval ou dans leurs camionnettes. Belinda arrivait en compagnie de ses parents et de ses trois frères bien charpentés.

Debout sur la véranda, près de Rosa accrochée à ses jupes et de Connor, muet et attentif, Catriona accueillait les nouveaux venus. Elle n'avait pas dormi de la nuit, veillant son amie, lui parlant, pleurant et protestant contre l'injustice de sa disparition, jusqu'à ce que le prêtre vienne la calmer. Il était trop tôt pour organiser les funérailles, songeait-elle avec désespoir.

Elle n'était pas remise de ce choc affreux et inattendu. En outre, les enfants et elle n'avaient pas eu le temps de se préparer à l'épreuve à venir. Toutefois, l'inhumation devait avoir lieu le plus vite possible : la chaleur de l'outback ne laissait pas le choix.

La propriétaire de Belvédère accueillit Pat et Jeff Sullivan avec chaleur. Les ayant déjà rencontrés à plusieurs reprises, elle était heureuse de les revoir, même dans de telles circonstances. Belinda se précipita vers Rosa et, main dans la main, les deux fillettes se dirigèrent vers l'arrière de la maison, tandis que Connor, qui avait salué les arrivants en touchant son chapeau, s'éloignait en compagnie des trois garçons. Il n'avait pratiquement pas dit un mot depuis son retour à l'aube, mais Catriona constatait que, quoi que Billy lui ait dit, Connor semblait en avoir retiré un réconfort et la force de supporter la terrible expérience de l'enterrement.

— Je n'arrive pas à croire qu'autant de gens aient pris la peine de faire tout ce chemin pour venir, dit-elle à Pat. Ils sont tous si gentils. Nous avons assez de nourriture pour deux fois plus de monde.

— Poppy était unique, déclara Pat en se débarrassant de son cardigan, avant de s'éponger le visage avec un mouchoir.

Dans la chaleur qui grimpait déjà au-dessus de trente degrés, les mouches affluaient.

— Elle se montrait toujours très gaie et nous faisait rire avec ses souvenirs. Drum Creek ne sera plus le même sans elle. Vous savez, elle était toujours la première à proposer de l'aide. Elle fabriquait des gâteaux pour toutes les occasions, concevait des costumes pour la fête de l'école et faisait du baby-sitting pour que les jeunes parents puissent sortir de temps en temps. Elle nous manquera à tous.

Les gens continuaient à affluer. Poppy avait visiblement réussi non seulement à imprimer sa marque sur ce petit coin de l'Australie, mais également à susciter une grande estime. Catriona observa les allées et venues de la foule. Les hommes étaient tous vêtus de chemises et de pantalons de velours ou de jeans, et les femmes portaient unanimement des robes de coton imprimé délavées et des sandales blanches. Elle baissa les yeux sur ses ongles vernis, son bracelet en or et ses bagues de diamant. Sa petite robe noire signée Chanel, ses chaussures à talons et ses bas nylon – au sommet de la mode à la ville – lui donnaient l'impression d'être déguisée.

Le prêtre, arrivé la veille au soir en avion, avait procédé aux derniers sacrements avant la fermeture du cercueil. Alors qu'il émergeait de la maison, sur la véranda, le tissu de sa soutane noire s'anima de reflets luisants.

Clemmie s'en fut chercher Connor et Pat retrouva Rosa et Belinda. Lorsque tous furent rassemblés, un grand silence s'établit dans la foule tandis que s'organisait la procession. Le cercueil, porté par six personnes – Connor, Billy, Fred, le patron du pub, le propriétaire de l'épicerie et le plus âgé des fils Sullivan –, était recouvert de l'un des châles noirs préférés de Poppy, orné de roses rouges peintes à la main. Les gerbes de fleurs, tenues par ceux qui les avaient apportées, dégageaient leur parfum doucereux, mélange de lys, d'œillets et de roses.

La procession se déroula lentement à travers la cour, en direction du paddock orienté à l'est. Le petit cimetière de Belvédère s'étendait à cet endroit depuis la construction de la maison principale. Il constituait une leçon d'histoire poignante, car les pierres tombales y racontaient brièvement la façon dont les personnes qui avaient vécu à cet endroit s'y étaient éteintes.

Debout près de la fosse, Catriona ne put s'empêcher de penser à tous ceux qui l'avaient quittée : sa mère et son père, Max et son petit chien et maintenant Poppy. Summers' Music-Hall avait finalement atteint le terme de son voyage. Refoulant ses larmes, elle eut le sentiment d'entendre la roulotte et le pas tranquille de Jupiter et de Mars. Peut-être revenaient-ils pour accompagner Poppy à sa dernière demeure. Il était bon de penser qu'ils pouvaient être tous présents, cheminant ensemble vers les cieux.

Elle enlaça les épaules de Rosa qu'elle serra étroitement contre elle tandis que le cercueil descendait lentement dans la fosse. Jetant un coup d'œil à Connor, elle remarqua son visage blême et ses efforts immenses pour contenir son désespoir. Elle aurait aimé l'attirer vers elle mais savait qu'il tenait à se comporter en homme ; il lui en aurait voulu de le traiter en enfant.

Une fois le service terminé, alors que la foule s'éparpillait, deux hommes entreprirent de recouvrir le cercueil de la terre rouge sombre de Belvédère. Catriona avait renvoyé Rosa à la maison avec les Sullivan, mais Connor était resté, à l'écart, regardant les fossoyeurs terminer leur tâche. Elle alla le rejoindre, ne sachant pas exactement comment l'aborder.

Soudain, il lui attrapa les doigts et, les serrant très fort, leva la tête vers elle, des larmes au bord des paupières.

— Elle n'était pas seulement une grand-mère, dit-il la voix tremblante, elle était aussi une mère et une amie. Je l'aimais énormément, tu sais.

Catriona s'efforça de garder la maîtrise de ses émotions.

— Nous l'aimions tous, chéri, déclara-t-elle en lui retournant la pression de ses doigts. Poppy était une femme merveilleuse et courageuse. Je suis fière de l'avoir connue.

Il resta silencieux un long moment, les yeux fixés sur la tombe. Catriona se demanda à quoi il pensait. Tout à coup, il s'éclaircit la gorge, releva le menton et lui raconta ce que Billy lui avait affirmé la nuit précédente.

— Crois-tu vraiment que ce soit possible ? demanda-t-il.

— Pourquoi pas ? répondit-elle le cœur serré. Poppy a toujours voulu être une étoile.

16

Alors que le soleil déclinait, tous ceux qui étaient venus commencèrent à repartir dans leurs véhicules divers, chevaux et camionnettes formant une longue file le long de l'allée. Les petits avions filaient en grondant sur la piste avant de s'élever dans l'espace. Quand le dernier véhicule eut franchi le portail, les nuages de poussière soulevés par cette agitation restèrent suspendus un long moment au-dessus de la cour.

Assis à l'extérieur du dortoir, les employés de Belvédère fumaient leur cigarette et bavardaient à voix basse, leur murmure à peine audible dans le silence. Pat Sullivan avait emmené Rosa à Derwent Hills pour quelques jours, espérant qu'un changement de décor et la compagnie de Belinda l'aideraient à se distraire de son chagrin. Depuis une heure, Connor était invisible, mais Catriona devina qu'il se trouvait avec Billy.

— La journée a été difficile, dit Clemmie en tendant à Catriona un verre de gin tonic. Est-ce que tu tiens le coup ?

Son amie prit une gorgée d'alcool et essaya de soulager la tension de son cou et de son dos. Elle avait l'impression que tous ses muscles avaient été étirés au-delà du supportable.

— Ça ira, répondit-elle. J'avoue néanmoins qu'une bonne nuit de sommeil ne me ferait pas de mal. Merci d'être restée, ajouta-t-elle en posant la main sur le bras de son interlocutrice. Je n'avais pas envie de passer la nuit seule.

Clemmie lui tapota les doigts.

— Je resterai aussi longtemps que tu le voudras. John est tout à fait capable de se débrouiller pendant quelque temps et, dans la mesure où tu es ma seule cliente, je n'ai rien de plus important à faire. Franz te conseille de prendre une semaine de congé.

La chanteuse la regarda, les yeux écarquillés.

— Il ne permet jamais à personne de s'absenter au moment des répétitions. Est-ce qu'il aurait fumé quelque chose d'autre que du tabac ? Cela ne lui ressemble pas.

— Ne te fais pas d'illusions, Kitty. Ce n'est pas que de la pure bonté. Il compte bien que tu sois parfaitement au point quand tu reviendras pour la couturière. Tu le connais. Il ne retient personne prisonnier, mais il est capable de tuer sa soprano s'il pense qu'elle a fait preuve de laxisme.

— Je savais que c'était trop beau pour être vrai…

Assises dans leurs fauteuils cannés, elles contemplaient la nuit. Au-dessus de la cour paisible, dans le ciel somptueux, l'étoile du Sud, d'une pureté parfaite, évoquait un inestimable bijou de diamants.

— Rien ne ressemble à une nuit dans l'outback, dit Clemmie d'une voix rêveuse. Je n'aurais jamais pensé qu'il pouvait y avoir tant d'étoiles et que la Voie lactée était si belle.

— Tu devrais quitter Sydney un peu plus souvent, dit Catriona en souriant.

— Mmm.

L'agente retira la tranche de citron de son verre.

— Je ne pense pas que je pourrais tenir très longtemps ici. C'est tellement…

— Isolé ? Mais tu vois bien que c'est ce qui fait toute la beauté de cet endroit ! Pas de frénésie bruyante, de pollution lumineuse, de pop music assourdissante, de chef d'orchestre hurlant ou de chanteuses agressives les unes envers les autres. Il n'y a que le vent dans les arbres, le crissement des sauterelles et l'odeur de l'eucalyptus, mêlée à celle de la poussière.

— Pour ce qui est de la poussière, ce pays n'en manque pas ! s'écria Clemmie en brossant de la main sa robe noire. Non seulement cette robe est dégoûtante, mais je sais que j'en ai plein les cheveux. Dieu sait ce que va en dire ma peau !

Catriona regarda son amie avec un sourire. Âgée de soixante-trois ans, elle en paraissait quinze de moins depuis qu'elle avait fait un régime. Ses cheveux teints en châtain clair, tirés en un chignon qui dégageait son cou long et élégant, mettaient en valeur sa peau et son maquillage sans défaut. Elle était vêtue d'un fourreau noir qui lui avait coûté une fortune, et chaussée d'escarpins en peau de crocodile fabriqués sur mesure.

— Je ne crois pas que la question se pose, répliqua Catriona.

— Comment pourrais-je imaginer vivre ici ? insista son amie, apparemment décidée à poursuivre cette conversation. Il suffit de voir les femmes pour comprendre ce que cet endroit leur fait subir.

Elle s'interrompit un moment, avant de poursuivre :

— Même les jeunes sont marquées par les intempéries et ridées par le soleil. Aucune d'entre elles ne semble attacher la moindre importance à son allure. Je veux dire, ces robes de coton et ces chaussures horribles… Toute femme normale préférerait mourir plutôt que de porter ces vêtements affreux.

— Ne sois pas si désobligeante, s'écria Catriona. Les gens d'ici travaillent dans une chaleur qui t'abattrait rapidement pour des semaines ! Peu importe la façon dont ils sont habillés, du moment qu'ils sont protégés du soleil et que leurs habits sont pratiques. Ce sont des gens durs à la tâche, honnêtes et qui te donneraient sans hésiter leur dernier dollar.

Tout à coup, elle baissa le ton, consciente que la tension des dernières vingt-quatre heures commençait à se faire sentir.

— La vie n'est pas un défilé de mode ici, tout le monde s'en moque, conclut-elle.

Clemmie la regarda avec une expression énigmatique.

— C'est pour cela que tu as choisi de mettre une robe Chanel et des talons aiguilles, bien sûr ?

— J'ai commis une erreur. Je suis partie tellement précipitamment que je n'ai pas réfléchi.

— Mmm.

Catriona, malgré leur longue amitié, sentait l'exaspération monter en elle.

— Quelque chose te tracasse, on dirait, dit-elle. Pourquoi ne t'exprimes-tu pas franchement ?

Les sourcils épilés de Clemmie se soulevèrent un instant, puis elle soupira et commença à triturer les pendentifs de son bracelet.

— J'essayais de t'imaginer vivant ici, et franchement, Kitty, je n'y arrive pas.

— Pourquoi ?

— Parce que tu es devenue une citadine. Parce que depuis que tu es adulte, tu voyages dans le monde entier, tu séjournes dans les meilleurs hôtels et les plus beaux appartements, tu aimes être fêtée et adulée chaque fois que tu sors de scène, tu fais tes courses chez Chanel et Givenchy, tu assistes à des réceptions dans les ambassades et les palais et tu es escortée par quelques-uns des hommes les plus convoités du monde.

Elle plongea son regard dans celui de son amie.

— Bref, Kitty, tu es une vedette, avec le mode de vie qui va avec. Peux-tu vraiment imaginer t'installer ici, parmi ces gens frustes ?

Catriona ne répondit rien. Ne voulant pas se fâcher avec Clemmie qui, après tout, ne faisait qu'exprimer à haute voix les réflexions qui l'avaient agitée la veille, elle décida de changer de sujet.

— J'ai écrit à ma fille.

— Oh non !

— Tu avais raison, elle n'a rien voulu savoir. Elle m'a renvoyé ma lettre sans même un mot d'explication.

— Je t'avais prévenue, chérie. Peut-être vaut-il mieux laisser les choses telles qu'elles sont. Au moins, elle sait qui tu es et comment te joindre. Si elle change d'avis, elle pourra toujours t'écrire.

— Je doute qu'elle le fasse, murmura Catriona.

Clemmie n'avait pas besoin de savoir qu'elle continuerait à écrire, jusqu'à ce que tout espoir soit perdu.

— Que vas-tu faire maintenant, Kitty ?

— Passer quelques jours ici, puis retourner à Brisbane. J'ai un opéra à chanter, tu t'en souviens ?

— Ne joue pas la petite bête avec moi. Tu sais parfaitement que je parlais des enfants.

— Rosa est avec les Sullivan, où elle se sentira bien. Connor semble déterminé à travailler. Dans la mesure où son treizième anniversaire tombe dans quelques semaines, je lui ai donné la permission de seconder Billy, mais seulement à condition qu'il se branche sur l'École des airs[1] tous les matins et qu'il termine son instruction. Il n'était pas enchanté, poursuivit-elle en souriant, mais c'était cela ou rien.

— Rosa ne peut pas rester indéfiniment avec les Sullivan. Sa maison est ici, son frère aussi, et il est tout ce qui lui reste. Il serait cruel de les séparer. Tu vas devoir trouver quelqu'un pour t'occuper d'eux.

Catriona réfléchissait rapidement, essayant de ne négliger aucun aspect de cette situation complexe. Tout à coup, comme si une ampoule s'allumait soudain dans sa tête, tout devint limpide.

— Tu as raison, dit-elle en se levant et s'appuyant à la balustrade. La maison de Rosa est ici et Connor et moi sommes sa seule famille. Il est temps que je prenne ma retraite.

Clemmie jaillit de son fauteuil comme une fusée.

— Je ne te suggérais pas d'en venir à cette extrémité, mais simplement de considérer ce qui serait le mieux pour les enfants.

---

1. Cours dispensés par la radio aux enfants qui vivaient dans des stations reculées.

— C'est exactement ce que je fais, s'écria la soprano en agrippant les mains de son amie, tu ne vois pas que c'est le destin qui me montre la voie ?

— Le destin, mon œil ! Tu es fatiguée, tu souffres de la perte de Poppy et tu ne sais plus où tu en es. Tu ne vas pas tout laisser tomber pour deux enfants qui ne sont même pas les tiens !

— Alors que me suggères-tu ? rétorqua Catriona. Mettre Rosa en pension et laisser Connor se débrouiller seul ici ? Il n'a pas encore treize ans et Rosa en a huit. Ce sont encore des bébés et je trahirais Poppy si je les laissais tomber.

— Mes enfants sont allés en pension et ils n'en sont pas morts !

— Tes enfants n'ont pas été élevés dans les grands espaces. Ils avaient des parents chez qui aller le week-end et pendant les vacances.

— Tu pourrais trouver un foyer à Sydney pour Rosa. Connor est mieux ici, avec Fred et Billy et il n'a probablement pas besoin que tu le dorlotes.

La nature habituellement placide de Clemmie semblait s'être dissoute dans la nuit. Ses yeux lançant des éclairs furieux, elle parlait d'une voix de plus en plus sonore.

— Quant à tout laisser tomber parce que le destin t'appelle…

Elle prit une profonde inspiration et conclut :

— Je n'ai jamais rien entendu d'aussi stupide de ma vie !

Catriona se rendait compte que la colère montait des deux côtés. Tôt ou tard, l'une d'elles allait prononcer des mots impardonnables. Elle devait calmer cette dispute, la première qui les opposait depuis trente ans. Il n'était pas question qu'elle se fâche avec son amie la plus proche et la plus loyale.

— Je ne veux pas me quereller avec toi, dit-elle doucement en posant la main sur l'épaule de sa compagne.

— Moi non plus, répondit Clemmie avec véhémence. Mais tu as travaillé si dur pour en arriver où tu en es que je ne supporte pas l'idée que tu laisses tout tomber.

Les bras croisés, Catriona sentit un frisson la parcourir. Les feuilles des arbres bruissaient sous le souffle plus frais de la brise. Flottant dans le ciel, la lune, impériale, semblait indifférente à la fragilité des humains.

— J'ai réussi tout ce que j'avais entrepris, commença-t-elle, la voix plus calme. J'ai la célébrité, la fortune et un mode de vie qui fait rêver la plupart des gens. On peut dire que j'ai eu énormément de chance.

— La chance n'a pas grand-chose à voir avec ta carrière, protesta son interlocutrice. Tu as travaillé terriblement dur, en faisant d'énormes sacrifices.

— C'est vrai, déclara Catriona en hochant lentement la tête. Cela n'a pas toujours été facile. Mais à quoi tout cela m'a-t-il servi, Clemmie ?

— À posséder un compte en banque confortable et des investissements que la plupart d'entre nous envieraient, sans parler de la satisfaction de savoir que ton nom entrera dans l'histoire comme celui de l'une des plus grandes divas de ta génération.

Son interlocutrice repoussa ces arguments d'un geste de la main.

— L'argent et la célébrité sont éphémères, ils ne veulent pas dire grand-chose quand tu es seule. Et je suis seule, Clemmie. Je n'ai pas de mari et pas d'enfants, hormis une fille qui ne veut pas entendre parler de moi.

— Ce n'est pas ta faute.

Avec un haussement d'épaules, Catriona poursuivit :

— Je n'ai pas eu la chance d'élever ma propre enfant. Elle a grandi sans moi et je n'ai pris part à aucun de ses chagrins ni de ses triomphes. Le destin me donne une seconde chance d'être mère. J'ai l'intention de la saisir et de faire du mieux que je peux avec Rosa et Connor.

— Et ta carrière ? demanda Clemmie, le visage blême sous son maquillage raffiné.

— J'en ai atteint le sommet, Clem. Ma voix n'est plus ce qu'elle était.

Elle leva la main pour interrompre les protestations de sa compagne.

— Je l'entends, et les autres ne vont pas tarder à l'entendre aussi. Mon temps sous les feux de la rampe est presque terminé.

Clemmie garda le silence un long moment. Tout à coup, alors que sa voix redevenait celle de l'agente concentrée sur sa cliente, elle sortit son agenda de son sac à main.

— Tu dois chanter *Tosca*, il est trop tard pour te retirer.

Absorbée, elle tourna quelques pages.

— Et New York ? Et le Royal Opera de Londres ?

— Ce seront mes représentations d'adieu, décréta fermement Catriona.

Son amie cligna rapidement des paupières.

— Dans ce cas, j'ai intérêt à passer quelques coups de téléphone, faire une déclaration à la presse, et organiser ton planning. Tu vas donc chanter *Tosca* à New York également, l'un de tes plus beaux rôles. Ç'aurait été un merveilleux finale à ta carrière, articula-t-elle, luttant visiblement contre les larmes. Mais le Royal Opera a déjà fixé son programme de ballets et d'opéras et je doute qu'ils acceptent de le modifier. Il va falloir que tu quittes la scène en chantant Colombine dans *Paillasse*.

Catriona frappa des mains en riant.

— C'est parfait ! Ma première apparition sur scène a eu lieu au milieu d'une troupe de comédiens, alors que je n'étais âgée que de quelques minutes. Je suis la quintessence de l'enfant de la balle.

Clemmie la regardait sans comprendre.

— Mon père me faisait apprendre des tirades de Shakespeare jusqu'à ce que je les récite sans fautes. Le barde dans *Comme il vous plaira* exprime tellement bien cette vérité : « Le monde entier est un théâtre, et les hommes et les femmes ne sont que des acteurs ; ils ont leurs entrées et leurs sorties. Un homme, dans le cours de sa vie, joue différents rôles. » Je vais terminer ma vie d'artiste comme je l'ai commencée : en tant que membre d'une troupe de comédiens, avant d'entamer une nouvelle vie.

— Oh, Kitty, s'écria Clemmie en sanglotant, je ne supporte pas de t'imaginer coincée aussi loin de nous !

— Ne sois pas triste. Je commence une nouvelle aventure. Réjouis-toi pour moi, Clem. Je vais enfin avoir la chance d'être une vraie mère.

— Ce n'est pas un rôle facile. Les enfants peuvent être des pestes parfois, dit sa compagne en reniflant.

— Je le sais bien, mais je suis impatiente de m'y atteler.

— Il faut que je passe quelques coups de fil. Où est le téléphone ?

— Il n'y en a pas.

Catriona s'esclaffa devant l'expression effarée de son amie.

— Nous utilisons un poste émetteur-récepteur qui nous relie au réseau téléphonique.

— Comment diable peut-on survivre sans téléphone ?

— J'ai hâte de le découvrir.

Fred avait transporté ses affaires dans le dortoir, mais Catriona et Clemmie décidèrent de s'installer toutes deux dans la chambre d'amis. Au début, constatant que les ressorts des vieux sommiers grinçaient à chacun de leurs mouvements, l'agente poussa quelques soupirs exaspérés. Finalement, elle arrêta de se plaindre et s'apaisa. Bientôt, sa respiration profonde et régulière révéla à son amie qu'elle s'était endormie.

Allongée dans la chambre peu meublée, Catriona sentait le silence se refermer sur elle. Au-delà des bâtiments de la station, s'étalaient des milliers d'hectares de terre déserte. Leurs voisins les plus proches étaient les habitants de Drum Creek, petite ville séparée du reste du monde par les vastes étendues solitaires de l'outback.

Une vague de panique la saisit un moment. Et si Clemmie avait raison, et qu'elle ne pouvait pas supporter l'isolement ? La vie ici serait très différente de celle qu'elle menait pendant ses courts séjours. En outre, les enfants pourraient ne pas souhaiter qu'elle s'occupe d'eux. Et à supposer qu'ils acceptent sa protection, elle courait le risque de se révéler une mère inepte, échouant lamentablement dans son nouveau rôle. Elle ne cessait de se retourner dans son lit, enfouissant son visage dans l'oreiller. Il aurait pourtant fallu qu'elle dorme un peu, mais son esprit angoissé semblait déterminé à la maintenir éveillée.

Sa décision de prendre sa retraite impliquait une grande organisation. Elle devait d'abord chanter *Tosca*, et la tournée prévue ensuite à New York, puis à Londres, allait occuper environ un an et demi. Clemmie organiserait sans doute des conférences de presse, des apparitions télévisées et des enregistrements de disques. Il serait nécessaire, pendant ce temps, d'aménager un autre bâtiment car Fred serait obligé de déménager. Cette maison même aurait besoin d'être modifiée : il faudrait y ajouter des chambres pour les enfants, moderniser la cuisine et rénover tout le reste. Accoutumée à un certain degré de confort, elle ne voyait pas pourquoi, en faisant le choix de vivre ici, elle aurait été contrainte de changer ses habitudes.

S'allongeant sur le dos, elle fixa le plafond. L'immeuble de Sydney était probablement l'investissement le plus intéressant qu'elle avait fait. Avec l'ouverture du nouvel Opéra dans les deux ans à venir et la restauration de tout le quartier alentour, il aurait été stupide de le vendre. Depuis la mort de Brin, elle louait le rez-de-chaussée à un couple d'âge moyen qui payait régulièrement son loyer et surveillait les lieux en son absence. Cet arrangement convenait aux deux parties : mieux valait ne rien y changer. De toute manière, il ne faisait pas de doute qu'elle éprouverait de temps en temps le besoin de se changer les idées, et, de toute évidence, il n'y avait pas d'endroit plus indiqué que Sydney pour cela. Elle pourrait emmener Rosa voir des pièces, des ballets et même des opéras. Elles feraient des courses, des promenades en ferry, ou visiteraient les galeries d'art et les musées.

Malgré ce programme tout à fait réaliste, Catriona sentait le doute l'assaillir. Rosa était encore une toute petite fille et pourrait ne pas aimer l'opéra ni le ballet. Et Connor? Elle n'avait pas eu beaucoup de relations avec les garçons de son âge et ne savait pas vraiment comment s'y prendre. Son rêve de posséder Belvédère était né quand elle était elle-même une enfant. Tout à coup, elle se demanda de nouveau si l'idée de s'installer ici et de s'occuper des petits-enfants de Poppy ne risquait pas de se révéler, dans la pratique, une énorme erreur. Clemmie avait raison, sa vie de citadine était à des années-lumière de l'existence qu'elle mènerait dans l'outback. Il lui faudrait s'adapter, faire des compromis en permanence. Elle n'était pas certaine de pouvoir assumer cette tâche énorme.

Elle dut s'endormir, car, lorsqu'elle se réveilla, l'aube pointait dans le vacarme épouvantable des perruches et des perroquets. Regardant en direction de Clemmie, elle sourit. Son amie était assise sur son lit, une tasse de thé à la main et une expression dégoûtée sur le visage.

— Enfin! grommela-t-elle. À cause de tes ronflements et de ces foutus oiseaux, je n'ai pas fermé l'œil de la nuit. Te rends-tu compte qu'il est cinq heures du matin? poursuivit-elle avec un coup d'œil à sa montre en or.

— Je ne ronfle pas, protesta Catriona.

Tendant la main pour saisir la théière, elle se versa une tasse du liquide fumant. Après avoir bu une gorgée et ajouté du sucre, elle s'adossa confortablement sur ses oreillers.

— Tu t'es endormie au moment où ta tête a touché l'oreiller et tu as dormi au moins huit heures, alors n'exagère pas, ajouta-t-elle.

Clemmie était sur le point de répliquer quand elle furent toutes deux surprises par le grondement d'un moteur de pick-up.

— Qu'est-ce qui se passe ? s'écria l'agente. Est-ce que personne ne dort jamais, par ici ?

Fronçant les sourcils, Catriona enfila un peignoir de soie sur son pyjama assorti. Le véhicule s'était arrêté devant la maison dans un grincement de freins et des voix se faisaient entendre. Elle se précipita vers la porte d'entrée.

Rosa jaillit hors de la camionnette.

— Ne pars pas ! s'écria-t-elle en sanglotant. Je t'en prie, ne me laisse pas !

Catriona la serra contre elle, tentant d'apaiser ses craintes.

— Je n'ai pas l'intention de t'abandonner, dit-elle fermement. Chut, allons, calme-toi, ne pleure plus.

Par-dessus la tête de l'enfant, elle fixa le visage pâle de Pat Sullivan.

— Pendant notre trajet de retour à Derwent Hills, Rosa allait bien, expliqua celle-ci en gravissant le perron. Mais elle s'est réveillée cette nuit en hurlant, absolument convaincue qu'elle ne reverrait jamais ni son frère ni vous.

Elle caressa les cheveux de l'enfant en soupirant.

— Pauvre petite. J'ai essayé de lui expliquer qu'elle n'était chez nous que pour des vacances, mais elle ne m'a pas cru. Je suppose que, à ses yeux, tôt ou tard, tout le monde finit par partir – ce qui n'a rien d'étonnant, étant donné les circonstances.

Catriona souleva l'enfant et, après s'être assise dans un fauteuil de la véranda, l'installa sur ses genoux.

— Je ne t'abandonnerai pas, répéta-t-elle. Je vais vivre ici avec Connor et toi et je vais m'occuper de vous.

Les grands yeux bruns s'ouvrirent dans le petit visage crispé par la peur et la fatigue.

— Tu me le promets ? demanda Rosa avec un hoquet.

— Je te le promets. Maintenant, essuie ces larmes et va nous chercher à manger au réfectoire, pour que nous puissions tous petit-déjeuner. J'ai très faim, et toi ?

— Où est Connor ? Je veux le voir.

— Je suis là, prononça une voix douce en bas des marches.

Rosa sauta à terre et courut vers son frère.

— Je croyais que je ne te verrais plus jamais ! s'écria-t-elle en lui enlaçant le cou. Je ne voulais pas partir. Ne m'envoie pas ailleurs !

Lorsqu'il se pencha pour l'étreindre, il fit tomber son chapeau. Ses yeux noisette croisèrent le regard de Catriona.

— Est-ce que tu restes vraiment ? s'enquit-il.

— Bien sûr.

— Et ton chant ?

— J'ai des engagements, mais, à partir de maintenant, Rosa et toi passez avant tout le reste, déclara-t-elle fermement.

Le jeune garçon la regarda un long moment, puis opina du chef.

— Merci, articula-t-il d'un ton rogue. Rosa a besoin de nous deux, mais je crois qu'elle a encore plus besoin de toi que de moi.

Il hésita jusqu'à ce que ses joues rosissent.

— Nous avons besoin de toi tous les deux, reprit-t-il.

Alors qu'une boule se formait dans sa gorge, Catriona sentit des larmes affluer à ses paupières. Ne pouvant articuler un mot, elle entoura les deux enfants de ses bras et les serra contre elle. Elle avait pris la bonne décision.

Au cours des jours suivants, Rosa ne quitta pas Catriona d'une semelle. Effrayée, bouleversée, elle s'endormait tous les soirs en pleurant. Sa protectrice comprit immédiatement qu'il fallait opérer des changements dans la maison. Elle laissa Clemmie dans la chambre d'amis, et déplaça le second lit dans la chambre de Fred pour que la petite, si elle le désirait, puisse venir la rejoindre. Connor dormait sur le canapé, ce qui n'était pas la solution idéale, mais il n'était pas question qu'il retourne seul à la petite maison et le dortoir n'était pas un lieu pour un garçon de son âge. Les hommes bourrus qui travaillaient à Belvédère pouvaient avoir bon cœur, mais leur langage tout comme leur hygiène corporelle laissaient nettement à désirer.

Alors que la semaine se terminait, Catriona laissa, un matin, Rosa en compagnie de Clemmie et se dirigea vers le cottage de Poppy. Depuis les funérailles, elle n'avait eu ni le temps ni le courage de trier les affaires de sa vieille amie. Toutefois, s'envolant le lendemain pour Brisbane avec la fillette et son agente, elle ne pouvait plus repousser cette tâche.

Arrêtant le pick-up devant le bâtiment, elle poussa un soupir. La maison avait déjà l'air d'être abandonnée. Dès qu'elle y pénétra, l'odeur persistante de métal brûlé l'incita à ouvrir en grand les portes et les fenêtres. Elle demanderait à Maggie et aux autres femmes aborigènes de venir nettoyer mais, pour le moment, elle tenait à rester seule.

En faisant le tour des pièces, elle se remémora la joie de Poppy lors de son installation, son excitation à l'idée d'avoir enfin sa propre maison et la détermination énergique avec laquelle elle s'était évertuée à en faire un foyer. Tout cela se lisait dans les objets familiers, la table bien cirée, les rideaux, et les tapis qu'elle avait fabriqués. La visiteuse jeta un coup d'œil par la fenêtre. Heureusement, quelqu'un avait rentré le linge et il ne restait aucune trace de la tragédie qui s'était déroulée à l'extrémité du jardin. Avec un soupir, elle entreprit de ramasser les affaires des enfants et de les placer dans des cartons. Il n'y avait pas grand-chose : des pantalons de velours, des jeans, des chemises, quelques sous-vêtements, et une unique robe que Rosa mettait dans les grandes occasions. Le tout tenait dans un seul carton ; dans un autre, elle rangea les livres et les jouets des deux enfants, en n'oubliant pas l'ours en peluche de la fillette.

Une fois les cartons chargés dans la camionnette, elle retourna dans la maison. Le lit de Poppy était recouvert d'un édredon de patchwork multicolore. Sa penderie contenait toute une collection de robes de coton démodées, de chaussures usées ainsi que deux cardigans tricotés à la main. Toutefois, au fond de l'armoire, elle découvrit une boîte à chaussures et comprit aussitôt qu'il s'agissait des souvenirs de son amie.

Quelques vieux prospectus, un diadème orné de sequins, un éventail agrémenté de plumes, un boa et une paire de longs gants constituaient la totalité des vestiges de leur troupe itinérante conservés par l'ancienne danseuse. Parmi ces objets figuraient des photographies en noir et blanc. L'une d'elles représentait une très jeune Poppy entre un homme et une femme, posant devant le dôme de Saint-Paul. Une autre la montrait en costume de scène, auprès de collègues en tenue similaire, dans un vestiaire apparemment exigu et très encombré. Peut-être ce cliché datait-il de l'époque où elle dansait dans un grand théâtre londonien ? Enfin, sur deux autres photos, son amie souriait auprès d'Ellen portant Connor bébé. Elle mit la boîte de côté. Les enfants seraient heureux de l'avoir.

Un petit pot décoré muni d'un couvercle, posé sur la commode, contenait les bijoux fantaisie que Poppy avait adorés : perles de couleurs, broches et boucles d'oreilles en strass. Outre une foule de bracelets de différentes couleurs et de barrettes ornementées pour les cheveux, elle découvrit un médaillon en or considérablement terni qui, une fois ouvert, révéla le portrait d'un bel homme souriant, le père d'Ellen, probablement.

Elle mit les vêtements de son amie de côté, se disant qu'ils pourraient être utiles à quelqu'un – l'idée de les brûler lui était insupportable. Puis elle empila le linge de lit usagé et les serviettes de toilette. L'édredon, sans doute cher au cœur de Rosa et de Connor, alla rejoindre les cartons dans la camionnette.

Une fois le véhicule chargé, Catriona resta un moment debout, dans le silence de la maison. Elle entendait l'écho du rire de Poppy et le bruit de ses pas sur le sol. Avec un soupir, elle referma la porte et donna un tour de clé. Les fantômes du passé resteraient enfermés là à jamais.

Connor rentra des paddocks où il avait aidé Billy à séparer les veaux des vaches. Après un bain chaud dans la bassine installée sur la véranda à l'arrière de la maison, il rejoignit sa sœur et les deux femmes à table.

Catriona fit passer les plats. Le cuisinier, surnommé Cookie, avait préparé un ragoût dont la simple odeur faisait saliver. L'adolescent semblait avoir bon appétit et Rosa elle-même ne se faisait pas prier. Malgré le peu de temps écoulé depuis la tragédie, ils reprenaient le dessus. Indéniablement, ils étaient plus solides qu'elle ne l'avait pensé. Peut-être commençaient-ils à regarder vers le futur? Cette idée en tête, elle s'éclaircit la voix.

— Nous devons partir très tôt demain matin, dit-elle. Je dois être à Brisbane à neuf heures.

— Est-ce que nous y allons vraiment en avion? s'enquit Rosa avec excitation.

— Ne parle pas la bouche pleine, Rosa. Oui, l'avion nous déposera à Brisbane, puis il emmènera tante Clemmie à Sydney.

— Combien de temps partez-vous? demanda Connor en repoussant son assiette vide. C'est juste que Billy m'a dit que je pouvais participer au rassemblement du bétail avec les autres.

— Rosa et moi revenons dans une semaine pour deux jours. Au cours des deux mois qui suivront, nous ferons un saut dès que nous le pourrons. Tu peux aller au rassemblement, à condition que tu promettes de ne pas négliger ton travail scolaire. Je vérifierai où tu en es à chacune de mes visites. Et ne crois pas que tu pourras faire semblant d'étudier.

— Compris, dit-il avec un timide sourire.

Catriona lui sourit aussi. Elle lui avait demandé s'il voulait venir avec sa sœur à Brisbane pour la fête nationale, mais il avait décliné l'invitation. Au cours des derniers jours, ils avaient vécu quelques moments d'intimité et elle avait compris qu'il avait pour seul désir de travailler à Belvédère afin de devenir comme nombre des hommes qui y vivaient : timides, pudiques, peu loquaces, attachés à la terre et à leur mode de vie, ils préféraient souvent la compagnie des animaux à celle des hommes.

— Comment vais-je faire pour l'école, à Brisbane ? demanda Rosa. Je ne veux pas manquer mes leçons parce que nous avons des examens au prochain semestre.

Leur protectrice se mit à rire. Comment deux enfants pouvaient-ils être aussi différents ?

— Je ne crois pas que tu manqueras grand-chose pendant les premiers jours, mais, quand nous serons organisées, je te trouverai une préceptrice qui te fera travailler pendant que je répète. Qu'en penses-tu ?

Rosa plissa le nez en réfléchissant.

— Ça veut dire que je vais avoir un professeur pour moi toute seule ?

Catriona hocha la tête.

— Oh ! Belinda va faire une de ces têtes quand elle le saura !

Tout à coup, le visage de l'enfant s'assombrit.

— Et mes amis ? Qu'est-ce qui va se passer avec eux ? Je ne verrai plus du tout Belinda et Mary Carpenter va devenir sa meilleure amie à ma place !

— Tu les verras quand nous reviendrons à Belvédère, assura son interlocutrice en lui caressant la joue. Tu n'auras une préceptrice que lorsque nous voyagerons. Une fois que tous mes engagements seront remplis, je ne partirai plus que pendant les vacances scolaires pour que tu puisses venir avec moi. De plus, non seulement Belinda pourra rester ici avec nous tant qu'elle le voudra, mais sa mère acceptera peut-être qu'elle vienne de temps en temps avec nous à la ville.

La fillette sembla se satisfaire de ces propositions. Une fois le repas terminé et la table débarrassée, Catriona se dit que leur vie était planifiée, au moins jusqu'à l'entrée au collège de Rosa.

Rosa avait éprouvé une telle excitation à l'idée d'assister à la soirée de gala de la fête nationale qu'elle s'était sentie dépassée par l'afflux d'émotions diverses. Le trajet en avion jusqu'à Brisbane avait été saisissant, et le feu d'artifice après le spectacle, magnifique, mais c'était le fait d'assister pour la première fois à un opéra qui l'avait enthousiasmée. *Tosca* lui avait causé un véritable choc. La fillette n'avait pas imaginé qu'un spectacle chanté pouvait être aussi impressionnant et émouvant, ni que sa protectrice était une interprète aussi merveilleuse. Sa voix donnait la chair de poule et parfois, quand elle devenait douce, triste et d'une pureté presque douloureuse, sa beauté faisait jaillir les larmes aux yeux.

New York avait été une révélation. Les rues étaient bondées, les immeubles grimpaient presque jusqu'au ciel et l'agitation constante et bruyante n'avait rien à voir avec le rythme décontracté de Brisbane. Durant leur séjour dans une suite luxueuse d'un hôtel surplombant la Cinquième Avenue, Rosa était tombée d'accord avec miss Frobisher, sa nounou et préceptrice, sur le fait qu'il était angoissant d'habiter à un étage aussi élevé.

En revanche, la fillette était tombée amoureuse de Londres. C'était une ville très ancienne, et, bien que les rues soient très animées, on n'y sentait pas l'énergie frénétique qui régnait à New York. Prendre les grands autobus rouges et faire des courses chez Harrods ou à Carnaby Street avait été une vraie joie. Outre que Miss Frobisher l'avait emmenée visiter la maison du Parlement et la tour de Londres, elle avait assisté au changement de la garde au château de Buckingham. Catriona l'avait invitée à prendre le thé chez Browns : les sandwichs y étaient minuscules, les gâteaux délicieux et le thé avait un goût très différent de celui qu'on buvait à la maison.

Cependant, l'endroit que Rosa préférait était le Royal Opéra, où l'on était en train de monter *Paillasse, Le Lac des cygnes* et toute une série de concerts orchestraux organisés selon un cycle strict. Dans les coulisses, véritable labyrinthe de minuscules vestiaires, d'escaliers et de couloirs étroits, l'espace qui s'étendait sous la scène ressemblait à un atelier géant, comportant une machinerie monumentale qui grondait et murmurait en activant poulies et trappes diverses.

Miss Frobisher ne regardait pas d'un bon œil les chanteurs et danseurs qui allaient et venaient à moitié déshabillés. Elle protestait comme une poule courroucée devant leurs discussions animées au langage peu châtié et critiquait la façon dont ils s'étreignaient et s'embrassaient à tout bout de champ. Rosa, au contraire, adorait cette atmosphère, car les couleurs, les costumes, les éclairages et les personnes elles-mêmes lui rappelaient sa grand-mère. Les histoires que celle-ci lui avait racontées au sujet de sa vie dans le théâtre prenaient une autre dimension quand elle se trouvait au milieu de cette foule d'artistes et de techniciens.

Catriona et Rosa se trouvaient à Londres depuis trois mois maintenant. Ce soir, Catriona donnait sa toute dernière représentation. Assise dans le public avec miss Frobisher, la fillette, qui avait célébré son dixième anniversaire une semaine auparavant, portait la robe et les chaussures qu'elle avait reçues en cadeau. Elle ne pouvait s'empêcher de sourire de plaisir, car bien qu'elle ait assisté à quelques-unes des répétitions et que l'histoire de *Paillasse* lui ait été racontée, elle n'avait pas encore vu l'opéra dans son entier.

Vêtue du costume à carreaux blancs et noirs de Colombine, Catriona était assise à l'arrière du chariot aux couleurs vives qui allait être tiré sur scène par un cheval au pas. Le ténor interprétant Beppe, l'Arlequin, se tenait à la tête de l'animal, guettant le moment de le faire avancer. Tendus à l'extrême, tous les chanteurs attendaient que Tonio termine le Prologue.

Lorsque le grand rideau se leva, ses glands dorés se balancèrent doucement, révélant petit à petit aux artistes la salle immense. Catriona savait qu'elle n'oublierait jamais cette splendeur à couper le souffle. Par sa magnificence, le théâtre donnait à cette ultime représentation force et émotion.

La chanteuse s'adossa au chariot, sa robe étalée autour d'elle, tandis qu'Arlequin menait le cheval qui levait haut ses pattes antérieures, au rythme de la grosse caisse sur laquelle frappait Canio. Tout à coup, elle fut transportée dans le passé, à l'époque où ce décor ne composait pas une scène d'opéra, mais abritait la réalité de sa vie. Pour son chant du cygne, son adieu au public, pouvait-elle rêver mieux ?

Rosa, le corps tendu en avant, ne voulait pas manquer un moment de la tragique scène finale. Les cris de Catriona avaient semblé si authentiques et sa terreur si forte qu'elle aurait voulu s'élancer vers elle pour la protéger. Maintenant, elle était étendue sur la scène, belle et pâle, alors que le rideau retombait.

Le public explosa. Une multitude de bravos s'élevèrent jusqu'au plafond ornementé, au son d'un tonnerre d'applaudissements. La fillette se leva et manifesta sa joie en sautant et hurlant aussi fort que ses voisins.

La soprano, conduite au centre de la scène par Canio et Tonio, exécuta une gracieuse révérence. Une pluie de fleurs tombait des balcons ou jaillissait des fauteuils de l'orchestre, et une multitude de bouquets étaient déposés à ses pieds.

À force d'applaudir, Rosa avait mal aux mains. Son immense fierté faisait naître une grosse boule dans sa gorge et des larmes au bord de ses paupières. Comment la Catriona qu'elle venait d'admirer, si vibrante et vivante, beaucoup plus intense que dans la vie réelle, pouvait-elle supporter l'idée de quitter tout cela ?

La chanteuse s'inclinait très bas devant les applaudissements et les trépignements qui saluaient à la fois sa performance et son départ. Au milieu d'un océan de roses, le corps couvert de sueur, elle était sur le point de perdre le contrôle de ses émotions. Elle avait à la fois envie de pleurer, de chanter, et de saisir en un seul mouvement tout le public et ses témoignages d'affection. Cet enthousiasme saluait le dernier rôle de cet épisode de sa vie. Si seulement elle pouvait conserver cette atmosphère en bouteille afin de pouvoir, par la suite, la respirer de nouveau !

Elle envoyait des baisers aux spectateurs, recueillant leur admiration, redoutant le moment où le rideau allait se baisser. Comment avait-elle pu penser que cette épreuve serait facile ? Le théâtre était sa vie, elle était née pour lui. Était-il vraiment sage de tout laisser tomber? Soudain, elle aperçut Rosa qui claquait frénétiquement des mains. Le petit visage radieux la contemplait. Lorsque leurs regards se croisèrent, Catriona songea aussitôt qu'il n'y avait rien de plus précieux, de plus réconfortant, que l'amour d'un enfant.

Prenant une profonde inspiration, elle s'inclina en une dernière révérence et, après avoir donné un signal au machiniste, attendit que le rideau tombe pour la dernière fois.

17

Pour un œil extérieur, la vie à Belvédère pouvait paraître terne et privée de repères permettant de déceler le changement des saisons. Toutefois, au fur et à mesure de son installation, Catriona découvrit que pas un jour ne se passait sans qu'un événement remarquable ne se produisît. Peu à peu, elle se sentait plus attirée par la vie de l'outback que par celle de la ville. Ses absences se révélaient de plus en plus courtes, car elle supportait de plus en plus difficilement le bruit et l'agitation et n'aspirait qu'à retourner à son oasis de paix. Cependant, malgré ces inconvénients, pour rien au monde elle n'aurait renoncé à ses voyages réguliers à Sydney. Bien qu'elle rentrât chaque fois le cœur brisé, ces visites représentaient pour elle le seul moyen d'apercevoir sa fille.

Elle soupira et ferma les yeux, levant le visage vers le soleil. Jamais elles ne s'étaient parlé, ni même rencontrées – Catriona avait le sentiment que cela n'arriverait jamais. Elle devait se contenter de voir son enfant de loin, de s'assurer du fait qu'elle se portait bien et réussissait dans sa carrière. Rosa, malgré sa grande jeunesse, était d'une compagnie agréable lors de ces sorties apparemment innocentes. Toutes deux faisaient des courses, déjeunaient ou dînaient dans les petits bistrots qui s'alignaient le long du front de mer, puis terminaient leur sortie au théâtre ou au ballet. La fillette s'était découvert une passion pour les comédies musicales de Gilbert et Sullivan et, bien que sa protectrice considérât ces spectacles comme des pantomimes pour adultes, elle était contente d'y emmener sa petite compagne quand l'occasion se présentait.

Catriona s'appuya à la barrière du paddock en attendant l'avion du courrier. Il venait une fois par mois, à moins que le temps ne soit défavorable. Elle leva les yeux et parcourut du regard les pâturages, dont les hautes herbes, couchées par le vent, se muaient en un océan vert pâle mouvant, flottant au pied des collines rocheuses. Installée ici depuis un an, elle s'y sentait vraiment chez elle.

Les travaux de la maison avaient été terminés quand elle était encore à Londres. Le petit édifice comportait maintenant quatre chambres, une salle de bains convenable et une cuisine ultramoderne. Chaque pièce abritait, au plafond, un ventilateur chargé de rafraîchir l'atmosphère en été, et le salon s'enorgueillissait d'une cheminée qui apportait chaleur et confort lors des longues soirées d'hiver.

Fred s'était montré merveilleusement patient au cours des premiers mois de l'installation de sa patronne. Chaque matin, il était venu, chargé de livres de comptes, de listes de cheptel et de tableaux de service, pour lui expliquer dans le détail comment fonctionnait Belvédère. Connor et Billy lui avaient fait faire le tour des écuries et des paddocks puis, lorsqu'elle s'était réhabituée à monter à cheval, l'avaient emmenée avec eux lors d'une expédition destinée à capturer des chevaux sauvages. Cette course enthousiasmante dans les grands espaces de l'outback s'était révélée beaucoup plus stimulante et passionnante que la meilleure des représentations d'opéra.

Outre les activités relatives à la vie de la station, il y avait les réceptions, les bals, les pique-niques et les fêtes scolaires, auxquels il fallait ajouter les réunions de l'Association des femmes rurales, de la Société musicale, du conseil d'administration de l'école et du Groupe des défenseurs de l'environnement de l'outback. Les habitants du cœur de l'Australie vivaient peut-être loin les uns des autres, mais ils formaient une communauté aux liens étroits et savaient tirer parti de leurs moments de détente. Ces manifestations fournissaient l'occasion d'échanger des potins et de discuter des travaux de la ferme, ou du prix du bœuf et de l'agneau. Elles permettaient aussi aux plus jeunes de faire connaissance, de forger des amitiés solides qui conduisaient souvent au mariage et, par conséquent, de réunir parfois de vastes propriétés.

Catriona se retourna pour contempler la maison ombragée par les frondaisons des poivriers. Quelle différence avec la petite cabane d'autrefois! Le toit avait été recouvert de shingle, les moustiquaires avaient été repeintes en vert, et les piliers de la véranda entièrement reconstruite s'ornaient progressivement de bougainvillées grimpantes. À l'intérieur, des lits confortables, des fauteuils profonds, des rideaux neufs et un éclairage indirect, apporté par une multitude de petites lampes, composaient un décor douillet.

Le ronflement lointain de l'avion attira son attention. Elle le regarda amorcer sa descente puis atterrir et longer la piste avant de s'immobiliser tout à fait. Billy et deux apprentis attrapèrent le sac de courrier, ainsi que la palette de provisions et de matériel qu'ils entreposèrent près du garde-fou. Déjà, l'appareil avait fait demi-tour et fonçait sur la piste pour décoller, car le pilote, qui devait desservir plusieurs milliers de kilomètres, avait un emploi du temps très serré.

Catriona escalada la barrière et se précipita vers les trois hommes.

— Je prends le courrier, dit-elle.

— Laissez-moi faire, je m'en occuperai, répliqua Billy. C'est trop lourd pour vous.

Elle fut obligée d'acquiescer, car le sac pesait une tonne. Cependant son impatience était telle qu'elle trépigna en soupirant pendant que ses compagnons triaient les paquets et les distribuaient au réfectoire, au dortoir et au forgeron.

— Cookie est de meilleure humeur, tout à coup, déclara Billy en balançant enfin le sac de courrier sur son épaule. Nous aurons des pêches au sirop et de la crème anglaise au dîner.

Le cuisinier savait que Rosa adorait les pêches au sirop. Il la gâtait trop. Catriona accéléra le pas pour rester à la hauteur de son compagnon.

— Est-ce que Fred a reçu les outils qu'il attendait ? demanda-t-elle.

L'aborigène hocha la tête.

— Beaucoup d'outils. Le pick-up va pouvoir être réparé.

Il laissa tomber le gros sac sur la table de la cuisine et étudia son interlocutrice un bon moment.

— Vous semblez attendre quelque chose de spécial, madame. Vous me faites penser à un poussin sur un toit de tôle brûlant.

La voyant sur le point de protester, il rit en secouant la tête.

— Le temps paraît toujours long quand on attend des nouvelles de son petit ami, poursuivit-il.

— Si seulement c'était cela ! murmura-t-elle en le suivant du regard alors qu'il retournait vers la grange.

Tous ses chevaliers servants s'étaient évanouis depuis qu'elle avait pris sa retraite. Quel flair elle avait eu en choisissant ses compagnons ! Toutefois, pouvait-elle vraiment leur en vouloir ? Il fallait des hommes peu ordinaires pour vivre ici.

Elle ouvrit le sac et versa tout le courrier sur la table. Ayant maintenant acquis une certaine habitude, elle répartit les enveloppes en plusieurs piles. À part Fred, qui recevait essentiellement des catalogues et des calendriers de ventes aux enchères de bétail, il y avait du courrier pour les hommes ainsi que plusieurs colis. Cookie avait visiblement beaucoup de succès : une pile d'enveloppes écrites à l'encre verte et dégageant un léger parfum l'attendait. Une admiratrice, sans doute.

En souriant, elle mit de côté les illustrés pour Rosa et les catalogues destinés à Connor. L'adolescent, qui vérifiait les barrières, ne rentrerait pas avant quelques heures, mais Rosa n'allait pas tarder, accompagnée de Belinda, comme toujours. Cette dernière passant plus de temps ici qu'à Derwent Hills, Catriona espérait que sa mère n'y voyait pas d'inconvénient. Pauvre Connor, songea-t-elle en souriant, l'adoration que lui portait la fillette, loin de s'atténuer, le mettait tellement mal à l'aise qu'il préférait souvent s'éloigner et ne revenir que lorsqu'elle était partie. Peut-être était-ce pour cela qu'il s'était porté volontaire – avec empressement – pour s'atteler à une tâche ingrate que tous les autres hommes détestaient accomplir.

Sa main s'attarda sur deux enveloppes qui lui serrèrent le cœur. Ses deux dernières tentatives pour communiquer avec sa fille avaient échoué : les lettres lui étaient renvoyées sans même avoir été ouvertes.

Déterminée à ne pas se laisser abattre par ce nouveau rejet, elle rassembla le reste de son courrier et le mit de côté pour le lire plus tard. Elle répartit tout ce qui ne lui était pas destiné dans plusieurs sacs qu'elle distribua au dortoir, à la cuisine et au cottage de Fred. Quand elle revint à la maison, Rosa et Belinda, ayant déjà bouchonné leurs poneys qui paissaient librement dans le paddock, dévoraient du pain accompagné de jambon.

Catriona serra Rosa dans ses bras et embrassa sa joue maculée de poussière.

— Qu'est-ce que tu as fabriqué ? demanda-t-elle en préparant du thé. Tu as les joues toutes sales.

Avec un sourire, la fillette passa les doigts dans ses cheveux courts.

— Belinda et moi nous avons construit un camp dans le bush et des garçons ont essayé de nous le prendre.

Elle échangea un bref regard avec son amie.

— Mais nous leur avons montré de quel bois nous nous chauffons, hein ?

Belinda, opinant du chef, secoua ses boucles brunes autour de ses épaules.

— Ils vont nous laisser tranquilles maintenant. Rosa a laissé en souvenir à Tommy Brook un œil au beurre noir.

— Bien fait! s'écria Catriona d'un ton enjoué. Nous, les femmes, nous devons nous soutenir et nous défendre. Pour la poussière, ce n'est pas grave.

— Tu vois, dit Rosa avec un air de triomphe, je t'avais dit que je ne me ferais pas gronder!

Sirotant son thé, Catriona sourit. Se salir et se disputer avec les garçons, n'était-ce pas la fonction de l'enfance? Rosa avait un sacré caractère – ce qui était indispensable dans ce monde impitoyable –, alors quelle importance pouvait avoir un peu de noir sur ses pommettes?

— Êtes-vous toutes les deux impatientes d'aller au collège? s'enquit-elle soudain quand elles eurent fini de goûter.

— Oui! s'écrièrent-elles à l'unisson. Il ne nous reste plus que trois semaines avant la fin du semestre, poursuivit Rosa. Est-ce que nous irons à Sydney pour acheter nos uniformes? Est-ce que Belinda peut venir aussi? lança-t-elle sans attendre la réponse.

— Je demanderai à Pat.

Catriona s'efforça de ne pas rire devant l'expression intense du petit visage levé vers elle. Une bouffée de mélancolie l'envahit tout à coup. Il serait étrange de ne plus les avoir ici pendant la plus grande partie de leurs années de collège, mais toutes les mères de l'outback devaient faire ce sacrifice si elles voulaient que leurs enfants développent leur potentiel.

Elle les regarda foncer dans le couloir, puis entendit le claquement de la moustiquaire et le bruit de leurs pas sur la véranda. Elles grandissaient. Le temps passait vraiment trop vite! Avant d'avoir eu le temps de s'en rendre compte, elle aurait bientôt devant elles deux jeunes adultes.

Malgré l'heure tardive, Catriona venait simplement de parvenir à convaincre les deux fillettes d'éteindre leur lumière. En pénétrant dans le salon, elle vit le tas d'enveloppes qui attendaient et décida de se verser un gin tonic avant de les ouvrir. Grâce à la chaîne stéréo baissée de façon à ne pas gêner les enfants, la voix de Callas commençait à chasser efficacement les préoccupations de la journée. Elle mit de côté les deux lettres qui lui avaient été retournées, et parcourut le reste de son courrier.

Clemmie et John accomplissaient une croisière – ils étaient souvent en voyage maintenant que Clemmie n'avait plus de clients. Outre plusieurs de leurs cartes postales, elle lut quelques lettres d'admirateurs que sa maison de disques faisait suivre, et mit de côté les bulletins d'informations relatifs à l'académie qu'elle avait créée. Le directeur lui demandait de venir distribuer les prix lors du concert de fin d'année. Elle inscrivit la date dans son agenda, puis parcourut des cartes postales et des lettres d'amis qui travaillaient toujours dans le théâtre, après avoir noté mentalement qu'elle devait répondre à un autre appel de dons de l'organisation humanitaire qu'elle soutenait, et ne surtout pas oublier la lettre de rappel du dentiste, chez qui elle avait rendez-vous à la fin du mois.

Il restait deux lettres importantes. La première se révéla être une invitation pour l'inauguration du nouvel Opéra de Sydney, où elle serait présentée à Sa Majesté la reine Elizabeth. La seconde était une déclaration officielle du gouvernement de Sa Majesté, établissant que Catriona Summers serait honorée du titre de Lady – attribué en reconnaissance de son travail dans le domaine de l'opéra –, au cours d'une cérémonie privée qui aurait lieu avant celle, solennelle, de l'inauguration.

— Bon sang ! s'exclama-t-elle.

S'adossant au fauteuil, elle relut le document. Ce devait être une plaisanterie ! Le titre de Lady ! C'était ridicule ! Les Lady ne pouvaient pas être de petites femmes menues qui avaient tout juste assez de cran pour monter sur une scène et chanter de tout leur cœur ! Comme Poppy aurait ri !

Elle finit son verre en relisant la lettre plusieurs fois. L'en-tête et le cachet qui figurait en bas de la feuille avaient un côté solennel qui leur donnait un air d'authenticité. Peut-être n'était-ce pas une plaisanterie, après tout ! Dans ce cas, c'était une surprise monumentale ! Assise dans la lumière douce de la pièce, au son de Callas chantant l'un des airs magnifiques de *Tosca*, elle se souvint soudain d'une allusion mystérieuse au château de Buckingham que Clemmie avait proférée quelques mois auparavant. Catriona, accaparée par ses répétitions pour ses adieux, n'y avait pas prêté attention.

— Mon Dieu, alors c'est vrai, murmura-t-elle. Je vais être anoblie et devenir une Lady de l'Empire britannique ! À ta santé, ma vieille ! s'exclama-t-elle en levant son verre à son portrait accroché au-dessus de la cheminée. Tu n'aurais jamais imaginé qu'une chose pareille pouvait t'arriver quand tu fricotais avec Rupert Smythe-Billings, hein ?

Elle aurait voulu partager cette nouvelle avec quelqu'un. Mais comme toujours quand des événements comme ceux-ci se produisaient, il n'y avait personne alentour. Le téléphone étant relié au poste émetteur-récepteur, l'outback entier serait au courant si elle passait un coup de fil. De toute manière, cette nouvelle était un cadeau trop précieux pour être galvaudée, elle méritait d'être communiquée à un interlocuteur privilégié. Rosa s'était enfin assoupie et Connor campait quelque part sur les dizaines de milliers d'hectares de Belvédère. Quant à Clemmie, elle était à l'étranger. Restait Pat Sullivan, qui dormait aussi et qu'il aurait été cruel de réveiller après une longue et fatigante journée.

Alors que son regard tombait sur les deux lettres qui lui avaient été renvoyées, elle sentit son excitation retomber. Si seulement elle pouvait le dire à sa fille ! La réalité de sa situation lui apparut soudain. Les personnes en charge d'attribuer les honneurs ne savaient rien de son passé. Que se passerait-il s'ils l'étaient ? Peut-être devrait-elle décliner cette offre ? Cela ne ferait, toutefois, que nourrir les spéculations et les rumeurs. Que faire ? Si Clemmie avait été là, elle aurait su la conseiller.

Catriona se dirigea vers le poste émetteur-récepteur et se relia au téléphone. Il y avait une petite chance pour que les vacances de Clemmie et de John soient terminées car la poste de l'outback n'était pas totalement fiable et la lettre datait de plusieurs semaines. Attendant que la communication soit établie, elle tapota impatiemment la table de pin verni de ses ongles longs.

— Faites qu'elle soit là, chuchota-t-elle. Je t'en prie, Clemmie, décroche !

— Allô?

La voix, presque noyée dans un grésillement, lui parvenait de très loin.

— Clemmie?

— Que se passe-t-il? demanda aussitôt son amie d'une voix inquiète.

— Je viens de recevoir une lettre d'Angleterre, dit-elle, mesurant ses paroles en imaginant les nombreuses oreilles probablement à l'écoute. C'est une nouvelle formidable, mais j'ai besoin de ton avis.

— Oh, bien! J'espérais recevoir cet appel depuis longtemps! Est-ce que tu as aussi eu l'invitation pour l'inauguration?

— Oui, mais je ne peux accepter ni l'une ni l'autre.

— Et pourquoi diable ne le pourrais-tu pas?

— Il m'est difficile de te parler, la ligne est publique. Mais tu sais bien pourquoi, Clem.

Elle s'interrompit quelques secondes.

— Susan Smith, précisa-t-elle enfin.

Clemmie s'esclaffa.

— Ne sois pas idiote! Cela n'a aucune importance pour eux. Ils veulent juste te remercier pour le travail inestimable que tu as accompli au fil des années, pour l'argent et le temps que tu as consacrés à la création de ton académie et pour toutes les actions de charité que tu as créées et soutenues.

Catriona se sentait plus légère.

— Tu en es bien sûre? insista-t-elle. Je ne voudrais pas qu'on me reprenne cet honneur ensuite.

— Ne t'inquiète pas, chérie. Tu le mérites. Lady Catriona Summers, ce titre sonne bien. Félicitations. Maintenant, est-ce que tu vas me laisser dormir? Je te rappellerai demain matin.

Après avoir coupé la communication, Catriona retourna dans le salon. Excitée et nerveuse à la fois, elle éprouvait une joie mêlée d'une profonde tristesse. Sa fille ne partagerait jamais avec elle ce moment, ne saurait jamais à quel point sa mère l'aimait et souffrait de son absence. Elle saisit les deux enveloppes, les serra contre sa poitrine et éclata en sanglots.

Rosa contemplait les ombres projetées par la lune. Ne comprenant pas ce qui l'avait réveillée, elle tendit l'oreille. Probablement était-ce un opossum trottant sur le toit, décida-t-elle au bout d'un moment. Maintenant, non seulement elle avait l'impression de ne plus avoir du tout sommeil, mais elle avait besoin d'aller aux toilettes. Repoussant ses couvertures, elle descendit du lit sans faire de bruit.

Alors qu'elle ouvrait la porte, elle entendit un son qu'elle n'identifia pas tout de suite. Elle jeta un bref coup d'œil à Belinda, enfouie sous les couvertures et profondément endormie, ainsi que l'attestait sa respiration lente et régulière, puis sortit de la chambre sur la pointe des pieds et longea le petit couloir. La porte ouverte du salon laissait passer un flot de lumière. C'était de là que provenait le bruit qu'elle avait entendu.

Collée au mur, elle tendit le cou pour jeter un regard dans la pièce. Ce qu'elle vit lui donna envie de crier et de se précipiter afin d'offrir son soutien, mais quelque chose dans la façon dont Catriona se comportait l'en dissuada. Le visage inondé de larmes, elle serrait contre sa poitrine des enveloppes, se balançant d'avant en arrière comme si ces lettres avaient besoin d'être protégées. Qu'est-ce que cela pouvait bien signifier? Rosa se mordit les lèvres. Elle n'aurait pas dû être là, elle n'aurait pas dû être en train d'espionner. Pourtant, elle ne bougea pas, car elle était fascinée par ce qui était en train de se passer devant ses yeux.

La vieille malle de fer se dressait à côté du bureau depuis que tous trois avaient emménagé dans la maison. C'était une sorte de boîte aux trésors remplie de costumes, de gants et de chaussures avec lesquelles Rosa et Belinda avaient souvent joué, sous le contrôle de leur propriétaire. Elle contenait également des programmes de théâtre, des partitions et des lettres d'admirateurs, ainsi que des photographies de la soprano dans les rôles qu'elle avait chantés. Toutefois, Rosa n'avait jamais eu accès à la malle quand elle était seule. Elle comprenait maintenant pourquoi. C'était la cachette dans laquelle Catriona cachait ses secrets les plus intimes.

Debout dans l'ombre du couloir, la fillette regarda sa protectrice soulever le couvercle et placer avec précaution les lettres tout au fond. Retenant sa respiration, elle la vit ensuite cacher la clé sous la pendule de la cheminée. Elle n'avait maintenant d'autre choix que de retourner précipitamment dans sa chambre pour ne pas être surprise. Le cœur battant, elle se glissa dans son lit, réussissant à grand-peine à apaiser son essoufflement et à feindre le sommeil. Elle entendit des pas dans le couloir, qui s'arrêtèrent devant la porte qu'elle n'avait pas eu le temps de refermer complètement derrière elle. Après de longues secondes de silence, au cours desquelles elle crut que son sort était réglé, la porte se referma et les pas s'éloignèrent en direction de la cuisine.

Rosa, beaucoup trop excitée pour dormir, patienta pendant un temps qui lui parut interminable, jusqu'au moment où elle eut la conviction raisonnable que Catriona était allée se coucher. Elle fut tentée de réveiller Belinda, toujours endormie, pour partager avec elle ce mystère. Cependant, elle se ravisa. Il s'agissait probablement d'un secret trop personnel, qu'elle n'avait pas le droit de divulguer à la légère.

De nouveau, elle sortit du lit et ouvrit la porte. La lumière était éteinte dans la chambre de Catriona mais il était préférable d'attendre encore un peu, juste pour s'assurer que sa protectrice était bien endormie. Rosa n'était pas tout à fait rassurée, car si elle était surprise ainsi en train de fouiller dans la malle, elle se ferait sérieusement semoncer. Toutefois, à la crainte se mêlait un sentiment d'aventure. Elle décida d'attendre encore un peu.

Les minutes s'écoulaient malgré tout. Soudain, la pendule de l'entrée sonna onze heures. Rosa jugea que le moment d'agir était venu. Le plus doucement possible, l'oreille aux aguets, elle se rendit dans le salon et monta sur une chaise pour attraper la clé. Un instant, elle contempla le petit objet qui luisait dans la paume de sa main, et se retourna vers la malle.

Telle une présence mystérieuse exerçant sur elle un attrait singulier, le coffre de métal semblait l'attendre avec une placidité lourde de promesses. Les jambes flageolantes, Rosa s'assit sur le canapé, contemplant les charnières rouillées et les lanières de cuir éculées. Plus le temps passait, plus les chances de se faire surprendre augmentaient. Pourtant, étrangement, cette attente aiguisait son impatience, car elle n'aurait peut-être pas d'autres chances de tirer cette énigme au clair.

Alors que le silence de la maison l'enveloppait, les images que les récits de Catriona avaient fait surgir dans son imagination se déroulèrent devant elle. Ces images muettes et fugitives, ressuscitant une époque et des lieux qu'elle ne pouvait pas connaître, lui semblaient si familières, si bienveillantes qu'elle ne put finalement leur résister. S'agenouillant devant la malle, elle défit les boucles des lanières et introduisit dans la serrure la clé qui accepta finalement de tourner avec un léger claquement.

Elle se figea, à l'écoute du moindre signe pouvant indiquer qu'elle avait été découverte, mais elle ne perçut que les craquements familiers de la maison. Assise sur ses talons, elle souleva le couvercle grinçant avec une infinie précaution.

La bouche sèche et la gorge serrée, elle contempla le contenu du coffre qui s'offrait à elle. Les partitions, les vieux programmes et les photographies étaient rangés en piles épaisses et nettes au-dessus d'un drap de mousseline. Alors qu'elle saisissait les partitions pour les poser sur le sol, l'odeur forte des boules de naphtaline lui fit venir les larmes aux yeux. Les photos, réalisées par des artistes professionnels, en noir et blanc ou en couleurs, montraient Catriona à vingt ans puis la suivaient tout au long de sa carrière. Quant aux programmes, ils ne différaient pas de ceux que la chanteuse à la retraite conservait dans son bureau, imprimés en différentes langues et provenant de Milan, Paris, Madrid, Londres, Sydney ou Moscou. Rosa, qui les avait déjà vus, les mit hâtivement de côté.

Sous les programmes s'empilaient des journaux. Formant un rouleau étroit, ils étaient maintenus par des élastiques desséchés et craquelés. Rosa en parcourut rapidement les titres mais, peu intéressée par l'abdication du roi, les déclarations de guerre et le couronnement de la reine, elle les posa sur le sol. Les mains tremblantes, elle souleva lentement le drap de mousseline.

Les robes étaient de vieilles connaissances. Tandis qu'elle les sortait une par une, elle se remémorait les récits qui s'y rapportaient. Particulièrement somptueuse, la robe de bal de velours rouge sombre était celle que Catriona avait portée pour l'exécution de son portrait. La fillette la sortit de la malle et la tint contre elle, percevant encore une trace de parfum et l'odeur du talc saupoudré sur le tissu. Avec soin, elle la disposa sur le bras d'un fauteuil, et sortit la suivante. En soie de couleur pourpre, mêlée de taches bleues et vertes, celle-ci s'ornait d'une jupe très large et de petits cristaux cousus à la main sur l'encolure. Suivait une élégante robe noire, signée Dior. Rien de cela n'intéressait Rosa, qui était impatiente de trouver les lettres.

Après avoir soulevé une autre robe Dior, un tailleur Chanel et une robe de cocktail de Balmain, elle découvrit de longs gants blancs soigneusement enveloppés, et de la lingerie parée de dentelle, pliée dans plusieurs feuilles de papier de soie. En les posant sur le canapé, Rosa sentit son pouls s'accélérer. Car, sous ses yeux, apparaissait la robe de mariée que Catriona ne l'avait pas laissée essayer. C'était la création la plus magnifique que la fillette ait jamais vue. Elle osait à peine y toucher. Les volants successifs de dentelle ancienne la recouvraient des épaules au sol, en une cascade de perles de culture et de faux diamants.

La serrant contre elle, elle avait l'impression d'entendre l'orgue retentir dans l'église, de sentir le parfum des fleurs et d'assister à l'exaltation de la jeune mariée traversant la nef pour rejoindre son fiancé. Catriona avait dû avoir l'impression d'être une reine, ce jour-là. Rosa se demanda si, à l'occasion de son propre mariage, sa protectrice accepterait qu'elle porte cette merveille.

Elle se rendit compte tout à coup qu'elle perdait du temps. Une fois la robe de mariée étalée sur le dossier du canapé, elle admira les souliers de satin démodés et les gants assortis. Alors qu'elle soulevait le voile, elle s'aperçut qu'il contenait dans ses plis une unique rose jaune très pâle. Pourquoi l'avait-elle gardée ? se demanda Rosa avec un élan de tristesse.

Sa main s'immobilisa en touchant les enveloppes. Certaines d'entre elles étaient entourées d'un ruban, d'autres étaient glissées dans de grandes enveloppes portant la mention « COURRIER D'ADMIRATEURS ». Elle les mit de côté, jeta un bref coup d'œil vers la porte et, après une légère hésitation, sortit de la malle le dernier paquet de lettres. Les doigts tremblants, elle défit le ruban rose qui les entourait. Le personnage vibrant qu'était Catriona semblait envahir la pièce, et lui intimer l'ordre de ne pas fouiller ainsi.

Instinctivement, elle remit les lettres dans le coffre, comme si cette action pouvait faire taire les voix qui résonnaient dans sa tête. Catriona lui faisait confiance, elle serait furieuse si elle découvrait ce que sa protégée était en train de faire. La fillette se passa les doigts dans les cheveux. Elle regarda autour d'elle pour se rassurer sur le fait que la présence invisible mais presque palpable ne provenait que de son imagination. La vie que sa protectrice avait menée avant son installation à Belvédère était éparpillée sur le sol et sur les fauteuils de cette pièce. Levant les yeux vers le portrait souriant énigmatiquement au-dessus de la cheminée, Rosa aurait juré que les yeux violets la regardaient, sévèrement accusateurs.

Incapable de résister plus longtemps, elle reprit la petite collection de lettres. Chacune portait une adresse très lisible. De ses doigts maladroits, elle sortit de la seule enveloppe qui paraissait avoir été ouverte les feuilles de papier datées de plusieurs années auparavant. Lorsqu'elle eut pris connaissance du contenu de la missive, elle comprit pourquoi Catriona avait pleuré.

Refoulant ses propres larmes, elle rangea rapidement toutes les affaires comme elle les avait trouvées, ferma la malle, remit la clé sous la pendule puis, ayant vérifié qu'elle n'avait laissé aucune trace de son indiscrétion, retourna dans sa chambre sur la pointe des pieds.

Alors que la lune naviguait devant sa fenêtre, elle fixa le ciel nocturne, affrontant le secret qui venait de lui être révélé.

18

Le collège de filles Sainte-Hélène était un établissement privé fréquenté par les enfants des riches propriétaires terriens et ceux de l'élite citadine. Après la Dépression, cette ancienne grande maison de maître avait été achetée à bon prix par deux vieilles filles entreprenantes et transformée en école. Les propriétaires étaient décédées depuis longtemps, mais ce qu'elles avaient laissé survivait dans les nouveaux bâtiments, les écuries, les paddocks, la bibliothèque fournie et les salles de classe claires et bien équipées. Grâce aux dons de familles généreuses, l'ensemble s'enorgueillissait également d'une immense salle de sport, de dortoirs confortables et chaleureux et d'une vaste piscine extérieure, abritée du soleil par des voiles de bateau tendues.

De forme carrée, le bâtiment principal s'ornait d'un porche à colonnes blanches mis en valeur par les murs de brique presque recouverts de vigne vierge, dont les feuilles adoptaient en hiver un rouge éclatant. Une allée de gravier bordée d'arbres encerclait une ample fontaine et menait aux marches du perron. Catriona, assise dans le taxi, ne pouvait s'empêcher de penser à Atherton.

— Que se passe-t-il ? demanda Pat. On dirait que vous venez de voir un fantôme !

Secouant ses noirs souvenirs, sa compagne revint à elle.

— J'espère n'avoir rien oublié en faisant les bagages. La liste fournie était interminable.

Pat s'esclaffa.

— De toute façon, il est trop tard.

Dès que les deux femmes sortirent du taxi, un homme apparut sur le côté de la maison, vérifia sa liste et chargea tous les bagages sur un chariot, qu'il emmena en le tirant derrière lui. Voyant Belinda et Rosa très impressionnées, Catriona, qui se rappelait son premier jour à l'académie, comprenait exactement ce qu'elles pouvaient ressentir. Elle dut se retenir de serrer sa protégée dans ses bras et de la ramener aussitôt à la maison. Que se passerait-il si elle n'était pas heureuse dans cet endroit gigantesque, où il y avait tant de monde ?

— Tout ira bien pour elle, assura Pat. Regardez, elles retrouvent déjà quelques vieilles connaissances. Elles n'auront pas longtemps le mal du pays.

Catriona observa leurs enfants qui saluaient leurs amies auxquelles se joignaient d'autres collégiennes.

— Tout l'outback semble se retrouver ici, murmura-t-elle, reconnaissant la moitié des élèves.

— Pas seulement l'outback, dit Pat en désignant du menton une voiture conduite par un chauffeur, qui venait de s'arrêter devant elles.

Une fillette sortit du véhicule et patienta docilement pendant que le chauffeur déchargeait ses bagages et les passait au porteur de l'école. C'était une jolie enfant, dotée de grands yeux bleus et d'une magnifique chevelure blonde. À l'instar de Rosa et de Belinda, elle était vêtue de son uniforme d'écolière, composé d'une robe en vichy, de chaussettes blanches et d'un blazer bleu marine arborant sur la poche de poitrine l'écusson de l'établissement. La désinvolture avec laquelle son panama était posé sur ses cheveux soyeux contredisait la manière dont elle serrait contre elle son cartable coûteux.

— Pauvre petit poussin, dit Catriona doucement. Je me demande où sont ses parents.

— Probablement occupés à gagner beaucoup d'argent, répliqua Pat avec un reniflement désapprobateur. Les gens comme ça feraient bien de s'abstenir d'avoir des enfants s'ils ne sont même pas capables de les accompagner lors de leur premier jour d'école.

— Elle a l'air complètement perdue. Ne pensez-vous pas que nous devrions encourager nos filles à lui parler ?

Pat observa un moment l'arrivante qui discutait paisiblement avec des membres du personnel, puis secoua la tête.

— Mieux vaut laisser les événements suivre naturellement leur cours. Je trouve néanmoins troublant de constater que quelqu'un d'aussi jeune puisse avoir l'air aussi posé.

Catriona soupira. Elle resserra son col de fourrure. Le vent de Sydney venant de la mer conservait quelques traces du froid de l'hiver.

Les deux femmes gravirent le perron. Dès qu'elles eurent pénétré dans le hall sonore, elles furent présentées à la principale qui se révéla très enjouée et grande amatrice d'opéra. Après une tasse de thé prise dans son salon privé, elles visitèrent le collège sous la conduite d'une des élèves des classes supérieures et virent le dortoir dans lequel Rosa et Belinda dormiraient pendant leur première année. En examinant les deux rangées de lits de la vaste salle, Catriona envia les deux fillettes d'étudier dans une pension qui n'avait rien à voir avec les horribles institutions décrites dans les livres de son enfance. Elles allaient s'amuser ici. Elles pourraient bavarder le soir, après une bonne journée d'études et, de temps en temps, se promener à cheval sur les magnifiques animaux aperçus à l'écurie.

Rosa et Belinda accoururent dans le hall alors que leurs accompagnatrices commençaient à se demander où elles étaient passées.

— C'est super, m'man, s'écria Rosa en se jetant dans les bras de Catriona. Il y a des tas de chevaux, une grande piscine et nous connaissons la plupart des filles de première année !

Catriona la serra étroitement contre elle, la respiration coupée.

— Qu'est-ce que tu viens de dire, chérie ?

Rosa s'écarta d'elle et la regarda.

— J'ai dit qu'il y avait une piscine, des chevaux…

— Non, interrompit Catriona, le cœur battant la chamade. Pas ça. Ce que tu as dit avant ?

Rosa rougit jusqu'à la racine de ses cheveux ébouriffés.

— Maman, répéta-t-elle avec hésitation.

Voyant les larmes qui coulaient sur le visage de son interlocutrice, la fillette se précipita vers elle et l'étreignit.

— Je sais que c'est idiot, s'exclama Catriona. Mais tu ne m'avais jamais appelée ainsi auparavant et j'espérais depuis si longtemps que tu le fasses.

Rosa la regarda fixement.

— Maman, dit-elle d'un ton ferme. Tu es la meilleure maman que je puisse avoir et je suis désolée d'avoir attendu si longtemps pour te le dire, mais je ne savais pas si ça te plairait.

Sa protectrice la serra de nouveau contre elle et lui embrassa le front.

— Oh, chérie ! C'est le plus beau nom du monde. Bien sûr que cela me plaît !

Lorsque la fillette se dégagea, Catriona essuya le rouge à lèvres qui lui maculait le front et tenta de lisser ses cheveux.

— Comment t'es-tu mise dans cet état ? demanda-t-elle doucement. Pourquoi ne peux-tu pas rester nette plus de cinq minutes ?

— Nous sommes allées voir les chevaux. Ils sont superbes. Et il y a de vrais laboratoires de science, ici. Belinda et moi allons fabriquer des boules puantes et les faire éclater dans la cour des garçons, un peu plus loin sur la route.

Catriona tourna la tête vers Pat et échangea avec elle un sourire de soulagement. Les filles allaient se plaire à Sainte-Hélène.

Pat étant maintenant repartie chez elle, Catriona, assise sur la véranda à l'arrière de la maison, contemplait les pâturages. Les sons qui résonnaient dans le calme du bâtiment déserté accentuaient son impression de pesante solitude. Elle n'allait tout de même pas rester assise à s'apitoyer sur elle-même ? Sachant que cette séparation allait arriver, ne s'y était-elle pas préparée en se montrant plus active dans son travail de bénévole comme dans l'organisation de son académie de Melbourne ? La vie continuait, se dit-elle, et la joie de voir Rosa et Connor devenir adultes compenserait largement les moments de tristesse. Leur foyer était ici et elle-même représentait leur point d'appui. Tous trois resteraient toujours liés, quelles que soient les aventures que la vie leur réservait.

Un mouvement dans l'ombre la fit sursauter mais elle sourit dès qu'elle vit un minuscule chaton se diriger vers elle, le poil embroussaillé. Elle se pencha vers lui et le souleva. Sous la poussière qui paraissait le voiler entièrement, elle constata que c'était un mâle roux, orné d'un poitrail et de chaussettes blancs.

— D'où viens-tu ? demanda-t-elle à haute voix.

La boule de fourrure posée dans sa main, à peine âgée de quelques semaines, la contemplait de son étrange regard jaune. Visiblement affamé, le petit animal ne pesait pas plus de quelques centaines de grammes. Alors qu'elle caressait sa robe hirsute, il se mit à ronronner, les yeux à demi fermés.

— Eh bien, murmura-t-elle, on dirait que cela te plaît, mais je suppose que tu as faim ?

Elle l'amena dans la maison, sachant qu'elle transgressait toutes les règles de la station. Comme tous les êtres vivant à Belvédère, les chats devaient gagner leur pitance en chassant les rongeurs qui pénétraient dans les granges. Ce bébé, probablement le moins solide de la portée, avait dû être abandonné par sa mère.

Après avoir versé un peu de lait dans une soucoupe, elle le regarda laper la totalité du liquide. Une fois qu'il eut terminé, il la regarda comme pour en réclamer encore. Elle lui en redonna puis coupa un morceau du poulet destiné à son dîner en tout petits morceaux, qu'il avala avec voracité. Son repas terminé, il consacra un certain temps à se frotter les moustaches et lécher sa fourrure. Enfin repu et somnolent, il s'agrippa à sa jambe, demandant à être pris, puis finit par s'affaisser en ronronnant sur ses genoux.

En le caressant, elle sentait sous sa main les os fragiles de sa colonne vertébrale. Tout à coup, la maison ne lui semblait plus si vide. Le destin lui faisait un cadeau merveilleux : un petit être à soigner et à chérir.

— Comment vais-je l'appeler ? lui demanda-t-elle.

Il secoua les oreilles et la regarda avec une sorte de condescendance étudiée, comme pour lui dire : je suis venu ici pour y trouver de la nourriture, de la chaleur et de l'affection et, puisque je te fais la faveur de t'adopter, c'est moi qui suis en charge de la situation maintenant.

— Je te baptise Archie, déclara-t-elle en l'emportant avec elle dans le salon, j'ai l'impression que nous allons très bien nous entendre.

Rosa avait passé près de cinq semaines à l'école. Catriona se rendait compte qu'elle manquait beaucoup à Connor, mais savait aussi que ce dernier était soulagé que les circonstances le séparent de Belinda. Il commençait déjà à appréhender les vacances scolaires.

Revenue à la maison en avion pour les congés de mi-semestre, Rosa passa le week-end entier à leur parler de sa nouvelle amie Harriet Wilson. Ce parangon de vertu et de beauté était décrit longuement à qui voulait en entendre parler. Non seulement Harriet, surnommée Hattie, était une merveilleuse danseuse, gymnaste et cavalière, mais elle se révélait aussi très brillante et aidait Rosa à faire ses devoirs quand les professeurs leur tournaient le dos.

Connor, apparemment peu impressionné, semblait davantage intéressé par la description des écuries de l'école et les promenades à cheval que les élèves accomplissaient le soir ou le week-end. Très surpris par la présence d'animaux en pleine ville, il fut invité par sa sœur à venir vérifier cette étrange situation par lui-même.

Les vacances passèrent très vite. Debout près du paddock, Catriona regardait le Cessna s'élever dans le ciel. Dès la semaine suivante, elle reverrait Rosa ; le 20 octobre, date de l'inauguration du nouvel Opéra de Sydney, approchait. Elle était déçue que Connor ait décidé de ne pas venir assister à son moment de gloire mais, outre que l'adolescent ne comprenait pas vraiment à quel point cette cérémonie était importante pour elle, il s'était montré très peu enthousiaste à l'idée d'une expédition dans la grande ville.

Retournant à la maison pour poursuivre les préparatifs de son voyage, elle sourit à cette idée. Il n'aurait certainement pas supporté une suite d'airs d'opéras, de morceaux de musique instrumentale, de discours, et ensuite d'interminables conversations lors de la réception qui suivrait. Pour lui faire honneur, il aurait fait tout son possible pour paraître intéressé alors qu'il se serait mortellement ennuyé et n'aurait aspiré qu'à se débarrasser de son costume pour retourner vers ses chevaux.

Rosa, au contraire, ne tenait plus d'impatience. Elle avait hâte d'étrenner sa robe et ses chaussures neuves que Catriona agrémenterait du rang de perles que Viola lui avait laissé. La future Lady espérait que, pour sa première réception officielle, la fillette saurait se tenir correctement.

L'aube de cette journée exceptionnelle se leva sur un soleil éblouissant. Devant Circular Quay, abondamment décoré de drapeaux et de guirlandes, toutes les sortes d'embarcations étaient de sortie sur le fleuve. Les bateaux de pompiers projetaient de grands arcs liquides de leurs lances à incendie en guise de salut, alors que les bâtiments plus gros faisaient sonner leurs sirènes, non loin des ferries de Sydney et les yachts des touristes. Plusieurs centaines de personnes se pressaient contre les barrières, au son de l'orchestre de la Royal Australian Air Force.

Avec des rugissements de plaisir et agitant frénétiquement des drapeaux miniatures, les habitants de Sydney saluèrent l'arrivée du cortège royal. Il s'arrêta au pied de la gracieuse volée de marches recouverte d'un tapis rouge se déroulant jusqu'à la porte d'entrée principale, abritée par l'une des voiles somptueuses du toit de l'Opéra.

Rosa à ses côtés, Catriona se tenait calmement parmi la rangée de personnes alignées pour accueillir la reine. Le visage pâle, l'enfant lissait sa robe et se balançait d'un pied sur l'autre, le regard brillant. Alors que la reine Elizabeth se dirigeait vers le foyer, escortée de l'ambassadeur de Grande-Bretagne, les yeux de la fillette s'écarquillèrent.

— Elle a une vraie couronne avec des diamants, chuchota-t-elle. Regarde comme ils scintillent !

Catriona lui souffla de se taire, mais elle comprenait que Rosa fût impressionnée. La tiare de Sa

Majesté, son collier, ses boucles d'oreilles et sa broche rutilaient dans le soleil, atténuant la sévérité de sa robe bleu marine.

— Apprête-toi à faire une révérence, murmura-t-elle au moment où la souveraine approchait. Et ne parle pas sauf si l'on te pose une question.

La reine avançait lentement, au rythme des présentations de toutes les gloires de la culture – danseurs, chanteurs et musiciens – qu'elle devait honorer. Elle salua également le maire de Sydney et les ministres du Parlement australien.

Lorsqu'elle s'approcha de Rosa, Catriona retint sa respiration. La fillette effectua la révérence lente et élégante qu'elle répétait depuis des mois. La reine sourit et articula : « Bravo » avant de s'immobiliser devant la soprano.

Celle-ci s'inclina respectueusement et ne releva la tête que lorsque la reine lui demanda si elle appréciait sa retraite.

— Beaucoup, répondit-elle.

La souveraine sourit en hochant la tête, regarda Rosa une fois encore, puis s'immobilisa devant la personne suivante.

Une fois les présentations terminées, la rangée d'artistes et de personnalités gouvernementales se désintégra tandis que la reine était escortée vers la salle d'exposition où elle devait attribuer les honneurs.

— Va rejoindre Clemmie, dit Catriona à Rosa, voyant son amie sortir de la foule. Vous pouvez aller vous installer dans la salle. Je dois attendre ici jusqu'à ce que l'on m'appelle.

Rosa aquiesça puis se leva sur la pointe des pieds pour l'embrasser.

— Bonne chance, maman, dit-elle les yeux emplis de fierté.

Catriona les regarda s'éloigner. Afin d'apaiser la tension nerveuse qui lui crispait le ventre, elle prit une profonde inspiration. Autour d'elle, le volume des conversations augmentait. Elle était ravie de revoir tant de vieux amis réunis pour la circonstance : des barytons, des contraltos et des sopranos avec lesquels elle avait travaillé, des directeurs et des chefs d'orchestre avec lesquels elle s'était querellée, et des membres de chœurs avec lesquels elle avait partagé des vestiaires. Occupée à prendre des nouvelles de tous, elle remarqua soudain que l'on appelait déjà les premiers élus. Les bavardages se transformèrent en chuchotements alors que la rangée se reformait dans la salle d'exposition.

Un fauteuil orné de dorures avait été placé à l'extrémité d'un long chemin de velours rouge. La reine se tenait debout à côté du gouverneur qui lui tendait les médailles appropriées en lui donnant le nom des récipiendaires.

En attendant son tour, Catriona échangea un regard avec Clemmie et Rosa. Quelques instants plus tard, elle marchait le long du tapis, s'inclinait devant la souveraine et recevait sa récompense. En quelques mots, la reine la félicita pour le travail qu'elle avait accompli afin d'aider à financer le bâtiment inauguré aujourd'hui, et la remercia pour les années de plaisir que son talent lui avait procurées. Dès que la souveraine recula, Catriona s'inclina une nouvelle fois et s'éloigna.

Le reste de la journée s'écoula dans un brouillard de bonheur et d'incrédulité. Lorsque le maire, l'ambassadeur et le ministre de la Culture la félicitèrent, elle eut beaucoup de mal à réprimer un fou rire. Lady Catriona ! Ce titre semblait lui conférer une telle importance ! Elle se sentait simplement stupéfaite. Quel honneur extraordinaire pour quelqu'un qui avait vu le jour à l'arrière d'une roulotte !

19

Dès que les fêtes de Noël furent passées, Catriona vit une fois de plus s'éloigner Rosa.

— Est-ce que Hattie pourrait venir pour toute la durée des prochaines vacances? demanda la fillette alors qu'elles chargeaient la malle dans le Cessna.

Catriona réfléchit un moment.

— Est-ce que ses parents ne préféreraient pas l'avoir à la maison?

Rosa secoua la tête.

— Son père est mort et sa mère est constamment en tournée.

Cette réponse piqua la curiosité de son interlocutrice.

— En tournée? Est-ce qu'elle est dans le théâtre?

— C'est une danseuse, ou quelque chose comme ça, dit Rosa en haussant les épaules. Alors, je peux l'inviter?

— Comment est sa mère?

— Bien, je suppose. Mais elle n'est pas comme toi.

La fillette hésita, comme si elle cherchait les mots lui permettant de s'exprimer avec le plus de justesse possible.

— Elle est très mince et n'est ni chaleureuse ni souriante. En plus, elle se plaint absolument de tout : du froid, de la circulation, des miettes dans la voiture...

— Quand es-tu montée dans sa voiture?

Elle ne se souvenait pas que Rosa ait mentionné une sortie de ce genre pendant le dernier semestre.

— Nous sommes allées boire le thé en ville quand la maman de Hattie est rentrée de Londres. Belinda et trois autres copines sont venues aussi. Je ne crois pas qu'elle nous ait beaucoup appréciées.

— Pourquoi dis-tu ça?

— Je n'en sais rien. À mon avis, elle n'aime pas beaucoup les enfants. Il faut dire que nous étions assez bruyantes, admit-elle. Mais nous avons eu un goûter incroyable, bien meilleur que celui qu'on nous sert à l'école.

— Mon Dieu, peut-être vaudrait-il mieux qu'elle ne vienne pas si sa mère est aussi sévère.

— Elle s'en moque, rétorqua Rosa avec la désinvolture de son âge. De toute façon, elle sera à Paris.

— Tu veux dire que Hattie va rester seule pendant toutes les vacances?

Rosa opina du chef.

— Oui, elle devra rester à l'école avec miss Hollobone. Elle dit que ça n'a pas d'importance parce qu'elle a l'habitude, mais je pense qu'elle préférerait vraiment être avec nous.

Catriona ne supportait pas l'idée de cette fillette solitaire passant ses vacances dans une école vide.

— Alors invite-la, dit-elle pendant que le pilote faisait démarrer le moteur. Je téléphonerai à miss Hollobone plus tard dans la journée.

— C'est beau, n'est-ce pas? s'écria Rosa en soupirant, tandis que le Cessna amorçait une longue courbe pour se préparer à atterrir.

Harriet hocha la tête. Aucun mot ne semblait adapté à ce qu'elle ressentait, car la vue qui se déroulait devant elle semblait sortie d'un livre de photographies. Au loin, sous le ciel délavé sans nuages, la silhouette bleutée des hautes montagnes semblait contenir les vastes étendues d'herbes jaunes qui ondulaient et se balançaient dans le vent tiède, comme une mer agitée. Une piste de terre en lacets dévalait la colline jusqu'à une vallée paisible que le soleil de l'après-midi inondait d'une lumière dorée, mettant en relief les dépendances de la station, éparpillées comme des balles de foin tombées d'un chariot sur la partie la plus plate du paysage. Au-dessus de la maison principale, nichée dans une vaste clairière au sol rouge sombre, s'inclinaient les frondaisons presque phosphorescentes des poivriers. Impressionnée par cette splendeur, la fillette se sentit tout à coup très petite.

— Voilà maman et Connor qui nous attendent, s'écria Rosa.

Belinda la poussa et se pencha pour regarder à travers le hublot.

— Où? demanda-t-elle.

Rosa s'esclaffa en fixant Harriet avec une expression entendue.

— Mon frère plaît depuis toujours à Belinda, dit-elle dans un murmure volontairement audible. Dieu seul sait pourquoi, parce qu'il peut se montrer très pénible de temps en temps!

En rougissant, Belinda lui donna un coup de coude dans les côtes qui dégénéra aussitôt en un simulacre de bagarre. Harriet souriait, ne sachant trop comment réagir. Elle n'était pas encore tout à fait habituée à la familiarité extrême dont ses amies faisaient preuve l'une envers l'autre. Fille unique, élevée par une mère souvent absente, elle n'avait jamais eu de relation aussi intime avec quiconque avant son entrée au collège. Revenant au panorama, elle ressentit un sentiment de nostalgie inattendu. Comment Rosa et Belinda pouvaient-elles supporter de quitter cet endroit merveilleux ? Il y avait là tant d'espace, tant d'endroits à explorer, tant de ciel et de grand air !

Rosa s'esclaffa en voyant deux émeus, soudain affolés par l'approche de l'avion, bondir en levant haut les pattes, les plumes de la queue brusquement agitées.

— On dirait des danseuses de french cancan ! s'exclama-t-elle.

Harriet suivit les oiseaux des yeux en souriant, mais son attention fut rapidement attirée par les trois personnes qui se dressaient à l'extrémité de la piste d'atterrissage. Ayant beaucoup entendu parler de la famille de Rosa, elle se sentait un peu nerveuse, car elle n'avait encore jamais rencontré Catriona Summers. Son amie lui avait fait un tel éloge de la femme qui les avait recueillis, son frère et elle, que Harriet ne pouvait s'empêcher d'être impressionnée à l'idée de séjourner, pendant toutes les vacances d'été, chez cette personne à la fois célèbre et remarquable.

Rosa sauta la première de l'avion et traversa en courant l'espace qui la séparait d'un adolescent au visage éclairé d'un large sourire.

— Comment va ta jambe ? s'exclama-t-elle.

Connor, qui avait reçu un coup de sabot de taureau quelques semaines auparavant, boitait encore. Il lâcha sa canne pour soulever l'arrivante dans ses bras et la serrer très fort contre lui.

— Hé, pas besoin de me casser les côtes, mon vieux !

Il la reposa en fronçant les sourcils.

— Désolé, articula-t-il d'une voix traînante, je ne t'ai pas fait mal ?

— Non ! Souviens-toi simplement que je suis une fille, pas un bœuf !

La fillette se tourna vivement vers Catriona qu'elle embrassa chaleureusement.

— Hello, m'man, s'exclama-t-elle.

Les joues de sa protectrice s'empourprèrent et son regard s'illumina de plaisir.

— Je vois que le collège ne t'a pas changée, Rosa, dit-elle avec affection. Toujours aussi impétueuse !

Sa fille l'embrassa de nouveau.

— C'est génial d'être de retour, répliqua-t-elle avec un rire communicatif.

Tandis que Belinda et Rosa étaient accueillies par leur mère, Harriet observait la scène qui se déroulait devant elle. Accoutumée à adopter une position d'observatrice, elle s'était rapidement rendu compte qu'elle avait un certain talent pour percevoir des éléments que les autres ne remarquaient pas. Belinda n'avait d'yeux que pour Connor, c'était certain, et bien que ce jeune homme de seize ans soit de toute évidence conscient de son adoration, il l'ignorait délibérément. En revanche, il rendait à sa sœur l'affection qu'elle avait pour lui. L'étroitesse de leur lien était clairement visible dans leur attitude réciproque. Néanmoins, c'était indéniablement Catriona qui se révélait la personnalité la plus fascinante.

Petite et menue, elle n'était pas très différente des photos que Rosa avait apportées au collège. Cependant, il existait à l'intérieur de cette enveloppe frêle une volonté de fer qui transparaissait de manière évidente dans ses yeux couleur lavande comme dans sa façon de se tenir. Sa chevelure, courte et épaisse, était d'une coupe parfaite et ses vêtements, quoique apparemment décontractés, ne pouvaient tout à fait dissimuler leur luxe, sobre mais coûteux. Outre les bagues qu'elle avait aux doigts et les clous dorés ornant ses oreilles, elle portait autour du cou un pendentif composé de cercles entremêlés.

Comme si elle venait de s'apercevoir qu'elle était étudiée sous toutes les coutures, Catriona tourna vers elle un regard curieux et intelligent.

— Tu dois être Harriet, dit-elle gentiment. Bienvenue à Belvédère.

La jeune visiteuse sentit se refermer autour de ses doigts une main douce ornée de diamants, dont l'ossature frêle fut aussitôt démentie par une pression à la fois ferme et chaleureuse.

— Je suis heureuse que tu aies pu venir, poursuivit son hôtesse. Rosa m'a beaucoup parlé de toi. Nous allons bien nous amuser pendant ces vacances.

— Harriet, voici Connor, annonça Rosa.

Harriet leva les yeux vers un regard que l'on aurait pu qualifier de brun sous les cils épais, mais qui rassemblait en réalité toutes les nuances d'une forêt d'automne. L'adolescent se dressait devant elle. Vêtu d'une grosse chemise aux manches roulées qui exposaient ses bras musclés, d'un pantalon de velours étroit et de bottes à talons plats couvertes de poussière, il la contemplait avec décontraction.

Lorsqu'il lui sourit, les rides qui se dessinèrent autour de ses yeux donnèrent à son visage un aspect encore plus attachant.

— Bonjour, dit-il. Ma sœur m'a beaucoup parlé de toi dans ses lettres.

— Bonjour, répondit Harriet, consciente de l'expression amusée de son interlocuteur et de l'effet que son sourire produisait sur elle.

Connor Cleary n'était pas beau au sens classique du terme – il avait les traits trop irréguliers pour cela –, mais elle comprenait pourquoi Belinda avait succombé à son charme. Il était terriblement séduisant.

Le rire de Catriona résonna.

— Mon Dieu, Connor, on dirait que ton fan club s'élargit ! s'exclama-t-elle.

Alors que le jeune homme s'empourprait, Harriet baissa la tête, protégée du regard plein d'animosité de Belinda par le rideau de ses cheveux blonds. Il était hors de question qu'elle s'aliène l'affection de ses amies.

— Bon, pour l'instant, je suis sûre que vous aimeriez boire un thé avant que Belinda ne nous quitte, dit Catriona. Allons à la maison.

Tous entrèrent dans la cuisine. Belvédère était très petit, songea Harriet en jetant un coup d'œil autour d'elle. La maison entière aurait largement tenu dans leur loft de Sydney. Toutefois, non seulement cette cuisine était particulièrement accueillante, mais c'était visiblement la pièce préférée de tous.

Catriona entreprit rapidement d'organiser le goûter.

— Rosa, tu prends le lait et le gâteau. Harriet, ajouta-t-elle en souriant, tu pourrais préparer le plateau et l'emporter ensuite dans le salon ?

La fillette hocha la tête, heureuse d'avoir quelque chose à faire. Cependant, elle mit d'autant plus de temps à trouver les tasses et les petites cuillères que le regard sévère de Belinda suivait chacun de ses gestes. Un léger coup de coude de Rosa la fit sursauter.

— Ne prête pas attention à elle, chuchota-t-elle alors qu'elles sortaient les assiettes du placard et les posaient sur la table. Elle est toujours comme ça quand Connor est là.

— Mais pourquoi ?

— Effrayée par la compétition, expliqua Rosa en mâchant un morceau de gâteau subtilisé sur l'assiette.

— Mais c'est idiot !

— Je sais. Je veux dire, à part Belinda, qui pourrait trouver mon frère séduisant ?

Elles échangèrent un sourire complice et se dirigèrent ensemble vers le salon.

En cette fin d'après-midi, la pièce était fraîche, car le soleil déclinait rapidement derrière les montagnes. Le mobilier, usagé, comportait quelques antiquités de valeur, telles que le bureau à cylindre et le tabouret brodé. Derrière des vitrines trônait une collection intéressante de porcelaines et de verreries. Harriet déposa le plateau sur une petite table, notant au passage la couche de poussière qui paraissait tout recouvrir. Comme cette petite maison était différente de l'appartement de luxe de sa mère, où pas un grain de poussière n'était autorisé à séjourner ! Pourtant, cet endroit simple, où les objets semblaient réunis uniquement par les coups de cœur de leur propriétaire, possédait un charme confortable, une sorte d'harmonie naturelle au sein de laquelle la visiteuse se sentait étrangement à l'aise.

Tandis que Rosa retournait à la cuisine, Harriet examina la pièce de plus près. Elle s'approcha pour étudier le portrait de Catriona accroché au-dessus de la cheminée. Bien que ce tableau, lui aussi couvert de poussière, ait besoin d'un bon nettoyage, la personnalité de son modèle, rayonnante, s'imposait d'elle-même.

— C'est moi, précisa inutilement Catriona en entrant dans la pièce. Je n'étais pas mal, n'est-ce pas?

Ne semblant attendre aucune réponse, elle tourna le dos au tableau et s'assit.

— Devant l'image figée de notre jeunesse, nous ne pouvons qu'être amenés à relativiser, poursuivit-elle. Ce fichu portrait, qui me fait mesurer le temps qui passe, constitue un rappel salutaire de l'arrivée progressive de ma décrépitude. Cependant, l'autre perspective est pire encore ; alors autant que je m'y fasse!

Harriet, élevée par une mère qui prenait ombrage de tous les signes de l'âge et ne supportait pas l'approche de ses anniversaires, resta silencieuse. La beauté de Catriona irradiait encore de sa peau sans défaut, de ses yeux violets et de son allure altière ; elle n'avait rien à voir avec le nombre des ans.

Dès que Rosa versa le thé, les autres réapparurent et s'engagèrent aussitôt dans une conversation animée. Harriet se contenta de rester assise et d'écouter. Au-delà de la pièce, elle percevait dans la cour des sons qui lui étaient inhabituels – l'appel des veaux et le hennissement des chevaux, mêlés aux cliquetis des harnais et au rire des hommes travaillant auprès des animaux. Cet univers se révélait totalement étranger à celui auquel elle appartenait. Sirotant son thé au lait, elle commença à se détendre.

Au long des quatre semaines suivantes, Catriona régala les deux fillettes avec des histoires de son enfance. Harriet, qui n'avait connu l'expérience de bavardages intimes qu'à l'école, attendait chaque soir avec impatience le moment de se glisser en pyjama près de Rosa, sur le canapé, afin d'entendre une nouvelle anecdote relative à la troupe itinérante. Dans la bouche de Catriona, les récits prenaient une telle réalité qu'elle avait l'impression d'entendre le raclement des roues de la roulotte et le rire des danseuses.

Pendant la journée, quand son hôtesse n'avait pas organisé de pique-nique ni prévu de participation à l'une des manifestations de l'outback, Harriet eut l'occasion de visiter Belvédère à dos de cheval. Rosa lui avait montré tous ses endroits favoris, mais avait gardé celui qu'elle aimait entre tous pour leur dernier jour de vacances.

La grange isolée se dressait à l'extrémité du paddock. Sous le toit troué qui témoignait déjà de réparations diverses, les murs délabrés s'inclinaient dangereusement vers l'intérieur. Rosa sauta de son cheval et poussa la porte avec acharnement. Après beaucoup de grincements sonores, celle-ci céda mais refusa encore un moment de s'ouvrir, en raison des mauvaises herbes qui avaient poussé à sa base. À son tour, Harriet descendit de sa monture et entra dans la grande salle où régnait une légère odeur de foin. Des grains de poussière dansaient le long des rais de lumière qui plongeaient vers le sol. L'attention de la fillette fut immédiatement attirée par la forme incongrue qui se dressait, immobile, dans la pénombre.

— La fierté et la joie de maman, déclara Rosa en caressant le flanc de la roulotte avec amour.

Harriet fit un pas en avant et toucha le bois à son tour. Les mots peints en rouge vif luisaient dans les faisceaux lumineux, aussi nets que s'ils avaient été peints la veille.

— C'est la roulotte, chuchota-t-elle. La roulotte de Catriona. Mais comment l'a-t-elle retrouvée après toutes ces années ?

— Elle faisait partie d'une vente aux enchères organisée sur une station, expliqua son amie. Maman l'a fait transporter ici par camion et Connor et elle l'ont restaurée quand elle a pris sa retraite. N'est-elle pas magnifique ?

Harriet éprouva une bizarre sensation de déjà-vu. Après avoir entendu les histoires de Catriona, il était étrange de se trouver face au véhicule qu'elle aurait reconnu n'importe où. C'était comme si elle retournait vers un passé qu'elle n'avait pas vécu, mais qui lui paraissait aussi familier que le sien.

— La rénover a dû prendre des années, dit-elle en remarquant la frise chantournée bordant le bas de la roulotte et les roues délicatement peintes.

Plongeant les mains dans ses poches, Rosa acquiesça.

— Belinda et moi avons souvent joué dedans en faisant semblant d'être des bohémiennes. Mais je sais à quel point elle est précieuse et unique. Il n'en existe probablement pas d'autre semblable. La Société historique a demandé à maman de la lui donner, mais elle y tient trop pour accepter de s'en séparer à nouveau.

— Je me demande ce qui est arrivé aux autres, dit Harriet en passant la tête à l'intérieur.

Malheureusement, le véhicule était entièrement vide, mais elle pouvait le remplir en imaginant les malles d'osier pour les costumes, les matelas, les pots et les casseroles, ainsi que la foule d'autres objets que les comédiens transportaient sans doute lors de leurs voyages.

— Qui sait ? répondit Rosa tristement. Elles pourrissent probablement quelque part. Maman dit que les gens ne s'intéressent à l'histoire que quand il est trop tard, ou quand les propriétaires d'objets anciens pensent en tirer un profit. Au moins, celle-ci est en sécurité.

Harriet caressa une fois encore la peinture et se détourna, imaginant la caravane de roulottes qui cheminait sur les routes de l'outback, la poussière rouge s'élevant à leur passage…

— Hé, Harriet, qu'est-ce qui se passe ?

— Catriona donne une telle réalité à ses histoires, répondit-elle, que j'ai l'impression, en voyant ceci, de les vivre une seconde fois. Allons faire un tour à cheval, lança-t-elle soudain avec impatience. C'est notre dernier jour ici avant de retourner dans ce vieux collège barbant !

Après avoir pris de quoi manger au réfectoire, elles se dirigèrent vers les plaines et chevauchèrent à bride abattue. Le temps n'avait soudain plus de signification. Seul comptait le fait d'être jeune et libre dans le vaste cœur de l'Australie. Détachées de toutes les contingences matérielles, elles avaient le sentiment d'être aussi libres que les oiseaux qui volaient au-dessus de leur tête, aussi libres que le nuage obstiné qui planait au-dessus de la montagne lointaine.

Essoufflées, elles immobilisèrent leurs chevaux et se laissèrent glisser sur le sol.

— Eh bien ! s'exclama Rosa en caressant l'encolure de sa monture, il y avait longtemps que je n'avais pas galopé comme ça.

— Moi non plus, articula Harriet. Je ne sais pas si c'est pareil pour toi, mais je suis affamée et je boirais bien quelque chose.

Retirant son chapeau, elle s'essuya le front ; elle avait les cheveux trempés et sa chemise lui collait à la peau. Rosa paraissait rompue à ce genre de sport, contrairement à Harriet qui avait eu du mal à garder la maîtrise du hongre alezan. Demain, elle aurait probablement des courbatures, mais cette course en valait la peine. Elle n'avait pas connu une telle impression de bien-être depuis qu'elle avait chevauché à travers le bush avec son père autrefois.

L'alezan secoua la tête et découvrit ses dents énormes tandis qu'elle caressait son museau racé. Les oreilles dressées, il posait sur elle un regard complice destiné à lui faire comprendre qu'il avait apprécié la course autant qu'elle.

— Il y a un ruisseau qui coule le long de cette courbe, précisa Rosa. Nous allons manger là-bas avant de rentrer.

Elles conduisirent leurs chevaux jusqu'à un petit relief naturel et, lâchant les rênes, laissèrent les animaux boire à longs traits dans le filet d'eau qui se traçait un chemin sur un lit de shingle. Agenouillées près des bêtes, Rosa et Harriet se servirent de leur chapeau pour se verser de l'eau sur la tête, en s'arrosant mutuellement. Lorsqu'elles se sentirent parfaitement rafraîchies, elles se laissèrent tomber sous un arbre et levèrent les yeux pour contempler le ciel pur à travers les feuilles.

— Cela nous change du collège, je dois le reconnaître, dit Rosa. Je me souviens, quand j'étais petite, nous venions ici avec maman après l'école, et nous nous allongions sous cet arbre pour bavarder. Elle ne me grondait jamais quand je me salissais, au contraire, elle m'encourageait.

Se retournant sur le ventre, elle attrapa le paquet de sandwichs et poursuivit, la bouche pleine de poulet et de salade.

— M'man est très intelligente. Elle comprend les enfants et sait que nous devons faire nos expériences. Connor et moi avons beaucoup de chance.

— Je ne faisais ce genre de choses que quand j'étais avec papa, déclara Harriet en versant de la citronnade dans des mugs en fer-blanc.

Le sandwich au poulet lui sembla délicieux. C'était probablement le grand air et l'exaltation de la promenade qui lui donnaient un tel goût. Elle avala sa dernière bouchée et s'essuya les mains sur son pantalon, geste qui aurait horrifié sa mère.

— Maman insiste beaucoup sur le fait de rester propre et de se montrer sous son meilleur jour. Chaque fois qu'elle est à la maison, elle m'oblige à porter des robes ornées d'horribles fanfreluches qui se froissent tout de suite. Quand j'étais petite, elle me faisait participer à des concours, habillée et maquillée comme une poupée. Remarque, ça n'a pas duré longtemps car je détestais parader devant les juges et je ne résistais pas à la tentation de leur faire des grimaces. Elle était furieuse, mais ne pouvait rien y faire.

— Ma pauvre vieille, murmura Rosa avec compassion. Ce devait être l'enfer !

— Tout allait bien tant que papa était en vie. Il prenait toujours mon parti contre maman. Mais après…

Elle déglutit et refoula les larmes qui affluaient à ses paupières.

— Les choses ont changé, poursuivit-elle. C'est terriblement dur sans lui. Dès que maman s'est rendu compte que je ne deviendrai pas danseuse, comme elle, elle m'a en quelque sorte laissé tomber.

— Alors je suis heureuse que nous soyons amies, affirma Rosa avec un sourire chaleureux. Tu peux toujours venir ici pour les vacances, maman me l'a dit ce matin.

— Merci, dit Harriet, confuse de ne pas trouver de mots plus forts pour exprimer ce qu'elle ressentait.

— Pas de souci, Hattie. Sans maman, je ne sais pas ce qui nous serait arrivé, à Connor et à moi. Je suis heureuse de pouvoir partager ce que j'ai avec toi.

Harriet n'avait jamais rencontré tant de gentillesse, ne s'était jamais vu offrir de l'amitié avec une telle simplicité. Luttant pour réprimer les pleurs, elle réussit enfin à surmonter son émotion. Elle s'allongea sur le dos, respirant l'air tiède aux senteurs d'acacias, de pins et d'eucalyptus, détendue et en paix. Elle entendait le crissement des sauterelles et, tout près, le cri d'un martin-chasseur. Cet endroit était si reculé que Sydney, le collège et sa mère auraient pu se trouver à un million de kilomètres. Si seulement ce bonheur pouvait durer toujours !

Elle ferma les yeux en soupirant. À Belvédère, elle avait découvert une autre façon de vivre. Catriona avait passé des heures avec Rosa et elle, organisant des pique-niques et des baignades dans les trous d'eau, racontant des histoires et les encourageant toutes deux à explorer les environs et à s'amuser. Tout cela était tellement différent de la vie ordonnée mais plus étriquée de la ville, où elle était censée rester parfaitement lisse, élégante, et bien élevée ! Rosa avait encore beaucoup plus de chance qu'elle ne le supposait. Pourtant, Harriet n'en ressentait aucune jalousie ; comment l'aurait-elle pu alors que son amie lui proposait aussi ouvertement de partager avec elle ce qu'elle possédait de plus précieux ?

L'insistance de Jeannette Wilson, selon laquelle les enfants devaient se transformer en images silencieuses, l'avait marquée très tôt. Elle avait passé la plus grande partie de son enfance en pension, et, pendant les vacances, avait dû se plier aux exigences jamais assouvies de l'ascension sociale de sa mère. Ses congés se passaient donc en réceptions et week-ends chez des gens qu'elle connaissait à peine et n'appréciait pas.

Le collège représentait une échappatoire aux contraintes de l'appartement immaculé, ainsi qu'aux règles et principes auxquels il lui avait fallu adhérer depuis aussi longtemps qu'elle s'en souvenait. La vie était un peu plus facile du vivant de son père. Il lui manquait terriblement. Malgré son emploi du temps très strict, il avait toujours trouvé le temps d'assister aux manifestations scolaires, de se réjouir de ses triomphes et de la consoler de ses échecs. Il avait été son meilleur ami, son pivot, l'encourageant à être ambitieuse pour elle-même – à se sentir fière de ce qu'elle pouvait accomplir –, renforçant son assurance et la poussant à faire fructifier ce qu'il considérait comme sa grande intelligence.

Jeannette avait de la vie une conception différente. Au fur et à mesure que Harriet grandissait, la fillette comprit que son éducation dans une école privée n'était qu'un outil supplémentaire devant servir à lui faire rencontrer ce que sa mère appelait les « gens utiles ». Elle parlait déjà de lui faire terminer ses études en Suisse et de l'éventualité de se trouver un époux fortuné ayant des relations, afin de n'avoir pas besoin de travailler. Harriet était troublée par cette perspective : danseuse étoile dans la compagnie de ballets de Sydney, sa mère avait consacré de longues heures épuisantes à atteindre le sommet de sa carrière, puis exercé son métier pendant toute sa vie d'adulte. Pourquoi sa fille aurait-elle dû agir différemment ?

— Que se passe-t-il, Hattie ?

La voix de Rosa l'extirpa de ses pensées.

— Rien, dit-elle avec un soupir de contentement. Je me sens simplement heureuse d'être ici.

Au cours des six années suivantes, l'amitié entre Harriet, Rosa et Belinda devint de plus en plus solide. Belvédère était devenue pour la jeune citadine une seconde maison et Catriona une présence chaleureuse et bienveillante pendant les congés scolaires. L'amour inconditionnel de Belinda pour Connor ne s'atténuait pas, malgré les nombreuses conquêtes que celui-ci accumulait à Drum Creek. Sa mère d'adoption était convaincue que la démarche chaloupée due à son genou blessé contribuait largement à son succès auprès des femmes.

Alors que Catriona, debout dans la cour près de Pat Sullivan, regardait Rosa, Belinda et Harriet enfourcher leurs chevaux et s'éloigner, elle se rendit brusquement compte que les trois filles n'étaient plus des enfants. À dix-sept ans, Rosa, toujours petite et mince, s'était arrondie là où il le fallait, ce qui paraissait très surprenant chez une personne aussi menue. Portant les cheveux courts et hérissés, à l'extrémité teinte en rouge vif, elle affectionnait l'eye-liner et le rouge à lèvres de couleurs sombres, tout en adoptant des vêtements pour le moins originaux – en général noirs, très serrés et totalement excentriques, comparés au style courant d'une station de l'outback. Son goût pour les bijoux voyants, les minijupes et les hauts minuscules alimentait les conversations dans le voisinage. Elle ressemblait de plus en plus à Poppy.

Belinda, grande et plantureuse, toujours vêtue d'un jean et d'un T-shirt, se sentait plus à l'aise sur un cheval que dans une classe de cours. Malgré son âge, elle restait un garçon manqué. Surmontant un visage harmonieux aux yeux très bleus, sa chevelure formait un halo brun de boucles sombres qui tombaient sur ses épaules, puis dévalaient jusqu'à sa taille. Son sourire aurait fait fondre un iceberg et sa personnalité franche et chaleureuse défiait toute critique.

Harriet, de taille moyenne, mince et élégante, se déplaçait avec un port et une grâce de danseuse. Ses épais cheveux blonds, qui se balançaient au-dessus de ses épaules, mettaient en valeur son teint de pêche et la couleur changeante de ses yeux bleu-vert. Toujours la plus calme des trois, elle avait tellement développé son sens de l'humour et sa confiance en elle au cours de ses longs séjours à Belvédère qu'elle n'avait plus rien à voir avec la collégienne qui était arrivée la première fois, timide et solitaire.

— Le temps a passé comme l'éclair, murmura Catriona. Je n'arrive pas à croire que ces trois énergumènes ont presque dix-huit ans.

— On leur donnerait plutôt dix ans que dix-huit, déclara Pat en souriant. Folles des chevaux et aussi espiègles qu'une bande de singes. Regardez-les faire la course ! Pas une pensée ne leur traverse l'esprit ! Il me semble que vous êtes arrivée hier, ajouta-t-elle en se tournant vers Catriona. N'avez-vous aucun regret ?

Son interlocutrice rit en passant les doigts dans ses cheveux courts. Cette coiffure, très pratique, laissait souffler la brise dans son cou et convenait bien à ses cinquante-sept ans.

— Pas du tout, affirma-t-elle. Mais je ne me serais pas adaptée aussi vite sans vous.

— Je n'ai pourtant pas fait grand-chose. Votre personnalité et la façon dont vous avez élevé Rosa et Connor ont largement suffi à vous attirer le respect de tous !

— Je savais que je devrais cesser de travailler en choisissant d'élever les enfants de quelqu'un d'autre, et je me demandais si je pourrais m'intégrer ici après toutes ces années passées à voyager. Vous m'avez aidée bien plus que vous ne le pensez, Pat. J'étais terrifiée à l'idée de dire ou de faire ce qu'il ne fallait pas, de ne pas m'habiller comme il le fallait pour telle ou telle occasion. Je ne voulais pas être différente, vous comprenez, confessa-t-elle.

Pat l'étreignit brièvement.

— Vous serez toujours différente, dit-elle. Mais c'est une différence très agréable, et nous aimons tous écouter vos histoires scandaleuses. C'est comme si Poppy était revenue.

Catriona observa les trois silhouettes qui se dissolvaient déjà dans la brume de chaleur.

— Je pense que c'est le plus beau compliment que vous puissiez me faire, dit-elle finalement.

Lentement, elles retournèrent à la maison. Archie réclama sa nourriture, comme à son habitude, et se montra très désappointé lorsque sa maîtresse lui servit les restes de quelque plat légèrement rassis. Le chat s'était maintenant transformé en un matou gros et gras, doté d'un appétit vorace et enclin à dormir toute la journée. Dans leur relation, Catriona savait sans le moindre doute lequel des deux était l'animal dominant ! Mais il représentait pour elle une compagnie agréable quand les filles étaient absentes et elle appréciait cette grosse masse ronronnante sur ses genoux au cours des longues et froides soirées d'hiver.

Après s'être préparé un thé, les deux femmes s'assirent à l'ombre de la véranda et regardèrent les hommes qui allaient et venaient des corrals aux paddocks et des granges aux remises. Les veaux, tout juste séparés de leur mère, se plaignaient bruyamment. Le train routier arriverait plus tard pour les emmener au marché à bestiaux. C'était l'un des aspects du travail de Belvédère qu'elle détestait, mais elle avait la sagesse de n'en rien dire. Il n'y avait pas de place pour le sentiment dans une station : seuls y régnaient le bon sens et le business.

— Pauvre Connor, dit Pat en voyant le jeune homme jeter subrepticement un coup d'œil dans la cour avant de sortir de chez le forgeron. Il est encore terrorisé par Belinda.

Les deux femmes s'esclaffèrent.

— Elle le suit partout comme une ombre, les yeux implorants et les lèvres tremblantes, admit Catriona. Il passe la moitié de son temps à l'éviter.

— Un amour non payé de retour. Ma pauvre fille ! J'espérais qu'elle guérirait de sa passion et se trouverait un gentil garçon.

— Peut-être en rencontrera-t-elle un à l'université ?

Pat se mordit les lèvres et tripota nerveusement un bouton de son cardigan.

— Elle a décidé de ne pas y aller, murmura-t-elle.

Les yeux de Catriona s'écarquillèrent de surprise.

— Mais je pensais qu'elle avait décidé comme Rosa et Harriet de faire une carrière d'avocate ? Elles ne parlent de rien d'autre depuis des années !

Pat repoussa ses cheveux courts et grisonnants derrière ses oreilles.

— Belinda est fatiguée de l'école. Elle n'aspire qu'à s'intégrer dans le monde du travail et à gagner de l'argent. J'ai essayé de lui parler, poursuivit-elle en soupirant, mais elle se montre déterminée et vous savez à quel point elle peut être têtue. Une fois qu'elle a décidé quelque chose, rien ne peut la faire changer d'avis.

Catriona réfléchit à la passion de la jeune fille pour Connor. Cela n'augurait rien de bon pour lui, mais il allait sur ses vingt-deux ans et une fille ou une autre l'attraperait tôt ou tard. Au fond, elle ne détestait pas l'idée d'avoir Belinda pour belle-fille. Rassemblant ses pensées, elle revint au sujet en cours.

— Je suppose qu'elle va travailler à Derwent Hills ? Je n'en suis pas surprise. C'est une fille de la campagne, une pure et dure.

Pat secoua la tête.

— Ses frères prennent déjà la suite de leur père. Il n'y a pas de place pour elle là-bas. Elle a décidé de rester dans le droit, mais du côté de la force. Elle est admise à l'Institut de police de Sydney.

Son interlocutrice remarqua la déception qui se lisait sur son visage. Pat aurait souhaité que son unique fille aille plus loin.

— Je suis désolée, Pat. Mais Belinda s'est toujours sentie mieux dans l'action que dans les études.

— Vous avez raison, bien sûr. Cependant, j'aurais été ravie d'avoir une avocate dans la famille. J'aurais pu m'en vanter ! De toute manière, connaissant ma fille, elle réussira dans le travail qu'elle aura choisi. Je plains les pauvres bougres qui seront confrontés à elle, en fait. Avec trois frères et une vie passée dans une station, elle est tout à fait capable de se défendre en toutes circonstances.

Les deux femmes finirent leur thé et se dirigèrent vers le pick-up.

— Il faut que je rentre, j'ai une tonne de choses à faire avant la tombée de la nuit, dit Pat.

— Je ramènerai Belinda dimanche soir, confirma Catriona en embrassant son amie. Nous pourrons toutes aller en avion à Sydney et installer les filles pour leur dernier semestre.

— Il est difficile d'imaginer qu'elles sont en train de terminer le lycée, dit Pat en mettant le contact. Hier, elles étaient encore à l'école primaire !

Debout sur le perron, Catriona attendit que la traînée de poussière soulevée par le véhicule soit retombée avant de rentrer dans la maison. En refermant la porte derrière elle, elle se rendit dans le salon et s'assit au piano. Après avoir réfléchi un instant, elle commença à jouer, les doigts glissant au-dessus des touches.

L'air intitulé « Summertime », extrait de l'opéra de Gershwin, *Porgy and Bess*, semblait résumer le moment présent. Alors qu'elle commençait à chanter la mélodie lancinante, elle prit conscience du fait que le passage des enfants à l'âge adulte allait orienter sa vie dans une nouvelle direction. Pourtant, bien qu'elle regrette leur enfance, elle ne pouvait se défendre d'une sorte d'impatience à la perspective de cette nouvelle aventure.

Les trois jeunes filles franchirent bruyamment la moustiquaire de l'entrée juste après le coucher du soleil, couvertes de poussière, à bout de souffle et affamées. Catriona les expédia dans la salle de bains et referma le piano. Plongée dans la musique, elle n'avait pas remarqué que la nuit était arrivée.

Alors qu'elle était en train de couper le rosbif, Rosa entra dans la cuisine.

— M'man, s'écria-t-elle. Billy nous a dit qu'il nous emmenait avec lui ce soir. Tu peux venir aussi. Je t'en prie, dis que tu es d'accord !

— Nous verrons, dit Catriona en poursuivant sa tâche. Où exactement veut-il vous emmener ?

— Est-ce que Connor vient boire le thé ? coupa Belinda qui entrait suivie de Harriet et s'asseyait devant la table.

— Il mange avec les hommes.

— Pouvons-nous aller avec Billy ? insista Rosa.

— Ne ferais-tu pas mieux de m'expliquer ce que compte faire Billy dehors, au milieu de la nuit ?

La jeune fille secoua la tête, les yeux brillants d'excitation.

— J'ai promis de ne pas le dire : c'est un secret.

Probablement l'une de ses mystérieuses randonnées, songea Catriona. Pourquoi pas ? Ce pourrait être amusant.

— Comme c'est votre dernier week-end à la maison, je pense que nous devrions tous y aller, dit-elle. Je vais voir si Connor veut venir aussi, ajouta-t-elle en se tournant vers Belinda. J'irai le lui demander après le thé.

Alors que Rosa et Harriet échangeaient un sourire complice, Catriona leur jeta un regard sévère. Entendre Rosa asticoter en permanence son frère au sujet de son adoratrice commençait à lui porter sur les nerfs. Peut-être le fait de se trouver à l'Institut de police, entourée d'hommes, guérirait-il enfin la jeune fille de sa passion ?

La paix qui régnait autour du petit groupe avait une telle densité qu'elle rendait la conversation inutile. Catriona, assise sur la selle étroite, une main tenant les rênes, l'autre posée sur sa cuisse, suivait Billy et ses deux géants de fils vers la campagne. Tous ses sens aiguisés par la fraîcheur de l'air, elle respirait les odeurs qui affluaient à ses narines – eucalyptus, pin, herbe écrasée et fleurs sauvages composant le plus délicieux des pots-pourris –, tandis que son cheval, ayant adopté un trot nonchalant, avançait lentement dans les hautes herbes, sa robe luisant doucement sous le clair de lune. La lumière argentée, qui couronnait le sommet des arbres, projetait les ombres denses de leur silhouette sur le sol devant les cavaliers. Le bruissement d'une douce brise, dans les touffes de spinifex cassantes, se transformait en un chuchotement dans les feuilles des eucalyptus, évoquant le murmure des esprits des ancêtres. L'atmosphère était envoûtante.

Catriona, jetant un coup d'œil aux trois jeunes filles, constata qu'elles aussi étaient touchées par la grandeur du décor environnant. Belinda en particulier – sans doute une partie de son émotion était-elle due à la présence de Connor – paraissait absolument radieuse.

Une fois les arbres dépassés, ils constatèrent que l'espace s'ouvrait devant eux, jusqu'à la ligne sombre des collines qui se dessinait sur l'horizon. Billy ralentit son cheval et désigna une succession de protubérances peu élevées.

— Voici les œufs du serpent arc-en-ciel, déclara-t-il. C'est un bon endroit pour le Rêve. Les esprits des ancêtres s'y rassemblent en grand nombre.

Les lèvres de Catriona s'ouvrirent en un sourire. Billy ne lésinait pas sur les effets spectaculaires. C'était un merveilleux conteur, enclin toutefois à tourner le dos à la sobriété quand il s'agissait d'impressionner un public. Pourtant ses compagnons, en proie à l'enchantement du paysage et au mystère de cet étrange voyage dans la nuit, regardaient devant eux, absorbés par le discours de l'aborigène qui abordait, d'une voix chantante, l'univers magique où l'emportaient ses traditions.

La tentation fugitive d'envisager cette sortie comme une farce s'évanouit soudain lorsque Catriona comprit que Billy croyait vraiment à l'histoire du serpent arc-en-ciel, et qu'il leur faisait le cadeau inestimable de les emmener sur un territoire qui leur était totalement étranger, au cœur des mythes de la création. Comment aurait-elle pu douter de ces récits ? Cet endroit, ce sentiment de dissolution du temps étaient saisissants. L'essence même de tout ce que l'on croyait perdu émanait de la grandeur pure de cette terre ancienne, dans les profondeurs de laquelle les conduisait la voix de leur guide, à la fois lyrique et apaisante.

Alors qu'ils dirigeaient leurs chevaux vers les courbes voluptueuses des basses collines désignées par Billy, Catriona se sentit attirée vers elles. Elle avait l'impression de se laisser emporter volontairement par un pouvoir invisible trop puissant pour lui résister. Pourtant, elle n'éprouvait pas de crainte et n'avait aucune envie de faire demi-tour. Ce soir, elle en avait la conviction profonde, une expérience extraordinaire l'attendait.

Les douces ondulations se dessinaient sur le ciel nocturne comme le dos arrondi de baleines figées au moment de leur plongeon dans une mer de verdure. Tandis que Billy ouvrait le chemin, sa voix s'éleva en une étrange mélopée, portée par le vent léger et accompagnée par le frôlement de l'herbe haute. Lentement engloutis dans l'ombre des collines, les promeneurs étaient entraînés au cœur du lointain passé, dans le Temps du Rêve, à l'époque où les premiers esprits des ancêtres avaient laissé la trace de leurs pas sur la terre nouvellement créée.

Catriona et ses compagnons s'étaient spontanément rangés derrière les aborigènes. Elle se demanda si tous éprouvaient, comme elle, ce profond sentiment de solitude, de petitesse et d'insignifiance, sous le ciel immense ; s'ils percevaient aussi la présence des esprits. Tout cela pouvait-il être le produit de son imagination ? Elle observa les quatre jeunes gens, qui ressemblaient à des enfants émerveillés suivant le chant envoûtant de leur guide magicien, jusqu'à son pays de légende.

Soudain, les chevaux s'arrêtèrent. Il était visiblement temps de mettre pied à terre. Après avoir attaché les animaux, ils suivirent en silence les indigènes aux pieds nus le long d'une piste qui grimpait en spirale autour de la plus haute des collines. Billy poursuivit son chant aux paroles inintelligibles et pourtant étrangement consolantes, jusqu'au plateau du sommet, où il les invita à s'asseoir.

Tous lui obéirent, profondément captivés par la vue mouvante qui se déroulait devant eux. Les pâturages s'étendaient jusqu'à l'horizon, parcourus par les rubans argentés des ruisseaux qui disparaissaient dans les zones d'ombre, pour reparaître un peu plus loin. Sous l'éclairage irréel de l'astre de la nuit, la terre semblait respirer, s'incurvant puis se repliant sur elle-même, irrésistiblement soumise au ciel. Catriona, le plus naturellement du monde, s'étendit dans l'herbe drue et plongea dans la magnificence de la voûte étoilée, suivant le tracé des constellations.

Elle contempla la Voie lactée, qui étendait sa vaste traînée dans les ténèbres, et identifia Orion puis la Croix du Sud. Alors qu'elle s'abandonnait à l'attirance exercée par les astres innombrables, elle entendit le chant de l'aborigène et sentit la terre fondre sous son corps. Immatérielle, elle dérivait dans le berceau de l'univers, balancée par des mains invisibles qui l'entraînaient lentement. Envahie par un profond sentiment de paix, elle avait le sentiment d'accomplir le voyage pour lequel elle était destinée.

Enveloppée dans l'écharpe céleste, parmi les esprits des ancêtres incarnés en chacune des étoiles, elle découvrait leurs visages depuis longtemps évanouis, et entendait leur voix. Bien qu'ils lui soient étrangers, la chaleur de leur accueil remuait, au plus profond d'elle-même, un océan d'émotions.

Dérivant, dérivant à jamais, loin au-dessus de la Terre, elle parvenait facilement à se dépouiller des pensées et des frayeurs mortelles. Là régnait l'éternité, là résidait le mystère de la mort et de la vie qu'elle embrassait et accueillait tout entière. Grâce au chant qui résonnait dans sa tête, elle était de nouveau une enfant innocente – dénuée d'ambition, de culpabilité et de rancœur –, abandonnée au pouvoir qui la transportait avec tant d'amour dans le Temps du Rêve.

Elle assistait à la naissance et à la mort de planètes sans nom, comme au voyage de comètes striant les ténèbres. Dans la tiédeur de l'infini, le souffle de la création effleurait sa joue.

Avec tristesse, elle sentit qu'elle s'éloignait peu à peu de cette céleste célébration de la vie. La terre inexorable la rappelait lentement à elle, la couchant sur l'herbe de la colline sacrée. Brusquement, elle perçut le froid de la nuit, qui s'insinuait à travers ses vêtements, et le cri d'un oiseau solitaire, perçant l'épais silence alentour.

Un bruit près d'elle brisa l'enchantement. Émergeant de sa transe, elle cligna des paupières en apercevant ses compagnons, stupéfaite de constater qu'elle avait totalement oublié leur présence. Ce réveil suscitait soudain en elle une bouffée de nostalgie dont l'intensité se révélait presque douloureuse. Déjà, elle aspirait à se trouver de nouveau au cœur de cette multitude étoilée, de ce monde démesuré, où la voix de l'aborigène l'avait entraînée, au son du chant des secrets.

20

Les dix dernières années s'étaient écoulées à une vitesse effrayante. Catriona fut effarée en se rendant compte qu'elle allait bientôt fêter son soixante-septième anniversaire. Comment pouvait-elle avoir atteint cet âge ? Où étaient passés tous ces jours et ces mois ? Elle passa la main sur ses cheveux où l'ivoire dominait maintenant largement sur l'ébène, et retourna à la maison, chargée du courrier. Au fond, elle ne se sentait pas si vieille que cela. La plupart du temps, elle avait même l'impression d'avoir plusieurs dizaines d'années de moins. Ayant gardé une silhouette svelte, elle veillait à toujours être parfaitement habillée et coiffée, même s'il ne s'agissait que d'une chemise et d'un pantalon. Lorsqu'on avait vécu la plus grande partie de sa vie sous le regard du public, il était difficile de changer ses habitudes.

Après avoir jeté le courrier sur la table, elle résista à l'envie de l'ouvrir sur-le-champ – l'excitation de l'attente faisait partie intégrante du plaisir. Les journaux ne parvenaient ici que sporadiquement, mais le fait de les recevoir en une seule fois procurait une joie presque similaire à celle que l'on éprouvait à

Noël. Alors qu'elle guettait le sifflement de la bouilloire, indiquant que l'eau était à point pour le thé, elle regarda par la fenêtre et revint sur la dernière décennie écoulée.

Cette période avait été bien remplie, avec des joies et des peines pour eux tous. Elle avait intensifié son travail de bénévole, qui la contraignait à des aller et retour à Brisbane et Sydney, ainsi que son engagement à l'académie qu'elle avait créée. De même, il lui était arrivé d'aller à l'école du Royal Opera de Londres pour rendre visite à des amis et participer à des master classes ou à des ateliers. Elle avait aimé cette période gratifiante qui entretenait à la fois son esprit et son énergie. Comment aurait-elle pu travailler avec tous ces jeunes talents sans se laisser pénétrer par leur vigueur et leur enthousiasme ?

Sa visite à Paris s'était révélée douce-amère. Alors qu'elle posait les fleurs sur la tombe de Brin, elle avait pensé à la maladie qui le lui avait ravi, et qui était maintenant clairement identifiée : le sida continuait à faire bien des ravages.

Clemmie s'était éteinte quelques mois après son mari. Cette amie de longue date, si proche d'elle, lui manquait terriblement. Chaque fois qu'elle se rendait à Sydney, elle allait déposer un bouquet au cimetière.

Fred Williams avait surpris tout le monde en épousant une veuve de Bundaberg. Une fois que Connor avait atteint un niveau d'expérience suffisant, le directeur lui avait passé les rênes de la station, et s'était retiré sur la côte.

Le mariage rapide et inattendu de Rosa avec Kyle Chapman avait à peine tenu jusqu'à son premier anniversaire. Ils s'étaient unis dans le feu de la passion, au cours de leur première année d'université, en dépit des avertissements de Catriona qui les trouvait beaucoup trop jeunes. Ses pressentiments ne l'avaient pas trompée. Kyle n'avait pas supporté l'ambition professionnelle clairement exprimée de sa compagne et s'était vengé en couchant avec toutes les femmes qu'il rencontrait. Par bonheur, le couple n'avait pas d'enfants. Le divorce ayant donné lieu, des deux côtés, à une surenchère d'agressivité, tout le monde s'était senti soulagé lorsqu'il avait été prononcé.

À vingt-huit ans, Rosa était maintenant une avocate brillante. Au lieu d'accepter les offres de cabinets prestigieux de Sydney, elle avait choisi de travailler pour une petite firme spécialisée dans l'aide juridique. Avec une opiniâtreté sans faille, elle volait à la défense de ceux qui ne pouvaient pas se faire entendre. Catriona se demandait si l'histoire de sa famille n'avait pas nourri cette vocation.

Belinda, diplômée de l'Institut de police, faisait maintenant partie de la brigade des stupéfiants de Brisbane. Pat Sullivan s'inquiétait pour elle, souci partagé par Catriona. C'était un travail rude et ingrat, mais elle avait au moins un protecteur efficace en Max, berger allemand entraîné à flairer toute forme de complication. Très appréciée, la jeune femme vivait toujours seule dans un appartement surplombant le fleuve. Elle rentrait rarement à la maison et bien que Rosa et Harriet soient restées en contact avec elle, et que Pat lui donne souvent des nouvelles de sa fille, Catriona ne l'avait pas vue depuis plusieurs années.

Harriet venait toujours à Belvédère chaque fois que son emploi du temps chargé le lui permettait.

Avocate dans un cabinet juridique de Sydney, elle avait rapidement été reconnue éligible pour un partenariat. Elle avait confié à Catriona que sa mère, qui ne se montrait pas absolument ravie de cette carrière, était déterminée à la voir épouser l'un de ses jeunes associés, issu d'une bonne famille et voué à hériter d'une fortune à la mort de ses parents.

Catriona sourit en évoquant sa jeune amie qui faisait maintenant quasiment partie de la famille. Elle admirait cette personnalité bien affirmée, qui persistait à défier sa mère et prenait ses propres décisions. Bientôt, la maison résonnerait de son rire, ainsi que de celui de Rosa, car toutes deux venaient à Belvédère dans deux semaines pour fêter son anniversaire. Elle fit taire la petite voix qui lui soufflait qu'elle était trop vieille pour célébrer quoi que ce soit. Les fêtes d'anniversaire gardant à ses yeux une sorte de magie, elle était impatiente de voir arriver ce moment et d'organiser la réception.

Elle parcourut du regard les enveloppes, et constata qu'une ou deux d'entre elles présentaient un véritable intérêt. Elle les lut rapidement puis se dirigea vers la véranda avec le paquet de journaux qui venaient d'être livrés, décidée à les lire tranquillement, Archie sur les genoux.

Sa vue n'était plus ce qu'elle était, mais même sans ses lunettes, elle n'eut aucune difficulté à déchiffrer le titre à la une du premier journal. Les mots, imprimés deux semaines plus tôt, jaillirent devant elle en lettres épaisses et noires au-dessus d'une photographie. L'hôtel d'Atherton venait de livrer son terrible secret.

Tandis que ses mains tremblantes agrippaient l'accoudoir de son fauteuil, elle éprouva dans sa poitrine un tressaillement inquiétant. La peur qui dormait au plus profond d'elle-même, brusquement réveillée, soulevait les diverses couches de sédiments que la vie lui avait permis d'empiler au-dessus, afin de la faire taire à jamais. Affaissée sur les coussins moelleux, elle ferma les yeux. Les images ressurgissaient avec une clarté qu'elles avaient perdue pendant des décennies. Un seul article de journal déchirait avec violence le linceul dont elle avait délibérément enveloppé ses souvenirs, les dévoilant dans le contraste cruel d'une vérité en noir et blanc.

Elle ouvrit les yeux et contempla ce qui l'entourait sous la lumière aveuglante de l'après-midi d'été. Son regard fut inévitablement attiré vers les flamboyants. Leurs branches croulaient encore sous les fleurs sanglantes qui éparpillaient leurs pétales sur l'herbe desséchée. Étouffée par un sanglot, elle aurait eu envie de crier, afin de faire exploser en mille morceaux l'évocation de ce qui s'était passé si longtemps auparavant.

Prenant une profonde inspiration, elle refoula ses larmes. Ses expériences lui avaient appris à contrôler ses émotions et à utiliser son énergie de façon positive, en se tenant fermement à ses résolutions. Les agressions de Kane avaient été fermement reléguées au fond de sa mémoire, et son meurtre ne rôdait que dans quelques cauchemars occasionnels. Après le drame, elle avait très vite compris que, si elle voulait survivre et réussir, elle devait contenir le passé dans l'espace où elle avait décidé de le refouler. Néanmoins, le choc occasionné par l'article de journal faisait ressurgir la terreur débilitante qui l'avait accompagnée au long de cette époque terrible. Son secret était sur le point d'être exposé. Aurait-elle la force d'affronter ce qui se préparait, de tout raconter à sa famille et de reconnaître ce que sa mère et elle avaient fait ?

Sans doute n'y avait-il pas moyen d'éviter le scandale, mais comment pourrait-elle raconter une telle histoire ? Comment pourrait-elle relater l'abus sexuel et le meurtre sans détruire la confiance qui s'était établie entre elle et ceux qu'elle considérait comme ses enfants ? Soudain, elle eut l'impression que son âge se mettait à peser sur elle de tout son poids à la perspective de l'épreuve épouvantable à venir. La vie s'était toujours révélée pour elle un défi, mais son armure avait perdu de son brillant et ses défenses s'étaient affaiblies au fil des années. Les changements qui survenaient sans prévenir représentaient une menace qu'elle n'avait jamais, auparavant, perçue comme telle.

Poussant un profond soupir, elle fit un effort conscient pour dissiper ses craintes et se détendre. Son cœur retrouvait son rythme normal, mais, en regardant ses mains, elle constata qu'elles étaient agitées d'un tremblement. Les diamants de ses bagues scintillaient dans le soleil et son anneau d'or, maintenant trop grand, avait perdu de son éclat. Il y avait bien longtemps que Peter l'avait glissé à son doigt. À un moment, elle avait même envisagé de s'en débarrasser. Pourtant, en dépit des tristes souvenirs qu'il illustrait, elle savait pourquoi elle ne l'avait jamais jeté. Rappel constant de ses erreurs, il l'avait encouragée à ne plus jamais faire confiance à un homme. Elle le fit tourner autour de son annulaire, se remémorant son court mariage et la trahison qui y avait mis fin.

Le babillage insistant des perruches la ramena au présent. D'un mouvement impatient de la main, elle balaya le journal de ses genoux et, avec une horrible fascination, observa les feuilles imprimées qui se détachaient et flottaient sur le sol de la véranda. Le destin semblait déterminé à se moquer d'elle, car la première page vint se poser à ses pieds, exposant à son regard la photo sinistre de l'hôtel, éclairée par un soleil implacable.

Elle plaça fermement le pied au centre de la feuille et la fit glisser sous son fauteuil. Le fait qu'elle soit hors de sa vue n'avait, cependant, pas le pouvoir de l'effacer de son esprit. Bientôt, elle devrait affronter les démons qu'elle avait combattus tout au long de sa vie, les ombres qui avaient toujours rôdé sous la surface des événements et qui émergeaient maintenant des recoins les plus sombres de sa mémoire, exigeant d'être reconnues.

Avec une exclamation d'impatience, elle se leva. Ayant vécu avec l'appréhension d'un tel coup du sort pendant la plus grande partie de sa vie, elle avait réussi jusqu'à présent à ne pas tenir compte de la menace et comptait bien continuer à agir de même aussi longtemps que possible. Appuyée à la balustrade de la véranda, elle comprit tout à coup qu'elle laissait ses émotions prendre le pas sur sa raison. Malgré le titre sinistre, la police risquait de ne pas beaucoup s'intéresser à un crime ayant eu lieu une cinquantaine d'années auparavant. Elle avait suffisamment de cas récents à traiter et lorsqu'elle prendrait ce problème à bras-le-corps, le seul témoin restant de cette affaire, à savoir elle-même, Catriona, aurait disparu depuis longtemps. En outre, au moment des faits, elle était une enfant, et tous les gens qui auraient pu se souvenir d'elle à cette époque étaient morts. Il n'existait probablement aucun indice permettant de l'associer à cet endroit, alors pourquoi se laissait-elle envahir par la panique ? Elle descendit les marches du perron, plongea les mains dans ses poches et leva le visage vers le soleil, avant d'aller vérifier les barrières des nouveaux corrals.

La station était étrangement vide. En raison de la dernière sécheresse, qui avait duré cinq ans, Connor avait décidé d'emmener les troupeaux jusqu'aux pâturages de montagne pour le reste de l'été, ou tout au moins jusqu'à la saison des pluies. La plupart des hommes et tous les animaux ayant déserté Belvédère, il régnait dans la station un calme presque angoissant, qui ne faisait que souligner la profonde solitude de sa propriétaire.

Alors qu'elle se dirigeait vers les corrals, le bruissement de son pantalon dans l'herbe pâle lui rappela l'époque où elle chevauchait dans les pâturages, sur sa monture galopant à fond de train. Tout lui revenait : les promenades sans but, les pique-niques avec les enfants et les longues journées paresseuses près du trou d'eau, passées à se baigner et à se faire sécher au soleil. Peu à peu, grâce à l'évocation de ces images heureuses, elle avait l'impression de se dépouiller de sa peur.

Arrivée au bord du ruisseau, elle s'installa sur le banc de bois qu'elle avait fait installer contre le vieil eucalyptus, et s'adossa au tronc noueux. Ce refuge ombragé – havre destiné à la contemplation – était devenu son repaire privilégié au fil des années.

L'eau qui coulait à ses pieds, transparente, rutilait sous les rayons filtrant à travers les branches et contournait les rochers noirs pour se frayer un chemin jusqu'au trou d'eau. Au-dessus de sa tête, les oiseaux chantaient, composant un concert infiniment plus enchanteur que n'importe quelle musique humaine. Tandis que les pies, perruches et perroquets s'interpellaient, un martin-chasseur riait au loin. Ce son qui avait le pouvoir d'exalter son âme ne manquait jamais de renforcer son amour pour l'outback.

L'ombre ténue fournie par l'eucalyptus lui permettait de sentir la chaleur du soleil sur ses épaules. Instinctivement, elle repoussa d'un geste de la main les mouches importunes. Seul le déclin du jour mettrait fin à leur harcèlement.

Appuyée contre l'écorce tiède, elle contempla l'éclair bleu des minuscules roitelets qui, par intermittence, quittaient la ramure de l'arbre pour se désaltérer. Il faisait trop chaud et lumineux pour les wallabies et les kangourous, habitués à venir boire à cet endroit uniquement quand la nuit arrivait. Catriona appréciait ce contact avec les animaux sauvages grâce auquel elle avait la sensation d'être parfaitement en accord avec le monde qui l'entourait.

— En prenant de l'âge, tu deviens une vraie midinette, marmonna-t-elle en se levant, brossant son pantalon de la main pour en ôter la poussière. Il est temps de te secouer, ma vieille, ajouta-t-elle en fixant le ruisseau d'un air sévère comme pour le défier de lui répondre.

Elle respira profondément et, la main en visière, tourna la tête vers le cottage de Connor, qui devait rentrer le soir même. Impatiente de savoir comment s'était passée la transhumance, elle avait également hâte de retrouver le sourire enjoué de son fils. Elle pouvait être fière de l'homme qu'il était devenu : un homme qui, étrangement, lui rappelait son père, car tout en aimant passionnément ce pays du Rêve, il en comprenait la dangereuse beauté.

Archie sauta précautionneusement de son coussin favori et tendit le cou pour pouvoir se gratter le dessous du menton. Maintenant âgé de plus de quinze ans, obèse et sujet aux rhumatismes, il était bien différent de la petite boule de fourrure qu'elle avait recueillie il y a si longtemps. Catriona lui caressa la nuque et fit glisser sa queue duveteuse entre ses doigts.

— Tu as faim, je parie, lui dit-elle. Tu ne m'adresses la parole que lorsque tu attends quelque chose de moi !

La moustiquaire s'ouvrit en grinçant. Archie entra dans le couloir étroit et se retourna pour voir si elle le suivait. Elle ramassa le journal éparpillé et laissa la porte se refermer derrière elle avant de se diriger vers la cuisine. Puis elle ouvrit le fourneau et y jeta le papier, observant les flammes qui dissolvaient les caractères imprimés. Leur chaleur chassait, l'hiver, les courants d'air qui sifflaient par les interstices des murs de bois, mais, en été, elle transformait la pièce en étuve.

Après avoir lutté avec l'ouvre-boîtes, Catriona nourrit le chat qui s'attaqua à son repas avec voracité. Appuyée contre la barre de métal de la cuisinière, elle le regarda dévorer le contenu de sa gamelle et souhaita, pour la première fois, qu'il mette autant d'enthousiasme à attraper les souris et les rats, véritable fléau de Belvédère. Hélas, à l'inverse des prédateurs sauvages qui rôdaient souvent dans les dépendances, il était beaucoup trop paresseux pour renoncer à son sommeil quotidien. Sa maîtresse savait qu'elle ne devait s'en prendre qu'à elle-même : elle l'avait beaucoup trop gâté.

Ayant décidé de se préparer une tasse de thé, elle remplit la lourde bouilloire noire qui ne quittait pas le dessus de la cuisinière et s'assit devant la table, sur laquelle elle dut faire un peu de place pour poser la tasse et sa soucoupe. D'un œil critique, elle examina la pièce. D'une part, elle avait toujours détesté les tâches domestiques et préféré consacrer son temps aux enfants ou à sa passion pour la musique ; d'autre part, pendant la plus grande partie de sa vie d'adulte, elle avait vécu dans des hôtels ou des appartements où quelqu'un d'autre s'occupait de l'entretien. Maintenant que les enfants s'étaient envolés, pourquoi aurait-elle dû se contraindre à faire en sorte que tout soit impeccable ? De toute manière, cela ne servait pas à grand-chose puisque la poussière revenait dès qu'elle avait été éliminée.

En sirotant son thé, elle embrassa la pièce du regard et constata qu'elle se sentait, en fait, réconfortée par le désordre. Journaux et catalogues s'empilaient sur le sol, bottes, chaussures et manteaux formaient un tas dans un coin et la table disparaissait sous des livres, des partitions et des lettres en attente de réponse. Des rouleaux de papier tue-mouche pendaient du plafond, noirs de victimes, et des toiles d'araignée dansaient, soulevées par l'action du ventilateur.

Avec une grimace, elle se dit que sa négligence l'avait peut-être entraînée un peu trop loin. Les filles, qui allaient venir bientôt, seraient choquées de voir à quel point elle avait laissé son intérieur se dégrader. Après avoir déniché des gants de caoutchouc et un tablier, elle se mit au travail. Rapidement, elle constata que l'énergie dépensée à laver, à frotter et à ranger les objets accumulés lui apportait une détente bienvenue, car le fait de se concentrer sur ce labeur peu apprécié l'empêchait de penser. Malgré quelques difficultés suscitées par les toiles d'araignées, elle réussit à tout nettoyer, à balayer le sol et à enfouir la plus grande partie des bottes et des vestes dans un placard.

Une fois que la cuisine eut retrouvé un semblant d'ordre, elle changea les draps de son lit et remplit la machine à laver avant de se préparer un sandwich de mouton froid avec le pain cuit au four le matin même. Elle emporta son dîner dans le salon, se disant qu'elle avait encore beaucoup à faire, mais que cela pouvait attendre. Une journée ne pouvait suffire et, de toute façon, la maison avait besoin d'être récurée à fond. Notant mentalement qu'elle ne devait pas oublier d'en parler à la femme de Billy le lendemain matin, elle referma la porte derrière elle et posa le sandwich sur la table basse.

Avant de s'installer, elle se dirigea vers la cheminée et étudia son portrait. Chaque fois qu'elle le regardait, elle prenait conscience du passage des ans. La femme qu'elle contemplait était jeune, belle, talentueuse et adulée. On n'y voyait rien des nuages sombres qui avaient plané au-dessus d'elle, rien des horreurs qui s'étaient déroulées devant ses yeux violets. Elle s'était révélée une actrice consommée.

Pensive, elle s'assit pour manger. Une fois son repas terminé, elle se versa un grand gin tonic, alluma sa chaîne stéréo et, adossée contre les coussins confortables, se détendit en écoutant l'air de Puccini qui emplissait l'espace. Toutefois, fermant les yeux, elle constata que la sourde menace de l'avenir ne se dissipait pas tout à fait. Il ne faisait aucun doute que si l'affaire n'était pas classée, au moins provisoirement, elle serait bientôt confrontée à des moments désagréables. Malgré tout, habituée aux aspects les plus ténébreux de la vie, elle saurait sans doute faire face à la situation quand elle ne pourrait plus l'éviter.

Alors que le gin tonic commençait à faire effet, elle pensa à sa fille perdue depuis si longtemps. N'ayant jamais reçu aucune réponse ni aucun signe encourageant, elle ne lui écrivait plus. Comme elle aurait souhaité que les choses soient différentes ! Ses pensées dérivèrent vers Rosa, Connor et Harriet, dont l'évocation la fit sourire. Elle ne devait jamais oublier les énormes compensations, les cadeaux inestimables qu'elle avait reçus de la vie.

Les hommes ne rentrèrent des pâturages de montagne que le lendemain matin à l'aube. Absents depuis trois semaines, ils aspiraient à une bonne douche et à un repas convenable. Connor mit pied à terre et s'étira. Son dos le faisait souffrir et la douleur de son genou endommagé lui rappelait que, à trente-deux ans, le fait de passer seize heures par jour sur un cheval, sous une température avoisinant quarante degrés, devenait une épreuve.

Mélangée à la sueur, la poussière soulevée pendant le trajet par un millier de têtes de bétail collait à sa peau et lui donnait des démangeaisons. Cependant, il savait qu'il ne changerait de métier pour rien au monde. Une fois sa monture bouchonnée et lâchée dans le corral, il reconnut que cet estivage de trois semaines était néanmoins une nécessité quand on pratiquait l'élevage dans cette région. D'ailleurs, s'il était parfaitement honnête avec lui-même, il adorait le sentiment de liberté que ce séjour saisonnier suscitait en lui. Rien de tel que le plaisir de suivre à cheval un troupeau de bétail, à travers les vastes plateaux montagneux du Queensland, pour entretenir l'appétit de la vie.

— Le repas est prêt, mon vieux, dit un conducteur de troupeau. Je pourrais dévorer un cheval !

Connor s'essuya le front en souriant avant de planter de nouveau le chapeau sur sa tête.

— Je m'en tiendrai au bœuf, répliqua-t-il. Son goût me convient mieux.

Son interlocuteur alluma une cigarette qu'il venait de rouler en protégeant la flamme de sa main.

— On dirait que la patronne est déjà debout. Il y a de la lumière chez elle, déclara-t-il.

Jetant un regard vers la maison, le directeur acquiesça.

— Je vais aller lui faire mon rapport, dit-il d'un ton las. À tout à l'heure.

Remettant sa chemise dans son pantalon, il traversa la cour. Il aurait préféré se laver avant d'aller voir Catriona, et son estomac gargouillait à la perspective d'œufs au bacon accompagnés de purée de pommes de terre. Cependant, connaissant sa mère d'adoption, il savait qu'elle attendait sa visite.

Il frappa sur la moustiquaire et, n'entendant aucune réponse, pénétra dans le bâtiment. Peut-être s'était-elle assoupie en oubliant d'éteindre la lumière, auquel cas il reviendrait plus tard. Chaque fois qu'il arrivait ainsi, il ne pouvait se départir de la peur d'arriver un jour et de la trouver morte, comme cela avait été le cas pour sa grand-mère. Elle vieillissait, bien qu'elle ne veuille pas l'admettre, et, malgré son esprit alerte et sa vigueur, Connor n'aimait pas la laisser seule trop longtemps. Il n'ignorait pas que ses craintes provenaient de son propre sentiment d'insécurité, et que Catriona aurait été horrifiée si elle avait pu lire dans ses pensées.

Il entra dans le salon, guidé par la musique qui s'en échappait. Elle s'était apparemment endormie en écoutant l'un de ses airs favoris. Ôtant son chapeau, il contempla cette femme enjouée et aimante, le visage adouci par l'affection qu'il lui portait. Visiblement, elle n'avait pas lésiné sur le gin et paraissait particulièrement vulnérable et minuscule, au milieu de ces gros coussins. Brusquement, il éprouva un besoin violent de la protéger.

Sur la pointe des pieds, il se dirigea vers la porte. Il reviendrait après le petit déjeuner car elle n'apprécierait pas d'avoir été surprise endormie.

— Qui est là ?

La tête grisonnante se détacha des coussins.

— Ce n'est que moi, Ma, répondit Connor sur le seuil de la porte. Désolé, je ne voulais pas te réveiller.

— Quelle heure est-il ?

Connor jeta un coup d'œil instinctif à la pendule, se rappela soudain qu'elle marquait trois heures et demie depuis dix ans, et se tourna vers la fenêtre en plissant les yeux.

— Le soleil est levé, il est environ cinq heures.

Elle s'extirpa du canapé et, lissant ses cheveux, s'appliqua à remettre un peu d'ordre dans sa tenue.

— Tu ne dois pas t'introduire chez les gens comme ça, dit-elle d'un ton de léger reproche. Tu m'as fait une peur bleue!

Après toutes ces années, habitué à sa façon de réagir, il laissa la remarque glisser sur lui.

— J'ai vu de la lumière, j'ai cru que tu étais levée.

— Je le suis maintenant, rétorqua-t-elle avec un sourire. Alors raconte-moi, comment s'est passée votre randonnée?

— Très bien. Les bêtes devaient sentir la bonne herbe de la montagne, nous n'avons eu aucun mal à les emmener là-haut.

Gêné par son genou, il se balança d'une jambe sur l'autre.

— Les paddocks sont en bon état, et il y a encore beaucoup d'eau dans les ruisseaux. Plusieurs barrières doivent être consolidées. J'y enverrai des gars dans quelque temps.

— Et le petit-fils de Billy, comment s'en est-il sorti?

Connor sourit. Johnny-les-Deux-Orteils montait à cheval depuis qu'il avait eu l'âge de s'asseoir sur une selle. Il avait vécu à Belvédère toute sa vie et sa famille faisait tellement partie de la station que son absence était impossible à imaginer.

— Pas de problème, il a ça dans le sang, comme son grand-père.

— Quel surnom ridicule pour ce pauvre enfant! Ce n'est pas sa faute s'il est né avec deux petits doigts sur un pied! Mais il semble qu'il n'arrête pas de faire des bêtises. Cookie m'a dit qu'il lui manquait une boîte de biscuits...

— Nous avons tous apprécié les biscuits, Ma, répondit Connor en regardant le bout de ses chaussures. Ne t'inquiète pas. Si tu n'as rien d'autre à me dire, poursuivit-il, j'irais bien prendre mon petit déjeuner. Pourquoi ne viens-tu pas avec moi? Ça fait longtemps.

— Sûrement pas! Des hommes en sueur, un cuisinier au sale caractère et un steak trop cuit ne constituent pas pour moi le petit déjeuner idéal. Je vais manger ici, comme d'habitude.

Connor la regarda avec tendresse. Au cours de sa première année à Belvédère, elle était souvent venue au réfectoire pour partager le repas des hommes de la station, mais, consciente du fait que ses compagnons ne se sentaient pas tout à fait à l'aise en sa présence, elle avait cessé de le faire.

— Pas de problème, répéta-t-il.

— Mais j'ai d'abord besoin de ton aide.

— Qu'est-ce qui ne peut pas attendre que j'aie mangé et que je me sois lavé?

— Ne sois pas indiscret, répliqua-t-elle en lui donnant un petit coup dans les côtes. Viens.

La dominant de sa haute taille, Connor la suivit dans le couloir, où elle lui désigna la trappe du plafond.

— Peux-tu me descendre la grosse malle en fer? Et fais attention, car elle est remplie d'objets précieux.

Connor alla chercher l'escabeau sur le porche à l'arrière de la maison et grimpa dans l'espace étroit qui sentait la poussière et les excrétions animales. Le soleil venait de se lever, mais il faisait déjà sous le toit une chaleur étouffante. Il rampa pour attraper la malle posée sur des poutres, tout au fond, la tira vers lui et la descendit avec précaution. Entièrement bosselée, elle était couverte de toiles d'araignées et de crottes d'opossums.

— Est-ce que tu peux la poser dans le salon? demanda Catriona.

Le genou de Connor était en feu et son estomac se tortillait sous l'effet de la faim, néanmoins, il s'exécuta. Il essuya préalablement le couvercle, reconnaissant tout à coup les étiquettes fascinantes qui l'avaient énormément intrigué lorsqu'il était enfant. Il avait entendu des récits relatifs à la vie que Catriona avait menée avant de s'installer à Belvédère, mais n'avait jamais exploré le contenu de ce coffre de métal comme sa sœur l'avait fait si souvent. Une fois son nettoyage terminé, il tira la malle jusqu'au salon et la poussa contre un mur.

— Que veux-tu faire avec ça, Ma? demanda-t-il.

Dieu seul savait ce qu'elle conservait dans cette vieillerie, qui pesait une tonne.

— Il y a des choses que je veux retrouver, dit-elle avec un air d'indifférence étudiée. Va prendre ton petit déjeuner, mon fils. Je te remercie beaucoup.

Il la regarda d'un air songeur. Non seulement son expression lui paraissait étrange, mais il découvrait dans ses yeux des ombres qu'il n'avait jamais vues auparavant.

— Tout va bien? s'enquit-il avec inquiétude.

— Bien sûr, répondit-elle sans ciller.

— Parfait, marmonna-t-il, peu convaincu.

Il remit son chapeau et s'éloigna dans le couloir. Elle mijotait quelque chose et n'était visiblement pas décidée à en parler. De toute manière, elle finirait, comme toujours, par lui dire ce dont il s'agissait.

L'inspecteur Tom Bradley sortit de sa douche et enroula une serviette autour de sa taille. Après avoir essuyé la vapeur qui troublait le miroir de la salle de bains, il jeta un coup d'œil à son reflet et entreprit de se raser. À trente-trois ans, il devenait trop vieux pour ce métier, se dit-il. Les journées qui se prolongeaient jusque tard dans la nuit, l'écrasante charge de travail et l'insupportable violence au sein de laquelle il baignait la plupart du temps commençaient réellement à lui peser. Au bout de seize ans dans la police, il arrivait au bout du rouleau. Cela se voyait dans les cernes sombres sous ses yeux, les rides creusées par une anxiété incessante, et les premiers fils blancs qui brillaient dans la chevelure brune qu'il n'avait jamais réussi à discipliner.

La police avait changé depuis l'époque où son père en faisait partie, et bien plus encore depuis celle où son grand-père tenait seul le poste d'Atherton. La drogue et la corruption, qui avaient augmenté de façon exponentielle, exigeaient maintenant beaucoup plus de moyens pour être combattues, alors que les tâches administratives de plus en plus complexes bloquaient le système et que les effectifs se réduisaient comme peau de chagrin. Peut-être était-il temps de changer de cap et de trouver quelque chose d'autre à faire ? Il en avait assez des meurtres, assez du côté le plus noir de l'humanité auquel il était confronté jour après jour. Cette profession lui avait coûté son couple, sa maison et ses enfants. Rien, sans doute, ne valait un tel sacrifice.

Il s'aspergea la figure d'eau froide, tamponna ses joues à l'aide d'une serviette et se prépara psychologiquement pour l'épreuve des verres de contact. Ces fichues lentilles lui étaient indispensables, mais il n'arrivait pas encore à s'habituer au fait d'appliquer délibérément, chaque matin, un objet étranger sur ses yeux. L'opération effectuée, il cligna des paupières, essuya ses larmes, et se dirigea nu vers sa chambre. Son costume pouvait encore faire l'affaire quelques jours et sa chemise, au-dessus de la pile de linge récupérée la veille chez le teinturier, l'attendait, fraîche et immaculée, dans son enveloppe de cellophane. Une fois habillé, il resserra son nœud de cravate, enfila ses chaussures, et ramassa la monnaie qui traînait sur sa table de chevet.

Son regard effleura la photographie posée près du téléphone. Il se sentait coupable de ne pas avoir parlé à ses fils depuis quinze jours – s'étant contenté de leur envoyer une lettre et une carte postale pour se donner bonne conscience – même s'il n'obtenait, au cours de ses échanges avec eux, que des réponses monosyllabiques accompagnées des inévitables borborygmes d'adolescents. D'après l'heure qu'indiquait sa montre, il se dit qu'ils devaient être à l'école en ce moment, car l'Australie-Occidentale se trouvait dans un fuseau horaire différent. Avec un soupir, il rangea son portefeuille dans la poche de sa veste, saisit son dossier et sortit de l'appartement. Peut-être trouverait-il un moment dans la journée pour leur téléphoner ?

Brisbane brillait déjà dans la chaleur matinale. Le fleuve, ainsi que les voitures qui longeaient les quais en direction du sud de la ville, se reflétaient dans les hautes tours de verre. Alors qu'il attendait, au volant de son véhicule, que le feu passe au rouge, Tom alluma le lecteur de cassettes et laissa l'air pathétique de *Madame Butterfly* exercer son envoûtement familier. Catriona Summers avait su magnifiquement exprimer le destin tragique de la pauvre petite Japonaise de Puccini, compositeur qu'il aimait tout particulièrement.

Adossé à son siège, dans l'habitacle rafraîchi par l'air conditionné, il contempla la foule des passants, habitants et touristes, qui défilait devant ses yeux. Il aimait vivre en ville, stimulé par la frénésie environnante, mais il connaissait trop bien le mal qui rôdait sous ce vernis de modernité et de réussite. Parfois, comme ce matin, il aurait préféré tout ignorer.

Le dossier posé sur le siège du passager accrocha son regard. Son père l'avait conservé après la mort de son propre père. Tom se souvenait des moments où, assis sur les genoux de son aïeul, il l'écoutait lui raconter l'histoire du Russe, de l'Anglais et de l'argenterie manquante. Dès que le corps avait été découvert à Atherton, son père l'avait contacté immédiatement. Grâce à une rapide visite, un week-end, pour aller récupérer les documents, et aux avancées de la technologie moderne, Tom avait finalement réussi à retrouver la trace de Viola et de sa fille.

Le fait que l'une des plus grandes divas d'Australie soit issue d'une origine aussi modeste et qu'elle ait pu être mêlée à un meurtre, même si elle n'était alors qu'une enfant, lui avait causé un choc. Cependant, toutes ses années passées dans la police lui avaient appris que les enfants en savaient parfois beaucoup plus que les adultes ne le supposaient. Souvent considérés comme quantité négligeable, ils voyaient et entendaient beaucoup de choses qui ne leur étaient pas destinées.

Tom n'était toutefois pas assez naïf pour croire que la police allait accorder de l'intérêt à un crime aussi ancien. Les affaires actuelles exigeaient suffisamment de travail pour être résolues sans que l'on ait besoin d'aller creuser un événement qui s'était produit une cinquantaine d'années auparavant. Ce dossier classé serait placé en bas de la pile jusqu'à ce qu'on ne puisse plus l'ignorer. En tout cas, cela signifiait qu'il avait le temps d'éclaircir le mystère avant que la presse ne s'en empare et ne transforme l'implication de Lady Catriona Summers dans cette histoire en un véritable cirque médiatique.

Un coup de klaxon impatient le tira de ses pensées. Il appuya sur l'accélérateur et atteignit en une minute son bureau, situé juste au coin de la rue. Une fois sa voiture garée, il se dirigea vers le perron.

Le sergent Wolff l'attendait dans l'entrée.

— Le chef veut que ceci soit résolu, dit-il en tendant un épais dossier à son collègue, occupé à accrocher sa veste au portemanteau. Aujourd'hui, si possible.

Tom prit le dossier, l'ouvrit et, après avoir vu ce dont il s'agissait, le laissa tomber sur son bureau. C'était une affaire qui ne les menait nulle part.

— Les miracles ne sont pas encore d'actualité ! déclara-t-il en refermant le dossier d'Atherton qu'il rangea dans le tiroir de son bureau avant de se servir un café. Les témoins ne veulent pas parler, en particulier la petite amie. Étant donné cette brusque épidémie d'amnésie, nous n'avons aucun indice permettant de relier la victime à nos suspects.

— Je réussirai à les faire parler, si tu me laissais faire, marmonna Wolff avec une expression menaçante. Tu es beaucoup trop doux avec eux.

Tom fit une grimace en avalant le café amer et posa le mug sur l'appui de la fenêtre. Ce meurtre récent ne représentait qu'une petite partie des crimes que son service avait à résoudre et l'attitude belliqueuse de son collègue lui tapait sur les nerfs. Il n'appréciait pas cet homme qui leur avait été envoyé en renfort par la police de Sydney pour trois mois. Celui-ci ne fonctionnait que sur le mode du conflit et se montrait ouvertement agressif, même lorsqu'une telle attitude pouvait être évitée. Il avait été obligé d'accepter cette collaboration, mais il se sentirait soulagé quand le sergent repartirait dans le Sud.

— La violence engendre la violence, dit Tom en soulevant les documents qui l'attendaient sur son bureau. Il est parfois préférable de rester calme et de montrer qu'on désire faire preuve de compréhension. Je préfère que mes interlocuteurs me considèrent comme quelqu'un en qui ils peuvent avoir confiance, plutôt que comme un ennemi. Et je n'apprécie pas qu'on moleste les témoins dans mon service.

— Même s'il s'agit d'une riche pute, fille à papa, qui trouvait amusant de fricoter avec les bandits? argua Wolff. Elle possède un tas d'éléments sur le chef de la bande qui peuvent nous permettre de le mettre à l'ombre pour de bon. Par son silence, elle fait obstruction à la loi. Si j'étais son père, je lui foutrais une bonne raclée.

Tom aurait aimé foutre une bonne raclée à son interlocuteur, mais cela n'aurait rien résolu.

— Ferme-la, Wolff, ou c'est moi qui vais te la fermer, lança-t-il, excédé. Tu ferais mieux de sortir d'ici et de te rendre utile!

— Je croyais que tu étais contre la violence! rétorqua le sergent d'un ton doucereux.

Jetant à l'inspecteur un regard de pur mépris, il sortit en claquant la porte.

Le courant d'air éparpilla les feuilles de Tom, qui les ramassa en réfléchissant intensément. Soudain, il prit une décision. Avant d'avoir l'occasion d'en changer, il posa les papiers, attrapa sa veste dans l'entrée, et se dirigea vers le bureau du commissaire. Près de la pile de documents, les clés de son tiroir réfléchissaient le soleil qui se répandait dans la pièce. Dans sa hâte, il les avait oubliées.

21

— Je ne veux pas l'épouser! déclara Harriet fermement. Et je ne veux épouser personne pour l'instant, alors parlons d'autre chose!

Se retournant pour faire face à sa mère, elle se demanda comment elles avaient pu aborder ce sujet alors que sa visite avait été motivée par une raison tout à fait différente. Elle soupçonnait son interlocutrice d'avoir volontairement fait dévier la conversation et savait pertinemment où cet échange allait les mener. Chaque fois que ce point venait sur le tapis, il en était de même. Et bien que Harriet soit notoirement experte dans l'art du débat et de l'argumentation, auxquels elle se livrait presque quotidiennement à la cour de justice, elle n'avait jamais réussi à maîtriser – ni même à comprendre – la logique tortueuse de Jeannette Wilson.

Cette dernière n'était pas décidée à admettre la contradiction, car elle n'avait pour le moment qu'une idée en tête : le célibat intolérablement prolongé de sa fille. Les bras croisés, la bouche serrée en une moue désapprobatrice, elle détailla d'un regard critique le tailleur noir élégant, le chemisier blanc et les chaussures confortables.

— Tu deviens trop vieille pour faire des caprices, dit-elle d'une voix doucereuse. Et tu ne te mets pas précisément en valeur. Le noir peut être une couleur désastreuse, surtout avec un teint comme le tien.

— Je peux difficilement aller au bureau en mini-jupe et bas résille.

Harriet respira profondément pour tenter d'enrayer sa colère croissante.

— J'ai vingt-huit ans, poursuivit-elle calmement. Il me reste un peu de temps avant de devenir sénile.

Lissant compulsivement sa jupe étroite, elle était furieuse de constater que ses mains tremblaient. Comment, après toutes ces années, sa mère avait-elle encore le pouvoir de susciter en elle des émotions aussi violentes ?

— Vingt-huit ans et pas de mari. Tu ne peux pas arrêter le sablier, Harriet. Tu seras bientôt trop âgée pour envisager d'avoir des enfants.

Sa fille choisit de ne pas répondre. Elle n'allait certainement pas épouser Jeremy Prentiss dans l'unique but de procréer.

— Jeremy est le dernier homme que je choisirais pour être le père de mes enfants, rétorqua-t-elle. Ils hériteraient tous de sa façon de parler affectée et de son menton fuyant.

Elle était injuste, son jeune associé était en réalité non seulement très beau, mais aussi tout à fait charmant.

— Je ne te comprends pas, Hattie, dit Jeannette. Jeremy est un parti enviable. C'est l'un des membres de ton cabinet, il est riche et très amoureux de toi. Tu te rends bien compte qu'il serait un atout évident pour ta carrière et ton mode de vie ? Il a même un appartement sur le front de mer et un bateau.

— Je n'éprouve pas le besoin de me marier pour de l'argent.

La jeune femme ôta la barrette de ses cheveux qui retombèrent souplement sur ses épaules.

— Est-ce que je dois considérer cette remarque comme une allusion perfide?

Jeannette prit une cigarette dans la boîte en argent posée sur la table basse en verre et, après en avoir tapoté l'extrémité sur le couvercle, l'alluma avec un briquet en or.

Harriet admit intérieurement qu'elle se montrait mesquine. Bien que Jeannette mérite qu'on lui retourne ses arguments, sa pique était injuste, pour ne pas dire stupide. Néanmoins, elle en avait assez de ce harcèlement, assez de voir les mérites de Jeremy Prentiss constamment brandis devant elle.

— Laisse tomber, maman, implora-t-elle. Nous n'arriverons jamais à nous mettre d'accord, alors pourquoi insister?

— Je suis ta mère, il est de mon devoir de m'occuper de toi.

— Sans doute, mais si tu voulais vraiment mon bien, tu ne souhaiterais pas que je me lie à Jeremy uniquement pour sa maison et son bateau. Je ne suis pas amoureuse de lui.

— Qu'est-ce que l'amour vient faire là-dedans? répliqua Jeannette en la regardant à travers la fumée, les paupières à demi baissées. Le mariage est une question de sécurité, et cette sécurité, Jeremy te l'offre sur un plateau.

Lasse de ce conflit, Harriet se versa un café en poussant un soupir. Sa mère avait épousé son père la veille de son vingt-cinquième anniversaire et elle-même était née exactement neuf mois plus tard. Considérant qu'elle avait rempli sa part du contrat, Jeannette avait aussitôt repris sa carrière et entrepris de profiter au maximum des considérables ressources de son riche mari.

La danseuse avait admis sans fausse pudeur qu'elle avait délibérément séduit Brian Wilson, qui avait fait fortune en fournissant des usines et du matériel de forage aux champs pétrolifères. Il s'était montré un père aimant, quand son travail lui laissait un peu de loisirs, mais son mariage ne l'avait pas rendu heureux. Harriet se souvenait parfaitement des disputes constantes qui opposaient ses parents. Lorsqu'elle avait dix ans, il était mort d'une crise cardiaque.

— Si je me marie, ce sera pour être heureuse, marmonna-t-elle. La sécurité n'est pas tout.

Trouvant son silence plus éloquent que des paroles, son interlocutrice continua à fumer sa cigarette.

Harriet s'approcha de la grande baie vitrée qui surplombait Circular Quay. Alors que la matinée était à peine entamée, la journée promettait déjà d'être longue. Elle regrettait d'avoir rendu visite à sa mère en allant au bureau, mais la force de l'habitude l'avait poussée à venir voir si elle allait bien. De toute manière, il lui fallait aborder maintenant un autre sujet épineux, et elle n'avait aucune idée de la façon de s'y prendre.

Dès qu'elle avait rencontré Rosa et Belinda, quand Harriet était encore au collège, Jeannette avait éprouvé envers elles une antipathie immédiate. Considérant que ces deux enfants n'étaient pas des compagnes convenables pour sa fille, elle avait fait tout ce qu'elle pouvait afin d'entraver leur amitié.

Harriet, qui partait le lendemain pour passer deux semaines à Belvédère, allait devoir donner une explication à son absence.

Devant la vue panoramique du quartier récemment rénové, elle cherchait l'inspiration, arrêtant son regard sur les élégantes tours de verre, les flèches des églises victoriennes et les voiles du magnifique Opéra. Le port était déjà rempli de vedettes touristiques et de bateaux à roues dont le mouvement, mêlé à celui des taxis fluviaux, faisait danser les yachts de luxe à l'arrêt. Des ibis blancs, inclinant gracieusement leurs longs cous noirs, fouillaient de leur immense bec incurvé le limon et l'herbe des parkings.

Harriet se retourna vers sa mère. Jeannette avait écrasé son mégot et rafraîchissait son maquillage devant le miroir à cadre doré accroché au-dessus de l'insert à gaz. Elle avait vraiment belle allure. Son cardigan rose pâle, qui accentuait la luminosité de son teint, mettait en valeur la coupe seyante de ses cheveux bruns parfaitement teints. À cinquante-trois ans, elle conservait encore son allure de danseuse, entretenue par une discipline physique rigoureuse et, malgré sa petite taille, affichait toujours une forte personnalité.

Tandis que leurs regards se croisaient dans le miroir, Jeannette fut la première à détourner les yeux.

— Je sais pourquoi tu es venue aujourd'hui, dit-elle en reprenant son examen attentif. Mais je ne veux pas en discuter.

— Il est temps que tu arrêtes de faire l'autruche et que tu regardes la réalité en face, déclara Harriet fermement. Rosa est mon amie et, que tu sois d'accord ou non, il va bien falloir que tu l'acceptes.

— Il n'en est pas question.

— C'est important pour moi, est-ce que tu ne peux pas le comprendre ?

— Pour toi, peut-être, pas pour moi.

Sur ces mots, Jeannette saisit son sac à main sur la table.

— Je vais être en retard pour le café auquel je suis invitée par une organisation charitable, Harriet. Tu aurais dû me prévenir que tu venais, j'aurais modifié mon emploi du temps.

Sa fille ramassa son attaché-case.

— Mon voyage à Belvédère est beaucoup plus important que ta foutue réunion mondaine ! s'écria-t-elle en suivant sa mère vers l'entrée de l'appartement.

— Ne sois pas vulgaire. Je ne t'ai pas élevée pour que tu me parles sur ce ton. Il faut voir là sans doute l'influence de cette petite traînée de Rosa !

— Comment oses-tu parler d'elle de cette façon ? Tu ne l'as vue qu'une fois et tu ne sais rien d'elle. J'en ai plus qu'assez que tu la considères comme une moins que rien.

Elles s'affrontèrent en silence. Tout à coup, Jeannette sortit sur le palier, sa fille sur ses talons, et claqua la porte derrière elle avant de s'éloigner à grands pas en direction de l'ascenseur.

— Ne t'enfuis pas, maman, s'exclama Harriet en lui attrapant le bras pour l'immobiliser. Cette discussion doit avoir lieu. Qu'est-ce qui se passe ? Pourquoi la détestes-tu autant ?

La colère de Jeannette semblait émaner de son corps en vagues furieuses.

— C'est une petite pute : divorcée avant ses vingt et un ans, travaillant dans ce bureau minable de

Paddington avec la lie de la société… La fange finit par éclabousser, Harriet, sa réputation va bientôt déteindre sur toi si tu maintiens ces liens stupides avec elle.

Sa fille l'écoutait, bouche bée.

— Rosa n'est pas une putain, articula-t-elle. Je viens te dire que je pars demain à Belvédère pour quinze jours, et je ne récolte que du venin.

Jeannette entra dans l'ascenseur et appuya sur le bouton du rez-de-chaussée.

— Tu es une grande fille. Tu n'as pas besoin de me tenir au courant de tes projets. En particulier quand ils concernent cet endroit.

— Parfait, répliqua la jeune femme en entrant à ses côtés.

Devant le regard glacial de Jeannette, Harriet hésita. Elle savait que sa mère désapprouverait son départ, mais son attitude se situait au-delà du raisonnable. Elle prit la main de sa compagne, qui ne réagit pas à son contact.

— Je veux juste que tu acceptes mon amitié avec Rosa et Catriona et que tu te réjouisses pour moi. Elles m'ont accueillie quand tu étais en voyage et m'ont offert de l'affection et de la gentillesse, même quand tu exprimais clairement que tu ne les appréciais pas. Je t'en prie, maman, montre-toi compréhensive !

— Tu prends tes propres décisions, dit Jeannette en dégageant sa main, mais ne compte pas sur moi pour applaudir.

Alors que les portes métalliques s'écartaient enfin devant elles avec un léger murmure, elles passèrent de l'air conditionné à la chaleur étouffante du parking en sous-sol.

— Je suis désolée que tu ne m'approuves pas, maman, mais ne crois-tu pas que ta jalousie dépasse les bornes?

Jeannette la fixa un long moment avant de déverrouiller sa BMW.

— La jalousie n'est pas un sentiment dont je suis coutumière. Dieu me garde d'envier ces gens horribles.

— Oh, bon sang!

Sa mère tourna la tête vers elle, ses yeux bleus lançant des éclairs.

— Ils t'ont peut-être offert le gîte et le couvert pendant tes vacances, mais cela ne signifie pas que je doive me montrer reconnaissante. C'est moi qui suis ta mère, Harriet, pas Dame Catriona Summers. Tu ferais bien de te le rappeler.

— Bien sûr, tu es ma mère! Qu'est-ce que tu entends par là?

— Je te demande simplement de ne pas pleurer le jour où tu vas tomber de haut.

Harriet fronça les sourcils. Le comportement de Jeannette envers l'affection que lui apportait cette famille avait toujours été un sujet de discorde, mais, cette fois, sa réaction ne semblait pas seulement motivée par l'envie mais se teintait de mépris, presque de dégoût. Bien, se dit-elle en montant dans sa MG dont elle abaissa la capote, il ne sert à rien d'ajouter quoi que ce soit, pas même au revoir.

Tom trouva Belinda Sullivan dans le réfectoire, Max était couché près de la table, le museau sur ses pattes, suivant de ses yeux bruns chaque bouchée d'œufs au bacon que sa jeune maîtresse portait à sa bouche.

— Salut, Tom, s'écria-t-elle gaiement en donnant le dernier morceau de charcuterie à son berger allemand. Que puis-je faire pour toi ?

Son collègue tira une chaise et s'assit en contemplant sa compagne. Ses cheveux, épais et bouclés, avaient la même couleur que ses yeux brun foncé. Grande et dotée de courbes généreuses, elle était toutefois parfaitement musclée, sans doute grâce aux années passées à chevaucher dans les grands espaces et à manier des balles de foin avec ses frères.

— J'ai besoin que tu me rendes un service, annonça-t-il.

— Je m'en doutais, murmura-t-elle en posant sur lui un regard paisible. Vas-y. De quoi s'agit-il ?

Il décida d'aller droit au but.

— Tu connais Lady Catriona Summers, n'est-ce pas ?

Elle hocha la tête en souriant.

— Qu'est-ce qu'il y a ? Tu fais la chasse aux autographes, à ton âge ?

— Non, C'est un petit peu plus sérieux que ça.

Après un bref coup d'œil alentour pour s'assurer que personne ne pouvait l'entendre, il poursuivit :

— J'ai besoin d'aller à Belvédère pour m'entretenir avec elle, et je pensais que tu pourrais venir avec moi, puisque tu la connais quasiment depuis toujours. C'est une affaire un peu délicate, il serait préférable que je sois accompagné d'une femme, conclut-il.

— Catriona a été une seconde mère pour moi, répondit-elle, le visage grave. Tu ferais mieux de m'expliquer exactement de quoi tu parles.

Harriet prit son tour au volant. Rosa et elle avaient décidé de se rendre en voiture à Belvédère, pour changer. Après avoir pris l'avion pour Rockhampton le matin, elles avaient loué une voiture et se dirigeaient maintenant vers Drum Creek.

Malgré une bonne nuit de sommeil, elle se sentait encore tourmentée par sa dispute avec sa mère. Il fallait pourtant qu'elle se concentre, car, sur ces routes faussement tranquilles de l'outback, les trains routiers pouvaient surgir de n'importe où, obligeant à se garer de toute urgence sur le côté.

Rosa effleura ses cheveux pour vérifier que ses mèches, qu'elle avait abondamment striées de rose vif à l'occasion des vacances, étaient en place. La cour de justice n'appréciant pas ce genre de fantaisie, elle avait décidé de s'amuser comme elle l'entendait dès qu'elle n'était pas au bureau.

— Quel bonheur d'être de nouveau sur ces grandes routes ! s'exclama-t-elle. Bien que Connor ait proposé de venir nous chercher.

Elle jeta un coup d'œil de côté à sa compagne.

— Tu sais qu'il est toujours célibataire, ajouta-t-elle. Tu es sûre qu'il ne te plaît pas, Hattie ?

Harriet fit une grimace.

— Ne commence pas, grogna-t-elle, les imprécations de ma mère me suffisent amplement.

— Tu sais qu'il est charmant. Même Belinda continue à soupirer après lui, au bout de tout ce temps.

— Il est séduisant. Force, mutisme et virilité peuvent constituer un mélange parfait si c'est ce qui te fait rêver, mais je te rappelle que c'est ton frère et que ce serait un inceste. Ajoutons que ma mère aurait une attaque si je devais m'acoquiner avec lui.

Rosa s'esclaffa.

— Ouais… je ne suis pas dupe, Harriet Wilson. Je suis sûre que tu ne vas pas pouvoir résister encore très longtemps. Il y a vraiment des moments où je suis contente d'avoir Catriona, poursuivit-elle avec un soupir. Je n'ai pas besoin de lui rendre des comptes comme tu sembles devoir le faire avec ta mère.

Sa compagne lui jeta un coup d'œil amusé. En voyant cette jeune femme, déjà divorcée, aux yeux outrageusement maquillés, à la coiffure rose hérissée et aux vêtements multicolores, qui aurait pensé qu'elle était la force agissante d'un petit cabinet d'avocats qui défendait la veuve et l'opprimé ? Ni sa situation modeste, ni sa charge de travail monumentale ne semblaient pourtant entamer son goût de la vie. Harriet était enchantée qu'elles soient restées proches, en dépit de la désapprobation de sa mère.

— Je suis ravie que nous ayons l'occasion de passer deux semaines ensemble, s'exclama-t-elle. Mais quel dommage que Belinda n'ait pas pu se libérer ! Être de nouveau toutes les trois aurait été formidable !

— Avec toute la paperasse qu'elle doit gérer et ses démêlés avec les dealers de drogue, je ne l'envie pas.

— Pour ma part, il a fallu que je me débrouille pour libérer un peu de temps. Mais toi ? Je suis surprise que tu aies pu t'échapper du bureau.

— Je n'ai pas eu de coupure depuis des mois. Le travail va s'accumuler, mais l'anniversaire de maman est plus important. De plus, j'ai besoin de retrouver de temps en temps le vent dans mes cheveux et le soleil sur mon visage, ajouta-t-elle d'un air espiègle. À condition, bien entendu, que cela ne dure pas trop longtemps, car toute cette étendue vide, paradoxalement, me rend claustrophobe! En fait, j'adore vivre à Sydney.

Harriet n'était pas sûre de pouvoir en dire autant. Le chaos du trafic matinal ne lui manquait pas, ni la foule sur les trottoirs. À l'inverse de Rosa, elle savait depuis longtemps qu'elle aimait le vaste univers de l'outback, où elle se sentait parfaitement à l'aise.

— Tu dois être impatiente de revoir Connor, dit-elle après un silence.

— Bien sûr. Nous ne nous sommes pas vus depuis trop longtemps. Il est vrai que nous vivons dans des mondes tellement différents que nous n'avons plus grand-chose à nous dire au bout de tant d'années. De toute façon, ce n'est pas un grand bavard, déclara Rosa en s'adossant confortablement à son siège. Il va probablement nous raser avec le prix du bétail et le cours du bœuf au marché. Mais je suis contente de revoir maman. Je ne suis pas retournée à Belvédère depuis plus d'un an et le fait de ne se parler qu'au téléphone est frustrant. Bon, réveille-moi quand ce sera mon tour de prendre le volant, conclut-elle en bâillant bruyamment.

Assise devant sa coiffeuse, Catriona examina son reflet dans le miroir. Les nuits blanches et les pensées sombres avaient quelque peu altéré son teint. Après s'être maquillée et coiffée avec un soin particulier, elle prit son rang de perles dans sa boîte à bijoux, attacha le collier à son cou et fixa ses boucles d'oreilles assorties.

Quand elle se leva pour lisser sur ses hanches sa robe droite couleur crème, ses bagues de diamant scintillèrent dans le soleil. Elle ne pouvait faire mieux.

Les filles arrivant aujourd'hui, il n'était pas question qu'elle laisse apparaître devant elles la moindre trace de préoccupation.

Au son d'une voiture qui approchait, elle se précipita vers l'entrée, poussa violemment la moustiquaire et arriva au bas du perron en même temps que le véhicule.

— Maman !

Rosa l'enlaça avec une telle force qu'elle faillit la faire tomber.

— Catriona ! s'écria Harriet en passant un bras autour de son épaule.

Elle les serra très fort contre elle, refusant de les libérer. Ses enfants étaient de retour. Tout irait bien maintenant.

22

Laissant Catriona et sa fille échanger leurs nouvelles, Harriet sortit sur la véranda. D'après les murmures mêlés de rires qui provenaient du salon, elle comprit que Rosa régalait sa mère de ses exploits citadins.

Elle s'appuya sur la balustrade et respira profondément l'air tiède et parfumé, consciente du sentiment de plénitude qui l'envahissait chaque fois qu'elle se trouvait à Belvédère. Alors qu'elle contemplait le ciel immaculé, où le soleil au zénith répandait une brume de chaleur sur la grande cour, les dépendances et les corrals, elle aperçut Connor qui, visiblement occupé à décharger de nombreux bovins d'un train routier, la saluait de loin en frôlant du doigt le rebord de son chapeau.

D'un signe de la main accompagné d'un sourire, elle lui rendit son salut, puis longea la véranda, jusqu'à l'arrière de la maison. La vue qui s'étendait devant ses yeux était magnifique. Des milliers d'hectares d'herbe jaune et drue se balançaient sous la brise, parsemés çà et là d'eucalyptus aux branches affaissées dont l'ombre squelettique était à peine discernable.

Assise dans le vieux fauteuil canné, elle laissa son esprit dériver vers le souvenir des nombreuses vacances qu'elle avait passées à la station. Catriona avait à peine changé, au long de toutes ces années. Ses cheveux arboraient le gris ravissant que seuls les cheveux très foncés savent acquérir, ses yeux avaient gardé leur couleur d'améthyste et sa peau restait sans défaut. Il était difficile d'imaginer qu'elle allait avoir soixante-sept ans.

— Je croyais que tu avais disparu. Tiens, ceci te fera du bien.

Rosa, pieds nus sur le plancher de la véranda, lui tendit un verre rempli de glaçons et se laissa tomber sur le fauteuil voisin avec un soupir d'aise.

— N'est-il pas un peu trop tôt pour boire ? protesta Harriet.

Sa compagne plissa les yeux vers le ciel.

— Le soleil est au-dessus de la grange. C'est une heure raisonnable.

— Où est Catriona ? Comment se fait-il qu'elle ne vienne pas partager notre gin ?

— Le téléphone vient de sonner, elle sera là dans une minute.

Rosa posa son verre sur le sol et alluma une cigarette.

— Elle m'inquiète un peu, reprit-elle en soufflant la fumée en l'air. Je la trouve fatiguée et j'ai l'impression qu'elle est soucieuse.

Harriet jeta un coup d'œil à son amie.

— As-tu une idée de ce qui pourrait la préoccuper ?

— Aucune. Je lui ai posé la question, mais elle m'a simplement répondu qu'elle ne dormait pas bien, ce qui me surprend. Maman a toujours dormi comme une souche. Quelque chose ne va pas, je le sens.

— Peut-être faudrait-il qu'elle fasse un vrai check-up ?

— Je le lui ai suggéré, mais elle refuse.

— Aucun docteur ne me tripotera, décréta Catriona qui surgit en marchant bruyamment. Et je vous serais reconnaissante de ne pas parler de moi derrière mon dos.

Harriet et Rosa sursautèrent comme deux enfants prises en faute.

— Si tu ne nous dis pas ce qui te tracasse, que pouvons-nous faire sinon imaginer le pire ? demanda Rosa avec fermeté.

Leur jetant un regard sévère, Catriona s'assit à son tour.

— Je te l'ai déjà dit, j'ai des problèmes de sommeil. C'est probablement parce que je mange trop. Est-ce que je vous ai déjà raconté comment j'ai découvert cet endroit ? articula-t-elle soudain.

Sans attendre leur réponse, elle poursuivit :

— J'en rêvais depuis que j'étais enfant, vous savez. J'étais passée là-haut, expliqua-t-elle en désignant les collines à l'ouest. Simplement, je ne savais pas le temps qu'il me faudrait avant que mon rêve ne devienne réalité, et voilà que je suis ici depuis trente ans.

Son visage s'éclaira d'un sourire tandis qu'elle levait son verre.

— Allons, buvons aux trente années à venir.

Consciente du regard scrutateur de Harriet, elle sentit que son enjouement artificiel ne l'avait pas convaincue. Soudain, elle se leva de son fauteuil.

— Bon, assez bavardé, déclara-t-elle. Il est temps d'aller se doucher et de dîner, j'imagine que vous êtes fatiguées et vous savez que tout le monde s'active de bonne heure ici, il faut donc que nous ne nous couchions pas trop tard. Je vous ai installées dans la même chambre, ce qui vous évitera de vous faufiler toute la nuit dans le couloir pour bavarder.

Harriet ne put s'empêcher de jeter un coup d'œil à sa montre. À sept heures et demie, le soleil effleurait à peine le sommet des collines.

— Je sais que c'est très tôt par rapport aux horaires que vous adoptez en ville, poursuivit Catriona, mais ici les règles sont différentes. Il faut profiter de toutes les minutes de clarté car on ne peut travailler avec le bétail la nuit.

Elle se dirigea vers la porte d'entrée.

— J'ai tout ce qu'il faut pour manger. Les hommes vous ont sans doute vues arriver et je préfère que vous n'alliez pas parader au réfectoire. Connor a déjà fort à faire pour les obliger à se concentrer sur leur travail.

— Bon sang, s'écria Rosa en la suivant. Ils se comportent comme s'ils n'avaient jamais vu une femme de leur vie ! Ce n'est pas comme si nous étions des inconnues !

— Vous n'êtes plus des enfants. De plus, j'aimerais que tu te couvres un peu plus, Rosa. La dernière fois, il a fallu des semaines pour calmer tout le personnel masculin, alors que c'était la période la plus active de l'année !

— D'accord ! dit Rosa en lui plantant un baiser sur la joue. Je vais songer à m'habiller en nonne ! « Home, sweet home ! », ajouta-t-elle en ouvrant la moustiquaire. Bon, je suis prioritaire pour la douche !

À peine eurent-elles pénétré dans la chambre que Connor apparut sur le pas de la porte. Rosa se jeta dans ses bras avec un cri de joie.

— Je n'ai pas le temps de rester, expliqua-t-il en se dégageant pour embrasser Harriet. Je suis heureux de vous voir, et il semble que je ne suis pas le seul ! Tous les hommes vont travailler tard ce soir car nous venons de recevoir des animaux. Je compte sur vous pour ne pas trop les perturber ! Je vais déjà avoir un mal fou à les maintenir à leur tâche.

— Tu sais, mon frère, que tu deviens un vieux ronchon, s'écria Rosa. Pas étonnant qu'aucune femme ne veuille de toi !

Sans lui laisser le temps de répondre, elle attrapa sa trousse de toilette et s'éloigna dans le couloir.

Après une nuit paisible, Catriona s'attaqua avec appétit à son petit déjeuner. La présence des enfants semblait avoir dissipé toutes ses idées noires. Une fois son assiette vide, elle but son thé et posa la vaisselle sale dans l'évier.

— Je vais voir la femme de Billy, déclara-t-elle. Il faut qu'elle nettoie cet endroit avec les autres *lubras*[1] avant que les hordes d'invités ne nous tombent dessus.

Elle écarta d'un geste l'offre de service des deux jeunes femmes.

— Vous êtes ici en vacances. Dans la mesure où je n'ai pas l'intention de faire mon propre ménage, je ne vois pas pourquoi vous feriez le vôtre.

— Mais cela nous est égal, protesta Harriet.

1. Lubra : femme aborigène.

— Pas à moi. Trouvez quelque chose d'agréable pour vous occuper le reste de la journée. La jeunesse ne doit pas passer son temps en tâches ingrates.

Harriet et Rosa échangèrent un regard tandis que Catriona sortait bruyamment du bâtiment. Elles suivirent le martèlement de ses bottes sur le sol de la véranda puis l'entendirent interpeller l'un des hommes en le priant de se remettre au travail au lieu de traîner sans rien faire.

— Ils ont dû casser le moule après sa naissance, murmura Harriet. Elle est unique au monde.

— Je la trouve surtout fatigante, grogna Rosa. Elle ne laisse jamais personne l'aider et se montre aussi têtue qu'une mule. Tu as vu comme elle nous a menti en prétendant que sa santé était parfaite et qu'elle n'a aucun sujet de préoccupation particulier… Je lui trouve cependant meilleure mine ce matin, poursuivit-elle.

— Oui. Elle a complètement esquivé la question. À moins de lui arracher les ongles, nous ne saurons jamais ce qui la tracasse.

— Bon, si nous prenions de quoi manger et que nous nous rendions dans notre coin de pique-nique favori ? Maman semble avoir fait des provisions pour un régiment.

Alors qu'elles préparaient le panier, Rosa continua.

— Pas étonnant que maman ait eu un tel talent sur scène, dit-elle en enveloppant les sandwichs dans du papier sulfurisé. C'est une actrice-née.

— Oui, elle a aussi failli me convaincre.

— Je ne te l'ai jamais dit, mais quand j'étais petite, je voulais devenir actrice, déclara Rosa en prenant une bouteille de vin qu'elle rangea dans la sacoche de selle. J'ai même envisagé de faire une carrière à l'opéra.

— Tu veux rire ! Avec ta voix !

— Je ne savais pas qu'elle était aussi terrible, à l'époque. Mais quand j'ai eu douze ans, un professeur de chant désespérément honnête m'a dit qu'il préférait écouter un chœur de crapauds et que je devrais envisager un autre métier. Réaliste dans l'âme, j'ai accepté son jugement. Je pense que maman s'est sentie très soulagée. Elle a dû beaucoup souffrir en m'entendant répéter et je la soupçonne d'avoir déniché ce type uniquement pour me faire taire.

— Disons que le domaine juridique a gagné une diva d'un autre genre. Tu n'auras peut-être pas les rappels et les fleurs, mais tu as trouvé ce que tu fais le mieux. Je m'en tiendrais là, si j'étais toi.

Connor avait passé la matinée à vérifier les comptes et à passer quelques coups de téléphone à différents fournisseurs. Il n'avait cessé d'être interrompu par des hommes venant lui poser des questions qu'ils auraient pu résoudre par eux-mêmes s'ils s'en étaient donné la peine. Avec un soupir d'exaspération, il referma bruyamment les livres de comptes et les laissa sur la table.

Son bureau consistait en une pièce carrée qui avait été ajoutée sur un côté du réfectoire. Bien que le ventilateur de plafond fasse de son mieux pour brasser un peu d'air, le souvenir odorant de milliers de repas flottait toujours entre les murs étroits. Il repoussa sa chaise et sortit pour voir si le travail se déroulait sans anicroche.

Billy, assis dans l'ombre de la remise aux machines, roulait une cigarette entre ses doigts habiles.

— Bonjour, patron, articula-t-il d'une voix traînante, en fixant sur Connor ses yeux rougis sous une mèche de cheveux grisonnants.

Le jeune homme contempla l'aborigène. Personne ne connaissait exactement son âge. Peut-être Billy lui-même ne le connaissait-il pas ? Ce personnage irremplaçable, qui lui avait appris tout ce qu'il savait, restait son mentor et son meilleur ami.

— Bonjour. Tu as fini avec le pick-up ?

— Oui, répondit-il en allumant sa cigarette. Elle fonctionne, mais la boîte de vitesses est fichue. Il va falloir songer à la changer.

Connor opina de la tête. Il n'était pas surpris. Le véhicule avait tellement de kilomètres au compteur que le simple fait qu'il démarre encore était un miracle. Si Billy n'avait pas été un mécanicien aussi doué, la camionnette aurait été hors d'usage depuis longtemps.

Alors qu'il était sur le point de s'éloigner, la voix de l'aborigène l'arrêta.

— Qu'est-ce qui se passe avec notre honorable Dame ? Elle est malade ?

— Pas que je sache.

Intrigué, le jeune homme le regarda fixement. Dès que quelque chose se passait ici, tout le monde était au courant, mais il était surpris d'entendre dire que Catriona pouvait être malade. Elle semblait aller bien la veille au soir, peut-être était-elle un peu fatiguée, mais cela n'avait rien d'étonnant étant donné les préparatifs qu'elle devait organiser pour sa réception.

— Pourquoi dis-tu cela, Bill ? Qu'as-tu remarqué ?

— Rien. Je suis las, c'est tout.

— Tout le monde est las en cette période de l'année.

— C'est un plaisir de revoir Rosa, déclara Billy. Elle a drôlement grandi, comme mes garçons. Les années passent vite, patron. Le temps sera bientôt venu pour moi d'entreprendre le grand voyage et de faire la paix avec les esprits.

Le jeune homme fut choqué d'entendre cette déclaration de la part de l'être qu'il admirait le plus depuis l'enfance. Billy ne pouvait pas être aussi vieux !

— Tu es encore plein de vie, vieux grigou ! s'écria-t-il. Qu'est-ce que la patronne ferait sans toi pour réparer tout le matériel et raconter de belles histoires ? Si tu as besoin de quelques jours de congé, prends-les. Je vais avoir besoin de toi encore un bon moment, alors ne t'avise pas de disparaître.

Secouant lentement la tête, son interlocuteur prit une expression songeuse.

— Quand les esprits chantent à nos oreilles, il faut leur obéir, dit-il doucement. La patronne sait ce que cela signifie.

Connor scruta le visage ridé. Billy lui avait appris les histoires du Temps des Rêves. Petit garçon, il avait passé des heures à écouter sa voix chantante, lorsqu'il lui expliquait l'importance du grand voyage final. Toutefois, il savait qu'il existait dans la culture aborigène d'autres forces à l'œuvre, plus puissantes, plus mystérieuses et qu'aucun individu blanc, pas même lui, ne pouvait expliquer logiquement.

— Qu'est-ce que tu essaies de me dire, Billy ?

Le vieil homme fixa le lointain.

— Quand les esprits chantent, il nous faut les suivre, répéta-t-il.

Les yeux couleur d'ambre, recelant des siècles de savoir, se posèrent sur le jeune homme.

— C'est la même chose pour la patronne, reprit-il. Simplement, la chanson qu'elle entend n'est pas la même.

— Ne dis pas ce genre de choses devant elle, répliqua Connor d'un ton rogue. Elle va t'étriper.

— Elle ne se laisse pas faire, ça oui. Ne t'inquiète pas, elle n'est pas encore prête pour le grand voyage.

Fronçant les sourcils, Connor aurait aimé questionner son compagnon plus étroitement, mais le vieil homme se leva et partit d'un pas tranquille, mettant fin à la conversation. Le directeur de Belvédère se dirigea vers la maison. Toute cette histoire le perturbait, il voulait savoir ce qui se passait.

Alors qu'il atteignait le perron, Rosa ouvrit la moustiquaire et sortit sur la véranda, suivie de près par Harriet. Toutes deux paraissaient d'excellente humeur.

— Vous avez l'air en forme, on dirait? s'exclama-t-il.

— Cela ne pourrait pas aller mieux, nous partons faire un pique-nique.

Connor se dit aussitôt qu'il avait réagi de façon excessive à l'une des flambées d'imagination mystérieuses de Billy. Si quelque chose clochait avec leur mère, Rosa le saurait. Apparemment, il n'avait pas de raison de s'inquiéter. Il sourit à sa sœur, ayant toujours autant de mal à associer cette jeune femme sophistiquée à l'enfant terrible qu'elle avait toujours été.

Elle ferma à demi les paupières pour mieux l'étudier.

— Est-ce que tu as des chevaux décents à nous proposer? J'ai besoin de vitesse et d'énergie.

Connor frotta la cicatrice de son menton, s'efforçant de paraître dubitatif. Rosa était une cavalière démoniaque, un peu trop enthousiaste et audacieuse à son goût, mais il pouvait cependant lui faire confiance pour respecter les chevaux. Il se tourna vers Harriet.

— Je suppose qu'il s'agit d'une commande pour deux de nos coursiers rapides comme l'éclair?

La jeune femme lui sourit.

— Bien sûr, tu me connais, Connor. Je ne peux pas laisser Rosa fanfaronner de façon aussi indécente!

— Pourquoi ne viens-tu pas aussi? demanda Rosa à son frère. Cela ne te ferait pas de mal de te détendre.

Il secoua la tête.

— Il y a trop à faire ici, répondit-il avec regret.

Soudain, il eut une inspiration.

— Pourquoi ne nous promènerions-nous pas ce soir? Vous vous souvenez de nos voyages avec Billy?

Le regard de Rosa devint rêveur.

— Oh oui. Comment l'oublier?

— Nous pourrions peut-être même persuader Ma de venir avec nous? Comme autrefois.

Rosa se tourna vers Harriet.

— Tu te rappelles notre première randonnée dans la Voie lactée? C'était incroyable, n'est-ce pas?

L'idée de sortir en pleine nuit, de laisser de côté toutes les préoccupations matérielles et de se laisser porter jusqu'aux étoiles était irrésistible.

— Merveilleux, reconnut son amie avec un soupir.

Connor les accompagna bras dessus bras dessous jusqu'à la sellerie. Une fois qu'elles eurent enfilé des bottes, elles finirent de se préparer, enfourchèrent leur monture, et s'éloignèrent. Il les suivit des yeux un moment. Sa sœur avait choisi le rouan versatile, comme il l'avait supposé, alors que Harriet s'était décidée pour l'alezan, un hongre magnifique, doté d'une assurance de la taille du Queensland.

— Voilà un spectacle bien agréable, déclara l'un des conducteurs de troupeaux qui passait près de lui.

23

Tom Bradley jeta un coup d'œil vers Belinda et ne put s'empêcher de sourire. Elle n'appréciait apparemment pas ce voyage dans les airs comme en témoignaient la nuance légèrement blême de sa peau tannée et la façon dont ses doigts agrippaient l'accoudoir.

Comme si elle lisait dans ses pensées, elle fit une grimace, les yeux fermés.

— Je ne sais pas pourquoi j'ai accepté de venir avec toi alors que je déteste voler, déclara-t-elle, les dents serrées. Ce foutu truc risque de s'écraser à tout instant.

— Cet hélicoptère est parfaitement sûr, cria-t-il dans le micro attaché à son casque. Il a été vérifié et le pilote est très expérimenté. N'est-ce pas, mon gars ?

— Très juste, lança le vétéran de la guerre du Viêt-nam par-dessus son épaule, la voix presque recouverte par les bruits fracassants de l'appareil. Ce zinc et moi, c'est une vieille histoire. Il n'oserait pas tomber après toutes ces années passées ensemble.

Pour appuyer son propos, il imprima à l'hélicoptère un balancement suivi de quelques virages serrés.

Ayant eu, pendant le conflit, plus d'une centaine de missions à son actif, il pilotait toujours comme s'il était sous le feu de l'ennemi, seule façon valable de voler, selon lui.

Tom tapota la main de sa compagne.

— Tu vois, pas d'inquiétude à avoir. Tout ira bien.

— Vous ne doutez de rien, les gars. Vous croyez qu'il suffit d'un mot des chevaliers du ciel pour se détendre et n'avoir aucune appréhension ? Et si nous rencontrions une bande d'oiseaux ? Et si le vent se levait ? Ou…

— Fais-moi confiance.

Cet argument qui n'en était pas un valut à Tom un regard teinté de mépris. Décidant d'abandonner sa collègue à ses craintes, l'inspecteur se concentra sur le paysage qui défilait devant ses yeux. Au-dessous de l'appareil se déroulait l'outback australien, telle une courtepointe en patchwork, dont les motifs verts et jaunes auraient été cousus ensemble par des rangées d'arbres, des plaques de sel et des chaînes de montagnes. Les prairies infinies, parsemées de trous d'eau et de petits lacs, cédaient la place à des ensembles de roches et de cascades, puis à des étendues ocre poussiéreuses, elles-mêmes suivies d'hectares de blé qui ondulaient comme un océan jaune sous le souffle de l'hélice. Tom éprouva de nouveau le sentiment de fierté qui le saisissait toujours quand il voyageait à travers son pays. C'était sa terre, son héritage, et celui-ci ne ressemblait à aucun autre endroit du monde.

Il se tourna de nouveau vers Belinda, désireux de partager avec elle ses impressions, mais elle se tenait rigide sur son fauteuil, les yeux fermés et les mains crispées. Dans cet état, elle serait incapable d'apprécier quoi que ce soit, songea-t-il. L'observant un moment, il ne put s'empêcher d'admirer la bataille qu'elle livrait contre sa peur de voler. Elle était un bon officier de police, une collègue très agréable et, de surcroît, un être d'une droiture et d'une rigueur extrêmes. Il n'avait pas eu de mal à la persuader de l'accompagner, une fois qu'il lui avait expliqué pourquoi il devait interroger Catriona Summers. À l'intérêt de ce voyage, il fallait ajouter la cerise sur le gâteau : quelques jours hors de la présence de Wolff.

Belinda poussa un grognement tandis que l'hélicoptère effectuait un large virage en direction de l'ouest, puis descendait très bas au-dessus des arbres.

— Combien de temps cette torture doit-elle encore durer ?

Tom l'étudia un instant. La nuance verdâtre de sa peau s'intensifiait.

— J'espère que tu ne vas pas vomir ? demanda-t-il d'un ton incertain.

— Si je le fais, c'est toi que je viserai.

Il réprima un rire.

— Nous devrions être là-bas dans deux heures. Essaie de te concentrer sur autre chose.

— Je doute d'y arriver, et si tu oses te moquer de moi, je te tue.

La pauvre ! En dépit de sa belle assurance, elle avait donc un point faible. La vie dans une station de l'outback ne l'avait visiblement pas préparée à batifoler dans les airs en compagnie de Sam Richmond.

Tom observa les mouvements de l'appareil tandis que Sam négociait la traversée de la grande cordillère. Ils se rapprochaient de Belvédère. Avec

Belinda à ses côtés, il pouvait espérer persuader Catriona Summers de lui parler. Si elle s'y refusait, il fallait s'attendre à des complications. Son patron avait clairement indiqué qu'il espérait des résultats concrets de cette visite.

Harriet et Rosa étaient sorties pendant plusieurs heures. En approchant de Belvédère, elles mirent leurs chevaux au pas, presque avec réticence à l'idée de quitter les grands espaces qu'elles venaient de retrouver avec un tel bonheur. La chaleur intense, qui vibrait comme un mirage au-dessus de la maison et des dépendances, donnait aux arbres l'aspect d'objets étranges surgissant des flots d'une mer agitée. Sous un bosquet d'eucalyptus, au cœur des hautes herbes, quelques kangourous somnolaient dans un désordre languide, leurs oreilles semblant pivoter à leur insu au passage des nuages oscillants de mouches infatigables. Un instant intéressés par l'arrivée des cavalières, ils retournèrent à leur léthargie. Dans le bush résonnant du bourdonnement de millions d'insectes, les oiseaux se taisaient comme s'ils n'avaient même plus l'énergie de s'exprimer dans une telle chaleur.

— Qu'est-ce qu'on entend ? s'écria Rosa en arrêtant son cheval, la main en visière.

— On dirait le son d'un hélicoptère, murmura Harriet en parcourant des yeux le ciel immaculé. Oui, regarde là-bas.

— Bon sang, marmonna Rosa en poussant sa monture au trot. Il vient de ce côté et va semer la panique dans les enclos.

Alors qu'elles entraient en galopant dans la cour, elles y retrouvèrent Connor et les autres hommes qui se rassemblaient pour voir d'où venait ce vacarme. Elles sautèrent à terre au moment où l'appareil survolait le paddock de la maison, soulevant la poussière qui s'élevait en tournoyant, sous la forme d'un nuage aveuglant. Fouettés par le souffle, les arbres, s'inclinaient au-dessus de l'herbe couchée. Les vaches reproductrices allaient et venaient en galopant, au son des aboiements frénétiques des chiens, tandis que les chevaux, les oreilles baissées et les yeux écarquillés de terreur, trépignaient et se cabraient, balayant l'air de leurs pattes avant de foncer vers le fond du corral. C'était le chaos.

Harriet et Rosa luttèrent pour calmer leurs montures, mais dans la furie aveuglante de la tempête de poussière, elles furent secouées dans tous les sens, manquant d'être jetées à terre et piétinées. Harriet ne voyait et n'entendait plus rien, hormis l'horrible bruit de mitraillette de l'hélice et les cris terrifiés de son cheval. Elle n'avait aucune idée de la direction dans laquelle elle avançait, dans cette poudre rouge et poisseuse. Le hongre tirait si fort sur les rênes qu'elle n'allait pas tarder à devoir le lâcher. Il fallait pourtant qu'elle tienne bon et trouve un abri, car si l'animal se libérait, il finirait sûrement par se blesser.

Alors qu'un bras vigoureux lui enserrait la taille, une main experte se posa au-dessus de la sienne et saisit les rênes. Elle constata qu'elle était guidée à travers la tourmente en direction de l'écurie. Une fois à l'abri, elle s'essuya les yeux et tenta de retrouver sa respiration pour remercier son sauveur.

— Tout devrait bien aller maintenant, mademoiselle, dit Billy en s'efforçant de calmer le cheval.

Son visage sombre se fendit en un large sourire, mais ses yeux d'ambre ne comportaient aucune trace de gaieté tandis qu'il tournait la tête pour regarder l'engin qui venait de se poser au milieu du paddock.

— Bande d'imbéciles, marmonna-t-il. Ils sont venus semer le trouble.

— Merci, Billy, articula-t-elle en s'épongeant le visage de son mouchoir. Je ne sais pas ce que j'aurais fait sans votre aide.

— Ce n'est rien. Allez voir la patronne. Elle a besoin de vous.

— Tu viens, Hattie ? hurla Rosa. Je vais dire à ces abrutis ce que je pense d'eux.

— Je vous rejoins dès que j'ai fini de m'occuper des chevaux, s'écria Connor en les voyant s'éloigner. Reste correcte, Rosa, ajouta-t-il. N'oublie pas que tu es supposée être une Lady.

— Fais-moi confiance !

Harriet n'était pas non plus d'humeur à échanger avec leurs visiteurs des propos mondains. Le danger qui les avait menacés à cause de ces idiots avait été réel. Plus elle avançait, plus sa colère s'accroissait.

L'hélice, qui tournait toujours, les força à s'arrêter à la barrière du paddock. La porte de l'appareil s'ouvrit, et deux silhouettes émergèrent l'une derrière l'autre. Pliées en deux, elles s'approchèrent en courant, avec, à la main, un sac qui rebondissait sur leurs jambes.

— On dirait qu'ils ont l'intention de rester, dit Rosa. Ils nous prennent pour un camping, ou quoi ?

La réponse de Harriet se perdit dans le rugissement de l'hélicoptère qui s'élevait de nouveau, puis s'éloignait en direction des collines. Dans le souffle géant qui menaçait de leur faire perdre l'équilibre, le visage fouetté par leurs cheveux, les deux jeunes femmes se cramponnèrent à la barrière.

— Désolé. J'espère que personne n'a été blessé?

Rosa et Harriet se retournèrent dans un ensemble parfait et fixèrent avec stupéfaction l'homme aux cheveux sombres qui s'adressait à elles.

— Si c'est le cas, ce n'est pas grâce à vous! s'écria Rosa au-dessus du vacarme.

— Qu'est-ce qui vous a pris de poser ce truc si près de la maison et des écuries? C'est l'une des choses les plus stupides, inconscientes, criminelles…

Harriet prit soudain conscience d'une lueur amusée dans le regard brun qui la fixait calmement.

La compagne du nouveau venu se retourna enfin.

— J'ai dit à ce crétin de pilote que ce n'était pas une bonne idée, mais, comme tous les hommes, il n'en a fait qu'à sa tête.

— Belinda!

Toutes deux se précipitèrent vers l'arrivante et l'étreignirent chaleureusement.

— Qu'est-ce que tu fiches là? s'écria Rosa en s'écartant d'elle. Tu disais que tu ne pouvais pas venir.

En souriant, leur amie s'efforça de mettre un peu d'ordre dans sa coiffure.

— Je sais, mais un événement a modifié la donne.

— Et pourquoi l'hélico? demanda Harriet en fixant de nouveau d'un œil sévère l'homme qui leur faisait face.

Une main se tendit vers elle.

— Inspecteur Tom Bradley. Désolé de cet incident fâcheux, mais Sam s'est laissé entraîner par la passion : il se croit toujours au Viêt-nam.

Tom se perdait dans des yeux bleus magnifiques, où flottaient des paillettes vertes et violettes, évocatrices d'une mer en furie. Il remarqua la façon dont le soleil dorait les cils épais, et dont les taches de rousseur mettaient en valeur le teint délicat de ce ravissant visage poussiéreux. Les cheveux longs, qui ondulaient jusqu'aux épaules, laissaient échapper des mèches souples serpentant jusqu'aux joues et effleuraient le coin de la bouche au dessin délicat. Il aurait voulu plus que tout être l'une de ces mèches blondes et pouvoir observer les variations de ces prunelles, selon l'humeur de leur propriétaire. Un violent coup de coude dans les côtes le ramena à la réalité. N'ayant pas entendu un seul des mots qui venaient d'être échangés, il regarda Belinda, vit son expression amusée, et s'empourpra en constatant qu'il tenait toujours les doigts de la jeune femme blonde.

— Bonjour, dit-il en se raclant la gorge. Appelez-moi Tom, précisa-t-il avec une poignée de main ferme, presque brusque.

— Harriet, articula-t-elle. Et voici Rosa.

Tom s'arracha à la contemplation de son interlocutrice et découvrit un visage d'elfe au regard intelligent.

— Ravi de vous rencontrer, déclara-t-il. Excusez-nous vraiment pour cette arrivée.

Il était intéressant de mettre enfin un visage sur les personnes dont Belinda lui avait parlé, mais, si jolie soit-elle, Rosa n'arrivait pas à la cheville de Harriet, qu'il ne pouvait s'empêcher de contempler.

— Je ne savais pas que tu avais un petit ami, Belinda, dit Rosa. Tu t'es montrée très discrète. Lequel de ses défauts rédhibitoires cherches-tu à nous cacher ?

Belinda ramassa son sac et le balança sur son épaule.

— Ce n'est pas mon petit ami, c'est mon patron.
— Ton patron?
Rosa et Harriet se retournèrent vers lui.
— Pourquoi as-tu amené ton patron à la réception de maman?
Ne recevant, pour toute réponse, qu'un silence embarrassé, Rosa reprit la parole :
— Ce n'est pas une visite de courtoisie, n'est-ce pas, Belinda?
— Non, intervint Tom précipitamment, mais il n'y a rien de grave, alors pas besoin de vous monter la tête. Nous devons seulement parler à Lady Catriona.
— Pourquoi?
Les yeux magnifiques posaient sur lui un regard de défi.
— Cela ne regarde au premier chef que Lady Catriona, répondit-il avec une supplication muette. Mon patron a pensé qu'il était préférable de nous déplacer pour nous entretenir avec elle. Belinda est ici parce que je lui ai demandé de venir.
— Comment peux-tu te prêter à cela? demanda Rosa à son amie, les bras croisés. Pourquoi n'as-tu pas appelé pour nous prévenir?
— Je l'ai fait. J'ai parlé avec Catriona hier après-midi.
— Elle ne nous a rien dit, marmonna Harriet, dont les cils soyeux brillaient dans le soleil.
Tom se noyait de nouveau dans une mer turquoise. Il dut faire un sérieux effort pour rester à la fois maître de ses pensées et de la situation.
— J'ai le plus grand respect pour Catriona Summers, déclara-t-il fermement. Je n'ai donc aucune intention de faire preuve d'hypocrisie en ce qui la

concerne. Ni Belinda ni moi ne désirons la perturber. Simplement, vous devez comprendre que je dois faire mon travail.

Harriet remarqua la clarté du regard noisette, illuminé par le soleil, et les cheveux argentés qui commençaient à apparaître aux tempes ébouriffées de son interlocuteur. Leur poignée de main avait été rapide, mais franche : elle en avait retiré une impression de force, d'honnêteté et de sincérité. En face d'elle, Tom Bradley faisait un énorme effort pour maîtriser ses émotions tout en plaidant sa cause. En dehors du charme incontestable qui se dégageait de lui, elle avait le sentiment, sans le connaître, qu'elle pouvait lui faire confiance.

— Catriona sait ce qu'elle fait, déclara-t-elle en soutenant le regard de son interlocuteur, mais, en tant qu'avocates, nous avons le droit d'être présentes à vos entretiens si elle décide de coopérer avec vous.

Le visage de Tom s'éclaira, visiblement soulagé.

— Merci.

— Ne me remerciez pas, répliqua Harriet, plus détendue. Catriona n'a encore rien décidé et aucune de nous deux n'a la moindre idée de ce qui se passe.

Les deux officiers de police ignorèrent soigneusement cette grossière tentative de leur soutirer la vérité.

Le genou de Connor le brûlait violemment. Dans sa terreur, le cheval qu'il tenait lui avait donné un coup de sabot, frappant la cicatrice avec une force inattendue. Il traversa le corral en boitant, bien décidé à découvrir qui étaient les imbéciles qui avaient semé un tel chaos dans sa cour. Il voyait l'homme clairement, mais sa compagne se tenait en retrait. Peu importait, il allait leur passer un sérieux savon et les renvoyer à leurs pénates.

Alors qu'il s'approchait du petit groupe qui se tenait devant la barrière du paddock, la femme émergea de l'ombre. Elle avait quelque chose de familier qu'il n'arrivait pas à identifier, mais il savait que, s'il l'avait déjà vue, il s'en serait souvenu. Elle était magnifique. Néanmoins, ce détail n'allait pas entamer sa détermination.

— Je suis le directeur, s'écria-t-il. La prochaine fois que vous faites atterrir un hélicoptère dans l'un de mes enclos, je vous poursuis en justice !

— Des promesses, toujours des promesses. Salut, Connor, comment vas-tu ?

Brusquement, il s'immobilisa. Cette voix était inimitable.

— Belinda ?

Il regarda bouche bée le ravissant visage entouré de boucles brunes, surmontant une silhouette voluptueuse mise en valeur par un jean serré.

— Tout juste ! ça fait longtemps. Ferme la bouche, mon gars, tu vas attraper des mouches.

Spontanément, il lui obéit et s'empourpra aussitôt. Elle avait vraiment su s'y prendre pour désamorcer sa colère ! Il lui était impossible de détacher les yeux de son visage. Se pouvait-il qu'il ait devant lui cette horrible petite peste boulotte qui le suivait partout et lui pourrissait la vie ?

— Tu n'es pas mal non plus, décréta-t-elle d'un ton taquin, comme si elle lisait dans ses pensées.

— Pousse-toi, je n'en crois pas mes yeux ! s'écria Catriona en passant devant lui pour enlacer chaleureusement Belinda. C'est merveilleux de te revoir après tout ce temps!

Elle s'écarta et étudia la visiteuse.

— Oh! là, là! pas étonnant que Connor soit pétrifié! La dernière fois que je t'ai vue, tu avais des nattes et tu fonçais dans tous les sens en salopette!

Belinda la serra brièvement dans ses bras, puis recula et la fixa avec une honnêteté déconcertante.

— Écoutez, Catriona, j'aurais souhaité vous revoir dans d'autres circonstances, mais j'ai préféré accompagner Tom pour être sûre que tout irait bien.

Elle jeta un coup d'œil à son collègue.

— Nous avons pris tous les deux quelques jours sur nos vacances pour venir ici. Cette visite est donc officieuse, si vous voyez ce que je veux dire. Je suis désolée que nous arrivions à un moment si peu opportun. J'avais oublié votre fête d'anniversaire.

Catriona secoua la tête.

— Ne t'inquiète pas, chérie. Je sais que tu n'y es pour rien.

Connor comprit qu'il était inutile de chercher à comprendre ce qui se passait. Belinda était apparemment là pour des raisons relatives à son travail, mais quel rapport son arrivée pouvait-elle avoir avec sa mère? Il tourna la tête vers son ancienne adoratrice et admira ses yeux expressifs et brillants. Cette Belinda adulte, superbe, était facile à apprécier et son style lui plaisait. Apercevant le lourd sac à dos qui traînait à ses pieds, il se pencha pour le porter.

Elle le devança.

— Non! Tu avais raison autrefois quand tu me disais que je pouvais me débrouiller, lança-t-elle d'un ton enjoué en balançant le fardeau par-dessus son épaule, mais j'apprécierais de pouvoir utiliser une salle de bains. Je déteste voler, précisa-t-elle avec une grimace, en particulier dans les hélicoptères. Je me sens un peu barbouillée, si tu vois ce que je veux dire.

Il la regarda plus attentivement et remarqua la nuance blême de son teint.

— Viens à la maison, tu t'installeras dans ton ancienne chambre, intervint Catriona.

— Je t'accompagne, déclara Connor.

— Merci.

Son sac imposant sur l'épaule, elle ne se laissa pas distancer alors qu'ils se dirigeaient vers la demeure.

Rosa suivit lentement son frère et Belinda. Que se passait-il? Leur mère savait visiblement de quoi il s'agissait, et le leur dirait certainement en temps voulu, mais, en tant que l'une de ses représentante légales, ainsi que l'avait affirmé Harriet à Tom Bradley, il était frustrant d'être tenue dans l'ignorance. Elle fut tirée hors de ses pensées en constatant que le policier marchait près d'elle.

— Vous feriez mieux de laisser votre sac au dortoir, dit-elle. Nous n'avons pas de chambres d'amis ici.

Tom ne sembla pas déstabilisé par sa rudesse.

— J'ai apporté une tente.

— Le boy-scout parfait, on dirait, articula-t-elle d'un ton railleur.

— Il n'y a rien de répréhensible à se préparer à toute éventualité, riposta-t-il.

Harriet s'inséra entre eux.

— Stop, fin du round! On dirait deux gamins. Et si on préparait du thé? Je crois que tout le monde apprécierait de se détendre.

— C'est une excellente idée, affirma Catriona. Avoir prévu une tente est très délicat de votre part, Tom, mais il y a beaucoup de lits inoccupés dans le dortoir, vous y seriez plus confortablement installé.

— J'adore camper, en particulier par ici.

— Dans ce cas, Harriet, montre à notre visiteur où il peut installer sa tente, ordonna Catriona. Il sera parfaitement bien sous le vieil eucalyptus.

Harriet jeta à son interlocutrice un regard noir, que celle-ci soutint sans sourciller. La jeune femme partit à grands pas vers l'arbre vénérable sans attendre de voir si Tom la suivait.

— Viens, dit Catriona à Rosa en souriant. Allons préparer le thé.

— Que se passe-t-il? demanda sa fille, obligée d'accélérer le pas pour rester à son niveau. Pourquoi ne nous as-tu pas dit que Belinda venait et pourquoi la police veut-elle te parler?

En courant, Catriona gravit les marches et s'élança dans la maison. Archie, comme d'habitude, miaulait pour réclamer à manger. Elle sortit une petite boîte de pâtée et la vida dans sa gamelle.

— Peut-être ai-je fait preuve de trop de discrétion, mais vous n'avez aucune raison de vous inquiéter.

— Si ce n'est pas important, tu peux nous en parler sans problème, argua Rosa, les mains sur les hanches.

Catriona s'assit devant la table, les doigts triturant nerveusement le coin du journal qui traînait devant elle.

— Je sais que tu veux bien faire, chérie, mais je n'ai pas besoin de protection, déclara-t-elle en soupirant.

Rosa, à bout de patience, sentit qu'elle était sur le point d'éclater pour la seconde fois de la journée.

— Raconte-moi de quoi il s'agit.

Se redressant sur sa chaise, Catriona tourna vers elle un regard déterminé.

— Je dirai tout quand je l'aurai décidé, Rosa. Pour l'instant, si contrariant que cela soit pour toi, tu ne peux rien faire d'autre que te plier à ma volonté.

— Rosa n'avait pas l'intention d'être agressive, dit Harriet à Tom qui l'avait rattrapée, mais Catriona a été comme une mère pour nous tous et nous essayons simplement de comprendre ce qui se passe.

Tom ne voyait que son profil. La courbe douce de sa joue et celle de son front délicat, au-dessus du nez légèrement retroussé, se révélaient si attirants qu'il avait presque oublié pourquoi il était là. Au prix d'un énorme effort, il se força à se concentrer.

— Je peux comprendre cela, répondit-il. J'ai moi aussi envie de la protéger.

Sa compagne s'immobilisa, les mains dans les poches de son pantalon et le regard interrogateur.

— Pour quelle raison ?

Il replaça le sac sur son épaule.

— Parce que j'adore sa musique, expliqua-t-il avec une sincérité sans fard. Sa voix est si pure et sa passion si profonde que j'en ai la chair de poule chaque fois que je l'écoute.

Harriet leva les sourcils, une lueur amusée dans les yeux.

— Vous me surprenez. Je ne vous imaginais pas amateur d'opéra.

— Tous les policiers ne sont pas ignares, vous savez, marmonna-t-il.

— Excusez-moi, je ne voulais pas me montrer grossière, s'écria-t-elle en rougissant.

— Pas de problème. Tout le monde pense que les flics sont des abrutis.

Tandis qu'ils reprenaient leur marche, il développa les raisons pour lesquelles il appréciait Catriona.

— Mon père était l'un de ses grands admirateurs. Il avait tous ses disques et j'ai grandi dans une maison qui résonnait des airs d'opéra. Le rock 'n'roll et le heavy metal sont réservés aux surprises-parties, mais l'opéra touche tous les sens et permet à l'imagination de s'envoler.

Tout à coup, conscient qu'il risquait d'être pris pour un pédant, il changea de sujet.

— Habitez-vous par ici ?

— Je vis à Sydney, mais cet endroit est ma seconde maison, dit-elle en secouant la tête. Ce n'est d'ailleurs pas du goût de tout le monde, reprit-elle.

Intrigué par sa réponse, il crut voir passer dans ses yeux magnifiques une ombre qui démentait le ton léger de ses paroles. Il serait intéressant de tirer cela au clair, mais pas maintenant. Il fallait d'abord gagner sa confiance.

Le lieu que Catriona lui avait indiqué pour planter sa tente était particulièrement bien choisi. Proche du réfectoire et des sanitaires, il faisait face à la maison principale située juste de l'autre côté de la cour. Cette plate-forme surélevée au bord de la rivière, abritée par des arbres et débarrassée des buissons de spinifex où auraient pu s'abriter des serpents, était un endroit parfait pour laisser s'écouler les heures, une canne à pêche à la main. Il aurait dû penser à en apporter une.

— Je ne suis pas en vacances, marmonna-t-il. Il n'y aura pas de temps pour flâner.

Malgré le motif de sa venue, il se sentait tout à fait détendu. Il n'avait pas campé depuis des années. La dernière fois, il avait emmené ses fils dans les montagnes Bleues, mais ils se considéraient maintenant trop vieux pour de telles expéditions et préféraient nettement s'adonner au surf. Il sourit en pensant à la seule occasion où il avait tenté d'affronter les vagues : après avoir frôlé la noyade, il s'était retrouvé avec des courbatures si douloureuses qu'il avait eu du mal à marcher pendant une semaine. Ses garçons, hilares, s'étaient livrés à des plaisanteries sur son âge et sa décrépitude, dont certaines avaient fait mouche. Il gardait malgré tout de cette expérience un bon souvenir.

Il déroula son sac de couchage, rangea les quelques vêtements qu'il avait apportés et rassembla tous les documents dont il allait avoir besoin. Après avoir soigneusement protégé la tente contre toutes les créatures rampantes susceptibles d'apprécier son abri, il s'assit sur le vieux banc de bois appuyé contre le tronc du vaste eucalyptus, et évoqua l'image de Harriet, qui avait sur lui un effet si remarquable.

Son travail l'obligeait à faire preuve de réalisme, voire de cynisme, auraient affirmé certains. C'était peut-être le cas. Aucun homme ne pouvait travailler pendant tant d'années au cœur de la dégradation sociale et de la violence sans en être affecté. Les détails sordides des histoires tristement humaines qu'il devait écouter jour après jour avaient exercé sur lui l'action de l'eau sur la pierre : ils avaient peu à peu érodé la surface lisse de sa personnalité pour la transformer en arêtes coupantes. Sa femme, n'aimant pas l'homme qu'il était devenu, l'avait quitté, et ses enfants étaient devenus des étrangers, qui préféraient aujourd'hui la compagnie de leur beau-père. Comment pouvait-il se permettre de tomber amoureux si vite et si profondément ? Et pourquoi se sentait-il si heureux, si sûr que Harriet le trouvait séduisant, alors qu'aucun signe d'elle ne lui permettait de le supposer ? Après tout, songea-t-il, qu'est-ce qu'une femme si belle et manifestement intelligente pourrait trouver d'intéressant chez lui ?

Il ramassa un caillou et le lança dans l'eau transparente. L'amour au premier regard était un mythe, digne d'abreuver les magazines féminins, mais à ne surtout pas prendre au sérieux. Il était ridicule d'éprouver un sentiment aussi fort pour quelqu'un que l'on ne connaissait pas, surtout quand on risquait d'être perçu comme une menace par la personne en question.

Repousser cette fantaisie semblait préférable. Il avait suffisamment d'expérience pour ne pas se laisser aller à ces idioties. Pourtant, il ne pouvait nier le coup de foudre qui l'avait frappé dès que ses yeux avaient plongé dans le regard bleu, le frisson de plaisir qu'il avait éprouvé à s'entretenir avec Harriet quand ils marchaient ensemble et le besoin irrépressible qu'il avait de la regarder, tout simplement. Si ce n'était pas de l'amour, il ne savait pas comment définir le sentiment dont il était la proie.

Il lança un autre caillou dans l'eau, contemplant les reflets scintillants provoqués par les remous. Cette situation frôlait le ridicule. Harriet était le genre de femme qui, dans des circonstances différentes, n'aurait même pas levé les yeux sur lui. Non seulement elle était d'une beauté exceptionnelle, mais elle était avocate et avait de toute évidence bénéficié d'un milieu très aisé et d'une éducation raffinée. Moins d'aveuglement lui aurait permis de voir ce qui crevait les yeux. Sa voix, la façon dont elle se mouvait, même les vêtements décontractés qu'elle portait avec une telle élégance, témoignaient d'une personnalité affirmée, évoluant dans la vie avec une totale assurance.

Pourtant, malgré toutes les preuves du contraire, il sentait qu'une relation entre eux était possible. Il fallait qu'il en découvre davantage sur elle. Elle avait ressuscité quelque chose en lui et il savait, sans le moindre doute, qu'elle valait la peine de se donner un peu de mal pour la séduire.

— Ce flic a le béguin pour toi, s'esclaffa Rosa qui préparait le thé en compagnie de Harriet.

— Ne sois pas idiote. Il pense qu'en flirtant avec moi il arrivera plus facilement à ses fins avec Catriona.

Elle trouva un morceau de gâteau qu'elle posa sur une assiette au milieu de la table.

— Allons. Il ne t'est pas venu à l'idée qu'il peut se comporter ainsi parce qu'il t'apprécie vraiment ?

Les yeux sombres de la jeune femme étudièrent avec amusement la silhouette de sa compagne.

— Tu n'es pas mal, tu sais, conclut-elle.

Harriet lui lança un torchon à la tête.

— La jalousie ne te conduira nulle part, rétorqua-t-elle. Tout le monde ne peut pas avoir une peau qui ne bronze jamais et qui pèle rien qu'en apercevant le soleil. De plus, sache que les cheveux des vraies blondes ne deviennent jamais gris. Ils se contentent de se décolorer avec grâce.

— Je ne m'habituerai jamais au gris. La teinture n'est pas faite pour les chiens. En fait, tu éludes la question, Hattie. Cet homme a un faible pour toi et j'ai le sentiment que tu ne le détestes pas non plus. Qu'est-ce que tu vas faire ?

— Absolument rien.

— De quoi parlez-vous, les filles ? demanda Catriona en revenant dans la pièce. On croirait deux adolescentes en train de comploter.

— Nous discutions simplement de ce que les gens sont capables de faire pour arriver à leurs fins, répondit Harriet.

— L'amour est arrivé par hélicoptère, expliqua Rosa avec malice en finissant de mettre la table. Hattie a un admirateur. J'ai hâte de voir ce qui va se passer.

Elle leva les yeux au ciel et tendit les bras en un geste grandiloquent.

— Va-t-elle succomber en se pâmant dans les bras puissants de son soupirant ? Ou préférera-t-elle le rejeter et le renvoyer à Brisbane, la queue entre les pattes ?

— Mmm. Je suis contente que vous trouviez des raisons de rire dans ces circonstances, laissa tomber Catriona. Ce n'est pas un jeu, Rosa.

Aussitôt redevenues sérieuses, toutes deux se précipitèrent vers elle et l'étreignirent.

— Nous n'avions pas l'intention de prendre la situation à la légère, balbutia Harriet. Mais le fait que tu ne veuilles rien nous dire nous met à bout de nerfs.

Je trouve que Belinda a un sacré culot de réapparaître de cette façon.

Catriona secoua la tête.

— Belinda et moi avons eu une longue conversation au téléphone. Elle se contente de faire son travail, il ne faut donc pas lui en vouloir.

Son sourire las ne réussissait pas à atteindre ses yeux.

— C'est moi qui suis la cause de ce problème, et j'ai bien l'intention de le résoudre, soyez tranquilles.

Sous les yeux de Tom, Catriona s'affairait pour préparer le dîner. Il aurait été plus facile de demander à Cookie de lui envoyer quelques plats, mais elle ne voulait plus de complications. Les hommes, après avoir vu arriver les policiers, devaient s'interroger sur la situation, et elle avait assez de préoccupations sans se retrouver avec une émeute sur les bras.

— Tout va bien ?

Belinda entra dans la cuisine à grands pas et la serra dans ses bras.

— Que c'est bon d'être de retour !

— As-tu prévenu tes parents que tu étais ici ? s'enquit-elle. Je sais que Pat serait ravie de te voir.

— Je vais essayer de passer à la maison avant de repartir. Je pourrais même rester un peu pour resserrer les liens avec mes frères.

Catriona se retourna en entendant Connor entrer dans la pièce. Le jeune homme jeta à Tom un regard sévère et s'assit. Elle remarqua qu'il ne pouvait s'empêcher de regarder Belinda. Au moins, il la remarquait, maintenant, pensa-t-elle. Il aurait d'ailleurs été extrêmement difficile de ne pas le faire.

— Est-ce que quelqu'un aurait l'amabilité de m'expliquer ce qui se passe ? s'écria-t-il.

— Un peu de patience, répliqua Catriona. Profitons calmement de notre repas.

Elle ignora ses protestations, s'installa sur une chaise au bout de la table et se tourna vers Tom.

— Belinda est la fille d'un couple d'amis qui possèdent une station un peu plus loin. La première fois que je l'ai vue, c'était une petite écolière rondouillarde avec des couettes, un vrai garçon manqué qui courait partout et se disputait avec Rosa. Tu as bien changé depuis cette époque, s'exclama-t-elle en contemplant la jeune femme. À vrai dire, c'est votre cas à tous les quatre.

Écartant une mèche de ses yeux, Belinda éclata de rire.

— Heureusement ! J'aurais du mal à faire respecter la loi avec des couettes et de l'acné.

Le plaisir de Catriona s'arrêta avec ce rappel à la réalité.

— Je n'ai jamais compris pourquoi tu as décidé de t'engager dans la police, reprit-elle.

— C'est un défi et ça me plaît beaucoup la plupart du temps. Pourtant, la maison et les grands espaces me manquent.

Elle regarda Tom qui n'avait pas encore dit un seul mot et se contentait de contempler Harriet avec des yeux de merlan frit.

— C'est un univers essentiellement masculin, poursuivit-elle, et je me rends compte que j'ai de la chance d'avoir été élevée avec des grands frères et beaucoup d'hommes à la ferme. Cela m'a rendue plus résistante. Le fait d'avoir la peau dure m'a aidée à m'imposer face à l'attitude machiste de mes collègues mâles.

— Tous les hommes ne sont pas machos! protesta Tom. Tu es injuste.

Elle lui adressa un sourire taquin.

— T'ai-je accusé personnellement? Les mecs ne sont-ils pas tous pareils? dit-elle en s'adressant à Rosa qui prenait place devant la table. Leur ego est aussi fragile qu'une coquille d'œuf! L'ombre d'une critique suffit pour qu'ils aient des vapeurs.

— Très juste, rétorqua Rosa. Cependant, si tu trouves les policiers machos, tu devrais essayer de travailler avec nous. Les notaires sont les pires! Et les frères ne font pas mieux, conclut-elle en faisant une grimace à Connor.

Celui-ci, cramoisi, échangea un regard de sympathie avec Tom.

— Les sœurs peuvent être de véritables enquiquineuses. Quand on charge une femme d'une tâche quelconque, elle se casse un ongle et garde le lit pendant huit jours pour surmonter son traumatisme, décréta-t-il, suscitant un chœur de protestations indignées.

Catriona éprouvait un réel plaisir à cette réunion, en dépit de la raison qui la motivait. La dernière fois qu'elle avait eu un groupe de jeunes gens autour de sa table remontait à de nombreuses années. Ce repas lui rappelait l'époque où Rosa et Connor ramenaient leurs copains d'école à la maison. Quelle joie de voir cette exubérance animer de nouveau la vieille demeure!

Alors que le brouhaha des conversations devenait plus intense, elle prit conscience de la solitude qui était devenue la sienne malgré tous ses engagements dans le monde extérieur. Sa vie stagnait. Pour la première fois depuis longtemps, elle regrettait sa jeunesse, ses voyages dans le monde entier, ses rencontres avec des gens très différents et l'exaltation que lui procurait chaque nouvelle ville, chaque nouvel opéra. Pourtant, elle devait s'avouer que cette période enivrante ne lui avait jamais apporté la satisfaction profonde qu'elle éprouvait depuis son installation à Belvédère.

La discussion s'intensifiait, illustrant l'opposition des participants des deux sexes, dont les visages congestionnés exprimaient l'énervement. Avec réticence, elle décida d'intervenir et frappa son assiette avec sa cuillère.

— Silence ! hurla-t-elle en simulant une désapprobation appuyée. On dirait que vous, mesdames, êtes la première génération à connaître l'indépendance !

— Oui, nous ne sommes aujourd'hui plus limitées par notre sexe, déclara Harriet en faisant passer le dessert. Nous avons des droits égaux et des salaires presque équivalents. Aucune génération de femmes n'a bénéficié de cela auparavant.

Catriona les regarda toutes les trois, si naïves malgré leur grande instruction, et décida tout à coup d'entrer dans la discussion.

— La génération de ma mère était libérée, probablement beaucoup plus que vous ne le serez jamais.

Elle leva la main pour faire taire les protestations.

— Elle a quitté le foyer à dix-sept ans, s'est mariée et a traversé les océans jusqu'à l'autre bout du monde avant son dix-huitième anniversaire. Elle avait un sens de l'aventure et la soif de découvrir ce que très peu d'hommes avaient encore vu. Non seulement elle était le pilier moral de notre groupe de nomades, mais elle accomplissait toutes les tâches qui se présentaient à elle. Elle conduisait la roulotte et savait couper du bois, pêcher et tendre des pièges. Sa maison n'était qu'une roulotte, son lit une pile de couvertures à l'arrière du véhicule, mais cela ne l'a pas empêchée de m'élever ni de poursuivre sa carrière de chanteuse. Ne diriez-vous pas qu'elle était libérée ?

Reprenant sa respiration, elle les regarda avec une expression triomphante. Que pouvait-on opposer à cela ?

— C'était une sorte de liberté différente, Ma, dit Rosa. Si elle avait essayé de trouver un travail plus traditionnel, elle aurait rapidement découvert que son salaire aurait été inférieur à celui des hommes et qu'elle n'aurait eu aucun espoir d'avancement. Les femmes ne pouvaient être avocates ou médecins, ces professions leur étaient fermées. Elles étaient censées rester à la maison et procréer : tu parles d'une époque d'obscurantisme ! Ta mère était unique.

Pour ne pas rire, Catriona se mordit l'intérieur de la joue. On pouvait faire confiance à Rosa pour trouver de bons arguments.

— Racontez-nous votre enfance, demanda Belinda dans le silence qui s'installait.

— Pourquoi ? répondit leur hôtesse, aussitôt sur ses gardes.

Ce n'était ni le moment ni l'endroit de parler du meurtre de Kane.

— Parce que cela m'intéresse et que je n'ai pas entendu l'un de vos récits depuis des années.

Dans les yeux de son interlocutrice, Catriona ne vit pas la moindre trace de ruse.

Elle parcourut les visages tournés vers elle. Rosa et Harriet s'inclinaient en avant, attentives, Connor paraissait songeur et Tom Bradley, qui avait réussi à détacher son regard de Harriet, la fixait, adossé à sa chaise, les bras croisés.

— Pourquoi pas ? dit-elle. Mais c'est une histoire que j'ai racontée bien souvent. J'espère qu'elle ne vous ennuiera pas.

24

Connor écoutait sa mère avec autant d'intérêt que ses compagnons, mais il voyait qu'elle était fatiguée. Il jeta un coup d'œil par la fenêtre et consulta sa montre.

— Tu parles depuis plus d'une heure, Ma. Il fait nuit, tu as besoin de te reposer.

— Mon Dieu ! Faut-il vraiment aller se coucher ? s'exclama-t-elle, visiblement réticente à l'idée de mettre un terme à son histoire.

— Il est tard, Ma, répéta-t-il en jetant à Tom un regard sévère. Je suis certain que nos visiteurs ne veulent pas te retenir plus longtemps. La raison pour laquelle ils sont venus devra attendre demain matin.

À la mention du but de cette visite, l'ambiance agréable qui régnait dans la pièce s'évanouit, remplacée par une tension presque palpable.

— Belinda sait où se trouve sa chambre, dit Catriona dans un effort pour détendre l'atmosphère. Dans la mesure où les trois filles ont beaucoup de bavardage à rattraper, je pense qu'elles peuvent s'installer ensemble.

Un sourire glacial se dessina sur le visage de Harriet.

— Étant donné les circonstances, il faudrait un miracle pour que nous redevenions ce soir les trois mousquetaires. D'ailleurs, Belinda n'est pas venue pour cela !

Surpris par cet élan d'agressivité, Connor se demanda s'il devait intervenir pour désamorcer une dispute. Il décida de n'en rien faire. Elles se fréquentaient depuis des années, Belinda était tout à fait capable de se défendre.

— Bien sûr que si ! répliqua celle-ci gaiement. Cela fait des années que nous ne nous sommes pas réunies entre filles. J'ai hâte que nous nous retrouvions, poursuivit-elle, défiant ouvertement Harriet du regard. Je suis partante pour que nous dormions ensemble, si vous le voulez.

La mâchoire de son adversaire se serra tandis qu'elle commençait à rassembler les tasses et la théière.

— Ce n'était pas une provocation, marmonna-t-elle. Je te donnais simplement une chance de te racheter.

— Tu m'en vois très reconnaissante.

Connor fronça les sourcils. Les femmes étaient un mystère insondable ; il était inutile de chercher à comprendre leur mode de pensée. Pourquoi toute cette rancœur alors qu'il leur aurait suffi de dire tout simplement ce qu'elles pensaient pour rendre l'air plus respirable ?

Catriona s'esclaffa.

— J'adore mettre ensemble des chats et des pigeons, cela rend la vie beaucoup plus intéressante.

— Tout dépend qui est le chat, rétorqua Harriet en soulevant bruyamment les soucoupes et les disposant dans l'égouttoir.

— Laisse tout ça, ordonna Catriona, appuyant ses paroles d'un geste de la main. Quelques assiettes sales ne nous empêcheront pas de dormir. Tu ferais mieux de trouver des draps propres pour Belinda et de l'aider à l'installer.

Elle ponctua ses paroles d'un sourire enchanteur avant de se tourner vers Tom.

— S'il vous plaît, n'allumez pas de feu de camp près du grand eucalyptus. C'est mon coin favori et je ne veux pas qu'il soit abîmé. Quand j'étais petite, j'adorais dormir à la belle étoile. Je vous envie, ajouta-t-elle.

— Au fait, j'ai parlé avec Billy qui accepte que nous sortions tous avec lui ce soir, dit Connor.

— Quelle est cette invitation mystérieuse? s'enquit Tom.

— Elle a effectivement un rapport avec le mystère, répondit Harriet, dont l'humeur grincheuse s'était tout à coup envolée. C'est l'une des expériences les plus extraordinaire que vous puissiez vivre, croyez-moi.

Connor échangea un regard avec le visiteur.

— Prêt pour l'aventure?

Le policier opina de la tête avec circonspection.

— Nous allons beaucoup nous éloigner de la maison et nos chevaux sont assez difficiles à mener. Je suppose que tu montes toujours, dit Connor se tournant vers Belinda.

— Est-ce que les poissons savent nager? Je te prouve quand tu veux que je monte mieux que toi.

Il la regarda droit dans les yeux, sentant croître son admiration pour cette jeune femme en dépit des raisons troubles qui motivaient sa présence.

— Et vous, Bradley ? demanda-t-il.

Tom rougit en fixant ses chaussures.

— Je n'en ai jamais eu l'occasion. La ville n'est pas vraiment un endroit pour les chevaux.

Il leva les yeux et vit cinq regards fixés sur lui avec une stupéfaction horrifiée.

— Qu'est-ce qu'il y a ? s'écria-t-il. On croirait que j'ai commis un crime épouvantable. Je ne sais pas monter, et alors ?

— Vous n'allez pas pouvoir venir avec nous. Désolé.

Tom serra les dents et sentit un petit muscle tressaillir sur sa joue.

— Je pourrais vous suivre en pick-up, argua-t-il.

— C'est une terre sacrée, aucun véhicule n'y est autorisé.

Le policier savait reconnaître la défaite. Il jeta un bref coup d'œil à Harriet qui affichait un certain embarras devant cet échange : peut-être ne le trouvait-elle pas complètement ridicule ? Il décida d'établir son propre plan pour la soirée.

— Peut-on pêcher la nuit, ici ? s'enquit-il. Est-il possible d'emprunter une canne à pêche ou cela est-il également interdit ?

Connor eut la grâce de détourner les yeux.

— Pas du tout. Le cuisinier a suffisamment de matériel pour tenir un magasin. Je suis sûr qu'il acceptera de vous prêter ce qu'il faut.

— Parfait. C'est décidé.

Catriona souleva le chat de ses genoux et se leva.

— Je ne vous accompagnerai pas, cette fois. La journée a été longue et je dois être fraîche et dispose pour notre entretien de demain.

Tom remarqua la tendresse avec laquelle Harriet, Rosa et Connor lui disaient bonsoir. Il se sentait un étranger, en dépit de la présence de Belinda. Depuis très longtemps il n'avait plus personne à embrasser avant d'aller se coucher. Cette soirée passée avec Catriona lui rappelait à quel point il avait aimé sa propre mère, et à quel point elle lui manquait.

Les jeunes gens sortirent dans le clair de lune. Tom ralentit le pas afin que Belinda et lui soient distancés par leurs compagnons, qui se dirigeaient vers les corrals.

— Qu'allez-vous faire exactement ? s'enquit-il.

La jeune femme tenta de lui expliquer le voyage de Billy dans la Voie lactée.

— Je l'ai fait très souvent. C'est vraiment une expérience merveilleuse. Quel dommage que tu ne montes pas, Tom, tu manques vraiment quelque chose.

— Attention à toi. Harriet a sorti ses griffes et Connor est sur la défensive.

Belinda repoussa une mèche en souriant.

— J'y vais parce que c'est une occasion exceptionnelle d'être en compagnie de l'homme que j'aime depuis mon enfance. Bonne pêche !

Catriona se sentait très lasse, mais son esprit restait trop actif pour qu'elle puisse dormir. Elle enfila son vieux manteau de fourrure sur son pyjama et se rendit pieds nus sur la véranda. Debout dans une flaque de lumière projetée par la lune, elle leva les yeux vers le ciel. L'astre argenté flottait sur une voûte sans nuages incrustée de millions de diamants, dont elle observa les nuances de couleur.

Elle poussa un soupir. Les jeunes avaient de la chance de voyager cette nuit aux côtés de Billy. Il y avait bien longtemps qu'elle n'avait pas suivi l'aborigène jusqu'aux collines sacrées, et dérivé le long de la Voie lactée, vers l'infini étoilé.

En soupirant, elle serra le manteau plus étroitement sur ses épaules. Elle n'aurait su dire si les frissons qui l'agitaient étaient dus au froid, pourtant bien réel, ou à l'appréhension de sentir approcher cette confrontation inévitable avec son passé. Dans le silence de la nuit, elle avait l'impression qu'elle aussi, comme Billy et ses compagnons, pouvait percevoir le murmure des esprits, ainsi que leur ombre légère et mouvante, glissant au-dessus des pâturages.

Son propre recours à l'irréel la fit sourire. Les voix qui résonnaient au loin provenaient des deux hommes qui marchaient près de la rivière. Cookie avait de toute évidence emboîté le pas à Tom et se vantait probablement de ses prouesses de pêcheur. Elle souhaita que le visiteur se montre patient avec lui, car le pauvre cuisinier n'avait habituellement d'autre choix que de vivre sa passion en solitaire.

Un moment, elle observa la lumière dansante des lanternes portées par les deux silhouettes avançant le long du cours d'eau. Ses années d'enfance lui revenaient à la mémoire. Comme tout cela semblait loin ! Ses souvenirs paraissaient tout à coup étrangement impersonnels, comme si les événements évoqués avaient été vécus par une autre enfant, une autre Catriona.

Ses pensées furent interrompues par la sonnerie stridente du téléphone. Qui pouvait bien appeler à cette heure ? Elle rentra précipitamment dans la maison, laissant claquer la moustiquaire derrière elle.

— Qu'est-ce que vous voulez ? hurla-t-elle dans le récepteur.

— Êtes-vous Mme Catriona Summers? articula une voix masculine pleine d'assurance qui ne lui était pas familière.

Instantanément, elle fut sur ses gardes.

— Qui êtes-vous?

— Je m'appelle Martin French et je détiens une information très importante pour Mme Catriona Summers.

— Je n'ai jamais entendu parler de vous, répliqua-t-elle, et je n'apprécie pas qu'on me dérange à une heure si tardive.

Alors qu'elle était sur le point de raccrocher, les paroles suivantes de son interlocuteur retinrent son geste.

— Je vous appelle pour avoir votre avis sur l'article qui va paraître demain dans *L'Australien*.

Le sentiment d'appréhension qu'elle avait éprouvé l'envahit de nouveau.

— Je vous écoute, dit-elle en crispant la main sur le récepteur.

— Nous avons reçu des informations relatives à l'enquête menée par l'inspecteur Tom Bradley, au sujet d'un meurtre.

Le journaliste s'interrompit, sans doute pour souligner la portée de ses paroles. Cet effet atteignit son but : les jambes de Catriona tremblaient si fort qu'elle dut tirer une chaise à elle et s'asseoir, le cœur battant.

— Il semble que vous ayez vécu à Atherton, où le corps vient d'être découvert, et que vous collaboriez maintenant avec l'inspecteur Bradley pour cette enquête. Accepteriez-vous de faire une déclaration à ce sujet ?

Déterminée à rester calme, Catriona prit une profonde inspiration.

— Puis-je savoir d'où vous vient cette information on ne peut plus fallacieuse ?

— Nous ne pouvons pas révéler nos sources, madame. Je désire simplement vous donner une chance de clarifier cette situation en nous donnant votre version de l'affaire.

Elle raccrocha violemment et fixa le téléphone d'un air furieux quand il se remit à sonner. Aussitôt, elle le débrancha, tentée de le fracasser contre le mur.

La tête agitée d'un tourbillon de pensées, elle resta un long moment immobile. Dans la mesure où aucun des membres de sa famille ne savait pourquoi Tom était là, elle ne pouvait leur imputer cette traîtrise. La police était seule au courant : la fuite ne pouvait donc avoir qu'une seule provenance. Belinda pouvait-elle l'avoir trahie, alors qu'elles se connaissaient depuis si longtemps ? Imaginer une telle fourberie lui donnait la nausée. Il ne restait que Bradley. Elle s'était préparée à accorder sa confiance à cet homme et avait même commencé à l'apprécier. Il semblait toutefois que l'appât du gain ait réussi à le corrompre.

Elle recula sa chaise, s'enveloppa soigneusement dans son manteau de fourrure, glissa les pieds dans des bottes éculées et sortit à grands pas. Une lanterne luisait toujours près de la rivière. Tom Bradley allait découvrir de quel bois se chauffait Catriona Summers.

Cookie l'ayant quitté depuis une demi-heure, Tom savourait quelques minutes de silence avant de se préparer à rentrer. Cet homme jovial s'était révélé un compagnon agréable. En partageant plusieurs canettes de bière, ils s'étaient raconté des histoires de pêche et avaient évoqué la possibilité d'un séjour ensemble au bord d'un lac profond, peu éloigné de Belvédère, où le cuisinier avait un bateau.

Finalement, ils n'avaient attrapé que quelques petits poissons qu'ils avaient aussitôt remis à l'eau. Toutefois, le simple fait d'être assis au bord de l'eau avec une canne avait suffi à détendre le policier. Agréablement somnolent, prêt à aller se coucher, il fut surpris d'entendre quelqu'un approcher.

— Qui est là ? demanda-t-il en scrutant l'obscurité au-delà de la lanterne.

— Moi, aboya Catriona qui surgit dans la lumière.

Croisant les bras sur son épais manteau de fourrure, elle l'obligea à lever la tête. Il l'observa un instant et constata qu'elle semblait en proie à une grande agitation.

— Qu'est-ce qui vous met dans cet état, Catriona ?

— Vous ! rétorqua-t-elle en le fusillant du regard.

— Pourquoi ? Comment ? balbutia-t-il, stupéfait par tant de véhémence.

— Je n'aime pas les faux-jetons.

Choqué, il se leva et baissa la tête vers elle. Personne, pas même cette femme remarquable, ne pouvait impunément l'insulter.

— J'espère que vous avez une bonne raison pour me traiter ainsi.

Elle le fixa avec un mépris non dissimulé.

— Vous aviez promis d'être discret ! Promis que tout ce que je vous dirais resterait confidentiel. C'est la seule raison pour laquelle je vous ai permis de venir ici.

— Oui, et cette promesse tient toujours, que je sache.

— Menteur!

Tom enfouit les mains dans ses poches pour les empêcher de trembler. Il ne voulait pas lui montrer à quel point il était affecté par ses accusations. Les pensées se bousculant dans sa tête, il cherchait ce qui avait bien pu provoquer tant d'agressivité.

— De quoi parlez-vous? dit-il enfin.

Elle lui fit part du coup de téléphone du journaliste.

— Pour ce qui est de tenir mon nom à l'abri de la presse, c'est raté. L'information qu'il avait était trop détaillée pour émaner d'une autre source que de vous, ou de quelqu'un qui vous est proche. Qu'avez-vous à répondre à cela, monsieur l'inspecteur?

Bien que soulagé de connaître la raison de sa colère, Tom sentit la rage l'envahir à l'idée de la trahison dont cette femme, à laquelle il vouait une telle admiration, était victime.

— Je n'y suis pour rien, déclara-t-il. Je vous en donne ma parole.

— Prouvez-le, s'écria-t-elle. Sinon, vous pouvez dégager d'ici au plus vite.

Tom serra les poings. Il n'avait vraiment pas besoin de cet écueil maintenant. Catriona avait commencé à lui faire confiance, au point de raconter devant lui des histoires de son enfance. Qui avait pu contacter la presse, et dans quel but? Nerveusement, il se lissa les cheveux de la main. Bon sang, quel gâchis!

Ils échangèrent un long regard. Le dégoût de Catriona ne faisait pas le moindre doute. Si ses yeux avaient pu tuer, il serait déjà mort! Toute cette scène était grotesque, mais il n'avait pas envie de risquer le moindre trait d'humour. S'il voulait avoir la moindre chance d'obtenir la vérité de la part de son interlocutrice sur le crime d'Atherton, il fallait qu'il prouve qu'il n'était impliqué en rien dans cette fuite.

Une fois éliminés les membres de la famille, il restait Wolff, le candidat le plus plausible. Le sergent aimait frôler les limites de la légalité, recevoir des pots-de-vin et profiter des petits bénéfices annexes à sa fonction. Il menait également un train de vie élevé et appréciait les casinos. Il était probable que les journaux soient prêts à payer cher pour une telle histoire. Soudain, avec une clarté aveuglante, il se souvint que le jour où il était allé voir son supérieur, il avait laissé ses clés sur son bureau, et avait ensuite été confusément surpris de les retrouver dans un tiroir. Ce qui l'avait intrigué à l'époque trouvait maintenant son explication. Wolff les avait utilisées pour examiner le dossier que son collègue avait rangé sous ses yeux.

— Il faut que je passe quelques coups de fil, annonça-t-il. Pourquoi n'allez-vous pas vous coucher ? Je vous dirai où j'en suis demain matin.

— Vous ne vous en sortirez pas comme ça ! Je reste avec vous jusqu'à ce que cette affaire soit tirée au clair.

Tom la contempla avec une sorte d'affection mêlée de frustration. Certes, c'était une dure à cuire, et la rage la rendait magnifique, mais elle ne pouvait complètement dissimuler sa peur, qui donnait spontanément envie de la protéger. Dès qu'ils furent rentrés à la maison, il décrocha le téléphone. Un de ses copains, qui travaillait à la rubrique sport de *L'Australien*, lui devait un service ou deux. Au bout de quatre coups de fil, il réussit à le joindre et raccrocha après une demi-heure de conversation.

— Il doit se renseigner, expliqua-t-il à Catriona, toujours furieuse. Dès qu'il aura des informations, il me rappellera, mais cela peut prendre un certain temps.

Elle baissa la tête et expulsa sa colère dans un long soupir.

— Je pense que vous devriez aller vous coucher, reprit-il. Nous n'allons pas résoudre ce problème ce soir.

— Ce que vous pensez m'indiffère, répliqua-t-elle. Si je veux rester debout toute la nuit avec mon manteau de fourrure et mes bottes en caoutchouc, c'est mon problème.

Ne trouvant rien à répondre, Tom sourit. Pourquoi les femmes d'un certain âge considéraient-elles qu'elles pouvaient se montrer grossières, agressives et lunatiques ?

— Qu'est-ce qui vous fait rire ? articula-t-elle, les coins de sa bouche se relevant malgré elle.

— La pensée que lorsque j'aurai votre âge, je pourrai être aussi grossier que je le voudrai et dire tout ce qui me passe par la tête sans que cela me porte préjudice. Venez, Catriona. Il est tard, il fait froid et nous avons tous les deux besoin de dormir.

— Vous êtes un gentil garçon, Tom Bradley, mais je ne m'excuserai pas pour mon accusation. Ce Wolff que vous avez mentionné au téléphone, c'est un collègue à vous, n'est-ce pas ?

— Si c'est lui, il ne sera plus longtemps mon collègue, vous pouvez compter sur moi.

L'appel du journaliste avait perturbé Catriona beaucoup plus qu'elle ne le pensait. Une fois que Tom fut parti, elle se prépara une tasse de thé pour se réchauffer et, Archie sur les talons, se rendit dans sa chambre. Elle s'assit dans le vieux fauteuil en osier, le chat sur les genoux et, au son de son ronronnement régulier, comme celui d'un moteur bien huilé, réfléchit aux conséquences éventuelles de cet épisode inattendu.

Bien qu'elle ait vécu comme une ermite depuis quelques années, sa renommée internationale n'avait étonnamment pas décliné, grâce aux disques et aux cassettes qui se vendaient toujours. En raison de son travail caritatif et de la fondation de son académie de musique, elle intéressait toujours la presse. Non seulement les échotiers allaient faire des gorges chaudes de cette information, mais ses secrets les plus intimes seraient déversés sur la voie publique.

Elle avait perdu le contrôle de la situation. À supposer que Tom soit l'homme honorable qu'il semblait être, il ne pouvait plus faire grand-chose pour endiguer la marée de spéculations maintenant que le barrage était fissuré.

Fermant les yeux, elle admit silencieusement que l'obligation de dire la vérité s'imposait. Elle avait passé sa vie à repousser ses sombres évocations jusqu'à ce qu'elles ne soient plus que des images fanées, vidées de leur charge douloureuse. Le moment était venu de trouver le courage de parler, ce qu'elle aurait dû faire depuis de nombreuses années. Elle avait toujours su, confusément, que les terribles événements qui s'étaient produits réclameraient une contrepartie. Il était temps d'en payer le prix et de se libérer des entraves du passé.

En réalité, ce n'était pas pour elle-même qu'elle se faisait du souci, mais pour sa fille. Comment pouvait-elle la protéger et éviter de mêler son nom à tout cela ? Les yeux de Catriona se voilèrent de larmes. Elle avait passé sa vie à fuir, et pourtant, si vite qu'elle ait couru, elle n'avait jamais pu distancer les souvenirs. Il ne lui restait plus qu'à faire volte-face pour les affronter.

Levant la tasse jusqu'à ses lèvres, elle huma la vapeur odorante du thé, qu'elle préférait sans lait et très légèrement sucré. Elle avait pris l'habitude de toujours lui ajouter une feuille d'eucalyptus, depuis qu'elle avait goûté à cette boisson, préparée dans la gamelle noircie de la troupe de son enfance, sur le feu de camp. Contemplant l'ombre des branches de poivrier que le clair de lune projetait sur les carreaux de la fenêtre, elle cessa de résister aux assauts de sa mémoire. Comme dans un film, elle vit défiler une succession de scènes retraçant les différentes périodes de sa vie et comprit soudain que, sans une seule de ces images, elle ne serait pas la femme qu'elle était devenue.

Harriet donna un petit coup de coude à Rosa et lui désigna du menton la silhouette qui sortait de la maison.

— Je croyais qu'il devait aller pêcher, murmura-t-elle en refermant la barrière du corral.

— Moi aussi. Apparemment, son intérêt ne se limitait pas aux poissons. Je me demande depuis combien de temps il discute avec maman.

— Si Tom a dit qu'il allait pêcher, c'est ce qu'il a fait, intervint Belinda avec feu.

Les deux jeunes femmes la fixèrent en silence, tandis que Connor laissait échapper un ricanement sceptique avant de s'éloigner vers les chevaux. Rosa l'avait mis au courant de la situation sur le chemin du retour : il considérait maintenant que sa méfiance envers Tom était justifiée.

— Pourquoi ne lui posez-vous pas la question si vous ne me croyez pas ? insista la jeune femme. Il vient vers nous.

Harriet regarda le policier traverser la cour. Elle remarqua que le clair de lune luisait sur les cheveux grisonnants de ses tempes et que son pas souple n'ôtait rien à la virilité de son allure. Jusqu'à présent, il ne lui avait pas donné l'impression d'être hypocrite, mais simplement de se sentir extrêmement mal à l'aise dans cette situation. Elle fut surprise de la déception qu'elle éprouvait à l'idée qu'il avait interrogé Catriona pendant qu'ils étaient occupés ailleurs.

Rosa l'interpella avant qu'il n'ait eu la moindre chance de les saluer.

— La pêche a été bonne ? lui demanda-t-elle d'un ton sarcastique.

Le sourire du policier s'évanouit. Interdit, il regarda les trois femmes.

— Très bonne, répondit-il. Mais rien de comestible, les poissons étaient trop petits.

— Je ne parlais pas de poissons, s'exclama-t-elle. Je faisais allusion à la pêche aux informations auprès de ma mère.

Bouche bée, il écarquilla les yeux.

— De quoi parlez-vous ?

— Expliquez-nous ce que vous faisiez dans la maison, demanda-t-elle, les bras croisés. Et ne niez pas que vous y étiez, nous vous avons vu en sortir.

Il serra la mâchoire et releva le menton.

— Je n'ai rien à vous expliquer, déclara-t-il froidement. Si mon honnêteté vous tracasse à ce point, pourquoi ne posez-vous pas la question à Catriona ?

Tournant la tête, il s'adressa à Belinda.

— Un mot, dit-il. Maintenant.

Harriet perçut sa colère et remarqua le regard troublé que Belinda lançait à Rosa avant de le suivre dans l'ombre épaisse des bâtiments. Elle se tourna vers son amie.

— Tu t'es montrée dure. Quelle mouche t'a piquée ?

Rosa suivait des yeux les deux silhouettes absorbées dans leur conversation.

— Il ne m'inspire pas confiance. Je parie qu'il a prétendu ne pas savoir monter à cheval uniquement pour pouvoir interroger maman tranquillement.

— Tu n'en es pas certaine. Il peut y avoir une explication beaucoup plus simple.

Elles se dirigèrent vers l'écurie pour ranger leurs selles.

— Je ne t'ai jamais vue dans cet état auparavant et cela me tracasse, reprit Harriet. Tu es peut-être trop proche de Catriona pour rester objective. Cela ne te ressemble pas de te montrer aussi… vache.

Rosa la contempla un moment, avec un large sourire.

— Tu es désolée pour lui, s'écria-t-elle. Les yeux de merlan frit qu'il pose sur toi commencent à faire leur effet. Pourtant, je me méfie de lui, ajouta-t-elle, redevenant soudain sérieuse. Qu'en penses-tu ? demanda-t-elle à Connor qui les rejoignait.

Il s'adossa à l'un des lourds poteaux qui soutenaient le toit.

— Harriet a raison. Tu t'énerves trop. Ce type est un flic, à quoi d'autre pouvait-on s'attendre ?

Il fouilla dans sa poche et en extirpa une rouleuse à tabac.

— Si tu veux la vérité, pourquoi ne vas-tu pas effectivement demander à Ma pourquoi il était avec elle ? La lumière est toujours allumée, tu ne risques pas de la déranger.

Harriet se dit qu'il était préférable de laisser son amie régler seule cette affaire.

— Bon, je vais au réfectoire nous préparer un en-cas.

— Je viens avec toi, décréta Connor. Je meurs de faim après cette balade.

— Parfait, je reviens, précisa Rosa les poings serrés en s'élançant vers la maison.

— Bon sang, s'exclama Harriet, nous avons un Arnold Schwarzenegger version miniature !

Tom fixait Belinda avec un immense soulagement. S'il y avait eu la moindre possibilité pour que sa collègue, même indirectement, soit responsable de la fuite, leur travail ici aurait été terminé.

— Je devais te poser la question, dit-il en guise d'excuse.

— Pourtant, je croyais que tu me faisais confiance. Non seulement je ne t'aurais jamais soupçonné, mais je ne t'aurais jamais cuisiné comme tu viens de le faire.

Il poussa un long soupir. Il avait l'impression, depuis son arrivée, d'avoir passé son temps à discuter âprement avec toutes les femmes de la maison. À ce moment précis, il aurait préféré affronter un groupe de criminels féroces. Au moins, les hommes étaient prévisibles…

— Je suis dans une situation délicate, expliqua-t-il. Le seul témoin probable d'un meurtre qui a eu lieu il y a un demi-siècle ne cesse de se méfier de moi. je n'arrive pas à tirer d'elle quoi que ce soit. De plus, elle considère que c'est moi le responsable de cette fuite, alors que j'ai promis de veiller à ce qu'elle ne se produise pas. Tu n'en parles pas aux autres, n'est-ce pas ?

— Si c'est ce que tu veux... Il leur suffira de lire un journal et d'écouter les informations pour être au courant. Ne penses-tu pas que cette situation est déjà assez compliquée ?

Avec un sourire las, il taquina une touffe d'herbe du bout du pied.

— C'est Catriona qui me l'a demandé. Nous nous adapterons à la situation. Je suis désolé d'avoir douté de toi, mais j'avais besoin de m'assurer que tu étais à mes côtés.

— Bien sûr, espèce d'idiot, s'écria-t-elle affectueusement, mais il aurait été plus facile pour toi de leur expliquer pourquoi tu étais avec Catriona ce soir. Ne crois-tu pas que tu aurais également dû expliquer les acrobaties auxquelles tu t'es livré pour te libérer afin d'éviter à notre hôtesse des tracas inutiles ? Sans parler des ficelles que tu as dû tirer pour que je puisse venir avec toi ? Tu sais, Tom, ajouta-t-elle doucement, tu es parfois ton pire ennemi.

— Je voulais simplement résoudre le mystère qui obsédait mon grand-père, avoua-t-il en passant les doigts dans ses cheveux hérissés. Je n'imaginais pas perdre à ce point le contrôle de la situation. Catriona est un trésor national, une femme dont j'admire la vie et le talent depuis des années, et je suis déterminé à faire en sorte qu'elle ait toutes les chances de s'en sortir.

— Pourquoi ne leur dis-tu pas exactement cela? répliqua-t-elle avec une pointe d'impatience. Montre-toi franc et direct, au lieu de soupirer devant Harriet et de prendre la mouche chaque fois que Rosa te provoque. Elle se méfie, et la meilleure défense est l'attaque, tu devrais le savoir. Laisse-la respirer, et tu verras qu'elle n'est pas si mauvaise que ça.

— Je ne soupire pas devant Harriet, s'exclama-t-il avec chaleur et en s'empourprant brusquement.

— Bien sûr que si. Tous les goûts sont dans la nature.

Il fut surpris du ton qu'elle venait d'utiliser.

— Tu ne l'aimes pas, on dirait. Je pensais que vous vous connaissiez depuis des années? Que vous étiez tous très proches?

Belinda prit une expression songeuse.

— Je m'entendais bien avec elle quand nous étions enfants, et, pendant un certain temps, j'ai même éprouvé de la pitié à son égard. Sa mère est une garce de première catégorie.

Tom leva un sourcil, veillant cependant à ne pas interrompre les révélations de son interlocutrice.

— Je reconnais que c'est idiot, mais, au départ, Rosa était mon amie. Quand Harriet est arrivée, je me suis sentie mise à l'écart. Dès que j'ai décidé de quitter l'université pour l'Académie de police, nos voies se sont séparées. Nous ne sommes restées en contact que par l'intermédiaire de Rosa.

— Et maintenant, que penses-tu d'elle?

— Elle est beaucoup plus posée que Rosa, c'est certain, mais elle a toujours été un peu trop froide et distante pour moi. Sache qu'elle est non seulement séduisante, mais aussi très intelligente, ce qui explique probablement pourquoi elle ignore délibérément tes tentatives pathétiques de lui plaire.

Avec un large sourire, elle l'empêcha de protester et poursuivit :

— C'est sans doute mon éducation campagnarde, mais je n'ai jamais vraiment apprécié ces citadines parfaitement lisses qui ont tout pour elles. Et, crois-moi, Tom, c'est son cas.

— Que veux-tu dire ?

Elle le regarda avec solennité.

— Feu son père était Brian Wilson, multimillionnaire qui a fait fortune en fournissant aux champs de pétrole des usines et du matériel de forage. Il est mort quand Harriet était petite. Sa mère, danseuse étoile dans la compagnie des Ballets de Sydney, est une arriviste acharnée.

Tom avait deviné que Harriet provenait d'un milieu aisé, mais il ne pensait pas qu'elle appartenait à la haute société.

— Elle n'a jamais eu besoin de travailler pour payer ses études de droit. Dès l'obtention de ses diplômes, elle a trouvé un poste dans l'un des cabinets d'avocats les plus réputés de Sydney et s'est vu confier des affaires de plus en plus importantes. Célibataire, sans enfants, elle possède une maison dans l'un des plus beaux quartiers de la ville et est courtisée par un certain Jeremy Prentiss, l'un des associés les plus prometteurs du cabinet, lui-même célibataire et extrêmement riche.

Tom était secoué par cette nouvelle. Quelle chance un flic pouvait-il avoir contre un riche avocat ? Soudain, il se rendit compte que Belinda le contemplait avec amusement.

— Bon sang, tu ne l'aimes pas du tout, n'est-ce pas ? marmonna-t-il.

— Je t'aurais contredit hier, mais aujourd'hui je ne suis plus sûre de rien. L'amitié que nous avions autrefois est depuis longtemps évanouie. Nous n'avons jamais eu beaucoup de choses en commun et les univers différents dans lesquels nous évoluons creusent le fossé qui nous sépare.

— Et Rosa ? Tu es toujours amie avec elle ?

Elle opina de la tête.

— Nous sommes du même milieu et elle ne prend pas ses grands airs comme Harriet. C'est ma copine depuis l'époque où nous portions encore des couches ! Je suis habituée à son côté soupe au lait et je sais toujours ce qu'elle pense. Bien qu'elle puisse quelquefois être très pénible, notre amitié est aussi solide aujourd'hui qu'elle l'était autrefois.

Le souper était sur la table quand Belinda entra au réfectoire.

— Merci de m'accueillir, dit-elle avec reconnaissance en tirant une chaise à elle. Je meurs de faim.

— Je n'ai pas cuisiné pour ton collègue, répliqua Harriet avec raideur, mais il y a assez à manger pour lui, s'il le désire.

— Il a pris un en-cas avec Cookie pendant qu'ils péchaient, précisa Belinda en se servant de la purée.

— Tout va bien ? Il ne paraissait pas très enjoué.

— Il doit faire face à quelques problèmes, qui vont se régler. Il a juste besoin qu'on le lâche un peu.

Se tournant vers Rosa qui se concentrait sur son steak, elle reprit :

— Tu as parlé à Catriona ?

— Oui. Maman est partie se promener et a tout simplement invité Tom à boire un verre.

Belinda fit mine d'accepter cette explication et se consacra à son dîner. Une fois sa faim apaisée, elle posa ses couverts et prit la parole.

— Tom ne va probablement pas me remercier de vous avoir dit cela, mais il faut que vous sachiez qu'il a dû faire des pieds et des mains pour que je l'accompagne ici, car je ne fais pas partie de son équipe.

Son regard se posa successivement sur tous les visages, afin de souligner la signification de son propos.

— Il admire Catriona et sait pertinemment ce que nous éprouvons tous pour elle, ajouta-t-elle.

— Et pourquoi tant de délicatesse ? s'enquit Harriet. C'est un flic qui fait son travail. D'une façon ou d'une autre, il arrivera à ses fins. Le fait de t'utiliser pour s'assurer la collaboration de Catriona n'est pas vraiment à son honneur.

— C'est vrai, mais, que vous le vouliez ou non, elle a accepté de nous recevoir. Tom restera ici aussi longtemps qu'il le faudra. Il n'y a pas beaucoup de flics qui agiraient ainsi, elle a de la chance.

Harriet la regarda un moment en silence.

— Je suis d'accord. Peut-être peux-tu nous expliquer maintenant pourquoi vous êtes là ?

— Impossible. Catriona m'a fait promettre de ne rien dire.

— Cette situation t'enchante, n'est-ce pas ?

— Pas vraiment, répliqua Belinda.

Connor sortit du réfectoire et se dirigea vers son cottage. Il s'installa dans un fauteuil de la véranda et fixa son regard au loin. Pensivement, il frotta son menton rugueux et trouva automatiquement la cicatrice en forme de croissant, souvenir de son père. Catriona avait été là quand il avait besoin d'elle, maintenant, c'était à lui de l'aider.

Il sortit de sa poche sa rouleuse à tabac, Bien qu'il ne fume pas beaucoup, la nicotine l'aidait de temps en temps à se détendre. Le simple fait d'être assis dans le noir et de rouler une cigarette parfaite suffisait en général à l'apaiser. Ce soir, c'était différent. Ses pensées se brouillaient, son anxiété ne s'atténuait pas, et ses souvenirs s'imposaient avec trop de force pour être évacués avec de la fumée de cigarette. Des larmes de colère lui vinrent aux paupières alors qu'il revoyait le petit garçon qu'il avait été, totalement privé de son enfance. De nouveau, la rage ancienne remuait en lui, menaçant de l'envahir, comme chaque fois qu'il pensait à Michael Cleary.

Il se leva enfin, fit jouer l'articulation de son genou raide, et rentra dans la maison. Grâce à la générosité de Catriona, à la foi indéfectible qu'elle avait placée en deux enfants qui n'étaient pas les siens, sa sœur et lui avaient retrouvé leur capacité à communiquer avec leurs semblables, à leur faire confiance. Elle leur avait offert sans compter la sollicitude aimante qui leur avait permis de survivre à la disparition de Poppy, Belvédère était devenu leur refuge.

Finalement, Connor renonça à dormir : il faisait trop chaud et son esprit refusait de se mettre au repos. Il se leva, enfila un vieux short, et sortit de la maison après avoir pris son tabac. Il se promena dans la clairière, savourant la tiédeur de la terre sous ses pieds nus et la brise qui lui effleurait la poitrine. Ce n'était pas une nuit à rester enfermé. La magie de leur voyage jusqu'aux étoiles flottait encore autour de lui, en dépit des souvenirs parasites de son enfance.

Il se frotta le torse et la nuque. Dehors, la chaleur était supportable. Sur le paysage paisible luisait une lune joyeuse. Il s'appuya à la barrière du corral et contempla les chevaux qui somnolaient sous la lumière argentée.

— Tu ne dors pas non plus ? dit une voix douce à ses côtés.

Il sursauta, tiré de ses pensées.

— Je viens souvent ici la nuit, murmura-t-il, pour réfléchir et trouver des solutions aux problèmes qui se posent.

Le regard de Belinda parcourut sa poitrine et ses longues jambes musclées.

— On dit que la contemplation est nécessaire à l'âme, répondit-elle. Je dois admettre que tu n'es vraiment pas désagréable à regarder.

Elle sourit en le voyant rougir.

— Mais tu le sais déjà, probablement, ajouta-t-elle.

Il lui rendit son sourire avec un air taquin.

— Je vois que tu n'as pas changé, Belinda.

— On ne te la fait pas, n'est-ce pas ?

— Pourquoi ne peux-tu pas dormir ce soir ?

— Je n'arrive pas à me détendre. Il y avait très longtemps que je n'étais pas allée avec Billy dans la Voie lactée et je veux prolonger cette magie aussi longtemps que je le peux.

— Est-ce que Derwent Hills ne te manque pas? demanda-t-il en roulant une cigarette. Je ne pourrais pas imaginer être ailleurs qu'ici.

— J'ai éprouvé la même chose pendant longtemps, mais je ne voyais pas l'utilité de traîner sans rien faire. J'ai vite compris qu'il y avait un vaste monde à explorer, ce qui m'a poussée à entrer dans la police. Tu connais le reste.

Connor observa les différentes expressions qui se succédaient sur son visage. Elle était ravissante et d'une compagnie très agréable. En fait, il avait du mal à se remettre du choc qu'il avait éprouvé en la revoyant après tant d'années. Bizarrement, il se sentait beaucoup plus à l'aise qu'autrefois en sa présence, même à moitié nu.

— Mais l'outback te manque, n'est-ce pas? insista-t-il.

— Oui, bon sang! Et c'est dans des moments comme celui-ci qu'il me manque le plus.

S'adossant à la barrière du corral, elle tourna les yeux vers lui.

— Le voyage de ce soir a tout ramené à ma mémoire, avoua-t-elle. Tu te souviens quand nous étions enfants? Billy était censé veiller sur nous pendant les absences de Catriona. Il avait l'habitude de nous hypnotiser et nous laissait ainsi des heures, certain que nous ne ferions aucune bêtise dangereuse.

Elle s'esclaffa avant de poursuivre :

— Il voulait simplement nous occuper pendant ses courtes expéditions dans le bush.

Il lui proposa une bouffée de sa cigarette, qu'elle accepta. Lentement, elle souffla la fumée dans la brise.

— N'as-tu jamais eu peur ? demanda-t-il. Je me souviens de mon premier voyage. J'étais paralysé à l'idée de tomber et de m'écraser sur le sol. Quand je me suis rendu compte que je ne pouvais pas bouger du tout, j'étais terrifié à l'idée de rester là-haut pour toujours.

— Moi aussi. Mais on apprend vite que le voyage ne dure pas. Cette expérience finit par balayer tous nos raisonnements logiques.

Ils finirent la cigarette en silence, profondément conscients de la proximité de leurs corps.

— Elle est là-bas, en train de bavarder avec mon frère, grommela Rosa en laissant retomber le rideau pour grimper dans le lit.

— Laisse-les tranquille, implora Harriet qui s'efforçait de trouver une position confortable sur l'oreiller. Elle a couru après Connor pendant des années, c'est sans doute sa dernière chance de le prendre au piège.

Tirant son drap jusqu'au menton, elle reprit :

— Je comprends qu'elle n'arrive pas à dormir. Tes ronflements suffisent à réveiller toute la maison.

— Je ne ronfle pas.

— Si, tu ronfles très fort.

— Kyle s'en plaignait régulièrement, admit sa compagne, mais je pensais toujours qu'il exagérait pour provoquer une dispute.

Interloquée, Harriet la fixa. Rosa mentionnait très rarement son ex.

— Pourquoi penses-tu à Kyle, tout à coup ?

Rosa s'assit et plia les jambes.

— Aucune idée. Peut-être parce que je me sens tout à coup très vieille et très célibataire.

Elle posa son menton sur ses genoux et fixa la pénombre de la chambre.

— Je vais avoir trente ans, Hattie, et je ne vois poindre aucun homme envisageable à l'horizon.

Son amie fronça les sourcils. Jamais auparavant Rosa n'avait fait allusion à un homme envisageable.

— Tu as toujours dit que tu appréciais ta liberté? argua-t-elle.

— C'est le cas la plupart du temps, mais le fait de revenir à la maison m'a fait comprendre à quel point ma vie est vide. J'ai un travail que j'adore et une vie sociale remplie, mais il n'y a personne qui compte plus que les autres. Si je disparaissais tout à coup, qui s'en apercevrait?

— Bon sang, Rosa, ce genre de propos est rude, même à cette heure de la nuit!

Harriet sortit de son lit et s'assit en tailleur sur celui de Rosa.

— Je m'en apercevrais, ainsi que Connor, Catriona et les dizaines d'hommes qui vont et viennent à tes côtés depuis toujours.

Elle tendit la main et serra les doigts tremblants de son amie.

— Tu es simplement victime d'un accès de mélancolie, conclut-elle. Tu te sentiras mieux après une bonne nuit de sommeil.

— Tu dois avoir raison, comme toujours. Kyle a été une grosse erreur. Un mariage de passion physique plutôt que d'amour. Je n'ai pas l'intention de me retrouver à nouveau dans une telle situation et j'admets qu'il vaut bien mieux être seule que mal accompagnée. J'avais l'espoir que Connor et toi vous entendriez, ajouta-t-elle soudain, mais on dirait que

Belinda va récolter le fruit de sa persévérance. En fait, tu n'as jamais été intéressée par lui, hein ?

— Effectivement, ce qui ne veut pas dire que je ne l'apprécie pas. Ce n'est tout simplement pas mon genre.

— Mmm. Je reconnais que vous n'avez pas grand-chose en commun. Le mâle dominant, fort et placide, peut avoir des côtés horripilants. Peut-être devrais-tu reconsidérer les atouts de Jeremy Prentiss. Je ne l'ai vu qu'en passant, mais il est riche, beau et visiblement amoureux. Ta mère serait au paradis si tu l'épousais.

— Laisse ma mère en dehors de ça, et Jeremy aussi, d'ailleurs. J'admets que je fais de lui un portrait peu avantageux, mais c'est un pur mécanisme de défense contre les projets de mariage que ma mère fait pour moi. En fait, c'est un homme tout à fait agréable. Le problème, c'est qu'il n'y a pas de réaction chimique entre nous.

— Au moins tu as le choix : Tom Bradley attend en coulisse.

Rosa s'interrompit sous le regard sévère de son interlocutrice.

— Remarque, poursuivit-elle, je ne répugnerais pas à le connaître un peu mieux maintenant que je comprends d'où il vient. Il semble charmant et, si maman l'aime, cela me suffit.

Harriet écarquilla les yeux.

— Tu n'as rien fait pour te rendre sympathique à ses yeux depuis son arrivée. Lâche-le un peu, Rosa.

L'interpellée leva un sourcil délicat.

— Pour une belle indifférente, je trouve que tu protestes un peu trop fort. Si je me fie à sa façon de tourner autour de toi, il serait dommage de laisser toute cette tension virile inutilisée. Bon, si tu n'es pas du tout intéressée, insista-t-elle – et pourquoi le serais-tu, ce n'est qu'un flic, après tout –, écarte-toi et laisse une vraie femme te montrer comment agir.

Harriet la frappa avec un oreiller.

— Ferme ton clapet et fais dodo ! s'écria-t-elle.

Le rire de Rosa résonna dans la pièce tandis que sa compagne retournait dans son propre lit et tirait le drap au-dessus de sa tête. Vraiment, se dit cette dernière, Rosa était impossible. Comme si elle, Harriet Wilson, pouvait trouver quelqu'un d'aussi banal, d'aussi ordinaire que Tom Bradley séduisant ! Cette idée était tout bonnement risible.

25

Catriona fixa le téléphone avec sévérité et décida de ne pas rebrancher la prise. Il ne faisait aucun doute que les journalistes essaieraient de la joindre à nouveau et elle n'avait aucune envie de se laisser harceler. Avec regret, elle se dit qu'elle devrait également se passer de son programme de radio favori, émaillé de plusieurs bulletins d'informations. Jamais encore, depuis tant d'années, elle ne s'était sentie si heureuse que les journaux ne soient livrés à Belvédère qu'une fois par mois.

Déjà habillée, bien qu'elle ait passé une nuit troublée et qu'il soit encore tôt, elle se sentait étonnamment énergique. Elle donna à manger à Archie et se prépara un bol de céréales. Dans peu de temps, elle serait libérée du fardeau qu'elle portait depuis tant d'années. Elle avait fini par s'avouer que, au fond, elle attendait inconsciemment ce moment depuis le jour de ses treize ans. Non seulement elle avait la chance de pouvoir dire à quelqu'un ce qui lui était arrivé, mais elle était certaine qu'elle serait crue.

Archie la suivit dans le salon et tourna autour de ses jambes alors qu'elle s'avançait vers la malle.

Plongée dans ses pensées, elle la contempla un moment, puis soupira. Elle avait songé à faire l'inventaire des objets qu'elle avait rangés dedans, mais le moment n'était pas propice ; mieux valait attendre que Tom soit reparti. Sa décision prise, elle sortit tranquillement de la maison pour faire sa promenade à cheval.

Tom, assuré que la compagnie des femmes ne lui manquerait pas au long de la journée, choisit de prendre son petit déjeuner au réfectoire. Comme tous les endroits essentiellement masculins, la salle bruyante et joyeuse résonnait des rires ponctuant les plaisanteries et les discussions relatives au travail de la journée. En dépit de certains regards hostiles, le policier se sentait à l'aise. Il dévora le contenu de son assiette – steak, œufs et pommes de terre frites – qu'il arrosa d'un café chaud et odorant. La nourriture ici était bien meilleure que celle de la cantine, constata-t-il, et la compagnie beaucoup plus décontractée. Pas de signe d'âpre ambition ni de conflits de hiérarchie. Les hommes de Belvédère, étroitement unis, semblaient contents de leur sort.

— Salut, dit Connor en s'asseyant après avoir posé brusquement son assiette pleine sur la table. Ça s'est passé comment sous la tente ?

— Bien, répliqua Tom qui sursauta et manqua de se brûler avec son café.

Sa dose de caféine lui était indispensable avant d'affronter la journée. Il jeta un coup d'œil à Connor qui parlait maintenant avec l'un des conducteurs de troupeaux. L'attitude du jeune homme lui semblait un peu moins raide. Tant mieux. Une fois qu'il aurait incité Catriona à dire tout ce qu'elle savait, il pourrait partir d'ici.

S'isolant en esprit du brouhaha environnant, il se concentra sur l'évocation de Harriet. Il avait rêvé d'elle la nuit précédente, ce qui était on ne peut plus stupide, étant donné les arguments dissuasifs que Belinda avait alignés pour endiguer ses espoirs. Cela ne changeait rien, hélas. Le simple fait de penser à elle suscitait en lui des sensations étranges qui le rendaient impatient de la revoir. Sa plaisante rêverie fut soudain interrompue par une voix grondant à ses côtés.

— Pourquoi t'es là, mon gars ?

L'homme qui s'assit près de lui avait un visage buriné par les intempéries, dont les traits semblaient se fissurer chaque fois qu'il ouvrait la bouche.

— Je suis simplement en visite.

— Je croyais que c'était plus sérieux que ça, dit d'une voix traînante un autre homme situé en face d'eux. On parle d'un meurtre.

Un silence de mort s'établit tandis que tous les yeux se tournaient vers Tom et Connor.

Saisi par cette déclaration proférée avec calme, Tom sentit son cœur s'accélérer. Comment l'information avait-elle pu filtrer aussi vite ? Il se força à rester impassible sous le regard scrutateur de l'assistance.

— Un meurtre ? marmonna-t-il avec autant de nonchalance qu'il lui était possible de rassembler. Qu'est-ce qui vous fait dire ça ?

— On en a parlé à la radio ce matin.

Putain de merde ! Quelle poisse incroyable ! Il savait que c'était une erreur d'avoir voulu garder l'affaire secrète. Jamais il n'aurait dû promettre à Catriona de garder ça pour lui. Peut-être se trouvait-il dans l'outback, à des milliers de kilomètres de tout, mais les radios, les téléphones et tous les progrès techniques du monde moderne permettaient aux stations isolées de ne plus être coupées de la civilisation. Il grinça des dents, repoussa sa chaise de la table et se leva, conscient de la lourdeur du silence, rendu plus pesant encore par l'expression accusatrice des visages levés vers lui. Catriona n'était pas simplement la patronne de ces hommes. Ils l'aimaient et l'admiraient. Probablement considéraient-ils son arrivée comme le début de sa perte.

— Il ne faut pas écouter les ragots, mon gars, dit-il d'une voix ferme malgré la rage qu'il éprouvait envers Wolff. La presse déforme toujours tout.

Cookie, debout, les bras croisés sur sa large poitrine, avait une expression lugubre.

— Ils ont dû vérifier l'information avant de la divulguer, sinon ils risqueraient d'être poursuivis pour diffamation.

Déconcerté par tant de pertinence, Tom ne répondit rien.

— Alors, t'es le bâtard qui est venu pour l'arrêter, si j'ai bien compris ? dit son voisin en reculant également sa chaise. Nous avons peut-être notre mot à dire là-dessus, mon gars.

Tom, conscient du danger, vit le reste de l'assistance se lever et le toiser en une condamnation muette. L'atmosphère devenait malsaine, il suffirait d'une étincelle pour qu'elle s'enflamme. Pourquoi la presse avait-elle exposé l'affaire avant qu'il ait eu le temps de la tirer au clair ?

— Personne ne va être arrêté, déclara-t-il. À moins que l'un de vous n'essaie de me provoquer.

Lentement, Connor se leva et vint se placer près de lui.

— Il faudra se battre avec moi d'abord.

Un piétinement de bottes et des murmures impatients se firent entendre, alors que le directeur de Belvédère fixait paisiblement ses auditeurs.

— Il faut qu'on parle, dit-il à Tom.

— Certes, mais pas ici.

Le policier ne savait pas s'il devait se réjouir de ce soutien inattendu ou s'il fallait qu'il se prépare à recevoir un coup de poing dans la figure.

Connor sortit à grands pas du réfectoire, suivi de Tom, puis fit volte-face vers son compagnon dès qu'ils furent hors de portée de voix.

— Il vaut mieux que vous ayez une explication valable pour les propos que je viens d'entendre, déclara-t-il avec un calme menaçant. Ou je vous casse la gueule.

Harriet, qui entrait dans la cuisine en traînant des pieds, remarqua que le téléphone avait été débranché. Encore à moitié endormie, elle remit la prise en place. Immédiatement, l'appareil sonna. Alors qu'elle décrochait, elle entendit la voix de sa mère, visiblement peu décidée à perdre du temps.

— As-tu lu les journaux ce matin ?

— Sûrement pas, répliqua-t-elle en ouvrant la fenêtre pour respirer l'air frais et dissiper l'odeur de la fumée de cigarette de Rosa.

— Tu es là Harriet ? Je ne t'entends pas !

— Sydney est très loin d'ici, articula la jeune femme en contemplant la vue magnifique.

Le soleil apparaissait à la crête des montagnes, teintant de pourpre les paddocks.

— Ne sois pas insolente.

La voix de sa mère se transforma en un vague bourdonnement dès qu'elle vit Connor et Tom sortir du réfectoire et s'engager dans une longue conversation animée. Les employés sortaient tous du bâtiment pour assister à la scène. Curieuse de savoir ce qui se passait, elle jeta un coup d'œil à sa montre et constata qu'il était encore très tôt.

— Tu es habituellement dans le coma à cette heure matinale, dit-elle, interrompant le flot de paroles de sa mère. Qu'est-ce qui te contrarie ?

— Es-tu avec Rosa ?

— Oui. Et alors ?

— Des ennuis se préparent à Belvédère, les journaux ne parlent que de cela.

— Bon sang, déjà ?

— Quoi ? hurla son interlocutrice. Qu'est-ce que tu as dit ?

Harriet décida de se concentrer sur leur conversation.

— Rien, maman, se hâta-t-elle de répliquer. Que veux-tu dire exactement par « ennuis » ?

Elle lança un coup d'œil en direction de Rosa, qui haussa les épaules en réponse à sa question muette.

La voix haut perchée de Jeannette chantait dans le téléphone tandis qu'elle résumait la situation. Harriet se sentit glacée par les paroles de sa mère, et par l'épreuve qui attendait Catriona. Ces informations expliquaient beaucoup de choses, mais la fuite dans la presse ne pouvait venir, de toute évidence, que d'une source proche.

Elle regarda par la fenêtre. Les deux hommes se serraient les mains et semblaient être parvenus à un accord. Leur dispute avait-elle un rapport avec cette fuite ? Si tel était le cas, peut-être la méfiance initiale de Rosa envers Tom et Belinda était-elle justifiée ? Pourtant, l'attitude de Connor envers son interlocuteur n'avait rien d'hostile. C'était étrange.

Les pensées tourbillonnant dans sa tête, elle se détourna de la fenêtre.

— Est-ce que les journaux indiquent d'où viennent ces détails ? demanda-t-elle à sa mère.

— Pas du tout.

Harriet mâchonna sa lèvre inférieure. Les journalistes ne révélaient jamais leur source, sauf si la justice s'emparait du problème. Mais pourquoi sa mère réagissait-elle avec une telle fièvre ?

— Tu n'as pas l'habitude de t'inquiéter pour Rosa. Comment se fait-il que tu te sentes concernée à ce point ?

— Je me moque complètement de Rosa. Je m'inquiète pour toi. Si tu te trouvais accidentellement impliquée dans cette affaire, cela pourrait mettre fin à ta carrière et aux chances que tu aurais avec Jeremy.

Ne voulant pas envenimer la discussion, Harriet garda pour elle ses réflexions. Franchement, pour le moment ses priorités se situaient ailleurs.

— Je suis ravie que tu prennes les choses tellement à cœur, mais tu n'as aucune raison de t'inquiéter. Je suis tout à fait capable de me défendre.

— Je suis ravie de l'entendre. Et j'espère que cela signifie que tu rentres à la maison. Tu risques d'être éclaboussée par ce scandale. Éloigne-toi de cette famille aussi vite que possible.

Harriet sentit la colère monter en elle.

— Catriona est mon amie, déclara-t-elle froidement. Je la soutiendrai aussi longtemps qu'elle aura besoin de moi, et si elle a besoin de mes services professionnels, je serai là.

— Tu n'oserais pas faire cela ?

Le ton horrifié de sa mère lui parvenait très clairement.

— Au revoir, maman.

Elle coupa la communication et retourna dans la cuisine où une âpre discussion l'accueillit. Rosa en avait apparemment entendu assez pour soumettre Belinda à un interrogatoire impitoyable.

— Il faut bien que ça vienne de quelque part, non ?

— Si tu te taisais assez longtemps pour laisser aux autres une chance de parler, tu te rendrais rapidement compte qu'il n'est pas du tout dans notre intérêt de livrer les éléments que nous possédons au public.

Devant l'attitude des deux protagonistes, Harriet, en dépit de la gravité de la situation, ne put s'empêcher de sourire. Rosa, dans un pyjama de Connor, se dressait comme un coq, sa crête rose vif complètement dressée. La chevelure en bataille, Belinda, vêtue d'un short et d'un T-shirt, se penchait sur elle en la fusillant du regard.

— Si vous pouviez vous voir ! On dirait deux garnements dans la cour de récréation !

— Ce n'est pas drôle, aboya Rosa. Tu ne connais pas les dernières nouvelles.

— Si, grâce à ma chère mère, qui me conseille de vous fuir le plus vite possible.

— J'aimerais en faire autant, intervint Connor en entrant brusquement dans la cuisine, suivi de Tom.

Il leva la main en voyant Rosa ouvrir la bouche.

— Tais-toi, ajouta-t-il. Tout ce bazar peut s'expliquer. Dépêchez-vous, dit-il à Tom. Je n'aime pas cette lueur guerrière dans les yeux de ma sœur.

Harriet écouta Tom qui expliquait enfin les raisons de sa présence et soulignait le fait que Catriona avait insisté pour que la presse soit tenue à l'écart. Elle éprouva un soulagement immense en constatant qu'il ne pouvait être soupçonné d'hypocrisie. Non seulement il avait une voix agréable, mais elle aimait la façon dont il s'exprimait et les gestes élégants de ses mains larges et habiles, aux ongles propres, nettement taillés.

Elle posa les yeux sur ses propres mains, se laissant distraire par ses pensées. On ne pouvait nier que ce policier était un homme séduisant. Il avait une manière remarquable de gérer les situations, d'attirer sur lui l'attention de toutes les personnes présentes, apaisant les emportements et consolant les amours-propres blessés. Sous cette calme apparence, elle soupçonnait pourtant l'existence d'une force contenue, qui pouvait tout à coup se déchaîner de façon spectaculaire.

C'est ridicule, reprends-toi, ma fille, se dit-elle avec contrariété. Ce n'était après tout qu'un homme ordinaire – sans doute sincèrement bouleversé par la tournure des événements et inquiet de leurs conséquences possibles pour Catriona –, mais il n'y avait pas de raison de s'emballer. Il en avait apparemment assez de cette affaire – qui pouvait lui en vouloir ? Il ne fallait pas oublier qu'il avait gardé le silence pour complaire à Catriona, et que ce choix avait dû terriblement lui coûter. Tom Bradley semblait être une personne aux yeux de qui la vérité représentait la priorité absolue, quels que soient les sacrifices que cela exigeait.

Catriona, ravie de sa promenade et dépouillée de la fatigue de sa nuit blanche, se sentait prête à affronter la journée. En approchant de la maison, elle entendit les éclats de voix et s'immobilisa sur la véranda, écoutant les explications de Tom. Son secret était révélé.

— Merci pour votre soutien ! dit-elle en entrant dans la cuisine.

Elle laissa tomber sa cravache sur une chaise et se versa une tasse de thé, avant de se tourner vers eux.

— Bonjour, m'man, s'écria Rosa. Merci à toi de nous avoir tenus à l'écart.

— Le sarcasme ne te va pas très bien, chérie, rétorqua Catriona d'une voix suave. Et, pour l'amour du ciel, arrête de froncer les sourcils, cela t'enlaidit énormément.

Souriant malgré elle, Rosa embrassa la joue de sa mère.

— Pourquoi ne nous as-tu rien dit ?

— Je n'étais pas prête à ressusciter ces souvenirs.

Elle sourit aux trois jeunes femmes. Rosa incarnait pour elle l'élan de la jeunesse, le vent printanier et frais qui apportait la joie. Harriet, pleine d'humour et d'élégance, rayonnait d'une intelligence paisible qui se lisait sur son ravissant visage, ce qui n'échappait pas à Tom Bradley. Quant à Belinda, chez qui le garçon manqué n'avait pas totalement disparu, elle était le symbole du goût de la vie, de l'honnêteté simple et directe : pourvu que Connor s'en rende compte et se décide à agir, avant qu'elle ne retourne à la ville, hors de leur vie pour toujours !

Son fils traversa la pièce et l'embrassa à son tour.

— La prochaine fois, ne garde pas un tel fardeau pour toi. Tu aurais dû savoir que tu ne pouvais pas garder un secret très longtemps.

Opinant du chef, elle se tourna vers Belinda et Tom.

— Je suppose qu'il faut que je vous dise tout dès maintenant, déclara-t-elle fermement. Il est évident que les journalistes vont élaborer leurs propres histoires. Mieux vaut que vous appreniez par moi, plutôt que par des ragots, ce qui s'est réellement passé.

Elle les précéda jusqu'au salon, où elle s'installa sur le canapé, Archie sur les genoux. Une fois qu'ils furent tous assis, elle rassembla ses pensées. Le moment était venu.

— Les autres ont déjà maintes fois entendu l'histoire de ma vie, Tom, commença-t-elle, mais ce que je vais relater maintenant n'a jamais été raconté à personne.

Tom observait les ombres qui jouaient sur le visage de Catriona, conscient de ce qu'elle revivait au fil de son récit. Il aurait souhaité, de tout son cœur, classer cette affaire sans aller plus loin, Toutefois, il devinait qu'elle devait éprouver le besoin de se libérer de ce terrible secret qui avait pesé sur elle tout au long de sa vie.

Il jeta un coup d'œil à Belinda et constata qu'elle réagissait comme lui. Il n'y avait pourtant aucun moyen de revenir en arrière. Catriona était pleinement consciente de ce qu'elle faisait et paraissait même en retirer de l'énergie. Quelle force de caractère et quelle détermination admirable ! Si elle n'avait pas été constituée d'un matériau aussi résistant, ce qu'elle avait vécu autrefois l'aurait totalement détruite. Pourtant, elle était là, toujours aussi solide. Elle avait surmonté toutes ses épreuves et avait su les transformer en victoires. C'était une survivante.

Lorsqu'elle eut prononcé le dernier mot, Catriona laissa échapper un long soupir, extériorisant ce qui lui restait de rage, puis baissa la tête.

— C'était fini. Kane était mort et enterré.

Dans le silence qui suivit, elle regarda ses compagnons, Ce qu'elle voyait lui brisait le cœur. Rosa, blême, les yeux remplis d'horreur, se couvrait les lèvres de ses doigts humides de pleurs. Belinda et Harriet luttaient contre les larmes, le visage couleur de cendre. Tom, le regard fixe, les bras croisés, se balançait nerveusement d'avant en arrière et Connor, les coudes sur les genoux et le menton sur la poitrine, se tenait la nuque, laissant tomber ses larmes muettes sur le sol.

— Ne vous apitoyez pas sur moi, supplia-t-elle. Il est mort. Il ne peut plus me faire de mal.

Rosa se précipita dans ses bras et la serra contre elle aussi étroitement que Viola l'avait fait lors de cette affreuse nuit. Elle sanglotait sur son épaule, laissant échapper des paroles inaudibles. Connor se leva et, après les avoir observées un moment, sortit avec détermination hors de la pièce.

S'appliquant à consoler Rosa, Catriona le regarda partir. Belinda et Harriet s'élancèrent vers elle et l'enlacèrent avec tendresse, dans une étreinte plus éloquente que des mots.

Une fois le calme revenu, elle se tourna vers Tom.

— Voilà, dit-elle. Ce n'est pas une histoire très jolie, n'est-ce pas ?

— Catriona, je n'ai pas de mots pour exprimer ce que je ressens face à ce que vous avez subi. Bien entendu, aucune charge ne sera retenue contre vous pour le meurtre de Kane.

— J'espère bien que non! s'écria-t-elle avec son énergie habituelle.

— J'ai un problème, pourtant, dit-il en se balançant d'un pied sur l'autre après avoir jeté un bref coup d'œil à Belinda.

— Eh bien, allez-y. Je veux en finir avec tout ça et reprendre le cours de ma vie.

— Quand je vous ai téléphoné il y a quelques jours, vous sembliez savoir exactement pourquoi je voulais vous parler. Vous saviez qu'il y avait eu un meurtre à Atherton et que le corps avait été trouvé lors de la rénovation.

— Oui, répliqua-t-elle, à bout de patience. Je vous ai dit exactement ce qui s'est passé et où il était enterré. Je ne vois pas où est le problème.

— Ce n'est pas le cadavre de Kane que nous avons découvert.

26

— Ne soyez pas ridicule, s'écria Catriona en bondissant sur ses pieds et fixant sévèrement son interlocuteur. Bien sûr qu'il s'agit de Kane !

Tom secoua la tête, avec une expression de regret.

— Je suis désolé, Catriona. Le cadavre que nous avons découvert était dissimulé derrière une fausse paroi dans le cellier. L'absence d'air a permis une bonne conservation du corps, qui est presque momifié. La victime ne présente aucun signe de coup.

Il respira profondément avant de poursuivre.

— Cet homme a été étranglé par un fil de fer.

Le visage de Catriona exprima une horreur indicible à l'évocation de la scène qui se présentait à son esprit.

— Je ne comprends pas, chuchota-t-elle. Qui cela pourrait-il…

Elle s'interrompit, atterrée par le soupçon qui s'insinuait en elle.

Tom plongea la main dans sa poche et sortit un petit sac en plastique comportant une pièce à conviction.

— Nous avons trouvé ceci dans sa poche.

Catriona, interdite, vit un collier qui était la réplique parfaite de celui qu'elle portait toujours. Elle s'affaissa sur sa chaise, les yeux rivés à l'objet.

— Dimitri ne m'a jamais abandonnée, en fin de compte. Il était tout le temps près de moi.

Elle tendit la main et serra le petit sac au creux de sa paume. Une immense tristesse l'envahissait à l'idée de cette fin si tragique.

— Où est-il maintenant? s'enquit-elle, la voix brisée par l'émotion.

Le visage compatissant, Tom s'accroupit devant son interlocutrice et posa ses mains chaudes sur les siennes.

— À la morgue de Cairns. Nous n'étions pas capables de l'identifier avec certitude, et bien que l'autopsie nous ait révélé la période et la cause de sa mort, nous n'avions que des soupçons insuffisants pour faire avancer l'enquête. Le rapport original de disparition établi par mon grand-père fait partie de l'histoire de ma famille depuis trois générations. Quand ce corps a été découvert, j'ai compris qu'il fallait que je retrouve la trace des personnes qui avaient disparu à l'époque.

— Alors vous ne saviez rien à propos de Kane? murmura-t-elle.

Il secoua la tête.

— J'avais un corps, c'est tout. Je ne savais pas qui c'était, mais je soupçonnais qu'il s'agissait sans doute de Dimitri Yvchenkov. Après des recherches intensives, je me suis rendu compte que vous étiez la seule personne de cette époque encore vivante.

Elle libéra ses mains et se leva.

— Vous auriez dû tout me dire. Vous auriez dû me préciser où vous aviez trouvé le cadavre.

Il s'empourpra.

— Lorsque je vous ai parlé la première fois au téléphone, vous m'avez dit que vous saviez pourquoi je voulais vous parler, lui rappela-t-il. De plus, vous n'avez pas nié que vous connaissiez le corps non identifié que nous avions trouvé. Dans la mesure où vous n'étiez qu'une enfant à l'époque, je ne vous ai jamais soupçonnée d'être impliquée dans cette mort. Et parce que je vous ai toujours admirée, je voulais vous causer le moins de tracas possibles. C'est pourquoi j'ai préféré venir, afin que vous me racontiez ces événements à votre façon.

— Vous m'avez laissé creuser un grand trou et vous m'avez regardé tomber tout au fond.

La fureur se lisait sur son visage.

— Je n'étais pas obligée d'exposer tout cela à ma famille, je n'étais pas obligée de vous parler du meurtre de Kane. Toute cette évocation profonde et douloureuse n'a servi à rien.

Il poussa un soupir.

— Croyez-moi, Catriona, je n'avais aucune idée que nous ne parlions pas de la même personne. Vous sembliez si sûre de ce que vous avanciez, si sûre que vous connaissiez l'identité de la victime et la façon dont cet homme était mort! Comment aurais-je pu me douter que vous parliez d'un autre meurtre?

Le regard de Catriona se détourna.

— Vous avez raison, admit-elle. Je me suis mis dans la tête que vous aviez retrouvé Kane. Même si j'aurais préféré ne pas avoir à déterrer ces horribles souvenirs, je suppose que je devrais vous remercier de m'en avoir libérée.

— Que voulez-vous dire?

— J'ai déjà été condamnée à perpétuité pour ce meurtre. Pas une journée ne s'est écoulée sans la conscience souterraine de ce que ma mère et moi avions fait. Raconter tout cela m'a soulagée. C'est comme si la vie me proposait, en quelque sorte, un nouveau bail. J'ai enfin réussi à enterrer ce monstre ici, précisa-t-elle en se tapant le crâne. Il est parti. Il n'a vraiment plus le moindre pouvoir sur moi.

— Alors, il sera au moins sorti quelque chose de bien de cette épreuve. Je suis désolé, Catriona. Je n'avais pas l'intention de vous faire souffrir ainsi.

— Je le sais. Si vous m'aviez parlé du collier dès le départ, il n'y aurait pas eu de quiproquo. Pourquoi ne l'avez-vous pas fait ? demanda-t-elle en penchant la tête de côté.

Il passa la langue sur ses lèvres et traça des arabesques sur le tapis avec le bout de sa chaussure.

— Il y a eu un embrouillamini, admit-il. Quand les documents originaux m'ont été fournis, il n'y avait pas de collier avec. J'ai téléphoné à l'un de mes collègues, qui m'a dit que le sac en plastique avait été oublié par erreur et qu'on n'arrivait pas à le retrouver.

Catriona lui jeta un regard incrédule qu'il eut du mal à soutenir.

— Cet homme croule sous le travail. Il a confié le dossier à un jeune débutant qui l'a mélangé à d'autres dossiers dont il était chargé. Il a été retrouvé parmi les vêtements d'une autre victime de meurtre. Heureusement, le mari de cette victime a été assez rigoureux et honnête pour faire remarquer qu'il ne s'agissait pas d'un bijou de sa femme.

— Je souhaiterais savoir maintenant quels sont les éléments en votre possession pour résoudre le meurtre de Dimitri.

— D'après ce que vous nous avez raconté, je peux simplement risquer une supposition, dit-il en regardant Belinda. Dimitri devait soupçonner Kane de méfaits – sans doute pas d'abus d'enfants car je pense qu'il aurait prévenu la police aussitôt s'il vous avait sue en danger. De toute manière, Kane devait se douter que Dimitri aurait été capable de le tuer s'il avait découvert ce qu'il faisait. Il avait probablement peur que vous en parliez un jour ou l'autre, ce qui explique pourquoi il essayait de vous éloigner l'un de l'autre.

— Si Dimitri soupçonnait Kane d'être un homme douteux, pourquoi ne m'a-t-il pas protégée ? Pourquoi n'a-t-il rien dit, que ce soit à ma mère ou à moi ?

Tom haussa les épaules.

— Qui sait ? C'était un sujet délicat, dont il était difficile de discuter avec une fillette. Dimitri était un étranger vivant dans un autre pays que le sien, et dont la famille avait été éliminée dans les pogromes russes. Lorsque vous êtes arrivée, lui rappelant la fille qu'il avait perdue, il s'est énormément attaché à vous. Il devait penser que, vous sachant sous son aile, Kane n'oserait jamais vous porter préjudice.

— Kane commençait à abuser de moi et ne voulait pas courir le risque de me laisser parler, dit Catriona, poursuivant le raisonnement. Il devenait impatient d'aller plus loin. Il fallait qu'il élimine la menace que représentait Dimitri.

— Le comble de l'ironie, c'est que vous n'avez jamais permis à quiconque de se douter de ce qui se passait. Kane vous avait trop bien manipulée. Il allait s'en sortir sans dommage.

— Il me faisait porter la responsabilité de la situation, en me laissant entendre que Dimitri était violent et que nous risquions tous de nous retrouver à la rue par ma faute. Il m'a fallu des années pour comprendre qu'il n'avait cessé de me mentir. À l'époque, je m'imaginais sans doute que je pouvais faire comprendre à mon entourage ce qui se passait en me montrant impolie et désobéissante. C'était idiot, ajouta-t-elle avec un sourire triste. Car personne n'a rien remarqué avant qu'il ne soit trop tard. Je veux que Dimitri ait des funérailles décentes, Tom. Pouvez-vous vous en occuper pour moi ?

— Bien sûr. Voulez-vous assister à la cérémonie ?

Catriona réfléchit un moment.

— Non. Je vais le pleurer et je ne l'oublierai jamais. Mais c'est aux morts d'enterrer les morts. L'avenir est tout ce qui compte maintenant. Quel sera mon avenir, Tom ?

— L'affaire est close. Dimitri a été identifié et l'on va considérer qu'il a été tué par une personne inconnue. Nous n'avons aucune preuve nous permettant d'établir la culpabilité de Kane. Il va nous falloir creuser sous la remise et étiqueter les restes que nous allons trouver. Je doute qu'il reste grand-chose si vous avez versé de l'acide sur le corps.

— Vais-je être accusée de meurtre ? articula-t-elle en lisant les expressions qui se succédaient sur le visage de son interlocuteur.

Il secoua la tête.

— Votre mère l'a tué, et elle est décédée. Vous étiez une enfant à l'époque et bien qu'on puisse, dans l'absolu, arguer que vous l'avez aidée à dissimuler le corps, je vais faire en sorte que votre nom ne soit pas cité.

— Comment allez-vous vous y prendre ? N'est-ce pas une distorsion de la vérité ?

— Probablement, dit-il en échangeant un regard complice avec Belinda. Mais seules les personnes présentes dans cette pièce connaissent la cause de ce meurtre, ce qui est une garantie, n'est-ce pas?

Elle lui rendit son sourire.

— Vous êtes un chenapan, le taquina-t-elle. Je ne suis pas totalement convaincue. Et ce petit magnétophone que vous avez utilisé toute la journée? Ne contient-il pas tout ce qui s'est dit?

Il saisit l'appareil et le regarda avec une expression de consternation appuyée.

— Quel dommage! J'ai oublié de le remettre en marche quand j'ai changé les piles et la bande!

Après une courte conversation avec Tom, Belinda partit à la recherche de Connor. Elle ne pouvait détacher ses pensées du récit qu'elle avait entendu et de la souffrance qu'il avait dû immanquablement provoquer chez le fils de Catriona. Appuyée sur une barrière, elle contempla le paysage en soupirant. Cette histoire n'avait rien d'inhabituel. Elle en avait entendu bien d'autres versions quand elle travaillait pour le service de Protection de l'enfance. Tout en sachant que le fait d'écouter les jeunes victimes permettait de les soulager en partie de leur calvaire, elle était rapidement arrivée au bout de ce qu'elle pouvait supporter. En fait, c'était la raison pour laquelle elle avait demandé un transfert à la brigade des stupéfiants. Les dealers étaient plus faciles à affronter que les pédophiles.

— Est-ce que tu restes un peu à Belvédère? demanda Connor en venant la rejoindre.

— Seulement ce soir. Tom et moi allons à Cairns demain pour boucler l'affaire et terminer notre rapport. Puis nous retournons à Brisbane pour un débriefing avec le patron.

— Ah.

C'était un mot très court, mais Belinda perçut l'émotion qu'il recelait. Elle attendait depuis son arrivée un signe révélant qu'elle lui manquerait si elle repartait. En outre, elle savait qu'elle ne pouvait pas plus s'éloigner de lui que voler vers la lune. Alors qu'elle éprouvait le besoin de dire tant de choses, elle n'arrivait pas à trouver les mots appropriés. Jamais elle n'avait su cacher ses émotions et elle se savait capable de prendre la mouche si la réaction de son interlocuteur n'était pas à la hauteur de ses espérances. Toutefois, ce moment était trop important pour être gâché.

Debout près d'elle, dans la chaleur étouffante de la fin de l'après-midi, Connor la regardait. Belinda sentit que, comme elle, il cherchait désespérément ce qu'il pourrait lui dire pour prolonger cette conversation. Ils étaient si profondément plongés dans leurs pensées qu'ils n'entendirent pas Catriona arriver derrière eux.

— Bon sang, arrêtez tous les deux de rester plantés là comme deux nouilles. Si vous avez quelque chose à vous dire, dites-le !

Elle embrassa Belinda et la serra contre elle avant de se tourner vers Connor.

— Ce n'est pas comme si vous étiez des étrangers, ajouta-t-elle avec sécheresse. À la place de Belinda, je te donnerais un coup de pied aux fesses pour avoir l'esprit si lent !

Ils la regardèrent s'éloigner. Le jeune homme se tourna vers sa compagne, les yeux éloquents. Elle glissa sa main dans la sienne et sentit son pouls s'accélérer.

— Je ne suis pas obligée de partir à l'instant, dit-elle d'une voix tremblante. Et je reviendrai très vite.

— Quand ?

À en croire le visage illuminé de son interlocuteur, son impatience ne faisait aucun doute.

— Bientôt. Écoute, Connor, commença-t-elle. Bien sûr, je t'ai dit beaucoup de choses stupides par le passé. Je sais que j'étais pénible quand j'étais enfant. Si tu ne veux plus me voir, je ne t'en voudrais pas, mais…

Il posa un index sur les lèvres de sa compagne pour la faire taire.

— Nous sommes adultes, maintenant, dit-il simplement.

Elle ferma les yeux un moment, savourant le contact de sa peau, et bascula contre lui.

— Tu me bouleverses, Connor, lui dit-elle d'une voix rauque. Tu fais surgir en moi des sentiments que je ne croyais pas possibles, et cela me fait peur.

Levant les yeux vers lui, elle lut sur son visage une telle expression de tendresse qu'elle fut sur le point de pleurer de joie.

— Penses-tu pouvoir éprouver la même chose ? reprit-elle.

— Je dois admettre que tu as fini par m'avoir à l'usure, répliqua-t-il avec une lueur taquine dans les yeux. Mais tu vis à Brisbane et je suis ici, comment pouvons-nous faire en sorte de tenter notre chance ?

— Nous trouverons, murmura-t-elle. Quand vas-tu t'arrêter de parler pour m'embrasser ?

Il captura avidement ses lèvres et la serra contre lui si fort qu'elle sentit les battements de son cœur.

Cet instant concrétisait le rêve qu'elle caressait depuis l'année de ses six ans. Bientôt, elle quitterait la ville afin de revenir à Belvédère pour de bon. Elle appartenait à cet homme, qu'elle était déterminée à faire sien.

Catriona s'était dirigée vers le grand eucalyptus. Elle avait besoin d'un peu de solitude afin de faire le point sur les événements de la journée. Plongée dans ses pensées, elle aperçut soudain Harriet à travers les branches. Sa valise à la main, la jeune femme dévalait les marches du perron et s'engouffrait dans sa voiture, dont elle fit claquer violemment la portière.

Sur le point de l'appeler, Catriona constata que le véhicule fonçait déjà le long de la piste. Où diable allait-elle ? Et pourquoi avait-elle pris sa valise ? Il n'était pas envisageable qu'elle parte sans dire au revoir. Elle fit une grimace, ne sachant que faire. Il fallait qu'elle trouve Rosa, pour vérifier si les filles ne s'étaient pas disputées. À la réflexion, c'était la seule explication plausible pouvant justifier un départ aussi précipité.

Considérant qu'elle avait eu assez d'émotions pour une seule journée et déterminée à faire face à la situation avec sérénité, elle retourna lentement à la maison.

Rosa tirait furieusement sur sa cigarette en manipulant bruyamment casseroles et couverts dans l'évier.

— Il était temps que Connor fasse preuve d'un peu de bon sens, s'écria-t-elle. Il se transformait peu à peu en vieille peau.

— Être une vieille peau n'a rien de répréhensible, rétorqua Catriona. Tu verras, cela t'arrivera un jour !

Elle croisa les bras et contempla sa fille dont la mauvaise humeur était presque palpable.

— Que se passe-t-il ? demanda-t-elle calmement.

— Rien.

— Tu sais, Rosa, tu peux être extrêmement agaçante par moments. Laisse la vaisselle et dis-moi pourquoi, d'une part, Harriet est partie précipitamment, et, d'autre part, tu donnes l'impression d'être sur le point d'exploser.

La jeune femme se tourna vers elle.

— Il fallait qu'elle retourne à Sydney.

— Pour quelle raison ?

Son interlocutrice s'essuya nerveusement les mains en soupirant.

— Je n'en sais rien, répondit-elle.

Elle jeta le mégot de sa cigarette et en alluma une nouvelle. Catriona décida de faire preuve de patience. Rosa, qui était incapable de mentir longtemps, n'allait pas tarder à tout lui raconter, comme elle le faisait toujours.

Dans le silence qui s'épaississait, la jeune femme céda.

— D'accord, d'accord, avoua-t-elle en levant les bras en signe de soumission. Harriet et moi nous sommes disputées. Nous avons décidé qu'il était préférable qu'elle parte pour que nous puissions chacune respirer un peu.

Laissant tomber la cendre de sa cigarette sur le sol, elle la poussa du pied.

— De toute manière, elle a des choses à faire à Sydney, qui ne peuvent pas attendre.

Catriona baissa la tête, commençant à comprendre ce qui se passait.

— Vraiment ? Et je suppose que tu ne sais pas de quelles « choses » il s'agit ?

— Je n'en sais rien, dit Rosa en évitant son regard. Les affaires de Harriet ne me concernent pas.

— Sans doute suis-je une vieille peau, mais ne me traite pas comme si j'étais sénile, s'il te plaît.

— Je n'ai jamais pensé que tu étais vieille ou sénile, hurla Rosa. Harriet et moi nous sommes querellées à cause de quelque chose que j'ai dit sous l'impulsion du moment. Il faut reconnaître qu'après tes révélations, l'atmosphère était tellement chargée d'émotion qu'il était facile de laisser échapper une parole malheureuse.

— J'admets que la journée a été difficile, mais la cause de votre dispute a dû être très sérieuse pour que Harriet parte sans dire au revoir.

Elle s'interrompit et passa la langue sur ses lèvres.

— Je ne suis pas dupe, Rosa. Je sais ce que tu as manigancé.

Levant un sourcil, Rosa s'appliqua à jouer l'innocence, mais la couleur de son visage la trahissait. Son incapacité à croiser le regard de sa mère apporta la preuve décisive de sa culpabilité. Elle leva le menton en signe de défi, prête à lutter jusqu'au bout.

— Et que crois-tu que j'aie fait, exactement ?

— Tu t'es mêlée de choses qui ne te regardaient pas. J'espère que tu es prête à assumer les conséquences de tes actes. Car rien n'est jamais si simple et clair qu'il y paraît.

Rosa se mordit les lèvres, la colère chassée par le doute.

— Que veux-tu dire ?

— Tu sais pertinemment ce que je veux dire.

Connor regarda la jeune femme qui se tenait près de lui. Vêtue d'un chemisier et d'un jean, elle avait noué en hâte un sweater autour de sa taille. Ses cheveux bouclés flottaient autour de son visage dépourvu de maquillage et dévalaient sur ses épaules, jusque dans son dos. Il pensa à Harriet, posée et sophistiquée, ne pouvant s'empêcher d'établir une comparaison. Il avait été attiré par sa beauté – quel homme ne l'aurait pas été? –, mais, pourtant, en dehors du fait qu'elle était une amie de Rosa et un ravissement pour les yeux, elle n'arrivait pas à la cheville de la fille qui se trouvait à ses côtés.

— Tu sembles rêveur, mon gars, dit Belinda. Quelque chose te préoccupe?

Sous le regard sombre et brillant, il rougit. On aurait dit qu'elle lisait dans ses pensées. Il faudrait qu'il se surveille, il ne voulait pas risquer de paraître aussi idiot que Tom Bradley.

— Bon, il est tard, grommela-t-il. Je devrais aller m'occuper des hommes.

Elle lui sourit en s'adossant à la barrière, puis bâilla en passant les mains dans ses cheveux. Connor ne put s'empêcher de remarquer la courbe délicate de ses seins qui se dessinaient sous sa chemise. Il s'empourpra de nouveau, constatant qu'elle avait suivi son regard et s'esclaffait d'une voix grave. Il ne pouvait nier l'effet qu'elle avait sur lui.

— Contente de voir que tu apprécies la vue, déclara-t-elle, les yeux moqueurs.

Connor décida de la combattre avec ses propres armes.

— J'admets qu'elle est plus agréable à contempler que le derrière d'un mouton, marmonna-t-il.

Elle éclata de rire en basculant la tête en arrière.

— Merci infiniment, réussit-elle à articuler finalement. Je suppose qu'il s'agit d'un compliment ?

Il eut un large sourire enfantin.

— Bien sûr, dit-il en soufflant la fumée de sa cigarette.

— Tu n'es pas mal non plus, fit-elle en l'examinant de haut en bas. Tu es presque plus beau que Max, mais il a un avantage que tu n'as pas.

— Max?

Il savait qu'il n'aurait pas dû réagir, mais il ne pouvait s'empêcher de jouer le jeu de son interlocutrice.

— C'est mon partenaire.

— Ah? dit-il, le cœur soudain serré. Je ne savais pas que tu avais un petit ami.

— Pauvre Connor. Je ne devrais pas te taquiner.

Il la fixa avec étonnement. Jamais il ne comprendrait les méandres de l'esprit féminin, mais il aurait préféré qu'elle ne parle pas par énigmes.

— Max est mon partenaire de travail. Il est intelligent, loyal et le meilleur ami que j'aurai jamais.

Elle s'interrompit, le regarda intensément, et poursuivit :

— J'aime son museau frais et humide, bien qu'il ait trop de poils et une tendance à détester les chats et les bandits. C'est un berger allemand, qui ne pourra jamais rivaliser avec toi, ajouta-t-elle doucement.

Connor éprouva un sentiment de soulagement incommensurable.

— C'est parfait, déclara-t-il, regrettant de ne pas avoir trouvé de réponse plus spirituelle.

Un silence électrique s'établit entre eux, alors qu'elle le fixait avec une expression énigmatique.

— La journée a été rude. Que dirais-tu d'une promenade à cheval ?

Il pensa que c'était une excellente idée, mais, toujours prudent, décida de ne pas manifester trop d'enthousiasme.

— Je pensais que tu avais du travail, répliqua-t-il.

— Cela peut attendre demain. Je ne peux pas faire grand-chose avant de retourner à Cairns. Je suis censée être en vacances, et j'ai besoin d'exercice et de grand air.

Alors qu'elle posait une main, douce et tiède, sur son bras, il sentit des fourmillements le long de sa colonne vertébrale.

— Allons, viens, chuchota-t-elle. Partons d'ici.

Sous le soleil bas qui découpait les crêtes des montagnes, ils partirent au galop vers les vastes prairies qui entouraient Belvédère. Le couchant inondait l'outback d'une lumière incandescente, illuminant les roches escarpées et abandonnant à l'ombre épaisse les forêts de pins agrippées aux parois rocheuses.

Les cheveux dans le vent, Belinda rayonnait du plaisir de la liberté retrouvée. Connor échangea avec elle un sourire, prenant tout à coup conscience d'avoir trouvé une femme avec laquelle il acceptait de partager son royaume.

Sous le ciel enflammé, les oiseaux retournaient à leur perchoir, troublés par les kangourous et les wallabies qui émergeaient du bush pour leurs expéditions nocturnes. Les fleurs sauvages exhalaient leur parfum, mêlé à celui des pins et des eucalyptus. Alors que la nuit tombait abruptement, ils mirent leurs chevaux au pas et marchèrent côte à côte, sans parler, en parfaite harmonie avec la nature environnante.

Connor contempla ce territoire qui était le sien et en ressentit d'autant plus profondément la beauté qu'il pouvait la partager avec une âme sœur. Il leva les yeux vers sa compagne et croisa son regard.

— Qu'est-ce qu'il y a ? demanda-t-il, presque sur ses gardes.

— Tu aimes vraiment cet endroit, n'est-ce pas ?

— Plus que n'importe quel autre endroit au monde.

— Je l'aime aussi, et je comprends parfaitement pourquoi tu ne le quitteras jamais.

L'entendant soupirer, il crut déceler une nuance de regret dans ses paroles.

— Je souhaiterais…, commença-t-elle.

— Que souhaiterais-tu ? demanda-t-il alors qu'ils approchaient des collines sur lesquelles ils avaient chevauché la veille.

Elle se redressa sur la selle et repoussa les épaules en arrière.

— Je souhaiterais être un homme, avoua-t-elle. J'aurais alors pu rester à la maison, gérer Derwent Hills et dire à mes frères de dégager.

— Il y a des femmes qui gèrent des stations avec succès, argua-t-il, taraudé par l'envie de l'embrasser à nouveau.

— Très juste. Mais ces femmes n'ont pas quatre frères désireux de diriger la ferme. Le domaine n'est pas assez grand pour nous tous. Que veux-tu que je fasse ?

Connor comprit qu'elle n'attendait pas vraiment de réponse. Il la devança à travers les majestueuses collines et s'arrêta au pied d'un chemin étroit. Le petit sentier conduisait à une ancienne caverne et à un plateau verdoyant à peine dissimulé par un amoncellement de rochers. Tous deux mirent pied à terre, puis échangèrent un long regard.

Belinda fut la première à détourner les yeux.

— Qu'est-ce qu'il y a là-haut ? demanda-t-elle.

— La plus belle vue du monde. Tu te sens prête à grimper ?

— Si tu l'es, je le suis.

Sans attendre de réponse, elle s'élança en courant sur le chemin de terre, dans un mouvement à la fois souple et puissant.

Il attrapa une gourde et un sac dans sa sacoche de selle, puis la suivit. En sueur et à bout de souffle, il ne la rejoignit que sur le plateau, où elle l'attendait calmement.

— Qu'est-ce qui t'a ralenti ? articula-t-elle, taquine.

Plié en deux, il posa les mains sur ses genoux, s'efforçant de reprendre sa respiration.

— Où as-tu appris à courir comme ça ? s'enquit-il. Bon sang, tu dois avoir battu le record du mille mètres !

— À l'entraînement de la police. Les flics doivent rester en forme.

Elle s'allongea sur le dos, les bras croisés sous la nuque et contempla les étoiles.

— De plus, je suis beaucoup plus jeune que toi, ajouta-t-elle.

Avant qu'il ne puisse réagir, elle tourna la tête vers lui et conclut :

— Mais pour un vieux, tu ne t'en es pas trop mal sorti.

Il se laissa tomber près d'elle et but longuement à la gourde, puis, ignorant délibérément la main tendue de sa compagne, revissa posément le bouchon et posa le flacon hors de sa portée.

— Les vieux ont le temps de penser à apporter à boire et à manger, répliqua-t-il.

Réprimant un rire, il déballa le paquet de sandwichs qu'il avait rapidement pris au réfectoire.

— Toi qui es si jeune et en forme, tu ne dois pas avoir besoin de manger.

Elle lui donna un coup dans les côtes.

— Donne-moi à boire ou je vais te montrer à quel point je suis en forme, ordonna-t-elle avec un sous-entendu appuyé.

— Vraiment ?

Il mordit dans un délicieux sandwich au poulet et mâcha avec ravissement.

— Quelle armée vas-tu appeler en renfort ?

Un second coup bien appliqué envoya voler le sandwich.

Connor lui agrippa les poignets tandis qu'elle essayait d'attraper la gourde. L'instant d'après, il était assis à califourchon sur les jambes de Belinda qui s'agitaient violemment.

— Tu as soif ? dit-il en ouvrant le flacon et versant un peu d'eau sur le visage de sa prisonnière.

Elle éternua, partagée entre le rire et un léger énervement.

— Tu ne perds rien pour attendre, Connor Cleary. Tu vas savoir ce qu'il en coûte de me traiter ainsi !

— Je n'en doute pas, rétorqua-t-il en la plaquant au sol. Toujours des promesses !

Soudain, elle s'immobilisa. Il se figea aussi, hésitant. Belinda était tellement imprévisible ! Le silence s'épaissit entre eux alors qu'ils se regardaient, baignés par le clair de lune. Il était certain qu'elle pouvait entendre son cœur qui battait la chamade.

Une lueur de défi dans les yeux et un sourire espiègle sur les lèvres, elle le fixait. Incapable de résister à ce qui s'offrait à lui, il inclina la tête et, doucement, l'embrassa sur la joue.

— C'est tout ce que tu peux faire? Pour un vieux, tu ne sais pas grand-chose, on dirait.

Elle enroula ses bras autour de son cou et l'attira vers elle.

— Laisse-moi te montrer comment on s'y prend en ville.

Les lèvres chaudes de Belinda frémirent contre les siennes, l'entraînant dans un tourbillon qui faisait vibrer chaque fibre de son corps. Les doigts de la jeune femme s'insinuaient dans ses cheveux, et ses seins ronds se pressaient contre sa poitrine. Le souffle court, il laissa ses sens s'enflammer. Elle dégageait une odeur mêlée d'herbe fraîche et de foin. Il embrassa le nez finement sculpté, les sourcils sombres en forme d'ailes et la peau soyeuse, qui palpitait si délicieusement sous son oreille parfaite.

Avec un long soupir, elle lui ôta sa chemise et fit courir ses doigts le long de son dos, avec virtuosité. Consciente de l'effet qu'elle produisait sur lui, elle pressa étroitement ses hanches contre les siennes. À contrecœur, mais sachant qu'il n'allait plus pouvoir résister davantage, il s'arracha à son étreinte.

Elle le serra plus étroitement et enroula ses jambes autour de lui.

— Ne résiste pas, chuchota-t-elle. Je t'en prie, ne résiste pas. J'attends cela depuis trop longtemps.

Encouragé, il glissa la main derrière sa nuque et l'embrassa. Il goûtait sa langue, le corps incendié par la fièvre. Il voulait la posséder, la faire sienne, concrétiser ce qu'il éprouvait pour elle ici, dans la nuit, sous la lune et les étoiles de ce paradis.

Gauchement, ils luttèrent avec les boutons et les ceintures, avec les vêtements étroits et les sous-vêtements indociles. Tout à coup nus, ils attendirent le souffle coupé, avant de céder l'un à l'autre.

Connor savourait la beauté de sa compagne dans la lumière argentée. Ses doigts tracèrent le chemin délicat qui menait de son nombril à la vallée creusée entre ses seins fermes et laiteux, ornés de mamelons sombres. Il entoura l'un d'eux de ses lèvres et l'effleura avec sa langue, faisant naître en elle un gémissement de plaisir. Sa peau avait un goût délicieux, un parfum de fleurs.

Elle le caressa à son tour, explorant, frôlant, faisant monter en lui une chaleur qui excitait son propre désir. Connor éprouvait une pulsion identique, mais sentait confusément que cette jeune dame n'était pas comme les autres, qu'elle méritait le meilleur de ce qu'il pouvait donner. Il devait lui accorder du temps, offrir à leur couple l'occasion de s'explorer, de se savourer à loisir.

Soudain, elle s'agrippa à lui et l'attira profondément en elle, jusqu'à ce qu'il n'ait plus conscience que de cette pulsation, de ce besoin de mener leur voyage magique à son terme. Peau contre peau, ils se livraient à la danse éternelle des amants. Adroitement, il la souleva jusqu'à ce qu'elle soit sur lui et, se dévorant mutuellement, ils s'élevèrent toujours plus haut, jusqu'à leur commune et glorieuse extase.

Après avoir sombré dans un court sommeil, ils se réveillèrent et se possédèrent à nouveau, lentement, avec une tendresse infinie. Comblés, ils oscillaient entre l'éveil et le sommeil, enlacés sous le ciel clair.

Connor sourit. Le corps voluptueux de Belinda s'adaptait au sien avec perfection. Dans son sommeil, elle paraissait très jeune, presque vulnérable. Il admira les longs cils recourbés, la bouche généreuse et souriante. Qui aurait deviné qu'un tel feu couvait dans ce corps sensuel capable de susciter en lui une telle passion ?

Il effleura son front de ses lèvres, envahi d'un désir irrépressible de la protéger. Ce qui venait de se produire entre eux procédait d'une évidence. Jamais il n'avait éprouvé auparavant un tel sentiment d'appartenance.

Belinda remua et ouvrit les yeux. Aussitôt, elle l'enlaça de ses bras et jambes et l'embrassa avec un profond sentiment de plénitude.

— Il va falloir rentrer, dit-elle avec regret. L'aube n'est pas loin, et je ne peux pas me permettre de rater l'avion pour Cairns.

Connor aurait voulu que cette nuit dure toujours, qu'ils soient coupés du monde afin de pouvoir rester là, dans les bras de Belinda.

La jeune femme semblait partager ses pensées. Lorsqu'ils interrompirent leurs baisers, elle s'écarta de lui et le regarda dans les yeux.

— Je n'oublierai jamais cette nuit, dit-elle doucement. Elle n'aurait pu être plus parfaite. Je regrette d'être obligée de partir.

— Il pourrait y avoir d'autres nuits, répondit-il en jouant avec les boucles rebelles qui formaient un halo sombre autour de la tête de sa compagne. Et des jours aussi. Ne repars pas à Brisbane, Belinda.

Elle planta un baiser rapide sur le bout de son nez et entreprit de se rhabiller.

— Il le faut, Connor, déclara-t-elle en claquant des dents. Mais ce ne sera pas long. Je t'attends depuis trop longtemps pour te laisser m'échapper maintenant.

Il embrassa sa joue glacée et s'habilla à son tour, en proie à un tourbillon d'émotions. Jusqu'à présent, il avait toujours eu tendance à ne pas révéler ses véritables sentiments. Se montrant toujours méfiant, il avait veillé soigneusement à éviter les pièges de l'amour et de l'engagement, sachant pertinemment où ils menaient la plupart du temps. Pourtant, il avait suffi que Belinda réapparaisse pour que tombent toutes les défenses qu'il avait dressées autour de lui. Spontanément, il l'avait autorisée à entamer ses résistances et à regarder dans son cœur. Ce faisant, elle avait libéré le petit garçon qui était en lui pour lui montrer la lumière qu'il cherchait depuis si longtemps.

En attachant sa ceinture, il la regarda. Cette femme magnifique était un véritable miracle. Comment pouvait-elle l'aimer encore après tant d'années ? Il se sentait maintenant terrifié à l'idée de la perdre.

— Belinda, commença-t-il. Belinda, si je te demande quelque chose, peux-tu me promettre de ne pas rire ?

Elle se tourna vers lui. Soudain paralysé par la peur, il se tut.

— Je promets de prendre tout ce que tu me diras avec le plus grand sérieux, murmura-t-elle.

Se glissant entre ses bras, elle l'enlaça pour lui donner le courage de parler.

— Veux-tu m'épouser ? articula-t-il.

— Tôt ou tard, certainement. Qu'est-ce qui a pu te faire penser le contraire ?

27

Catriona regarda s'éloigner l'avion qui emmenait Tom et Belinda à Cairns. Le pilote ramènerait le Cessna ce soir. Devinant qu'elle avait très peu de chances de tirer quoi que ce soit de Connor aujourd'hui, elle se sentait néanmoins soulagée que l'épreuve de la veille ait débouché sur un événement positif pour l'un de ses enfants. Non seulement la nuit des deux jeunes gens dans le bush ne lui avait pas échappé, mais leurs adieux réticents, mêlés à un bonheur rayonnant, lui avaient réchauffé le cœur.

Elle laissa son fils debout sur le seuil de la maison et descendit de la véranda. Pendant un instant, elle s'immobilisa dans le soleil, soulagée que le pire soit derrière elle. Il fallait encore tirer au clair le problème de la dispute entre Rosa et Harriet, plutôt inquiétante, mais elle voulait croire que cette querelle se résoudrait assez vite. Après tout, les filles étaient amies depuis l'enfance et, bien que ce dernier affrontement soit, de toute évidence, plutôt sérieux, leur affection réciproque était assurément assez forte pour le surmonter.

Repoussant ce sujet de préoccupation, Catriona examina avec un soupir de plaisir les bâtiments éparpillés autour de la cour. Le domaine n'avait pas tellement changé depuis la toute première fois où elle l'avait contemplé du haut des collines. Magnifiés par la lumière matinale, les arbres familiers, dont l'écorce d'argent se transmuait en or, exerçaient sur elle le même enchantement que jadis. Elle respira l'odeur de la terre poussiéreuse, consciente des cris d'oiseaux, des aboiements des chiens, et du crissement des milliers d'insectes autour d'elle. En un seul instant, elle retrouvait toutes les raisons pour lesquelles elle avait choisi de vivre à cet endroit. Les plateaux du nord du Queensland avaient leurs attraits, mais, en dépit de la végétation luxuriante de leurs forêts tropicales, ils n'exerçaient pas sur elle le charme des camaïeux beiges et ocre de l'outback, au-dessus desquels s'étendait un ciel décoloré par le soleil.

Même la chaleur se révélait ici particulière. Ni étouffante, ni épuisante, elle évitait la désagréable impression de se trouver dans un sauna. Cette température honnête s'accompagnait d'une lumière brillante, pure et vive, qui mettait nettement en évidence les moindres nuances du paysage monochrome.

Dans l'ombre mouchetée, Catriona put distinguer la silhouette attentive aux jambes croisées, qui se tenait sous les frondaisons.

— Tu viens prendre le petit déjeuner, Ma? demanda Connor.

— Vas-y, dit-elle en voyant l'aborigène se lever. Je dois parler à Billy.

Elle regarda l'homme venir vers elle à contre-jour. Ses longues jambes fines paraissaient fragiles dans la brume de chaleur qui tournoyait autour de ses pieds.

Encore bas dans le ciel, le soleil affinait les contours de son grand corps mince, évoquant les élégants jabirus.

En souriant, elle l'attendit. Cette comparaison paraissait tout à fait adéquate, car il était dit que la mère de Billy avait vu passer l'un de ces oiseaux dès ses premières contractions. L'échassier, dès ce moment, avait été considéré comme le totem de son fils.

— Bonjour madame, dit-il en s'arrêtant près d'elle.

— Bonjour Billy, répondit-elle d'une voix imprégnée de tendresse.

— Les mauvais esprits vous harcèlent, mais vous avez la force de les combattre.

— Tout ce qui était mauvais a disparu, Billy. Nous avons agi comme il le fallait.

Les rides du visage de son interlocuteur se creusèrent davantage.

— Vous auriez dû naître au sein de notre peuple, déclara-t-il. Votre esprit est puissant. Vous auriez fait une bonne *lubra*.

Elle éclata de rire, la tête en arrière.

— Billy, vous êtes un vrai malin ! Si j'étais une *lubra*, je vous ferais marcher à la baguette, croyez-moi.

— Sûrement ! Vous êtes pleine de feu. Les hommes blancs qui vous entourent ont intérêt à se méfier.

Retrouvant son sérieux, elle le regarda plus attentivement. Les ravages du temps l'avaient dépouillé de sa vibrante jeunesse, sans que son port altier en ait été affecté. Il était le dernier membre de sa tribu à adhérer aux coutumes anciennes. Elle savait, alors qu'ils se livraient à cet échange, qu'il se préparait à sa dernière marche dans le désert.

— Quand vous partirez pour le grand voyage, vous allez terriblement me manquer, mon vieil ami, articula-t-elle paisiblement.

Alors qu'il acquiesçait, une mèche de cheveux gris accrocha la lumière.

— Les esprits chantent. Je les entends. Bientôt, je monterai lentement vers les étoiles.

— Ce sera un magnifique voyage, Billy, dit-elle avec tristesse.

Ils se côtoyaient depuis trente ans à Belvédère. Comment pourrait-elle se passer de son amitié et de sa sagesse ?

Les yeux ambrés de l'homme l'étudiaient avec attention.

— Quand vous avez voyagé pour la première fois, vous étiez très malade. Je crois que, depuis, vous avez rencontré de bons esprits. Nous pouvons nous dire adieu.

Catriona le suivit du regard tandis qu'il se retournait et s'éloignait d'elle lentement. Plus la distance entre eux augmentait, plus sa silhouette longue et filiforme semblait se fondre dans l'air, comme un mirage sur le point de s'évanouir.

— Adieu, chuchota-t-elle, refoulant ses larmes. Bonne chance.

Rosa s'efforçait de traîner la malle hors du salon.

— Ne reste pas planté là, Connor. Aide-moi à cacher ça avant que maman ne revienne.

— Je n'en vois pas l'utilité, marmonna-t-il. C'est elle qui m'a demandé de la descendre du grenier.

Rosa s'assit sur ses talons.

— Elle a subi suffisamment d'épreuves au cours des dernières vingt-quatre heures, et cette malle risque de retourner le couteau dans la plaie, argua-t-elle en saisissant les lanières de cuir. Hors de sa vue, elle a plus de chance de rester hors de son esprit. Viens, mettons-la ailleurs.

— Ne touche pas à ça, Rosa, intervint Catriona dans l'encadrement de la porte.

— Mais, m'man…

Sa mère repoussa d'un geste ses objections.

— Il n'y a rien là-dedans qui puisse encore me faire souffrir. Plus depuis hier. Je ne dis pas que je ne regrette en rien mes erreurs passées, ajouta-t-elle en entrant à grands pas dans la pièce. J'aimerais encore pouvoir modifier certaines choses, mais j'accepte maintenant le constat que tous les souhaits du monde n'y peuvent rien changer.

Rosa lui prit la main, inquiète de la voir si fatiguée et les yeux rouges.

— Je pense que tu as eu suffisamment de soucis pour l'instant, mais si tu ne veux pas que nous touchions à la malle, pas de problème.

Catriona libéra ses doigts et entreprit de préparer trois verres de gin tonic. Elle en tendit un à chacun de ses enfants.

— Buvons à Dimitri, dit-elle en levant le sien. Et à Billy. Que Dieu le bénisse.

— De quoi parliez-vous, Billy et toi ? demanda Connor. Vous aviez l'air très sérieux tous les deux.

— Il est venu me dire adieu, articula-t-elle, après avoir bu une autre gorgée de son apéritif.

Elle se rendit compte tout à coup que Connor comprenait, mais que Rosa n'avait pas la moindre idée de ce dont elle parlait.

— Les aborigènes qui obéissent aux traditions sont en communication avec le rythme de leur corps et celui du monde dans lequel ils vivent, expliqua-t-elle. Ils appellent cela le « chant ». Quand ils l'entendent, ils savent que le temps d'entreprendre leur dernier voyage dans le Temps du Rêve est venu, Billy va aller retrouver ses ancêtres et confesser toutes les erreurs qu'il a commises pendant sa période de gardien de la Terre. Une fois qu'il se sera confronté aux esprits du bien et du mal, et aura prouvé qu'il est digne d'être reçu, il sera mis en présence de la déesse du Soleil, transporté jusqu'aux étoiles et intégré à la Voie lactée, conclut Catriona avec un soupir. Je lui envie cette croyance.

— Ce n'est pas très différent de ce que nous avons appris, marmonna Rosa. Personnellement, je ne crois pas qu'il y ait quelque chose après nous. Ce n'est qu'une énorme farce. Comme les gens ne peuvent pas supporter l'idée de leur insignifiance, ils inventent une vie après la mort, un paradis, avec, de surcroît, un parti pris élitiste !

— Eh bien ! Je te trouve un peu trop jeune pour être si cynique, s'écria Catriona en ébouriffant la crête rose de la jeune femme. Je suis toutefois bien trop affairée pour entamer une discussion religieuse avec toi. Je dois m'occuper de l'organisation de la nourriture pour la réception de demain, établir un plan de table et réfléchir à l'hébergement des membres de l'orchestre.

Tom et Belinda descendirent de la voiture de police. L'équipe de techniciens étant attendue sur la scène du crime dans moins d'une heure, ils voulaient rester seuls un certain temps pour explorer tranquillement l'ancien hôtel Saint-Pétersbourg, que Catriona leur avait décrit avec tant de réalisme. L'aspect sinistre du portail ne semblait pas seulement dû au ravage des ans. Les deux battants ouverts, qui ne tenaient à leurs charnières rouillées que par miracle, étaient reliés au sol par une profusion de lantana rampant, de lierre et de touffes d'herbe. La chaîne géante, autrefois fermée par un cadenas, pendait lamentablement, aujourd'hui brisée et entremêlée aux volutes ornementales de fer forgé. Belinda ne put réprimer un frisson. La forêt ténébreuse environnante, étrangement silencieuse, semblait les observer et guetter leur réaction. Tandis qu'ils avançaient dans l'allée, ils virent soudain la demeure surgir devant eux, telle une présence maléfique qui les invitait à s'approcher et les attirait plus près, laissant deviner la présence de terribles secrets.

— Tu vas bien ?

La voix de Tom la fit sursauter.

— Oui, mais cet endroit me donne la chair de poule.

— Nous n'en avons pas pour longtemps. Viens, dépêchons-nous.

À contrecœur, Belinda gravit derrière son collègue les marches abîmées du perron. Levant les yeux, elle aperçut une tête de lion en pierre, à moitié détruite et couverte de lichen, scellée dans le fronton de marbre soutenu par deux colonnes. Pendant que Tom tentait de forcer la grande porte sculptée, elle se tint prudemment en arrière. Le grognement des charnières rouillées résonna dans le vaste hall, puis dans le grandiose escalier, jusqu'au toit en ruine.

— Viens, Belinda. Les fantômes n'existent pas.

La jeune femme n'en était pas si sûre. L'histoire de Catriona avait un tel pouvoir d'évocation que le fait de venir en ce lieu suffisait à souligner l'horreur de ce qui s'y était déroulé. Elle pénétra dans le vestibule immense. Il ne restait pas grand-chose de la magnificence décrite par Catriona. Les murs nus, dépouillés de leur revêtement de papier et de leurs tableaux, mettaient en évidence les déchets parsemant le sol de marbre. Aucun meuble, aucun lustre, aucune statue de bronze n'agrémentait le pied de l'escalier. Seules quelques cendres d'un feu depuis longtemps éteint subsistaient dans la haute cheminée de pierre.

Elle suivit Tom, décidé à visiter les grandes pièces du rez-de-chaussée. L'humidité avait laissé partout ses empreintes verdâtres, imprégnant l'atmosphère d'une odeur de moisi. Dans les rayons de lumière filtrant par les fissures des murs et reflétés par les débris de vitraux encore en place, des grains de poussière dansaient en silence. Des meubles détériorés avaient été jetés de côté, et, toujours accrochés aux fenêtres élégantes, les rideaux de velours pendaient en lambeaux, noirs de moisissure.

— J'en ai assez vu, décréta Tom. Allons à la recherche de la remise.

Belinda se sentit soulagée de se retrouver à l'air libre. Cet édifice lugubre ne pouvait qu'exercer une influence malfaisante. Comment avait-il pu, un jour, attirer des clients ?

— On se croirait dans la jungle, marmonna Tom alors qu'ils se frayaient un chemin dans la forêt envahissante.

Ils parcoururent l'ancien jardin en terrasses, avançant au milieu des herbes folles. Sur la pelouse carrée, qui était retournée à son état sauvage, les parterres évoqués par Catriona avaient entièrement disparu. Ça et là, au cœur de la végétation qui leur parvenait à la taille, ils retrouvèrent des urnes de pierre couvertes de mousse.

— Depuis combien de temps cet endroit est-il inhabité ? s'enquit Belinda.

— Depuis que Viola et Catriona l'ont quitté, répliqua Tom en inspectant avec une grimace l'état de ses chaussures. Pendant la guerre, il a abrité des soldats, mais il est depuis livré à la nature. J'imagine qu'il est fréquenté par les jeunes amoureux en quête d'intimité.

Belinda se retourna vers le bâtiment en ruines.

— Ce n'est pas un endroit où j'aimerais qu'on me fasse la cour, murmura-t-elle.

— Moi non plus, mais quand on n'a pas le choix… ajouta-t-il avec un large sourire.

Ils s'immobilisèrent pour reprendre leur respiration.

— Dimitri ayant quitté les lieux et disparu, dans la mesure où il n'y avait aucun indice pouvant laisser entendre qu'il était mort, la propriété ne pouvait pas être transmise à ses héritiers – s'il y en avait – ni vendue. Même l'État ne pouvait pas en tirer profit.

Ils reprirent leur route.

— Si l'on n'a pas retrouvé le propriétaire, comment se fait-il que quelqu'un ait eu l'idée de faire des travaux dans cette demeure ?

— Je me demandais quand tu me poserais cette question. Il semble que l'un des maçons du coin ne supportait pas de voir tout ce domaine à l'abandon. J'imagine qu'il avait l'intention de s'y installer, espérant que le propriétaire ou ses héritiers ne remarqueraient rien. En visitant la cave à vins, il a fait tomber la fausse cloison et a découvert le cadavre de Dimitri.

Il eut un sourire amer.

— Pauvre vieux, reprit-il d'un ton qui démentait ses paroles. Maintenant que Dimitri a réapparu, il peut dire adieu à son projet. Il y a sûrement un testament quelque part. S'il n'y en a pas, l'État vendra la propriété, probablement pour une fortune. Le terrain est très cher dans cette région de plateaux.

Belinda escalada une souche d'arbre, emprisonnée dans des plantes grimpantes. Tout à coup, elle aperçut la remise.

— Bon sang, s'écria-t-elle. Nous allons mettre des heures à dégager tout ça ! Je commence à regretter que nous ayons eu l'idée de sortir le corps d'ici.

Tom haussa les épaules.

— Il serait réapparu plus tard et aurait causé autant de problèmes. Mieux vaut le sortir de là et nous en débarrasser une bonne fois pour toutes.

Immobiles sous les arbres, ils observèrent l'épaisse vigne vierge qui avait rampé à l'extérieur comme à l'intérieur des parois de la vieille remise. Le toit s'était écroulé, les fenêtres étaient brisées, et la porte avait pourri. Située à l'orée de la forêt, la cabane de bois avait peu à peu cédé à l'assaut de sa grande prédatrice.

— Je doute que nous puissions trouver le moindre indice, dit Tom. Trop de temps s'est écoulé depuis les faits.

Il plongea les mains dans ses poches avec un soupir.

— Quand je retournerai à Brisbane, je vais explorer un tout autre terrain. Un homme comme Kane laisse toujours des traces, et je suis curieux de savoir quelle était sa véritable identité.

Une fois la tension de ces derniers jours relâchée et la soirée d'anniversaire terminée, Catriona se rendit compte à quel point elle était fatiguée. Elle posa la bouilloire sur la plaque chauffante et, attendant que l'eau se mette à bouillir, se concentra sur les sons de Belvédère. La vieille maison craquait, grognait et chuchotait à la fois, faisant résonner le vacarme habituel des opossums sur le toit. Les cris des hommes qui s'interpellaient dans la cour se mêlaient aux meuglements des vaches laitières et au caquetage véhément des poulets dans les enclos. Alors que l'aboiement d'un chien s'élevait au loin, le mécanicien jouait du marteau et de la perceuse, probablement occupé aux réparations de la grange. Soudain, elle perçut un bruit de pas sur la véranda, suivi du grincement et du claquement de la moustiquaire. Un coup d'œil à sa montre lui révéla qu'il était quatre heures de l'après-midi. Rosa rentrait de sa promenade à cheval.

— Comment va ?

La jeune femme apparut sur le seuil de la porte, les pommettes de son joyeux visage rougies par l'air vif.

Catriona versa aussitôt du thé dans deux mugs.

Rosa dégageait une forte odeur de cheval, ce qui rappela à sa mère qu'elle n'était pas sortie depuis plus d'une semaine.

— On dirait que tu as apprécié ta promenade. Connor t'a-t-il accompagnée ?

L'arrivante se laissa tomber sur sa chaise et se passa les doigts dans les cheveux afin de les hérisser davantage.

— Ouais. Ce vieux paresseux a finalement compris qu'il y avait autre chose que les vaches dans la vie, dit-elle en riant. Nous sommes allés jusqu'à notre ancienne maison. La visiter de nouveau nous a semblé bizarre.

— Il est toujours étrange de retourner sur les lieux familiers de son enfance. Ils paraissent toujours beaucoup plus petits que dans nos souvenirs.

Rosa fit une grimace.

— Plus petits et plus misérables. Je n'arrive pas à croire que nous y ayons vécu à quatre ! Pas étonnant que nos vies aient été un tel chaos.

— Ton père n'arrangeait pas vraiment les choses.

— J'ai eu de la chance qu'il parte le jour de ma naissance, déclara Rosa en tirant sur un pan de sa chemise. Comme ça, je n'ai aucun souvenir de lui.

Elle se passa la langue sur les lèvres.

— Pauvre Connor. Il porte encore les cicatrices de ce qu'il a subi, tu sais. Là-dedans, précisa-t-elle en frôlant sa tempe de l'index.

— Sa confiance en lui est bien meilleure qu'auparavant. Le temps a joué son rôle. Maintenant que Belinda et lui ont retrouvé la raison, nous allons le voir s'épanouir.

— Je n'ose pas penser au montant de ses notes de téléphone. Ils n'arrêtent pas de s'appeler. C'est beau, l'amour !

Catriona se dirigea vers la fenêtre. Connor traversait la cour à grandes enjambées, étrangement moins gêné par son genou abîmé. Son attitude trahissait une assurance nouvelle, un appétit redoublé de la vie. Catriona pria avec ferveur que cet état d'esprit se prolonge.

Rosa sauta sur ses pieds et ouvrit le placard, dont elle sortit un gâteau au chocolat.

— Je l'ai fait ce matin quand tu discutais avec Cookie, précisa-t-elle en coupant une tranche pour chacune d'elles.

Considérant son œuvre avec un regard critique, elle poursuivit :

— Il a l'air réussi mais je ne sais pas s'il est bon.

Catriona en grignota un morceau et leva un sourcil.

— Il est délicieux. Je ne savais pas que tu savais cuisiner.

— Le tout est d'en avoir envie. En général, cela m'ennuie. De plus, j'ai un arrangement avec le pâtissier : il fait les gâteaux, et je les achète !

Catriona regarda Rosa et comprit ce qui se cachait derrière ce soudain élan domestique.

— Tu dois terriblement t'ennuyer, chérie.

— M'ennuyer, non. Juste m'impatienter. J'ai un tas de travail qui s'accumule au bureau et mon patron commence à pousser des grognements maussades.

Posant sa tasse, elle leva les yeux vers son interlocutrice.

— Je m'en vais bientôt, maman. Mes deux semaines arrivent à leur terme.

— Tu vas terriblement me manquer, s'écria Catriona en se penchant pour lui prendre la main. Promets-moi simplement que tu ne laisseras pas passer trop de temps avant ta prochaine visite.

— Je vais faire tout mon possible pour venir régulièrement, ne serait-ce que pour assister à l'évolution de l'idylle de Belvédère !

Une fois leur en-cas terminé, tandis que la jeune femme allait prendre une douche, Catriona finit de préparer un hachis parmentier, puis mit la table en chantonnant. Ustensiles à la main, elle évoluait allègrement dans la cuisine remplie de vapeur chaude, sous le regard pensif de Connor, qui était venu la rejoindre. Assis devant la table, il feuilletait distraitement le dernier catalogue fermier. Tout à coup, il posa la revue et s'adossa à sa chaise.

— Rosa et moi sommes allés jusqu'à la vieille maison aujourd'hui, commença-t-il avec une hésitation.

— Rosa m'en a parlé.

— Elle est totalement laissée à l'abandon, ce que je trouve regrettable. Ce pourrait être une très jolie petite demeure si elle était restaurée. Je me disais que Belinda et moi pourrions nous y installer.

— C'est une idée merveilleuse, s'exclama Catriona avec chaleur, en déposant une énorme assiette devant lui. Je suis simplement surprise que tu songes de nouveau à l'utiliser, car je sais que tu n'y as pas de bons souvenirs.

Connor s'agita nerveusement sur son siège et se frotta le genou.

— Ce qui s'est produit là-bas appartient au passé. Belinda et moi y envisageons l'avenir. Le cottage du directeur ne sera pas suffisant quand nous aurons des enfants.

— Bon sang, Connor! gronda Rosa qui, revigorée par sa douche, venait se restaurer. Tu n'as pas l'impression de placer la charrue avant les bœufs ? Laisse respirer un peu cette pauvre fille !

Le visage cramoisi, il sourit et s'attaqua à son dîner. La soirée fut consacrée à l'élaboration de projets. Lorsque Catriona alla se coucher, Connor en discutait avec Belinda, qui se trouvait toujours à Cairns.

La chorale de l'aube battait son plein quand Catriona repoussa les couvertures et sortit de son lit. Elle avait bien dormi. Pour la dernière grande journée de Rosa au domaine, elle avait une idée. Il avait été si agréable d'entendre sa fille chanter sous la douche, la veille au soir – même si sa voix effrayait sans doute les corbeaux à plusieurs lieues à la ronde – qu'il fallait absolument entretenir sa bonne humeur.

Une fois douchée et habillée, elle resta un moment devant la fenêtre, observant la fumée qui s'échappait de la cheminée du réfectoire. Les hommes rassemblés par petits groupes prenaient le temps de fumer et de discuter avant de se mettre au travail. Catriona se sentait comblée : sa maison, sa famille et son entourage la rendaient heureuse. Il ne lui restait plus qu'à reprendre sa vie et à attendre, avec une joie paisible, l'arrivée de la prochaine génération.

À la vue des oiseaux, un sourire se dessina sur son visage. Ils s'élançaient en grands nuages colorés et mouvants sur le bleu pâle du ciel matinal. Jamais elle ne pourrait se lasser de la splendeur de ces créatures aériennes, incarnant une totale liberté.

Elle se dirigea vers la porte entrebâillée de la chambre de Rosa. La jeune femme, toujours endormie, était recroquevillée dans son lit, Archie à ses côtés : son vieux compagnon à poil roux n'avait pas apprécié qu'elle le chasse hors de son lit pendant la nuit.

— Vieux fainéant ! marmonna-t-elle alors qu'il ouvrait sur elle un œil réprobateur. Tu peux bouder tant que tu veux, mais je parie que tu as faim.

Il sauta du lit pour la suivre dans le couloir et s'enroula autour de ses jambes, menaçant de la faire trébucher. La reconnaissance du ventre avait du bon, se dit-elle en ouvrant une boîte de pâtée, mais cet animal devenait vraiment trop exigeant.

Rosa entra dans la cuisine en traînant les pieds.

— Tu pourris ce chat ! laissa-t-elle tomber en se frottant la nuque. Il pèse une tonne et m'empêche de dormir la moitié de la nuit avec ses ronflements. Tu devrais le mettre au régime.

Son interlocutrice échangea avec l'animal un regard entendu. Visiblement peu tentés par cette suggestion, ils décidèrent tous deux de la traiter par le mépris qu'elle méritait.

Une fois la bouilloire sur le feu et les toasts dans le grille-pain, Catriona, excitée par ses projets pour la journée, se dit qu'il valait mieux vérifier si Rosa n'avait pas déjà élaboré ses propres plans.

— Que veux-tu faire pour ta dernière journée, Rosa ?

La jeune femme s'assit devant la table, le visage encore brouillé par le sommeil.

— Je vais demander au mécanicien de vérifier les niveaux d'huile et d'eau du pick-up pour n'avoir aucun problème en rentrant demain après-midi. Ensuite, j'ai l'intention de retourner à la vieille maison et d'étudier un peu les lieux pour voir quels meubles et quel type de cuisine et de salle de bains il est possible d'envisager. Une fois que j'aurai pris les mesures, je pourrai commander ce dont les amoureux auront besoin à Sydney, dès mon retour.

— Je pense que Belinda préférerait probablement choisir elle-même ce qui concerne sa maison, déclara Catriona avec un léger ton de reproche.

Elle remplit d'eau la théière qu'elle plaça ensuite sur la table.

— Après tout, c'est elle qui va vivre ici, reprit-elle.

— Tu ne crois pas qu'elle pourrait apprécier que je l'aide à arranger les lieux ?

— Je suis certaine qu'elle appréciera ton aide, mais c'est elle qui doit faire de sa maison un foyer. Sois patiente et attends d'être sollicitée. J'ai une bonne idée pour nous occuper. Elle va nous donner l'occasion de prendre l'air et de te réveiller un peu !

— Je ne suis pas très fraîche mais c'est la faute de ce maudit félin. Je préférerais qu'il retourne dormir avec toi.

Contournant Archie qui avalait goulûment son petit déjeuner, Catriona s'assit à son tour.

— Archie boude. Il reviendra vers moi quand il le décidera et pas avant.

Elle joignit les mains sur la table et sourit à sa fille.

— Je pense que nous devrions sortir la vieille roulotte de la grange. Nous pourrions y atteler l'un des chevaux les plus calmes et aller explorer les environs. Ce sera comme avant.

— Est-ce que tu perds complètement l'esprit ? s'écria Rosa, les yeux écarquillés d'horreur. Elle va sûrement tomber en morceaux dès que nous la sortirons de la grange. Et d'ailleurs, est-ce que tu n'es pas trop vieille pour être secouée dans tous les sens ?

— Je te remercie ! J'ai beau avoir franchi le cap des soixante-cinq ans, je ne suis pas encore prête pour le cercueil !

— Excuse-moi. Je parle sans réfléchir.

— Il serait effectivement utile que ton esprit et ta langue fonctionnent plus souvent en coordination.

Après avoir étalé un peu de beurre doré sur un toast, Catriona mordit dedans et entreprit aussitôt d'en beurrer un deuxième.

— Quand nous aurons terminé de manger, va dire à ton frère de sortir la roulotte et d'y atteler le vieux Corsaire.

— Connor risque de ne pas apprécier, décréta Rosa d'un air buté.

— Il n'est pas obligé de venir avec nous, répliqua Catriona. Fais ce que je te dis, Rosa. Ce sera amusant. Nous allons emmener un pique-nique, comme quand vous étiez enfants.

La jeune femme poussa un profond soupir, termina son mug de thé et, sans cesser de grommeler, sortit bruyamment de la pièce. Catriona sourit. En dépit de ses presque trente ans, Rosa se comportait parfois comme si elle en avait douze.

Une heure plus tard, elles étaient toutes deux dans la cour en train d'observer la lente extraction de la roulotte. Jetant un coup d'œil autour d'elle, la patronne de Belvédère dut fortement réprimer l'envie de faire un commentaire sur l'oisiveté qui régnait sur les lieux. Les hommes, agglutinés pour suivre les opérations, ne semblaient absolument pas enclins à s'activer pour justifier leur salaire.

Dès qu'elle put caresser la peinture verte et les lettres rouge vif des flancs du véhicule, elle oublia aussitôt cette contrariété. La roulotte semblait beaucoup plus petite que dans son souvenir, mais, malgré un certain délabrement, elle conservait une incontestable majesté. Elle avait hâte d'y grimper.

Connor, qui tenait les rênes du cheval, regarda Catriona venir vers lui.

— Pas besoin de le tenir aussi serré, dit-elle. Il est trop vieux et gros pour s'emballer.

— Corsaire est peut-être vieux et gros, mais il n'a pas l'habitude de tirer des roulottes, marmonna-t-il. Il ne sait pas ce qu'il doit faire. Un peu comme toi, ajouta-t-il avec un regard sévère.

— N'écoutons pas les médisances. Nous savons exactement ce que nous faisons, n'est-ce pas, mon bonhomme ? rétorqua-t-elle en caressant le museau gris de l'animal. Il nous faut juste un peu de temps pour retrouver nos habitudes, c'est tout.

Connor laissa échapper quelques grommellements qu'elle décida d'ignorer. Avec tristesse, elle constata qu'il lui était impossible de grimper seule jusqu'au siège. N'ayant plus assez de force dans les bras ni dans les jambes, elle n'avait pourtant pas l'intention de se ridiculiser.

— Je vais monter par l'arrière, annonça-t-elle d'un ton impérieux. Est-ce que quelqu'un peut venir m'aider ?

Des murmures et des piétinements se firent entendre.

— Vite ! ordonna-t-elle, ayant l'impression de se trouver de nouveau sur une scène de théâtre.

Poussée dans le dos par Rosa et tirée en avant par Cookie, elle parvint finalement à grimper à l'intérieur du véhicule. Elle resta un moment immobile pour reprendre sa respiration. Les odeurs oubliées de jadis lui revenaient, ressuscitant le souvenir de ces innombrables jours et nuits qu'elle avait autrefois passés ici. Des effluves de térébenthine et de peinture fraîche se mêlaient au parfum du bois de santal. En fermant les yeux, elle pouvait presque entendre Poppy l'appeler au son des aboiements de Rustine.

— Tout va bien, madame ? dit une voix anxieuse à ses côtés.

Elle se retourna face à l'imposante silhouette du cuisinier.

— Bien sûr.

Cookie la contempla d'un air pensif. Avant qu'elle ait pu protester, il la souleva et la porta jusqu'au siège de bois, où il la déposa sans douceur. Après lui avoir jeté un regard réprobateur, il fit quelques pas en arrière, puis s'éclipsa.

— Vraiment ! s'exclama Catriona.

Connor et Rosa sautèrent près d'elle avec la souplesse de leur belle jeunesse.

— Où allons-nous ? s'enquit son fils d'un ton non moins contrarié, en prenant les rênes.

— D'abord à la vieille maison, puis à la cascade. Je veux en voir le plus possible.

Alors que Corsaire avançait à pas lents, Catriona s'agrippa au siège jusqu'à ce que les secousses de la roulotte lui redeviennent familières. Le raclement des roues et le tintement des harnais suscitaient en elle une vague de nostalgie. Sa mère et son père étaient de nouveau à ses côtés, et, dans les roulottes fantômes qui les suivaient au cœur du lourd silence de l'outback, elle entendait le rire de tous ses anciens compagnons de voyage.

Ils traversèrent des pâturages et longèrent des trous d'eau, prenant le temps de contempler le vol d'un aigle, au-dessus de leur tête, et le vagabondage gracieux d'une bande de kangourous. Sous la lumière clémente qui se déversait sur elles, les montagnes couvertes de pins prenaient un relief saisissant. Chaque arbre se détachait avec netteté, tout comme les monolithes échoués dans les prairies désertées, et les hautes termitières semblables à des pierres tombales, dressées au milieu des buissons d'épineux.

Catriona, éblouie par les merveilles de Belvédère, éprouvait un sentiment de plénitude qui avait un goût d'éternité.

Tom bâilla et s'étira avant de ranger les dépositions en une pile bien nette. Depuis qu'il avait entendu l'histoire de Catriona, il était hanté par les scènes qu'elle avait évoquées et éprouvait des difficultés à dormir.

Belinda et lui avaient passé dix jours à Cairns. La vente de l'histoire à la presse par Wolff avait été confirmée, mais, au lieu d'être immédiatement licencié, celui-ci s'était simplement fait taper sur les doigts et avait été renvoyé à Sydney. Bien que Tom appréhende de revoir son patron après cette débâcle, il était impatient de retourner chez lui et de reprendre le cours habituel de sa vie.

Il rangea les papiers dans un dossier en carton, ramassa le reste des documents sur son bureau et les jeta dans sa serviette. Après la déposition de Catriona, il s'était prêté à quelques investigations plus précises dans la vie de Dimitri Yvchenkov, et avait récupéré des documents destinés à ses héritiers. Ses recherches sur Kane s'étaient également révélées fructueuses. Il devait maintenant réfléchir à la façon dont il allait présenter le résultat de ses découvertes à Catriona…

Trois jours avaient été nécessaires pour déterrer les restes sous la remise, et deux autres pour déterminer la cause de la mort. L'acide que Viola et Catriona avaient versé sur le cadavre avait fait son œuvre, mais il restait pourtant suffisamment d'éléments pour permettre au médecin légiste de travailler efficacement. L'incinération, accompagnée d'une cérémonie très simple payée par l'État, devait avoir lieu aujourd'hui. Personne, sans doute, ne viendrait pleurer un tel homme.

— Tu es prêt ?

Belinda se dressait dans l'encadrement de la porte.

Tom attrapa sa veste sur le dossier de sa chaise.

— Tu es très élégante, déclara-t-il en embrassant du regard le tailleur noir éclairé par un chemisier de satin blanc.

Elle lui répondit par une grimace.

— Merci. J'ai acheté cette tenue exprès. Je me suis dit que je pourrais faire un effort, mais je n'ai l'habitude ni des jupes, ni des talons.

Illustrant aussitôt ses propos, elle extirpa un pied de sa chaussure et se massa les orteils.

— Ça me fait un mal de chien ! ajouta-t-elle.

Tom sourit en redressant son nœud de cravate. Même dans une tenue féminine, Belinda serait toujours un garçon manqué.

— Je remets ces documents, et nous pouvons partir aussitôt après. J'ai réservé des billets pour le vol de dix-sept heures trente.

— Est-ce que tu as réussi à trouver des informations sur le passé de Kane ? s'enquit-elle en sortant du bureau.

— J'ai déniché pas mal de choses, en fait, dit-il alors qu'ils descendaient les escaliers. Il est arrivé ici en 1922 et a vécu quelque temps à Sydney avant d'être perdu de vue. Je sais sur quel bateau il est arrivé, ce qui m'a permis de trouver son adresse en Angleterre. Il s'appelait en réalité Francis Albert Cunningham et était le deuxième fils de riches propriétaires terriens.

— Catriona avait raison, alors. Il s'était exilé à l'étranger, entretenu par ses parents.

Tom opina du chef.

— Il avait fui à la suite d'un scandale concernant la très jeune fille d'un voisin. Le silence du père avait été acheté et Kane avait été expédié par le premier bateau pour l'Australie. Ses parents lui payaient une belle rente pour qu'il reste à l'écart.

— A-t-il abusé d'autres enfants ? demanda Belinda doucement.

— Des rumeurs ont couru à ce sujet, mais il avait l'art de disparaître avant d'être mis en examen. C'est probablement pourquoi il avait choisi une vie itinérante. Sans doute a-t-il considéré les comédiens ambulants comme un don du ciel.

— Tu as mené des recherches très fouillées.

— J'ai un copain qui travaille à l'État civil. Une fois son identité vérifiée, il a été facile de remplir les trous de son parcours. Un autre de mes copains a même retrouvé quelqu'un qui se souvenait de lui. Un vieux bonhomme dont la mémoire n'avait pas la moindre défaillance.

— Vas-tu parler de tout cela à Catriona ?

— Oui. Elle a le droit de savoir, dit-il en se passant nerveusement les doigts dans les cheveux. Elle est assez sage pour se douter qu'un homme comme lui a fait d'autres victimes.

— Au moins, ce salaud est mort, bon débarras !

Alors qu'ils sortaient du bâtiment en silence, une chape de chaleur écrasante s'abattit sur eux. La réverbération aveuglante du soleil sur les carreaux des immeubles vitrés semblait rebondir sur les pavés luisants. Ils mirent leurs lunettes de soleil et grimpèrent dans la voiture au volant de laquelle les attendait un collègue. Il leur faudrait presque une heure pour retourner à Atherton.

Dans le petit cimetière reposaient les hommes qui avaient construit la voie de chemin de fer de Kuranda, ainsi que les familles de pionniers qui avaient choisi de vivre sur ces plateaux aérés. Le terrain s'étendait derrière le temple protestant, petit édifice de bois qui se dressait, depuis le milieu du dix-neuvième siècle, au cœur de cette oasis paisible. Sous son toit de tôle ondulée aussi rouge que la terre qui l'entourait, les murs, presque décolorés par les intempéries, s'ornaient de quelques sobres vitraux et d'une croix de bois.

Tandis que les trois officiers de police remontaient l'allée grise menant à la fosse, ils parcoururent du regard les pâturages engloutis au loin par la forêt. Le vent tiède chuchotait doucement à travers les hautes herbes, accompagné par le pépiement des oiseaux et le bruissement des insectes. Dans un paddock éloigné, un cheval alezan et un minuscule poney shetland broutant l'herbe luxuriante composaient une scène pastorale tout droit sortie d'un livre pour enfants.

Au milieu des pierres tombales, debout entre son collègue et Belinda, Tom écouta les paroles prononcées par le pasteur pendant la descente du cercueil de Dimitri Yvchenkov dans la riche terre qui avait fait sa fortune. À l'endroit où s'élèverait bientôt une pierre de marbre, était posée une couronne de roses rouges et blanches commandée par Catriona. Lorsque le service fut terminé, Tom lut la carte qui accompagnait la gerbe.

Dimitri, mon ami.

La mort nous sépare, mais tu es dans mon cœur, où nous resterons unis à jamais.

Dors en paix, avec la certitude que tu es aimé.

Kitty.

— Je suis surprise que Catriona n'ait pas souhaité être présente, murmura Belinda alors qu'ils retournaient à la voiture, après avoir remercié le pasteur.

— Je ne vois pas pourquoi, marmonna Tom. Elle sait qu'il ne sert à rien de faire tout ce chemin pour enterrer un homme mort depuis cinquante ans. Son souvenir vit en elle, c'est tout ce qui compte.

Leur collègue prit rapidement la direction de la vallée, afin de les déposer à l'aéroport. Ils restèrent tous deux silencieux un long moment, chacun plongé dans ses pensées. Tom, regardant défiler le paysage, pensait à Harriet. Il se demandait si elle était retournée à Belvédère, ou si elle était restée à Sydney. En raison de son brusque départ, qui restait un mystère, il n'avait pas eu l'occasion de lui dire au revoir.

Après avoir pris congé de leur chauffeur, ils pénétrèrent dans le terminal. Il ne leur restait que quinze minutes avant le départ. En sirotant un café, ils contemplèrent, par les vastes baies, le départ et l'arrivée des avions. Les aéroports avaient le pouvoir de stimuler Tom, qui regrettait, à ce moment précis, de ne pas avoir de destination plus attrayante que la ville où il vivait. Bali ou les îles Fidji auraient été intéressantes à cette période de l'année. Il éprouvait un besoin de changement, l'aspiration de quitter les contraintes de son travail pour explorer un peu le vaste monde. Toutefois, il se rendait compte que cette impatience résultait de la frustration engendrée par son sentiment pour Harriet plutôt que d'une réaction à son mode de vie ou à son travail. Il voulait être avec elle, lui parler, et apprendre à la connaître vraiment.

— Je quitte les Stups en rentrant, déclara Belinda.

Tom, sortant en sursaut de sa rêverie, la fixa avec stupéfaction.

— Pourquoi? Je croyais que tu aimais ce travail?

— J'aime travailler avec toi et avec la plupart de mes collègues, mais j'en ai assez. Je ne peux pas passer mon temps avec des hommes comme ton patron, qui n'a pas le courage de se débarrasser d'ordures telles que Wolff. Ce n'est pas pour baigner dans cette médiocrité que j'ai choisi ce métier.

— Moi non plus, admit-il.

Se détournant de la grande baie vitrée, elle lui fit face et le regarda dans les yeux.

— Le voyage à Belvédère m'a fait comprendre à quel point l'outback me manquait, avoua-t-elle.

— Mais tu disais que tu ne pouvais plus supporter d'être là-bas, que rien ne t'y retenait et que tu adorais vivre à Brisbane! protesta-t-il.

— Je sais. Pourtant, toute cette affaire avec Wolff m'a dégoûtée.

Elle retira sa veste et l'accrocha au dossier de sa chaise.

— Je suis un poisson hors de l'eau, Tom. J'ai fait de mon mieux, mais je suis, au fond, une fille de la campagne. Je veux retourner à la maison, ajouta-t-elle.

Il ne savait pas vraiment quoi lui dire. À ses yeux, elle était une excellente collègue, douée, loyale, ne ménageant jamais sa peine, qu'il avait appris à admirer. Pourtant, les yeux bruns qui le fixaient affichaient une détermination qu'aucune parole, il le sentait, ne pourrait faire fléchir.

— Connor, articula-t-il finalement. Tu retournes là-bas pour lui.

Elle hocha la tête.

— Je saisis ma chance. Les gars dans son genre ne sont pas légion et j'attends depuis des années qu'il pose les yeux sur moi.

— Tu pourrais aller et venir entre Belvédère et la ville, argua-t-il.

— Non, répliqua-t-elle en secouant ses boucles brunes qui virevoltèrent autour de son visage et de ses épaules. Loin des yeux, loin du cœur, tu le sais bien.

Elle sortit une feuille de papier de la poche de sa veste.

— Je viens de recevoir ceci, expliqua-t-elle en secouant le document sous son nez. C'est une confirmation du siège de la police du Queensland. Je prends mes nouvelles fonctions au commissariat de Drum Creek dans un mois.

28

Le pique-nique avait été un succès. Poulet froid, fromage et fruits, le tout arrosé de vin blanc sec très frais, avaient été savourés sur une couverture étendue sous les arbres. Ils avaient mangé à satiété, puis Catriona avait remonté son pantalon et rejoint Connor et Rosa qui pataugeaient dans le bassin de pierre. La sécheresse avait réduit la cascade à un mince filet d'eau, mais le plaisir restait intact. Elle revoyait le frère et la sœur, enfants, s'arrosant avec des cris aigus et cherchant des écrevisses dans la vase. Le bonheur, c'est cela, se dit-elle alors qu'ils retournaient vers la maison.

Après avoir immobilisé Corsaire devant la grange, Connor aida Catriona à descendre de la roulotte.

— Merci, Ma, articula-t-il d'une voix traînante. C'était une bonne idée en fin de compte. J'espère que tu t'es amusée autant que nous.

— C'est la meilleure journée que j'ai passée depuis longtemps, répondit-elle avec un sourire.

Elle se sentait, en quelque sorte, régénérée, à la fois mentalement et physiquement – sans doute seraitelle demain en proie à d'impitoyables courbatures, à cause des secousses du trajet, auxquelles elle n'était plus habituée. Rosa n'avait pas tout à fait tort : peut-être était-elle trop vieille pour ce genre de fantaisies? Elle décida d'ignorer ces pensées parasites et tapota la joue de son fils avant de remercier Corsaire d'une caresse. C'était un brave cheval, qui paraissait heureux de tirer la roulotte, et qui s'élança dans le corral d'un pas élastique dès que Connor l'eut débarrassé de son harnais.

Son bras passé sous celui de Rosa, elle se dirigea lentement vers la maison. Dans le ciel strié de traînées orange et écarlates, le soleil basculait derrière les collines, dorant les arbres et la terre alors que les oiseaux effectuaient une dernière fois leur envol, avant de se poser pour la nuit. Catriona sourit de plaisir. Dans son univers, tout était à sa place.

Alors qu'elle levait les yeux vers la demeure, elle aperçut une silhouette debout sur la véranda.

— Elle est revenue, dit-elle doucement. Je savais qu'elle le ferait.

Rosa agrippa le bras de sa mère.

— Maman, écoute, il faut que je te dise quelque chose.

— Moi aussi, j'ai quelque chose à te dire, répliqua-t-elle, mais cela peut attendre. Tu es là depuis longtemps? demanda-t-elle à la visiteuse en lui adressant un signe de la main.

Mince et fraîche dans son chemisier blanc et son pantalon de lin, Harriet répondit à son salut.

— Depuis le début de l'après-midi, précisa-t-elle.

Son regard effleura fraîchement Rosa avant de revenir à son hôtesse.

— Où étiez-vous passés? Je commençais à m'inquiéter!

— Nous sommes sortis en roulotte, expliqua Catriona en grimpant les marches du perron. Quel dommage que tu ne sois pas arrivée plus tôt ! Tu nous aurais accompagnés.

Harriet lui prit la main.

— J'aurais adoré ça. La prochaine fois, peut-être ? J'espère que tu ne m'en veux pas d'être entrée dans la maison ? Mais il n'y avait personne et je mourais d'envie de boire un thé.

— Depuis quand dois-tu demander la permission ?

Catriona entendit Rosa se racler la gorge, mais décida de l'ignorer. Il serait toujours temps de laisser les griefs s'exprimer une fois qu'elle aurait dit ce qu'elle avait à dire.

— Vous pouvez aller faire du thé toutes les deux, pendant que je détends mon dos raide dans le salon.

Elle regarda les deux jeunes femmes se diriger vers la cuisine. Dans cette atmosphère glaciale, elle risquait presque l'hypothermie ! En s'asseyant dans un fauteuil confortable, elle les entendit discuter âprement. Bien que les paroles soient indistinctes, elle percevait dans leur voix la férocité à peine réprimée de deux chats sur le point de s'arracher mutuellement les yeux.

— Mon Dieu ! murmura-t-elle en soupirant. Quel gâchis d'énergie !

Les belligérantes entrèrent dans la pièce, suivies de Connor. L'obscurité s'était installée dehors, mettant fin aux travaux de la journée. Tandis qu'ils buvaient leur thé, échangeant des propos mondains et polis, le jeune homme, qui semblait ne pas percevoir la tension de l'atmosphère, s'affala dans son fauteuil et allongea les jambes. Harriet et Rosa se défiaient du regard.

— Je suis ravie que tu sois revenue, Harriet, commença Catriona. J'espère que ce n'est pas moi qui t'ai fait partir brutalement.

— Non.

La jeune femme posa sa tasse dans la soucoupe d'une main tremblante.

— Je pense que tu t'es montrée très courageuse en déterrant ton passé. Je ne sais pas si j'aurais été capable de le faire.

Son interlocutrice haussa les épaules.

— On ne sait jamais de quoi on est capable tant qu'on n'est pas confronté aux épreuves. En tout cas, j'ai survécu à la catharsis et je me sens maintenant presque libérée.

Elle se tut et fixa la malle de l'autre côté de la pièce.

— Je dis « presque », car je n'ai pas été la seule victime de Kane.

— Probablement, intervint Rosa. Il a abusé de toi, mais tu n'étais sans doute pas la première.

— Hélas, tu as certainement raison, mais ce n'était pas ce que je voulais dire.

Elle prit une profonde inspiration.

— Vous savez, lorsqu'on subit ce que j'ai subi, on est comme assommé. Ce traumatisme non seulement déforme notre propre vie, mais aussi celle de ceux qu'on aime. Ma mère ne s'est jamais vraiment remise de cette nuit fatale. Mon mariage même a été détruit par ce que Kane avait fait.

— Comment cela ? demanda Connor. Kane était déjà mort.

— Kane était mort, mais les conséquences de ses actes n'avaient pas disparu avec lui.

Un instant, elle rassembla ses pensées, puis se lança dans la suite de son récit. Elle leur raconta comment Viola et elle avaient fui d'Atherton, et ce qui s'était passé ensuite.

Lorsqu'elle se tut, elle se leva aussitôt. Le silence s'épaissit quand elle se dirigea vers la malle et en sortit le paquet de lettres qu'elle avait envoyées à sa fille.

— As-tu essayé de retrouver la trace de ton enfant ? s'enquit Harriet.

Catriona regarda les enveloppes et caressa le ruban qui les entourait.

— Il s'est passé de nombreuses années durant lesquelles je n'ai pas eu la moindre nouvelle ; ma mère ne voulait rien me dire.

— Cela n'a pas dû arranger vos relations, dit Harriet.

— Elle s'est montrée impitoyable et refusait même d'aborder le sujet, répondit Catriona en secouant la tête. Pourtant, j'ai compris plus tard qu'elle était confrontée à une situation trop lourde pour elle. Elle ne se pardonnait pas de ne pas avoir senti les intentions de Kane, et ne me pardonnait pas de ne pas lui en avoir parlé. Il lui était impossible d'assumer ma maternité précoce, alors qu'elle rêvait pour moi d'un grand avenir. Elle ne comprenait absolument pas pourquoi j'insistais pour garder mon bébé. Aujourd'hui, je comprends que, d'une certaine façon, cet enfant aurait été un rappel permanent de ce qui s'était passé, ce qu'elle n'aurait pas pu supporter.

— Mon Dieu ! s'exclama Harriet, quel désastre...

Elle se leva et, plongeant les mains dans les poches de son pantalon, contempla un moment le portrait au-dessus de la cheminée, avant de se rasseoir près de Rosa.

— Que s'est-il passé ensuite ? demanda-t-elle.

En faisant tourner nerveusement sa bague autour de son doigt, Catriona leur parla de Peter Keary, et de la façon dont il avait trahi à la fois son amour et sa confiance. Les pétales effrités de son bouquet de mariée représentaient à ses yeux le symbole parfait du caractère éphémère du bonheur.

— Mais tu as fini par retrouver ta fille, n'est-ce pas ? dit Rosa.

Catriona hocha la tête.

— Les lois ont progressivement changé. J'ai pu enfin utiliser les résultats de mes recherches. Elle était elle-même devenue mère de famille et je pensais qu'elle saurait comprendre mon besoin de la retrouver. J'ai transgressé toutes les règles en lui écrivant. Ma lettre m'est revenue. En fait, c'est la seule qu'elle ait jamais ouverte. J'ai insisté longtemps, sans relâche, espérant qu'elle serait assez curieuse pour me lire. Jamais elle n'a cédé. Elle m'a tourné le dos comme je l'avais fait pour elle, poursuivit-elle en fixant l'obscurité au-delà de la fenêtre. Comment aurais-je pu lui en vouloir ?

— Où est-elle maintenant ? articula doucement Harriet.

Elle s'assit près de Catriona et lui prit la main.

Son interlocutrice lui serra les doigts en souriant.

— Je suppose qu'elle est de retour à Sydney, dit-elle la voix tremblant d'émotion. Je suis désolée qu'elle éprouve encore trop d'amertume pour t'avoir accompagnée, mais ma petite-fille, au moins, semble m'avoir pardonné. Merci d'être revenue à la maison, Harriet.

— Tu l'as toujours su, n'est-ce pas ?

— Depuis le moment où je t'ai vue ici, dans ton uniforme d'écolière, attendant que le pilote descende tes bagages de l'avion.

— Mais comment ? Comment pouvais-tu savoir qui j'étais ?

— J'ai passé des années à chercher ma fille. J'ai découvert que Susan Smith avait changé son nom en Jeannette Lacey. Il m'a été facile, alors, de retrouver sa trace, de suivre sa carrière de danseuse et de m'intéresser à son mari et à sa fille.

— Voilà pourquoi nous allions constamment au ballet quand nous étions en ville, s'exclama Rosa. Et moi qui croyais que tu ne cherchais qu'à me cultiver !

— C'était le seul moyen de la voir. Quand Harriet est venue passer ses premières vacances ici, j'étais folle de joie. Au moins, je pouvais connaître ma petite-fille, même si je ne pouvais pas lui dire qui j'étais.

— Pourquoi ne pouvais-tu rien dire ? s'enquit Harriet en refoulant ses larmes.

— Cela n'aurait pas été correct, chérie. Ta mère ne voulait pas entendre parler de moi et tu n'étais visiblement au courant de rien. J'étais heureuse de laisser la situation évoluer d'elle-même.

— Cela explique beaucoup de choses, dit la jeune femme. L'attitude de maman, pour commencer. Je ne comprenais pas pourquoi elle manifestait une telle réticence vis-à-vis de mon amitié pour Rosa et de mes séjours à Belvédère.

Catriona ouvrit les bras et l'enlaça. Harriet, qui aspirait depuis toujours à faire partie d'une vraie famille, fut submergée par l'émotion.

Lorsqu'elles s'écartèrent l'une de l'autre, Catriona caressa les cheveux de la jeune femme avec une tendresse infinie.

— Pourquoi ne me dis-tu pas comment tu as découvert la vérité ? demanda-t-elle.

Harriet jeta un coup d'œil à Rosa, se remémorant leur affreuse dispute.

— Je ne savais rien jusqu'à ce que tu parles de Kane, avoua-t-elle avec amertume. Il semble que j'aie été manipulée par ma prétendue amie Rosa.

Rosa bondit hors de sa chaise.

— Ce n'est pas vrai ! Je t'ai tout expliqué, mais tu ne voulais pas entendre raison !

— Raison ? Tu emploies un mot dont tu ne connais même pas le sens !

— Bien dit, Harriet ! intervint Connor.

— Connor Cleary, occupe-toi de tes oignons ! Ça ne te concerne pas ! hurla sa sœur.

— Très juste ! aboya Harriet. C'est entre Rosa et moi !

— Taisez-vous ! intervint Catriona. Calmez-vous tous les trois.

Elle les regarda échanger un regard furieux et se rasseoir.

— Je crois que tu ferais mieux de t'expliquer, Rosa. Et je veux toute l'histoire, pas seulement les détails qui sont à ton avantage.

Rosa fixa Harriet, implora l'aide de Connor en silence, et comprit qu'il n'y avait rien à attendre de ce côté-là.

— J'ai lu la lettre, admit-elle.

Devant l'expression sévère de sa mère, elle hésita, puis révéla qu'elle avait fouillé la malle.

— Je voulais faire quelque chose pour toi, dit-elle doucement. Tu avais été si bonne pour nous. Je voulais te rendre heureuse.

Elle renifla et sortit une cigarette.

— Jusqu'à ce que j'entre au collège, je n'ai pas su quoi faire.

— C'est délibérément qu'elle m'a choisie comme amie, dès qu'elle a compris qui j'étais ! s'écria Harriet. Tous ses faux témoignages de gentillesse étaient destinés à me faire croire qu'elle m'aimait vraiment bien.

— Ce n'est pas vrai ! s'exclama Rosa. J'admets que j'ai cherché à t'attacher à moi au départ, et je suis désolée d'avoir utilisé la ruse, mais nous sommes aussitôt devenues de vraies amies, beaucoup plus proches que je ne l'aurais cru. Au fil du temps, j'ai compris que je ne pourrais jamais te dire ce que j'avais fait, car je savais que tu ne me pardonnerais pas.

— Alors pourquoi l'avoir fait en fin de compte ?

— C'était une journée traumatisante. L'atmosphère était si lourde que je n'ai pas pu garder plus longtemps pour moi ce que je savais.

— Tu te rends compte du gâchis que tu as provoqué ? insista Harriet. J'ai toujours eu confiance en toi, je t'ai révélé tous mes secrets. Je ne peux plus te faire confiance et je ne sais pas si je pourrai revenir en arrière.

— Il est temps pour nous tous de faire la paix, intervint Catriona en versant du vin dans quatre verres. Rosa, je sais que tu croyais bien faire, mais vraiment, ma chérie, j'aimerais que tu prennes l'habitude de réfléchir avant de te lancer à l'aveuglette.

Elle lui frôla la joue avec un sourire avant de se tourner vers Harriet.

— Sans Rosa, tu n'aurais jamais su qui j'étais, dit-elle doucement. Est-ce si désagréable de m'avoir pour grand-mère ?

— Non. Bien sûr que non. C'est juste la façon sournoise dont elle s'y est prise qui m'a bouleversée.

— Il va falloir que vous régliez ce problème. Je crois que Rosa a fait tout cela avec les meilleures intentions du monde. Essaie de ne pas trop lui en vouloir.

— Je suis désolée, murmura Rosa.

— Moi aussi, dit Harriet en soupirant.

Connor leva les yeux au ciel en voyant les deux jeunes femmes éclater en sanglots et s'enlacer.

— Eh bien, Ma, maintenant nous avons droit aux grandes eaux ! Tu parles d'un spectacle !

— Je ne te demande pas de comprendre, déclara Catriona. Sois simplement reconnaissant que l'orage s'éloigne et que je me retrouve avec une nouvelle petite-fille.

Elle sirota son vin en attendant que les deux amies aient séché leurs larmes. Lorsqu'elles se furent apaisées, elle se tourna vers Harriet.

— N'as-tu jamais interrogé ta mère sur sa famille ? s'enquit-elle.

— J'ai commencé à poser des questions quand j'étais petite. Les autres enfants avaient des grands-parents ainsi que des oncles et tantes : je voulais savoir pourquoi je n'en avais pas. Papa m'a expliqué qu'il avait perdu son père et sa mère dans un accident de voiture quand il avait dix-neuf ans. Il était fils unique, mais il avait des photos de ses parents et de leurs frères et sœurs. En outre, il pouvait raconter un tas d'anecdotes relatives à son enfance. Malheureusement, je n'ai jamais connu les personnes dont il me parlait, car elles étaient mortes bien avant sa rencontre avec maman. Il était beaucoup plus âgé qu'elle.

Harriet s'interrompit pour maîtriser son trouble à l'évocation de ces souvenirs.

— Maman refusait de parler des années qui avaient précédé son entrée à l'école de danse. Elle n'avait aucune photo, aucun souvenir à raconter et toutes les questions que je posais se heurtaient à un mur de silence. Plus je grandissais, plus je comprenais qu'elle était une femme malheureuse, amère, rongée par l'ambition. Elle semblait déterminée à prouver qu'elle pouvait toujours aller au-delà de ce que les gens attendaient d'elle, déterminée à faire table rase de son passé, pour se réinventer. J'ai commencé à me montrer plus curieuse, mais je n'avais aucun document, aucun journal intime pour me guider dans la bonne direction.

— Et toi, Rosa ? Comment une seule lettre a-t-elle pu suffire à te faire découvrir tant de choses ?

— J'avais un nom et une adresse. J'avais lu la lettre et je savais que Jeannette Wilson était ta fille.

Elle se tut un instant pour échanger un sourire avec Harriet.

— Le fait de constater que nous étions dans la même classe m'a stupéfiée, avoua-t-elle en tirant une bouffée de sa cigarette. Le seul problème, c'était que j'avais toutes ces informations, mais que je ne savais pas quoi en faire. Tu ne savais pas que j'avais lu la lettre, dit-elle à Catriona. Harriet ne savait pas qu'elle avait un lien de parenté avec toi, et sa mère semblait décidée à ne rien changer à la situation. J'étais coincée, conclut-elle en haussant les épaules.

Catriona s'esclaffa.

— Bon sang, Rosa, quel faux-jeton tu fais! dit-elle avec affection.

— Faux-jeton? Traîtresse, tu veux dire, marmonna Connor. Comment as-tu pu garder tout ça pour toi, Rosa?

— En fait, j'avais terriblement honte. Je voulais vraiment faire quelque chose de spécial pour maman. Je ne savais pas vraiment comment m'y prendre, et bien que l'inspection de la malle ait mis quelques pièces du puzzle en place, il y avait toujours un élément capital qui manquait. Sans avouer ce que j'avais fait, je n'avais aucun moyen d'aller plus loin.

— Cet élément manquant, c'était Kane. Il était le géniteur de ma fille, le responsable de toute la misère que j'avais subie et qui se répercutait sur la génération suivante. Si le corps de Dimitri n'avait pas été découvert, tu n'aurais probablement jamais entendu parler de lui.

— Bienvenue dans la famille, intervint Connor en levant son verre en direction de Harriet.

La jeune femme soupira.

— Maman m'avait prévenue de ne pas me mêler de ce qui ne me regardait pas lorsque je l'interrogeais sur ses parents, mais j'ai toujours eu le sentiment d'un mystère. Et voilà que je me retrouve avec toute une famille.

Rosa leva son verre à son tour.

— À Harriet, ma sœur, en quelque sorte, et ma meilleure amie.

— Je suis désolée que Jeannette ne puisse pas me pardonner, dit Catriona, les yeux brillants de larmes. Ne laissera-t-elle vraiment jamais cicatriser sa blessure?

Harriet se leva et se dirigea vers la fenêtre, pensant à la terrible discussion qu'elle avait eue avec sa mère. Jeannette, presque incandescente de rage, allait et venait devant elle dans son appartement luxueux, le visage froid et tendu.

— Je t'avais dit de t'éloigner de cette famille, aboya-t-elle.

Harriet regarda sa mère allumer une autre cigarette et aspirer la fumée.

— Effectivement, j'ai eu un choc, répliqua-t-elle. Tu seras contente de savoir que Rosa et moi sommes fâchées.

Elle prit une profonde inspiration, désireuse de ne pas aggraver leur confrontation.

— J'ai pourtant le droit de savoir qui je suis et d'où je viens. Tu peux comprendre ça, non ?

Jeannette fit volte-face, les yeux lançant des éclairs.

— Le droit ? Et mes droits à moi, qu'en fais-tu ? Est-ce que mes sentiments ne comptent pour rien ?

— Bien sûr que si, s'écria la jeune femme en tendant inutilement la main vers elle. Je t'en prie, maman, donne-moi une chance de t'expliquer pourquoi grand-mère n'a pas pu te garder. Tu comprendras qu'elle ne l'a pas fait volontairement, ni légèrement.

— Je vois qu'elle t'a déjà manipulée. « Grand-mère », rien que ça !

Le dos raide, elle se planta devant la fenêtre, fixant Circular Quay.

Harriet l'observa un moment avec le sentiment d'être séparée d'elle par un rempart aussi infranchissable que la Grande Muraille de Chine. Pourtant, il fallait que la communication se rétablisse pour que survive leur relation. Elle se mit à parler, avec hésitation, puis avec plus d'assurance au fur et à mesure de son récit, consciente de la douleur que cela causait probablement à sa mère, mais sachant que cette souffrance ne pouvait être évitée.

Jeannette resta silencieuse, les bras croisés. À un certain moment, Harriet se demanda si elle écoutait, car elle ne décelait pas la moindre réaction, le moindre signe de détente sur cette silhouette rigide. Ne pouvant déchiffrer l'expression de sa compagne, elle devait se contenter d'imaginer les pensées qui se bousculaient sans doute dans son esprit.

— Catriona a passé sa vie à te chercher, conclut-elle. Et quand elle t'a trouvée, tu l'as rejetée sans même lui laisser une chance de s'expliquer. Elle veut faire la paix avec toi avant qu'il ne soit trop tard, maman. Ne peux-tu accepter ce qui s'est passé et lui pardonner ?

Jeannette se retourna. Sur son visage couleur de cendre, des larmes affluaient au bord des paupières.

— Il est un peu tard pour jouer les familles comblées, dit-elle d'une voix mordante.

— Je ne te demande pas de lui manifester une affection débordante. Catriona elle-même n'attend pas cela de toi. Mais un coup de fil ou une lettre compterait énormément pour elle.

Les traits de Jeannette s'assombrirent tandis qu'elle fixait sa fille avec un masque d'indifférence destiné à dissimuler ses pensées.

— Il est inutile de se demander dans quel camp tu es, déclara-t-elle froidement. Il est vrai que je devais probablement m'attendre à cette traîtrise !

— Je n'ai pas l'intention d'ignorer Catriona parce que tu ne veux pas de contact avec elle. Non seulement elle est ma grand-mère, mais je l'aime et je l'admire.

Harriet réprima son impatience et agrippa les doigts inertes de sa mère.

— Cela ne veut pas dire que je ne t'aime pas, ou que je te juge. Tu es ma mère, je t'aimerai toujours.

— J'en doute, maintenant que tu as trouvé ta nouvelle famille ! Tu ne voudras plus avoir affaire à moi une fois que cette salope t'aura entre ses griffes.

À la grande surprise de Harriet, les défenses de Jeannette se brisèrent soudain : elle s'effondra sur le canapé en sanglotant, le visage dans ses mains.

— Je ne peux pas lui pardonner, dit-elle à travers ses pleurs. Je ne le peux pas. Et maintenant, je vais te perdre aussi !

Harriet s'assit près d'elle, saisie d'une angoisse irrépressible, tandis que sa mère sanglotait sur son épaule. Comment pouvait-elle lui faire comprendre qu'elle avait toutes les raisons de se réjouir, et qu'il était beaucoup plus facile qu'elle ne le pensait d'ériger les passerelles qui lui faisaient si peur ? Il fallait qu'elle se contente, pour l'instant, de consoler l'orpheline qui, jusqu'à présent, s'était montrée si forte et sûre d'elle-même.

Beaucoup plus tard, une fois les émotions apaisées et les larmes séchées, Jeannette, épuisée, sombra dans le sommeil. Harriet embrassa doucement sa joue tachée de pleurs et étendit une couverture légère sur la silhouette paisible avant de quitter la pièce. Il appartenait maintenant à la fille de Catriona de décider de son avenir.

Harriet, revenant à elle, constata que ses compagnons attendaient une réponse.

— Ce moment a été le plus difficile de ma vie, avoua-t-elle. Maman était folle de rage quand je lui ai dit ce que Rosa avait découvert. Elle ne pouvait plus me regarder ni me parler. Je ne l'avais jamais vue ainsi, j'étais proprement terrifiée.

— Tu lui as tout raconté ? demanda Catriona.

— J'ai laissé un tas de détails de côté. Ce n'était pas la peine de lui parler de la durée pendant laquelle tu avais été abusée. Je lui ai dit que tu avais été violée et qu'on t'avait forcée à l'abandonner. Je lui ai également appris que tu la cherchais depuis toujours. Mais cela n'a rien changé à sa façon de concevoir sa situation, poursuivit-elle avec un soupir. Elle est trop amère pour vouloir entendre raison, ou pour analyser ce qui se trouve au-delà de sa souffrance.

Elle regarda les visages qui la contemplaient, avant de poursuivre :

— Maman est une femme déterminée, qui a vécu toute sa vie selon ses propres décisions. C'est pourquoi sa réaction m'a effrayée. Elle s'est brisée en morceaux. Elle m'a suppliée de ne pas la laisser, de ne pas cesser de l'aimer. J'ai compris qu'elle était terrifiée à l'idée de se retrouver seule, d'être condamnée et détestée parce qu'elle ne pouvait pas accepter d'être liée à toi.

— Pauvre Jeannette, s'écria Catriona, les joues baignées de larmes. Si seulement je pouvais la consoler, ajouta-t-elle en sortant son mouchoir.

— Il lui faut assimiler tout ce que je lui ai révélé. Elle a vécu toute sa vie dans le déni : il n'est pas facile pour elle d'affronter la vérité. Elle va finir par comprendre à quel point tu l'aimais, et ce que t'a coûté le fait qu'on te l'arrache. Cela va prendre du temps, mais il ne faut pas cesser d'espérer.

— J'attends depuis des années qu'elle me pardonne. Je suis prête à patienter aussi longtemps qu'il le faudra.

— Tout cela nous a enrichis, grand-mère, dit Harriet en savourant ce mot. J'ai compris que l'amour maternel est ce qu'il y a de plus précieux au monde. C'est pour lui que Viola a tué, pour lui que tu as perdu ton mari, et pour lui encore que tu as passé ta vie à chercher ton enfant. Un jour, ma mère, qui m'aime plus que je le pensais, aura probablement besoin de l'amour de sa propre mère. Ce lien universel est un cadeau de la vie sans lequel nous ne pouvons jamais être comblés.

Épilogue

Un an plus tard

Le ronronnement du moteur de la puissante voiture se fit entendre. Pour la troisième fois en quelques mois, Harriet revenait à la maison. Après avoir immobilisé le véhicule au sommet de la colline, elle baissa les yeux vers Belvédère, avec un sourire.

La demeure principale avait été fraîchement repeinte pour cette occasion exceptionnelle. Grimpant jusqu'au toit le long des piliers de la véranda, les roses, dans une explosion de couleurs, se mêlaient aux bougainvillées. Les paddocks s'étiraient dans le lointain, composant, à l'arrière-plan de ce panorama, une ravissante étendue de verdure dont la paix contrastait de manière frappante avec l'activité fourmillante qui se déroulait au premier plan, tout autour des bâtiments.

Harriet examina le désordre de voitures et de véhicules utilitaires garés à côté de l'immense grange, appréciant au passage le tableau offert par les robes et les chapeaux féminins aux teintes vives. En dépit de la distance où elle se trouvait, elle percevait distinctement le brouhaha de rires et de bavardages, ponctué de quelques accords de musique.

Une fois qu'elle eut noté tous les détails de ce spectacle, elle remit le moteur en marche et descendit la colline, en proie à un sentiment d'excitation croissante. Belvédère l'avait toujours enchantée, mais aujourd'hui, on aurait dit qu'une baguette magique était à l'œuvre. Elle suivit la piste accidentée jusqu'au paddock et se gara dans le parking improvisé. Quand, ayant rassemblé son chapeau et son sac, elle sortit de la fraîcheur de l'air conditionné, la chaleur, restée intense malgré l'hiver, la frappa comme une masse. Alors qu'elle prenait sa valise dans le coffre de sa voiture, elle sursauta en entendant une voix familière résonner à ses oreilles.

— On dirait que vous avez besoin d'un peu d'aide. Les femmes ne savent pas se contenter du strict nécessaire quand elles voyagent.

Elle fit volte-face, le visage illuminé de plaisir.

— Tom, murmura-t-elle. Que faites-vous là ?

— J'ai été invité, répondit-il, les yeux brillant de tendresse, et je ne pouvais pas laisser passer cette occasion de vous revoir.

Il lui délivra lentement son irrésistible sourire en lui prenant la main.

— Les coups de téléphone n'ont pas le charme de la réalité, ajouta-t-il. Vous êtes indéniablement un régal pour les yeux !

Embrassant d'un coup d'œil le costume élégant, la chemise immaculée et la cravate de soie, Harriet se dit qu'il n'était pas mal non plus. Tout à coup, elle sentit son visage s'empourprer au contact de sa peau.

— Je suis d'accord en ce qui concerne les limites du téléphone, répliqua-t-elle, la voix affaiblie par un accès de timidité qui lui était peu habituel. Il faut y ajouter la dépense qu'il représente, si j'en crois mes factures, ajouta-t-elle.

— C'est le prix que nous devons payer pour vivre aussi loin l'un de l'autre, dit-il, parcourant son visage du regard comme s'il voulait imprimer dans son esprit chacun de ses traits.

Immobiles, ils se contemplaient. Harriet prit soudain conscience du fait que, en sa présence, elle s'était aussitôt abstraite de l'agitation, de la foule et du bruit environnants. Ils étaient seuls, n'ayant plus besoin du reste du monde.

— Je suis tellement heureuse que vous soyez venu, articula-t-elle.

— Moi aussi, car je sais maintenant que j'ai pris la bonne décision.

Elle inclina la tête de côté et leva les yeux vers lui en souriant :

— De quoi parlez-vous ?

— J'ai quitté la police, déclara-t-il en sortant la valise du coffre avant de refermer le capot d'un geste vif. En fait, j'ai accepté la direction d'une entreprise de sécurité à Sydney. Il ne me reste que quelques semaines pour vendre mon appartement à Brisbane et en trouver un nouveau, mais je devrais emménager dans votre voisinage d'ici à un mois environ.

Comprenant ce que cela signifiait, Harriet sentit son pouls s'accélérer. Au fil de leurs échanges téléphoniques, le ton de Tom avait changé. Harriet s'était demandé si cette chaleur et cette intimité croissantes n'étaient qu'un effet de son imagination, si elle ne prenait pas ses désirs pour la réalité. Constatant que leurs sentiments semblaient réciproques, elle ne trouva pas de mots pour exprimer son enchantement.

— Dites-moi que cela ne vous contrarie pas, implora-t-il en faisant passer la valise d'une main à l'autre, une expression inquiète sur le visage.

— Comment pourrais-je être contrariée ? dit-elle, les yeux brillant d'une lueur taquine. Tout ce qui me permet de réduire mes notes de téléphone me convient.

Il lui prit de nouveau la main et la cala dans le creux de son coude.

— Parfait ! s'écria-t-il avec un sourire. Venez maintenant. Catriona, qui vous a attendue toute la matinée, commence à s'impatienter.

Archie sur les talons, Catriona sortit sur la véranda située à l'arrière de la maison pour fuir pendant quelques minutes le bruit et l'agitation ambiants. L'habitation était trop petite pour tant de visiteurs. Elle s'assit sur la vieille chaise cannée et, son chat sur les genoux, ferma les yeux en récitant une prière de remerciement pour tous les événements favorables qui étaient survenus au cours de ces derniers mois.

La découverte, par Tom, du testament de Dimitri au bureau du notaire de Darwin, s'était révélée pour elle une épée à double tranchant. La surprise et la joie procurées par son legs se mêlaient au sentiment de tristesse d'avoir douté de lui. Pourtant, au bout de quelques mois, elle en était venue à considérer cet héritage comme un moyen non seulement de favoriser ses enfants et petits-enfants, mais également d'entretenir la mémoire de son bienfaiteur.

Le Saint-Pétersbourg avait été démoli et le terrain vendu à un promoteur immobilier pour une fortune – le marché avait grimpé le long de la côte. Au moins, les sombres fantômes du passé pouvaient être renvoyés chez eux et, le futur, contemplé avec sérénité. Connor et Rosa auraient largement de quoi vivre grâce à ce qui leur viendrait de Catriona après son décès, mais l'argent de Dimitri leur assurerait une réelle sécurité. La part de Harriet allait en grande partie servir à la création de la bourse Dimitri Yvchenkov destinée à des étudiants en droit méritants mais impécunieux afin de leur permettre de poursuivre leurs études.

Avec une tristesse infinie, Catriona fixa le lointain. Comme elle aurait aimé pouvoir remercier Dimitri pour sa générosité, et Poppy pour lui avoir confié ses petits-enfants ! Assise dans l'ombre, elle se sentit soudain réconfortée par la pensée que tous deux se tenaient peut-être à ses côtés, veillant sur tous et se réjouissant de ce jour heureux.

Une fois de plus, elle contempla Belvédère sous le soleil d'hiver. Devant elle se déroulaient les paysages familiers, vibrant de chaleur, bourdonnant de vie et riches de la promesse de l'avenir. La demeure de bois, fraîchement repeinte, arborait des murs blancs et des volets verts. Décorée de guirlandes et de rubans, la véranda comportait un tapis de velours se déroulant des marches du perron jusqu'à la pelouse sur laquelle, de chaque côté de ce chemin écarlate, des rangées de chaises avaient été disposées avec soin devant une tonnelle de fleurs. Comme pour souligner la perfection de cette journée, les grappes améthyste des jacarandas se ployaient élégamment, près des gommiers rouges et des acacias dont les bourgeons jaunes explosaient avec exubérance.

— Tu vas bien, grand-mère ?

Les intonations douces la tirèrent de ses agréables pensées.

— Très bien, dit-elle en souriant. Et toi ?

Alors que Harriet s'asseyait près d'elle en lui rendant son sourire, Catriona la serra dans ses bras et l'embrassa.

— Je suis particulièrement heureuse, déclara la jeune femme. C'est toujours merveilleux de revenir à la maison mais, aujourd'hui, il règne dans l'air une sorte de magie que je n'aurais voulu manquer pour rien au monde.

— Tu es très en retard. Que s'est-il passé ?

— Des tonnes de travail au bureau et une longue conversation avec Tom, expliqua-t-elle. Tu aurais dû me prévenir qu'il venait.

Catriona s'esclaffa, ravie que son plan ait porté ses fruits.

— J'ai toujours pensé que les surprises étaient délicieuses, répliqua-t-elle. Pourquoi prendre le risque de les gâcher ?

Son interlocutrice lui fit une grimace.

— Tu es vraiment incorrigible, tu sais !

— Et pourquoi pas ? À mon âge, j'ai le droit de me mêler un peu des affaires des autres, et je trouvais qu'il était temps que vous fassiez preuve d'un peu de bon sens.

Elle s'interrompit pour contempler Harriet un moment.

— Est-ce qu'il t'a fait part de son déménagement à Sydney ?

La jeune femme éclata de rire.

— Pas grand-chose ne t'échappe, on dirait !

— En effet. Qu'éprouves-tu à la perspective de sa présence dans la même ville que toi ?

— Oh, je pense que je m'y ferai, répondit Harriet, le visage rayonnant comme un soleil.

— Qu'as-tu fait de lui ?

— Il est chez Connor, pour une espèce d'enterrement de vie de garçon improvisé par le témoin.

— J'espère qu'ils ne boiront pas trop, marmonna Catriona.

Elle posa Archie sur le sol et brossa de la main sa coûteuse robe de soie afin d'en éliminer les poils.

— Les invités ont déjà les jambes pratiquement coupées et les hommes de Belvédère ont eu leur dose hier soir, reprit-elle avec force en voyant la foule ininterrompue qui sortait de la tente où l'on servait de la bière.

— Où est Rosa ? demanda Harriet. Je ne l'ai pas vue depuis des semaines et je voulais papoter un peu.

— Avec son galant. Je dois avouer qu'il m'a surprise. Les petits amis de Rosa sont en général très suspects.

— Il ne t'a pas surprise autant que moi ! Je trouve difficile de croire que Rosa et Jeremy Prentiss puissent s'accorder. Alors qu'ils ont dû se croiser de nombreuses fois sans se voir au tribunal, il leur a suffi d'un seul regard à la réception d'été de mon entreprise pour que la terre se mette à trembler. Nous avons eu droit à la totale. Je crois bien qu'ils ne se sont pas quittés depuis.

— La vie est pleine de surprises, ma chérie. Qui aurait pu penser que tu choisirais Tom Bradley ? Je crois me rappeler que tu ne l'appréciais pas du tout quand tu l'as rencontré pour la première fois.

Elle fit un clin d'œil pour atténuer l'ironie de ses paroles car, pour sa part, elle aimait énormément cet homme.

— C'est vrai, admit Harriet en voyant Tom arpenter la pelouse. Mais tu sais bien ce qui s'est passé. Il a pris de plus en plus d'importance sans que je m'en rende compte.

Catriona remarqua la façon dont le visage de Tom s'illuminait quand Harriet et lui se souriaient. Comme elle était heureuse d'être en vie pour pouvoir savourer de tels moments ! Toutes deux restèrent assises un moment dans un silence affectueux, observant le va-et-vient incessant des invités, jusqu'à ce qu'un signal leur annonce que la cérémonie allait commencer. Harriet prit le bras de sa grand-mère.

— Viens, dit-elle doucement. Je vois le marié apparaître et la mariée va faire son entrée. Allons nous installer.

— Laissez-moi vous escorter, dit Tom en venant à leur rencontre au bas des marches. Je n'ai pas souvent la chance de parader avec deux charmantes demoiselles à mon bras.

Venant d'un autre homme que lui, Catriona et Harriet auraient considéré cette remarque à la limite de l'obséquiosité. Toutefois, la lueur de taquinerie dans les yeux de leur compagnon les incita à accepter son offre de bonne grâce.

— Vous êtes vraiment un chenapan, décréta Catriona.

Elle prit son bras et toléra de sa part un baiser sur la joue.

— Vous n'avez rien à m'envier, murmura-t-il en échangeant un coup d'œil complice avec Harriet.

Il y aurait sans doute un autre mariage à Belvédère très bientôt, pensa Catriona, peut-être même un troisième si les choses continuaient à évoluer favorablement pour Rosa et Jeremy. Alors qu'elle se laissait guider par Tom sur le tapis rouge, vers le premier rang de chaises, son cœur se gonfla d'amour et de bonheur. Ce jour s'annonçait riche en émotions. Pourvu qu'elle ne se ridiculise pas en éclatant en sanglots!

Après avoir salué de la tête Pat et John Sullivan, avec qui elle échangea quelques mots, elle s'assit à côté de Rosa et de Jeremy. Sa fille était ravissante, avec sa robe écarlate, ses cheveux noirs brillants coupés au carré, et ses boucles d'oreille dont l'or scintillait dans la lumière. Le très séduisant Jeremy Prentiss avait visiblement une influence bénéfique non seulement sur la coiffure de Rosa mais aussi sur sa façon de s'habiller. Catriona refoulait déjà quelques pleurs. Dieu seul savait dans quel état elle serait à la fin de la cérémonie!

Le pasteur leur ayant prêté l'orgue portatif de l'église de Drum Creek, l'organiste attaqua les premières mesures de la marche nuptiale. D'un même mouvement, toute l'assistance se retourna pour voir la mariée se diriger, au bras de son père, vers la tonnelle de fleurs.

Belinda paraissait radieuse. Le visage encadré de boucles sombres sous une couronne de roses jaunes assorties à son bouquet, les diamants de ses oreilles rutilant dans le soleil, elle avançait lentement, vêtue d'un fourreau de soie ivoire qui mettait en valeur sa taille de guêpe. Le garçon manqué s'était transformé en une magnifique jeune femme.

Catriona tourna les yeux vers Connor, élégant dans sa chemise blanche et son costume sombre, le bouton de rose à sa boutonnière parfaitement assorti à sa cravate jaune. Le visage aussi rayonnant que celui de sa fiancée, les yeux remplis d'émotion, il la regardait approcher. Poppy devait être si fière, là-haut ! Son précieux garçon, après avoir vaincu les terreurs de son enfance, avançait avec confiance vers l'avenir, au bras de la femme qu'il aimait.

Elle renifla et se moucha au moment où Belinda rejoignait son bien-aimé. Peut-être, sous l'effet de l'âge, se transformait-elle en vieille folle sentimentale, mais Connor n'était-il pas le fils qu'elle chérissait depuis le moment où sa sœur et lui étaient venus vivre avec elle ? Elle avait le droit d'être fière de lui, et d'éprouver cet immense élan de tendresse en le voyant épouser celle qui allait donner un nouveau sens à la vie de Belvédère. Ces deux-là seraient heureux, elle le savait. Et bientôt, si le destin leur était favorable, ils donneraient naissance à une nouvelle génération, à laquelle ils transmettraient leur attachement à cette terre.

Très vite, la cérémonie prit fin. L'heureux couple posait avec ses invités pour la séance de photos. Appuyée sur le bras de Tom, Catriona avança, de son allure royale, au milieu du groupe animé.

— Peut-être aurons-nous bientôt un autre mariage, murmura Harriet alors que tous prenaient place selon les instructions du photographe, essayant de ne pas marcher sur Archie qui paraissait déterminé à se camper devant les mariés. Non seulement Rosa et Jérémy ont l'air de siamois, mais je ne l'ai jamais vue aussi calme et heureuse, ajouta-t-elle.

Catriona sourit avant d'adresser un clin d'œil appuyé à Tom.

— On ne sait jamais. Il est vrai que ce décor est absolument parfait pour quiconque souhaite convoler en justes noces.

Harriet s'empourpra. Tom lui enlaça les épaules et, l'attirant contre lui, déposa un baiser sur sa tête blonde.

Catriona poussa un soupir d'aise. Il y avait quelque chose dans les mariages qui faisait naître un soupçon de romantisme même chez les cyniques les plus aguerris. Et Harriet qui était déterminée à ne jamais se marier, convaincue que sa carrière comptait plus que tout ! Aujourd'hui, elle était pleine d'un amour qui s'était insinué en elle avant qu'elle n'ait eu le temps de s'en défendre. Cupidon avait l'art de lancer ses flèches au moment où l'on s'y attendait le moins.

— Quelle magnifique journée. Comme je suis contente de pouvoir y participer !

Catriona se retourna vers la femme élégante qui se tenait à ses côtés, lui prit la taille et la serra rapidement contre elle.

— Et moi donc, ma fille chérie, très chérie.

Jeannette Wilson se tamponna les yeux.

— Merci pour tout, maman, chuchota-t-elle.

Main dans la main, elles se tournèrent vers le photographe.

Achevé d'imprimer par GGP Media GmbH, Pößneck
en janvier 2011
pour le compte de France Loisirs,
Paris

N° d'éditeur : 62383
Dépôt légal : novembre 2010

Imprimé en Allemagne